SOLIDÃO

Françoise Dolto
SOLIDÃO

Tradução IVONE CASTILHO BENEDETTI
Revisão CLAUDIA BERLINER

Martins Fontes
São Paulo 1998

Esta obra foi publicada originalmente em francês com o título SOLITUDE, por Éditions Gallimard.

1ª edição
abril de 1998

Tradução
IVONE CASTILHO BENEDETTI

Revisão técnica
Claudia Berliner
Revisão gráfica
Teresa Cecília de Oliveira Ramos
Ana Maria de Oliveira Mendes Barbosa
Produção gráfica
Geraldo Alves
Paginação/Fotolitos
Studio 3 Desenvolvimento Editorial

Dados Internacionais de Catalogação na Publicação (CIP)
(Câmara Brasileira do Livro, SP, Brasil)

Dolto, Françoise, 1908-1988.
Solidão / Françoise Dolto ; tradução Ivone Castilho Benedetti ; revisão técnica Claudia Berliner. – São Paulo : Martins Fontes, 1998. – (Psicologia e Pedagogia)

Título original: Solitude.
ISBN 85-336-0814-4

1. Solidão I. Título. II. Série.

97-5501 CDD-158

Índices para catálogo sistemático:
1. Solidão : Psicologia aplicada 158

Livraria Martins Fontes Editora Ltda.
Rua Conselheiro Ramalho, 330/340
01325-000 São Paulo SP Brasil
Tel. (011) 239-3677 Fax (011) 3105-6867
e-mail: info@martinsfontes.com
http://www.martinsfontes.com

Índice

Anexos

Prefácio

1962, 1975, 1985, três pausas na carreira e na vida de uma psicanalista.

Conferências, diálogos, textos: três modos de transmissão de uma teoria e de uma clínica que abalaram a representação que antes se fazia do mundo da infância e de suas estruturas de acolhimento.

Ora, esses três momentos e esses três modos cruzam-se para dar vida a Solidão, *numa luta entre seus extremos: "Solidão que regenera, solidão que destrói", quando se transforma em isolamento*[1].

No início de 1961, a Faculté universitaire Saint-Louis, de Bruxelas, pede a Françoise Dolto que faça uma conferência na Escola de Ciências Filosóficas e Religiosas. Em abril, ela aceita fazer uma intervenção em duas aulas, nos dias 22 e 23 de fevereiro de 1962, sem contudo deixar claro qual seria o tema.

Esse mesmo ano de 1961 é marcado por dissensões no seio do movimento psicanalítico. Para situar suas origens, é preciso voltar à crise de 1953, que ocasionou a saída de Daniel Lagache, Juliette Favez-Boutonier, Françoise Dolto e Jacques Lacan da Société Psychanalytique de Paris (SPP), que por sua vez era filiada à International Psychoanalytical Association (IPA). Os demissioná-

....

1. Cf. Françoise Dolto, abertura de *Solidão.*

rios fundaram então a Société Française de Psychanalyse (SFP), que a IPA se recusou a reconhecer num primeiro momento. Mas o dinamismo desse novo grupo traduziu-se em grande desenvolvimento, e, oito anos depois, alguns de seus membros quiseram apresentar um pedido de filiação à IPA. Segundo as regras em vigor, um comitê foi fazer uma investigação – em maio de 1961 – sobre os métodos de formação dos psicanalistas na SFP.

Dolto, que – como Lacan – havia elaborado uma teoria e uma prática que rompiam incisivamente com o conformismo estereotipado em que certas pessoas haviam petrificado a herança freudiana, viu-se confrontada com um processo de padronização que visava a excluí-la de todas as atividades de ensino e supervisão. O argumento aduzido dizia respeito a seu carisma pessoal, que entravaria qualquer possibilidade de elaboração e transmissão de conhecimentos.

Essas dissensões institucionais em torno de Lacan e Dolto culminam em agosto de 1961, durante o Congresso de Edimburgo, e prosseguirão até a "excomunhão" de outubro de 1963, quando a direção da IPA pronuncia seu veredicto: a SFP será admitida como afiliada, desde que Lacan e Dolto deixem de exercer qualquer cargo de ensino e formação[2].

Foi nesse contexto, provavelmente na volta às aulas de 1961, que Françoise Dolto definiu o tema de sua conferência: "Solidão e vida familiar"[3].

Mas nesse período sobrevém outro acontecimento de importância: em 21 de janeiro de 1962, sua mãe, Suzanne Marette, morre brutalmente. Vinte e três anos depois, em 1985, quando Françoise Dolto relembra essas conferências, comete um erro de data, situando-as em 1963, ano em que se fizeram sentir os resultados das medidas de isolamento institucional tomadas em relação a

....

2. Sobre esse assunto, ver Elisabeth Roudinesco, *La bataille de cent ans. Histoire de la psychanalyse en France*. 2. Paris, Seuil, 1986. Ver também *La communauté psychanalytique en France*: tomo I, "La scission de 1953"; tomo II, "L'excommunication". Documento editado por J. A. Miller, *Ornicar*, suplemento aos n.os 7 e 8, 1976 e 1977.

3. Cf. Françoise Dolto, abertura de *Solidão*.

ela. Mas a isso ela não faz referência. Associa "1963" a 1975, data de seus textos pessoais sobre a solidão, momento em que Boris, seu marido, sente necessidade de escrever sobre sua experiência profissional, quando apareciam os primeiros sintomas do mal que o levaria em 1981. Nisso ela vê uma espécie de comportamento testamentário que a obriga a encarar a perspectiva de ter de prosseguir seu caminho sem companheiro.

Sua escrita desenvolve-se, para ela mesma, na tênue fronteira entre a solidão criadora e o isolamento mortífero presente nas diferentes idades da vida. Esses textos pessoais, intimistas, desempenham pois a função regenerante numa solidão ainda convivente, destinada a combater o isolamento afetivo insidioso cujo próximo porvir ela entrevê naquele verão de 1975.

Entre "1963" (conferência sobre a solidão) e 1975 (obras solitárias), doze anos, aos quais ela associa a idade que tinha quando sua irmã morreu[4]*: "Esse acontecimento me propulsou, a mim, como única moça da nossa família."*[5]

Assim, essa confusão de datas sobre a conferência, que ocorreu um mês depois da morte de sua mãe, confunde, numa laçada, mãe e irmã reunidas pela morte, bem como sua própria solidão. "A solidão sempre me acompanhou, de perto ou de longe."[6] *Mas as provações, em vez de a abaterem, levaram-na a firmar suas posições psicanalíticas.*

Cabe fazer alguns esclarecimentos sobre a gênese pouco banal de Solidão.

Ao término da conferência de Bruxelas, Françoise Dolto recebeu, como memorando, as anotações de um dos membros da Universidade. Conservou-as em sua casa de Antibes, a Villa Soledad. No verão de 1985, ali recebe seu editor, que toma conhecimento delas, bem como dos manuscritos de 1975, que ela não des-

....

4. Jacqueline Marette morreu em 30 de setembro de 1920, com dezoito anos. Cf. abertura de *Solidão, Enfances* (Le Seuil, 1986), *Autoportrait d'une psychanalyste* (Seuil, 1989).

5. Cf. Françoise Dolto, abertura de *Solidão.*

6. *Ibid.*

tinava à publicação, mas, segundo dizia, a seu "cesto de lixo"![7] *Ele imediatamente propõe publicá-los.* Solidão, *portanto, é de algum modo um livro... salvo da morte.*

É constituído pelos textos de 1975, que, divididos em capítulos e transcritos em itálico, alternam-se com um diálogo entre o editor e Françoise Dolto, com base nas notas de 1962. Ele, o "Estranho", as cita, e ela, a "Praticante", desenvolve-as ao sabor de suas reflexões do momento[8]*. O tom dessa discussão gravada (freqüentemente despreocupado, às vezes negligente) revela a confiança de Françoise Dolto no valor de um encontro. Certas digressões nos levam amiúde para longe do tema inicial; escapadas cuja dimensão imaginária os dois interlocutores ressaltam recorrendo a nomes de personagens fictícios – "canguru das paredes", "negra verde" – que deveriam contribuir com uma ressonância particular àquelas duas vozes singulares*[9]*.*

No entanto, mesmo quando esses desvios os fazem sair do campo da psicanálise propriamente dito, sempre se volta a ele, e de maneira essencial: a trama do diálogo esposa sua concepção de desenvolvimento libidinal do sujeito, marcado por momentos sucessivos de remanejamento psíquico.

Quanto aos textos de 1975, desenham os meandros nos quais o humano se arrisca à procura de seu devir. É de se notar o contraste entre esses textos e o diálogo, pelo aspecto trabalhado e, em certos momentos, quase amaneirado da escritura que neles se desenrola. Misturam simultaneamente a elaboração teórica e o devaneio espontâneo, próprio do diário íntimo, o que é particularmente perceptível nas últimas partes da obra.

Através da oscilação entre escritos "pessoais" e intercâmbio oral, a unidade temática do livro desenha-se como um percurso do nascimento à morte que nos fala do irredutível da solidão e de sua tensão dialética na relação com o outro. Pois, para Françoise Dolto, se a solidão pode ser o caminho estruturante de uma regeneração criativa, também pode – se não houver referência ao Outro – abrir para uma autarquia impossível e tornar-se consumpção de-

7. Cf. Anexo 2.
8. Cf. Anexo 2.
9. Cf. Anexo 2.

letéria. Como filigrana dessa bipolaridade aparece uma solidão que se poderia dizer estrutural, em vista da prematuridade que caracteriza o pequeno ser humano no nascimento e que o coloca numa dependência radical. Encontramos nessas páginas uma variação sobre o tema dessa solidão primordial, essa abertura original no ser, que remete ao que Freud designava por sentimento de desamparo (Hilflosigkeitsgefühl).

A despeito de seu caráter de grande afresco da história do sujeito, da origem ao fim, Solidão *não é apenas a condensação de um pensamento em movimento constante. Nele está presente a maioria dos grandes temas da obra de Françoise Dolto, com variações perceptíveis de tom e tempo, pois este livro compósito atravessa mais de vinte anos de sua pesquisa.*

O livro é publicado por Éditions Vertiges em 1985.

Evidentemente, ninguém poderá queixar-se de um editor cujo comportamento de certa forma intrometido possibilitou essa publicação. Infelizmente, porém, a falta de rigor editorial na composição do texto cria problemas.

As gravações foram transcritas tal qual estavam, sem o indispensável trabalho que exige a passagem do oral para o escrito. Por isso, ora se tateia em voz alta, à cata da expressão mais adequada para o pensamento, ora certas digressões estendem-se – às vezes inutilmente – por várias páginas. Os escritos de 1975 foram publicados da mesma maneira, acresce que com pontuação discutível. Ora, a diversidade das escansões concebíveis produz interpretações significativamente diferentes. Contudo, talvez o interesse paradoxal deste livro seja conter os resíduos, que todo lavor de escrita normalmente faz desaparecer.

Apesar das deficiências da edição original, a publicação em livro de bolso ocorreu em 1987. Introduziram-se correções, mas às vezes em detrimento do sentido, pois a revisão foi feita sem preocupação com o rigor psicanalítico. Assim, cá e lá, contra-sensos vieram tomar o lugar dos defeitos da primeira versão.

Quando da publicação do livro, Françoise Dolto queixou-se do estado do texto[10]*. Cabe-lhe, contudo, uma parte da responsabi-*

....

10. Cf. Anexo 2.

lidade, pois muitas vezes tendia a não acompanhar a edição de seus trabalhos, em particular das transcrições de permutas orais de idéias, e a não reler sistematicamente as provas. Seu desejo estava alhures: do lado das questões em movimento no seu trabalho de psicanalista. É por isso que, embora ela tenha feito sérias restrições mais tarde, devemos considerar que as duas publicações receberam seu aval.

A situação, que nos obrigava a devolver ao texto toda a sua dignidade, era igualmente delicada, considerando-se a existência do texto já impresso e a ausência de Françoise Dolto para validar nossas escolhas.

No conjunto, adotamos uma linha de intervenção mínima, que visa apenas a devolver coerência às frases.

Quanto aos diálogos, mantivemos os numerosos apartes que, a nosso ver, nunca deveriam ter sido impressos, pelo pouco interesse que despertam. Cabe ao leitor traçar seu próprio caminho nesse labirinto!

Quanto às partes escritas, quisemos seguir com rigor todas as sinuosidades do texto, atendo-nos principalmente à lógica das exposições conceptuais de Françoise Dolto.

Esperamos assim ter conseguido reintegrar este texto em si mesmo.

Gérard Guillerault, Élisabeth Kouki,
Colette Manier, Alain Vanier

Abertura

Pediatra e psicanalista, uma vida inteira à escuta dos outros, distantes ou próximos, à escuta dos meus e de mim mesma, admirada com o que temos para entender e fazer, e ainda mais com aquilo de que nem mesmo suspeitamos e que um dia advém, inexplicável, sempre fui acompanhada pela solidão, de perto ou de longe. Assim como são acompanhados por ela todos os que, sozinhos, tentam *ver* e *escutar*, quando alguns só fazem olhar e ouvir. Amiga inestimável, inimiga mortal – solidão que regenera, solidão que destrói –, impele-nos a alcançar e a ultrapassar nossos limites.

Em 1963[1] dei uma conferência em Bruxelas, sobre o tema "Solidão e vida familiar". Encontrei as notas que um ouvinte atento, provavelmente um sacerdote, tomara na época. Doze anos depois, em julho de 1975, em Antibes, no jardim de nossa casa, *La Soledad*[2], escrevi, sem pensar em publicar, algumas centenas de páginas sobre a solidão.

Doze anos: idade que eu tinha quando minha irmã mais velha morreu, fato que abalou decisivamente minha mãe e meu pai, cercados ainda por seis filhos, e que eu sentia totalmente sós em sua dor, obrigados a *agüentar* e conseguindo. Esse acontecimento me propulsou, a mim, como única moça da nossa família.

1975: ano em que Boris, meu consorte de todas as horas, instado pela idade a trazer a lume seu testamento de excepcional clínico fisioterapeuta e de professor de masso-cinesioterapia, dedicava seu tempo de férias a escrever. À noite, compartilhava comigo a prova de seu dia de combate com as palavras. Ele também *agüentava* diante da velhice que sentia pesar, diante da tarefa que se propusera.

Nossos verões em Antibes, na *Soledad*, que tanto amávamos! De 1950 a 1970 foi o período de plenitude de nossa vida familiar – barco, pesca, amigos nossos, amigos dos filhos, jardinagem, acomodar a casa de verão a verão –, vida alegre e, por certo, bem folclórica. Para Boris, Antibes era o clima da sua infância e de sua juventude. Nascera na Criméia e, até os dezenove anos, vivera à beira do mar de Azov, onde seu pai cultivava vinhas. Depois de 1970, idos os filhos, Boris sentia-se compelido pela necessidade de transmitir por escrito sua experiência de professor respeitado. Dedicou seu tempo a redigir *Le corps entre les mains*[3] e depois *Traité de podologie*[4].

Nas horas de descanso, afastava-se na solidão de sua meditação criadora, ensombrecido pelas sensações cada vez mais precisas, ainda que pouco visíveis, de sua doença ameaçadora. Absorvia-se, afastava-se, por mais próximos que fôssemos um do outro. Sentia-me impotente para ajudá-lo, mergulhada também em minha solidão. No jardim, ao lado dele, no terraço, eu escrevia, para deixar também eu o testemunho de minha experiência prática como psicanalista. E, para mim mesma, às vezes anotava reflexões. Isso me ajudava a *agüentar* diante do naufrágio da rápida velhice de Boris, a partir do momento em que terminou seu último livro. Sua morte física chegou, livro no prelo, em Antibes, julho de 1981. Missão cumprida.

Desde então, com a ajuda do sofrimento, todas aquelas palavras – pensadas, faladas, escritas – voltaram à tona. Minha vida e minha idade, novas leituras, meus esforços de praticar sob a supervisão de um amigo uma disciplina chinesa velha como o mundo – o tai-chi-chuan – fizeram ressurgir facetas de minha experiência de analista que involuntariamente eu deixara de lado.

Dois fios, cruzando-se, entretecem este texto: de um lado, meus monólogos sobre a solidão, que datam de 1975 e são aqui retranscritos tal como eram na época em que os deitei sobre longas folhas de papel; de outro lado, uma conversação livre e derrapante sobre *La Soledad*, lugar de solidão, e seus efeitos sobre nossas vidas, fragilmente construídas sobre desconfianças de certezas.

Aí, para se exprimirem livremente os vagueares, surgem personagens: a Praticante e o Estranho, de início, mas também o Mainá, o Canguru das Paredes, *la Digue* e a Negra Verde. Para que assim Soledad encontre suas Vozes.

Portanto, este livro não é uma obra de psicanálise. Nem de ciência. Tentei, porém, fazer que o leitor tirasse proveito de meus conhecimentos, referindo-me constantemente a minhas entrevistas clínicas. Todavia, certos fatos de minha vida pessoal, assim como certas experiências que eu considerara marginais, encontram-se aqui mais elucidados, ainda que, "oficialmente", não façam parte de um saber.

Numerosos ensinamentos são extraídos das conversas entre Carlos Castañeda e don Juan Matus, índio e feiticeiro yaqui, Homem de Conhecimento e Praticante, amigo do *humito* e do Mescalito[5].

Voltando ao México para visitá-lo, Carlos, orgulhoso, oferece-lhe seu primeiro livro publicado na Califórnia:

– Don Juan, é um livro sobre o senhor.

Ele o pegou, folheou as páginas como se fosse um baralho. Gostou da cor verde da sobrecapa e do tamanho do livro. Apalpou a capa com a palma da mão, depois virou e revirou o livro, e devolveu-o. Uma onda de orgulho me engolfou.

– Quero que fique com ele – disse eu.

Ele balançou a cabeça, rindo silenciosamente.

– Melhor não – respondeu.

Depois, com um sorriso largo, acrescentou:

– Você sabe o que se faz com papel no México...

Então, todos os que, como don Juan, não gostam nem do papel, invenção de vespas cartoneiras, nem de longos discursos, se mesmo assim quiserem aprender um pouco sobre Solidão-Soledad, podem, em vez disso, ouvir com um prazer infinito o *Adagio* do *Quinteto de cordas* opus 163 de Schubert...

Antibes, La Soledad, julho de 1985

Por *praticante* entendo um participante que possui conhecimento adequado de todas, ou quase todas, as unidades de significação que estão em jogo em dado sistema de interpretação.

Eu era *o estranho*, o que não tem capacidade de fazer interpretações inteligentes das unidades de significação...

CARLOS CASTAÑEDA[7]

Já lhe disse, só um maluco se entregaria voluntariamente à tarefa de tornar-se homem de conhecimento. É pela astúcia que se obriga a isso o homem equilibrado.

CARLOS CASTAÑEDA[6]

Descoberta do peso: ar, massa e sexo

O ESTRANHO: Há muito tempo, em terras chãs, diante de um auditório de religiosos, você falou da solidão em relação à vida familiar. Um dos presentes, bem ou mal, fez anotações; tenho-as aqui, diante de mim. Você não chega a falar da solidão imediatamente, começa contando...

A PRATICANTE: ... contando como um ser humano se insere na vida em grupo, graças ao qual vai se tornar humano pela linguagem.

O ESTRANHO: Bom. Começa com: "Drama no momento do nascimento".

A PRATICANTE: Por causa da "separação" da mãe... É só na aparência que a criança se separa da mãe. Na realidade, só se separa de uma parte de si mesma, que ficou dentro da mãe. A mãe tem a lembrança do feto, e a criança não tem essa lembrança. A mãe conserva a placenta e a criança se vai, deixando a placenta e a maior parte de seu cordão umbilical. Há partição, mais que separação... Assim recolhida, extraída do corpo de sua genitriz, procura reencontrar uma perfusão vitalizante por outra saída.

É o vai-e-vem de ar por seus pulmões; e ela busca uma perfusão do tubo digestivo por uma saída que, *in utero*, mergulhava nas águas amnióticas: pelo pólo cefálico, ela as deglutia; pelo pólo caudal, ela as eliminava na urina.

Sedento, o recém-nascido enxerta temporariamente a boca no seio da mãe, se isso for possível, ou num sucedâneo; a mãe – sentindo que ele precisa daquilo – propõe-lhe teta ou chupeta. De novo, o corpo do recém-nascido é perfundido pela mãe exterior em direção ao interior de si mesmo, e, de novo, ou melhor, junto ao seio, e não no seio, ele se unifica com um outro ser, do qual depende sua sobrevivência.

Separações e reencontros vão escandindo os momentos de ausência e presença materna, para os cuidados do corpo e da alimentação. Alternância de mal-estar e bem-estar da massa tegumentária, alternância de sede e fome com a repleção pacificante, alternância de vigília e sono.

O ESTRANHO: No nascimento, há um momento de falha, de clivagem...

A PRATICANTE: ... que em psicanálise se chama castração[8], simbolizada pelo amor e pelo reconhecimento do bebê pela mãe, e no bebê, rapidamente, pelo reconhecimento, através do olfato, do odor da mãe, pelo reconhecimento do gosto do leite e da forma do mamilo em sua boca, pelo conhecimento da voz e do rosto da mãe.

O ESTRANHO: Essa primeira etapa do drama, afinal, é bem curta...

A PRATICANTE: É muito curta, no tempo, sim, mas é uma transformação das modalidades de vida que deixa tais rastros que, na solidão, todo bebê procura pôr o polegar na boca para iludir-se achando que reencontrou a ancoragem no seio, no corpo portador de sua mãe, desencadeador da ilusão de sua presença.

É a própria imagem do desamparo da solidão, que um artifício sensorial pode manter à distância...

O ESTRANHO: Continuo a leitura das notas: "A mãe é pessoa portadora da morte da vida fetal."

A PRATICANTE: A partição do feto deixa placenta e envoltórios amnióticos no útero da parturiente. A matriz ainda não pode desligar-se de uma parte morta de um organismo cuja parte viva está no exterior: recém-nascido que espera para ser lactente.

Talvez por isso as Parcas sejam mulheres, porque detêm a vida e a morte... Para que haja vida, é preciso que elas aceitem a morte de quem elas dão à vida.

O ESTRANHO: Há uma dialética imediata, primária, entre vida e morte, que a mãe detém. Ela representa, sustenta essa dialética em seu próprio corpo. E depois: "Numa onda que continuará simbolicamente presente durante toda a sua vida, aparece por uma brecha o homem nu, desonrado, esgotado, novo, a sentir um peso que antes não existia."

A PRATICANTE: Sim, antes era a falta de gravidade. Patrick Baudry, primeiro francês a entrar numa nave espacial, disse que era um imenso gozo estar num estado de falta de gravidade... Para ele foi uma revelação. Esse reencontro da falta de gravidade também ocorre no fundo, debaixo d'água. Os homens-rãs a chamam de "droga das profundezas": não sentindo mais a gravidade, não querem mais voltar para a superfície. Precisam levar um tranco dos outros para que voltem à superfície. Sem isso, sabem com razão que vão morrer se ali ficarem, mas preferem ficar. Afundam na falta de gravidade, e têm essa sensação maravilhosa, uma espécie de embriaguez gozosa e sedutora, que deve ser o reencontro de alguma coisa da vida fetal.

O ESTRANHO: E essa descoberta do peso faz parte do nascimento, da clivagem... É interessante porque se diz: "O ar é pesado, o ar é leve", ao passo que o ar nunca é pesado nem leve. Trata-se da pressão atmosférica, mas talvez também de uma maneira de criar imagem para um clima afetivo.

A PRATICANTE: Descobrimo-nos pesados quando descobrimos que precisamos de oxigênio. Privados da perfusão sangüínea umbilical, enxertamo-nos na placenta sutil, comum a todos os seres vivos, o ar atmosférico. Talvez se possa responder o seguinte: a associação entre ar e peso não é óbvia se não pensarmos nessa descoberta da gravidade como algo que nos faz inventar de respirar. Sim, a necessidade de ar faz entrar em funcionamento toda a árvore respiratória, pondo em ação, por sua vez, as modalidades funcionais cardiocirculatórias.

O ESTRANHO: Aliás, quebra-se uma irrigação: a do interior. É a morte ameaçadora que desencadeia todo esse processo e a manifestação sonora da vida da criança recém-nascida, o vagido.

A PRATICANTE: É isso aí, esse choro está associado ao ar "expirado". Inspirar e expirar o ar. Diz-se que alguém que morre expira, o que não é verdade. É apenas uma imagem, porque o ser humano, quando morre (ou ao longo de todas as suas expirações), sempre guarda ar em si.

Há um único ser humano que – diz-nos a história – emitiu um longo grito esvaziando os pulmões: foi Cristo. É um procedimento estranho. Nenhum supliciado por crucificação conseguia fazer isso. Eles asfixiavam. E ele, para surpresa das testemunhas, ainda emitiu um forte grito. Todos ouviram. Enfim, é algo certamente objetivo. Estranha vida a daquele homem, estranha morte. E a seqüência, ainda mais...

A palavra "expirar" está associada à idéia de morte. De fato, se deixarmos de inspirar durante certo lapso de tempo, morreremos, e, se expirarmos tudo o que temos nos pulmões sem inspirar depois, teremos a sensação de que poderíamos morrer asfixiados.

Enfim, o recém-nascido é separado do ambiente confinado no calor escuro do corpo da genitriz, ritmado pelos batimentos do coração da mãe, associados à bulha rápida e pendular de seu próprio coração.

Numa maternidade dos Estados Unidos – que uma amiga minha visitou –, amplificaram os batimentos do coração de uma mulher; os recém-nascidos prematuros ouvem pelos alto-falantes como se fossem os batimentos do coração materno. Esse som é interrompido no dia em que completariam nove meses de vida fetal, portanto na idade de desenvolvimento fetal suficiente para "nascerem" e terem acesso à vida de relações, sem a presença auditiva do coração da mãe[9].

O interessante é que as maternantes, ou seja, as enfermeiras que trabalham lá, dizem que essa inovação revolucionou sua própria noção do tempo. Naquele setor não se tinha mais a impressão de estar trabalhando. No fim do dia, era uma surpresa, como se a jornada tivesse passado fora do tempo. Era meio estranho, e algumas até se desorganizaram na vida pessoal, por aquela espécie de desregramento do tempo. Não sabiam por quê, mas aquilo fora concomitante com a experiência de ouvirem, no atendimento aos prematuros, um barulho de coração adulto. Experiência muito positiva para os bebês. Mas não para as enfermeiras. Não se pode ouvir o barulho do coração... Na vida comum, ninguém ouve seu próprio coração. Um dos responsáveis dizia: "Esse foi um fato estranho, difícil de avaliar na nossa vida pessoal."

Ficar ouvindo constantemente a amplificação dos batimentos do coração é anormal para um ser adulto. Isso o leva de volta para uma situação inconsciente, arcaica, de que não se lembra mais, que era a sua vida fetal. Em compensação, faz muito bem aos bebês prematuros, fetos desalojados cedo demais, que manifestaram (segundo as estatísticas) melhor desenvolvimento na incubadora, sem incidentes no momento da parada do ruído, no dia de seu termo fisiológico. Em adultos, isso despersonaliza.

O ESTRANHO: História esquisita. Continuemos a leitura: "Já no nascimento, massa e sexo." Massa se refere ao peso. Por que sexo logo de início?

A PRATICANTE: Pois bem, sexo porque no princípio há o dizer e o reconhecer do sexo da criança por parte dos adultos, a reação dos pais a significar seus afetos diante da realidade daquela criança. Todos os dizeres que a criança percebe relacionam-se, uns mais, outros menos, com sua aparência e seu sexo: é um menino ou uma menina, com registro civil. Através dos sentires e dos dizeres dos que amam ou assumem o recém-nascido, já se elabora um destino em relação com o sexo de cada um, destino que não é o mesmo quando se nasce menino e quando se nasce menina, através dos encadeamentos imaginários dos pais e dos adultos que dão seu sobrenome à criança (que se integra na sociedade) e também nomes, que a intimizam no ninho familiar.

O peso e o sexo, inseparáveis dessa massa do corpo enquanto objeto visto pelos adultos, e na qualidade de significantes associados aos fonemas de seu nome (sujeito futuro inserido na sociedade) passam logo a ser muito importantes.

Com certeza há também uma atração decorrente do sexo, que é diferente para o pai e para a mãe, para os irmãos e para as irmãs, segundo o sexo da criança.

Isso não é coisa objetiva, mas sim subjetiva para o lactente. Vê-se isso na hora da mamada do bebezinho, que fica impassível – se for menino – diante de algum homem que se aproxime de sua mãe, mesmo que seja o pai; ao passo que, se for menina, tão logo se sinta saciada, passará a interessar-se pelo cavalheiro, provavelmente por causa de seu odor[10].

Sabe-se agora que é a voz grave do homem a ouvida *in utero*. O recém-nascido reconhece a voz do pai mais que a da mãe, que no útero ele não ouvia tão bem, sobretudo se for de timbre agudo.

O ESTRANHO: Portanto, a massa e o sexo farão parte existencial, indelével, desse ser que se constitui a partir das trocas substanciais e sutis com os que o cercam. A criança, assim que nasce, separada da mãe, busca alguma coisa que lhe lembre, talvez, a irrigação intrafetal, o ventre materno...?

A PRATICANTE: Sim. E essa não é uma necessidade animal. Já é linguageira. Depois de conhecer duas ou três vezes a alimentação, é o cheiro da mãe que passa a ser necessário para reconhecer o alimento que ele quer. E ele prefere recusar o alimento que não venha acompanhado pelo odor da mãe[11]. Portanto, aí existe um *desejo* – pois não se pode dizer que o odor seja indispensável à *necessidade* –, um desejo discriminativo da relação que acompanha suas necessidades de saúde, respiração, movimento, higiene corporal, alimentação, substituição das forças eliminadas e apoio para o crescimento.

É uma vida que começa, já humana. Essa demanda do recém-nascido não deve satisfazer apenas a boca e o corpo. Ele se satisfaz com o olhar satisfeito da mãe, mesmo que, por falta de meios, não esteja satisfeito biologicamente. Se não puder comer, se ela não tiver o que dar, ou então se ele não puder engolir, os olhares e a ternura das palavras, o fato de ouvir e sentir o cheiro da mãe, já são um reconforto para ele. Talvez os animais também sejam assim, pelo menos os mamíferos, de que faz parte a espécie humana.

Ele reconhece que é esse corpo em relação ao corpo que o faz reconhecer-se, pela repetição do reencontro com a mãe e das discriminações sensoriais que lhe permitem reconhecê-la.

Para que ele se conheça como tubo digestivo pessoal, precisa deixar várias vezes a mãe, sentir fome sozinho, é preciso que ela o acalme, mas que também às vezes outra pessoa lhe dê essa calma, e não a mãe, com certa contrariedade de sua parte, porque essa pessoa não terá tudo o que ele busca. Há com que saciar fome e sede, para seu aparelho digestivo em estado de falta, há satisfação na troca de suas roupas, mas ele não tem a voz, não tem o cheiro nem o ritmo conhecidos da mãe. No entanto, isso é melhor que nada, e pouco a pouco vai reconhecendo que pode sobreviver sem atingir a satisfação de seus desejos, mas apenas a mitigação de suas necessidades.

Mas de início ele tem uma mistura de desejos e necessidades, e só aos poucos as necessidades se discriminam dos desejos[12]: dialética das necessidades não frustradas, associadas a desejos temporizados (desejos nem sempre satisfeitos, que estruturam um ser humano), a aguilhoar os sentidos da criança com a alegria do reencontro de quem os satisfaz na riqueza de matizes sensoriais que serão descobertos e denominados. A segurança existencial de cada criança depende desse crescimento feliz em contato com a mãe (e com o pai), mas não só disso.

Toda criança, por pequena que seja, deve ser iniciada na tensão de seus desejos, que valoriza os reencontros, na mitigação de suas necessidades, independentemente da satisfação de seus desejos.

Separada a criança fisicamente da mãe, é preciso que o espaço seja "mamãezado"[13]: todo o ambiente pode ter cor de mamãe, todo odor pode ter alguma referência com o de mamãe, mesmo que ela esteja ausente, tudo pode ser aureolado de mamãe. Então a criança estará segura, se a mãe, que tem familiaridade com os lugares e as pessoas às quais a confia temporariamente, também estiver.

É desde bem cedo, logo depois de nascer, que a criança deveria freqüentar, com a mãe, a sociedade dos adultos e das crianças, fora do círculo estreito do núcleo familiar.

O ESTRANHO: O que dizer do pai? O homem que responde pela vida no masculino?

A PRATICANTE: É sentido como pai pelo pequenino, como o homem que torna mamãe mais feliz. Nem todo genitor é pai. É o homem que dá mais segurança a mamãe quando está presente do que quando não está. É aquele com quem ela se preocupa, se está ausente, mais do que com qualquer outra pessoa conhecida que ele veja em torno dela.

Assim, ele reconhece como pai o adulto no qual se focalizam as comoções de desejo da mãe, e é por isso também que há ambigüidades inconscientes quando o homem que está no lar não é o genitor da criança, mas outro, sobretudo se isso não lhe tiver sido verbalizado muito precocemente. Isso não é nem bom nem mau para a criança, mas pluraliza a imagem que ela tem do homem que satisfaz os desejos de sua mãe, aquela com cuja imagem, em sua relação no mundo, a criança se identifica. Ao contrário, se a criança ouvir falar a verdade sobre a presença de tal ou qual homem que, na vida de sua mãe (portanto na sua também), tenha sucedido ao seu genitor, essa verbalização dará foco à sua estrutura e segurança à sua sexuação em vias de organização.

O bebê sente-se cercado por uma triangulação da qual faz parte e cujo ponto principal é a mãe. E é pela mãe que o outro ângulo do triângulo, esse terceiro (talvez temporário), assume o valor de segurança da coesão desse triângulo.

A díade gozosa formada pela criança e sua mãe é nociva ao desenvolvimento humano, por não ser estimuladora de desejos nem de linguagem.

Nesse estágio, a noção de corpo é mais ou menos equivalente à de massa. Não há os detalhes, os cotos. O lactente não tem a idéia dos cinco dedos, das duas articulações dos membros superiores e inferiores.

Aliás, em seus primeiros desenhos, percebe-se isso. É um pseudópode único, não articulado, que depois emite um ou dois palpos, em cuja extremidade há uma espécie de pétala. A criança sente seu ser no mundo como uma massa que tem pseudópodes palpadores, e sente o ser que cuida dela, sua mãe, como uma massa com pseudópodes irrigantes. Estabelece contatos com seus palpos[14].

O ESTRANHO: Uma vez "só", sua primeira descoberta é a de um ser com peso, difícil de manejar, por não poder mover-se, e com essa imagem da massa que, para se sentir segura, deverá estar em contato com o espaço que você chama de "mamãezado". Qual é o lugar do pai nesse mapa?

A PRATICANTE: É o papel do terceiro, eleito, que modifica a presença da mãe por uma energia visivelmente acrescida.

O ESTRANHO: Que a intensifica...

A PRATICANTE: Que intensifica a segurança que a mãe dá.

Solavancos

A PRATICANTE: No plano da demanda, o olfato é necessário no começo. A demanda pode ser de necessidade ou de prazer. Portanto, nesse plano o olfato é o meio discriminador que a criança tem para saber que se trata realmente do interlocutor de que necessita e que deseja.

Por outro lado, há o ruído e o ritmo dos solavancos carregados das mesmas sonoridades. Os ritmos da motricidade da mãe, o estilo motor da mãe. Cada mãe teu seu ritmo próprio. Eu, com meus filhos, era um tanto... sacolejante, a tal ponto que, quando Jean era pequeno, se lhe perguntassem: "Como é que a mamãe é?", ele respondia: "Mamãe? Ela é agitadinha."

Eu adorava dançar com meus filhos no colo, quando ainda eram bebês, antes de começarem a andar. Aliás, movimento-me com rapidez, e com eles era assim: "agitadinho", o que os divertia, tanto quanto a mim. Forçosamente, cada filho começa a adaptar-se ao tipo de motricidade da mãe. Há mães que são lentas e outras rápidas...

A criança constrói seu corpo, casa de seu coração, onde ele pode entrar com segurança. A construção do corpo como lugar de segurança começa por esse contato com os palpos que exploram o exterior.

A NEGRA VERDE: O mais divertido no tai-chi é que a gente tem a impressão de estar construindo uma casa, como você disse sobre os bebês. Construímos uma casa, construímos quase uma placenta de segurança em torno de nós.

O MAINÁ: Eu diria um espaço estetizado pelo movimento e pelo encadeamento das figuras... Um espaço sem falhas. Olho para vocês todas as manhãs, de cima do telhado...

O ESTRANHO: "O sono deve ser condicionado pela boa construção de seu corpo, que lhe lembra a segurança interior da mãe." As perturbações do sono vêm das falhas nessa construção?

A PRATICANTE: Sim, das falhas nessa segurança. Podem provir dos ritmos do mundo exterior, dos ruídos, de violências ou de tensões afetivas entre as pessoas, podendo em si mesmas provocar, por reação, problemas de trânsito digestivo, espasmos circulatórios. Não se sabe. A insônia pode provir de muitas coisas. Pode provir também da organicidade do corpo, dos ritmos, da perturbação do silêncio dos órgãos por percepções insólitas.

Essas perturbações podem ser acalmadas imediatamente pela mãe, se ela não se sentir angustiada também. Quando a mãe diz, com suas próprias palavras: "Estou aqui", parece que, para a criança, o fato insólito ocorrido não tem mais importância alguma.

Vi isso nos terríveis bombardeios, durante a guerra, com sirenes e tudo o mais: mamãe está aí, mamãe sabe que o filho está aí; ela ouve também, dá nomes, sabe. Papai também. Portanto, tudo isso faz parte de mamãe. A criança não precisa preocupar-se. Não está sozinha. Só se não houver palavras a respeito é que a coisa fica preocupante para a criança, ou se a mãe faz eco ao insólito com sua própria angústia, com seu pânico. Se a mãe se angustia com sua insônia ou com o que angustia a criança, então, aí sim, não há mais sono de jeito algum.

O ESTRANHO: Aí os dois entram em pânico.

A PRATICANTE: A criança perde o sono. Entram em pânico mãe e filho, sim. Este entra em ressonância com o pânico secundário da mãe. Mas o pai pode acalmar todo o mundo porque, justamente, se consegue acalmar a mãe, a criança se sente acalmada também. Isso já é linguagem, está vendo, intercontaminação inconsciente responsável pela insegurança do grupo.

O ESTRANHO: É. É bem hierarquizado como transmissão.

A PRATICANTE: Não sei se é uma hierarquia; acho que é mais em cascas de cebola, em envoltórios sucessivos.

O ESTRANHO: Sim, uma estruturação.

A PRATICANTE: Uma estrutura.

O ESTRANHO: Então, a respeito dessa casa ou disso que às vezes você chama de "casa de seu coração" – porque o coração é o apaziguamento –, "ao desenvolver-se, aparece a idéia de seu centro". Seu centro? Da casa?

A PRATICANTE: Sim, é isso.

O ESTRANHO: "A mãe, fonte de alegria e tristeza, alegria de estar presente para os sentidos, e quando, no interior do corpo, a irrigação é boa, a zona erógena eletiva é concebida como boa." Aí há um trajeto um tanto rápido. A mãe como fonte de alegria e de tristeza, ou seja, considerando-se que tudo esteja estruturado...

A PRATICANTE: Sim. São variações viáveis que a mãe instaura. Ela confere um estilo de variações viáveis, de alegria e de tristeza sentidas, admitidas como vivíveis. Cada mãe, sem saber, transmite ao filho seu estilo em relação a isso.

Já é uma língua. Mesmo não sendo uma língua audível, é uma língua de mímicas e gestos compatíveis com a segurança existencial.

O ESTRANHO: E que história é essa de zona erógena?

A PRATICANTE: Ah! Pois bem, a zona erógena é a parte por meio da qual se estabelece o contato com a mãe para as necessidades básicas, o que provoca, repetidamente, a pacificação do corpo, ao mesmo tempo que o prazer entra nisso. Se por vezes outras pessoas cuidam da criança, esta reconhece que é com a mãe que sente uma qualidade específica de prazer associada à satisfação repetitiva das necessidades.

A zona erógena nasce do fato de ser o lugar último do prazer e da separação do prazer, porque a zona erógena é construída pelo fato de ser o lugar do luto da mãe. É o último lugar de contato onde se sofre a separação antes da percepção aguda do prazer no momento e no lugar onde ele deixa de ser sentido.

O ESTRANHO: Aqui não entendo muito bem as notas do nosso sacerdote: "Também em relação ao assento, ocorrem igualmente irrigações."

A PRATICANTE: Sim, há dois pólos: o pólo oral cefálico e o pólo caudal. No pólo oral, há a boca para as necessidades e para os lugares de discriminação da pessoa desejada por meio dos sentidos sutis, ou seja, olfato, audição, paladar e tactilidade das zonas cutâneo-mucosas que tocam os seios da mãe, o corpo da mãe. E há a outra zona, que é do bem-estar decorrente da expulsão e do asseio do local de intercâmbios através da lavadura; é o pólo caudal. *In utero*, este só conhecia a micção; depois, com o nascimento, passa a conhecer a defecação regular com a higiene do corpo, mas apenas depois das sensações de massa, respiração e vagido. Essa liberação de tensões internas pela micção e pela defecação torna o ânus e a região das nádegas, mais o pênis e o escroto no menino, e a vulva na menina, uma vasta zona erógena, porque é também o lugar de retorno repetitivo da mãe para as necessidades. A qualidade desses cuidados e a modalidade de seu estilo são reconhecidas pela criança, tanto quanto o modo de ser afetivo da mãe ao fazê-lo e a sua harmonia com o sexo da criança, cuja vista lhe é imposta.

Esses matizes emocionais são muito perceptíveis na mãe, que lamenta se a criança é do sexo que ela não desejaria. Uma delas, enquanto trocava o filho, dizia: "Ah! Prefiro não olhar. Toda vez fico decepcionada." E acrescentava, depois que o menino estava de roupa trocada, bem arrumado: "Como está bonito assim! Está vendo? Parece até uma menininha!" Ou então, se a criança é menina, outra mãe diz, quando ela está bem vestida: "Quem vê pensa até que é menino!" Mas, ao trocar a roupa do filho, a mãe é obrigada a aceitar a verdade: não pode negar o sexo da criança. Esta percebe. Por isso é importante essa zona erógena.

O ESTRANHO: Há mães que dizem isso?

A PRATICANTE: Sim, que dizem delicadamente, desse jeito, com a maior inocência. Isso é melhor que aquelas que não deixam de pensar, mas escondem...

O ESTRANHO: Então, a propósito do assento: "Também ocorrem irrigações, expulsões para fora de si mesma, onde a criança percebe tactilidade, odor e alívio às vezes, ou irritação cutânea." São expulsões dedicadas à mãe, naturalmente, mas a criança sente solidão se a mãe não as recebe, não as aceita ou mesmo se zanga ao trocá-la, com raiva, ou recusando-se a fazê-lo...

A PRATICANTE: Sim, é isso aí, porque o odor dos excrementos é um odor de segurança para a criança, pois é ele que faz a mãe vir.

Mas se a mãe não suporta esse cheiro, se o elimina depressa demais e não fala com amenidade dos cuidados que o bebê provoca, às vezes de propósito, então seu corpo torna-se seu inimigo, por não ser aceito pela mãe, e... ele não tem mais nada. Só tem isso para fazê-la vir, mas para ir logo embora de novo com as fraldas, ou então para ralhar, para ficar zangada.

A servidão do corpo, quando precisamos depender de outra pessoa, é uma provação, se essa pessoa, a quem nosso corpo está entregue – seja por que razão –, encara os cuidados que nos deve dispensar como um sofrimento. Isso, que muitos bebês sentem, modula o estilo de erotização "infeliz" precoce, que matizará o sexo mais tarde, e bem antes do período edipiano, com um "desterro" precocíssimo, seja ele masculino ou feminino.

A angústia de Heidegger e o peido de Jean Genet

A PRATICANTE: Se a mãe não suporta deixar a criança "sujar-se" e se tem repulsa por trocar suas roupas, então a criança é muito infeliz, pois essa região excrementícia, ainda incontinente por natureza, apela para a mãe, e esse apelo é desprezado por ela.

O ESTRANHO: Num dos romances de Jean Genet, em algum lugar, talvez do *Journal du voleur*[15], há uma história de peido. Estava na prisão, e falava, justamente nesse sentido, do cheiro de seu peido, que ele sentia como uma espécie de véu a envolvê-lo, e que o enchia de...

A PRATICANTE: De segurança. É uma lembrança direta da infância.

O ESTRANHO: "... falar com toda a natureza". É ela que investe tudo o que está em torno. "É preciso que a criança se torne valorizada."

A PRATICANTE: É por ocasião desses dois pólos e dos contatos com a mãe, por ocasião desses dois pólos, que se define para a criança – como dizer? – o que faz ou não seu valor, uma espécie de campo em pontilhados dos valores que são os seus e que, por força de se repetirem, lhe dão o valor de seu ser, na alimentação, no rosto e nas nádegas, quer dizer, em suas funções regulares e também em seu sexo, com tudo o que isso produz de angústia, inquietação, nervosismo, fadiga, ou, ao contrário, alegria, murmúrios alegres da mãe, divertimento dela.

É por ocasião de tudo isso, dos intercâmbios durante os cuidados dispensados na vida quotidiana, que se elabora o sentido do valor no homenzinho, masculino ou feminino, e isso bem antes de se saber menino ou menina.

E acho que para o clima é importante um pouco de música: ser em dó maior, ser em ré menor, ou então ser como disco com defeito que volta sempre.

Acredito que essa seja a melhor coisa para traduzir o clima do "sentir-se-valor" da criança, na parte de cima e na parte de baixo de seu corpo, essas duas regiões que são regiões de zonas erógenas.

O ESTRANHO: Estamos falando da construção perfeita... E se houver perturbações nessa construção?

A PRATICANTE: Se houver perturbações, pode haver perturbações no funcionamento do tubo digestivo, por exemplo, ou disfunções da eliminação urinária ou fecal, ou ainda perturbações na audição, otites, perturbações no funcionamento da relação que lhe permitiu escutar que foi mal recebida no modo como exprimiu para a mãe o seu ser no mundo. Então, pode ocorrer o nascimento de uma angústia primeira de solidão no sentido da não-aceitação de não ser reconhecido valoroso.

O ESTRANHO: Nesse momento a criança mergulha na...

A PRATICANTE: Mergulha na ausência de uma parte de si mesma porque essa parte de si mesma não foi aceita e valorizada pela mãe, e isso desperta nela o nascimento, a primeira castração, o corte do cordão umbilical e a perda dos envoltórios. Não se sente mais aceita, e ela mesma não se aceita.

É a isso que chamo estrutura do narcisismo de base[16]. Ou a criança o tem ou não o tem, ou é frágil ou é muito sólida. É importantíssimo na vida de um ser humano esse narcisismo básico, que não pode ser atingido sem desarranjos fisiológicos profundos.

O ESTRANHO: Nessa construção gradual da imagem do corpo, encontram-se os grandes temas da filosofia existencialista de Heidegger: o ser lançado no mundo, o nascimento da angústia. É curioso...

A PRATICANTE: Não é curioso, pois todo ser que refletiu na filosofia é um ser subjetivo; antes de dizer para todo o mundo, ele sentiu tudo aquilo pessoalmente. A filosofia é uma expressão subjetiva que põe à disposição de todos sensações sutis de alguém que pensou o mistério da problemática humana.

A solidão que permite refletir, sentir-se em segurança, mesmo só, está articulada com a mãe e constrói-se em contato com uma mãe suficientemente compreensiva, suficientemente tolerante, não fatigável demais, que nos assiste até o momento em que nos sintamos transformados em pessoa, e em que ela se torna para nós, com aquiescência ou oposição, outra pessoa, que não nós mesmos. O momento em que a relação se autonomiza com referência ao adulto possibilita estruturar a mãe, a nós mesmos a exemplo dos outros, como sujeitos e objetos ao mesmo tempo.

Felizmente, muitas mães são assim, sabendo dar e receber, deixando-nos de lembrança palavras e canções, deixando coisas suas e aceitando de seus filhos barulho, sujeira, asneiras e gritos, provas (em sua ausência) de nossos prolongamentos expressivos no espaço.

É graças a isso que essas mães, suficientemente presentes e permissivas, mas sabendo também ausentar-se e suportar o sofrimento que essas ausências nos fazem sentir, nos permitem ter acesso a uma solidão saudável. Quero dizer a ausência que nunca é completa, porque o ser amado ausente, ela, existe no mundo, e pensar nela não desperta nenhum sentimento de culpa, mas apenas expectativa.

Nos momentos de solidão as sensações erógenas de privação são apenas parciais, porque o ser amado existe no mundo, disse "até logo", falou em voltar, provou que não nos esquece. Seu cheiro foi para não muito longe, seu som foi para não muito longe, seu semblante vai voltar, e a criança está à espera desse retorno. Sabe que ela está por lá, no seu ambiente, mesmo que não a veja naquele momento.

O que quero dizer é o seguinte: a solidão é sentida como temporária e parcial...

O ESTRANHO: Portanto, suportável.

A PRATICANTE: Suportável. E, para controlar a situação, a criança define sua própria posição, assume seu turno. Ama-se em lugar de sua mãe, enquanto ela não está.

É a história do peido de Jean Genet na prisão, na solidão.

O ESTRANHO: Sim, principalmente porque Jean Genet foi encontrado na sarjeta, ou na porta de alguém, e não conheceu a mãe.

Vamos a outras notas: "No começo, a motricidade do bebê é vegetativa, peristáltica. A boca, na mitigação das tensões de necessidade, fome e sede, necessidades de aporte de alimento, é complementação de sentido, amor do amor, e, por via do deporte, expulsão secundária das fezes, bem-estar que traduz um funcionamento agradável do corpo, na falta de outros prazeres."

A PRATICANTE: Sim, e pelo peristaltismo da boca ao ânus. Nosso sacerdote não anotou, mas é muito importante porque, justamente, o peristaltismo, que é contínuo da boca ao ânus, permite que o homem saiba o tempo todo onde se encontra a presença da mãe nele, na forma do objeto parcial que vem dela e que a ela retorna.

O ESTRANHO: É uma espécie de sensação de existência...

A PRATICANTE: É uma espécie de sensação intuitiva de existência e que não se percebe, pois todo o mundo vive com ela, exceto em certas doenças mentais nas quais as pessoas dizem: "Não tenho mais estômago; não tenho mais um pedaço do intestino." Elas têm ausências de sensações de seu tubo digestivo, e isso cria grandes ansiosos, que estão em hospitais psiquiátricos. Esses distúrbios têm o nome de – foram os psiquiatras que deram esse nome – síndrome de Cotard[17]: o paciente diz que perdeu o estômago, sofre de polineurites com esse sintoma ansiogênico entre outros. Se essa sensação pode faltar é porque habitualmente sentimos nosso estômago...

Se algumas pessoas têm imagens do corpo ausente, isso prova que todo o mundo sente, o tempo todo, que tem um estômago, sente o tempo todo que tem um tubo digestivo que está em peristaltismo constante. A pessoa não sabe muito bem como. Essa sensação inconsciente de saúde faz parte do silêncio dos órgãos. Ela é habitada o tempo todo mais ou menos como uma mãe é habitada o tempo todo pelo pensar inconsciente em seus filhos.

O ESTRANHO: Em ondas.

A PRATICANTE: Em ondas de percepções.

O ESTRANHO: Por uma espécie de ruído.

A PRATICANTE: Sim, como a presença constante de um peristaltismo familiar.

O ESTRANHO: É um ritmo e um ruído familiar que enchem o tempo...

A PRATICANTE: ... e o espaço seguro dos relacionamentos e das atividades de cada um no seio da família. E que é uma "mamãezação" interna, que ecoa na segurança no mundo exterior, que está além das paredes que delimitam o lar.

Vegetais, animais, a solidariedade da espécie

Todo ser vivo tem origem num co-ser que tem um organismo portador que organiza – miniaturizadas – suas potencialidades biológicas. Se encontra como manter e desenvolver essas potencialidades, o indivíduo, conforme com a espécie que o engendrou, desenvolve-se com as características funcionais e reprodutoras de sua espécie. É assim que a vida é transmitida por organismos vivos através do tempo e do espaço.

A todos os mamíferos a realidade deu um destino marcado desde a origem por uma individuação incapaz de sobreviver isolada.

A semente de um vegetal pode ficar isolada no tempo até por milênios, pode ser transportada pelo espaço para longe de sua planta de origem e conservar vivas suas potencialidades de produzir um espécime acabado de sua espécie, desde que reencontre as condições telúricas e climáticas indispensáveis a seu crescimento.

Um ovo fecundado de inseto, de peixe, de batráquio, de cobra, de pássaro pode sobreviver por um tempo maior ou menor, à espera das condições para a eclosão.

O ovo fecundado de mamífero (portanto de um ser humano) não poderá produzir um indivíduo viável se não tiver nidificado nas entranhas de um espécime feminino de sua espécie, que tenha produzido a parte feminina do ovo, antes da fecundação pela parte masculina proveniente de um espécime macho adulto da mesma espécie. O macho genitor não é, pois, indispensável à sobrevida dos filhotes.

Depois do nascimento, os pequenos mamíferos devem ser amamentados por certo tempo. Quer sejam amamentados pela fêmea que os gerou, por uma fêmea de sua espécie ou de outra que os adote e proteja, durante um tempo maior ou menor, quer sejam protegidos pelo homem que cuida deles e os alimenta, os pequenos mamíferos, uma vez desmamados, crescem e comportam-se em conformidade com as características de sua espécie, quer fiquem solitários, quer em companhia de indivíduos de outra espécie.

Crescendo, se encontram um espécime de sua espécie, sabem reconhecê-lo por instinto, buscam sua companhia. Adultos, se em presença de um espécime de sua espécie, do sexo oposto, desconhecido para eles até então, são incitados pelo seu instinto genésico, sem aprendizagem prévia, ao acasalamento fecundador.

Certas espécies animais, em especial mamíferas, acostumadas há milênios à presença humana, em contato com esta passaram a ter uma convivência tolerante ou conivente. Os seres humanos podem aprisionar certos espécimes dessas espécies que, vivendo em sua dependência, são treinados para obedecer. Outras tornaram-se domesticáveis, ou seja, de geração em geração são auxiliares da vida do homem, para contentamento mútuo ou para a execução de trabalhos nos quais sua força e sua resistência, desde que recebam alimentação e proteção dos que as empregam, transformaram-nas em amigas e servidoras.

A inteligência, a astúcia e a memória de certas espécies são conhecidas pelos seres humanos que, observando, conseguiram direcionar certas atividades desses animais para seu próprio proveito, utilidade ou contentamento, uma vez que animal doméstico e homem entendem-se, comunicando-se por sinais e comportamentos significativos.

Afeição recíproca, compreensão de gestos esperados, obediência ou negação de obediência, sofrimento afetivo também quando o animal que depende de seu dono sente ciúme pela atenção que ele deu a outro, amuo quando se sente desprezado, agressividade às vezes contra o intruso que monopoliza a atenção do dono, sofrimento pela ausência e alegria pelo reencontro.

Seja qual for a adaptabilidade da raça de um espécime animal à espécie humana, nunca, porém, o animal se afasta das potencia-

lidades instintuais de sua espécie, sejam quais forem os substitutos à alimentação e ao modo de vida que ele tinha em natureza e que o homem consiga levá-lo a aceitar. Sem o homem, ele sempre pode voltar ao estado natural, sobreviver e reproduzir-se de acordo com o programa biológico de sua espécie.

Solitário, o animal ao qual se ofereçam abrigo e alimento talvez sobreviva infeliz, mas conserva o habitus *de sua espécie.*

O filhote de homem, assim como os outros mamíferos, só nasce viável depois de meses de co-vivência e de nidação em sua mãe genitora.

Depois do nascimento, que o faz deixar a placenta nas entranhas da mãe e estar em seu próprio organismo separado dela, ele sofre uma mutação: respiração, circulação, digestão visceral funcional e excreção autônoma. Não pode, porém, sobreviver – e isso durante pelo menos o dobro do tempo de sua nidação – sem depender do aleitamento, do calor, do asseio e da proteção dispensados por uma criatura viva que assuma a responsabilidade de cuidar dele.

Durante muito tempo ele precisa de pais naturais ou substitutivos, e o comportamento desses co-viventes tutelares em relação a ele forma-o e informa-o em sua carnalização do dia-a-dia, de modo indelével tanto em termos de estrutura quanto de linguagem, tanto nas funções de seu organismo físico, qualitativa e quantitativamente, quanto no devir do desenvolvimento de suas potencialidades genéticas, que sua individuação expressará no seu modo de inserção social.

Chegada dos objetos

O ESTRANHO: Então a segurança deve ser integrada, principalmente porque, a partir da noção global de massa, simultaneamente ao seu desenvolvimento, a criança vai pormenorizando cada vez mais suas sensações. Sua massa vem de certo número de combinações, de movimentos.

A PRATICANTE: Sim, ela se torna ativa na emissão sonora, brincando de repetir os mesmos fonemas que ouve, sobretudo da mãe e dos familiares. Deforma-os, mas não sabe disso.

É muito interessante porque, bem depressa, a criança que chalreia não consegue mais emitir todos os sons. Ao nascer, poderia emitir todos os fonemas de todas as línguas do mundo (ouve-os). Mas logo sua boca não poderá mais fazer isso, não tem mais os encadeamentos inconscientes.

O ESTRANHO: Quer dizer que o recém-nascido tem capacidade para isso...

A PRATICANTE: Teve mas perdeu, por mimetismo do que ouve no meio em que vive. É por querer perenizar a presença da mãe que ele se exercita em balbucios e em fonematizações que para ele são eco, em espelho sonoro, dos sons da língua falada pela mãe.

O ESTRANHO: Então, agora, ele se torna ativo...

A PRATICANTE: Torna-se ativo na repetição e para investigar a comunicação "à maneira" do outro, amante e amado.

O ESTRANHO: Ativo na busca de comunicação?

A PRATICANTE: Sim, sem dúvida. Quando fica chalreando sozinha no berço, a criança está imaginando a presença de outra pessoa. Imita, repete, espera resposta para aquilo que emitiu, e sofre quando só lhe respondem como espelho, e não de outro jeito, como resposta de verdade. Quer dizer: se o adulto que ouve repete-lhe os sons que ela acaba de pronunciar, no início a criança ouve, e há um momento de felicidade, porque alguém está falando com ela, mas, se não falarem de verdade, ela logo desanima. Não é imitação de si que está procurando. E, no entanto, muitos adultos fazem isso.

O ESTRANHO: Eles mimetizam a criança.

A PRATICANTE: Sim, mimetizam, ao passo que a criança, quando diz fonemas desajeitadamente, acha que está dizendo fonemas que os pais diriam. E se pede: "A miam miam. A papá bom", e a mãe responde: " 'tá aqui miam miam papá bom", ela fica desanimada. Porque gosta muito mais das palavras reais, pois assim há uma conversa, uma troca, e não uma repetição.

Exatamente como quando ela vai em direção a alguém, e esse suposto alguém não passa de sua imagem no espelho; pois bem, isso não a interessa. O que quer é que seja um ser vivo complementar, um respondente.

Muitas vezes os adultos ignoram que a criança está em busca de um intercâmbio, e não de uma cópia fiel, assim como ela não é cópia fiel dos adultos. E, se parecer que é, será porque ela procura comunicar-se com eles do mesmo modo como eles se comunicam com ela e com os outros. Mas é para comunicar-se, não para imitar, enquanto os adultos acham que é para imitar. Na realidade, é uma expressão inventada, um apelo fora de seus limites, um apelo a um outro.

A imitação do adulto por parte da criança é um meio de entrar em contato com ele. Não é um fim em si, para a criança. Ela está buscando um contato-troca. Estará humanizando-a quem responder com palavras que reflitam um pensamento, um ato, um interesse do qual ela não esteja excluída, em vez de não dar resposta alguma, por estar absorvido demais em seus pensamentos ou em suas ocupações para ouvir...

O ESTRANHO: "O polegar, ilusão da presença da mãe que a satisfará. Não vai mais procurar em outro lugar." Aí está uma limitação ou um bloqueio, me parece.

A PRATICANTE: Sim, se a mãe não lhe trouxer elementos novos, a criança vai contentar-se com o que conhece. É isso justamente que é importante. Muitas vezes as pessoas deixam com as crianças, para ocupá-las, fetiches táteis, visuais, e agora sonoros, as mesmas musiquinhas. É verdade que durante certo tempo isso as ocupa, quando estão sozinhas. Por que não? Mas se os adultos se limitarem a isso para fazer a criança calar-se e acalmar-se, em vez de lhe proporcionar elementos sensoriais novos, testemunhos e mediadores de uma comunicação autêntica para ela e sensata para o adulto, que se estará expressando de verdade, então a criança se fechará.

Isso provoca algo de obsessivo no viver humano que, espontaneamente, vive do fato de seu corpo ter necessidades repetitivas. O hábito torna-se a única segurança e até, inconscientemente, uma espécie de moral: só é bom o que já é conhecido. Moral de robô em funcionamento. Em vez de moral de vivo que assume continuamente seu desejo de comunicação, de conhecimento, de descoberta do mundo em sua inumerável variedade.

O ESTRANHO: A criança começa a parecer-se com uma espécie de objeto mecânico.

A PRATICANTE: Sim, o bonequinho dos adultos, seu objeto de cuidados, muitas vezes um pouco mais que um animal de companhia, bem ou mal cuidado, incapaz de escapar do seu dono.

O ESTRANHO: "Aos três meses, necessidade da presença da mãe." Por que justamente nessa idade mais que antes?

A PRATICANTE: Já antes, é claro, mas com três meses a necessidade de trocas afetivas domina a de trocas físicas, que ela deseja acima de tudo. Porque está suficientemente desenvolvida com três meses para ficar acordada por mais tempo. Não lhe basta ser alimentada, ter roupas trocadas, ser carregada no colo por alguns instantes com cantarolas, ser embalada e depois posta de novo no berço. Ela precisa de movimento, de deambulação no espaço, de muita animação em volta, de trocas sutis, conversas, brincadeiras, olhares, mímicas. Precisa de relações variadas, expressas com todos os sentidos, e de palavras sobre o que ela manifesta e sente, interesse, prazer ou desprazer, angústia, tudo isso independentemente da satisfação de suas necessidades, mas também por ocasião desta.

O ESTRANHO: Da presença da mãe como pessoa.

A PRATICANTE: E não como objeto cujas necessidades de higiene são satisfeitas.

O ESTRANHO: "Sua mão é feita para o outro, assim como a mão do adulto é feita para dar?"

A PRATICANTE: Sim, para entrar em contato com o outro, para entrar em relação de troca, de prazer, de linguagem na verdade. Através das trocas manuais, dá-se uma presença. Ela se dá como presença e recebe a presença do outro, e essa comunicação ocorre através de objetos mediadores, de objetos miúdos, mas também através das cores que esses objetos têm. E quanto mais se puder verbalizar a característica daquilo que é manipulado, inclusive do instrumento "mão", dando nome às mãos, aos dedos, mais a criança ficará feliz com essa relação pelas mãos.

Essa é uma especificidade humana: assim como a boca e o ânus, a mão é um esfíncter, por causa do polegar que se opõe aos outros dedos. As zonas erógenas boca e ânus projetam-se nas mãos, que se transformam em zonas erógenas por analogia com a boca que pega e o ânus que joga fora, que "faz" cocô. Isso se revela inconscientemente, pela manipulação de objetos mediadores entre a pessoa da mãe e a pessoa da criança, para o prazer partilhado em afetos sonorizados, em palavras que ganham sentido vivenciado na troca.

O ESTRANHO: Objetos que são dados e retomados.

A PRATICANTE: Dos quais a criança se torna o sujeito intencionalmente senhor.

O ESTRANHO: Há toda a manipulação, a troca com o adulto. "Assim como a mão do adulto é feita para dar", ou seja, à criança?

A PRATICANTE: À criança. Dar à criança, para dar-lhe paz, refazimento de si mesma, dispensar-lhe cuidados. A mãe deve então dar nome aos objetos. Dar nome porque, quando ela não estiver mais ali, aquele objeto – se ela lhe tiver dado um nome – funcionará como representante dela e, portanto, da não-solidão da criança.

O ESTRANHO: É isso aí. Construiu-se e, agora, os objetos chegam.

A PRATICANTE: O mundo é habitado por sucedâneos parciais, sonoros, visuais, táteis, olfativos, da relação com a pessoa da mãe, do adulto amado momentaneamente ausente e cuja presença eclipsada eles evocam.

O ESTRANHO: E esses objetos são sempre os primeiros suportes da segurança, o que se encontra ao alcance da mão para dar segurança, por estarem aureolados pela presença do adulto, que lhes confere valor. Precisam ser isso. "Sonoridades que acompanham o objeto."

A PRATICANTE: Sonoridades da palavra. Representação sonora da palavra que significa esses primeiros objetos associados ao prazer com a mãe e como se investida de magia, de promessas de prazer, de reencontros deliciosos.

Assim, a criança fica "inteligente", tem inteligência do mundo que a rodeia; caso contrário os objetos, por não terem nomes, são intercambiáveis e não representam a relação afinada que ela tem com alguém. Ao mesmo tempo, com suas palavras, ela vai poder falar com outras pessoas além da mãe, ou seja, ela vai poder estender sua relação com uma pessoa para outras. Tornar a criança inteligente no sentido de ter inteligência do mundo e das relações humanas.

É assim que ela terá muitas outras mamães, outros papais, enfim outras pessoas "como mamãe", outras pessoas "como papai", e o mundo se tornará inteligível, mundo de trocas, sobre um fundo um pouco conhecido, porém variante, associado a novas percepções.

O ESTRANHO: No sentido de poder manipulá-lo, e não apenas fisicamente...

A PRATICANTE: Poeticamente também, criativamente.

“Colomba, teus olhos são chispas vivas”

O ESTRANHO: Tudo o que o bebê segura, manipula, troca, dá, pode então ser considerado representação da mãe: “Se ele não pode pegar nada, sua solidão é assustadora. Ele perde confiança na presença do mundo.” Como assim, ele não pode pegar nada? Por não ter nada ao alcance da mão?

A PRATICANTE: Nada ao alcance da mão que venha da mãe; ele nada tem para “fazer”, nada que lhe sirva de sucedâneo bucal ou anal, como objeto parcial. Só lhe resta o corpo – coisa que centra compulsivamente desejos sobre necessidades, com sensações que devem ser repetidas continuamente.

Como ele não tem mais nada para si mesmo, também não tem mais nada para os outros, não há mais sentido. Mesmo os fonemas de seu nome, se não são mais promessa de prazer com outro, perdem o sentido de significá-lo, a ele, ser vivo. Só tem sentido o que é valorizado pela relação que ele teve com alguém, por uma cumplicidade com alguém, cujo reencontro ele ainda espera.

Aliás, é isso o que se diz no início do *Gênese*: Deus pede a Adão que dê nome a tudo, mas no que se referia ao próprio homem ele não tinha recurso. Não podia dar nome ao homem porquanto não tinha outro, diferente e semelhante ao mesmo tempo. É então que Deus lhe dá Eva, tirando-a da costela dele, encostada nele, para que ele pudesse dizer: “Reconheço-me. Eis o osso de meus ossos, a carne de minha carne.” Portanto, dando nome a Eva, semelhante salvo no sexo, ele deu nome ao homem.

Eva representa o homem na sua alegria reconhecida de existir, assim como Adão representa para Eva aquele que, diferente dela no sexo, confia-lhe o papel de ser a "inteligência" da alegria partilhada pelos dois.

O ESTRANHO: Portanto, a solidão do homem começou... ou melhor, é pela solidão de Deus que ele veio ao mundo.

A PRATICANTE: Sim, ou melhor, Deus estava de saco cheio – no *Gênese* conta-se isso –, e depois ele criou o homem e o mundo das criaturas. E aí ele lhe pediu que desse nome a tudo o que havia criado. Já é curioso. Então o homem deu nome a tudo. E ficou contente com as coisas a que deu nome. Deus também, por certo. O homem (anônimo) dera nome aos vegetais, aos animais, mas não podia dar-se nome a si mesmo, ignorava-se fora de sua relação com Deus. Então, Deus se disse: "Mas o que é preciso fazer para que ele dê nome ao homem? É preciso pôr um outro homem." Na verdade o que se conta no *Gênese* é a recriação de cada um...

O ESTRANHO: Voltemos ao bebê. Portanto, ele não pode pegar nada, fazer nada, dar nome a nada, perde a confiança em sua presença no mundo.

A PRATICANTE: Sim, perde confiança até em seu poder de modificar o mundo pelos palpos pseudópodes, os membros que prolongam a massa de seu corpo.

O ESTRANHO: Sua presença no mundo é... tudo o que começa a fazer sentido por ele e com ele?

A PRATICANTE: A presença dele, sendo reconhecido como valoroso pela mãe e pelo pai. Sua presença na comunicação. E a solidão, como mal, é a perda do sentido, simplesmente. Já nessa idade.

O ESTRANHO: O sentido, antes de ser um conceito filosófico, é, pois, coisa de bebê que se mexe, que se introduz no mundo com tudo o que tem...

A PRATICANTE: Ele também começa a amar tudo o que se mexe, ele mesmo se torna movente no movente.

O ESTRANHO: Por que tudo o que se mexe?

A PRATICANTE: Porque é vida. Porque provoca nele percepções variantes, depois a motricidade, que é agradável. A criança move-se num mundo que se move, torna-se relativa, entra na relação com o mundo inteiro. Agora, vê em torno de si e de sua mãe adultos diferentes a mover-se. São todas as pessoas com quem a mãe se relaciona e, graças a esta, a criança também, por procuração.

O ESTRANHO: E depois a motricidade começa, a criança desenvolve as pernas, começa a rastejar, tenta levantar-se.

A PRATICANTE: É o gênio de sua espécie, atualizado pelo crescimento.

O ESTRANHO: Seu ouvinte anotou, neste ponto do desenvolvimento do bebê: "Sentimento do estético. Bonito como mamãe." Por que só agora o sentimento do belo?

A PRATICANTE: Não, acho que existia antes. Deve existir. Acho que é o primeiro sentimento de todo ser humano: o sentimento do belo, associado às primeiras percepções do nascimento.

O ESTRANHO: Costuma-se considerar o sentimento estético mais sofisticado, tardio e mesmo aleatório... Explique-se um pouco.

A PRATICANTE: Não há muito o que explicar. É um fato, uma observação.

É belo, ligado ao masculino e ao feminino, ou somente ao feminino: belo para mulher, belo para homem, belo masculino, belo feminino, belo vegetal, belo animal, belo imóvel, belo móvel, belo cósmico. O belo é a quintessência do humano, sentimento precoce que está ligado ao odor do corpo da mãe, ao brilho de seu olhar – para as crianças que enxergam –, à carícia auditiva da voz da mãe – para as que não são surdas – e à tactilidade especial e reconhecida da mãe, que se reconheceu em seu filho exterior a ela. Já está articulado ao fato do descobrir-se a si mesma valorosa num filho que lhe é exterior.

Por isso, a criança que ao nascer não trouxe alegria à mãe é marcada por esse fato, e para ela o sentido banal da vida não pode ser o de alegria. Para ela, o sentido da vida está marcado com um bemol.

O ESTRANHO: Mas quando uma criança diz numa explosão: "é bonito!", você diz "sentimento estético", mas o que há no interior? Alegria?

A PRATICANTE: É alegria, é, de repente, a força de uma irrupção de vida. No olhar há um brilho que só existe nesse momento, que é suave, brilho suave; não é um brilho metálico. É de admiração, de reconhecimento. Acredito que seja algo de divino, que diz respeito ao reconhecimento de um além do ser humano, além daquilo que a própria mãe pode proporcionar, a própria mãe em referência com quem a fez.

O ESTRANHO: Portanto, semeia-se a psicanálise...

A PRATICANTE: Sim. A psicanálise, ciência do homem, estuda o que, inconscientemente, se repete em toda relação e permite descobrir aquilo que foi recalcado da energia que está em jogo nos relacionamentos, tornando-se energeticamente nocivo ou definitivamente inutilizável. A psicanálise não descobre o não-vivido, o incognoscível. Ela nada inventa, ela inventaria o vivido mal conhecido.

O ESTRANHO: Bom, vamos então deixar a psicanálise tranqüila. Quando as crianças dizem, por exemplo, de um cantor que canta para elas, de quem elas gostam, um cantor que se chamasse Carlos[18]: "Carlos é bonito", o que querem dizer com isso?

A PRATICANTE: Sim, ele é bonito para elas. Ele é expansivo com elas, caloroso, alegre.

O ESTRANHO: Tudo alegria.

A PRATICANTE: Sim, tudo alegria. É que elas também se sentem perdoadas de tudo. Há algo de elação, que é narcisante, quero dizer redentora de todas as suas impotências. Seu "ídolo" as reconcilia consigo mesmas.

A beleza está além do tempo e do espaço. Será que isso não é solar em relação ao planeta Terra? A luz é beleza.

O ESTRANHO: E quando você fala do brilho do olhar?

A PRATICANTE: O brilho do olhar da mãe.

O ESTRANHO: Outro dia você me contou a história de uma criança que era tida como grande retardada física e mental, com uma doença motora de origem cerebral, e além de tudo doente dos quadris e dos membros inferiores, em suma, de tudo, quase...

A PRATICANTE: Um menino tunisiano, largado numa creche por uma mãe solteira.

O ESTRANHO: Você lhe disse: "Tenho confiança em você", e então você viu no olhar dele alguma coisa que...

A PRATICANTE: Sim, o olhar dele brilhou, de repente. Era a inteligência de ter sido reconhecido por alguém, não era a beleza, porque ele era deficiente físico. Tive a felicidade de saber que agora ele está andando sem aparelhos nas pernas e sem muletas; quando o tratamento psicoterapêutico terminou ele ainda se deslocava como um mamífero marinho, sobre os antebraços, arrastando os quadris e os membros inferiores. Eram as pernas que puxavam os pés. E uma força nos braços, uma alegria no olhar e na relação com os outros, uma maravilha!

O ESTRANHO: Voltemos à família. Aqui a criança diz: "Bonito como a mamãe." É porque a "mamãe" é o objeto, em suma, o ser mais bonito que há?

A PRATICANTE: Com certeza.

O ESTRANHO: Por que com certeza? Eu nunca gostei da minha mãe.

A PRATICANTE: Com certeza, em princípio. Porque o cheiro dela, no nascimento, está associado à luz e à abertura da aeração pulmonar, à mutação cardiocirculatória. É essa a irrupção da vida-beleza. A mãe é a senha para isso.

O ESTRANHO: Em princípio.

A PRATICANTE: E na realidade. Porque é ela que supriu o início da vida.

Sim, "mamãe" é aquela que supriu desejo e necessidade associados do início da vida. Pode ser uma imagem sobreposta, a parteira, por exemplo – visto que a mamãe não estava à altura da parteira –, imagem perdida depois das primeiras horas em que ela ajudou a mãe e em que a criança reconheceu no olhar daquela mulher a vida onde valia a pena perseverar.

Lembro-me de Jean, meu filho mais velho. Com certeza, em criança, beleza humana para ele era olhos azuis. Aliás, escolheu uma mulher que tem olhos azuis. Era extraordinário. Estávamos no campo, ele tinha três anos. Um casal veio entregar madeira para queimar. Permitiram que Jean os ajudasse, e ele manipulava as achas com eles. Viviam juntos, não eram casados. Era o que se dizia por lá. Se nós encontrássemos a moça, Jean se escondia nas minhas saias e não queria olhar para ela. Eu não entendia aquela timidez, normalmente ausente em Jean. Um dia ele me disse: "Eu sei quem é Colomba." Naquela época havia uma canção que dizia: *Colomba, teus olhos são como chispas vivas*, e não sei mais o quê. E Jean me disse: "Colomba é a mulher do moço que entrega madeira." E ficou perturbado, com os olhos arregalados, olhar parado, como extasiado, enquanto dizia aquilo. Ora, a mulher que cuidou dele, em casa, desde o parto, durante os oito ou dez primeiros dias, tinha aqueles mesmos olhos muito azuis. E é fantástico, porque aquilo sempre ficou como uma inscrição nele, já que ele não conhecia ninguém de olhos azuis na família ou ao redor. Para ele, está associado à primeira mãe.

Foi ela que cuidou dele nos primeiros dias. Tenho certeza disso, porque não há olhos azuis na família. Ou melhor, há sim, mas ele não conheceu; meu avô materno, uma tia do meu lado paterno que ele nunca viu, minha irmã mais velha, que morreu ainda jovem. A única pessoa de olhos azuis que ele conhecia era essa parteira.

Portanto, há a mãe genitriz, mas há a primeira mãe, no sentido de "mamãe", papel maternante socorredor. Ela está associada, pelo olhar, ao período neonatal imediato.

Acredito que seja muito importante a primeira pessoa que desempenha o papel de mãe. Toda mulher maternante é, aliás, uma "mamãe". Mãe é fato, mamãe é papel. As duas se combinam. É de uma mãe combinada que a criança guarda vestígios.

Um ovo à deriva

O ser humano, dotado de inteligência e memória (nisso às vezes menos que certos animais), difere totalmente dos outros mamíferos da criação. É dotado sobretudo de um encéfalo muito desenvolvido, talvez responsável pela precocíssima função simbólica, e também por partes genitais muito desenvolvidas no nascimento em relação ao restante de seu corpo, marcado pela necessidade de assistência. Ele é, acima de tudo, ser de linguagem, de comunicação e de criatividade.

Assim como os outros mamíferos, porém por muito mais tempo que todas as espécies vivas, precisa de um co-ser pré- e pós-natal, de um co-agir, a que ele se submete passivamente por muito tempo depois do nascimento e da deambulação autônoma. A conservação de suas condições vitais dão a segurança de seu longo nascer, até que ele adquira a capacidade de garantir para si mesmo as condições de sobrevivência. Qualquer variante do seu conhecido vitalmente assegurante, qualquer supressão parcial compatível com a sobrevida incita nele a busca e a descoberta indispensável de um sucedâneo que, uma vez achado, dá-lhe o prazer de um conhecido reencontrado e nova segurança para viver. Esse prazer torna-o dependente de quem ou daquilo que o satisfez por ocasião das variantes em suas necessidades. O prazer e sua focalização situam-se nas regiões de seu corpo onde se efetuam as sensações de separação e de reencontro: a reunião de duas partes separadas cuja congruência reencontrada cria prazer de ser.

A criatura viva que lhe possibilita sobreviver quanto às suas necessidades substanciais é apreendida por suas percepções sutis olfativas, auditivas, gustativas e táteis, que se tornam representação em sua memória de sensações revitalizantes substanciais, sentidas em seu corpo de necessidades e que mitigam seu mal-estar, associando assim uma percepção formal visual e tátil mediadora das necessidades a uma percepção olfativa e auditiva, ligadas ou não; ele descobre a diferença entre as necessidades vitais para o corpo e o prazer psicoafetivo, que na origem as orla, mas que se distingue como desejo, por não estar sujeito à mitigação pelas funções de aporte ou deporte do tubo digestivo.

Assim trabalha a função simbólica. Ela nos faz entender a dependência em relação aos pais naturais ou substitutivos e seu papel informador criativo do prazer, que orla de variâncias significantes aquilo que, pela necessidade, mantém a sobrevivência e o desenrolar no tempo e no espaço do programa biológico contido no ovo fecundado de um ser humano. Esse papel é desempenhado pelos seres tutelares na época em que o ser humano é impotente para sobreviver sozinho.

A função simbólica, trabalhando em cada filhote de homem, é responsável pelo que há de particular em cada ser humano, segundo as modalidades impressivas de todo tipo que acompanham sua sobrevivência e seu crescimento, até a maturação final de seu sistema nervoso (dezoito a vinte e cinco meses) e a involução relativa das proporções de seus órgãos genitais em relação ao restante de sua estrutura muscular e esquelética.

Isso explica por que, entre os mamíferos, o ser humano alimentado por uma loba ou por uma corça é o único a reconhecer como seus semelhantes os indivíduos da mesma espécie que a da ama-de-leite, e começa a crescer desenvolvendo suas potencialidades genéticas motoras e de linguagem segundo inscrições organizadoras de seu conhecimento que o induzem a imitar modalidades de habitus *de seus companheiros de infância, apenas com os quais ele se reconhece como ser de prazer e de convivência.*

Imaginária e simbolicamente, ele é criança-lobo ou criança-cervo, a realidade de seu corpo de homem não lhe é mais apreensível, e sua própria imagem no espelho não é mais reconhecida por ele como sua, mas como de uma espécie estranha. Descoberto pelos homens, após a idade de seis ou sete anos, ele não pode mais reencontrar o habitus *humano, depois do primeiro desenvolvimento em companhia de outra espécie.*

A função simbólica, agindo sem descontinuidade no filhote de homem (incapaz de sobreviver só), explica também por que as separações repetidas de seu espaço de segurança (sem a presença nidificante e corpo-a-corpo e sem o reencontro olfativo, auditivo da mãe, como significante de sua continuidade) levam-no a estabelecer congruidade entre percepções viscerais e percepções substanciais (sem as quais ele não sobreviveria), constituindo assim uma autolinguagem fechada sobre suas sensações elementares de comunicação, com modalidades funcionais de seu corpo à escuta apenas de si mesmo e de sinais que dizem respeito àquilo que, no ambiente, se refere às suas necessidades.

Isso provoca graves perturbações de comunicação, que podem chegar ao autismo, psicose infelizmente freqüente hoje em dia, em que crianças sadias fisicamente, devido à ausência prolongada da mãe, que só conheceram antes de se separarem dela, ou devido a separações repetidas, trocas sucessivas de babá ou mudanças e hospitalizações prolongadas, fecham-se e regridem, graças à função simbólica sempre em ação, sem elementos linguageiros que garantam a mediação do seu passado para o seu presente. Tornam-se absolutamente incapazes para a vida de comunicação – mímica, gestual ou linguageira – com o mundo exterior, sem procurar mais o que ou quem lhe complemente desejos, uma vez que regrediram para o nível de congruência apenas das sensações de seu corpo, que não está em segurança em companhia de nenhum ser humano[19].

Na trilha da linguagem conjugada ao conhecimento e ao reconhecimento de si e do outro eleito como co-ser de prazer, como objeto do desejo que anseia por ele quando sua ausência incita à procura e promove a descoberta de objetos parciais (visuais, auditivos, táteis) – sinais de presença comunicante substancial ou de objetos formais táteis –, a chupeta para a boca e os tecidos ou brinquedos para as mãos são suportes de presentificação do outro no tempo e no espaço, do outro temporariamente ausente, sendo esses objetos um haver coexistencial de segurança na solidão do bebê separado do ser tutelar que conhece e representantes de comunicação sutil (ainda que engodada).

O filhote de homem, durante uma infância muito longa em comparação com a dos outros mamíferos, depende da alimentação, dos cuidados, da tutela, da mediação de uma criatura viva que o alimente e dê a seu corpo calor e proteção; precisa de pais naturais ou substitutivos. Na ausência de provimentos ou de proteção prolongada ele sucumbe ou estagna sem se desenvolver.

O espaço investido pela presença deles passa a ser o espaço onde ele se reconhece; a ausência deles por tempo prolongado, ainda que nesse espaço conhecido, cria nele, mesmo quando esteja recebendo os cuidados necessários, perturbações do desenvolvimento intelectual e afetivo. Para ele, é a solidão descriativa.

A predominância da função simbólica ligada à sua memória faz que todas as suas percepções se liguem inicialmente às suas necessidades, às modalidades físicas e afetivas de satisfação, que se tornam simbólicas, linguagem de presença de um outrem, assegurante ou não.

É imitando em tudo as criaturas que lhe dispensam cuidados que ele orienta suas potencialidades, é à imagem delas, introjetada, que seu ser de habitus *eclode, elaborando no dia-a-dia uma rede de fonemas reunidos de mímicas e gestos que ganham significação. A adaptabilidade de seu organismo e de sua neurofisiologia molda-o aos comportamentos das criaturas de quem sua vida depende e que lhe garantem sobrevivência ao longo do seu crescimento, até o término neurológico de seu esquema corporal. Este está submetido, em seu funcionamento, às imagens introjetadas daqueles de quem, por instinto gregário, ele é dependente. Essas imagens memorizadas conjugam-se cruzadamente com as potencialidades inatas de sua faringe e de seu esquema corporal*[20] *para um assemelhamento, desejado inconscientemente, a tudo o que questiona sua curiosidade.*

Sua lenta maturação neurológica, necessária à motricidade de preensão e de locomoção autônoma, à vocalização e à fonematização, torna-o, no que diz respeito à expressão de seus desejos, infans *e impotente para exprimir-se, embora tenha percepção memorizada e compreensão da linguagem verbal, mímica, gestual, bem como uma sensibilização precocíssima ao clima emocional de prazer e desprazer.*

Essa longa impotência infantil, quando assistida com afeição, carícias, presença atenta e falada dos pais humanos, suscita seu poder ideatório e imaginativo em face de imagens acabadas de seu ser no mundo em vias de finalização.

Tão logo seu desenvolvimento neurológico o permita, a plurivalência espantosa de sua adaptabilidade e de sua inventividade incita nele a busca e a descoberta dos meios de domínio de seus agires, para comunicar-se com familiares reais; na ausência destes, engenha-se na imaginação, se estiver sem companheiro real, rememorando e inventando cenas em sua companhia.

Na imitação imediata ou memorizada dos conviventes que observa, ele desenvolve suas potencialidades simbólicas. À imitação, co-ser e co-agir, que talvez já seja desejo de comunicação, segue-se logo a identificação que estrutura seu psiquismo em face dos seres humanos tutelares. À observação cada vez mais afinada das diferenças entre as percepções de todos os seus órgãos dos sentidos, que para ele passam a ser significância e suporte de sua função simbólica de conhecimento, segue-se, graças à descoberta das mãos e do exercício manipulatório, o desejo de dominar todo o ambiente espacial no qual sua rede de referenciais organiza-se melhor quanto mais a linguagem verbal puder fixar sua imagem sonora.

Ao ser humano a realidade deu um destino marcado pela impotência para sobreviver isolado. Durante uma infância longuíssima em comparação com a dos outros mamíferos, o ser humano é capaz de sobreviver graças ao provimento, à tutela e à mediação do corpo de sua nutriz e dos adultos que se sentem responsáveis por ele e o protegem. A ausência prolongada destes deixa-o à mercê de uma solidão totalmente impotente e até mesmo do desarranjo psicossomático – destino único entre as criaturas mamíferas e ao qual talvez ele deva o poder de seu desejo salvador; a predominância associada à memória e à imaginação vital de sua função simbólica. Sua própria impotência, amparada pelos pais, os primeiros outrens, suscita sua potência imaginária e ideatória, bem como a plurivalência espantosa de sua inventividade de instrumentos de luta para comunicar-se com os outros em meio às separações. Destino marcado pela inteligência de poder sustentar seu instinto gregário – sem a ele se submeter – através da interdi-

ção do incesto, também reforçou sua angústia de desejar sexualmente o que lhe é interdito e de sublimar em amor casto um desejo recalcado, de sublimar o desmame em vocalização, sua destreza manual, significante de suas necessidades, após o soerguimento, a marcha e a continência esfincteriana, permitindo-lhe fazer o luto do último corpo-a-corpo utilitário com o adulto tutelar, pondo-se a serviço da agressividade de ataque e da conservação industriosa, a serviço de um agir inicialmente imitativo e depois simbolizado em trabalho produtivo, para trocas e doações, transformadas em obras castas com seus familiares, seus aliados, substituição de corpos-a-corpos impossíveis, pecados ilícitos da carne.

Enfim, nessa espécie o desejo sexual é proibido de realizar-se na família de criação. Esse interdito do incesto, após as angústias de que vem acompanhado, dá significância de valor social maior e consciente e de responsabilidade não só à palavra dada no trabalho e nos relacionamentos, mas também à procriação, fazendo da paternidade e da filiação um processo de linguagem que predomina sobre o processo carnal, e submetendo o desejo ilícito ao recalcamento que obriga a sublimações criadoras de obras tudo o que, em sua atividade, focalize suas energias ilícitas no corpo-a-corpo diretamente proibido.

Um ovo de peixe, pássaro ou serpente pode sobreviver muito tempo à espera da incubação. O ovo humano, como o de todos os mamíferos, só pode dar o indivíduo da espécie se nidificado na mãe.

A colher mágica

O ESTRANHO: Logo depois desse drama, depois dessa clivagem, dessa primeira angústia, a da vida aérea que conhece o perigo da asfixia do parto, deve haver uma angústia resolvida pela revolução fisiológica cardiorrespiratória ligada à revelação da luz. "Dar à luz", diz-se do nascimento.

A PRATICANTE: Sim, uma angústia terrível, pois é vida ou morte, asfixia que desencadeia o nascimento. Sai-se dessa. O recém-nascido vive, respira, grita. Todo o mundo está feliz, mas que drama!

É a angústia, por ter sido superada, que cria o gozo de viver com as percepções anexas que se transformam em sinal de saída da angústia.

O ESTRANHO: Bom, por que você diz – ou talvez seja o ouvinte que escreveu: "sentimento estético então", depois do primeiro desenvolvimento motor? Será que o sentimento estético se desenvolve um pouco mais nesse momento, por causa dos movimentos?

A PRATICANTE: Sim, com a verticalidade, o poder, o sentimento de novidade, a descoberta do poder dá alegria à criança. Os primeiros passos da criança que descobre a marcha por si mesma, sozinha (ou que acha que foi sozinha)! Com meus dois filhos isso aconteceu quando eu estava presente, mas ocupada. É extraordinária a expressão de uma criança que se levanta pela primeira vez, se solta e anda!

Existe um filme sobre os primeiros passos, admirável. Uma criança rasteja, engatinha, vai até um móvel, fica em pé e dá alguns passos. É extraordinário ver seu rosto radiante. A felicidade!

Eu vi o rosto radiante de meus dois meninos. Catherine, porém, começou a andar sozinha, um dia, na areia da praia, num momento em que eu não estava! Mas com certeza ela também tinha essa expressão inesquecível de alegria que vi em seus irmãos e no rosto do menininho do filme.

É um sentimento de novo poder que se revela. Certamente a criança se sente bonita; sente-se bonita porque é como o adulto, pois tem a intuição de que esse estado leva-a a ficar "como" gente grande.

O curioso é que ela pode achar que as percepções anexas, circunstanciais, dessa revelação são indispensáveis e causais à sua marcha.

Nosso filho mais velho, Jean, achou sem dúvida que foi a colher de pau, que ele segurava na mão, que o fez levantar-se e soltar-se dos suportes fixos, porque havia alguns dias ele se erguia apoiado a uma cadeira e andava empurrando-a. Aí foi no lugar onde habitualmente eu me sentava, da minha escrivaninha, que ele se deslocou (aliás, esses deslocamentos são sempre relativos à mãe: ou para ela ou a partir dela). Chegando a seu destino, ele voltou a ficar de gatinhas e desse modo voltou para o ponto de onde tinha saído, achando que só a partir daquele lugar podia levantar-se. Voltou engatinhando, mas aí não tinha mais na mão a colher de pau, percebendo que ela havia ficado perto da poltrona do escritório. Então, saiu de gatinhas à cata da colher e voltou, sempre engatinhando, com a colher de pau até o lugar de onde partira da primeira vez. E, novamente, soltando o canto do móvel e brandindo a colher de pau, repetiu o feito.

O MAINÁ: Nos seres humanos a gente pode chamar isso de superstição...

A PRATICANTE: Superstição, é isso. E durante dois dias ele não conseguia andar se não estivesse com aquela colher na mão. Uma colherzinha de pau, assim, que ele tinha achado meio por acaso, não sei onde nem como – era aquilo que, segundo ele, permitia-lhe ficar em pé, mesmo em outros locais do apartamento, pois o canto do primeiro móvel, no escritório da "mamãe", indo em direção à sua poltrona, já era uma condição ultrapassada, mas pela colher! Ele estava convencido de que, sem aquilo, não podia ficar em pé!

O MAINÁ: Talvez tivesse razão; subjetivamente, aquilo o ajudava a ficar em pé. É a gênese da superstição. E talvez seu poder real. Ele pega a colher. Não só a pega, mas volta...

A PRATICANTE: Volta engatinhando a procurá-la, para poder ficar de novo em pé. Não só a colher. A colher é o primeiro ponto de partida no espaço. Foi buscá-la e voltou engatinhando para o lugar de onde se tinha levantado na primeira vez, para finalmente repetir o feito: levantar-se e andar com a colher. Eu, escrevendo, não dei um pio. Fiquei inconsolável porque Boris, já por antecipação, me havia prevenido para não ser como todas as mães, que ele criticava por se orgulharem demais da precocidade de seus filhos para a marcha (ou para qualquer outro desempenho). Ele, que era um técnico do corpo, achava péssimo para a criança começar a andar cedo. Mais tarde, seria melhor. A criança desenvolve o tórax enquanto engatinha. Depois, os músculos peitorais e o tórax não trabalham tanto. São idéias de médico, de fisioterapeuta.

Então procurei esconder do pai que Jean sabia andar, e nada disse. Mas estava emocionada e, principalmente, comovida por ver a expressão do rosto da criança, que não sabia que estava sendo observada e que se referia a mim, com certeza, pois foi no meu escritório e eu estava silenciosa, absorvida com correspondência. É que ele andou com nove meses e meio.

O ESTRANHO: Ele andou em segredo.

A PRATICANTE: É, com nove meses e meio ele andou em segredo. Depois, não deu mais para esconder, porque no segundo dia – ou melhor, no terceiro – estava andando sem a colher, por todos os cantos do apartamento. A pessoa que me ajudava e eu mesma estávamos meio chateadas com as recomendações do pai dele, mas afinal era preciso render-se às evidências. Ele estava andando. O pai viu, claro. E disse: paciência!

O ESTRANHO: Estou pensando naquilo que você me contou, quando, mais tarde, ele começou a fazer música. Em segredo também.

A PRATICANTE: Sim, talvez houvesse algo de picante na descoberta solitária desse prazer da música. O pai não se opunha. Talvez, no caso da marcha, algo de picante na transgressão?

O ESTRANHO: "A criança distingue as coisas do que está vivo."

A PRATICANTE: Sim, reconhece a diferença entre o vivo e a coisa que contém certo poder, mas continua semelhante a si mesma. É isso o que me espanta em Kaspar Hauser[21], porque em pequeno ele não faz isso, só depois.

O ESTRANHO: Por que a criança só reconhece isso agora? Por causa das histórias do movimento?

A PRATICANTE: Porque ela própria é capaz de mover-se e reconhece que é ela que impõe o movimento.

O ESTRANHO: Por um efeito de identificação.

A PRATICANTE: Não, é um efeito de causa e efeito, a coisa sem a criança não se mexe. A colher era o que lhe permitia andar. Portanto, a colher continha a virtude do homem em pé. Para ele, ela certamente possuía uma força mágica. Um dia, ele conseguiu perceber que andava sem ela. Então, ela passou ao estado de coisa não mágica.

Acho que em tudo é assim. As coisas são de início humanizadas, deificadas, se quiser, mamãezadas, já que a mãe é o Deus da criança, pois ela parece reinar sobre todas as coisas. É quando a criança percebe que a mãe também foi feita por outro que ela não é Deus. Uma outra pessoa (entidade?) tem poder sobre ela. O Pai? Então ele é o rei da rainha, a casa é seu reino. Depois, o Pai mostra-se diminuível, variante. Quem é Deus?

O ESTRANHO: É aí que pode nascer o sentimento religioso.

A PRATICANTE: Sim. Onde está, portanto, o dono do fazer e do desfazer, das alegrias e das dores, de todas as variáveis e do imutável? Coisas, criaturas animais e vegetais, é o mesmo. Quando ocorre algo, quando a própria criança faz alguma coisa, acha que foi graças àquela coisa (ou por causa dela, se as conseqüências não forem agradáveis). Depois, percebe que, se ela não estiver ali com a coisa, esta, sozinha, nada faz por si mesma, sem outros fatores ou sem a atividade pessoal da criança.

O ESTRANHO: Você dizia que isso era curioso em Kaspar Hauser.

A PRATICANTE: Porque ele era como uma criança bem mais nova, que não passou por esse estágio de perceber que é ela que dá vida às coisas.

Aliás, é um elemento que desempenha papel importante quando uma criança quer arrancar um brinquedo de outra mesmo que no lugar existam vários exemplares desse mesmo brinquedo, e ela mesma talvez tenha uma réplica nas mãos. Elas têm um balde. É vermelho ou é bonito; às vezes são até da mesma cor, mas ela quer o brinquedo da outra. Parece que o seu, ali ao lado, está morto, ao passo que o brinquedo que a outra tem na mão está vivo.

Explico-lhes isso na Maison Verte[22]. Há três ou quatro jogos iguais para todos; eles poderiam, portanto, pegar qualquer um. É a criança pequena, cujo brinquedo foi arrancado, que, depois da surpresa, se dirige para o brinquedo morto (em suma, livre), para torná-lo vivo. O grande, o que arrancou, vendo o pequeno de posse desse outro brinquedo, quer o brinquedo que, visivelmente, alegra o pequeno, e isso continua até que a gente intervenha. E por que não? Se explicarmos à criança esse mecanismo que não a deixa divertir-se de verdade, ou seja, ela acha que o brinquedo nas mãos da outra criança está mais vivo, então ela reflete; sim, presta atenção, fica imóvel por um momento e reflete. A partir daí, procura outro brinquedo. "É você que faz o brinquedo viver."

O ESTRANHO: Você explica exatamente desse jeito?

A PRATICANTE: Sim, explico desse jeito: "Você está vendo, é o Christian que deixa o brinquedo vivo. Você acha que o brinquedo está vivo por causa do Christian, mas quando você pega o brinquedo, ele fica mais vivo ainda, porque você é maior que ele." A criança reflete, e está feito. Dirige-se para o brinquedo. Está sabendo, está entendendo alguma coisa.

É incrível ver a inteligência da criança quando nós mesmos temos inteligência para entender.

O ESTRANHO: Não é uma questão de nível de linguagem.

A PRATICANTE: Não.

O ESTRANHO: É mais de poder "falar" o sentido que pode ser dado a ela naquele momento.

A PRATICANTE: Repreender a criança por seu comportamento não tem outro sentido para ela senão o de que o adulto quer reinar sobre ela, assim como ela reina sobre as coisas, que o adulto precisa da criança para viver. Então, ela não se compreende no seu agir, e persevera em comportamentos compulsivos, motivados inconscientemente por um móbil mágico.

O ESTRANHO: É isso o que parece espantoso. Quem ouve pode dizer: "Mas como ela fala com eles desse jeito? Eu bem que tentei, mas não funciona."

O MAINÁ: Talvez não estejam falando da mesma coisa.

A PRATICANTE: Sim. Não deixam claro que estão tentando entender o que constitui um problema ansiogênico para a criança.

Não é uma questão de nível de linguagem, mas de coincidência entre o sentido e o momento de dizê-lo.

O ESTRANHO: "O que está vivo responde com movimentos." Isso está claro. Mas, dito isto, a criança conhecia os vivos antes, pela mãe que se mexe...

A PRATICANTE: Sim, pela mãe. Mas como, quando ela não está perto, todos os objetos a representam, então a mãe também está nas coisas[23].

O ESTRANHO: "O ser humano que cria sua solidão precisa que lhe digam: Sim, amo-te infeliz."

A PRATICANTE: O ser humano que sofre de solidão precisa saber que esse sofrimento não lhe é censurado, e que ele é amado mesmo em seu sofrimento. Em vez de dizer à criança: "Não é verdade, você não está chateada", ou "Então brinque com isto aqui!", é bem diferente dizer: "É verdade que você está chateada. É verdade. Mas gosto de você mesmo quando se chateia." Ficar aborrecido não é agradável, mas não é um mal.

O ESTRANHO: Então é a aceitação de um estado de fato.

A PRATICANTE: Aceitação do estado de fato de um sofrimento, de um sentimento de impotência no outro, que reconcilia com esses estados que são vividos por todos os seres humanos. Todos os seres humanos sofrem de solidão já muito jovens, sofrem da falta de interlocutores válidos.

O ESTRANHO: Mas, na criança que não fala, como você reconhece esse sentimento de solidão, que a invade de repente?

A PRATICANTE: Não sei como. Pressinto.

O ESTRANHO: Fora das manifestações de infelicidade ou de sofrimento.

A PRATICANTE: Sim. Não reconheço mais que num adulto, mas tanto quanto. Sei que isso existe tanto na criança quanto no adulto. É isso aí. É humano. Não é uma questão de idade. A criança precisa que lhe digam: "Eu te amo. Você está infeliz, mas eu te amo mesmo assim e assim mesmo." Aceitação do seu estado. Dizendo-lhe isso, as coisas não se normalizam, mas esse estado se inscreve na ordem do mundo.

Quem fala de quem?

O ESTRANHO: "Começa a fala. A criança fala consigo mesma porque lhe falaram de modo significativo. Para não estar só, repete as palavras ouvidas. Escansão do discurso materno."

A PRATICANTE: Ela começa a falar consigo mesma como a mãe lhe falava. Habita o espaço das palavras repetidas da mãe. Lembra-se dela com as frases que ela dizia. Naturalmente, deforma-as, até que tenha fonemas perfeitos. Aliás, é preciso que a mãe, ao voltar, não imite seus fonemas, mas os diga de novo em sua perfeição.

O ESTRANHO: Mas, por exemplo, quando as crianças falam consigo mesmas chamando-se de "ele" ou "ela", na terceira pessoa?

A PRATICANTE: Na verdade, falam de si mesmas na segunda pessoa, mas isso não se ouve em francês. Não sei como é nas outras línguas, mas ela fala na segunda pessoa quando fala de si mesma. "Totó faz isso", é "Totó, você faz isso", dito por ela como se fosse um adulto falando. Só que em francês não se percebe. Acredita-se que seja a terceira pessoa, mas não é verdade*.

....

* Os exemplos no original são: *Toto fait ça* e *Toto, tu fais ça*. Em francês, *fait* e *fais* têm pronúncia idêntica, e é a ausência do "*tu*" que leva o falante francês a identificar *Toto* como sujeito de *fait*. Em português, a forma usada é uma só, pois "você" é pronome que leva o verbo para a terceira pessoa, embora designe a pessoa com quem se fala (ou seja, a segunda). (N. do T.)

O ESTRANHO: Não é a terceira pessoa?

A PRATICANTE: Não, "Totó, você faz isso. Mamãe, ela faz isso" ou "Você faz isso". É um ou outro. Mas, dela mesma, a criança fala como seus pais lhe falam e como falam dela entre si. Em Louisiana e mesmo na França, no interior, quando os pais falavam com a criança na terceira pessoa, ela fazia a mesma coisa. Ainda há raros exemplos disso hoje em dia. Mas agora os pais falam com a criança na segunda pessoa, e ela fala de si mesma como os pais falam com ela, ou seja, na segunda pessoa.

O ESTRANHO: Mesmo quando elas se chamam pelo nome...

A PRATICANTE: É a partir do momento em que elas dizem: "*Moi fais ci ou ça.*" Quer dizer: "*Moi-Toto, tu fais ça.*"* Depois elas dizem "*moi-je*". Não dizem "*je*" antes de dizer "*moi*" em francês.

Mas é bem estranho, porque, em língua africana – não sei qual, foi uma negra que me disse isso –, as crianças dizem "*eu*" antes de dizerem "*mim*". Mas esse "eu" quer dizer elas enquanto fundíveis com a mãe, que é ao mesmo tempo portante e falante, pois elas nunca estão separadas do corpo-a-corpo da mãe, antes de começarem a andar. Dizem "eu" porque a "criança-sua mãe", por sua própria boca, diz "eu". Então, essas crianças nunca falam de si mesmas como nós falamos**, na segunda ou na terceira pessoa.

Mas esse "eu" diz coisas que a criança não sente absolutamente. Ela fala as coisas – como dizer? – como fitas magnéticas da mãe. Sonoriza fonemas a exemplo da mãe, mas não elabora um pensamento segundo sua própria experiência. A criança não se separa do todo, e talvez não seja separável de sua tribo. Não é um sujeito que pensa por si mesmo: pensa como participante da tribo. Acho que é isso. A tribo é portadora da mãe e lhe dá sentido, assim como a mãe é portadora da criança.

Entre nós há crianças que têm uma anomalia de desenvolvimento psicológico, falam de si mesmas dizendo "você". Esse é um

....

* *Moi* é pronome da primeira pessoa, correspondente *grosso modo* a "*mim*", mas que, em francês, pode funcionar como sujeito. A tradução seria "Eu (*Moi*) faço isto ou aquilo" e "Eu-Totó, você faz isso". Os exemplos ficaram em francês por se tratar de uso típico dessa língua, sem paralelo em português. (N. do T.)

** Os franceses. (N. do T.)

problema de lingüística da criança. "Você quer isto. Você quer aquilo", como se falassem de si, mas sendo a mãe que fala delas. O "você" substitui o nome, portanto o sujeito enquanto fonte de desejo não está situado em seu corpo.

O ESTRANHO. O lugar desse enunciado é exterior.

A PRATICANTE: É isso. Então, essas aí não chegam ao "eu". Isso exige todo um trabalho psicanalítico de experiência personalizada não falada que elas precisam revivenciar sem palavras nas sessões de tratamento. Provavelmente são crianças que, por palavras e de fato, foram impedidas de experienciar, ao mesmo tempo que a mãe falava muito com elas, sem referência àquilo que elas podiam estar experimentando.

O ESTRANHO: Como assim, "impedidas de experienciar"?

A PRATICANTE: Impedidas de ter experiências pessoais com as mãos, o corpo, as zonas erógenas. No cercadinho, presas ao berço, e a mãe falando de coisas, mas elas não tendo a experiência do "eu, eu quero"*. Ficam no ruído das palavras da mãe, que equivalem a silêncio vazio, se o que ela diz não refere a criança a nada senão ao som das palavras. A criança não é estruturada por sua experiência de corpo.

O ESTRANHO: A propósito de tribo, fiquei muito impressionado com o ciganos dos Bálcãs. Estão sempre em grupos, e quando falam não há monólogo. Nunca! Falam todos ao mesmo tempo. Tive realmente a impressão de que esses grupos na verdade não passavam de um só indivíduo falando. Nunca ouvi um monólogo num grupo de ciganos. Sempre várias pessoas falando, a polifonia completa. Ninguém se cala. Tem-se também a impressão de que eles estão sempre dizendo frases que se chocam. Sempre tive a impressão de que era um grupo que pensava coletivamente o tempo todo, no furor e no barulho.

A PRATICANTE: Sabe, os grupos de adolescentes são assim. Aliás, aqui, bem perto de La Soledad, em Antibes, as crianças diziam: "*La Digue*"** (é como se chamava o grupo deles) "acha isto, *la Digue* acha aquilo." Catherine falava comigo desse jeito,

....

* No original, "*moi, moi veux*". (N. do R. T.)

** Coisa impossível, "sem chance". (N. do T.)

com treze ou catorze anos. Nas conversas em família dizia: "Não é isso o que *la Digue* acha. *La Digue* acha isto. *La Digue* acha aquilo." Então eu ria e dizia: "Escute, se *la Digue* acha isso, ela deve ter razão, essa tal *la Digue*." O período grupal dos adolescentes é um espanto: eles não têm pensamento próprio, mesmo sendo crianças inteligentes. Meus filhos eram inteligentes, mas quando estavam no grupo era o grupo que pensava, o grupo que ria, o grupo que tinha *slogans* próprios. Os adultos que ouviam não entendiam o que os fazia rir nem o encadeamento das frases. Esses grupos de adolescentes têm suas senhas, e, como você diz, às vezes a coisa é caótica, eles falam ao mesmo tempo de coisas diferentes.

O ESTRANHO: Estávamos falando da criança que começa a falar consigo mesma para não se sentir sozinha.

A PRATICANTE: Ela repete, age como se fosse anônima, mas denominada pelos outros – em particular a mãe, ou alguma outra pessoa –, e diz em voz alta o que está fazendo quando está ocupada. Aliás, é desse jeito que ouvimos o que uma criança está fazendo num cômodo vizinho: ela está sempre dizendo. Mesmo quando faz besteiras, acompanha o que fez com frases: "Não, besteira não", e já fez. Ao passo que na linguagem dela mesma seria: "Bem que estou me divertindo."

Lembro-me, por exemplo, de uma criança que ia pondo todos os sapatos dos pais, um após o outro, dentro da banheira que já estava transbordando, e dizia: "Uim, não! Bestea, não! Uim, não!" (Ruim, não! Besteira, não!). Depois de certo tempo, a mãe ouviu essas palavras e pensou: "É bom ir dar uma olhada", e todos os sapatos dela e do marido estavam na banheira.

Parece mesmo que são barcos.

As crianças contam tudo.

O ESTRANHO: A palavra vem agora acompanhar os agires e o pensar objetos, antes de tomar o lugar deles, o que será feito na comunicação verbal.

A PRATICANTE: Sim, com as pessoas enquanto elas estiverem presentes. Enquanto estão presentes, os intercâmbios são novos, mas quando elas não estão, o que fica é a lembrança e a reminiscência, provavelmente a ocupar e lograr a solidão.

Solidão primeira: uma cascata de interdições

Recém-nascido, ele vage seu pesado desamparo, cesurado de sua placenta, insólita separação das entranhas nidificantes da mãe que o faz descobrir uma nova modalidade de vida, em que sua sobrevivência depende desse ar comum a todas as criaturas. Ameaçadora para sua sobrevivência, a solidão não largará mais esse homem, essa mulher, separados pela primeira vez depois de nove meses de convivência afinada com a mãe, que é arrebatada por esse grito de solidão primeira, por esse grito de necessidade dela, esse grito de vida que, para ela, é a primeira linguagem de seu lactente.

Lactente sedento, sonolento, ele nasce necessitado, impotente para sobreviver sem a turgidez de um seio, sem o calor da voz tranqüilizadora, sem a provisão de mãos atenciosas, de braços socorredores e nidificantes. Por muito tempo, por muito, muito tempo, sua vida depende dos cuidados desses primeiros eleitos que o reconheceram como seu, o pai e a mãe, que haurem em seus sorrisos coragem para trabalhar, gosto para criar; sem estes, seu corpo só sente secura árida e seu coração, solidão. É a ausência deles que lhe arranca o choro, apelos que talvez façam reaparecer aquele pai, aquela mãe e, com eles, a segurança.

Mitigadas as necessidades da comoção de amor ligada à memória visual e auditiva dos pais – imagem primeira, alucinada, de quem alivia a impotência solitária –, a memória da presença tutelar paterna e materna fica como primeiro modelo de não estar só.

Crescidos, locomoventes, tagarelas, mendigando olhares, ajuda, com os olhos cheios de porquê, é ao casal paterno, a essa "gente grande" tutelar – a não ser que sejam entes amados que às vezes desapontam nossa confiança apesar de nos parecerem exemplos confiáveis e pessoas de bom conselho –, é a esses outros familiares que nos sujeitamos porque nosso crescimento nos leva a buscar modelos em seus gestos, em seu falar, em seu comportamento de gente advertida do sentido e do saber de todas as coisas que queremos conhecer. Os melhores desses pais, os mais ternos, assim como os mais afeiçoados, mal se lembram de sua infância cheia de buscas. Não sabem mais que seus filhinhos, impotentes que são em seu berço para mover-se e comunicar-se, sofrem de solidão, precisam de segurança. Criancinhas ainda inábeis, às vezes bagunceiras, desarranjando a boa ordem das coisas para essa gente razoável, nós vamos, voltamos, escalamos, deambulamos, mexendo em tudo, experimentamos tudo no espaço que se abre à nossa curiosidade, sem entender as impaciências que provocamos, procurando o que nos falta, o que nos questiona, ávidos de alcançar tudo com que possamos fabular nosso poder, estender nosso saber e nosso agir para além dos limites conhecidos, para fugir de nossa solidão.

O homenzinho ou a mulherzinha assim se desenvolve, tagarela e industrioso, cada vez mais confiante no mundo exterior, se a tutela tiver confiança em seu livre atuar e em suas livres afinidades com pequenos e grandes que o cerquem, engastando de palavras e verbos todas as suas ações e todos os seus interesses sempre que o adulto estiver testemunhando, respeitando suas iniciativas, tolerando a desarrumação e toda a sonoplastia que acompanham sua atarefadíssima jornada.

A continência esfincteriana, fato natural em todos os mamíferos superiores, muitas vezes é oportunidade de perversão da comunicação, uma vez que os adultos, por preguiça, desejam uma continência precoce demais na criança.

Proibindo e organizando a seu bel-prazer um funcionamento assegurante, o adulto o erotiza, pois, como acontece com todos os mamíferos, a defecação é uma necessidade, mas também um meio de ocupar um território desconhecido, fazendo-o seu. O homenzinho tem meios verbais, industriosos e manuais de deslocamento da função defecatória, mas não antes de se desinteressar naturalmente da utilização do prazer esfincteriano (associado ao atendimento materno e, portanto, à comunicação inter-humana valorizada em torno da doação). A assistência tutelar a seus jogos industriosos, hábeis e exploradores e ao aperfeiçoamento fonemático da linguagem falada e cantada faz mais para estimular a continência esfincteriana que o seu "adestramento".

A importância proporcional dos órgãos genitais no filhote do homem é tão marcante em relação ao tórax e ao abdome quanto o é a cabeça. Por isso, quando as necessidades defecatórias e a região anogenital são muito valorizadas pelas manipulações e as exigências da nutriz iniciadora do viver, a criança sente o local de seus órgãos genitais como instrumento de sedução. Obedientes ou refratárias, têm um prazer que se associa às sensações primeiras de uma genitalidade que se ignora mais nesse local do corpo que em outros, mas cuja sensualidade, despertada cedo demais pelo valor coisificante e fetíchico conferido pela mãe, excita a sexualidade infantil a auto-satisfazer-se imaginando o corpo-a-corpo com ela.

Indubitavelmente, a repetição das necessidades defecatórias (tanto quanto as da alimentação) é acompanhada pela descoberta das sensações dessa região, e a continência separa as sensações utilitárias das da linguagem do prazer para o desejo. Este, atraindo a criança, que já se tornou capaz de observar, leva a a descobrir a característica masculina ou feminina de seus órgãos genitais, que ela interpreta de modos diferentes, segundo as palavras que lhe serão ditas em resposta a suas perguntas.

A experiência do espelho, que também já terá chegado a seu conhecimento, deu-lhe um rosto e um aspecto que ela ignorava. Descobriu-se "criança", menina ou menino; descobre-se marcada pela natureza a ficar, depois de crescida, não "como" tudo (trem, carro zumbidor, bem como animal, homem bem como mulher), mas bem na realidade – futuro homem ou futura mulher.

Descobre seu passado, representado pelas crianças menores, e seu futuro, representado pelas mais velhas de seu sexo e pelo companheiro do mesmo sexo que a criança ou não, eleito pela mãe. Sabe-se promovida a ficar adulta, e deseja isso, a não ser que alguma coisa na atitude de seus adultos-modelo, seus deuses, venha bloquear ou infletir esse desejo, quando a valorização mútua destes é menor que o valor que atribuem à companhia prazerosa com a própria criança ou com crianças menores que ela.

Sem entrar em todas as modalidades de educação inconsciente do desejo, que está sempre submetido à combinação viva da solidão e da comunicação, na experiência da separação na solidão, a criança conserva o amor por seu corpo e pelo sexo que é seu na realidade segundo o valor que a ele tenha sido atribuído pelas palavras dos adultos e pelo orgulho que permite identificar-se imaginariamente, projetando-se no futuro como o pai ou a mãe em suas relações psicoafetivas e linguageiras com o outro. Na comunicação, sente o prazer ou o desprazer dos encontros coniventes ou rejeitantes de seus comportamentos expressivos.

A partir da primeira infância, a continuidade da relação tutelar permitiu que a criança tivesse acesso à linguagem com todo o seu ser, sem frear nem barrar o acesso à comunicação. As palavras saídas dos lábios maternos e paternos informaram, gramatizaram e sonorizaram em "língua materna" todas as atividades, umas admitidas como de fazer sem falar (estas ficam no habitus*), outras de dizer e fazer, outras de não fazer (estas ficam desejadas) e outras, enfim, de nunca fazer, cujo desejo é coisa de calar se não de renunciar, para maior segurança.*

É o falar permutado com os outros tanto quanto o exemplo por eles dado (modelos absolutos que são no início, relativos ao habitus *masculino ou feminino depois, segundo o clima afetivo das relações intersexuais observadas), é essa linguagem e esse agir dos pais socorredores ou rabugentos que no dia-a-dia deram sentido a nossos gritos, a nossas mímicas, a nosso falar desajeitado a imitá-los, permitindo que nos conhecêssemos no tempo e no espaço como seres de valor.*

Pois o ser humano, que a realidade separou no nascimento, filhote de homem vivo, de sua proteção nidificante, é marcado no umbigo pelo luto da placenta. A mãe torna-se mãe pela presença da criança, e, graças às inscrições deixadas em seu inconsciente por sua mãe nutriz, ela tende a ocupar-se mesmamente do bebê. Para ele, ela é a mulher, primeiro outro do homem e da mulher, indispensável à sua sobrevivência primeira. Uma vez que ela se torne impotente para garantir a sobrevivência e o crescimento de seu filho junto a seu seio, impõe-se uma segunda separação – o desmame dela como alimento, laço necessário ainda para o atendimento às suas necessidades. O crescimento e a maturação neuromuscular estimulam os filhotes de homem a exercitar-se no espaço e a mover-se separados da tutela, a arriscar-se na imitação dos mais velhos e dos pais, de rastos, de gatinhas e depois em pé, descobrindo a marcha autônoma no espaço plano e os desnivelamentos acrobatas, sonhando com igualar o poder e o querer conjugados dos mais velhos e dos adultos tutelares.

Nossa definição sexuada, no masculino ou no feminino, proíbe a potência de nossos desejos de satisfazer essa dupla identificação[24]*. A menina, em seu sexo, está submetida a receber, o menino a penetrar. O destino dos dois a partir daí está demarcado, e a separação do corpo-a-corpo, proibido pelo incesto, decide então do sentimento de angustiante solidão, sem mais recurso ao corpo-a-corpo, que se tornou inquietante por via do desejo que desperta na conjunção dos sexos opostos; em luta com os modelos amados do casal parental choca-se a lei que ao filho proíbe a mãe e as irmãs, e à filha o pai e os irmãos.*

Essa mutação das opções do desejo, que o crescimento focaliza no sexo, introduz no âmago de todos os seres humanos a necessária metamorfose psíquica ancorada na chamada angústia de castração[25]*. No imaginário das crianças, ela marca o desejo de ainda mais valor porquanto, para sustentá-lo, o sujeito deve arriscar-se a um perigo talvez vital, do qual nem pai nem mãe podem mais protegê-lo, já que em sua imaginação os dois se tornaram diferentemente incompreensivos e perigosos. A progênie engendrada projeta no adulto seus sentimentos contraditórios (que às vezes esses adultos sentem), sendo estes na realidade rivais enciumados dos sucessos e das intimidades sensuais que o filho encontra fora da família e que os desapodera do filho agora subtraído à sua posse total, à sua influência exclusiva.*

Como o umbigo marca o interdito do corpo-a-corpo visceral (abdome), o rosto passa a ser lugar da linguagem, e suas saídas lugares de expressão do desejo. Como o desmame marca o interdito do corpo-a-corpo nutritivo, as mãos e a motricidade continuam sendo lugares de laços táteis e de cumplicidade terna de corpo-a-corpo, enquanto a linguagem é mediadora codificada dos desejos e das necessidades da criança, abrindo-lhe a comunicação social ainda reduzida aos familiares.

A fenda umbilical é cicatriz indelével de sua primeira ferida. Depois, é do corpo-a-corpo com a mãe, por boca e seio confundidos, que é preciso separar-se no desmame, privando os lábios e as mãos acariciantes do peito da mãe, que lhe proíbe aquilo que ele acreditava ser-lhe devido. Sedento do que lhe falta, que seu corpo acredita ser seu mas continua de posse dela, é fugindo da prova da solidão, à procura de comunicação com ela, afastada dele, que ele inventa em sua ausência as vocalizações ilusórias do falar materno, as manipulações de pequenos objetos por ela deixados em seu berço, mediações primeiras de linguagem vocal e gestual, não só com ela, mas com todas as outras presenças, graças às quais o transe do desmame é superado pela linguagem, enquanto a fome, antes mitigada apenas pela mama ou pela mamadeira, faz, graças ao gosto e ao odor das coisas boas e variadas, com que esqueça seu bocal de leite e sua conjunção com o mamilo.

Em seguida, com a marcha, vem a locomoção autônoma, a continência esfincteriana, a separação do corpo-a-corpo, dos braços e das mãos de outrem, que até então se juntavam imaginariamente às suas inabilidades e às suas impotências, e seu corpo deve então aceitar reduzir-se aos limites de seu tegumento, ao poder apenas da atividade motora, locomotora e manipuladora. Tanto no que se refere às suas necessidades quanto aos seus desejos, é à função simbólica que ele deve recorrer para comunicar-se com os outros.

Qualquer supressão de um co-ser ou de um co-agir conhecido, graças ao qual o bebê esteja em segurança, excita seu desejo de encontrar-lhe um sucedâneo cujo valor de prazer o inicie pelo engodo dessa substituição bem-sucedida. Mas abrem-se dois caminhos para o desejo, para a reevocação memorizada da comunicação com a mãe reencontrada. Isso ocorre com o desejo oral pelo polegar que vai ser sugado quando a mãe estiver ausente, mas também com os gritos que a fazem voltar, com as vocalizações que dão aos ouvidos do bebê a ilusão de estar falando com ela. Se o lactente é capaz de encontrar o prazer faríngeo de vocalizar com a mãe, que continua presente, ele adquire a linguagem, substituição simbólica; mas a solidão dolorosa, somada ao desmame, pode fazê-lo encontrar um sucedâneo para a percepção bucal do corpo-a-corpo perdido, que lhe permita imaginar-se ao peito, e mobiliar sua solidão com uma presença ilusória.

Estas são as duas vias de substituição: uma, simbólica, *passa por mediações oriundas do corpo, por suas percepções sutis associadas e, por um circuito longo, abre as vias da comunicação à distância com o primeiro outro cujo corpo-a-corpo acabou, o que satisfaz, enriquecendo, o indivíduo solitário, mas, além disso, com os outros desse outro e, de próximo em próximo, com todos os seres humanos; a outra,* fetíchica, *sustentada pelo imaginário do passado, fecha as vias de comunicação para o desejo, que se satisfaz por um circuito curto, em que uma parte distal do corpo (o polegar sugado, por exemplo) ou um objeto parcial sempre semelhante, como a chupeta, obtura o lugar do desejo, que não desperta para mediações diferenciadas.*

A cada progresso no desenvolvimento do ser humano correspondem poderes novos, que ele inscreveu na memória junto aos adultos, de suportar uma perda de comunicação com o corpo e de encontrar sucedâneos simbólicos *ou* fetíchicos e imaginários *para o desejo proibido que sofre o recalque da primeira modalidade de prazer no lugar perceptivo de seu corpo, mas que exige realização para que o organopsiquismo continue em equilíbrio.*

Se o sucedâneo encontrado puder servir para mediar uma comunicação com o outro conhecido, que seja tão agradável quanto o corpo-a-corpo precedente de que está privado ou ainda mais, esse sucedâneo simbólico abre a comunicação com todos os outros associados à presença tutelar primeira. Se o sucedâneo do corpo-a-corpo criança-adulto for imaginário e depender de um objeto fixo sempre semelhante, tornar-se-á "fetiche", engodo imaginário sem valor simbólico para o outro, sem percepções mais ricas de prazer e sem poder de comunicação mais abrangente com os outros; torna-se um sucedâneo imaginário para o indivíduo, que intercepta as potencialidades de desenvolvimento de seu agir. Solitário, com a presença constante da função simbólica, a rede de comunicação não se desenvolve mais e pode dar valor de ilusório reencontro às percepções do próprio corpo do sujeito, sem passar por mediações de linguagem que permitiriam sua comunicação modulada de modo significante. Ilusórios afastamentos do desam-

paro da solidão que são sugar o polegar, roer as unhas, ruminar mentalmente, masturbar-se.

A solidão torna-se, assim, um refúgio engodativo da presença de um outro amado, ao mesmo tempo que é um perigo de desvitalização psíquica. No ser humano, o corpo próprio imaginariamente fetichizado é lugar ilusório dos outros numa comunicação que não é a do grito ou do silêncio, não mais significantes. O mesmo ocorre com os gestos compulsivos que não têm significação compreensível para outros, tensão que se exprime num ritmo mais ou menos rápido sem nada "dizer", pois quem repete sempre o mesmo gesto repete um sucedâneo de co-presença de prazer que ele rememora fetichicamente, mobiliando assim o desamparo de sua solidão.

A aprendizagem da solidão enriquecedora ou empobrecedora de instrumentos linguageiros e criativos está, pois, ligada por um lado à boa relação primeira com a primeira tutela necessariamente co-corporal (a mãe ou uma mesma nutriz) e por outro à instauração e à instalação, graças à imitação da mãe em comunicação com um outro que não é o bebê (um terceiro), dos substitutos linguageiros de meios de comunicação. Estes, já instalados em presença da mãe em corpos-a-corpos e intercâmbios falados com familiares associados mnemicamente à mãe, com o outro deste primeiro outro (que se tornou tal devido à partição), permitem a comunicação para além da ausência e a obtenção de prazeres conhecidos, reconhecidos e novos. Essas separações, esses lutos parciais de corpos-a-corpos para o prazer das necessidades ou para o prazer do desejo de comunicar-se, tornam-se portanto, segundo as condições que os cercam: maturidade suficiente da criança, apoio afetuoso dos esforços substitutivos por parte daquele de cujo corpo-a-corpo ela está privada, presença de outras pessoas associadas à díade de cujo corpo-a-corpo está privada e que respondem ao apelo de comunicação que se exprime, pessoas que, no seu esforço por comunicar-se, ela imita. Finalmente, uma vez o apelo auditivo ou gestual por comunicação tendo sido escutado por outro, retrai-se o primeiro objeto e fica livre o espaço para que a criança estabeleça (sem ajuda do primeiro objeto) sua comunicação e suas experiências com os outros.

Palavras de adultos ou de irmãos mais velhos, modelos, apoiaram ou desencorajaram nossas experiências, nossas veleidades de expansão, nossos jogos. Deram sentido de valor a nossos sucessos e a nossos fracassos. Seus sorrisos, seus risos de gigantes tutelares domaram nossos medos imaginários, consolaram nossos dissabores. Seus semblantes zangados ou sua angústia diante de nossa intrepidez censuraram nossas certezas de facilidade diante das dificuldades que não apreendíamos; também conferiram desassossego ou confiabilidade a nossos desejos; em sua ausência, a lembrança de suas palavras e de seus gestos guardados habita o espaço que os separa de nós.

Nossa solidão não sabe que também é a deles, angustiada também com nossa jovem vida que ainda se ignora frágil e mortal, e que é com a nossa existência que a deles se desafoga em esperança.

Sofrimento de solidão e sofrimento de não entender alternam-se ainda nessa idade com o reconforto do terno corpo-a-corpo e com as carícias consoladoras, momentos deliciosos para os pais e para os filhos, momentos em que a solidão é banida do coração deles, repleto de alegria.

Meninos ou meninas, em crescimento, andamos nas pegadas de nossos pais e de nossos mestres de vida, no clima de sua linguagem, que se torna trama de nossos pensamentos, apoio de nossos projetos, música e variações de nossos devaneios solitários que acompanham nosso valor em imitá-los, em satisfazê-los, a eles que são, como homem e mulher, a imagem de nossa estatura futura.

Vem então a provação (a partir de Freud chamado de Édipo) que sempre marca com o ferro ardente da razão o impossível desejo imaginário que sustentou todos os ímpetos de nossa infância e os devaneios de nossos momentos de solidão.

Anseio que dá a todos os nossos projetos essa nota ambígua do amor que quer envolver um dos pais e rivalizar com o outro que prevalece para aquele, o outro que está munido de todas as seduções que lhe queremos roubar.

Que provação é então chocarmo-nos no espelho do desejo conjugado por nossos pais, esse senhor e essa senhora das ondulações da nossa sensibilidade! E eis que o desejo pelo sexo, no lugar da genitália lucidamente diferenciada, masculina ou feminina, buscando resposta ao desejo atribuído ao sexo parental do outro sexo, desejo esse que decantou daquilo que até então se mis-

turava às funções de necessidade às quais o corpo comovente de nossos pais vinha atender, diante da inexperiência da criança, eis que esse desejo, que no menino exige resposta da mãe e na menina do pai, choca-se com a surdez deles, com a incompreensível indiferença deles, e, ainda mais, se eles ouvem, com o interdito radical da conjunção incestuosa dos sexos.

Será a idade da impotência natural para dar ou carregar o fruto desse desejo, filho incestuoso tão desejado, que torna essa impossibilidade tão impiedosa?

A solidão de amante traído ou traída, a dor de ser o terceiro excluído dessa dupla em face da qual conquistamos nosso ser, nosso ter, nosso poder – numa palavra, o sentido de nossa vida e de seus desejos, o saber para dizê-los ou satisfazê-los –, fazem que esses pais desejados... que só caiba amá-los.

Eis que a criança descobre sua impotência radical para despertar a resposta do desejo deles no lugar semelhante do corpo deles. E tão forte é esse desejo que a recusa encontrada desperta todos os instrumentos conhecidos para afirmar seu poder e seus direitos, não sem a imaginária angústia que, em seu descomedimento, leva-a a temer tudo e mais um pouco dos modelos do corpo acabado do adulto rival, até então consolador em todas as provas que o desejo de imitá-lo e de igualá-lo em seus modos – gestos e palavras – a fizera ousar.

Amor, ternura, volúpia casta das carícias maternas ou paternas, segurança consecutiva às zangas e correções que escandiram experiências perigosas, eis que o sexo chegado ao desejo de conjungir-se ao sexo do adulto tutelar faz romper-se a amarra do esquife, feita de dependência total em que confiança, querença e desejo, tudo na vida da criança ligava-a ao edifício dos pais.*

....

* No original "*aimance*", cf. *No jogo do desejo*, Zahar Editores, 1984, pp. 260-273. (N. do R. T.)

Tombos: os arranca-cabelos

O ESTRANHO: "Verticalidade. A criança sente que é a mãe, quer fazer como ela. Nas quedas, a mediação é necessária."

A PRATICANTE: Sim, "nas quedas", quando a criança cai perde a noção de ser, e é a mãe que a devolve; ela se espalha.

O ESTRANHO: Aqui a queda ganha seu sentido verdadeiramente filosófico.

A PRATICANTE: Com certeza. Sentido de depreciação, de perda do valor ligado à verticalidade, no início a dos corpos portadores, depois a sua própria, na posição ereta e na marcha.

O ESTRANHO: A criança conquistou esse valor de verticalidade. Está radiante, alegre, e a queda provoca... uma decadência repentina.

A PRATICANTE: Sim, uma decadência. Talvez uma decadência que seja reminiscência do perigo do nascimento.

O ESTRANHO: E aí é a mãe que deve devolver-lhe esse valor perdido. Seu rosto de homem ou de mulher em devir.

A PRATICANTE: Como se ela fosse culpada. É preciso que seja a mãe que a reconcilie consigo mesma. A reconciliação. A criança não se gosta mais. Está em estado depressivo.

O ESTRANHO: Tem sentimento de culpa?

A PRATICANTE: Por certo, sim. Sentimento de decadência de que se sente vagamente responsável, pois não pôde impedir aquilo, ou pela qual a mãe (mesmo ausente) é considerada responsável.

O ESTRANHO: Aquela façanhazinha de Jean, a história da descoberta de que podia andar. No fim, ele se levantou sozinho[26].

A PRATICANTE: Ah, sim, mas não tinha caído! Não, absolutamente. Tinha chegado aonde queria. Estava indo para a minha poltrona habitual. Eu, em outro lugar do aposento, não estava prestando atenção. Ele chegou, ficou contentíssimo. Pois bem. Não dei um pio, porque não estava contente e não queria felicitá-lo, pois achava que devíamos esperar ainda alguns dias. A minha expectativa era de que ele andasse com dez meses, pois já estava bem forte, mas com nove meses e meio era muito cedo, e eu temia aquela precocidade por causa dos avisos do pai.

O ESTRANHO: Depois de quanto tempo a criança entende que o tombo não é tão grave?

A PRATICANTE: Depois que a mãe a tiver reconciliado várias vezes consigo mesma em estado de impotência. Nós, que damos acolhimento na Maison Verte[27], levantamos a criança, o pequeno que, caindo sozinho ou por causa de outro, se desfaz como um quebra-cabeça, e o levamos até a mãe. No colo dela ele se recupera imediatamente, mas conosco não se recuperaria tão depressa – pelo menos não antes de nos conhecer muito bem. E o mais engraçado é que ele volta para o perigo que o fez despencar, mesmo que se trate de outra criança. Imediatamente volta à experiência que o fez cair, logo em seguida. E isso é importante.

O ESTRANHO: Para enfrentá-lo mais uma vez.

A PRATICANTE: Para enfrentá-lo, principalmente porque percebe que não é duradouro, portanto que não é perigoso, pois pode refazer-se rapidamente graças à presença da mãe ou da pessoa tutelar da família.

O que não é tão fácil nas creches ou nos berçários. Ali a criança não se refaz imediatamente dessas provas psicossociais, porque não foi vacinada no dia-a-dia pela presença da mãe contra todas as pequenas provações da vida. Isso acontece na Maison Verte porque um dos pais pelo menos está sempre lá, e logo em seguida nós lhe levamos a criança a chorar sua mágoa. Mas nas creches ela fica com essa experiência de ter-se espalhado, sem retorno *ad integrum*.

O ESTRANHO: Trauma.

A PRATICANTE: Trauma, sim. O filho não dorme à noite, e a mãe diz: "Ele não quer voltar para a creche", ao passo que conosco, ao contrário, depois de acalmar-se no colo tutelar, a criança volta ao agressor porque foi reconciliada duas, três vezes naquela tarde, enfim, rapidamente. "Mas, afinal, ele é idiota (ou ela)! Volta para lá, vai começar tudo de novo!" Não, com certeza não. Seu filho sabe muito bem o que faz. Sente que essa não é uma experiência definitiva de jeito nenhum, pois logo em seguida, voltando para os pais, restabeleceu-se em sua integridade anterior, e a cada experiência aprende alguma coisa sobre a outra.

De fato, bem depressa pode-se dizer que, quando as crianças se elegem para agredir-se mutuamente e uma é vencida pela outra, depois de três ou quatro brigas elas se tornam amigas inseparáveis pela vida afora, e aliadas. É muito engraçado.

Mas com as crianças do jardim público isso é impossível porque a mãe do agredido fica zangada com a mãe do agressor e aí todas as mães catam seus filhos e vão embora quando vêem que está chegando aquele que derruba os outros. Estão completamente erradas. Escutamos às vezes a mãe alertar o filho: "Escute, aquele menino é malvado", ou: "Aquela menina é malvada. Não volte lá!" A criança responde: "Não é malvado, não é malvado. É legal. Derruba a gente." Ele é legal, ele derruba, mas não é por ruindade. É desse jeito. (E no fim nós dois nos divertimos muito assim.) Na verdade é como uma dupla de palhaços. Ao passo que, se ele ficasse na experiência do primeiro tombo que o põe num estado de desamparo total, diria como a mãe: "Ele é malvado."

Uma das coisas mais interessantes é o encontro de mães: umas têm filhos mordedores, outras arranca-cabelos, outras derrubadores.

O ESTRANHO: Arranca-cabelos!

A PRATICANTE: Ah, sim! Que arrancam cabelos, há disso. E cada vez é uma explicação nova, diferente. É preciso observar como isso acontece. Não é qualquer um, não é o cabelo de todo o mundo. É sempre eletivo.

É uma linguagem de relações; muitas vezes é uma pergunta muda que não recebeu resposta, e com razão. Simplesmente nem sempre se entende.

Vi três histórias que, quando expressas por palavras, terminaram de um segundo para outro. Portanto, o sentido delas por certo era aquele que pudemos desvendar e exprimir por palavras, sem nenhuma censura final. A primeira, mais engraçada, era uma pergunta muda referente aos pêlos pubianos. Essa pergunta muda eu percebi porque se tratava de um menino muito concentrado, inteligente, que ficava muito tempo com um brinquedo. Ele se instalava com o brinquedo (os brinquedos Fisher Price, considerados lógicos, que divertem bastante as crianças), passava uma cabecinha por perto, à direita ou à esquerda, ele captava – nem em todos os casos, foi isso justamente que observei –, captava de repente, levantando a cabeça, com o olhar parado, numa espécie de pose fotográfica, e de repente, num décimo de segundo, com a mão direita ou esquerda, arrancava os cabelos daquela cabeça, cujo pequeno dono caía no chão urrando. Então, ele ficava um momento daquele jeito, desconcentrado do brinquedo, imóvel, com a expressão de quem não entende nada.

Era justamente por essa razão que ele ia à Maison Verte. A mãe não podia mais ir aos jardins públicos por causa daquela mania irreprimível. Então fiquei observando por uma boa meia hora aquela criança, a distância, e depois disse à mãe: "Venha para perto de mim. A senhora vai ver, eu observei uma coisa muito particular. Seu filho só puxa os cabelos das crianças que têm cabelos loiros e ondulados, um pouco mais crespos que os dele." Ele tinha cabelos ondulados, mais ou menos da mesma cor dos da mãe, que eram loiro-acinzentados. Eu disse: "Como é o pai?" "É loiro. Temos a mesma cor de cabelos. Aliás, já nos disseram que nosso filho poderia ser ruivo porque parece que dois loiros podem ter filhos ruivos. Ele diz que felizmente não é ruivo." Bom, a gente estava falando sobre esse assunto, e eu disse: "Olhe. Um negrinho está chegando perto, com sua cabeça cheia de cabelos pretos e crespos. Ele não vai dar atenção." De fato, continuou brincando. Passou também uma criança de cabelos escuros e lisos: ele não puxou, de jeito nenhum. Aproximou-se uma criança que tinha cabelos loiros e ondulados. Eu disse: "Preste atenção! Vai ver esse daí." Dito e feito, pose fotográfica e gesto rápido da mão, agarrando os cabelos do outro, e daí por diante. Então eu disse à mãe: "Está vendo, ele não tem a menor vontade de puxar cabelos. A senhora viu como ele parece que se sente obrigado a fazer isso, é uma coisa que atrapalha a brincadeira, e parece que ele fica apalermado com os gritos."

O ESTRANHO: Como um autômato.

A PRATICANTE: Sim, como se de repente ele estivesse diante de uma pergunta. Era como se uma pergunta se colocasse para ele. Qual? E ele estava procurando a resposta. Então eu perguntei a ela: "A senhora anda sem roupas na frente dele?" Ela disse: "Sim, por quê? Não se deve?" Eu disse: "Não, não é isso." "A gente chegou a fazer nudismo. No último verão fomos a um campo de nudismo. A senhora acha que isso não é bom?" Eu disse: "Não, não, tudo bem, mas a senhora explicou que os adultos têm pêlos nas axilas e no púbis, mas ele não tem? E ele nunca tocou nos seus pêlos pubianos?" (pois ele tinha mais ou menos três anos e já chegava na altura do púbis dos adultos). "Ah, não! Nunca!" "Com certeza isso é um problema para ele. Ele deve pensar: 'Que negócio é esse de duas cabeças? Porque eles têm cabelos ali'." Para ele, a questão é dos cabelos no lugar do sexo. Os adultos têm duas cabeças: uma ali e outra lá. Então, eu disse a ela: "Escute, ele está lá brincando. Eu não vou me meter, mas hoje à noite seria interessante que o pai lhe explicasse que os pêlos pubianos não são cabelos, que a gente não deve puxá-los, e que ele também vai ter pêlos ali quando crescer. Tenho a impressão de que seu filho está procurando uma resposta a uma pergunta muda ou que ele não sabe formular, uma pergunta que só lhe é feita pelos cabelos loiros e crespos, como os pêlos pubianos de seu pai e de sua mãe, da mesma cor dos cabelos da senhora e dele."

Agora, o mais gozado é que o pai disse: "Essa senhora é: ó!" (e pôs o indicador na têmpora). Depois disse: "Afinal, o que é que a gente tem a perder? Ele é um problema tão grande, com essa história de puxar cabelos." Então, disse-lhe o que devia dizer, não sei exatamente o quê. No dia seguinte, a mãe foi a um supermercado, e o filho puxou outra vez os cabelos de outra criança, que passava ao alcance da mão. A mãe me disse: "Achei que a explicação do pai não adiantou nada. Então a questão não é aquela." Era uma terça-feira. Na quarta-feira ela volta à Maison Verte. É provável que o menino tivesse ouvido a mãe falar com o pai, e tivesse entendido que "aquela senhora" se referia àquele lugar. Eu mesma não tinha falado com ele. Só com a mãe. Tinha observado muito tempo, tentando entender. Então, naquela quarta-feira, chegando à Maison Verte, ele abordou a pessoa que dava acolhimento naquele dia (uma para cada dia da semana) assim que chegou. Ele não tinha conversado com a mãe desde que o pai falara com ele na noite da segunda-feira. "Sabe, meu pai disse que cabelo não é pêlo, que pêlo não é cabelo." "Ah é!?", disse-lhe Fulana, "seu pai tem razão." Naturalmente ela sabia que ele era um arranca-cabelos. Só não sabia o que havia sido dito na segunda-feira. "Ah bom. Muito bem. Você tem toda a razão. Seu pai tem razão." Aí ele ficou perto da porta, e a todas as mães que chegavam dizia: "Meu pai disse: 'Cabelo não é pêlo, pêlo não é cabelo.' " "Ah, é mesmo? Teu pai tem razão." E a história acabou, terminou definitivamente.

Naquele caso, era uma pergunta que exigia explicação, com certeza desde os nudistas, ocasião em que os pais (modernos) haviam dado todas as respostas sobre a questão das diferenças sexuais, mas nenhuma sobre pêlos e cabelos.

A cada vez há uma coisa diferente.

Com um outro arranca-cabelos, terror do jardim público e das creches, a coisa era bem outra. Era um menino cuja mãe não podia passar perto de um crânio, com cabelos ou sem cabelos, sem fazer uma carícia na ida e na volta.

O ESTRANHO: A mãe?

A PRATICANTE: É, a mãe desse menino também estava freqüentemente com as mãos nos cabelos do filho. Passava os dedos pela cabeleira do filho e dos outros.

Um dia, quando ela falava desse problema do filho arranca-cabelos, eu disse a ela: "Mas a senhora já percebeu que não consegue ver um bebê sem pôr a mão nos cabelos dele?" Ela disse: "Oh! Não é possível!"

E todas as mães desataram: "É sim, é isso que você faz. Olhe só. Mesmo aquele que não tem nem um cabelinho no coco você ficou o tempo todo fazendo assim na cabeça dele." "Ai, é mesmo, eu nem tinha percebido."

Ela mesma é uma mulher de cabelos admiráveis, ondulados, cacheados, compridos, de um ruivo escuro natural, caindo sobre os ombros. Uma verdadeira propaganda de xampu. "Mas a senhora tem cabelos lindos também." Então ela respondeu: "Ah, sabe, a alegria do meu pai era passar as mãos pelos meus cabelos quando eu era pequena. Perdi meu pai com oito anos." Era alemã, e o pai era oficial da ocupação na França. Casou-se com um francês porque o pai escrevia dizendo que adorava a França e os franceses. O filho, como ela, tinha cabelos lindos. Então, depois que lhe falei da beleza de seus cabelos, e ela adquiriu confiança falando do pai e do marido, disse-me: "Mas, sabe, na rua eu me divirto quando as mulheres dizem: 'Olha, deve ser peruca'; então eu me viro e digo: 'Não senhora, é meu cabelo mesmo.'" Ela era comovente, com aquela pronúncia alemã e aquele orgulho de filhinha do papai!

Eu disse: "Pois bem, é isso: ele puxa cabelos porque acha que é desse jeito que se faz amizade. Como não fala ainda" (tinha vinte e sete, vinte e oito meses, com aquela dificuldade das duas línguas, alemão e francês), "esse é o jeito dele de fazer amizade, como a senhora, que faz assim com as crianças, para fazer amizade, com gentileza. Então, explique a ele tudo o que me disse, principalmente sobre o avô." Ela explicou, em alemão, na minha frente. Ele ficou ouvindo, muito concentrado. Depois o pai repetiu as palavras da mãe. Em menos de uma semana ele não puxava mais cabelos.

Havia dois problemas com aquele menino. Isso e o fato de nunca falar nada, de brincar sempre sozinho. Mas não era autista, pois tinha grandes trocas gestuais com a mãe, que lhe falava em alemão. O pai falava com ele em francês. Ela estava chateada por ele não começar a falar. Entendia muito bem, naturalmente, tanto o alemão quanto o francês.

Um dia, quando ele estava brincado sozinho, como sempre, um dos nossos, Bernard, aproximou-se e disse: "Das ist rot." (Isto é vermelho. Ele estava segurando um cubo vermelho.) Ele olhou para Bernard como se ele tivesse cometido um crime de lesa-majestade e precipitou-se quase chorando para enfiar a cabeça na saia da mãe, porque aquele senhor estava falando alemão. A mãe disse, em alemão: "Mas o que foi que aconteceu?" Bernard, que acompanhava o menino, respondeu em francês (que ela falava muito bem): "Ah, sim, eu disse que o cubo que ele estava segurando é vermelho. Disse em alemão." Então, ela: "É sim, Bernard tem razão. Das ist rot. Em francês, 'rot' é 'rouge'." Bernard mostrou então outro cubo e disse: "Bleu." A mãe estava participando da conversa. Portanto, estava permitindo que ele falasse as duas línguas com pessoas dos dois sexos. Ele prestava atenção. Ela disse: "Mas o pai dele nunca fala alemão, nunca; e eu falo com ele sempre em alemão, sempre." Bernard disse: "Ah, mas teu pai pode e sabe falar alemão, e tua mãe pode e sabe falar francês. Teu avô, pai da tua mãe, que morreu na guerra, falava francês e alemão. É permitido falar nas duas línguas." Nos dias que se seguiram, ele ia apresentar os objetos às pessoas, para que elas lhes dessem nomes, mas as pessoas davam nomes em francês; não sabiam que ele gostaria que lhes dessem nomes nas duas línguas. Bernard disse à mãe: "Diga-lhe as palavras alemãs e francesas, e peça ao pai dele que, se puder, diga palavras em alemão, com pronúncia francesa, pois ele não fala tão bem o alemão quanto a senhora fala o francês. Explique isso ao menino." E em oito ou dez dias o menino primeiro começou a brincar com outras crianças mais novas, e sem puxar cabelos. Já era melhor do que ficar sozinho. Tinha o direito de brincar "em francês", e aquilo não o separava da mãe, que brincava com ele em alemão. Ao mesmo tempo, a história dos cabelos havia sido elucidada pela mãe. Como não puxava mais cabelos, ninguém mais fugia dele. Até então, aquele menino, que era forte e bonito, também era o terror das mães no jardim público. A mãe dele sofria muito com aquilo. E ele se isolara com ela. Há crianças que puxam cabelos, que mordem os outros, mas que também gostam de brincar com os outros. A impulsividade agressiva deles não é constante, mas é bem importuna.

O ESTRANHO: Mas, voltando à história das duas línguas, como você explica a atração dele pela solidão na hora de brincar?

A PRATICANTE: Porque ele brincava com a mãe. Ainda era filho único. Brincava com palavras alemãs, que a mãe pronunciava. Quando brincava com franceses já tinha na cabeça algumas palavras francesas, mas não falava ainda porque não brincava com o pai, só brincava com a mãe. O pai não cuidava dele... enfim, era engenheiro, e, como dizia a mãe: "À noite, quando ele volta, meu filho já está dormindo; quando sai de manhã, o menino ainda está dormindo." Portanto, ele não via muito o pai, e, quando o via, nos fins de semana, a comunicação era só do casal, homem e mulher, entre o pai e a mãe, mas quase não havia intercâmbio entre o pai e o filho!

O fato de Bernard falar com ele era um verdadeiro acontecimento! Uma espécie de crime! Aquilo chocou o menino como se lhe tivessem posto a mão numa ferida. Foi refugiar-se no colo da mãe, como a lhe dizer: "Ele ousou falar com palavras alemãs! Um homem ousou dizer palavras alemãs. A mim, teu filho!" Ninguém imagina até que ponto tudo isso é preciso.

As histórias de cabelos sempre querem dizer alguma coisa; nem sempre é uma agressão com o objetivo de agredir; é uma agressão com o objetivo de procurar resolver problemas ou expressar um desejo amoroso, um interesse.

O ESTRANHO: Dos que agridem, que provocam a queda do outro, você deu dois exemplos. Mas o que acontece com quem é agredido?

A criança que anda, que se desloca e vai em direção a outras, se tiver a oportunidade de encontrá-las, não está mais apenas com a mãe. Encontrando outras crianças, encontra a agressão, e cai. Como ela sente as coisas? Imagino que vocês não cuidem apenas daquela que agrediu...

A PRATICANTE: Naturalmente. A criança que caiu está no estado de derrelição, de perda de referenciais, talvez até de seu ser. Não houve mediação entre o momento em que estava em pé e o momento em que estava caída, pois ela nada fez que a fizesse cair, ela foi derrubada (ou mordida, ou alguém lhe puxou os cabelos).

É completamente diferente de quando a criança corre, tropeça e cai. Ela sabe muito bem que provocou aquilo por ter sido desajeitada. Isso não a destrói em absoluto, ao passo que é destruída quando um outro a põe nesse estado. Aí ela é incapaz de levantar-se, mesmo que em outras circunstâncias consiga, quando cai sozinha. Como a causa é outra criança, ela é incapaz de se levantar, e alguém precisa erguê-la e levá-la até a mãe; uma outra pessoa conseguiria acalmá-la aos poucos, porém demoraria muito mais que a mãe. A criança se recupera imediatamente, como por milagre, quando está no colo da mãe, que consola, enxuga as lágrimas, aconchega, apalpa um pouquinho. Fica no colo dela trinta segundos e acabou: está de novo completamente pronta para voltar ao agressor. Está claro que quer encontrar outra vez aquele (ou aquela) que a fez passar por aquele transe, prova de que o fato de se ter restabelecido leva-a a entender o ocorrido como uma experiência quase erotizante, acredito.

Quando se interessa por algo novo, a criança quer ter a explicação daquilo que aconteceu e que parece tê-la surpreendido a tal ponto que ela não fez a aproximação entre o antes e o depois. Então, volta para o mesmo lugar, e muitas vezes começa tudo de novo. De novo é espalhada pelo chão; de novo se recupera. E a mamãe pergunta: "Mas por que você volta, se sabe muito bem que indo lá Fulano ou Fulana vai derrubá-lo?" Mas parece que essas palavras não têm interesse. É mais ou menos como o retorno a uma droga. Aquilo tem algo de... atraente, fascinante. "Aquilo não me destruiu, pois existo de novo... e voltando para aquele lugar eu gostaria de ver o que vai acontecer." Com muita freqüência acontece que o outro acha aquilo tudo uma chatice; não tem mais vontade nenhuma de atacar o pixote que vem provocá-lo com sua simples presença. Então, o pixote espera um pouco. Vendo que nada acontece, continua com aquele ramerrão, procurando comunicação, com bons ou maus resultados, aliás.

Estou falando de crianças muito pequenas, que cambaleiam quando andam mas ficam em pé, para as quais é importante avançar.

O que ocorre é bem diferente quando a coisa acontece por inadvertência do agressor.

Por exemplo, há crianças que gostam de correr de um lado para outro, como abelhas que ficam o tempo todo assim, e se pelo meio encontram uma cadeirinha de criança, elas a derrubam na corrida. Não estão prestando atenção. O que querem é correr. E derrubam tudo o que estiver no caminho.

O ESTRANHO: Dominar o espaço?

A PRATICANTE: Dominar o espaço com uma espécie de alegria pela velocidade motora. São crianças de dois anos e meio que sabem correr e estão felizes por isso. Essa corrida pode derrubar uma cadeira, depois outra. Coisas pequenas e móveis; não estão dando a menor atenção para elas. Mesmo que haja um bebê pelo caminho, não o evitam. A corrida delas é em linha reta, em linha direta: o pedestrezinho imprudente que caia.

O interessante é que você pode estar lá e explicar: "Está vendo? Fulano corre muito depressa. Ele é grande, e não fez de propósito. Ele derruba tudo, e você estava por perto. Então, quando ele começa a correr, você deve recuar."

Mas recuar é impensável para uma criança que está começando a andar. E no entanto, quando alguém lhe explica, ela entende, não imediatamente, mas bem mais depressa que uma criança que não arrisca nada.

O ESTRANHO: Por quê?

A PRATICANTE: Não sei. O fato é que a criança avança, e demora muito antes de aprender a recuar.

Conheci uma menininha que era uma exceção. Estava começando a ficar em pé, mas não sabia avançar; só sabia recuar. Mas esse é um caso excepcional, é raro. Noventa e nove por cento das crianças avançam. E depois, quando querem recuar, sentam-se no chão. Engatinham em sentido inverso, mas durante muito tempo não sabem recuar em pé.

Ora, quando elas são informadas com uma palavra que lhes explique o que é recuar, porque realmente existe um perigo, perigo que não visa a elas como sujeito, mas sim como objeto no espaço de expansão do outro, então entendem e descobrem como recuar. Observando outra pessoa, conseguem recuar para não ficar no eixo da motricidade daquele que arremeteu, que elas viram de longe arremeter e que vai chegar ao campo em que estão. Isso prova que naquele momento, pela visão, elas já têm a noção de que é o mesmo ser que está longe e que vai aproximar-se.

Quando estava lendo Kaspar Hauser[28], pensei: mas com que idade a criança é capaz de ver que alguém que partiu e está longe, estando portanto menor por estar longe, vai aproximar-se, e que se trata da mesma pessoa?

Fico admirada ao ver que uma criança aprende a recuar para proteger-se de alguma coisa que a visa, mas que não é voluntária, como se não quisesse ser confundida com uma coisa. A cadeira vai ser derrubada, e ela, pelo fato de lhe terem dito que pode recuar e que assim não ficará no campo de corrida da outra, parece estar sendo promovida e ser capaz, naquele momento, de recuar porque lhe mostraram o que é recuar. Ficamos ao lado dela e mostramos, com nossos pés, o que quer dizer recuar, com os pés deslocando-se para trás. Então, ela consegue, recua desse jeito e fica contente. Olha para você. Acabou triunfando por saber abandonar o lugar. Isso prova que ela não está buscando ser agredida. Mas, se isso lhe acontece, então ela não se entende mais. Não é capaz de ficar em pé sozinha. É a mãe, sua conhecida, que precisa devolver-lhe a integridade.

O ESTRANHO: Até agora vimos como a criança começa a dominar um pouco o mundo exterior, "mamãezando-o". Exceto, evidentemente, se ela tem uma mãe que o martiriza; isso é diferente. Mas ela não encontra agressão. Há pequenas coisas apenas, falhas na segurança, mas não agressão. Agora ele começa a encontrar a comunidade e seus riscos.

A PRATICANTE: Sim, e na comunidade é sempre pela agressão que há encontro. Há fortes e fracos, vasos de barro e vasos de ferro. É fatal. Nunca, *a priori*, a criança vaso-de-barro considera malvada a criança vaso-de-ferro, nunca, nunca. Ela não faz julgamentos. É apenas desagradável. No fim das contas, é uma experiência, depois que ela se recuperou. O mesmo ocorre com a criança vaso-de-ferro, aliás, quando o adulto não se mete com julgamentos morais. A mãe diz: "Olhe como ele é malvado. Não vá até lá." E na verdade a criança não entende quando lhe dizem isso.

O ESTRANHO: Crianças e adultos estão em comprimentos de onda completamente diferentes, em face dos transes pelos quais passam, de serem vítimas ou algozes. O agressor fica pasmado com sua força, às vezes embaraçado por ela, assim como o agredido se sente acanhado em sua fraqueza.

A PRATICANTE: Sim, de fato. Ele não pode projetar uma agressividade nociva. Não a projeta. Ela não está nele. Ele tem sempre uma agressividade conquistadora, mas não com a intenção de prejudicar o outro. O agressor expressa uma força que emana dele, e fica feliz se encontra outro com força mais ou menos igual. O jogo continua até que um dos dois recue, desiludido, deprimido, fugindo ou sendo abatido ali mesmo.

O ESTRANHO: Tanto o agressor quanto o agredido consideram essa experiência positiva, já que voltam a ela assim que podem.

A PRATICANTE: Sim, como toda experiência. Toda experiência é positiva desde que haja restituição *ad integrum* da imagem do corpo, graças ao que a criança pensa: "Mas o que foi que me aconteceu? Vou voltar lá para ver."

O ESTRANHO: Logo, a extrapolação do limite. O limite é a queda...

A PRATICANTE: O limite, nesse tipo de competição, é a queda. A extrapolação foi remediada. Então, volta-se lá!

O ESTRANHO: Então, forçosamente, as mães impedem seus filhos de enfrentar riscos demais.

A PRATICANTE: Não estão erradas, se forem "demais". Mas se não incorrerem em risco algum no confronto com outro não haverá aprendizagem da sociedade. Desse modo elas prejudicam a sociabilidade futura. A sociabilidade em devir exige esse tipo de experiência que, se repetido com a mesma criança, prova que essas duas crianças têm afinidades. E afinidades são sempre positivas ao cabo de alguns confrontos.

O ESTRANHO: Podemos imaginar como a solidão se constitui como mal.

A PRATICANTE: A solidão longa demais transforma-se em sofrimento.

O ESTRANHO: Podemos supor que, se essa experiência – da agressividade do outro, de reconstituição da imagem do corpo, de retorno ao agressor, de extrapolação do limite – não ocorrer, ficarão marcas mais tarde. A criança estará predisposta à má solidão.

A PRATICANTE: É verdade, há duas espécies de má solidão. Existe a má solidão depressiva e, depois, num segundo momento, existe a má solidão *a priori* agressiva, pelo sentimento de perseguição. Seja quem for o outro, supomos que ele nos rejeita, ao passo que na solidão depressiva somos nós mesmos que não nos encontramos e pedimos a outro: "Diga-me alguma coisa para que eu possa existir." Uma solidão que pede contato e outra que o recusa.

O ESTRANHO: A solidão depressiva, nesse estágio, seria a impossibilidade de reconstituir a imagem do corpo.

A PRATICANTE: É isso aí.

O ESTRANHO: Aí pode ser tanto erro da mãe quanto do berçário...

A PRATICANTE: Erro eu não diria. É um acontecimento que, dependendo da época vivida, articula-se com a relação criança-sua mãe, e do qual não há possibilidade de refazimento[29].

O ESTRANHO: Isso seria a solidão depressiva. E a outra, então?

A PRATICANTE: A outra é a solidão reativa defensiva contra uma eventual depressão, por agressão passiva, pode-se dizer, por fechamento acautelatório a qualquer relação supostamente dolorosa, como um estado de amuo ríspido que visa a desencorajar a aproximação dos outros.

O ESTRANHO: "Na queda, a mediação é necessária. A mãe não deve responder com angústia à angústia."

É assim que se pode criar a abertura sistemática para a angústia, por ocasião de qualquer provação, angústia que, se ficasse à mostra, provocaria ainda mais tensão como ressonância à angústia do outro, que vem da compaixão angustiada da pessoa tutelar.

A PRATICANTE: Como um núcleo de amor pela vida, de cumplicidade com o outro ser. Às vezes é na angústia que certas pessoas a encontram. Portanto, é na depressão em si que se encontra o valor da comunicação e do amor do outro, que assim se manifesta!

Se a outra pessoa se precipitar no abismo também, então não haverá outro recurso, a não ser a não-vida.

"Eu-minha mãe lhes dou bom-dia!"

O ESTRANHO: "São necessárias as palavras tranqüilizadoras da mãe na hora das experiências difíceis, arriscadas, mas que a criança deseja tentar."

"Então, a criança torna-se sujeito", ou seja, sente que está em segurança, ela com seu desejo. "Pode ir para a sua periferia, tentar superar-se em direção ao objetivo cobiçado e voltar para seu centro, cansada por ter conseguido (tendo sentido medo), ou, se tiver fracassado, meio desnorteada, mas não humilhada."

A PRATICANTE: Era o que eu dizia quando afirmava que o núcleo do narcisismo constitui o centro da imagem inconsciente do corpo, que corresponde àquilo que chamei de "segurança de base"[30].

Em seguida, há a imagem de funcionamento[31], constituída por uma representação inconsciente de palpos a serviço de uma massa bipolar, cefálica e caudal. E depois, na periferia, estão as zonas erógenas.

O ESTRANHO: "As zonas erógenas são zonas de comunicação que se tornam linguagem repetitiva para os intercâmbios no atendimento às necessidades e linguagem muito variada, no que se refere às satisfações ou à ausência de satisfação, dos desejos de comunicação."

A PRATICANTE: Comunicação e parada da comunicação tornaram erógenas essas zonas limitadas do corpo de funcionamento. O ser humano pode voltar a esse funcionamento como no passado, ou então inventar um modo novo de apelo à comunicação para o prazer, esperando que o outro também responda e sinta o mesmo prazer. É sempre a comunicação para o próprio prazer, e às vezes em concordância com o prazer do outro.

É isso o que pode acontecer quando uma criança é intensamente censurada por sua agressividade para com outra. Isso de prejudicar a outra pode erotizar-se. Se os adultos fazem caso disso, então é muito importante. Se, porém, não agredirmos a criança agressora, mas tentarmos entender o que ela quer dizer com esse comportamento, descodificar seu suposto sentido e apresentá-lo com palavras não repressivas, então aquilo deixará de ser erotizado/erotizável. Trata-se de um sentido que traduz um desejo dela, portanto uma lacuna que deve ser preenchida. Qual?

Caso contrário, a criança agressiva que é repreendida, a criança que morde e que mordemos para mostrar que dói, vai ficando cada vez mais agressiva, pois o adulto valoriza a agressão agredindo ainda mais que ela, pois o adulto é um modelo do eu ideal e do isso idealizado.

Não se pode descarregar o agressor de suas tensões que visam cada vez mais à erotização da agressão apenas deixando de fazer caso da agressão, mas procurando descodificar o sentido que ela tem para o seu narcisismo: "O que você está querendo me dizer ou dizer a essa outra pessoa?" dando-lhe o sentido.

O ESTRANHO: A agressão é uma maneira de questionar, de sinalizar o interesse por uma diferença incompreensível, um fato insólito, levar o outro a explicar a razão de sua presença.

A PRATICANTE: É uma pergunta em mímica.

Se a criança se sente censurada por um comportamento de apelo ao saber, tem um sentimento de culpa que desperta a erotização daquilo que a questiona.

É uma erotização, uma fixação a uma zona intransponível que por isso se torna erógena, ao passo que era psiquismo questionante. No fundo, eram pulsões, como se diz, epistemofílicas.

O ESTRANHO: Desejo de conhecimento.

A PRATICANTE: Sim, de co-nascimento*.

....

* Em francês, conhecimento = *connaissance*, co-nascimento = *co-naissance*. (N. do R. T.)

O ESTRANHO: Finalmente, aí se exerceria uma espécie de perversão da zona erógena como meio de comunicação e uma valorização secundária da agressividade como tal, devido às reações sociais e pessoais das crianças.

Esse movimento pendular, da periferia para o centro e o inverso, é o estabelecimento de uma dinâmica?

A PRATICANTE: Sim, de comunicação.

O ESTRANHO: Que permite à criança ao mesmo tempo ser ela mesma, recentralizar-se, e estar em segurança e numa relação não bloqueada, não repetitiva com o outro.

A PRATICANTE: Existe uma bela imagem na natureza, a do caramujo, aquilo que chamo de "encaramujar-se", voltar a seu centro, proteger-se ou pôr-se a salvo; inversamente, o caramujo em segurança tem todos os sentidos abertos à comunicação quando sai de novo da concha, porque há muito tempo não é agredido.

É mais ou menos isso que acontece na libido da criança e em sua imagem do corpo recuperando a estatura plena. Nos vegetais, é a imagem da sensitiva. Nos animais, como na criança, o caramujo é uma imagem excelente.

O ESTRANHO: Estou pensando no que Feuerbach dizia a respeito de Kaspar Hauser[32], que a você pareceu equivocado, aliás: "Ele sai da ostra."

A PRATICANTE: É. Pareceu-me equivocado. Um pouco. De qualquer modo é um pouco caramujo, mas a ostra não tem pseudópodes. Só pode abrir-se ou fechar-se. Não há imagem do corpo nem zona erógena na ponta de pseudópodes, como no caramujo, e mãos como no ser humano.

O ESTRANHO: Mas, voltando ao caso da criança, desde que essa construção vá bem, ela se encontra num mundo que é ao mesmo tempo fechado e aberto, ou seja, não há ruptura entre o fechado e o aberto, entre o interior e o exterior. Tudo se passa num movimento contínuo do desejo que pode ser dito, mesmo por mímica, mas nem sempre expressar-se em detrimento de outrem.

A PRATICANTE: Num movimento que ela descobre após o corte do cordão umbilical, o movimento respiratório, movimento uniforme, autônomo, que lhe permite continuar vivendo fisicamente, mesmo na ausência da mãe, que poucos minutos antes ainda era indispensável à sua sobrevivência, graças à irrigação sangüínea, sendo os pulmões dela que lhe garantiam a oxigenação.

O ESTRANHO: "A criança partiu. A mãe pode morrer." Isso ainda se refere à periferia e ao centro?

A PRATICANTE: Sim. Quando a criança tem, ao máximo, a experiência do retorno de sua periferia, e ela encontra gente, é como se tivesse introjetado a mãe, e a mãe, em sua realidade, pode desaparecer. A mãe está estruturada no interior da criança. É o que se chama introjetar. A criança é "eu-minha mamãe, estou em segurança. Eu-mamãe-sempre-aqui".

Um pouco depois, quando o pai precisa estar lá, se a mãe diz coisas positivas sobre ele, a criança integra o pai em si através das palavras da mãe a respeito dele.

Donde o perigo, quando a mãe fala mal do marido para o filho ou na frente dele. Com isso, ele vai introjetar o perigo de ser masculino, e isso poderá fazer dele um homossexual ou um ser odiento, malvado, pois o malvado foi fecundo e possibilitou que ele, seu filho, vivesse. Quanto mais se é ruim, agressivo, desprezador dos outros (como a mãe diz, por exemplo, que o pai ficou depois de se casar com ela e de fecundá-la), mais se é bacana – e um cara bacana fecundo, pois fez aquele filho, deu uma gestação àquela mulher que queria ser mãe –, mais é modelo de valor-vida.

Portanto, é algo muito pervertedor para a criança. Perverte suas pulsões ativas. E como, na relação corpo-a-corpo genital, o menino se manifesta por pulsões ativas, esse espetáculo perverte, histeriza, sua falsa virilidade pugnaz, como se fosse a pugnacidade que possibilitaria a um homem tornar-se pai, portanto valoroso.

O ESTRANHO: Voltando à nossa história da mãe, é nesse momento, portanto, depois de adquirir essa dinâmica centro-periferia, que a criança está em segurança, que começa a poder estar "sozinha".

A PRATICANTE: Ela começa a não estar nunca sozinha, mesmo quando está sozinha. O mundo tem sentido para ela.

O ESTRANHO: Mas, justamente, é aí que ela se dá a possibilidade de não depender do colo da mãe.

A PRATICANTE: Ela não depende mais desta ou daquela pessoa. Precisa da sociedade, mas tem fé em si mesma.

O ESTRANHO: Isso me faz pensar na diferença que há entre as crianças que crescem nas cidades e as do interior. No Brasil, por exemplo, as crianças são simplesmente seres humanos responsáveis por si mesmos, sem recorrer a mãe ou a pai.

A PRATICANTE: No interior é menos típico que nas grandes cidades, porque todo o mundo conhece todo o mundo.

O ESTRANHO: A gente vê que são quase adultos com a idade de seis anos. Entendem tudo. Por estarem praticamente, não jogadas na rua, mas em contato logo de cara com o mundo visível e variado, elas se estruturam bem mais depressa.

A PRATICANTE: Isso as que sobrevivem! Mas há uma terrível seleção natural. Porque lá, no Brasil, as mulheres amamentam os bebês no peito até dezesseis, dezoito meses, e aí os abandonam definitivamente. Eles não têm mais mãe. Mas já sabem apanhar coisas para comer. Então, ou morrem, ou os que ficam vivos têm a mãe dentro de si, a mãe fusional, a mãe que perfunde leite, pois ela os fez bastante sólidos para resistir e encontrar sobrevivência em qualquer porcaria que consigam comer. Mas há uma grande quebra.

Das crianças que passam, a natureza vira mãe. E elas próprias são "eu-minha mamãe em mim".

É por isso que, no início, quando têm de dezoito meses a quatro, cinco anos, é tão grande a confiança em todo o mundo. Sentem-se como o adulto, tanto o menino quanto a menina. São: "Eu-com minha mãe adulta dou bom-dia."

O MAINÁ: No segundo livro de Castañeda[33], Carlos conta a don Juan a experiência que teve numa cidade do México. No México há muitas criancinhas pelas ruas, e é verdade que são muito pegajosas, principalmente com os estrangeiros, porque logo percebem a cara do otário, do gringo.

Ele, Carlos, entrou num lugar para não ser importunado por aqueles meninos. Ficou vendo a manobra deles do terraço do bar. Eles ficaram esperando um casal.

A PRATICANTE: Ele faz como eu, quando observo o mordedor ou o arranca-cabelos. Fico no meu canto e observo.

O MAINÁ: Então ele viu que o casal acabou de comer. Os meninos tinham engraxado os sapatos deles e foram pagos por isso. Os meninos esperaram que o casal fosse embora, se precipitaram para os pratos e comeram os restos, limparam tudo. E o responsável pelo restaurante fechou os olhos.

Depois de alguns feitos desses, Castañeda pensou: por certo existe um acordo entre eles e o dono do restaurante. E dizia a don Juan: "Tive muito dó mesmo, aquelas crianças estão desprovidas de tudo. Eu gostaria de ajudá-las." Don Juan começou a rir simplesmente e perguntou-lhe: "Mas o que o leva a pensar que eles estão desprovidos de tudo?" Isso tem a ver com o que você diz. "Mas eles não têm o que comer; comem restos" etc. E don Juan: "É, mas qualquer criança daquele grupo pode tornar-se homem de conhecimento, e muito mais depressa que você." Carlos ficou perturbado com aquilo.

O ESTRANHO: Para don Juan aquelas crianças tinham sobrevivido à seleção natural, e, como você diz, encontram a mãe em qualquer coisa, mesmo nas porcarias que comem...

A PRATICANTE: Sim... Mas é como quando ele dizia a Carlos: "Você não está no seu lugar." Carlos não sabia o que ele queria dizer e esgotou-se procurando. Já estava perdendo completamente as esperanças quando percebeu que estava muito bem sentado em certo lugar, e o outro lhe dizia o tempo todo: "Procure o lugar que você deve encontrar", ao passo que poderia ter dito para que lugar ele deveria ir. Se lhe tivesse dito, ele não teria feito essa pesquisa que tem valor de seleção para o aprendiz de feiticeiro. Arriscou-se na seleção natural, ou seja, a ser obrigado a abandonar a busca.

O MAINÁ: É isso mesmo! Aí Castañeda é o lactente em relação a don Juan, que seria a mãe educadora.

A PRATICANTE: Sim. É um lactente.

Desmamou-o do conselho que esperava. "Você, que sabe, diga-me onde." "Não, é você que tem de descobrir para si mesmo. Eu descobri para mim. Descubra para si."

Isso também prova ser muito maternal. Significa que ele tem confiança no discípulo. Houve um momento em que Castañeda pensou: "Desisto! Vou voltar para os Estados Unidos." E, depois, nada disso! O outro sustentou o desejo dele. Talvez outros discípulos já tivessem começado daquele jeito para depois largar tudo.

O ESTRANHO: Pode-se dizer que houve o que se diz "o destino o amparou". Uma espécie de dinâmica que está além da subjetividade, graças à qual o outro, o mestre, não o abandonou quando ele mesmo não acreditava mais na sua busca, não se interessa mais por um objetivo difícil demais para ser atingido.

O MAINÁ: Isso dizia respeito à esperança. Mostra até que ponto os adultos, quando saem de seus pontos de vista comuns, também são crianças em relação à experiências de outro tipo.

Engodos simbólicos

Por via da natureza das coisas, o ser humano sofre obrigatoriamente separações sucessivas; as primeiras provocam mudanças em seu corpo. O nascimento e o desmame do seio materno são acompanhados – sejam quais forem as modalidades da vida fetal e da lactância, se a criança continuar viável após essas rupturas – por um modo novo de vida carnal, vivência bem-sucedida dessas modificações funcionais.

O crescimento ponderal, neurológico, esquelético e muscular, de que seu corpo é teatro, propicia a cada dia poderes novos às suas percepções, que se afinam e servem para a descoberta da motricidade das mãos, dos pés, para a descoberta de seus instrumentos de comunicação e de suas sensações de prazer-desprazer. As mãos tornam-se o lugar substituto de preensão, para pôr na boca, pois elas começaram a funcionar junto com a boca, apertando o peito materno. Todos os objetos manipuláveis são, para as mãos, engodos da presença materna associada à sua lembrança. Os objetos rejeitados pelas mãos estão associados às fezes, que, para a mãe, são valor para receber-pegar. Os pés, nas sensações neurologicamente associadas ao plexo sacral, associados ao asseio das nádegas, à expulsão das fezes e às sensações viscerais e táteis da pelve, tornam-se, juntamente com os membros inferiores e a motricidade que ali se confirma, instrumento de gesticulações e, na marcha, simbólica de locomoção sobre o solo, tendo como referência a mãe portadora.

Todas as suas extremidades distais tornam-se substitutos de boca e ânus, enobrecidos no trabalho de pegar, manipular, guardar, dominar, rejeitar. O próprio corpo se faz metáfora de seu funcionamento digestivo, e seu comportamento em relação a tudo o que aborda se dá como imitação observada do comportamento de seus modelos em relação a seus objetos exteriores ou de modalidades de comportamento dos adultos em relação a ele mesmo e entre si. E tudo é prazer e desprazer.

Descendo dos braços do adulto, a criança mimetiza a maternância nidificante envolvente e a paternância modelo ou corretiva em face de objetos que lhe permitam representar-se mimetizando os outros em relação a ela que, tanto quanto seus objetos conhecidos, é menor que eles na massa; que lhe permitam tocá-los ou repreendê-los, mobiliar sua solidão com esses engodos através dos quais ela se exprime exercitando e desenvolvendo a linguagem à guisa de quantos a cercam. Graças a esses engodos simbólicos ela satisfaz seu desejo de comunicar seus sentimentos, de brincar de imitar o que observa dos adultos. O mesmo se diga dos objetos miniaturizados que a tornam, imaginariamente, dona do espaço.

Sua solidão torna-se industriosa, fonte de prazeres combinatórios de incorporações, dissociações, montagens de seqüências de objetos, com os quais sua imaginação modifica o espaço circundante, a seu bel-prazer, pelo prazer da criação contínua, acompanhada de balbucios e palavras que escandem seus sucessos, seus fracassos, e apelam para o apoio diante do impossível que às vezes a realidade opõe a seus desejos desenganados pelo não poder realizar-se, que apelam então para a ajuda do adulto, onipotente a seu ver.

Que é do sujeito?

O ESTRANHO: "A criança partiu. A mãe pode morrer. Senão, perda do exterior ou do interior de si mesma até o esgotamento do sintoma de derrelição de si mesma."

A PRATICANTE: Essas são as crianças que caem na psicose. Com a partida da mãe, sem que elas a tenham introjetado, não conseguem sobreviver na relação psíquica com outros adultos ou com outras crianças. Não adianta alimentá-las, elas não conseguem estabelecer o laço de prazer com a maternante encarregada de cuidar delas. Esperam certamente percepções que façam essa pessoa representar a mãe: certas percepções conhecidas e perdidas, olfativas, motoras, cutâneas, visuais. Então, elas contraem doenças em órgãos ou sistemas, porque esses órgãos foram desertados pela mãe. Como há sempre micróbios sobre o organismo ou dentro dele, quando a vida não produz pulsações de verdadeira manutenção estênica da corrente sangüínea, os micróbios presentes começam a proliferar. Essas crianças contraem otites, mastoidites; contraem doenças do tubo digestivo, das quais morrem. Mas, se não morrem disso ou se não contraem essas doenças, o mais atingido é o psiquismo. Elas não procuram mais contatos, e aí vem o autismo, sempre depois de certo tempo de separação da mãe, principalmente da separação não verbalizada.

Evidentemente, alguém dirá: "Talvez algumas crianças sejam mais condicionadas geneticamente que outras." É possível. Mas sempre houve uma ausência. Isso quer dizer que a criança não se reconheceu fisiologicamente completa com a mãe substituta que cuida dela, e que, na volta da mãe genitriz, não a reconheceu mais. Houve uma lacuna nela que, por ocasião de outra prova, vai crescer; houve uma espécie de falha que vai transformar-se em ruptura entre partes de sua imagem do corpo e o outro. A criança não vai ter seu narcisismo de base e seu narcisismo funcional como prolongamento um do outro[34], restituição, garantias de segurança funcional e básica. Há cicatrizes profundas. Mais que cicatrizes: há falhas, há feridas.

O ESTRANHO: A criança fica meio fracionada.

A PRATICANTE: Sim, fracionada.

O ESTRANHO: E é nesse fracionamento, justamente, que aparece o que você chama de "sintoma de derrelição", mas que se pode chamar, em termos mais comuns, de isolamento, desamparo.

A PRATICANTE: Derrelição é a aflição de não se saber mais quem se é; a vida parece estar em pedaços que não têm sentido. A criança toca alguma coisa, agarra-se a um gesto, sempre o mesmo, que não tem mais sentido para ela. Quando esse gesto começou – dá-se a isso o nome de compulsão; por exemplo, ela cospe ou olha os dedos de perto, diante dos olhos, mexendo-os do mesmo jeito e sem parar –, no começo, ele teve algum sentido. Qual? A criança estava à busca. Talvez formulasse alguma pergunta sobre a visão. Por que não enxergava? Ou então, que lhe diria que os dedos são como folhas que o vento agita na ponta dos ramos? É uma árvore? As pessoas também, serão árvores que andam? Quem sabe quantas perguntas ficaram sem resposta, e ela ainda está esperando. Mas ela nem sabe mais quem está fazendo a pergunta. Conservou o gesto. É tudo o que lhe resta de um dia em que o sentido a abandonou por não ter sido verbalizado. Ela então se fez perguntas sobre o mundo exterior. Vive num estado, aparentemente, de não-contato com o mundo que a cerca. Parece que não entende o que lhe dizem, mas não é surda. Não se defende, não se dirige para nada. Tornou-se aquilo que se chama de criança psicótica. Os pais, quando a descrevem, não têm outras palavras, senão: "É um enigma vivo, como se fosse um marciano em casa." Às vezes acrescentam: "No interior, longe de tudo, ele não atrapalharia, mas na cidade! No apartamento! Além do mais, não sabe o que é perigo."

Nesse estado de derrelição, que é do sujeito? É o que me pergunto. Onde está o sujeito que quis encarnar-se? Quem, nessa criança, possibilita-lhe continuar vivendo?

Parece que vive sem que viver tenha o menor sentido para ela. Não escolhe mais nada. Pode-se-lhe dar qualquer comida. Pára de comer quando não tem mais fome, mas não tem desejo, não tem mais desejos, salvo o de suas compulsões, de seus gestos estereotipados que só perturbam quando são acompanhados por ruídos repetitivos ou por gritos, sempre os mesmos.

Isso é a derrelição. Estado emocional invariante, ermo de desejo, tão depressivo. E no entanto o corpo continua vivendo, como no sono profundo de alhures, mas estão despertas, fisicamente sãs, bonitas, às vezes muito bonitas, as crianças psicóticas nunca ficam doentes.

O ESTRANHO: Vazias de sujeito.

A PRATICANTE: Vazias de sujeito, aparentemente.

O ESTRANHO: Mas você disse agora há pouco que, sempre que a vida não está mais presente, os micróbios...

A PRATICANTE: Isso no esquema corporal dos neuróticos, cujo sofrimento afetivo se exprime pela inibição parcial de sua imagem do corpo ou por seu superinvestimento, que atua então sobre o corpo, de sua realidade: supressão circulatória ou excessiva tensão local, nervosa ou circulatória. Os micróbios (sempre presentes) afetam então essa zona deficiente de defesas e de relações com o resto do esquema corporal, mas isso justamente não acontece com os psicóticos. Estes têm ótima saúde!

O ESTRANHO: Isso me faz pensar numa espécie de medicina "energética", e não analítica. Os micróbios estão sempre presentes, mas só se tornam ativos quando a vida não está presente.

A PRATICANTE: Nossa medicina, com antibióticos, ataca esses micróbios que colonizam o corpo da criança. Também é uma agressão terapêutica: injeções, separação do ambiente, hospitalização. Isso altera seu *habitus* familiar. Ela pode "compensar-se" com uma regressão, viver como bebezinho, assistido pela mãe em domicílio ou em outro lugar por pessoal especializado. Uma vitalidade possível, anônima, diferente da do estado de saúde, com suas injunções – leito, repouso –, permite certo abandono do eu. Alívio! O sujeito dá a volta por cima, o indivíduo se cura e volta a estar são de corpo.

A criança doente, para ficar realmente boa, precisa rever os seus. Hoje se entende que a mãe precisa ir vê-la com freqüência no hospital, com aqueles que a estruturaram. Antes, ela era impedida de ir, porque algumas crianças choravam de tristeza quando ela se ia. Outras berravam quando a viam, como se tivessem medo da mãe.

O ESTRANHO: Por quê?

A PRATICANTE: Porque a criança não se reconhecia mais nela, e tinha a impressão de ser ela a causa de seu mal-estar físico, da aflição de seu isolamento. Ela lembrava algo perdido: a casa que a criança esquecia quando não via ninguém que a lembrasse. Esse algo perdido é uma parte de si mesma. Há um sentimento de abandono, de rejeição. Por quem? É justamente graças a esse sofrimento moral, que as visitas da mãe permitem exprimir conscientemente, que a criança evita o traumatismo inconsciente provocado pela hospitalização, hiato no *continuum* de sua estrutura psíquica. A mãe, o pai ou uma pessoa amada da família evita as conseqüências, traumatizantes a longo prazo, das hospitalizações. Talvez pela compaixão que sentem pela criança doente, imobilizada, que se transformou numa espécie de estranho para si mesma. A criança deve reconhecer – sobretudo as pequenas, que choram mais nessas visitas – de um momento para o outro, de repente, o cheiro da mãe. E o consolo é tranqüilizador, até a partida dela.

O ESTRANHO: Por que todas essas doenças da infância?

A PRATICANTE: Acredito que sejam necessárias à adaptação à sociedade. Tanto vegetativa quanto psiquicamente, é preciso aprender, passando por provas, a viver com os outros. A criança psicótica, a autista justamente, nunca fica doente. Mas se ela for tratada por meio de uma tentativa de relacionamento, de uma psicoterapia psicanalítica, assim que o tratamento começa a agir, a criança fica gripada, por exemplo, ou apresenta distúrbios digestivos, distúrbios auditivos etc., ou seja, seu corpo volta a ser sensível à contaminação microbiana, ela fica sujeita a doenças, como todos os seres humanos.

As crianças normalmente saudáveis entram em contato com as outras, expondo-se a riscos e provas. Pelo modo como elas reagem ao contato com as outras crianças que a nós adultos parecem agressivas, que as desorientam, derrubam, fazem chorar, perder a segurança, às vezes sentir-se desamparadas e até deixar de sentir orgulho de si mesmas, observamos que elas não querem mal àquela que as faz sentir sua impotência. Até parece, depois do restabelecimento pelo consolo materno, é claro, que isso as interessa muito e as incita a reiterar a experiência.

As crianças psicóticas não conseguiram isso, diante de uma experiência provavelmente perturbadora demais para elas, provocada talvez por um incidente do mundo exterior ou provocada por elas mesmas, num momento em que esse desnorteamento não foi discernido pela mãe nem pelos que a cercavam. Elas viveram aquilo sozinhas e nunca chegaram a reencontrar seu tônus, seu sentimento conhecido de segurança que precedeu o desnorteamento provocado por aquele transe (imaginário ou real), que passou despercebido para os outros.

O ESTRANHO: Esse refazimento que as outras encontram no consolo da mãe?

A PRATICANTE: É... Essa "mesmidade" conhecida, em seu estado de segurança com a mãe. Podem então renunciar às partes do corpo ou de desejo, que são as zonas erógenas ou funcionais, porque não recuperaram forças para utilizá-las, e ficam concentradas no pouco que resta, suficiente para viver, de seu resíduo de imagens do corpo, o que chamo de "imagem de base". Ficam com isso, mas não têm mais instrumentos utilizáveis para a comunicação.

Por causa disso, podem parecer crianças retardadas e sem relacionamentos. Na verdade, são crianças preocupadas demais para tentar arriscar-se em novas relações, pois nem mesmo sabem mais quem são, nem como manifestar seus sentimentos.

É preciso um mínimo de "saber quem somos" para questionar o mundo exterior e para ouvir as perguntas dos outros.

O ESTRANHO: De tanto medo que têm.

A PRATICANTE: São sensíveis às perguntas dos outros.

O ESTRANHO: Provavelmente têm medo de que esse relacionamento possa despertar o mesmo desnorteamento já excessivamente vivenciado antes.

A PRATICANTE: Sim, mas não é "refletido". É o caramujo que não será mais surpreendido a sair de sua concha. A criança entra com grande facilidade em reação fóbica. Pode-se assim dizer. Depois o tempo passa.

Lembro-me de um menino de três a quatro anos nesse estado, que veio ao hospital para observação quando eu era externa. Não falava, tinha um sorriso apalermado, inexpressivo, parado, e parecia indiferente a tudo. Um dia, eu estava tirando o pulso dele – ele deixava que lhe fizessem tudo, com aparente indiferença –, quando um colega de sala aproximou-se de nós. O pulso acelerou subitamente. Ele se afastou, o pulso acalmou-se. Veio outra criança, pôs um bolo na cama dele. O pulso começou a bater loucamente; a criança saiu, acalmou-se. A enfermeira dirigiu-me a palavra. O pulso acelerou etc. Sob aquele semblante completamente parado, tolamente gentil, imobilizado, aquela criança só marcava sua sensibilidade por variações na circulação. Eu era bem novata, mas aquilo me marcou. Evidentemente, ele não respondia aos testes da psicóloga. A "observação" concluíra, naqueles tempos longínquos, 1932, numa sala de hospital de clínicas: "Boa saúde geral, retardo mental global..." O que foi feito dele?

Como não tinha comoções, movimentos interiores, não tinha medo, mas qualquer variação do estado emocional interior lhe dava medo. Um movimento de outra pessoa em sua direção, positivo ou negativo, era a mesma coisa. Era algo que abalava o que lhe restava, e que ele precisava defender como última tábua de segurança, como se, depois, viesse a morte. Em última análise, essas crianças aterrorizadas, sob um semblante indiferente, têm medo de morrer.

Talvez seja algo semelhante à última dejeção antes de nascer, quando não se pode mais ficar e não se sabe ainda o que há do outro lado. Talvez um retorno a essa pré-respiração. Não sei.

Por trás de um estado como esse parece que há os que desenvolvem, com a imaginação, algo que nada mais tem a ver com a realidade, e que seria uma herança de necessidade de sociedade, uma sociedade bem louca que eles imaginam, enfim, que não tem relação com a nossa. Eles não se entediam.

O ESTRANHO: Essa sociedade louca é uma fantasia?

A PRATICANTE: Sim, eles a imaginam. Povoam-na silenciosamente com personagens mágicas ou estranhas.

Percebe-se isso em certas crianças que fazem, por exemplo, esculturas, modelagens: há cabeças com três rostos, quatro rostos. Parece que, consigo mesmas, não se entediam, que têm colóquios interiores. Diz-se que são "alucinadas", mas é que nelas várias entidades conversam, e elas são como um espectador de teatro. O mundo exterior não as interessa mais. Ninguém as perturba. Riem sozinhas, ou às vezes se zangam, mas isso não tem relação alguma com o que lhes é dito nem com nada do que se passe em torno delas.

Lembro-me de um menino, justamente, que representava uma personagem de três rostos. Ele era completamente inabordável. Não era desagradável nem agradável; representava "meu amiguinho", disse-me um dia. Eu lhe pedira que me fizesse um desenho. Não conseguia. Dei-lhe massa para modelar. Ele fez aquela cabeça com um corpo que tinha dois pequenos cotos de braços sem pernas, e enquanto manipulava murmurava. Era o mundo interior dele. Era já uma criança autista, de seis a sete anos, que vivia com uma avó no interior. Vinham a Paris para tentar sair de lá. Não soube o que aconteceu depois. A avó não persistiu.

Vi aquele menino várias vezes. Já na segunda, falava baixo, só para si mesmo, mas comigo tinha começado a murmurar quase de modo audível. Os pais estavam impressionados porque com eles nunca falava, e com a avó tampouco. Sozinho, num celeiro onde gostava de estar, ou debaixo da árvore preferida, ficava murmurando desse jeito. Comigo, se alguém se aproximasse, não dizia mais nada, mas parecia não ter visto a pessoa. Sem parecer prestar atenção à minha presença, vivia comigo como vivia quando estava sozinho. Mas eu não entendi mais do que isso. Não entrou em contato comigo, mas não se sentia incomodado por mim. É isso aí.

O ESTRANHO: Que tipo de linguagem tinha consigo mesmo?

A PRATICANTE: De vez em quando ria. Frases que eu não entendia. Não havia um tema; ao que parece, "entidades" brigavam ou pessoas conversavam. Era uma espécie de sonoplastia de conversação ou agressão entre pessoas, mas como coisa derrisória, para rir, não realmente para fazer maldade. Então, ele ria como se as pessoas fizessem gracejos falando-se entre si, entre ele e ele.

O ESTRANHO: Eram imitações daquilo que ele tinha ouvido.

A PRATICANTE: Por certo. Sim, era um pouco imitação de conversas.

Autismo: "Dói-me o pai"

A PRATICANTE: Vêem-se crianças que brincam de imaginar; crianças pequenas e completamente "normais", que pegam o telefone para falar com um amigo.

"Alô. Como vai, Michel? Vai bem?" Elas estão repetindo conversas ouvidas dos pais. Mimetizam. Não ouvem as respostas. Marcam também as pausas, e parecem responder a alguém imaginário. Muitas crianças brincam disso entre dois anos e meio e três anos. Isso dura um tempo maior ou menor. Ficam muito mais contentes quando alguém responde na outra ponta da linha e fala com elas, mas, mesmo que não haja ninguém, elas brincam assim.

Acredito que esses ocupadíssimos artistas solitários, como o que citei, são crianças que se deixaram cair na cilada da brincadeira imaginária da companhia, e depois ficam convencidas de que há uma companhia. Essa companhia, que faz o que elas querem, é bem mais interessante que o companheiro de verdade, que não é nada para elas.

O ESTRANHO: E no que se refere às crianças consideradas autistas?

A PRATICANTE: O autismo é um diagnóstico devido, em primeiro lugar, à nossa incapacidade de entrar em contato com elas, e, em segundo, à sua boa saúde. Têm saúde tão boa como se tivessem sido restauradas por um sono maravilhoso. Numa família e mesmo numa região, quando a maioria das crianças está doente, essas não estão. Portanto, na realidade, o corpo delas está sendo bem irrigado, mas elas vivem como no sono, em sonho permanente, embora estejam aparentemente despertas, mas sem contato com quem as cerca. Sonâmbulas, se quiser.

O ESTRANHO: O autismo é um defeito de construção ou pode ser outra coisa completamente diferente?

A PRATICANTE: Acredito que seja um acidente de construção. Parece ser um acidente ou uma série de incidentes de construção.

O MAINÁ: A propósito da evolução das espécies de Darwin, dos mutantes, na sua opinião se trataria de um mecanismo semelhante de mutação?

A PRATICANTE: Não. Há mutação quando do encontro de outro, que serve de cúmplice. É necessária a companhia de outro indivíduo, que é reconhecido como semelhante e ao mesmo tempo é uma fonte diferente de experiência, ao passo que os autistas são indivíduos que não buscam mais contato. Não o buscam nem mesmo com os animais. Os animais fogem deles; os animais domésticos os ignoram. Certamente gostam dos lugares, gostam mais de alguns vegetais; gostam às vezes desta ou daquela árvore. Certamente têm amigas árvores, amigas moitas, aliadas.

Gostam de estar perto delas. Nunca vi nenhum deles agredir árvores. Sim, vi, talvez folhas de plantas de apartamento ou a terra das plantas dos vasos. Compulsivamente, fariam isso sem parar. Mas, e na natureza? Não sei. Ao contrário, se fizessem alguma coisa, seriam mais atos sádicos com animaizinhos sem defesa, como pintainhos. Existem aqueles que os matam, indiferentes às agressões da mamãe galinha; na maior parte do tempo são indiferentes.

Se fizessem alguma coisa seria isto: como mastigam para comer. Comer lhes faz bem; então, eles mastigam com a boca-mão[35]. Uma boca mastigadora impede a vida de um pintainho. Talvez os vejam com sua mamãe, enquanto eles não têm mais o sentimento de ter mamãe. Mas não parece provir de uma vontade sádica. Eles não vão procurar os pintainhos. É que estes se encontram no lugar onde eles estão, por onde passam.

O ESTRANHO: Elas têm contato entre si, essas crianças autistas?

A PRATICANTE: Não, de jeito nenhum, de jeito nenhum.

O ESTRANHO: Mundos que passam completamente ao largo!

A PRATICANTE: Sim. Esse de quem estou falando, que tinha sete ou oito anos, fazia esculturas que tinham três rostos, dois como Jano, e o terceiro no ápice.

Essa estátua tinha um corpo com um rosto na frente, outro atrás e outro no alto da cabeça. Ele não dizia o que era. Agradava-lhe fazer aquilo para si mesmo.

O ESTRANHO: Ninguém conseguiu entrar em comunicação com eles?

A PRATICANTE: Sim, aos poucos. Há autistas que é possível curar, mas ninguém sabe muito bem o que fez. Acredito que se tenha deixado um encrave, e aquilo que restava de novo neles pôde fixar-se no terapeuta. Os filmes sobre a escola de Bettelheim mostraram isso.

Geralmente, quando um autista se cura, torna-se mais obsessivo e apegado à pessoa responsável por sua cura. É difícil fazê-lo transferir essa relação, que se tornou exclusivista, para outras pessoas. Quem consegue é porque foi capaz de despertar alguma coisa que tenha ocorrido em idade muito tenra, um acontecimento que o tivesse magoado, a perda de um laço, de um animal doméstico ou da única pessoa graças à qual ele existia emocionalmente na época. Seu corpo vazio teria continuado a viver fisicamente.

De qualquer modo, é pela palavra e pela revivescência através dos que o cercam, da mãe sobretudo, que se consegue chegar a isso. O ocorrido não se caracteriza por um afeto conivente vivenciado pela mãe, mas como fato datável. "Ah? A senhora acha – diz a mãe – que pode ser isso que lhe estão dizendo?" "Sua mãe não tinha percebido que você sofreu com a ausência dela", ou "com a partida da pessoa que sempre cuidou de você (viagem ou morte), quando você tinha seis semanas", por exemplo, ou então "que a mamãe esteve ausente por alguns dias em tal ocasião sem avisar antes. Você chorou duas horas sem parar e, quando ela voltou, estava dormindo. Você não acordou durante certo tempo." Enfim, alguma coisa, um incidente de quc a mãe tenha se recordado. Pessoalmente, lembro-me de um caso em que a mãe se ausentou durante três dias devido ao falecimento da mãe dela, e acabou ficando porque o pai, doente de tristeza, morreu depois de duas semanas (suicídio não declarado). Esses incidentes em cadeia retiveram a mãe e a afligiram muito. A criança ficou com a pessoa que habitualmente cuidava da casa, e o pai estava mais ou menos presente. Essas rupturas psicotizantes ocorrem geralmente entre quatro e sete, oito meses. Podem ocorrer antes, mas em geral é entre quatro e sete, oito meses que a separação da mãe nutriz ou a conturbação dos hábitos familiares (durante a guerra, o êxodo, o bombardeio da casa seguido pela mudança do bebê para cá ou para lá) provocam essas graves perturbações estruturais nos bebezinhos, que foram e continuaram conscientemente traumatizados, mas não psicóticos.

O ESTRANHO: Como eles evoluem?

A PRATICANTE: Diz-se que há autistas que nascem autistas. Duvido disso. Não são autistas. Provavelmente é uma espécie de psicose. Parecem não ouvir, não falam, mas eles são principalmente desajustados. Comunicam-se com o meio familiar. Isso provém do que aconteceu no fim da gestação ou de choques sofridos pela mãe.

O ESTRANHO: Durante a fase fetal do filho?

A PRATICANTE: Sim. Alguma coisa dramática que tenha ocorrido com a mãe, de que a criança tenha participado. Mas ela não é autista. Gosta da mãe. Não é "como as outras crianças". Não consegue afastar-se dela, é como uma espécie de animal doméstico perto dela, mas isso não é autismo, indiferença total. Existem relações com os outros. Não é um autista, em absoluto.

O ESTRANHO: E crescendo?

A PRATICANTE: Os outros gostam dela. É o coitadinho.

O ESTRANHO: Mas sem nenhuma consciência do fato?

A PRATICANTE: Não. Essas crianças são ingênuas, um pouco pegajosas, como crianças que querem chamar a atenção, mas não são maldosas. Pelo menos de modo geral. Talvez fiquem assim se forem rejeitadas, maltratadas, aprisionadas.

São chamadas de esquizofrênicas, ou seja, dissociadas... então, ninguém sabe o que pode acontecer um dia, algo absolutamente imprevisível, e que viria de uma pulsão sexual não socializada. O incesto, para eles, não tem sentido. O erotismo deles não pôde ser educado, de tal modo que, na adolescência e, principalmente, na idade adulta, a provocação ou a sensação de ereção deixa-os sem freios, no que diz respeito aos rapazes. As moças podem entregar-se a qualquer um. São pobres coitadas que não são responsáveis pelo que fazem. Evidentemente isso pode ser perigoso, porque, sem aviso prévio, um inocente, com sua força pulsional de adulto, pode lançar-se sobre uma garota e matá-la porque ela o recusa. São esses atos impulsivos que dão medo. Infelizmente. Porque, muitas vezes, continuam completamente inofensivos. Por prudência, em geral são internados em hospitais psiquiátricos, por medo de sua sexualidade, quando se começa a ver que estão perseguindo com alguma insistência certa garota da vizinhança, ou então que estão atormentando a mãe com um ciúme possessivo, de modo infantilmente erótico, não assumido pelo adulto que são fisicamente. As pessoas percebem que estão excitados. Alertam a família. "Escutem, agora seria bom que ele se acalmasse. Convém falar com o médico. Afastá-lo. Ele pode ser perigoso. A gente nunca sabe."

O ESTRANHO: Então, em última análise, os psiquiatras, os psicanalistas não têm o que fazer com o autismo?

A PRATICANTE: Mas tentam. Há psicanalistas que curaram crianças autistas. Dizem que curei algumas. Permiti-lhes sobreviver a uma grande chaga, mas não acredito que sejam pessoas realmente curadas. Em comparação com o que eram, ou seja, completamente estranhas ao circuito dos relacionamentos, chegaram a certo nível cultural, sendo às vezes moderadamente criativas. São crianças que consegui ajudar a crescer livres. Talvez tenha "curado" algumas, não sei. É muito difícil saber.

O caso mais grave foi daquele que me disse que não tinha dor nenhuma no corpo, mas que tinha dor no pai.

O ESTRANHO: Que tinha dor no pai?[36]

A PRATICANTE: Sim, dor no pai. Doía-lhe tudo o que fosse da ordem da sexualidade, da virilidade, das pulsões ativas, da atenção, da concentração, enfim tudo o que possibilita a um indivíduo assumir conscientemente seu desejo de passar ao ato eficaz para satisfazê-lo. Na verdade era tudo o que simbolicamente está ligado ao sentido "Pai", iniciador ativo do sentido do agir.

Nunca vi o pai desse menino, porque na verdade ele não queria saber do filho. Soube, porém muito tarde – não quiseram me dizer no começo –, que o pai desse homem morrera de uma doença genética que se manifestou quando ele tinha vinte e seis anos. Morreu de uma doença hereditária transmissível pelo pai aos filhos do sexo masculino. Esse homem achava que tinha passado para o filho a doença que herdara do pai, e da qual ele próprio escapara. Quando o avô paterno morreu, esse casal tinha uma filha. Não queriam ter outro filho. Depois, a mãe tinha tanta vontade de ter outro filho que o marido cedeu. Essa criança era o filho deles.

Não sei, ninguém nunca saberá, mas duas ou três vezes, durante o tratamento, ele disse, deu a entender que não era filho de seu pai. É bem possível que a mãe, sem o conhecimento do marido, tenha concebido esse bebê tão desejado com outro parceiro, sabendo que, se fosse menino, estaria arriscada a ter um filho com aquela doença neurológica dramática, uma mielite ascendente. Nunca vou saber. O garoto tocou várias vezes nessa hipótese.

O mais estranho é que, com a cura psicossocial, o garoto conseguiu aprender a ler, a escrever, passou mais ou menos pela idade escolar de seis a onze anos – ele tinha catorze ou quinze naquela época, depois de dois anos de psicoterapia psicanalítica –, e foi admitido numa escola de idade personalizada, onde, do ponto de vista social, as coisas se arranjaram. Curiosamente, a mãe tornou-se lésbica quando o filho entrou na puberdade. Mudou completamente. Antes era uma mulher feminina, que sofria por ter um filho daquele jeito, e depois, de repente – enfim, num intervalo de três meses –, quando ele estava entrando na puberdade, ela se transformou, como se disfarçada em homem – principalmente para quem a vira sempre muito bem arrumada –, abraçando uma mulher na sala de espera da consulta. Foi a supervisora do hospital que me disse isso, pois eu não a via. Vinham de longe, ela acompanhava o filho. “A mãe de Fulano mudou completamente, não é mais como antes, está lá com uma mulher que com certeza é mulher-macho. O filho está constrangido com as duas.” Ele estava virando homem. E não voltaram mais.

O ESTRANHO: Você não sabe o que aconteceu com eles?

A PRATICANTE: Sei que, socialmente, ele saiu do autismo. Praticava esporte na escola; desenhava muito bem. Pensava-se em orientá-lo para essa disciplina. Eu pessoalmente acho que por toda a vida ele será meio parasita da mãe ou do pai. Enfim, ele era desse jeito.

Antes de me consultar no hospital ele tinha feito três anos de psicoterapia, dizia a mãe, mas não tinha havido nenhum contato nem desejo claro por parte da criança. Um dia ele me disse: “Eu?

Psico-te-rapia?" (Falava assim quando chegou, escandindo lentamente as sílabas.) "Não, se-nho-ra, nun-ca." A mãe estava presente, eu lhe disse: "Mas sua mãe me disse que durante três anos você foi duas vezes por semana ao consultório de Fulana de Tal." "Ah! É isso que ela cha-ma de psi-co-te-ra-pia!" "Você não sabia?" E a mãe me disse: "Não, eu não disse. A senhora entende, ele não ia compreender nada!" "Mas e aí", disse eu ao menino, "o que você fazia com essa pessoa, Fulana de Tal?" "Eu ia à casa dela porque mamãe disse que ia ser uma amiga, que era uma senhora que gostava de crianças." "Mas e ela, o que lhe dizia?" Longo silêncio. Depois: "Nada. Para brincar..." "Você achava interessante?" "Nem um pouco!"

Enfim, a mãe o pervertia. Fazia um favor a uma mulher, levando-lhe uma criança. Quanto a mim, disse que a coisa não era daquele jeito; que para ir lá era preciso pagar[37], e que a cada sessão, seja lá o que ele me dissesse, eu procuraria o sentido de por que ele não podia acompanhar a escola como os outros, não podia fazer amizades como os outros; disse-lhe que gostaria de ajudá-lo, mas que ele pagaria todas as vezes. Sem isso, eu não o atenderia porque não sentia prazer em ver crianças para me divertir com elas.

Foi então que eu lhe disse: "Mas do que você sofre?" Ele parecia perplexo, estava em pé, olhando para o teto. Teria escutado minha pergunta? "Você sofre da cabeça? Sofre dos braços, das pernas, do corpo? Você parece que não faz nada. Sua mãe me disse que você não faz nada, que durante todo o dia fica sentado, sem fazer nada. Você tem alguma doença? Alguma dor?" Foi aí que, inclinando-se para mim, olhando-me dessa vez, ele disse: "Não tenho dor em nada do corpo." "Então você tem alguma dor, mas não no corpo?" "É, sim." Depois, inclinando-se para mim: "Tenho dor no meu pai!" Eu disse: "Ah!!! 'Tá certo! Se a dor é no seu pai, concordo em começar a trabalhar, e nós vamos procurar, juntos, entender como se livrar dessa dor."

Pai [*père*] talvez seja *p-è-r-e*, talvez *p-a-i-r* [par], talvez *p-e-r-d* [perde]*. Sabe-se lá o que essa palavra queria dizer naquele sonâmbulo.

....

* As três têm a mesma pronúncia. (N. do T.)

O ESTRANHO: Tende-se a pensar logo em pai.

A PRATICANTE: Havia algo com o pai como pessoa, mas... o pai não veio.

O ESTRANHO: Os autistas são casos de solidão absoluta, de algum modo...

A PRATICANTE: Vistos por nós, vivem numa solidão absoluta, e conformam-se com a espécie humana para receber a comida de cada dia.

Acho que os lugares onde se sentiriam mais felizes seriam as grandes extensões de terra – porque gostam das plantas –, com casinhas separadas, onde pudessem alojar-se com o indispensável, lugares onde pudessem refugiar-se, viver como aquele garoto, antes de me procurar, sentados o dia inteiro, sem nada fazer, nada, nada mesmo, com os olhos no vazio. Haveria uma construção central onde iriam procurar comida, ou então comer num refeitório.

Os autistas não são desasseados do ponto de vista das necessidades; não fazem nas calças, têm continência fecal. Também não comem sem higiene. São mais ou menos como os gatos. Comem com asseio, mas muitas vezes com as mãos. Quando alguém lhes diz que peguem um garfo, eles olham o garfo e depois o largam. Às vezes se consegue "adestrá-los" no uso do garfo... Consegue-se ensinar-lhes alguns hábitos, a parecer mais ou menos sociáveis como todos. Como tudo é indiferente, por que não fazer isso?

O ESTRANHO: O adestramento social não acrescenta nada.

A PRATICANTE: Nada em termos de relações. Seria melhor deixá-los passeando sozinhos na natureza, simplesmente com o cuidado de dar-lhes o conforto mínimo necessário em termos de higiene. Porque não são infelizes, não sofrem.

Quando um psicótico não é angustiado, acho que não temos o direito de incomodá-lo para "tratá-lo". De quê?

Se ele sofre, talvez possamos ajudá-lo. Ou outros, que nada dizem mas vão esperar na porta do psicoterapeuta, que viram uma vez. É lógico, é justo recebê-los. Talvez sejam carentes, angustiados.

Quando vêm e depois de certo tempo não querem mais vir, porém estão felizes em seu estado marginal, com que direito agir clinicamente sobre eles ou submetê-los a uma presença psicoterapêutica? Quando não têm mais fobias em relação a acontecimentos cotidianos nos lugares onde vivem, não são mais angustiados, vivem num estado que, para nós, é angustiante, por vê-los, mas que para eles não é.

Para mim, são mundos unicamente subjetivos, isolados. Não há entendimento entre dois autistas. É isso que impressiona. Não entram em comunicação com outros como eles. Deixam que outra pessoa, que tenha vontade de cuidar deles, os leve pela mão, mas não a apertam.

O ESTRANHO: Nenhuma interferência. Como linguagens com códigos diferentes.

A PRATICANTE: Sim. Não têm o código do outro, e é nesse sentido que são autistas. Senão, poderíamos dizer que são mutantes. Ou ainda, pode-se dizer que são mutantes que ainda não encontraram um mutante da mesma espécie.

O ESTRANHO: São mutações disseminadas e atomizadas, sem seqüência.

A PRATICANTE: Mas isso nunca acontece nas famílias cujos membros são abertos e comunicativos. Ou então, se acontece numa família saudável em termos de relações, trata-se de uma família que em algum momento foi marcada por dramas vindos do exterior, quando a criança era muito pequena. Mas isso nunca acontece numa família sem histórias. Houve um que sofreu mais que os outros e de maneira diferente. Talvez aquilo tenha ocorrido num momento da sua estrutura em que ele não podia suportar a angústia que era de todos, principalmente se a mãe não tiver conseguido entender o sofrimento do filho, nem falar com ele sobre aquilo, e tranqüilizando-o quando ele estava angustiado. Nem poderia transmitir-lhe confiança, por não a ter. Acho que é isso que está na origem distante desses casos na primeira infância.

O ESTRANHO: É a criança que captou tudo.

A PRATICANTE: É a criança que captou tudo, e depois sentimos que a cada vez que a melhoramos desarranjamos um pouco outra pessoa ou mesmo a relação das outras pessoas.

Como nesse caso. Aquele menino teve uma puberdade mais ou menos normal. Se não conseguir viver do desenho, talvez possa ser mergulhador ou jardineiro, ajudando um jardineiro profissional de quem ele goste. Aliás, gosta de música. À parte a escola, onde lhe agradava ficar, em casa punha discos e ficava passivamente a ouvir música. Mas não é alguém que procure prestar serviços. Na escola, todos os alunos participavam da manutenção do pensionato onde ele ficava duas vezes, dois dias por semana. Parece que fazia como os outros, mas sem iniciativa própria.

Então, quando evoluiu e a puberdade chegou, quando estava de fato fisicamente bonito, todos diziam: "Ninguém mais repara nele. Ele é gentil." Sabia comportar-se, proceder em sociedade. Mas o que significa o fato de sua mãe ter-se tornado lésbica, enfim, ter uma inversão sexual visível, ao passo que, enquanto ele era pequeno, ela o amimava?

Canguru das Paredes

O ESTRANHO: "A criança partiu. A mãe pode morrer." Já falamos de tudo isso.

"Se não, perda do exterior e do interior. Nesse momento, ela diz "*Ma*". Nesse momento, a angústia da noite."

A PRATICANTE: Sim, "*ma*" quer isso ou aquilo, em vez de "*moi*"*.

Em língua francesa, esse "*ma*" é interessante porque a mesma criança consegue pronunciar o fonema "*boa*" como em "*boîte*", mas não consegue dizer "*moa*", para "*moi*", quando fala de si mesma. O que a impede? Ela diz "*ma*" como se falasse elidindo "*maman qui parle pour moi*" ou "*moi qui parle de moi comme maman*"**. Acredito que esse "*ma*" seja como se ela dissesse "*moi-ma maman*"***.

E ela não diz "*ta*" por "*toi*", que já sabe pronunciar. Dirá "*toi*" imediatamente, ao passo que, para designar-se numa vontade, diz "*ma*", sujeito do verbo no infinitivo "*ma manger ci ou ça*"****.

....

* Sobre a questão do "*moi*", ver o capítulo "Quem fala de quem?". (N. do T.)

** "Mamãe que fala por mim" ou "eu que falo de mim como mamãe". (N. do T.)

*** "Eu-minha mamãe". (N. do T.)

**** *Toi* = te, ti ou tu. *Ma manger ci ou ça* = Eu comer isto ou aquilo. (N. do T.)

O ESTRANHO: Então não há um momento de transição?

A PRATICANTE: Não, não. Esse "*ma*" é, digamos, um assassinato da língua francesa, mas substitui "*eu*", "eu só", "eu, você não" ou "você não, eu só", antes de tornar-se "*moi, je*"*.

O ESTRANHO: E por que a "angústia da noite"?

A PRATICANTE: Ocorre que ela não sentia isso antes. Será porque, até então, achava que o mundo era assunto de sua mãe, e agora sente o desejo de autonomia, o que pode provocar medo do abandono em caso de perigo suposto? No escuro a criança não vê o mundo, pode achar que ele não está mais lá. É aí que, se lhe acendermos uma luzinha e dissermos: "Você enxerga. É porque não está vendo claridade, mas no escuro tudo fica como quando há luz", então ela se acalma um pouco. É por isso que colocar uma pequena lâmpada no quarto dá segurança à criança que está precisando superar essa etapa.

O ESTRANHO: Na escuridão, principalmente na penumbra, as crianças podem ter a impressão de que o contorno dos objetos muda, que eles se mexem...

A PRATICANTE: É isso aí! O contorno dos objetos muda e eles sugerem coisa diferente do que são, quer dizer, as crianças imprimem a sua vida afetiva imaginária nesses objetos.

A NEGRA VERDE: Eu tinha uma impressão muito estranha quando estava mais ou menos nessa idade. Via o contorno dos objetos mudando, por exemplo, o armário ficava mais gordo, inchava, como nas histórias.

Havia outra coisa, o tique-taque do despertador ficava ensurdecedor.

A PRATICANTE: Você ficava hiperacústica. Os sentidos não têm mais os mesmos referenciais quando a visão não domina mais as formas.

Quando alguém está no divã, tudo em silêncio, pode acontecer que o analista faça "hum!", simplesmente, ou que da rua se ouça um som, bem banal, e de repente essa pessoa tem um sobressalto por causa de um som costumeiramente banal. Sem saber, no divã, em silêncio, suas associações inconscientes a levaram para o

....

* Ver nota do tradutor p. 60 (N. do R. T.)

estado, talvez, de relativa despersonalização, em que esse som surpreende. Ela reage como se uma buzina de automóvel tivesse tocado em sua orelha, quando o que ocorreu foi uma coisinha de nada, vinda do analista ou do mundo exterior.

O ESTRANHO: E a angústia da criança nessa idade, no escuro, à noite, não é a mesma coisa que a perda do contato com a mãe?

A PRATICANTE: Passa por aí, pois é por isso que ela chora, chama e pede o contato com a mãe, para encontrar-se numa segurança que não tem mais quando está entregue a si mesma. Esse si-mesma provavelmente se tornou uma imaginação de poder que ela projeta nas coisas: desejo de modificá-las (que a faz sentir-se também modificada, estranha a si mesma).

O ESTRANHO: Mas essas fantasias de noite permanecem. É uma constante.

A NEGRA VERDE: Acabo de sentir isso aqui, enquanto estava olhando para aquele desenho engraçado, que tenho vontade de reproduzir no papel. Desenho que é feito pela umidade na pedra; parece um animal heráldico em luta com um duende gigante. É esse tipo de projeção que o teste de Rorschach utiliza.

E aquele outro! Parece uma espécie de canguru em pé, brincando e dançando com a forma da esquerda, e depois um outro olhando para eles à direita.

O MAINÁ: É o Canguru das Paredes. É real, é imaginário?

O ESTRANHO: Mas por que – é meio idiota – os criminosos saem à noite? Por que Jack, o Estripador, agia durante a noite?

A PRATICANTE: À noite há menos testemunhas. Não, isso é realidade, é lógica, é experimental. Nas ruas iluminadas não se tem medo de nada. É nas ruas escuras que os caras podem estar esperando para dar o golpe.

O ESTRANHO: É o que acontece, por exemplo, no México, nas cidadezinhas. Tudo é perfeito, ensolarado, colorido durante o dia. Assim que anoitece começam os tiros. Toda noite é a mesma coisa: é como se todos esperassem o dia terminar para acertar as contas durante a noite toda.

A PRATICANTE: Conheço alguém que fez análise comigo e que – acho que há uns vinte e cinco anos – esteve no México. Freqüentava os restaurantes pequenos – era um artista; tinha mais interesse pelas pessoas, pela vida do que pelos hotéis para estrangeiros. Ele contava que as pessoas, enquanto comiam, deixavam o revólver ao lado, sobre a mesa. Ainda não fazia dois dias que estava no México quando alguém, sentado à sua mesinha, sozinho, comendo feijão, atirou, sem mais nem menos, sem ferir ninguém, enquanto comia; depois começou a gargalhar e pôs de novo o revólver ali ao lado.

Ninguém se mexeu. Dois puseram o chapéu, um chapelão. Os outros também, um após o outro. Ele pagou seus feijões. Ninguém se escandalizou. Ele não tinha matado ninguém. Então a pessoa que conheço pensou: "O que será que quer dizer essa de pôr o chapéu?" Não entendeu nada.

O ESTRANHO: Foi simplesmente uma oscilação de humor.

A PRATICANTE: Uma necessidade, assim. O tal senhor pensou: "É desse jeito no México." Era um botequim mal-afamado onde se almoçava. Ele tentou entender conversando com o garçom, que não estava nem um pouco espantado. Finalmente, o proprietário disse que aquilo era comum. "Não se preocupe, turista. É assim mesmo por aqui!"

O ESTRANHO: "À noite, não vendo mais o que é feito do mundo?" Como assim?

A PRATICANTE: A criança vê a imaginação que projeta. E readquire segurança protegendo alguém. Por exemplo, protege o ursinho de pelúcia. Se a criança desempenha o papel de mãe em relação ao outro – porque o outro desempenha o papel dela –, não tem mais medo. É assim que a criança se tranqüiliza com aquilo que se chama de "objeto transicional"[38], ou seja, o objeto que representa que ela é o grande do pequeno, assim como ela foi o pequeno tranqüilizado pelo grande. A criança restabelece uma situação de segurança graças à qual o mundo exterior, afinal, pode fazer o que ela quer. Não está mais sozinha. Somos protegidos por nos amarmos.

O ESTRANHO: Ela e o mundo.

A PRATICANTE: Sim, o mundo tranqüilizador de eu-mamãe ou eu-papai. Ela gosta do urso e o urso gosta dela, e isso a protege. Talvez seja seu aliado.

O ESTRANHO: "Também se pode ajudar a criança a atravessar esse período brincando de cabra-cega. Isso a acostuma a admitir o mundo noturno, quando não se distinguem mais as formas das coisas, como se estivesse em pleno dia."

A PRATICANTE: Sim, a saber que, sem os olhos, com o tato, ela se vira muito bem no espaço, e que o espaço continua o mesmo.

O ESTRANHO: Pode-se dizer que a cabra-cega é algo muito importante para as crianças.

A PRATICANTE: É, muito importante. O fato de tocar, de reconhecer com o tato: o tato sem a visão, sem as modificações de distância, perspectiva, modificações das relações entre as formas, que a visão produz. É graças à cumplicidade com as pessoas que se pode ficar privado de um dos sentidos e, assim privado, perceber que o mundo continua o mesmo, tão seguro quanto se o conhece habitualmente.

O ESTRANHO: À noite, quando a criança está sozinha na cama, é a hora do nascimento de fantasias.

A PRATICANTE: Sim, é como um sonho acordado. É um estado antes do sono. A isso se dá o nome, acredito, de mentismo[39]. É um momento em que, segundo o estado, por exemplo numa época dolorosa, o adulto só vê coisas tristes, dramáticas, que poderiam acontecer, mas, quando a época não é depressiva, ele vê, ao contrário, cenas agradáveis. São encenações de sentimentos.

O ESTRANHO: "Momento de fortalecer-se no prender e desprender." Fortalecer-se para a subjetividade?

A PRATICANTE: Sim. Prender e desprender significam que as coisas vêm de nós. Podemos deixar estar. Não é perigoso deixar estar o que se passa em torno de nós, em vez de ficar à espreita.

Desprender é deixar que os outros, o mundo, vivam, sem medo de que isso nos seja hostil. Sem medo de ser pego, levado embora, raptado ou agredido. Donde o medo do rapto, o medo do ladrão que tantas crianças e adolescentes têm. É aprender a não ser chato com o mundo. Aprender a estar em segurança deixando em repouso a imaginação anal e oral: imaginação de prender – enfim, do lobo que vai devorar –, imaginação de devoração: de ser objeto de devoração e de ser objeto de rejeição ou de perigo, de risco.

Acredito que a criança tenha acumulado com a mãe experiências que lhe permitem desligar-se dela durante o dia, e que as angústias passadas ou presentes dos pais voltam-lhe nesse momento, quando ela não está mais em situação de atividade. Aí encena tudo o que percebe, tudo o que "telepatiza" do que a rodeia.

Durante o dia todo está sujeita às solicitações que a ocupam, e não àquilo que nela existe de recente do mundo exterior.

Mas algo desse gênero de coisas talvez fique por toda a vida, no sentido de que, diante de uma grande emoção, de um luto, por exemplo, se arranjarmos algo que nos ocupe, conseguimos superar a dor dessa mutilação emocional, afetiva, sentimental. Acredito que, mesmo se o ferimento for físico, mas não impedir a locomoção, se as pessoas realmente precisarem de nós, ele será esquecido e nós as ajudaremos. Se pudermos continuar em relação com o mundo exterior, superaremos as provas. Mas, em repouso, tudo o que há em nós volta na forma de encenação. Essas coisas precisam ser ditas. Então elas são ditas com imagens, pois a pessoa a quem seriam ditas está ausente. Justamente, a pessoa que falta é o outro, aquele que faz a parelha conosco: o compadre, o aliado, o cúmplice da vida.

Acredito que com a criança seja assim. Ela gostaria de reencontrar o cúmplice, tal qual era com a mãe, e isso não é mais possível porque ela cresceu. Aliás, acordada, reivindica autonomia, o "eu só!". Mas, então, isso é substituído por sua própria imaginação, a lhe representar aquilo que ela tenta manter em segundo plano porque nada pode fazer contra o que recebe de angústia do mundo exterior. O Canguru das Paredes, o companheiro, o aliado.

O ESTRANHO: "E ela própria é livre porque pode rejeitar e pegar."

A PRATICANTE: Sim, torna-se autônoma, sabendo que pode não pegar. Por exemplo, tem uma imaginação: "Não, não é verdade. Sei que não é verdade. Sei que estou imaginando, mas que não é verdade."

Então se tranqüiliza. É isso que se chama raciocinar: "Isso me dá um pouco de medo, mas sei que não é de verdade."

As crianças passam por esse período, em que sabem que não é de verdade, mas ao mesmo tempo têm medo como se fosse de verdade. E é o período em que se lêem os contos de fada. Então aquilo sai da imaginação subjetiva delas.

O ESTRANHO: Os contos desempenham o papel de objetivação.

A PRATICANTE: Sim, de catarse. Mas eles também dão um pouco de medo de vez em quando. São como os filmes, para os adultos. Eles choram, têm medo; sabem que são atores, que aquilo é ficção, mas as emoções são de verdade.

Isso humaniza esse período subjetivo em que não se pode comunicar tudo, porque tudo é muito da emoção, de emoções que produzem efeitos psicológicos.

Mas o que querem dela esses adultos?

Para a criança, até seis, sete anos, o melhor de seu desejo, o mais valorizante em suas fantasias, para ela cujo corpo em crescimento se desenvolveu na imitação e à guisa de um agir em tudo semelhante ao que via os adultos fazerem, "bom" era o prazer do sexo fadado ao prazer, "bem" era a identificação com o eu-ideal representado pela pessoa parental do mesmo sexo dela, que ela lutava por igualar e que, sempre que conseguia, fazia quantos a cercassem reconhecê-la como valor.

Eis que esse "bom" fantasiado como "bem" por realizar foi declarado inaceitável. Terá ela sido rebaixada ao nível do animal com o qual brincava de se identificar, "de mentirinha", enquanto para um pai, uma mãe, um adulto era "de verdade"? Essa declaração e essa recusa fazem-lhe "mal" pela tensão conflituosa que nelas sente, provocando seus comportamentos de revolta, que são declarados um "mal" em valores éticos da linguagem dos pais.

Que então a deixem imaginar que ainda é boa e gentil, como o pequenino que acaba de nascer e para o qual só há cuidados e não exigências, que a deixem voltar à incontinência esfincteriana do tempo em que fantasiava mamãe totalmente dedicada a seu corpo, a amimá-la contra seu maravilhoso corpo. Não, isso também é um "mal". Que fazer? Quando o pai a "corrige", ela não se acalma?

*Será que não é preciso provocar correções ou punições, já que faz "bem" ao corpo ter "mal"?**

O que querem dela, afinal, os adultos? E eis que lhe caem os dentes, que seu rosto fica feio, desajeitado para comer e falar, ridículo com aquela boca banguela, como um bebê ou um velhinho.

É claro, essa lei genética que atua na linguagem das relações interpessoais poderia ganhar sentido novo. É ela que impõe distância de corpo a corpo e relações castas, terno respeito e colaboração entre os adolescentes, os colaterais e seus filhos, quando a criança tem oportunidade de conhecer seus avós das duas linhagens, seus tios e tias maternos e paternos, de que é sobrinha ou sobrinho, e seus primos. Entende então as conseqüências dessa lei do interdito de intimidade sensual e sexual, se é que a castidade das relações familiares, a colaboração e a afeição que une todos os membros da família são objeto de sua observação. Isso quase não acontece mais na vida urbana, em que as famílias, nos melhores casos, se reduzem à célula familiar pais e filhos, ou se, por causa de um falecimento, não ouve falar de outra coisa senão de dissensões de herança, em vez de assistir aos funerais, que lhe permitiriam conhecer sua família. Menos mal se não lhe escamoteiam a notícia da morte daqueles que ela amava e de quem então não lhe falam mais de um dia para o outro, como se se tratasse de um objeto de uso quebrado ou de um animal morto.

Quantas crianças são, ao contrário, levadas a considerar parentes (tios e tias) estranhos à família, cujos jogos sensuais e sexuais entre adultos significam-lhe incesto.

Seja como for, voltando à impossível realização da união incestuosa entre a criança e seus pais, mesmo que estes se abstenham de intimidades sensuais com ela, se não explicitarem ao filho que a lei vale sem mais nem menos tanto para eles quanto para ele, e mesmo que o digam, os adultos que são mediadores de seu sofrimento conflituoso fazem do pai um castrador desejável e da mãe, para o menino, uma rejeitadora sedutora proibida; das irmãs, tentadoras desejáveis sobre as quais, na falta de genitalida-

....

* Françoise Dolto joga com a expressão "*avoir mal*", que significa sentir dor. (N. do R. T.)

de, o menino é estimulado a exercer seu sadismo, enquanto as meninas se reduzem, em face do pai não acessível genitalmente, a lançar mão de trejeitos pueris, suspeitando da mãe, enciumada supostamente ciumenta, e transformando os irmãos em rivais em relação à mãe e em sedutores dos quais cumpre esconder que são desejados, pois isso só provoca conflitos que podem ser contados a papai ou a mamãe, àquele que detém a autoridade.

Seja como for, os pais continuam sendo os detentores do saber e da verdade do "mal", que se esconde no "bom" do desejo, e do "bem", ligado ao sofrimento das tensões conflituosas inconscientes, e, seja como for, nunca se está certo de que uma nova iniciativa não desencadeará reprovação, senão ação punitiva.

Acrescente-se ainda que a dependência integral aos pais também decorre da lei, que os submete à responsabilidade penal e civil por seus filhos até a maioridade, o que nada tem a ver com seu amor e não depende tampouco das "satisfações" que lhe propiciem o filho, e isso não é ensinado às crianças.

Quantas crianças vi que temiam ser "abandonadas" pelos pais que as ameaçavam! Por ignorarem a lei, as crianças se acreditam totalmente submissas ao bom ou ao mau prazer de seus pais em relação a elas; pior ainda, quando os adultos são perversos ou neuróticos – o que é muito freqüente –, implicantes, vingativos, ciumentos, sádicos no que diz respeito ao prazer, ou bajuladores, possessivos, proibidores de prazeres sadios, da freqüentação de amigos, de atividades culturais que lhes são estranhas, como a criança pós-edipiana poderá saber que seu direito de ser humano e seu dever em relação a si mesma é de nem sempre tomar os pais como exemplo, e que seus desejos são válidos, mesmo que os pais se oponham por meio de sua autoridade abusiva à realização deles?

Na sociedade, as crianças, entregues a mestres ou a outras pessoas mais velhas e mais fortes que elas, por transferirem para eles os sentimentos que têm por seus pais, também podem cair em ciladas.

As crianças, que não são incentivadas a exprimir-se e a entender que os adultos são movidos por desejos, que são apaixonados, neuróticos ou perversos, acreditam que mestres ou educadores nocivos a elas têm direitos sobre sua pessoa, quando na verdade só têm deveres em face da lei que os delega para a educação e o ensino. Não têm direito algum sobre sua pessoa.

Quantos mestres torturam crianças, fazendo-as perder a confiança em si mesmas porque elas não encontram prazer em estudar ou porque as condições de tempo ou de espaço tornam "más" para seu desenvolvimento as exigências que os mestres lhes impõem, ou porque as exigências deles não são compatíveis com a vida delas no lar e com a sua organização carente ou perturbada!

Quanta solidão amarga e quão pouca solidão agradável e vitalizante para tantas crianças cujo entendimento da experiência de vida não é incentivado a exercitar-se na comunicação, na escuta discreta e, sobretudo, não na enfeudação!

Saber resistir à pressão do gregarismo, manter a liberdade de pensar e desejar, a liberdade de agir, que é temporariamente – pela força das coisas e pela força dos poderes – proibida de expressar-se. Esse deveria ser o objetivo de todo adulto a quem incumba o encargo de educar crianças. Ninguém possui a verdade. É no dia-a-dia que a criança deve ser iniciada nessa contradição entre nosso desejo de potência e nossa impotência. Há competências que se reconhecem nas obras, mas o julgamento sobre essas obras deve ser sempre reconsiderado.

Quando se ensinará às crianças que são fundadas as suas observações sobre as contradições entre dizer e agir nos adultos, entre os deveres deles, segundo a lei escrita, e os direitos que se arrogam? Quando serão elas cumprimentadas por exercerem sua inteligência na compreensão do relativo em todas as coisas e da necessidade de contestação e de conflitos de julgamento e opiniões?

É essa a contínua contradição da condição humana que as crianças espontaneamente criticam, na qual deveriam ser incentivadas a refletir.

Segundo as condições que sejam impostas à sua fraqueza (tanto às crianças como aos outros que elas observam) por crianças mais velhas ou por adultos que detenham por direito ou pela força o poder de oprimi-las, é preciso dizer-lhes que tolerar por certo tempo, suportar por certo tempo, às vezes é necessário para sobreviver, mas que não é digno de um ser humano deixar que seu desejo seja subjugado pelo de outro.

As crianças deveriam ser ensinadas a nunca confundir amor com laços de dependência. A nunca ver no fracasso um erro, mas uma experiência. A nunca considerar um aparente sucesso como sinal de valor moral, nem como valor exemplar. Em suma, recusar, ao ser humano muito jovem, desde Édipo, qualquer valor na imitação e na dependência passiva em relação ao desejo de outrem, seja este pai ou mãe ou mestre, sem ressalvas. A razão do mais forte não tem, como disse La Fontaine, sentido de verdade senão no plano físico, mas nunca no plano moral.

A criança deve ser ensinada a admitir que tudo é relativo num mundo relativo, e que cada indivíduo humano enriquece a comunidade, desde que ponha seu desejo a serviço do bem de todos, na forma como ele, refletindo, entende. Se um ser humano sente um desejo suficientemente forte para assumir todos os riscos, é porque honra a vida de que é portador, e é livre para causar penas a quem não o compreenda, mas com a condição de não negligenciar nenhuma das responsabilidades que assume para com aqueles cujo encargo seus atos anteriores lhe deram.

A criança deveria ser posta a par – desde que se interesse – das leis vigentes, leis escritas que abrangem o permitido e não permitido, e entender que elas só têm valor enquanto servirem à maioria, mas também que cada um de nós, ao conhecê-las, é tentado a infringi-las em seu próprio proveito. Seja qual for a lei, o importante é nunca utilizá-la com espírito pernicioso, mas com espírito de cooperação e de interesse pelo grupo de que cada um faz parte, no interesse da maioria e, principalmente, preservando as potencialidades do porvir.

O porvir está nas mãos dos jovens da sociedade. Mas não se lhes permite saber isso o suficiente nem preparar-se para, a partir da maioridade legal, assumir seu desejo.

Compreensão diferente, opções diferentes e contradições são os motores do progresso de uma sociedade, e esse motor é a juventude e sua confiança em si, ou seja, cada um em seu desejo dominante, que a educação deve promover, e isso no período que vai de sete anos à puberdade, se nós adultos quisermos preparar as crianças para uma adolescência realmente humana, quer dizer, responsável, cooperante, produtiva e criativa.

Se não quisermos que nossa sociedade, chamada ocidental, soçobre, não deverá ser aos dezoito anos a idade da maioridade e do ingresso por direito na vida produtiva e na plena responsabili-

dade pelos atos pessoais, mas aos quinze anos, dezesseis no máximo, que os jovens deveriam ter o direito de libertar-se da tutela paterna, tão freqüentemente abusiva. Mas, para isso, deveriam ser ministrados às crianças dos sete aos quinze anos uma outra educação e um outro ensinamento do saber necessário à conduta, bem como outro deveria ser o estilo de comunicação e de relacionamento entre os adultos e os jovens, devendo estes poder ter acesso a partir dos dez anos à cooperação e à organização de tarefas de interesse cívico em sua comunidade, no campo, e no seu bairro, nas cidades. Inseri-los bem cedo, se assim desejarem – e muitos desejam e seriam capazes –, em responsabilidades de cidadãos. Quanta solidão e quanta aflição infantil, decorrentes do sentimento de ser inútil e de não ter comunicação, seriam assim poupadas! Quanto sofrimento das crianças se deve a sentimentos de culpa por atos e comportamentos sadios, que incomodam a tranqüilidade dos adultos, pura e simplesmente!

Dramas: Édipo, preguiça e tai-chi

O ESTRANHO: "Drama no início do Édipo." Isso começa por volta...?

A PRATICANTE: Dos dois anos e meio. É o desejo pela mãe, o desejo pelo pai, que deve ser guardado pelo adulto que a criança tem de se tornar. É o adulto que deve garantir que só se tornando adulto a criança possuirá o ser que ama porque, se agora (seu desejo seria de agir já) esse desejo se realizasse, ela não poderia desenvolver-se e transformar-se em adulto.

O ESTRANHO: Haveria um curto-circuito.

A PRATICANTE: É. Ou então é porque a mãe, que lhe parece adulta, seria criança, ou o pai.

Por isso é tão perigoso quando os pais brincam demais com os filhos, como se estivessem em seu nível de idade, passando a ser crianças. Por fim a criança, brincando assim com o pai, pode fazer algo perigoso, mesmo para o pai, que é obrigado a ficar bravo, como um animal doméstico fica bravo se a criança, brincando, exagera e o agride de verdade. E isso porque essa criança quer ver até onde pode ir, se o pai se deixa destruir, como ela gostaria, chegar ao extremo de suas possibilidades contra o rival que o pai se torna: ele não é mais objeto de amor e de prestígio, pois se põe no mesmo nível de um amiguinho da mesma idade da criança. Torna-se fantasístico. Ora, é preciso que o pai esteja na realidade. O Pai "pensado" é para a criança fantasístico, mas ele, pai, deve continuar sendo na realidade uma pessoa de sua idade – isso para a menina –, e para o menino a mãe deve continuar sendo na realidade uma mulher entre as mulheres, a mulher de seu marido (ou do casal), ao mesmo tempo que com o filho é compreensiva, mas não genitalmente emocionável por ele.

O ESTRANHO: Donde a tensão.

A PRATICANTE: Donde a tensão, sim, e a necessidade de lutar contra ela. "Quem vai ganhar, esse pai ou eu, quando eu mostrar minha vontade?", se o pai quiser repreender o filho e a mãe disser: "Você está sendo injusto com ele." Ela o "defende". Então, "é porque sou pequeno que meu pai seria realmente capaz de me destruir?", ou "é que ela me prefere, como adulto, a ele". Então, ele fica entre os dois e não consegue desenvolver-se porque não sabe se o ser desejado – a mãe – gosta dele impotente e pequeno ou se gostaria de fazer dele seu consorte. Mas ele percebe muito bem que seu sexo não tem tamanho proporcional ao sexo da mãe, e que ele não tem tamanho para rivalizar com o sexo do pai. Então, fica muito angustiado.

O Édipo deve continuar sendo uma fantasia do desejo incestuoso jamais realizável, constantemente desejado e impossível de realizar.

O ESTRANHO: Para que funcione de maneira positiva...

A PRATICANTE: Sim, porque consegue provocar, sustentar o desenvolvimento adulto organizando suas pulsões para a criação de obras com alegria.

O ESTRANHO: Pergunta à margem: por que se chama "complexo"?

A PRATICANTE: Porque é um jogo complexo de forças, mais ou menos como um corpo sujeito a forças divergentes ou não. Uma resultante potencializa o conjunto das forças e faz que a dinâmica desse conjunto – aqui um ser vivo, lugar de desejos diversos – continue a desenvolver-se e que essas forças não se anulem reciprocamente.

Ora, as forças que estão em jogo no Édipo poderiam anular o crescimento de uma criança e sua ideação, mesmo seu desejo de viver.

O ESTRANHO: Na linguagem corrente, as conotações são diferentes. "Você é complexado" = "Você se acha inferior"...

A PRATICANTE: Sim, mas "ter um complexo" pode até sugerir que o indivíduo sofre de uma anulação das forças que acabam por torná-lo títere do complexo de Édipo cruzado com a angústia de castração[40] (ou de violação). É o quinhão comum a todo ser humano. Pode-se ficar preso a ele ou superá-lo. Em geral é isso o que acontece. É maior ou menor o número de plumas que aí perdemos.

O ESTRANHO: Portanto, o objetivo positivo é conseguir sair dele por meio de uma força resultante que vence a angústia e a culpa.

A PRATICANTE: A um desejo que não pode realizar-se. Se ele se realiza no regozijo, há anulação.

O ESTRANHO: "A mamãe precisa de outro, que não é o filho, e ele não consegue entender as relações da mãe com outros adultos." Portanto, não se trata do pai...?

A PRATICANTE: Do pai e de outros adultos também. "Por que ela gosta de falar com eles e não comigo? Por que não sou eu o objeto de sua solicitude o tempo todo? Quais são os interesses dela?" Ao mesmo tempo, é o fato de querer conhecer os interesses dela, desde os mais terra a terra, ou melhor, corpo a corpo, eróticos, até os interesses culturais. Ela lê jornal. O que há de interessante no jornal? Então, é preciso aprender a ler. Ela gosta de música. O que há de interessante na música? Aprender música.

É aí que o meio e, justamente, o ser amado são educativos, porque o ser amado tem outra coisa na vida além do interesse pela criança, de dar prazer à criança ou de ter prazer com ela. Aquele ou aquela que não tem outra coisa senão a criança como tal para ocupar-se não pode ser educador no sentido de formação para a cultura.

O ESTRANHO: Mais uma vez, invertem-se os sentimentos comuns, de ser gentil, de dever fazer isto ou de dever fazer aquilo.

A PRATICANTE: O suficiente, mas não demais. É preciso sobretudo ter uma vida pessoal, para que a criança tenha, no modelo de quem ela ama e por quem é amada, alguém cujo móbil de vida, cuja "chave" do desejo lhe escapa. Ela procurará onde esse adulto, que não camufla suas fraquezas e suas faltas, encontra o que lhe falta. Isso permite que a criança, formada por esse adulto (e informada por ele, sem que nenhum dos dois saiba), tenha algo que lhe falta e que o adulto tem de conhecer tanto quanto ela, criança, tem de conhecer o que falta ao desejo do adulto. É assim que, aos poucos, ela desenvolve sua própria autonomia e focaliza seus desejos sem depender do adulto.

Trata-se de um substrato dinâmico da comunicação.

O ESTRANHO: O tempo todo é o combate, a tensão entre seres que estão em relação. E para que isso chegue a resultados positivos, é preciso que esse combate seja travado segundo as leis que pertencem aos níveis da libido para cada idade.

A PRATICANTE: Do desejo de cada um, e que nenhum ser seja objeto do desejo da mãe ou do pai. Nem mesmo um amante pode ser objeto total do desejo de quem o ama. Senão logo a coisa pára, não há mais dinâmica. Dois seres que se amam amam-se porque sempre há uma parte desconhecida no outro. Quando conhecemos perfeitamente, depois que exploramos todo o terreno, por mais rico que seja afetivamente esse ser, não há mais mistério, desconhecido, nem lugar para o desejo. Pode haver amor, mas não há mais desejo.

Há sempre movimentos incongruentes e insólitos que interrogam. Não conhecemos. De repente, descobrimos facetas da personalidade de quem amamos e desejamos. Acreditamos conhecê-lo e, de repente, não o conhecemos. "Veja só! Isso o interessava? Eu não sabia." Aquilo não o interessava dois meses antes, talvez seja novo, mas essa é a vida de um casal, constituído ou não. Acredito que entre amigos isso faça parte, desde o começo, de algo que não se saberá, ao passo que entre amantes há sempre essa busca de tensão; deseja-se ser aquele ou aquela que poderia satisfazer o ser eleito.

Entre amigos, a questão da sexualidade do amigo não faz parte da relação de aliados, ao passo que entre amantes o tempo todo essa tensão é necessária para que continue sendo provocada a evolução de cada um dos adultos amantes. É essa a dificuldade entre os casais. Quer-se segurança, enfim encontrar algo de maternal – co-maternal, co-paternal um no outro –, que também existe no companheirismo, mas que não é compatível com a tensão necessária ao desejo e com a parcela de desconhecido necessária ao amor.

O ESTRANHO: Uma aliança, mais que outra coisa.

A PRATICANTE: Uma aliança, sim. A amizade é uma aliança de confiança.

O ESTRANHO: "A solidão lhe possibilitará identificar-se com o pai." O fato de fazer a experiência de se interrogar: "Mas por quê?"...

A PRATICANTE: É a experiência do afastamento, do distanciamento daquilo que constrange a criança em presença de outrem. Ela reconhece que o fato de ser autônoma é acompanhado por momentos de solidão; solidão esta que percebe ser aquela que o pai ou a mãe demonstraram conhecer também. Portanto, faz parte da condição humana.

O ESTRANHO: Aí começa a compreender... de maneira estruturante para ela?

A PRATICANTE: É isso mesmo. Certas crianças têm antes de outras, em certos momentos, essa necessidade de solidão; não se aborrecem, precisam ficar sozinhas. Outras, ao contrário, precisam o tempo todo estar num meio portante, que pareça ser um meio maternante, ter alguém que as dirija, um líder qualquer.

Numa família é difícil saber com antecedência se uma criança terá necessidade de solidão ou se outra terá necessidade de companhia. Não se sabe quando nem como.

Percebemos isso quando pudemos propor à criança o ambiente da Maison Verte. Algumas (são muito pequenas, com menos de três anos), assim que podem movimentar-se por reptação, engatinhando ou andando, ficam felizes por poderem ir em direção às outras, e, às vezes, felizes por estarem sozinhas no meio das outras.

O ESTRANHO: As mesmas?

A PRATICANTE: Sim, as mesmas. Ficam felizes por irem para um canto, pensar sozinhas. Evidentemente, de todos os modos, sabem que a mãe ou o pai está em algum lugar, por lá. É isso que as mantém em segurança, mesmo afastadas do adulto tutelar e referencial de sua existência. Poderiam entrar em contato com outras. Não que fujam, em absoluto, é uma espécie de ritmo de repouso compensador de uma grande estimulação.

Acho que se deve respeitar essa busca de relativa solidão serena, visivelmente serena, pesada às vezes também, algumas vezes de observação dos outros, a distância. O isolamento – isolamento relativo – de um ser humano é muito importante na vida. Devemos respeitar que alguém procure a solidão sem dizer: "Ah! Não quer saber de nós, está nos pondo no gelo. Que besteira estará maquinando?"

Há pessoas – e isso faz parte da personalidade delas – que precisam estar sozinhas. Por exemplo, nas escolas se proíbe que a criança fique na sala durante o recreio. É pena, porque algumas sofrem em sua coesão psíquica interior por estarem o tempo todo com outras vinte e cinco ou trinta; elas precisam haurir forças em si mesmas, aparentemente com um brinquedo ou um livro de figuras, às vezes sem nada, alertas, tranqüilas.

Vi isso nos kibutz, onde as crianças vivem em casas para elas: há a casa para os pequeninos, até dezoito meses, a casa de dezoito meses a três anos, a casa de três a seis anos, depois dos seis até a puberdade. Visitando um kibutz, num domingo – as crianças tinham saído para passear –, vi um menino na cama, lendo. Perguntei: "Ele está doente?" "Não, não de jeito nenhum. Precisa estar só e gosta de ficar aos domingos lendo ou sem nada fazer, então nós permitimos que não vá com o grupo." Aquilo era inteligente e me impressionou, porque conheço esse sofrimento de certas crianças, por não terem um cantinho seu, tranqüilo, onde possam ficar sem fazer nada, onde ninguém as venha atazanar. Não têm de atender a solicitações nem ao "Venha brincar comigo", de outras.

Seria bom para a educação das crianças se aprendêssemos com a psicologia a respeitar sua necessidade de solidão. Aliás, ninguém sabe nada sobre essa necessidade. Talvez venha do fato de a criança identificar-se com alguém que ela conheça e que era assim? Não se sabe. Na escola, não se permite estar só. Quando vê alguém no pátio de recreio um pouco só, o adulto vigilante fica meio preocupado: "Vamos lá. Vá brincar, vá brincar. O recreio foi feito para brincar." Brincar? É correr com outro, ao passo que para aquela criança talvez seja descansar, refletir, ouvir ruídos, olhar folhas a rodopiar... observar uma formiga...

O adulto se angustia de ver uma criança solitária. Ora, há solidões regeneradoras tanto para o adulto, com certeza, quanto para a criança.

O MAINÁ: Angustia principalmente os adultos que são pedagogos, professores. Eles dizem: "Essa criança deve estar triste." Têm medo que seu papel de educadores se desintegre.

A PRATICANTE: Acho que se projetam.

O ESTRANHO: "A solidão é sempre superada pela compreensão do adulto e pela aceitação do sofrimento da criança", se for isto que a faz isolar-se. Mas então basta um "Tudo bem por aí?", de atenção à sua pessoa.

A PRATICANTE: Se um adulto vê uma criança feliz sozinha, diz: "Aonde vai?" "Vou ali." "Ah! Mas o que você vai fazer ali?" "Ah, sei lá", o adulto fica desconfiado. "É porque está me escondendo o que vai fazer." Nada disso (e mesmo que fosse!), ela vai passear, não sabe o que vai fazer. Pois bem. Basta um: "não se esqueça do horário, a aula recomeça daqui a dez minutos", ou "o almoço vai ser servido daqui a uma hora".

O MAINÁ: O adulto vai fazê-la sentir-se culpada... Culpa por estar disponível, por andar sem objetivo preciso, ao léu, culpa de viver. A culpa também de sempre ter de fazer algo bem definido...

A PRATICANTE: Sim, sim. "O que está fazendo?" "Nada." "Precisa fazer alguma coisa. Isso é péssimo. A ociosidade é um defeito terrível." Está ocioso, parece. Quando eu era jovem refletia muito assim, e isso se chamava mandriar. Não fazer nada com as mãos era mandriar. Essa palavra me espantava. Era engraçada. Foi assim, aliás, que aprendi a costurar, bordar, fazer trabalhos manuais em silêncio, talvez isso tenha me ajudado... Gosto dos trabalhos manuais, como a costura, porque posso pensar. O serviço de casa me aborrece um pouco, mas afinal cuidar da cozinha, da louça e de todas as coisas da casa é formidável para mim, porque, durante esse tempo, penso no que me interessa.

O ESTRANHO: Você não mandria?

A PRATICANTE: Meu espírito mandria, com certeza. Nossa professora, que ensinava "os grandes", ensinou-me a não mandriar. Iniciou-me muito cedo, já antes dos quatro anos, se bem que para mim nunca foi problema fazer as coisas, isso me liberta o espírito. Se não, provavelmente me sentiria culpada por não fazer nada em absoluto. É possível. Não sei. Por certo meu "supereu", como se diz em psicanálise, me faz sentir prazer em "fazer" alguma coisa (supereu anal). Mas quando eu era criança, achava que fazer nada era fazer alguma coisa.

O ESTRANHO: E agora?

A PRATICANTE: Não. Agora não consigo mais. Estou sempre fazendo alguma coisa sem importância, que me ocupa. Para pensar, faço alguma coisa.

O MAINÁ: Não fazer nada... por exemplo, fazendo tai-chi, quando você aprende, evidentemente sempre tem a impressão de esforço, porque é preciso uma aprendizagem física. Mas, uma vez que você o conheça e tudo corra bem, quando você faz sem esforço, deve ter a impressão de não estar fazendo nada. Porque é nada, se alguém olha de fora. Então se diz: "Mas o que ele está fazendo? Está agarrando sombras?"

A PRATICANTE: Sim. A ioga eu achava... chata. Não conseguia, porque era nada. Não havia trabalho motor para libertar o pensamento. Tenho a impressão de que o tai-chi, se eu soubesse os movimentos de maneira bem consciente, o fato de respirar – infelizmente respiro mal do ponto de vista fisiológico –, ajuda ainda mais a estar num movimento que talvez acalme, que ajude a ficar vigilante e a pensar.

O MAINÁ: A ioga talvez seja algo imóvel demais para vocês, ocidentais...

A PRATICANTE: É unicamente vegetativa. Me dispersava... às vezes adormecia. Não põe os músculos estriados para trabalhar. E eu sou motriz. Sempre fui. Quando era jovem minha família se espantava: "Ninguém me pega!" Eu logo me punha de pé, embora fosse meio gordinha, e havia meninas mais magras entre nós; eu tinha sempre muita energia. "Françoise não é preguiçosa." Era sim, tanto quanto outra qualquer diante de algo difícil, constrangedor, mas agir fisicamente me repousa.

O MAINÁ: No tai-chi nunca se tem a impressão de estar só, é sempre uma abertura. Ao mesmo tempo construímos nossa casa.

A PRATICANTE: Sim, nossa bolha.

O MAINÁ: É uma bolha feita de aberturas; à medida que construímos nossa casa, abrimo-nos para alguma coisa externa. Mas, aparentemente, para os de fora, estamos sós, fazendo movimentos incompreensíveis. Por dentro, sentimo-nos em paz.

A PRATICANTE: Sim, porque o esquema corporal é totalmente posto em ação. Não falo da imagem do corpo; falo do esquema corporal. É completamente posto em movimento. Entra na dança.

Há movimentos que são, quando você fecha o punho, um bocadinho agressivos, mas contra nada. Então...

O MAINÁ: Sim, é agressivo porque sempre temos imagens culturais. Mas o punho não é mais agressivo que os dedos, mas vocês, com essas imagens de *western*...

A PRATICANTE: Temos mais força no contundente do que com os dedos abertos...

O MAINÁ: Não... pode-se ter exatamente a mesma força, os dedos podem ser tão agressivos quanto o punho.

A PRATICANTE: Eles são mais ágeis nas extremidades. O punho é mais sólido.

O MAINÁ: Em todo caso, não é mais agressivo que o cotovelo, que a mão, que o braço, que qualquer outra coisa. É um instrumento.

A PRATICANTE: Sim, e há as imagens de defesa, de puxar, de empurrar um pouco como as ondas do mar, a ressaca, e depois o grande cuidado imaginário da esfera figurada que se pega como um balão e que se protege. Tudo isso mantém serenamente vigilante.

Silêncio, estou à escuta

O ESTRANHO: "É preciso que a criança admita a separação indispensável entre ela e a mãe ou o pai."

A PRATICANTE: Se não, continuará fundida e não poderá assumir sua imagem do corpo, sua individuação na realidade. Aí se trata mais de integrar sua individuação para entrar numa relação autêntica com outrem, como troca, e não como inclusão nem como um ladeamento desatento em relação ao outro, mas como contato comunicante.

O ESTRANHO: De modo estruturante e autêntico: "Se não, vai negar a preeminência do adulto."

A PRATICANTE: Por estar em fusão com o adulto, vai negar o valor de vir a ser adulto: não é estimulado a tornar-se adulto. Assim como uma planta que vivesse sobre a planta adulta não se tornaria ela mesma, não cresceria como a adulta.

O ESTRANHO: "É só aceitando isso que nascerá na criança a noção de outra relação que não é prender nem desprender nem fazer."

A PRATICANTE: Não, nem fazer. Existir perto de outrem, mas existir. Não é fazer obrigatoriamente alguma coisa. É respirar no próprio espaço, como o outro respira no dele. É ser.

O ESTRANHO: Portanto, chegar a definir-se sem passar por mediações...

A PRATICANTE: ... sensoriais de comunicação o tempo todo. A comunicação pode ser retomada e ser interrompida na segurança, sem que isso ponha em perigo nossa existência.

O ESTRANHO: Às vezes isso continua na idade adulta. Por exemplo, há pessoas que ficam muito angustiadas quando não falam e que se arrojam num turbilhão de palavras.

A PRATICANTE: Sim, ou então se alguém não fala com elas: "Diga alguma coisa."

Em psicanálise, no início, o silêncio delas e o do analista deixa-as angustiadas, e elas dizem qualquer coisa. "Você está aí para dizer o que lhe passar pela cabeça, está certo, é a regra fundamental, mas não qualquer coisa." É também o período em que se tapa o buraco dizendo qualquer coisa (o silêncio é sentido como um buraco no tecido das relações).

O ESTRANHO: É preciso dizer que há psicanalistas que usam isso de uma maneira...

A PRATICANTE: Não relacional, quase mortífera, obsessiva, sim.

O ESTRANHO: Certos psicanalistas têm uns modos extremamente enervantes ao telefone, quando se está falando de coisas absolutamente banais. A gente diz alguma coisa – estou pensando em L., toda vez tenho vontade de lhe dar uns tapas –, silêncio no telefone. A gente pergunta: "Que horas são?", ou então, "Tudo bem?" Silêncio. Acho que isso é um desvio da função.

A PRATICANTE: Sim, porque no social, no telefone, você não está num contato de sessão. É um ser social como outro. Mas é que ele não é um ser social como outro qualquer. Isso não é porque esteja brincando de psicanalista: é que ele está encurralado.

Falei daquela mulher que me telefonou por volta das seis e meia da manhã para me dizer que estava em análise fazia não sei quanto tempo e que queria se suicidar?

O ESTRANHO: Não.

A PRATICANTE: Parece que tinha feito isso com muitos outros psicanalistas, fiquei sabendo depois. E eu lhe disse: "Escute, não é má idéia. Mas por que me acordar às seis e meia da manhã para dizer isso? Por que você não se suicida? Diz que faz três anos que hesita em se suicidar. Você me diz isso por telefone às seis e meia da manhã. Não, realmente, está exagerando!" E desliguei. Ela me disse que aquilo foi ótimo, porque com os outros psicanalistas era: "Sim... nha-nha-nha." Eu, em vez, disse: "Por que não? Não é má idéia. Em todo caso, não acorde as pessoas para dizer isso às seis e meia da manhã. Vê se não amola!"

E isso lhe deu vida.

O ESTRANHO: Alegria de viver

A PRATICANTE: É, alegria de viver. Riu com aquilo, e depois disse: "Tem razão. É verdade. O que estou fazendo?" Então, conseguiu falar com o seu analista sobre esse telefonema, pois ela me ligou de novo: "Sou a mulher que a acordou às seis horas para dizer que queria se suicidar. Estou indo bem melhor, mesmo. Fazia três anos que estava naquela. Minha análise não avançava, mas, graças à sua reação bem natural, eu deslanchei, quero pedir desculpas. É por isso que estou telefonando, para dizer que aquilo serviu para alguma coisa." Foi assim que eu soube.

Faz alguns dias, uma amiga psicanalista me falou de outra pessoa, em análise há quatro anos e internada havia seis ou sete meses em Sainte-Anne. Tinha sofrido uma descompensação. Essa também me telefonou (no meio todos sabem que não dou mais consultas), dizendo que estava sofrendo. Não é uma pessoa de lamúrias, mas me telefonou: "Não agüento mais. Estou em Sainte-Anne." Prestei atenção ao que ela dizia, ao contrário do analista dela, que por certo a conhecia demais. "Fiz análise durante três anos e meio ou quatro. Parece que tudo estava indo bem, e de repente caí no buraco. Foram obrigados a me internar em Sainte-Anne. Não que eu tenha procurado isso. Não fiz nada contra, não fiz nada a favor, mas não conseguia mais trabalhar, ganhar a vida etc." Eu lhe disse: "É esquisito isso que a senhora está dizendo, que aconteceu depois de três ou quatro anos de análise." Eu só repeti o que ela tinha acabado de dizer, simplesmente. E acrescentei: "O que aconteceu quando a senhora tinha três anos e meio ou quatro de idade? Parece que a senhora está sofrendo por alguma coisa de sua mãe, não sua, pois naquela idade a senhora supunha que ia se tornar uma pessoa adulta como sua mãe. Será que ela, esse modelo, estava passando por um mau momento?" Três dias depois ela saiu de Sainte-Anne! É que quando ela tinha de três anos e meio a quatro a mãe dela foi deportada. Para a criança (pelo que ela tinha ouvido), a mãe tinha sido levada embora, presa, encarcerada (em Drancy). E ninguém havia pensado que era aquilo que ela estava revivendo entre os três anos e meio e quatro anos de análise, revivescência por identificação com a mãe (provavelmente com a complicação de um sentimento de culpa, claro) da necessidade de ser presa. Não tinha mais vontade de viver, não tinha vontade de se suicidar, estava delirante, sem condições de se assumir. E está com um bom analista, mas que não tinha entendido nada do que acontecera nas sessões anteriores à descompensação. Quando estava saindo da clínica para ir ao analista ela lhe disse: "Telefonei para F. Dolto. Você não me ajudou. Com certeza foi isso. Senti que ela tinha razão. Entre três anos e meio e quatro anos. Pensei muito. Foi isso o que aconteceu. Eu estava em tal lugar e foi lá que meus pais foram deportados. Você não me ajudou." Ele disse: "Reconheço, e peço desculpas. Não entendi nada. É verdade. Você tem razão." Se a minha amiga, que conhece essa mulher, não tivesse me contado isso, eu nunca teria sabido das conseqüências de minha resposta banal de psicanalista. Minha amiga disse: "Você salvou aquela mulher, porque ela teria ficado indefinidamente num estado de *no man's land* se a repetição das palavras dela, com as suas, não tivesse permitido que ela revivesse realmente suas lembranças desgastadas de menininha.

A análise faz reviver coisas assim. Quem não dá a volta por cima fica enrascado.

É preciso esperar e ver. Alguma coisa que aconteça entre três anos e meio e quatro de análise pode ser alguma coisa que se tenha passado entre os três anos e meio e quatro "de idade". É uma hipótese por abordar. Evidentemente, se não tivesse dado em nada, é porque a hipótese era falsa. Mas a psicanálise de qualquer modo é uma ciência das hipóteses do revivido, pois as crianças revivem as coisas dos pais. Foi assim que eu, mulher que tinha idade para ser sua mãe, numa transferência dela (sem isso, não teria me telefonado), permiti que ela se identificasse com meu pensamento esclarecedor de modo diferente daquilo que ela vivia há seis ou sete meses (quando perdera seu eu*).

O ESTRANHO: E a coisa se deslinda assim depressa?

A PRATICANTE: Sim. Freqüentemente os adultos em análise revivem os transes dos pais ocorridos na época em que estavam se

....

* F. Dolto faz aqui uma associação, intraduzível, entre "*sept mois*" (sete meses) e "*cette moi, qui avait perdu son moi*" (essa eu, que perdera seu eu). (N. do R. T.)

identificando com eles. E aí ela chegou a um bloqueio, porque não conseguia entender. Caía num estado fisiológico de depressão, e ninguém para lhe dizer: "Não faz mal. Isso quer dizer que você sentiu, quis experimentar o que, independentemente da sua vontade, aconteceu com sua mãe. O abandono do emprego, a prisão. Foi nessa época que seu modelo desapareceu, seu sustentáculo desapareceu, e você está vivendo isso em seu analista." Ela também provocou o analista, descompensando desse jeito. Provocou a compreensão do analista.

O ESTRANHO: Ela transferiu a situação e o outro caiu nela, enrascou-se.

A PRATICANTE: É vivido na transferência, é vivido em afetos. Mas como entender isso? Fazer o analista reviver a falta de sua presença e de sua compreensão porque se tem necessidade de reviver o que está encoberto, recalcado, passado que desfocou, vivido com mamãe e com papai que, presos naquela época, a haviam deixado como abandonada. Ao passo que a deportação dos pais era algo que ela tinha vivido na primeira infância. É isso que a análise, na relação inconsciente com o analista, seja ele quem for, homem ou mulher, faz reviver. É isso que é difícil. Se fosse apenas conceptual...

Ela sabia que tinha perdido a mãe entre três anos e meio e quatro anos, que tinha sido criada por outra pessoa.

O ESTRANHO: Intelectualmente sabe disso.

A PRATICANTE: Sim, sabe, mas foi o que ela viveu como criança, e não sabia ter vivido, que se atualizou em relação ao analista, que felizmente, porém, não interrompeu sua análise. Ela saiu daquela porque, quando ia da clínica para a sessão de análise, o analista insistiu, apesar do internamento, em "escutá-la", e não em cuidar da angústia que paralisava a vida dela, tornando-a irresponsável por si mesma (os "cuidados", ou seja, abrigo mínimo e calmantes, ficavam por conta do psiquiatra do estabelecimento, que assumia a sobrevivência material daquela mulher que tinha voltado a ser criança). Portanto, ela continuava a análise, a busca da verdade organizada pela relação ritmada do falar no divã, na transferência, com o analista. Foi ela mesma (por intermédio de minha escuta de analista de crianças) que encontrou o modo de se livrar da armadilha.

É por isso que às vezes não se sabe o que é necessário, se uma análise ou outro modo de tratamento. Diz-se que pela análise tenta-se entender. Sim e não. É em primeiro lugar numa transferência e, secundariamente talvez, pelo entendimento do que se revive. Não é um saber. É uma iniciação na revivescência da juventude. Pode-se prescindir dela, talvez, se for tão difícil. É verdade que se pode ficar preso numa cilada em meio ao caminho.

Tudo no mesmo saco

O ESTRANHO: Há escritores que renegam a análise porque ela pode secar-lhes a imaginação criadora.

A PRATICANTE: Ninguém pode dizer sim nem não a esse respeito. Acredito que se deve fazer análise quando realmente não se consegue mais sobreviver disponível por causa das angústias – mas, desde que haja uma resultante positiva nos conflitos, não é indispensável, nem talvez necessário, recorrer a ela. Salvo para as crianças. A análise é magnífica nas crianças de menos de três anos: elas revivem o que viveram desde a concepção na vida intra-uterina e depois. Mas, aí, é preciso saber que a psicanálise do filho, principalmente se pequeno, é perigosa para os pais, perigosa para o irmão ou a irmã imediatamente mais velha (ao contrário, muito salutar para os mais novos).

O ESTRANHO: A família é como um organismo...

A PRATICANTE: Sim, é como uma fórmula de química orgânica nas associações de CH-CH-CH-CH. Mudando-se, muda-se um CH de lugar; e tudo se mexe na fórmula.

Por isso a análise é tão enriquecedora, enfim, tão positiva. E para as crianças que não têm mais os pais e cujo crescimento psicológico e físico está bloqueado, as crianças da Assistência Pública (D.D.A.S.S.*, como se diz hoje), a psicanálise é o melhor cami-

....

* Diréction Départementale de l'Action Sanitaire et Sociale. (N. do R. T.)

nho para salvá-las do marasmo angustiado e inconsciente que se manifesta pelo mau desenvolvimento nas famílias cuidadeiras ou nas instituições.

O ESTRANHO: As crianças abandonadas.

A PRATICANTE: Sim, crianças abandonadas que estão em instituições de amparo ou em famílias que as acolheram, freqüentemente muito afetuosas; se bem que, evidentemente, pela linguagem no sentido lato do termo, as maternantes influem no seu estado mental, seu consciente, mas não na história dessas crianças enraizadas em seus genitores.

Então, uma vez que tenham compreendido, com a ajuda do analista, que podem ausentar-se do analista, que o analista que representa temporariamente o pai ou a mãe lhes devolveu esse pai e essa mãe, falando deles com palavras verdadeiras, a experiência mostra que seu desejo de se tornar um adulto de seu sexo, para encontrar um adulto do outro sexo, também lhes é devolvido. Essas crianças sem pais não são "perigosas" quando ganham autonomia. A partir daí, sabendo-se filho ou filha de fulano ou fulana, perdidos, as crianças das instituições de amparo ficam fortes por terem sobrevivido, mesmo que a mãe seja neurótica, psicótica ou que o pai seja um criminoso. É como se as palavras verdadeiras lhes tivessem dado o direito de viver, sadias, a vida que deve ser assumida só por elas. Na verdade, o destino desses pais desconhecidos é também conseqüência de disfunções em cadeia, marcadas por ciladas em que sua evolução ficou bloqueada. As crianças que viveram o abandono têm uma inteligência da vida que sempre surpreende.

Não estou certa de que, com a liberdade, elas não venham a reencontrar em si as qualidades e os defeitos, enfim, a difícil dinâmica vivida pelo pai desconhecido. É possível que o menino, crescendo, sem saber se torne como ele. Os testemunhos falariam em herança. Por que não? Talvez eles também venham a viver os transes que levaram seu pai genitor a não poder reconhecer o filho; e, se for menina, a viver a situação que levou sua mãe genitriz a não poder assumir a criança que pusera no mundo. Ora, não acho que se possa saber isso. Nós os ajudamos a estruturar uma libido autônoma, para fazer com ela alguma coisa, sem sentirem necessidade dos pais. Esse tratamento faz superar a angústia da idade naquela situação. Assim, as crianças entram em contato com outros da mesma idade. Ninguém pode ter certeza de que não haverá recaída diante das provas ulteriores da vida, dependente ainda por muito tempo de educadores mercenários.

O ESTRANHO: Quanto às crianças que têm família, isso equivale a dizer que a "terapia" só pode ser do grupo inteiro, da família.

A PRATICANTE: Uma terapia relativa. Não pode ser uma verdadeira psicanálise. Ao passo que, com uma criança sem pais, pode ser uma verdadeira psicanálise.

O ESTRANHO: À medida que você muda a fórmula CH de um lado, está mudando do outro lado. Então, é preciso retomar tudo...

A PRATICANTE: Sim, sem que seja uma terapia familiar – que não defendo muito – isso induz um dos pais a entrar por si mesmo em análise. Com grande freqüência, aliás, hoje em dia também – enfim, há já uns bons anos –, pedia aos pais para virem sozinhos primeiro, falar das dificuldades do filho. Com grande freqüência, pelo fato de eles falarem, a criança deixava de precisar de consulta; curava-se aos poucos daquilo que constituía sua anomalia em seu grupo da mesma faixa etária, porque os pais conseguiam falar da angústia que representava o filho para eles. O filho era sem dúvida aliviado pela tentativa de compreender aquela sua manifestação, que exprimia sua sensibilidade a um sofrimento indizível no dia em que começara a preocupá-los. E depois os pais, tranqüilizados por terem falado com um terceiro, especialista no assunto, deixavam de ter a criança como objeto de angústia, e esta não era mais vista com preocupação. Era como se a criança desempenhasse o papel de justificador da angústia dos adultos, que na realidade sentem essa angústia por uma outra razão completamente diferente, conhecida ou desconhecida por eles. Focalizando essa angústia, transformando-se em bode expiatório, a criança é como um terapeuta a serviço do narcisismo dos pais. Evidentemente, isso é totalmente inconsciente em ambas as partes[41].

O ESTRANHO: O que você tem contra a terapia familiar?

A PRATICANTE: Pois bem, o que vi como efeito da terapia familiar é que ninguém mais fica no lugar. É feita com dois terapeutas, um homem e uma mulher, que assumem para os pacientes a posição de "sabedores", masculino e feminino, que, aliás, seriam pai e mãe dos dois pais adultos que, nessa transferência comum para esses dois praticantes parentais, ficam como irmão e irmã relacionais. Isso lembra escotismo de baixo nível: ensina-se aos adultos como serem pais, porém não se permite mais que o pai tenha a posição de desejador de sua mulher. Os adultos carentes são levados a uma atitude de pré-adolescentes; ensinam-lhes a comportar-se em relação à sua boneca-filho ou, se estes forem vários, a manipular, para adestrar, a matilha de cães que são seus filhos.

Na terapia familiar cada indivíduo da família deve exprimir-se. Sua palavra (consciente) é considerada hierarquicamente tão importante quanto a do pai e da mãe, é tão ouvida e questionada quanto a dos pais. E, para mim, numa família, a palavra do pai não deve ser questionada na frente dos filhos. Que ele mesmo a questione, depois de procurar um terapeuta, é outra coisa.

Não, é uma assistência social, psíquica, do mesmo modo como se faz assistência econômica. Trata-se de regulação econômico-libido-normativa.

O ESTRANHO: Ajuda a usar muletas. Essa terapia familiar está muito na moda nos Estados Unidos.

A PRATICANTE: Muito. E na França cada vez mais, porque evita suportar a transferência como na análise, por parte do psicanalista. É uma psicoterapia comportamental, uma psicopedagogia. Não é uma psicanálise.

O ESTRANHO: Mas, vista assim, pode parecer uma espécie de remendagem, um treinamento para viver as relações recíprocas. Fica no nível comportamental, possibilitando ajustar as personalidades que são obrigadas a conviver, e criando uma aparência aceitável, pelo menos para os vizinhos do prédio, que muitas vezes são os que se queixam.

A PRATICANTE: Em terapia familiar, por exemplo, a criança de oito anos trata a mãe assim: "Você é uma puta! Você é isto. Você é aquilo." E o terapeuta diz: "É preciso entender que nessa idade tudo é questionado", ao passo que, se for um pai que tem colhões, ouvindo o filho ou a filha falar assim com sua mulher, vai dar-lhe uma tunda ou mostrar-lhe o caminho da rua: "Essa é minha mulher, e eu não admito que falem assim com ela. Se não está do seu agrado, pode ir embora. Mas ela é minha mulher." É isso aí um pai normal. E na terapia familiar o pai tem de escutar: "É preciso entender que nessa idade a gente diz qualquer coisa." Nada disso!

Acho que existem tensões que devem ser deixadas por conta das pessoas, e que não convém descontraí-las com a palavra, com bons conselhos, de compreensão mútua.

O ESTRANHO: Isso me faz pensar na angústia de estar sozinho e, na falta da família parental, tentar viver juntos, casais jovens na mesma casa, casais regulares ou não, com ou sem filhos.

A PRATICANTE: As seitas?

O ESTRANHO: Não, não seitas em particular. As comunidades, simplesmente, pessoas que se juntam, partilhando a vida material, os encargos da vida cotidiana, a criação dos filhos.

A PRATICANTE: No século doze?

O ESTRANHO: Não só. Hoje em dia também.

A PRATICANTE: Era uma questão de alojamento, porque não encontravam apartamentos.

O ESTRANHO: Você acha?

A PRATICANTE: Ah, sim. Acho que era por razões econômicas e também porque já estavam cheios de morar com os pais.

Vida comunitária. Sim, justamente, vi como as crianças ficavam bem, até oito ou nove anos; é formidável como se desenvolviam bem nessas comunidades. Sabiam perfeitamente quem eram seus pais – quero dizer, quem os tinha posto no mundo – e havia muita clareza para elas no que se referia à vida sexual dos adultos – seus pais e outros. As crianças não procuravam dormir no quarto dos pais, como as que vivem só com seus pais. Nem se cogitava. Não havia essa volta regressiva ao colo. Sabiam que os pais tinham vida sexual marital e passageira. Sabiam que essa vida sexual de vez em quando gerava crianças, entre as quais elas, que haviam sido geradas pelo casal, enquanto seus amiguinhos, que eram como irmãos e irmãs, tinham sido gerados por outro casal. Não havia erro. Havia encargos comuns para as famílias e também para as crianças. Dava a impressão de que as crianças de oito ou nove anos eram ao mesmo tempo abertas, equilibradas, inteligentes, iguais aos adultos, e às vezes bem mais razoáveis que eles, que se enredavam em histórias passionais uns com os outros.

O ESTRANHO: Não houve perturbações?

A PRATICANTE: Sim, apareceram perturbações depois, porque essas comunidades se dissociavam por razões edipianas remanescentes nos adultos, intrigas, ciumeiras, invejas de rivalidade fraternal. Aquele que, em seu turno, dirigia melhor a casa virava uma espécie de pai. Aquela que fazia melhor o guisado e era mais econômica virava a mãe da comunidade. Depois, finalmente, tudo acontecia em relação a esses papéis, mesmo temporários – mexericos, fofocas –, como nas famílias patogênicas.

Acho que essas comunidades não são possíveis com o livre jogo sexual. O jogo sexual livre, em comunidade, não é possível. As que se mantêm são as castas, por definição, as que, pelo voto, vivem a sexualidade de maneira degradada, detestando-se, falando mal uns dos outros, ou sublimadas, desviadas para uma obra comum que exija muito tempo e energia mental ou física, mas sem viverem a sexualidade genital como gostariam, fazendo crianças ou concebendo-as para abortar depois. Com a fecundidade carnal que, assumível ou não, domesticável ou não, está na base de todas as nossas vidas de adultos, a vida num grupo misto exige um domínio excepcional. Nessas condições, a castidade é muito difícil.

O ESTRANHO: Era em nome da liberdade sexual.

A PRATICANTE: Era em nome da liberdade sexual, sim, mas não era gente muito centrada no ato sexual. Queriam viver mais comodamente num contexto econômico e social em que era difícil arranjar moradia, trabalhar ou fazer a faculdade criando bebês.

Conheci C. H. bem nessa época. Ela vivia numa comunidade. Foi por meio dessa comunidade que conheci o fenômeno social e os diversos casos. Havia sete ou oito crianças, três casais, um ou dois solteiros. Almocei lá várias vezes. Era muito simpático.

O ESTRANHO: Onde ficava?

A PRATICANTE: Bem perto de Paris, em Gentilly. Era uma residência muito bem organizada. Um dos homens levava as crianças à escola todas as manhãs. Os casais cuidavam da cozinha, uma semana de cada um; havia um quadro de tarefas e de ocupações do dia, visível para todos. Era alegre. Todos diziam que havia uma semana em que o rango era melhor que nas outras.

Eu os conheci quando a coisa funcionava. Depois, a comunidade se degradou, e cada um quis morar sozinho... Nem sei se conversaram sobre as razões. Quem ficava tentava culpar quem ia embora: "Você está aprontando essa de ir embora. Não é legal de sua parte... depois de tudo o que a gente viveu juntos." Eram principalmente os casais que procuravam morar em outro lugar, sempre que encontravam uma *kitchenette*, e ficavam felizes por sair. Os solteiros não procuravam. As crianças teriam preferido ficar. Prometiam-lhes que iam voltar a ver os amigos, adultos e crianças.

No começo as comunidades funcionavam bem; eles tinham o sentimento de que tinham sido muito felizes.

O ESTRANHO: Do ponto de vista das relações, não era desestruturante?

A PRATICANTE: Não, ao contrário. Eram pessoas com profissões ou interesses culturais diversos. Abria-lhes os horizontes isso de ver os companheiros dos outros, de desempenhar o papel de tios ou tias de ocasião com as crianças...

Na maioria das vezes essas comunidades se instalavam em casas baratas por estarem deterioradas. Então, todos juntos punham a casa em condições. Todo o mundo pintava, atapetava, bordava. O período de organização era um tempo maravilhoso de criatividade. O lugar acabava arrumado de tal modo que cada um se sentia em casa. E depois, após um período de funcionamento organizado, a coisa explodia. Quando as pessoas não tinham mais nada de material para fazer, ficavam ocupadas com sentimentos, depois da janta. Durante o dia, cada um trabalhava num lugar, e quem estivesse desempregado, se homem, cuidava das crianças, se mulher, cuidava da cozinha. Essa também era uma maneira de aliviar a angústia de ficar sozinho com seus problemas.

O ESTRANHO: E por que essa experiência, tão difundida em certa época, se esboroou...?

A PRATICANTE: Em primeiro lugar acho que porque se construiu muito. Com empréstimos para moradia em todos os bancos.

O ESTRANHO: Mas isso parece meio circunstancial. Não seria um desejo mais profundo, de encontrar uma comunidade?

A PRATICANTE: Não acho... depois de maio de 68, talvez. As pessoas tinham adquirido tanto o hábito de encontrar-se, de bater papo, de realmente viver em grupo – eu ia dizer em grumo –, enfim de não fazer nada além de falar sem parar, que descansavam vivendo em comunidade, tendo a necessidade de "fazer" enquanto falavam, para arranjar moradia mesmo não tendo muito dinheiro. Esse comunitarismo daquilo que cada um possuía, que era escolher uma família deixando a sua própria, que atrapalhava ou incomodava, para viver com seus júlios ou suas julietas, era como escolher uma família que tolerasse a liberdade sexual.

O ESTRANHO: Voltando então à terapia familiar, ela está se difundindo na França?

A PRATICANTE: Parece. Eu entendo isso, pois é muito difícil ser analista numa instituição, e como, cada vez mais, se oferece ajuda psicológica paga pelo Estado, então em centros organizados, em instituições, o que se pode fazer bem é dar reconforto no dia-a-dia. E o papel da psicanálise continua sendo importantíssimo, mas não – como dizer? – distribuível nesses lugares, salvo exceção e durante pouco tempo.

O ESTRANHO: De qualquer modo a psicanálise não é distribuível; é sempre uma aventura. Às vezes uma desventura.

A PRATICANTE: Sim, a psicanálise é sempre uma aventura que cada um deve decidir, sem ser conduzido por outra pessoa. Ninguém pode levá-lo a praticar uma economia da angústia nem lhe permitir gratuidade em nome de um bem-estar distribuído pela sociedade.

O ESTRANHO: É sempre uma viagem de Ulisses, encontros insólitos, inesperados, como aquela mulher de quem você falou, que se encontra justamente diante daquilo que viveu com a idade de três anos...

A PRATICANTE: Sim, a revivescência de um período da vida em relação ao analista. O caso da mulher que ficou tão enrascada que precisou procurar assistência numa clínica. Era preciso que o analista desempenhasse o papel de seu comparsa ausente, assim como a mãe o fora, a contragosto, como seu analista, contra a vontade deste e sua formação de excelente terapeuta.

O ESTRANHO: O fato de reviver essas situações é tão forte que é fácil cair na cilada.

A PRATICANTE: Sim. Essa amiga parecia acreditar que esse analista – que ela conhece, como eu – não estivera à altura. Eu, ao contrário, acho que esteve. Então ela me disse: "O mais interessante é o que, parece, ele disse à paciente: 'Não entendi. Não a ajudei. Você tem toda razão. Quando você entrou na clínica fiquei impotente', acrescentara ele." Por que disse isso? O que queria dizer exatamente? Até que ponto ele também não fez sua própria análise, revivendo alguma coisa de outra época de sua vida provavelmente semelhante àquilo que a paciente tinha vivido? Ele também é judeu. Então, talvez tenha vivido o abandono de quem amou. Não sei.

Mas a análise não é pouca coisa.

O ESTRANHO: Já que está falando de judeus... ontem à noite você falava de *Shoah*. Você não acha que, para quem está implicado geneticamente, rever isso pode agir de certa maneira, não só no domínio dos sentimentos?

A PRATICANTE: Com certeza. Em certas pessoas isso vai agir um pouco como uma análise. Sim, com certeza.

Aliás, é aborrecido como certos momentos da análise. Duas sessões de cinco horas! E o modo como Lanzmann fez isso com certeza é muito bom. O tempo todo ele fez explicar coisinhas que parecem quase sem interesse, interrogando a mesma pessoa que, na vida real, tenha estado implicada no genocídio dos judeus, num nível ou em outro.

"Mas, diga-me, sr. Fulano de Tal, o senhor disse que o trem chegava pelos trilhos. Os trilhos que acabamos de ver, aqueles ali, ou será que eram estes?" O espectador pensa: "Mas que importância tem isso?" Pois bem, tem importância sim! Cada pergunta, por mínimo que seja o pontinho de detalhe suplementar lembrado, é importante. Percebe-se isso aos poucos. É como em análise, quando se usa este ou aquele detalhe alegado para analisar, e chega-se finalmente não só à lembrança de uma verdade de fato, por meio desse testemunho, mas a uma verdade emocional. Por exemplo, de repente, a pessoa diz: "Mas por que eu disse isso? Poderia ter dito..." "Sim, mas você disse isso." E ela desaba, e diz: "Pois bem, sim, é porque..." Volta alguma coisa tão importante para dizer, e que a pessoa gostaria de esquecer ou tinha esquecido. É muito interessante o sistema que Lanzmann adotou, de fazer o tempo todo explicar coisinhas.

O ESTRANHO: E a terapia de grupo?

A PRATICANTE: A terapia de grupo? Não conheço o suficiente. Acho que desestrutura os grupos em relação a quem é o líder adulto da família, ou o responsável legal.

Agora há pouco estávamos falando de uma história de casais, mas, quando se trata de uma família, acho perigoso que o pai perca, diante da mulher e dos filhos, o valor de representante adulto do grupo. Mesmo que esse homem tenha conflitos, que ele os esclareça a sós com um psicanalista, mas o filho dele não deve vê-lo ser questionado por outro, tanto quanto ele mesmo, aliás. Cada um tem o direito de pensar tudo o que quer, mesmo que seja para agredir o pai ou a mãe com palavras vulgares e obscenas, mas o pai ou a mãe reais também são para seus filhos os suportes de sua própria paternidade ou maternidade futura. Podem autodestruir-se se deixarem a subjetividade falar socialmente, diante de profissionais e de maneira objetiva. Se proferissem frases eróticas transferenciais positivas em sessão, a sós, num divã, e não num cara a cara, seria bem diferente e provavelmente libertador. Eles vêm lavar a roupa suja ou a renda de luxo diante de profissionais pagos pela *alma mater* "seguridade social", em vez de fazer isso em casa, onde receberiam uma cacholeta, um pontapé, seriam postos na rua. Estariam provocando pai e mãe a brigar como rivais a favor ou contra!

Bom, a coisa é liqüidada em palavras e ações de efeito. Mas, ali, há duas testemunhas que não estão implicadas de modo nenhum e que estão se lixando com a humilhação do pai ou da mãe, através do pai, ou com a humilhação que o adulto, na criança, sofre quando se humilha o adulto que atualmente representa para ela o suporte, com ou sem razão, de seu eu ideal.

Tudo isso é muito perigoso. Não se sabe o que se está fazendo. Faz-se uma espécie de purê, de mistura. É uma manipulação tentar tornar "racionais" os enunciados das pessoas de acordo com alguma coisa, um esquema teórico que não seria passional; isso me parece muito artificial e nocivo para o futuro, pois não deixa para cada um, na verdade, o trabalho de adquirir autonomia em relação às dificuldades que são as suas. Facilitar o que é necessariamente um trabalho pessoal difícil acho que a longo prazo é desmobilizador.

O MAINÁ: E principalmente isso parece corresponder a uma moral mais ou menos assim: "É preciso impedir dramas de qualquer jeito."

A PRATICANTE: Sim, é preciso impedir que haja tensões demais, é preciso acalmar todo o mundo. Com o pretexto de não deixar o indivíduo chegar a situações de perigo físico recíproco. Normalização do comportamento! Mas acho que deve haver recalcamentos mais profundos que subsistem e vão aparecer na geração seguinte. Aí está o perigo.

Talvez isso se tenha tornado necessário porque a psicanálise não é possível para pessoas que não a queiram profundamente, e que não estejam dispostas a pagar seu preço afetivo, seu preço em tempo e seu preço em dinheiro também. Isto, do ponto de vista dos pais. Quanto aos terapeutas, enfim, os psicanalistas, há o fato de estarem implicados na transferência das pessoas, e nem todos os dias é engraçado ser captado pela lente colimadora de alguém que o toma por "sabido", por suposto "mestre", com quem se revive o que se viveu. É outra coisa que ser árbitro das pendengas familiares, assistidas por "técnicos psi".

O ESTRANHO: Com o pretexto de não deixar o indivíduo sozinho, de integrá-lo, chega-se a uma espécie de magma comunitário que, sob a aparência de "todo o mundo é bonito, todo o mundo é gentil, somos todos iguais, oh! como estamos bem", provoca derrocadas muito mais profundas em cada um, que não são evidentes logo de saída.

A PRATICANTE: Sim, que não são evidentes e que levam as pessoas a viver de maneira aculturada, desestruturada, como crianças num internato ou numa instituição de amparo, usando derivativos e não criações vividas nos transes. A criação nasce dos transes. Diminuem-se os transes e então, finalmente, a vida é um esporte.

O ESTRANHO: Montar um time.

A PRATICANTE: Sim, um esporte de equipe.

Ao passo que a psicanálise é um empreendimento arriscado, mas na qual vale a pena lançar-se com conhecimento de causa, aceitando pagar o preço em tempo, em dinheiro, em sofrimento – assistido, é claro, mas inevitável. Às vezes é doloroso pela solidão.

E quanto ao psicanalista, que assiste, escuta, sofre junto, tenta entender para ajudar e está sujeito à transferência do paciente, verifica-se que sua pessoa é bastante marcada pela solidão.

Sustentáculo para os outros

A PRATICANTE: Por isso escrevi sobre a solidão, por ser um trabalho em que se fica sozinho. Todo o mundo fica sozinho, mas o psicanalista ainda mais que os outros, e não tem ninguém com quem falar a respeito, porque ninguém mais pode sentir o que ele sente de um psicanalisando, mesmo que entenda. Ele não tem ninguém a quem explicar. A não ser quando os jovens, que estão aprendendo o ofício, fazem supervisões. Mas a supervisão é sobre o paciente. Os outros têm de se virar sozinhos.

O ESTRANHO: Portanto, experiências extremamente singularizantes.

A PRATICANTE: Sim. Que podem tornar a pessoa megalômana, ou então, quando ela está realmente consciente de que não passa de sustentáculo para os outros, deixá-la numa terrível solidão, por passar o tempo sendo suporte, sem ter uma realidade de intercâmbios. Somos um objeto de suporte de intercâmbios com outras pessoas, e precisamos trabalhar o tempo todo para entender, para ajudar o paciente a reviver através do engodo que somos para ele, sem deixá-lo cair na cilada de acreditar que está numa situação de realidade com o analista. Por outro lado, terminado o dia de trabalho, precisamos ter ainda uma quantidade suficiente de energia e de libido disponível para nossa vida pessoal, para que essa vida pessoal corra bem. Sem isso, como o dia inteiro já foi muito difícil, se a noite for ainda mais difícil com as crianças e com o marido (ou com a mulher), ninguém agüenta.

O MAINÁ: Isso pode tornar a pessoa megalômana? Não pode, por exemplo, como acontece com certos sábios atomistas, levar simplesmente à fé em Deus?

A PRATICANTE: Talvez, justamente. E ninguém pode dizer que, se leva à fé em Deus, não esteja levando a uma busca de segurança simplesmente, à fé em Deus como a uma suposta entidade de socorro, um papai-mamãe de plantão, uma "representação tutelar".

Portanto, mais uma nova solidão, porque ninguém pode saber se é uma realidade transcendente ou se essa fé em Deus é uma consolação mamãezante.

O ESTRANHO: Será que é por se sentirem tão terrivelmente sós naquilo que constitui suas experiências particulares que nunca se vê um número muito grande de psicanalistas com vontade de comunicar-se, escrever, publicar revistas, reunir-se em escolas?

Quando vocês, veteranos, criaram as diferentes associações de psicanálise – a Société de Psychanalyse –, tanto no começo quanto depois, qual era a idéia dominante?

A PRATICANTE: Era de formar pessoas. De formar analistas praticantes.

O ESTRANHO: Não era um meio de obter segurança...?

A PRATICANTE: Não, naquele momento, no início, não. Aliás, no início, ainda não havia sido instituída a supervisão, aquilo que nos países anglo-saxões é chamado de *supervision*; só existia a formação pela psicanálise pessoal, de alguém que depois ia sentar na poltrona. Foi uma coisa que sempre me espantou. É verdade que ser psicanalisado é condição indispensável para ser psicanalista, mas não suficiente. Ora, para muitos isso parecia suficiente. Alguém que tivesse sido psicanalisado instalava-se no lugar do analista e ficava ouvindo outras pessoas, e estas, terminada a sua própria análise, serviam de analistas para outras. É uma espécie de contaminação, de identificação com o analista, que, para mim, muitas vezes parecia um comportamento mimético. Do mesmo modo como eles se haviam treinado na imitação de papai-mamãe, eram treinados na imitação do seu analista. Mas isso não queria dizer que tivessem as qualidades – e os defeitos –, enfim, as características que possibilitam a outra pessoa fazer uma revisão de sua história tomando como referencial a sua transferência ao analista.

O ESTRANHO: A configuração?

A PRATICANTE: ... A configuração necessária para que outrem possa abrir seu caminho em vista de seu próprio itinerário, assim como essa pessoa abriu o seu com a ajuda de seu analista em vista de seu próprio itinerário. É muito difícil, porque não conheço as qualidades necessárias, e acredito que ninguém as conheça. Foi por isso que se chegou à solução de aprender o ofício através da supervisão, termo, aliás, bem pouco adequado.

O MAINÁ: Talvez as qualidades estejam fora da psicanálise.

A PRATICANTE: Talvez.

O MAINÁ: Do tipo: ver e ouvir.

A PRATICANTE: Sim, sim. Saber escutar.

O ESTRANHO: Toda vez que você nos fala de uma descoberta, num caso como esse, sou obrigado a ver no fim alguma coisa que nada tem a ver com a teoria psicanalítica. É pura e simples intuição.

A PRATICANTE: Ou então é a afinação de um dos sentidos.

O ESTRANHO: Afinação de um sentido: *ver* dentro do outro.

A PRATICANTE: E *ouvir* alguma coisa que ele está dizendo efetivamente, sem saber que está dizendo. Ouvir: aquilo que ouvimos talvez não seja o que ele queria dizer conscientemente. Como há pouco: "sinto dor no meu pai", e eu não soube o que ele queria dizer; ouvi que ele tinha razão. Ele não podia dizer de outra maneira, e aquela era uma motivação suficiente para que ele empreendesse um trabalho, aliviasse aquela dor em seu pai. Entendi que a dor era em sua genética, que provinha do pai na qualidade de cônjuge de sua mãe, pai que – supunha-se – o gerara, coisa que mais tarde foi posta em dúvida pelas associações que ele fez sobre algo que um médico disse à sua mãe, e que ele ouviu a mãe repetir: "Se a senhora quiser ter um filho que não esteja exposto a riscos, no caso de ser menino, evidentemente não deverá concebê-lo com o seu marido. Atualmente ainda não sabemos dizer se o filho que ele tiver não estará exposto ao risco dessa hereditariedade." Tanto quanto ele, aquele homem, seu pai, na verdade passara incólume, pois já tinha ultrapassado então os vinte e seis anos fatídicos, idade em que aquela doença se declarava. O pai tinha na época trinta e cinco anos, mas eles haviam concebido a filha quando ele tinha vinte e cinco anos, e, dez anos depois, eles queriam um menino, mesmo conhecendo a eventual espada de Dâmocles! Entrementes, quando o pai tinha trinta e dois anos, a irmã dele, com vinte e oito anos, passou a ter distúrbios estranhos, e verificou-se que era o início do processo daquela mesma doença neurológica. Os médicos disseram: "Até agora achávamos que só os meninos eram portadores dessa doença e a manifestavam, mas ela também pode afetar as meninas!" Então, pode-se imaginar a angústia desse pai, desse casal, por terem dado vida a uma menina e descobrirem que um dia ela talvez ficasse inválida, tanto quanto sua tia paterna! E se dessem vida a um menino? A mãe contava as coisas do seguinte modo: "Raciocinando, tínhamos renunciado a ter outro filho. Depois, levamos numa viagem de férias um sobrinho que tinha oito anos. E meu marido achou que era tão simpático ter um menino, que ele era tão diferente da menina... Disse-me: 'Escute, vamos assumir o risco. Afinal, podemos perfeitamente criar dois filhos. Além disso, os médicos talvez sejam uns idiotas. Eu, por exemplo, tenho ótima saúde.'" Era assim que a mãe explicava a gestação desejada daquela criança, que acabou sendo um filho qualificado como autista.

E aquela mulher ficou grávida daquele menino com muita angústia, segundo dizia. Ela nunca me disse: "Não o tive com o meu marido", mas apenas: "O médico me disse: 'Se a senhora quiser ter certeza de que seu filho não corre o risco de receber essa herança, não deve tê-lo com seu marido.'"

A coisa sempre ficou vaga, e ela nunca quis falar comigo pessoalmente, sozinha, sem a presença do filho. Dizia que já tinha falado muito com a primeira terapeuta-psicanalista de seu filho, a cujo consultório ele tinha ido duas vezes por semana durante três anos.

A solidão do psicanalista provém do sofrimento que ele ouve, o que às vezes permite aliviar a angústia do paciente, que então encara de outro modo os acontecimentos atuais de sua vida ou os acontecimentos passados de seu destino.

O ESTRANHO: É mais o que ele ouve, permitindo que o outro resolva.

A PRATICANTE: Supere. Resolver, não. Porque ninguém resolve seus problemas, mas supera-os e reconstrói-se. Por exemplo, o menino arrancador de cabelos, que assumia pose fotográfica e arrancava cabelos: foi preciso que eu visse a pergunta muda em seus olhos e em todo o seu ser. A pergunta representada pelos cabelos que estavam à altura de seu rosto, à direita ou à esquerda, os cabelos que o distraíam daquilo que estava fazendo, e não quaisquer cabelos. Foi justamente o fato de não ser qualquer cabeça de criança, qualquer cabelo, quaisquer textura e cor, e sobretudo o fato de ele nem mesmo olhar para as crianças que agredia, e de ficar subitamente como sonâmbulo durante meio segundo, foi tudo isso que me impressionou.

O ESTRANHO: Ele era um arrancador automático.

A PRATICANTE: Completamente. Era compulsivo.

O ESTRANHO: Então estávamos falando da insegurança do psicanalista e do fato de eles se constituírem em sociedades. No início era para formar pessoas. Será que mais tarde não era, sub-repticiamente, para se sentir mais seguro na prática psicanalítica?

A PRATICANTE: Com certeza. Essa deve ter sido a razão de formarem pequenos grupos sectários, para os quais o outro grupo não valia nada, só o grupo deles era bom, e não os outros. Enfim, esse narcisismo grupal foi muito curioso.

O ESTRANHO: Quando Lacan fundou a Escola Freudiana, foi simplesmente por necessidade de cercar-se, devido à sua exclusão da Internacional ou...?

A PRATICANTE: Não, não. Foi realmente para ensinar pessoas a ouvir do mesmo modo que ele ouvia, as palavras dos outros que ele realmente tirava de estados gravíssimos. Ele era um psiquiatra da família dos alienistas da geração anterior, para os quais a linguagem do inconsciente abrira (tanto quanto o surrealismo) um novo horizonte. Naquele momento, na sociedade internacional fundada por Freud havia uma espécie de institucionalização da formação. Bastava ter feito três anos de psicanálise três vezes por semana para ser psicanalista! Assim como na universidade, podia-se tirar um diploma, desde que se houvesse aprendido a teoria em três anos – concomitantes, ou melhor, consecutivos a essa análise –, primeiro, segundo e terceiro anos de teoria. Quem freqüentasse todas as "aulas", podia ser chamado de psicanalista, mas só se tivesse um outro diploma de medicina! Tudo aquilo era ridículo. Os psicanalistas da Internacional, portanto, devido a essas condições formais, bloqueavam a abertura da psicanálise aos etnólogos, aos lingüistas, aos filósofos, a pessoas que tinham maturidade para tanto, por praticarem (como dizia Lacan) ciências afins da medicina, uma vez que a medicina, tanto quanto a psicologia, a etnologia ou a lingüística, não permite em absoluto que uma pessoa seja psicanalista praticante.

É coisa completamente diferente. Sim, é um estudo da dinâmica das relações ao longo de uma evolução. Então, o modo como o corpo evolui diz respeito à medicina; o modo como o corpo às vezes fica doente parece também remeter à medicina; o modo como os psicólogos estudam aquilo que é habitual em noventa e nove por cento das pessoas recebe o nome de norma: os outros então são marginais. Portanto, isso pode dizer respeito à psicologia, porque a psicologia cria quadros daquilo que é normal em determinada idade, normal em determinada situação, e não normal em outra.

Mas a maneira como o psicanalista ouve outra pessoa, segundo a técnica das associações livres inventada por Freud, de maneira regular e repetitiva, não é de jeito nenhum a mesma maneira do psicólogo.

A psicanálise é praticada do modo como Freud e seus sucessores inventaram e aplicaram; é um método de trabalho que não corresponde a nenhuma disciplina até então existente para o tratamento de uma pessoa que estivesse passando por sofrimentos ou para a formação profissional de pessoas capazes de tratar de outras.

O meu "bom mestre", como se diz em medicina, Pichon[42], que morreu no começo da guerra, tinha feito um acordo com Cathala (eles eram colegas de residência): se ele morresse na atividade da medicina hospitalar – pois era assistólico e estava arriscado a morrer todos os anos –, Cathala prometera continuar cuidando de seus alunos. Então, depois da morte de Pichon, ele me telefonou e disse: "Eu combinei isso com o seu mestre Pichon, o que você quer? Venha falar comigo." Expliquei-lhe o que eu fazia, o que queria, e ele me disse: "Em suma, pelo que estou vendo, você precisaria de um confessionariozinho." Cathala era protestante.

As pessoas não entendem de outro modo o sentido de falar com alguém. A não ser confessionário, aquilo que conscientemente sabemos ser culpa em nós, que nos angustia conscientemente.

O ESTRANHO: O confessionário já está codificado.

A PRATICANTE: Já está, ao passo que em psicanálise a coisa é completamente diferente. Mas é desse modo que as pessoas entendiam, e para elas o psicanalista era um modelo, do mesmo modo como antigamente queriam que o padre, o cura fosse um modelo de vida normal.

Acredito que quando os cirurgiões foram criados, partindo-se de barbeiros, nem todos os barbeiros eram capazes de ser cirurgiões. Não é simplesmente uma questão de habilidade manual, nem mesmo de capacidade para manejar o bisturi; isso não é o suficiente para ser bom cirurgião. Também existe outra coisa, que é a análise das relações geográficas e fisiológicas dos órgãos entre si, não é? É um trabalho em carne viva. Não é a mesma coisa que o barbeiro, que só fazia coisas na superfície do corpo: pêlos, coisas assim. Mas no início foram os barbeiros que começaram a fazer a operação de corte. Depois foram eles, e não os médicos, que se tornaram cirurgiões.

Hipócrates observava processos de disfunção do corpo e tentava encontrar relações de causa e efeito entre a disfunção e a alimentação, o meio externo, as comoções, os relacionamentos etc. É uma forma de espírito: o respeito pelo fato e, ao mesmo tempo, uma sensibilidade de compaixão que não se deixa dominar pelo patos da compaixão; sem isso não se pode mais fazer o trabalho com objetividade; é preciso observar estabelecendo distância em relação àquilo que se observa.

O ESTRANHO: Você acha que com a análise a medicina fez progressos?

A PRATICANTE: Com a psicanálise? Você acha que ela poderia fazer a medicina progredir? De jeito nenhum, de jeito nenhum. Ela não desempenhou esse papel. Se a psicanálise provocou progressos? Sim, na educação das crianças, com certeza; na relação entre o médico e os pacientes, também.

O ESTRANHO: Ainda a propósito do psicanalista, o que é que ele sente quando está sozinho, diante de um quebra-cabeça como esse?

A PRATICANTE: Um quebra-cabeça? Você quer dizer um caso de alguém que fica sempre no mesmo, não progride e sofre?

O ESTRANHO: Sim. Às vezes ele pode ter o sentimento de estar perdido.

A PRATICANTE: Sim. Aliás é por isso que com muita freqüência ele procura um colega, para falar desses casos. A isso se dá o nome de "supervisão pontual". O profissional vai procurar alguém em quem confia, e diz: "Pois bem, há alguns meses essa pessoa gira em círculo, não traz nenhuma lembrança anterior a tal época de sua vida. Não estou entendendo. E isso está me chateando." É uma análise que está em pane, aquilo que em nosso jargão chamamos de falta de material novo. Precisamos analisar fatos, emoções. A coisa vem por associações livres, atos falhos em torno de elementos oníricos ou no ponto de partida de fantasias, de supostos pensamentos com referência ao psicanalista etc.

O ESTRANHO: Será que o colega que está fora da história pode...?

A PRATICANTE: Sim, às vezes. Outras vezes, porém, é simplesmente por ter conseguido dar forma ao que percebeu e entendeu de seu paciente que o psicanalista consegue superar a dificuldade.

O ESTRANHO: O simples fato de falar?

A PRATICANTE: O simples fato de falar e de dar forma à dificuldade que permanecia, porquanto não a dizia a ninguém, não formulável.

O ESTRANHO: Parece um pouco com o guri que volta ao seu centro, precisando recuperar forças... ele está tão perdido quanto uma criança.

Balizas ou peias?
Uma latência ativa

Voltemos ao desenvolvimento da criança, menina ou menino, no fim da chamada fase de latência, período que vai até a puberdade, durante o qual são construídas as bases da personalidade, quando a criança já conseguiu desenvolver suficiente autonomia para ter camaradas e amigos, tanto nas brincadeiras quanto nas atividades culturais.

Essa fase de latência é, ao contrário, um período de neurose latente, quando a criança está submetida a uma disciplina exclusivamente centrada nas aquisições escolares – de natureza lúdica ou não – e às chamadas atividades de lazer, nas quais sua escolha não é nem livre nem pluridisciplinar, quando se trata de uma orientação definitiva, para a qual a criança só poderá ser livre se tiver escolhas, ou seja, se tiver a oportunidade de observar e experimentar sucessiva ou simultaneamente diversos tipos de opções industriosas, esportivas, artísticas ou artesanais.

Tempo perdido também para sua inteligência, para sua sensibilidade e para a aquisição de autonomia de que necessita, estando a planificação de seus horários e de suas atividades estritamente sujeitas às diretivas dos adultos tutelares, familiares ou educadores.

Esse deveria ser o período da grande abertura para o mundo social, e nas cidades as crianças deveriam ser convidadas a dirigir-se a responsáveis capazes, em cada setor, de lhes distribuir numerosas tarefas úteis a todos, nas quais, por um período curto e livremente escolhido, elas teriam responsabilidades, quando todas as suas sugestões seriam acolhidas, discutidas, e suas iniciativas apoiadas sempre que consideradas bem fundadas. É isso o que acontece em certos meios familiares, mas cada vez mais raramente.

Haveria muito o que fazer nas cidades, organizando-se encontros entre crianças e aposentados capazes de iniciá-las nos ofícios artesanais que praticaram durante toda a vida. Por isso existem as pessoas que trabalham por um período contratual curto em serviços de trânsito e estacionamento...

Há tantas crianças nas cidades sem parentes colaterais, sem relacionamentos; no campo, as crianças vão ao sapateiro, ao ferreiro, ao oleiro, ao jardineiro, ao marceneiro, ao pasteleiro, ao encanador, ao pintor, ao pedreiro, ao fotógrafo, ao gráfico, ao tapeceiro, ao mecânico, ao alfaiate, à costureira, à datilógrafa. Olham, falam, escutam, desenvolvem – cada uma segundo seu interesse – uma nova maneira de ver o mundo segundo o trabalho e o material em questão. Desenvolvem-se simpatias entre gerações. As crianças começam a ajudar, a tentar fazer alguma coisa sozinhas, a compreender o sentido das coisas da vida cívica de uma maneira muito diferente da "aprendizagem", e muito antes de se falar nisso.

Estaríamos devolvendo as mãos às crianças – a escola só faz atrofiá-las – e aos adultos da terceira idade, que nas cidades sofrem tanto de isolamento e de falta de comunicação. Estaríamos facilitando esse papel de educadores que eles cumprem com tanta freqüência em casa, avôs ou avós, artesãos idosos no campo ou em pequenas sociedades rurais. Desempenham esse papel à maravilha, sem saberem, quando, liberados da necessidade do rendimento profissional e amando seu ofício, gostam de falar dele e de iniciar os jovens que conhecem, enquanto contam suas memórias que, para os jovens, são história.

Essa fase de latência é a mais negligenciada nas sociedades atuais, embora seja dela que dependerá a maneira como o adolescente, depois da puberdade, se orientará em suas atividades.

A educação nacional está inteiramente centrada nos currículos e na regressão das iniciativas, e as escolas são "depósitos" de crianças ou então promovem "passeios e visitas" (as mais bem dirigidas). Em tudo o que diz respeito a atividades, a iniciativa fica apenas com os pais, conquanto o trabalho não lhes deixe livre o tempo necessário para cuidar dos filhos, que eles deixam "em pousio", os mais ansiosos impondo horas de cadeira diante dos deveres, os mais tolerantes dando permissão para a rua ou a televisão, mas a maioria esperando desses "estudos" notas de aulas e deveres, cujo conteúdo não os interessa em absoluto, tanto quanto não se interessam pelo que "pensam" e desejam seus filhos, nem pelo que os interessa. E, se os pais têm conhecimento do interesse do filho, é para deixar para "mais tarde" a liberdade de a ele se dedicarem, e na maioria das vezes desencorajando-os antecipadamente. "Primeiro você precisa se formar, pois isso é o mais importante!" E assim passa o tempo que nunca mais vai voltar... no despreparo para a vida.

A puberdade anuncia a eclosão genital cujo período, mais ou menos longo psicologicamente, é a adolescência, quando a transformação do corpo no menino e na menina modifica tanto seu ser subjetivo no mundo quanto suas relações sociais.

No menino, trata-se de mudança da voz, desenvolvimento do sistema piloso, crescimento do corpo, desenvolvimento torácico e muscular, enquanto os órgãos genitais são sede de uma transformação volumétrica, de ereções intensas e freqüentes, com o aparecimento da espermatogênese e da capacidade reprodutora. Na menina, em quem a mudança da voz é menos audível, a pilosidade, o desenvolvimento dos seios, o crescimento e o aparecimento da menstruação são acompanhados pelo modelamento feminino dos quadris e dos membros.

Tudo aquilo que no corpo de ambos anuncia as potencialidades reprodutoras provoca nos seres humanos, seres de linguagem, a modificação das relações na miscibilidade, devido à eclosão do desejo de agradar para conquistar e reter a atenção de um parceiro, que faz nascer o projeto de contato e de inter-relações amorosas, de encontro, de comunicação das emoções e das palavras de desejo que ocupam sua imaginação.

Simultaneamente a essa mutação, as necessidades de seu sexo, como acontece com todos os mamíferos, exige uma satisfação que a solidão exaspera, pois se trata de uma força que atrai reciprocamente os indivíduos de sexo complementar, força que em cada um expressa o instinto reprodutor da espécie.

Aqueles em quem os conflitos edipianos só foram atenuados pelo retraimento devido ao período fisiológico de latência, mas que em relação aos pais ficaram numa atitude de submissão e dependência, bem como aqueles que ficaram numa atitude de coação ou de revolta que os impediu de utilizar seu desejo no sentido da conquista da sublimação pelo prazer pessoal que nisso encontravam – e não por motivações pseudo-incestuosas de satisfazer um pai ou uma mãe ou de rivalizar provocativamente com um ou outro ou ainda com um irmão mais velho –, ou seja, aqueles que não desenvolveram interesses autênticos para afirmar-se em sociedade, tornando-se cada vez mais autônomos, esses encontram multiplicado o conflito edipiano não resolvido. A energia absorvida nesse conflito pode provocar a perda das aquisições feitas na dependência pueril obediente, para satisfazer pais amados ou por submissão e temor a represálias de pais exigentes.

Os interesses culturais encontrados, quando a sexualidade está em repouso, de qualquer modo tem de concorrer com o apelo revolucionário do interesse por esse corpo transformado, por essa sensualidade poderosa que fala aos órgãos genitais, falso desejo que, na solidão, se repete como necessidade sempre que uma linguagem não o venha humanizar.

Os sentimentos de inferioridade, sejam reais ou imaginários, devidos à persistência do desejo genital recalcado na época edipiana, atuam sobre o narcisismo que faz superestimar o objeto do desejo e supô-lo inacessível. Os mais avantajados pela natureza, no que se refere ao corpo, são os mais insatisfeitos com seu aspecto físico. Na solidão, questionam em vão o espelho, fantasiam um outro que imaginam, projetando seu desejo nessa aparência que é seu duplo, impotente para lhes trazer o que lhes falta, a presença de outro a quem falta o que eles têm, e que pelo desejo responderia a essa pergunta. Com os outros cuja força de atração sofrem ou que os atraem, a comunicação é difícil, pois as palavras e os gestos que conhecem não conseguem traduzir sentimentos novos, até então desconhecidos e que eles gostariam de exprimir. O que fazer com essa força, com essa violência difícil de dominar? Em família – quando a ela ficam retidos ou assim se acreditam – as franjas do desejo incestuoso são reativadas, provocando, como meio de defesa (pois a angústia da castração edipiana entra em ressonância), comportamentos irritantes que são fonte de incompreensão e de tensões com pais e irmãos.

Retraimentos solitários e dolorosos alternam-se com comportamentos provocantes. Se procuram exprimir-se com os que lhes são próximos, correm o risco de cair na rede de pais possessivos ou superprotetores, dos quais precisam defender-se, principalmente dos que, insatisfeitos afetiva e sexualmente, são perturbados, seduzidos, angustiados por essa conturbação que para o meio familiar assume um aspecto por vezes preocupante, ou mesmo alarmante, quando a crise pubertária se prolonga.

Para os pais é sempre um período difícil. Não podem ignorar a radical diferença entre a sua geração e a de seus filhos adolescentes, através dos quais revêem sua própria juventude, que procuram reanimar falando a respeito com os filhos. Mas nessa idade isso não os interessa em absoluto.

Outros, que levam vida insípida, mostrando-se "camaradas" gostariam de alimentar suas fantasias ao suscitarem confidências; outros ainda lançam mão do poder abusivo que os pais podem facilmente assumir – pois o jovem, em decorrência de nossas leis, é pecuniariamente dependente deles – para reter o filho no lar passado o tempo de deixá-lo. Essas crianças, infelizmente, prorrogam seu vôo e os riscos que ele implica e deixam-se prender nas redes onde se enfastiam, sem ousar escapar, a não ser para alguma família amiga onde possam exprimir-se, sair do sufoco, temendo o ciúme de um pai ou de uma mãe (que tal não se diz) que se exprime em recriminações insuportáveis ou em represálias.

A adolescência prolongada, caracterizada por uma atividade verborrágica e não produtiva, mas barulhenta, ou por uma atividade silenciosa, laboriosa, obediente, manifesta a fuga do jovem diante da vida na qual ele não consegue se enquadrar, quero dizer a vida afetiva e sexual, fora do orbe familiar. Contestadores ou submissos, às vezes as duas coisas ao mesmo tempo, atribuindo o motivo de seu sofrimento aos pais e à falta de dinheiro, quando na verdade se trata de uma fuga de um desejo que não sabe nem onde nem quando se inserir na sociedade, não tendo podido ou sabido, na fase de latência, encetar sublimações, mantêm na irresponsabilidade seu desejo trapalhão, confundido com uma necessidade precisa que, por surtos, exige satisfação em seu corpo. Resistindo *ou cedendo, cada vez mais inaptos a conhecê-lo, caem na insatisfação do prazer solitário, de suas fantasias eróticas e sem alegria partilhada.*

Se sua razão, em conjunto com suas possibilidades mediadoras adquiridas antes da puberdade – linguagem, amizades, interesses culturais, capacidade de trabalho, criatividade, inventividade (todas estas sublimações orais e anais e funções simbólicas do desejo) –, lhe permitir triunfar sobre as pulsões sexuais nos momentos de calmaria, o adolescente conseguirá encontrar o que comunicar aos outros e conseguirá perceber que todos sofrem como ele por se sentirem mudar. Ao mesmo tempo Polieuto, Hermíone e Romeu e Julieta, a adolescência é um período de intensidades emocionais facilmente dramatizadas, do Tudo ou Nada, onde se sucedem desesperos e loucas esperanças, subvertendo os fundamentos do narcisismo, da confiança em si. Imaginário e realidade às vezes se tornam tão antinômicos que o jovem se perde.

A solidão é a mais perigosa das fugas, mesmo que pareça acautelatória: a intensidade emocional que surge na atração pelo sexo oposto, o medo de ser ridículo e, se houver testemunhos familiares, de que os irmãos fiquem sabendo, são resquícios do Édipo que faz sentir culpa em família por qualquer desejo sexual, do qual – de algum modo, nem que por ouvir dizer – os próximos poderiam tomar conhecimento. Amuar-se com o desejo, mascará-lo por trás de uma indiferença de blasé, *fanfarrear em público sucessos mitômanos também são meios de bloquear os acessos à comunicação autêntica, e levam muitos adolescentes a atos espetaculares, lícitos ou não, visando a neutralizar a angústia das pulsões genitais que não ousam afrontar o fracasso de uma tentativa de comunicar-se diretamente com o objeto do desejo.*

Quantas coisas dizem os adultos dos tempos maravilhosos de sua juventude, nostálgica fuga da amarga dificuldade de tanto suportar, adultos, fracasso de encontros que não trouxeram o fim da solidão, adultos que, caindo na cilada de um encontro apenas esboçado que logo quiseram tornar duradouro, assumiram pelo resto da vida o fardo da responsabilidade. Muitas vezes pelo medo de ver, na época, o objeto do desejo escapar-lhes e de suportar a solidão, depois dos sonhos de felicidade imaginária que nada na rea-

lidade podia confirmar, pelo menos no que se refere ao parceiro, cada um deles enredado em suas fantasias e desejosos de brincar de adultos.

Que dirá a solidão dos malcasados, apesar de todos os artifícios que absorvem seus desejos, nunca convergentes, salvo na procriação. São esses os casais que tornam a adolescência sobremaneira difícil para os filhos, que nunca viram no lar os pais felizes um com o outro, pensando juntos para o prazer, agindo livremente para estarem juntos, como fazem dois seres entregues e acolhedores, em sua irredutível alteridade, procurando compreender-se, tornar-se distintos nos momentos em que, afastando-se um do outro na aparência, o reencontro é por isso mesmo mais entusiasmado. Os jovens que não conheceram esse ambiente no casal parental temem repetir experiência semelhante.

Por certo em nossos dias os jovens são "oficialmente" menos ignorantes em matéria de sexo que a geração anterior, na mesma idade. Tanto melhor. Mas quantos também não adquirem o hábito de concluir a menor atração física num corpo-a-corpo que – transformado em substituto da linguagem – só lhes dá informações sobre si mesmos, e não sobre o outro, com quem a comunicação se reduz à do contato dos corpos, sem risco, mas também sem outra coisa a não ser solidão a dois, que os filhos nascidos dessas uniões "mobiliam" e que se torna avassaladora quando as crianças chegam à idade de deixar o lar, deixando dois estranhos face a face, ou pior, duas vítimas do sacrifício de sua própria vida – como dizem – a tentar, através de seu martirológio proclamado, reter pela culpa esses adolescentes já pouco confiantes no amor que, no lar parental, nunca teve outro significado senão o de separação, de fuga tórpida, de narcisismo azedo, de brigas, de ciúme nunca suficientemente motivado para que um dos pais, enfim, esquivando-se a esse triste jogo, opte por uma autêntica liberdade, sem por isso recair em outro casamento, no círculo da possessividade sadomasoquista, sem ter extraído experiência alguma do primeiro erro, sem encontrar-se aos trinta, quarenta ou cinqüenta anos, liberado do consorte por um divórcio, mas também incapaz de assumir-se sozinho na vida prática (o homem), na econômica (a mulher), e de continuar assumindo, ou melhor, de enfim assumir a responsabilidade pelos filhos – também incapazes de dese-

jar ou amar sem se aprisionar mutuamente em face da sociedade, numa vida que só é casada na cama.

Compreende-se que o jovem, diante dos malogros não só do casal parental, mas diante da maturidade moral inexistente de que eles são exemplo, estejam pouco preparados para afrontar, sem nenhuma preparação moral e sem exemplo confiável, seu ingresso na vida de relações sexuais...

Separações

O ESTRANHO: No texto, havia portanto a história da criança que deve integrar seu isolamento, sua individuação.

"Entre os adultos, passa-se alguma coisa que ela não conhece, alguma coisa que está escondida para ela, e ela supõe que isso ocorra no nível oculto do sexo."

Por que você acha que, forçosamente, ela supõe isso? Poderia supor outras coisas.

A PRATICANTE: Porque tem a intuição justa de que é ali que se situa o essencial dos problemas da vida e da morte, o essencial daquilo que o futuro, com seu crescimento, lhe revelará no além de seu desejo de criança quanto àqueles que ela ama. Como se nasce, de quem, de que desejo, por quê etc. É fundamental para o menino e para a menina. A menina tem a intuição de que filho é coisa de mãe. Portanto, essa intuição é racionalizada por ela, interpretada como cocô mágico de mãe, vindo de gratificação oral mágica também, fruto que foi dado maravilhoso por alguém maravilhoso que cria um barrigão que será aberto ou que se abrirá, e que será como uma flor de onde vai sair um fruto. Ela tem essa intuição. O menino tem a intuição de uma força mais forte que ele: suas ereções. Não sabe para que aquilo serve, incomoda-o e, ao mesmo tempo, está articulado com um jato que o gratificou muito quando era bebê, até vinte e oito meses. O menino urina em ereção, e fica muito orgulhoso por urinar longe – você sabe que os meninos fazem concurso de urinar longe, mais longe que o vizinho –, de ter pênis mais longo etc., e esses são sinais diferenciais que desempenham um papel narcísico entre os meninos. Um jato poderoso é sinal de força dos músculos do períneo, só isso, mas está articulado à época em que ele era bebê. Até vinte e oito meses o menino urina em ereção; depois, quase de um dia para outro, isso não é mais possível. Entre vinte e oito e trinta meses, ele perde a capacidade de ter ereções emissivas. É aí que nasce o deslocamento sobre um objeto: flecha, pedregulho, o jato. O jato é algo que dá orgulho ao menino, não à menina. Não, a menina junta e guarda. O menino arremessa com habilidade e força, para ficar orgulhoso. A menina junta e guarda, e o menino atira. É completamente diferente. A menina pega para si, e o menino faz à distância. "Como? Do quê? Dou a quem quero." Vê-se isso nos pequeninos. É espantosa a rejeição do menino pela menina que quer pegar alguma coisa dele sem lhe dar nada em troca. O menino, agressivo contra a menina que não escolheu, dá facilmente o que tem a outro menino que peça ou a uma menina de sua escolha, mas não àquela que quer pegar o que ele tem. E a menininha de dois anos e meio, três anos ou mais, dá a todas as meninas que querem o que ela tem, principalmente se a tiverem visto recusar esse presente aos meninos, tenham eles ou não pedido o que ela tem.

Isso acontece na época em que a criança começa a entrar no Édipo, e dura até que uma menina e um menino se tenham reciprocamente eleito "namorados de mentirinha", visivelmente apaixonados um pelo outro, e enquanto durar isso.

No momento em que começa a sentir sua sexualidade rica de um futuro desconhecido, a criança sente que a interpretação que faz dela não é a mesma dos adultos.

As crianças falam sem parar em "cocô". Para elas, é erótico, sexual, embora não genital ainda. Percebem que aquilo não interessa os adultos. Então, é misterioso, pois os adultos não se matam de rir de "cocô": será que para eles o gostoso é outra coisa, outro lugar? "O que pode ser? De qualquer modo, passa por aí", pela região que não querem que a criança mostre para todo o mundo, e que os adultos não mostram, e quando o fazem, por exemplo no nudismo, para elas é um problema: "Olha só! Eles têm duas cabeças! Eles têm cabelos ali."

O ESTRANHO: Então o nudismo não desfaz...?

A PRATICANTE: Não, de jeito nenhum. Não é o fato de ver. A maturidade do corpo é um problema entre outros, mas o que é problema, o que interessa é o que está faltando e o que seria gostoso ter para sentir, mais que para mostrar. Para elas, é "cocô", mas não para o adulto. "Como essa gente é complicada" para encontrar alguma coisa gostosa, porque não parece que para eles isso seja o gostoso. Portanto, elas estão diante de um mistério.

O ESTRANHO: É a intuição dessa história oculta, porque, além do mais, a linguagem não é a mesma.

A PRATICANTE: Sim, as palavras não têm o mesmo sentido. Isso quer dizer que o adulto não se diverte com o que a criança se diverte, e ela não entende esse adulto: o que eles fazem juntos quando se gostam? Do que falam?

A criança, seja menino ou menina, já tem a intuição, a visão do fato de que alguma coisa emocionante acontece no ponto de partida da região qualificada anatomicamente com adjetivos como "pudendo" e "sacral" no que se refere a nervos, artérias e veias da região urogenital, e de que ela nasceu de sua união, mas não sabe muito bem como. É nessa época que os pais podem intervir, seja ocultando completamente, o que para certas crianças talvez não seja tão mau, ou rindo, dizendo: "Ah! Quando você for grande vai descobrir", mais ou menos como o iniciador, em Castañeda, ri quando ele lhe pede uma resposta imediata às suas perguntas.

Evidentemente, o pior que pode acontecer é que os pais se zanguem; quando isso acontece é porque se trata de gente incomodada com sua própria sexualidade. Mas os que a têm desabrochada riem; os que passaram pela iniciação na sexualidade de maneira positiva, deixam a criança procurar, e, se ela disser bobagens, eles dirão: "Você está dizendo bobagem", rindo, mas não se zangarão.

O ESTRANHO: Caso os pais digam, falem, o que isso provoca na criança? Porque ela não pode entender tudo de vez. Isso abre alguma porta, alguma portinha em algum lugar?

A PRATICANTE: Dá-lhes vontade de ficar adultas.

O ESTRANHO: Será que também lhes dá paciência para tornar-se adultas?

A PRATICANTE: Acho que a paciência faz parte do fruir cotidiano da vida.

O ESTRANHO: Sim, claro, mas será que para a criança isso não representa um problema nesse momento? Esse conhecimento de cabeça, de palavras, vem muito mais cedo, trazendo-lhe imagens que ela só poderá atingir pela evolução dez anos depois.

A PRATICANTE: Não, acho que o que lhe dá a paciência é sentir prazer de uma maneira erótica que lhe convenha, eventualmente mesmo durante encontros de sexo para sexo com crianças de sua idade.

O ESTRANHO: É aí que começa a brincadeira de médico.

A PRATICANTE: É, a brincadeira de médico. Mas não são brincadeiras que comprometeriam existencialmente sua vida, da forma como poderiam entender dos adultos. O drama do amor entre os adultos! A criança sofre por separar-se do ser que ama, mas não é um drama no sentido de pôr sua fecundidade em jogo.

O ESTRANHO: Como você acha que uma criança percebe o drama do ciúme, por exemplo, quando vê isso nos pais...?

A PRATICANTE: Percebe isso muito bem porque ela mesma é tremendamente ciumenta. Há uma bela reflexão de criança, que foi ouvida por alguém que me contou há oito dias. Era uma família: mulher, homem e filho de sete anos. A mãe estava lendo tranqüilamente a um canto, e o pai e o filho estavam jogando, mas a pessoa que estava ali dizia que o menino queria ganhar o tempo todo naquele joguinho; ficava contrariado quando o pai ganhava. Então, o pai deixava ganhar um pouco, mas sentia a tensão do filho, que queria prevalecer ao pai. Aí, em certo momento, a mãe disse: "Ah! Está fresquinho. Quer me passar minha blusa?" O filho se precipita para pegar o casaquinho de lã da mãe e o pai também, e os dois juntos agarram a peça. Houve um instante em que a vizinha que me contou essa história percebeu a tensão, o olhar assassino do filho para o pai, querendo dar a blusa à mãe. E o filho se sai com esta para o pai: "Em primeiro lugar você não tem mãe. Ela morreu quando você era pequeno." O pai largou a blusa, que o filho deu à mãe. "Você não tem o direito de dar para a sua mãe, porque ela está morta." Esta frase de criança chocou de verdade aquela testemunha. Frase que surgiu sem mais nem menos, deixando pasmados o pai, a mãe, a mulher que estava ouvindo aquilo. Argumento da rivalidade. É interessante, porque no jogo – como a espectadora notara – havia uma rivalidade do filho em relação ao pai. "Você é um cara que não teve mãe. Então, não me faça essa, hem! Deixe a minha para mim! Fique no seu lugar. Não dê a blusa a ela. Dar blusa é coisa que filho pode fazer. Eu faço."

O ESTRANHO: Eu estava pensando também no ciúme entre os pais, quando a criança assiste ao drama.

A PRATICANTE: Sim, porque ela sente, acha que é a fonte daquilo; as crianças sempre acham que são o centro de tudo.

O ESTRANHO: Por um lado, quando tudo corre bem entre os pais, a criança edipiana desconfia que há alguma coisa, tem a intuição de que há algo escondido. Mas quando as coisas vão mal entre os pais, qual é a reação da criança?

A PRATICANTE: Ela sofre com a briga; tanto quanto o pessoal da terapia familiar, gostaria que as coisas se ajeitassem.

Não entende. Está numa idade em que tudo isso não deveria despertar mais seu interesse. O que a interessa é a segurança dos lugares e a vida social com crianças de sua idade, com as quais revive as tensões: "O amiguinho é meu e ninguém tasca", amiguinho, amiguinha, rivalidades entre três meninos, rivalidades entre menino e menina. Mas vive essas tensões com os de sua faixa etária, porque acabou. O mistério dos adultos não é mais interessante, não é de sua idade. É um momento em que a criança está melhor com gente de sua idade do que em família.

Em todos os divórcios procura-se saber o que as crianças desejam. Estão pouco ligando se vão ficar com papai ou com mamãe. O importante é que gostariam de ficar no apartamento onde estavam com os dois, e com os mesmos colegas de classe e vizinhos, mesmo que os pais não fiquem ali o tempo todo. Que fique qualquer um, que o lar continue, e depois que ele veja mamãe, que ela vá ali, que papai vá ali. Por que não? O que elas querem é ficar ali. É a casa delas, e de repente essa casa está sendo demolida porque os pais vão embora, e isso destrói a coesão de seu espaço psicossocial já individuado.

Nos divórcios, é muito mais pela ruptura do espaço que as crianças sofrem, espaço da atividade na qual ela se construiu indo-advindo homem ou mulher. Destruindo-se esse espaço, destrói-se o seu sentir-se indo-advindo homem ou mulher. Isso aumenta se um dos adultos é desvalorizado, com as alegações de quem deve ou não ter a guarda, de quem tem mais ou menos dinheiro. O fato de um dos pais poder estar "errado" (é o que ela ouve) é desestruturante para seu equilíbrio anteriormente adquirido, tanto quanto todas essas coisas imbecis que são ditas através das palavras – que, ademais, complicam a identificação em curso, no tornar-se homem como papai ou mulher como mamãe. Essa mãe que procurou um homem como papai precisa se tornar uma mulher como mamãe, que não está mais procurando o homem com quem se é fértil e com quem a criança nasceu. É como se a criança fosse renegada desde a concepção ou o nascimento, em vez de se aceitar a evolução de cada um e de se confirmar a criança como fruto de uma época muito bonita, em que o casal se comprazia na união sexual. Infelizmente, aquela época está morta, mas não o valor do fruto-testemunho daqueles momentos.

Imagine uma mãe, por exemplo – e isso existe –, que esteja vivendo com o marido e que diga ao filho o tempo todo, sempre que haja uma briga: "É por tua causa que não me separo do teu pai!"

Quando vão a um psicanalista – eu ou algum outro que eu tenha formado –, ele diz à mãe: "Mas a senhora sabe muito bem que não é verdade o que está dizendo." "É sim, como não?" "Não, não é verdade porque ele é Paul, mas se fosse Léon, Pierre, Marguerite ou outro, tudo seria igual. Não é porque se trata de Paul; é porque ele é seu filho, e a senhora não quer que ele sofra o que a senhora sofreu quando era criança, ou que sabia que iria sofrer se seus pais se separassem naquela época. Mas não é com você, Paul, você não tem nada a ver com isso. Não é por você, Paul; é pelo filho de sua mãe, seja ele menino ou menina." Isso alivia enormemente, elimina sentimentos de culpa do filho e da mãe. Alivia a culpa dela também porque ela percebe que foi por si mesma que preferiu conservar a segurança, e que ela projetava isso na criança. Não tanto pelo filho em si, tal qual é, por sua pessoa; é também pela situação social dela ou por suas relações familiares.

O ESTRANHO: Para preservar o bom andamento da evolução do filho de um casal divorciado, o que é mais importante?

A PRATICANTE: Reconhecer seu valor como alguém que quis encarnar-se a partir desse casal, aconteça o que acontecer depois com o casal. É dar ao sujeito o valor de quem desejou introduzir-se, no momento da união sexual, no ovo potencial.

O MAINÁ: Sempre que se chega aos limites de seus pensamentos psicanalíticos encontra-se alguma outra coisa, que não diz respeito à psicanálise.

A PRATICANTE: É sempre o sujeito e seu desejo. É sempre o desejo do sujeito que se assume em seu ser e em seu advir. O desejo do sujeito que existe antes mesmo de existir como objeto visível para outrem. E durante os primeiros dias, as primeiras semanas, ninguém tem dúvida de que há um ser em início de evolução. Ali seu desejo está em estado puro.

O MAINÁ: Uma espécie de germe de ovo espiritual, de semente espiritual que se encarna.

A PRATICANTE: Dizer que é Deus que se encarnou sob forma de cada ser humano, por que não? Não se sabe como se pode dizer. Em todo caso para a segurança de alguém, é operacional dizer-lhe com palavras e reconhecer-lhe essa vontade inconsciente de viver, de ganhar vida a partir do casal que o gerou, mesmo que não tenha sido fácil para ele seu destino.

É uma loucura ver como a criança sente que há justiça quando lhe dizemos: "Foi você que quis nascer do papai e da mamãe." Uma criança de treze ou catorze anos pode não aceitar, mas quando são pequenos reconhecem imediatamente que é verdade.

Eu lhes digo: "Você não escolheu coisa fácil." É impressionante como ajuda o bebê você lhe dizer: "Você não escolheu coisa fácil, mas está bem de saúde e é bonito fisicamente. Pois bem, acho que é a mesma coisa moralmente, que você tem força e que vai ajudar sua mãe a assumir essa coisa dificílima que é a união sexual da qual você nasceu." A gente diz isso diante de uma criança de seis meses, diante da mãe. Isso muda todas as relações entre eles.

O ESTRANHO: Quando você fala em tratar dignamente a criança, para uma outra vida diferente da nossa, como para os budistas, trata-se de todos os pequenos nós da classificação da vida que se encarna...

A PRATICANTE: Mas acho que isso acontece com tudo o que dizem nossas teorias, inclusive as psicanalíticas, que entendem os nós que se formam, ou, ao contrário, o fluido que se forma nas relações entre os seres humanos. De qualquer modo, ninguém se esquiva ao sentido de nascer e de assumir-se desde a origem, assumir sua vida, esse destino genético e étnico-social que depende de nosso nascimento. Quem não quer admitir isso é porque se sente incomodado em supô-lo, mas nesse caso todas as suas teorias são para tentar não ir à fonte, e na fonte o que há senão o sujeito, o centro essencial de vida e sobrevivência desse ser de linguagem que é cada ser humano?

O ESTRANHO: A propósito de divórcio, o mais importante para a criança é o espaço que ela constituiu para si. Pelos noticiários a gente fica conhecendo todos os dramas causados pelo direito de guarda, que é dado a um ou a outro, e depois as chateações, as reivindicações do outro pelos chamados "direitos de visita", obrigações de pensão etc. Evidentemente, não há solução.

A PRATICANTE: Não, não há solução, e acho lastimável que a lei se intrometa assim que os cônjuges decidem separar-se. Não deveria imiscuir-se logo no início; só deveria em caso de litígio, de complicações, e principalmente divulgar muito mais informações, anunciar em todas as escolas, através de cartazes e verbalmente às crianças, que, se elas tiverem dificuldades em família, poderão ir falar com alguém que mantenha o caso em segredo, e que é tal pessoa da escola, que não falará daquilo que a criança lhe disser nem ao professor nem à professora nem à diretora e muito menos aos pais. Se as crianças pudessem falar de sua dificuldade a alguém que seja formado para isso, estou convencida de que agüentariam mais as desditas do destino porque, a meu ver, elas o escolheram – enfim, desde o primeiro dia de sua concepção, escolheram e suportaram, com o continuar da vida, o que estava acontecendo com elas. Sabem intuitivamente que têm forças para assumir, mas ninguém lhes diz: "Você tem como sair dessa. É difícil, mas, aconteça o que acontecer, tenha confiança em si. Você pode sair dessa." Enquanto houver vida haverá esperança se um interlocutor o ouvir e admitir que você tem essa força de esperar.

É mais ou menos como eu, que estava perdida naquele espaço ali para fazer tai-chi. Hoje de manhã, encontrava-me comigo mesma e me dizia: "Interessante; agora a coisa vai acontecer em relação à garagem", e tentava me repensar na sala; de repente, não sabia mais o que estava fazendo.

É isso o que acontece com a criança! Quando os pais se separam e ela está com o pai, não sabe mais como é quando está com a mãe. A mãe diz: "O que você fez quando estava com seu pai?" Ela não sabe. Ela está com a mãe, não é mais a mesma que era quando estava com o pai; está em outro lugar e de outro jeito. Além do mais, o que é que a mãe tem a ver com isso? O pai é dela!

O ESTRANHO: Ela muda de sala, como você com o tai-chi...

A PRATICANTE: Sim, muda de sala, de espaço e de encadeamentos relacionais, e não tem mais os mesmos encadeamentos musculares, enfim, encadeamentos afetivos.

O ESTRANHO: Então você acha que seria melhor, por exemplo, que simplesmente deixassem as pessoas se arranjar?

A PRATICANTE: Sim, sem legalizar nada. "Virem-se com seus filhos e com seus bens. Virem-se." É por isso que as pessoas sempre deveriam casar-se com separação de bens, nada de comunhão. Se as pessoas se entendem, dão-se dinheiro mutuamente; se estiverem em regime de separação de bens, paciência. Para a mulher: "Sim, claro, você está sabendo que com o divórcio talvez esteja perdendo quinze anos de sua vida e que seu marido não lhe deixará nada se você não tiver ganho sua própria vida. Vire-se." É por isso que as mulheres árabes pedem colares e braceletes de presente sempre que fazem amor, para terem com que viver vendendo essas jóias caso o marido as repudie, pois eles têm o direito de fazer isso. Pelo menos terão aquilo, prova de que foram desejadas, senão amadas. As pessoas se viram de outro modo. Mas acho que a lei não deve intrometer-se em histórias de sexo e da passagem de mulheres pelos braços dos homens ou vice-versa. Não é negócio dela.

O ESTRANHO: Aliás, a gente se pergunta como o juiz julga. A partir de quê.

A PRATICANTE: Ele julga, só isso. É o serviço dele. Agora, é possível separar-se por consenso, amigavelmente. O casal decide, e o juiz assina. Foi feita uma pesquisa com as crianças, porque houve muito mais tentativas de suicídio entre crianças a partir de sete, oito, nove anos, no máximo de nove a treze anos, desde que foi criado juridicamente o divórcio amigável. Os cônjuges entendem-se entre si, assinam juntos as decisões que tomaram, e o juiz valida o acordo que eles firmaram, inclusive sobre a guarda dos filhos, as reuniões, tudo sem excluir nada; assina tudo sem cuidar da aplicação – às vezes nociva para as crianças – daquilo que decidiram. Aliás, os juízes ficaram espantadíssimos de ver as conseqüências que poderiam vir daquilo que se chamava de "guarda conjunta" e "guarda alternada".

Por exemplo, a criança de nove meses que fica um mês em casa do pai na Normandia, um mês em casa da mãe em Gard. Aos dezesseis meses, a mãe, preocupada, me telefona. Seu bebê está louco! O pai vive com a própria mãe em Havre, onde é professor, cuida do bebê aos domingos; a mãe do bebê vive em Valence, onde é professora, e deixa-o com uma cuidadeira enquanto está trabalhando. Não, que é isso? Esse círculo não é vivível por uma criança de nove meses (quando começaram), e eles nunca brigaram!

Se com doze anos a criança tiver seu quarto e sua mesa de trabalho em casa do pai e se ficar um mês com o pai e um mês com a mãe, desde que freqüente a mesma escola, o mal será mínimo. Mas há crianças – descobriu-se que com sete, oito anos – que ficavam três dias da semana (segunda, terça, quarta) com a mãe, freqüentando uma escola ao norte de Paris, e que ficavam quinta, sexta e sábado numa outra escola ao sul de Paris, em casa do pai, com um domingo em casa de cada avó. Com oito anos. Assim se consegue dissociar completamente os seres humanos. Os pais tinham decidido isso, o juiz tinha validado o acordo. Repartem os brinquedos entre si: este para mim, este para você.

Agora que esses costumes foram adotados, não sei como se pode mudar, mas quem sofre são as crianças, em sua estrutura, principalmente a longo prazo.

O ESTRANHO: Sob a aparência do simples e do amigável, eles ignoram todos os elementos que dão individualidade à criança: mudança de lugar, de ambiente, mudança de tudo.

A PRATICANTE: Não há juiz que julgue. "Não, vocês estão proibidos de separar-se!" Não existe isso. Quem pede o divórcio sempre se divorcia. Será que isso poderia existir? "Vocês estão proibidos de se divorciar. Para as crianças, agora seria perigoso; esperem três anos, esperem quatro anos." Não[43].

A língua do incesto

O ESTRANHO: Faz pouco você estava falando das crianças da Assistência Pública, que são sujeitos de psicanálise. Você se lembra do Parent-de-Rosan[44], aquele hospital particular em Paris, onde reuniam crianças abandonadas em estado de prostração? Jenny Aubry[45] e seu grupo fizeram uma pesquisa a respeito.

A PRATICANTE: Eram bebês autistas, crianças psicóticas. O Parent-de-Rosan recolhia as crianças abandonadas que tinham caído em estado de ausência de contato. Sim, eu precisei acompanhar crianças realmente muito doentes, vindas desse berçário da D.D.A.S.S. O trabalho que fizeram comigo conseguiu recuperá-las aos poucos para a comunicação, mas na verdade eram crianças que sentíamos nunca terem encontrado algum ser humano, alguém cujo nome pudessem dizer, que lhes tivesse falado de sua situação real. Era o anonimato dos próprios educadores, provavelmente perseguidos pelo estabelecimento. São várias as psicologias de grupo, segundo o pessoal e, principalmente, o relacionamento entre este e a organização.

Num outro berçário também há crianças da mesma idade, igualmente abandonadas. As pessoas que cuidam delas são muito humanas, e a direção lhes dá muita liberdade de iniciativa em relação às crianças. Cada criança é apoiada nominalmente.

O ESTRANHO: E essas crianças tinham ficado autistas por causa do abandono?

A PRATICANTE: Algumas, sim. Aos poucos, progressivamente, em decorrência do abandono.

Cuidei de uma criança autista cujo processo psicotizante pode ser bem entendido. Ela tinha se tornado autista quando a única maternante que vira sua mãe durante duas visitas quinzenais foi transferida e a abandonou – porque as maternantes fazem rodízio, mudam de posto ou, quando o contrato termina, se vão sem prevenir a criança; para a criança, ela desaparece. Então, no começo, as três maternantes conheciam a mãe da menina; ela viera visitá-la três vezes, uma por quinzena, após o nascimento, depois que teve de deixá-la ali. Houve um rodízio de maternantes, mas ficou uma que conversara com a mãe. A criança desenvolveu-se bem até cinco meses. Entre quatro e cinco meses, essa maternante saiu, e ela parou de desenvolver-se – peso, altura, comunicação. A maternante seguinte, que cuidava dessa menininha, era obrigada a amarrá-la no dia em que saía para as quarenta e oito horas de folga, que pegava por turnos, nem sempre no sábado e no domingo. Precisava atar a criança à cama e, durante esses dias, ela era trocada e alimentada como podiam; berrava de insegurança só de pensar que não ia ser amarrada à cama pela pessoa que conhecia durante a ausência daquela; só podiam desamarrá-la quando ela voltava.

Tivera um início de linguagem quando era pequena, com quatro ou cinco meses. Era das mais espertas, e ficou autista. Depois se curou porque foi possível reconstituir toda essa história em palavras. Mas para isso é preciso que haja gente atenta à criança. "Ah, é verdade. Eu fui a última pessoa que viu a mãe dela", disse aquela maternante.

Então percebemos que a criança estava se recusando a viver, não tinha mais apetite, não comia mais. Não ficou doente. Diminuiu o andamento de todas as suas funções e tinha medo de qualquer movimento. Tinha-se tornado fóbica e, na verdade, suicida intencional, provavelmente porque perdera o único ponto de referência vivo de contato com a mãe. Podia achar que, se a mãe voltasse e a procurasse, não a encontraria. Sim, inconscientemente, é um raciocínio desse tipo, acredito. Quando a pessoa que cuidava dela na época saía, era preciso que ela, menina, não desaparecesse. Por certo essa era a razão de sua angústia diante da possibilidade de deixar o leito.

Em relação ao que eu disse há pouco sobre o modo como a criança se cria, alguma coisa não foi feita naquele momento. As pessoas que ela conhecia levavam-na consigo. O que restava de sua noção de existir não passava de um montinho de nada que era preciso fixar ao leito no aposento que ela nao abandonara desde as três semanas de vida, quando a mãe a entregara àquele berçário. No começo, durante os quatro, cinco meses, vinha se desenvolvendo bem: era vivaz e os testes mostravam que era até bastante dotada em comparação com outras crianças. Perdeu sentido no momento em que uma das maternantes, último laço que a ligava à mãe genitriz, deixou seu posto.

O ESTRANHO: Ela não tinha nada? Quero dizer, objetos.

A PRATICANTE: Brinquedinhos? Parece que nesses berçários não há quase nada: pertencem a todos, e logo são destruídos.

A NEGRA VERDE: Isso me lembra uma cena muito comovente de um filme, acho que de Visconti. É uma mulher, no fim da vida, que vai morrer, está na cama. No criado-mudo ela guardava um botãozinho desde que era menina. A mãe dela tinha dito um dia: "Quando você tiver medo, segure o botão e aperte bem a mão." E ela faz isso antes de morrer, para não ficar sozinha.

A PRATICANTE: Sim, mas é preciso que exista um que tenha permanecido como objeto eleito, assim como os bebês têm um. Winnicot deu a isso o nome de "objeto transicional". Mas, num berçário, nenhuma criança tem nada: tudo é de todos. Não é possível que seja de outro modo. Elas são trinta; seis em cada quarto, e mudam; algumas crianças vão e vêm – são entregues e depois retomadas pelos pais. Há as que são confiadas temporariamente pelos pais, primeiro desamparadas e depois abandonadas; algumas são adotadas. Por muito tempo elas só têm como sua a casa de seu corpo, que fica; só isso. E ainda é preciso que esse corpo tenha valor, valor de lugar de amor cúmplice.

O ESTRANHO: "Se a criança tiver de ficar sozinha em certos momentos vai aprender que é preciso crescer para ter direito ao outro consorte."

A PRATICANTE: Com respeito ao fato de que o casal está no quarto, na cama? Mas isso foi o padre que escreveu! Não fui eu que falei desse jeito.

Estou falando de um fato, mas não justificado como regra moral. Se ela fica sozinha no quarto, se esse for seu hábito, a mãe e o pai, por sua vez, não estão sozinhos, estão juntos. Ela quer ser como eles.

O ESTRANHO: "Solidão que ela vai ocupar para descobrir sensações novas. Descobre seu sexo..."

A PRATICANTE: Sim, descobre a masturbação. Ela se masturba. É sentir uma variação de sensibilidade excitatória, seguida de relaxamento agradável.

O ESTRANHO: Será que não é porque elas têm a intuição, a sensação do que está acontecendo?

A PRATICANTE: Com certeza têm. Têm *in utero*. Além disso, o menino sente seu pênis móvel, protruso, erétil, capaz de dar prazer. O menino faz rapidamente a associação analógica entre o pênis e um dedo da mão, que ele pode pôr na boca, dedo que penetra... num orifício imaginado.

O ESTRANHO: Então, não é uma descoberta da sexualidade.

A PRATICANTE: É sim, mas no nível da representação de prazer que é conhecido: mama, mamilo, boca. E a menina tem algo como uma espécie de boca que procura alguma coisa que entre nela, pois teve isso quando mamou, tinha uma boca erógena que buscava o mamilo erétil do peito materno para entrar nela, agradável e tranqüilizador. O menino também teve um mamilo erógeno, e ainda tem muitas vezes um bico de mamadeira na boca. Esse prazer indispensável para sobreviver, associado à mãe nutriz, desloca-se para dedos na boca, para orifício e forma penetrante.

É uma descoberta da sexualidade pré-genital. Prazer com um objeto parcial associado à relação necessidade-desejo, misturado ao adulto nutridor. Inicialmente é funcional. Depois, o que faz a sexualidade é a originalidade extraordinária da percepção sensorial, são as fantasias que isso provoca. Isso cria fantasias com a mãe. É por esse motivo que o desejo inicialmente é incestuoso. A masturbação é sempre incestuosa, devido a fantasias que a criança tem em relação à primeira mulher de sua vida, a mãe.

O ESTRANHO: Você está falando do menino.

A PRATICANTE: Tanto do menino quanto da menina. Nesta é incestuoso homossexual. A menina começa pela homossexualidade estruturante, e o menino pela heterossexualidade estruturante.

É isso o que faz a diferença entre o menino e a menina. Mas um é tão incestuoso quanto o outro, esses dois inocentes!

O ESTRANHO: A masturbação nessa época é simplesmente a descoberta de suas sensações ou...?

A PRATICANTE: É a descoberta de suas sensações que, verifica-se, provocam fantasias da relação com a mãe (ou com o pai). Com a mãe, quer dizer, com toda a problemática que a mãe propõe para a criança em sua maneira de viver.

Com a masturbação ela consegue orgasmos após os quais dorme contente.

O ESTRANHO: Isso também ajuda a não se sentir sozinha.

A PRATICANTE: Naturalmente, pois imagina outra pessoa. Imagina a parceira ou o parceiro. Com muita freqüência, aliás, a criança se masturba com o ursinho, com um brinquedo.

É engraçada essa história do botão, que você contou. Em francês, com a palavra *bouton* as meninas designam o clitóris. A mãe que havia dito "Aperte o botão" estava falando em apertar na mão. Pois bem, é isso o que as meninas fazem quando apertam as coxas: apertam o botão erétil, e isso proporciona o orgasmo, uma forma de orgasmo. As mulheres têm muitas formas diferentes de orgasmo[46]. Há homens que teimam em dizer que não é verdade que os homens não tenham também várias formas de orgasmo. Acredito que é. Acho que essa coisa de ejaculação é sempre mais ou menos parecida. A mulher é tão complicada, tão variada, capaz de volúpias diversas. Mas, em todo o caso, todas as meninas têm um botão.

O ESTRANHO: O clérigo que tomou notas anotou: "Não pelo vício."

A PRATICANTE: É isso. Vê-se logo em seguida "despontar" o desejo da culpa que a testemunha projetaria.

O ESTRANHO: "Sua solidão é compensada nesses momentos."

A PRATICANTE: O que me espantou em Kaspar Hauser[47] é que não se fala nisso.

O ESTRANHO: Não se fala em masturbação?

A PRATICANTE: Não. É espantoso para esse menino que ficou isolado durante tanto tempo...

O ESTRANHO: Sua solidão é compensada por meio de fantasias?

A PRATICANTE: Sim, por meio de fantasias. Ela sai da época em que tudo é substituto de mamãe.

O mais interessante é que as crianças sempre intuíram a fecundidade nas relações sexuais. Pergunto-me como vai ser agora que elas estão a par do aborto freqüente e dos meios de evitar conscientemente a fertilidade. Não sei absolutamente se isso vai continuar nas fantasias ou se as fantasias vão se alinhar sobre as possibilidades da realidade.

O ESTRANHO: Ainda não se vê?

A PRATICANTE: Não, ainda não se pode ver. Só daqui a uns quinze anos veremos as conseqüências nos adolescentes, por associações livres, sonhos.

O ESTRANHO: Elas têm a intuição da fecundidade naturalmente?

A PRATICANTE: A fecundidade no sentido de fruto gerado, como expressão de realização devida ao prazer, existe desde a idade oral. No gozo oral com a mãe, é a palavra o fruto da relação incestuosa com ela – incestuosa oral, não incestuosa genital. Quando se fala de incesto, fala-se do nível genital, da criança viva, concebida, engendrada. Mas existe, justamente, o incesto fetal[48], no gerar oral de frutos, no gerar frutos de palavras. A castração oral excita essa fecundidade sutil de gerar frutos sonoros e verbais por um prazer conivente entre os dois parceiros, o bebê e sua mãe, que impõe o desmame no momento propício. O desmame é o modelo da castração oral. A castração anal excita a fecundidade de gerar frutos de objetos descobertos e conservados para a cumplicidade lúdica, o valor de objetos manufaturados, de objetos modificados, lavrados. A mão é então uma espécie de esfíncter anal que, para o prazer partilhado com a mamãe amada, vai fazer coisa diferente do cocô repetitivo, esse cocô justamente de cujo prazer lúdico ela o priva. Ela desloca assim a idéia do cocô para objetos acompanhados por uma idéia representada: fazer um belo desenho pintado, ter prazer com variações de objetos coloridos, que são acumulados, guardados, dados, perdidos, reencontrados, com a cumplicidade do amor relacional pela pessoa para quem se fez o objeto. É a "sublimação" num agir, num fazer. É o "fruto gerado" da castração anal, da imposição da privação dos jogos manuais fecais, mas ainda são frutos incestuosos para o prazer de mamãe e papai. É depois que se deve renunciar ao incesto, quando chegar o primado genital. "A criança de carne não deverá ser concebida com a pessoa mais próxima de ti: tua mãe, teu pai e tampouco tua irmã, teu irmão."

O ESTRANHO: Todos os outros incestos são praticados?

A PRATICANTE: Todos os outros incestos não genitais perduram, "inocentes", agradáveis na suavidade ou na violência, mas sempre estimulados pelo desejo em seu aspecto pré-genital, ouvir, ver, sentir, tocar, saborear, fazermos juntos eu e o outro (mãe, pai, irmão, irmã), prazer compartilhado ou tomado a qualquer preço. Sim, o incesto continua a ser praticado, nem que seja pela palavra, pelo olhar, pela audição, pelo paladar. E é em torno disso que pode haver complicações verbais com a mãe que não fala a linguagem do social. Por que as crianças árabes não falam mais árabe com suas mães? Porque seria incestuoso. Se as pulsões incestuosas não são sublimadas no social, são sentidas como perigosas, inibidoras do desenvolvimento. A menos que eles possam falar árabe com outras mulheres que não a mãe e com outros homens na escola, socialmente também, e que lhes ensinem árabe na escola. Por que não se faz isso? A longo prazo, haveria bem menos angústia de efeito delinqüente, se entendessem essa necessidade de socializar as pulsões orais para que sua castração incestuosa gere frutos de cultura.

Penso nos filhos de pais imigrantes, cuja mãe nunca fala a língua francesa. Isso lhes é vedado inconscientemente, pelo supereu. Por isso, o fato de elas só falarem em árabe com os filhos escolarizados em francês parece a estes incestuoso, pois estão na fase do relacionamento no plano da libido anal sublimada. O pai fala francês porque trabalha[49].

O ESTRANHO: Você encontra muito esse problema nas creches?

A PRATICANTE: Não tanto com crianças árabes sem pais, mas com crianças cujos pais falam duas línguas diferentes. Às vezes acredita-se que ficam mudas por causa do bilingüismo. De jeito nenhum. Ficam mudas por causa do Édipo. Vivem a realização incestuosa, que parece ser falar com a mãe em sua língua, ou apenas ouvi-la, língua que ela não utiliza em sociedade, ou que só utiliza com o pai. Ora, a criança só pode sublimar as pulsões orais na linguagem falada numa relação proibida de incesto. Então, continuam bebês sem falar com a sociedade ou, ao contrário, falam com a sociedade e não são mais os filhos de sua mãe, que não respeitam mais, e isso cria dramas.

O ESTRANHO: Ou será que não lhes ensinam árabe porque querem que eles se integrem no país onde vivem?

A PRATICANTE: Não, é a escola francesa que não lhes permite socializar o árabe antes da língua francesa. Essa ponte do árabe falado e escrito, com professores auxiliares árabes na escola primária, seria a solução, ou então essas crianças não deveriam ser escolarizadas antes dos doze ou treze anos, não antes da puberdade.

Porque a mãe não se integra. Para ela, o perigo de integrar-se na sociedade francesa está em mudar o estilo dos costumes conjugais. O pai não quer que ela freqüente a sociedade. E ele tem razão. A alfabetização em árabe e em francês por mulheres árabes deveria ser a transição. Se seus filhos lhe ensinarem francês, estarão sendo incestuosos, e por isso, para manter o equilíbrio familiar, a mãe fala árabe e as crianças respondem em francês. Se respondessem em árabe, estariam falando a língua que o pai fala com ela na cama. Não querem falar a língua que o pai fala na intimidade conjugal.

Vi isso numa menina americana, filha de pais judeus israelenses. A mãe nascera em Israel, mas vivera na América desde a infância até o casamento; o pai era de origem polonesa, mas israelense desde a adolescência. Domiciliados na França, a menina falava perfeitamente o francês comigo e com a empregada da casa. Comigo falava muito pouco, porque eu falava mais com a mãe dela, mas com a empregada da casa, que era familiar, ela falava normalmente num francês perfeito. Com a mãe, só falava inglês. Quando a mãe lhe falava em francês, ela respondia em inglês. Quando o pai falava com ela em francês, ela sempre respondia em inglês, mas o mais engraçado é que não conseguia, ou não queria, falar com os dois ao mesmo tempo em inglês ou em francês; falava-lhes em hebraico (eles passavam todos os verões em Israel).

Um dia, em férias na França, encontraram amigos cujos filhos eram bilíngües, inglês e francês. Ela ficou muito espantada, e disse baixinho à mãe: “Mas então eu tenho o direito de falar com vocês dois juntos em inglês?” A mãe respondeu: “Tem, por que não?” “ Eu achava que eram as palavras do segredo que papai te contava na cama.” “ E o francês?” “Você tem sotaque, não fala bem francês.” (Como se falar melhor que a mãe adulta significasse ganhar dela aos olhos do pai!) É engraçado. Logo, ela era homossexual da mãe quando falava com ela; do mesmo modo, respondendo apenas em inglês, dizia palavras secretas de amor ao pai. Quando estavam juntos, os pais diziam: "Ela banca a boba, faz que não entende; não quer responder quando estamos juntos, se falamos com ela juntos. Vai responder no ouvido do pai ou no da mãe." Tinha dois anos e meio ou três anos de idade. Precisou ver outras crianças falando socialmente as duas línguas com os pais bilíngües, inglês e francês. Com isso ela desemburrou, pensou o pai. Mas até então ela tinha posto todas as suas fantasias eróticas sobre o fato de que papai e mamãe se falavam em inglês.

O ESTRANHO: "A sensação para a criança é generante do sentido de intimidade dos pais."

A PRATICANTE: Não é a sensação, é a realização das pulsões que geram um fruto. Justamente, aí está a fecundidade que gera um fruto de desenvolvimento da criança nos instrumentos que esta desenvolve – saber e conhecimentos – para a comunicação com o outro.

Por exemplo, o menino com quem Bernard T. falou em alemão entendia e, ao que parece, falava um pouco de alemão; com o pai, entendia francês, talvez falasse com ele em francês, não sei. Mas na Maison Verte, não falava com a mãe nem com nenhum adulto ou criança. Só via a mãe. Ficava completamente sozinho brincando, não longe da mãe; não brincava com as outras crianças. Levava brinquedos para a mãe – não era autista com ela, ao passo que os autistas são autistas com a mãe. E, na hora em que ele estava manipulando cubos vermelhos, Bernard inclinou-se e disse: "Das ist rot." O menino correu para refugiar-se junto à mãe, como se tivesse sido queimado por aquelas palavras de Bernard, enfiou a cabeça no colo da mãe como para se esconder. A mãe perguntou: "Meu Deus, o que está acontecendo?" E Bernard explicou: "Eu lhe disse que o cubo é vermelho; só que disse em alemão." "Ah, sim! O pai dele fala com ele em francês, e eu falo alemão, e ele não quer falar língua nenhuma." "Mas diga a senhora a ele." E ela disse: "Em alemão se diz 'rot'; em francês se diz 'rouge'. Olhe aquele lá." Bernard associa sua língua de homem à língua da mãe e diz "Das ist blau" para um cubo azul. A mãe diz: "Sim, é 'blau' em alemão, 'bleu' em francês." E deram nome a todas as cores. A criança suportou porque estava na segurança da mãe. A partir do dia seguinte, ia mostrar os objetos às pessoas para ouvir a palavra que diziam. Ia até a mãe, que estava sabendo do truque dele e lhe falava nas duas línguas. Em quinze dias, estava falando muito bem, ao passo que antes não pronunciava fonemas. Guardava a língua alemã para um incesto, e a língua francesa era a língua homossexual dos homens, mas só com o pai. Havia algo que não se fazia na triangulação.

O ESTRANHO: O mais extraordinário em todas essas histórias de crianças é a precisão.

A PRATICANTE: Sim. Quando se diz a palavra certa, ocorre a liberação imediata. Na verdade trata-se de uma armadilha fechada, que se precisa abrir.

O ESTRANHO: Tem-se a impressão de que de repente a criança sai das trevas e que depois, sentindo essa descoberta, precisa verificar se a sociedade realmente a integra, assim, saída da cilada, se a autoriza mesmo a abrir caminho em meio aos relacionamentos sociais, continuando também a ser o filho de sua mãe.

A PRATICANTE: E, em todos os níveis, aceitar uma castração mesmo conservando a fantasia do incesto. O desejo continua sempre fantasisticamente incestuoso e não deve ser satisfeito como tal. É isso que dá os frutos culturais. O imaginário deve continuar no imaginário. E no entanto, de vez em quando, diz-se que a realidade supera a ficção. A realidade realiza a ficção de maneira sublimada. Pelo desvio cultural, a criança utiliza as pulsões sexuais, e esses são momentos de grande felicidade, não solitária, mas com os outros.

O ESTRANHO: A propósito da intuição da intimidade dos pais: "Isso provoca questões importantes que a farão assumir ou não seu destino de fecundidade e integrar-se ou não na vida social."

A PRATICANTE: Sim, o fato de que, para todas as crianças, qualquer ato sexual se chama casar-se, e quem se casa tem filhos. Para elas, é preciso casar-se para ter filhos. Casar-se quer dizer acamaradar-se. E quando elas ficam a par da união sexual entre casados, imaginam que o casal que tem três filhos, por exemplo, encontrou-se sexualmente três vezes, e nem uma vez mais. É desse modo que a criança fantasia. Para ela, uma relação sexual é sempre fecunda.

Como agora elas adquiriram a noção consciente do aborto possível, e todos falam disso na frente das crianças, impedir uma vida não contradiz o fato de que, se uma criança vive, é porque ela quis viver e nascer. Mas o fato de os pais saberem e de terem o direito de matar um filho no estado fetal, ou seja, impedir voluntariamente uma vida de chegar ao nascimento, por certo vai levar as crianças de hoje e de amanhã a entender o papel da responsabilidade materna e paterna. Talvez essa história de responsabilidade paterna e materna se introduza precocemente nos valores das crianças no que concerne à suposta vida e à sobrevivência de bonecas, animais domésticos, plantas amadas, e não no valor de responsabilidade educacional. Sabe-se que as crianças não têm ainda esse senso, pelo menos de maneira consciente, e que os genitores masculinos imaturos que não têm senso de responsabilidade paterna são legião. Há também jovens mulheres imaturas que não têm senso de responsabilidade. Atualmente parece que o aborto, infelizmente, está "legalizado", embora se devesse dizer "descriminado". Os meios anticoncepcionais, a descriminação do aborto, formando as jovens gerações na consideração de que a fecundidade em andamento é tudo menos inelutável, servirão para desresponsabilizar ou, ao contrário, para iniciar a relação sexual nas conseqüências assumidas de transcendência do desejo humano responsável pela maternidade e pela paternidade, que não mais serão suportadas como fatalidade do destino?

Antes dessa lei, o aborto só era possível para as classes privilegiadas; para as mulheres das classes não privilegiadas ele era possível, mas expunha a riscos sua vida e sua fecundidade futura. Além disso, a culpabilidade era sempre da mulher, nunca do homem, definitivamente o único responsável por permitir o nascimento da criança, pois era ele, até aquele momento, o único capaz de dizer não, de recusar sua semente à mulher que desejava conceber. Agora que existem meios anticoncepcionais, há uma transformação completa das fantasias da sexualidade: não é mais o homem que dá um filho à mulher, é a mulher que decide se aceita ou não que um homem se sinta responsável pelo filho que ela terá; ela lhe concede ou não uma parte dessa responsabilidade. Mas também pode roubá-la, e com isso o pai não terá mais direitos nem deveres em relação ao filho quando a parceira resolver esconder-lhe a gestação, recusando-se a dar um filho àquele homem e uma família paterna à criança.

O ESTRANHO: Mas as conseqüências disso ainda não estão bem integradas.

A PRATICANTE: Nem um pouco. São coisas que virão.

O ESTRANHO: Portanto, a respeito do aborto, o reverso da medalha seria que as gerações atuais se desresponsabilizam, sabendo desde o início que a gestação não é mais um risco em que se incorre num encontro sexual, que a paternidade, assim como a maternidade, não é uma obrigação e que tampouco é uma conseqüência do ato sexual.

A PRATICANTE: Sim, que é apenas uma realização ligada ao prazer. O prazer tem valor em si, independentemente da realização, do fruto carnal. Evidentemente, se as pessoas são cultivadas, o fruto é um fruto cultural do encontro de dois seres, mas a coisa pode ser simplesmente uma grande xepa, e nunca um fruto cultural, uma relação dual aberta ao hóspede desconhecido, o terceiro-criança no casal que, por toda a vida, simboliza a realidade de um desejo e de um amor assumido em sociedade.

Adolescência solitária: angústia no ventre, na boca e no sexo

Entre a obediência que parece renunciação ao orgulho por seu sexo a defender e o respeito devido aos pais, entre a afeição filial e a submissão de auxiliar nas dificuldades materiais e emocionais dos mais próximos, entre a ternura que gostaria de exprimir-se e o pudor angustiado de mostrar-se puerilmente vulnerável ou sedutor-seduzido, desarmados pelos encantos vedados de seus próximos, o jovem e a jovem são aguilhoados pelo dever de enfrentar o mundo fora do lar e pela dúvida amarga sobre si mesmos, sobre sua capacidade de assumir sua liberdade para a conquista de seu corpo, separados do lar, até então o seu lugar. *O corpo, cuja atenção crítica o espelho absorve, dá pouquíssimas esperanças aos mais avantajados pela natureza, e aos outros dá a certeza do desamparo e da solidão vida afora. A solidão às vezes é trágica para os adolescentes, ainda que poucos pais desconfiem disso, pais que temem os encontros desses filhos a seu ver adornados pela juventude que perderam, e que da vida ignoram os perigos.*

Quando os jovens são retidos no lar paterno depois da adolescência, seja pela própria timidez, seja por um sentimento de culpa destilado pelos pais em nome do trabalho em família ou da seriedade nos estudos, através dos quais se adquirem armas para o futuro, incapazes de tolerar distrações (entendamos com isso a busca de outro ou outra para amar), sua solidão, preço dos riscos não corridos, leva muitos, em nome de uma "virtude" que deve ser conservada, a retornar às rivalidades pueris por privanças parentais que devem ser ganhas ou suplantadas, e que são insuportáveis uma vez obtidas. Foge-se da solidão em disputas surdas que a castidade forçada faz resvalar por entre fraternais e ofensivas palavras que têm em mira o orgulho sexuado do outro, as buscas indumentárias, a originalidade exibida, em suma tudo o que, do outro – seja de um ou outro sexo –, provoca um olhar que o sexo reivindica.

Amor fraternal, desejo negado quando o sexo é frustrado fora da família, quando não se consegue transcender facilmente o desejo incestuoso em casta ternura e colaboração entre mais velhos e mais novos, na ajuda para sair das tenazes da angústia, para enfrentar a vindita de um pai que tem ciúme de suas filhas adolescentes, de uma mãe que tem ciúme de seus filhos e que urde uma rede de palavras pérfidas para mantê-los longe de todos os feminis perigos.

O que conhecemos como neuroses dos jovens provém de duas fontes: uma é seu despreparo para assumir-se sem a ajuda e a proteção dos pais, que se sentem compensados pela renúncia deles aos encontros sexuais cuja responsabilidade temem, a outra é a solidão angustiada do pai e da mãe, do casal que o amor desertou. Temem o cara a cara, a mesa familiar vazia quando os filhos se forem, onde os esposos, economicamente dependentes um do outro, não conhecem mais a liberdade de escapar nem a alegria de amar-se.

Os ódios surdos, camuflados sob o chauvinismo fechado de certas famílias, são atiçados pela ambição do sucesso material com exclusão da abertura para a vida da cidade e do prazer dos novos encontros, pela perseguição esperançada da posse rapace dos bens paternos, das coisas-fetiches da infância, de uma parte ilícita da herança que deve ser conquistada (butins fratricidas): são estes tristes paliativos de uma solidão acautelatória, remédios mórbidos para a incurável ferida da cisão de um laço carnal incestuoso cujo desejo proibido continua vivo.

Continuar amando, comunicando-se, trabalhando com o corpo e as mãos, mas negar o apelo para o lugar do sexo onde o desejo se focaliza, essa é a lei que, submetendo a conjunção genital ao interdito do incesto, revela ao menino que ele está para sempre separado da carne de sua mãe, e à menina, da de seu pai. E então a mãe não tem mais ouvidos. E diante dos inquietantes pesadelos do filho, a cama dos pais não é mais refúgio e paz dos sentidos.

A lei, com sua significância de desespero do desejo imaginário, burila no coração da criança o limite intransponível entre seu desejo solitário e ardente e a realidade que a achincalha.

Diferenciar amor e desejo, tal é essa nova aprendizagem da linguagem incitada por essa nova descoberta que marca o sexo. Vedado o incesto, símbolo definidor de nossa inclusão no gênero humano, essa "sexão" separadora sustenta e exacerba na criança sua virilidade e sua feminilidade em seu querer ativo e passivo de transcender essa ardência.

Eis também que esse interdito de conjunção de vida no lugar dos sexos, onde gostaria de satisfazer-se a chama do desejo na obra de carne, reafirma a marca da primeira separação esquecida, que o vestígio no umbigo já tinha determinado, nos seres humanos, via que do corpo-a-corpo entre genitores e engendrados é proibida; três vezes, no ventre, na boca e no sexo, os indivíduos humanos são marcados para sempre pela impotência diante da lei de sua espécie, que só a linguagem pode libertar transcendendo do desejo para o amor.

Se pai e mãe adultos estão barrados para o desejo sexual, os irmãos com as irmãs não poderiam, associados que estão a esses pais, socorrer o imperioso apelo para os prazeres de que usufruem esses possuintes ciumentos da cama conjugal?

Por que é preciso também que em família irmãos e irmãs que, na infância, entendiam-se para suportar a solidão nos jogos partilhados dos corpos imaturos e nos sonhos coniventes, por que diante dos atrativos de seu sexo e de seu apelo pelo outro, a lei dos homens obriga irmãos e irmãs a distanciar-se? Ficar sob o teto familiar, derrisoriamente atraídos para o desejo de que precisam fugir, transformar essa atração pelo corpo em afetuoso e casto entendimento, todos conhecemos essa dificuldade, num tempo atenuado pelo relativo esquecimento do sexo, impotente para procriar carnalmente. Mas, na adolescência, a maturação sexual desperta de novo o desejo conjugado à necessidade e ao poder de fecundidade. O sexo exige, mas pouco armado para a luta social, é ainda no lar familiar que cada um gostaria de encontrar a paz e o contentamento.

É então no lar paterno que a solidão se instala, sofrimento angustiado por não poder exprimir-se porque culpado aos olhos da família, ardores novos que não sabem onde recair ou dizer-se. Estes adotam a máscara da rejeição acerba de qualquer gesto afetivo, máscara de palavras ofensivas, estigmatizando entre irmãos e irmãs sua sedução nascente, solitários demais numa tensão sem trégua. Próximos demais, são mais tranqüilizados por suas querelas acautelatórias, por suas rivalidades pueris do que pela ternura. Sua castidade forçada torna caturra a sua sensibilidade para a compaixão ou para a conivência entre irmãos, irmãs e pais.

Masturbação e fantasias

O ESTRANHO: "Tempo preenchido por fantasias, por promoção até a resolução do complexo de Édipo. Aí, na certeza de que os pais se satisfazem mutuamente, partida definitiva de seu pedestal, compreensão definitiva da significação do desejo e conscientização de uma vida conforme com a palavra dada. Por essa renúncia, ingressa numa solidão tão grande que é preciso preenchê-la com meditações culturais."

Deve ser por volta dos seis ou sete anos.

A PRATICANTE: Sim, é isso. Sete anos. E na realidade isso se revela irrevogavelmente com nove anos. Com nove anos, a masturbação não basta mais, porque houve uma desaceleração das pulsões sexuais pré-genitais: o corpo cresce, e a região genital torna-se muito pequena em relação ao corpo total nesse momento. É aí que tem origem toda a criação cultural. É o reino da tecnologia, da astúcia, da inteligência aplicada a tudo, época em que se aceitam e mesmo se desejam os jogos com regras, leis – o jogo-da-glória, ou da oca, justamente –, jogos da vida onde há proibições, onde há possibilidades de ganhar, de perder, e onde se vê que "essa é a vida social". A criança é dominada pela necessidade de chegar a ter um lugar na vida social, o que é frustrado quando os pais a retêm demais, quando são filhos únicos que ficam sozinhos demais; precisam de outras crianças naquele momento. Têm muitos interesses culturais, que são deslocamentos de todas as pulsões para aquisições culturais da sociedade em que a criança deseja promover-se.

"Ela ingressa numa solidão tão grande" porque a masturbação não basta mais, terminou. Então, o que fazer com sua energia?

O ESTRANHO: Despeja-se no social.

"Após essa renunciação total, a criança começa a julgar pai e mãe."

A PRATICANTE: Em relação às outras pessoas. "Ele tem um 2CV. O outro tem um Volvo. Ah! Quanto ele ganha? E o outro ganha quanto? Isso é melhor?" Aí é que entram os diferentes valores éticos, e as pessoas que só julgam segundo o sucesso social e o dinheiro prejudicam toda a evolução da criança, pois se ela julga o pai, e se o pai tem um 2CV mas está feliz com a vida, ela vai achar que é melhor ter um 2CV e ser feliz do que ter uma Mercedes e ser enganado pela mulher.

É muito importante ouvir as palavras críveis de adultos que ela estima, no que se refere aos diferentes valores da sociedade. Há muitos níveis de sucesso, e a criança é capaz de julgá-los e de passá-los pelo crivo de seu raciocínio, se não lhe encherem os miolos sempre do mesmo jeito. Esse é o perigo da educação materialista que só lhe dá uma maneira de apreciar as coisas. Isso talvez tenha efeito contrário se um belo dia o adolescente achar que só lhe contaram balelas. Partindo do materialismo moderno, "científico", talvez ele se volte para a subjetividade total, para as fruições sensoriais solitárias obtidas pelas drogas, ou ainda para a feitiçaria dos yaqui.

Não consigo entender toda essa obsessão pela racionalidade, pelo racional. Durante a Revolução Francesa ainda dava para entender, a deusa Razão representada por uma mulher viva e muito bonita, o desejo e o amor, "a beleza totalmente nua" etc. Mas não é mais o caso. Na URSS não se acha bonito a mulher totalmente nua. Se tivessem usado a beleza do corpo para simbolizar o materialismo! Para a República, a revolução era a deusa Razão, era o retorno à Antiguidade, uma Vênus viva e nua, a rainha da beleza; mas isso nem acontece na URSS: é o trabalho, é a ciência, a morte do encantamento, da imaginação poética.

O ESTRANHO: A ciência é um valor muito sério para os adultos. Mas por quê? Porque a ciência permite essa projeção fantasística numa sociedade que nunca existirá, ou seja, o comunismo que está o tempo todo sendo deixado para mais tarde.

A PRATICANTE: Sim, onde todo o mundo teria tudo o que quisesse, como Marchais contava outro dia na televisão às crianças de oito anos. Havia um grupo de crianças. Ele estava feliz naquela. E as crianças: "Mas o que aconteceria se o mundo..." "Meus filhos, seria maravilhoso. Todo o mundo teria tudo o que quisesse e sem ter de pagar." "Ah! Que maravilha!", dizem as crianças, "a gente precisa ser comunista!" "Ah, sim, precisa ser comunista!" É um verdadeiro conto da carochinha!

O ESTRANHO: Portanto, a ciência é um valor que permite ter acesso aos poucos, por meio de um esforço enorme, a essa sociedade que vai recuando cada vez mais. Uma sociedade suposta. Proíbem toda espiritualidade religiosa, provavelmente por terem medo de que as pessoas deixem de trabalhar, se forem escravas do ideal.

A PRATICANTE: Não entendo. Por que não trabalhariam mais? O trabalho não está em oposição à idéia de que há um sentido transcendente à vida.

O ESTRANHO: "Depois dessa renunciação total, a criança começa a julgar pai e mãe. Quer entrar em competição para defender os pais, mesmo que os desvalorize em família, para parecer mais valorizada aos olhos dos camaradas."

Por que precisa defender os pais? Em relação aos outros?

A PRATICANTE: Em relação a ela mesma, em relação aos outros, porque ela terá valor se fizer parte de pais que têm valor. Por exemplo, as crianças que ficam no bate-boca, dizendo: "Meu irmão é mais forte. Você vai ver a bela surra que vai dar no teu."

O ESTRANHO: "O desejo de fugir de casa, pois a casa representa a solidão."

A PRATICANTE: A casa começa a representar a solidão por causa da resolução do complexo de Édipo: "Mamãe é do papai. Em casa, estou sozinho."

O ESTRANHO: Mesmo que tenha irmãos e irmãs?

A PRATICANTE: Mesmo assim, porque, justamente, se a castração tiver sido bem-feita, até a irmã é dos outros homens ou dos outros rapazes, não dele. Então eles se consolam brigando um pouco, mas isso não é criativo, é duro de suportar. É imprescindível fazer alguma coisa com as pulsões, então eles se abespinham, perseguem-se mutuamente para preencher o tempo e provocar a reação dos pais. "Tá vendo, você não gosta de mim!"

É perda de tempo de verdade. Nesse momento o filho precisa viver fora da família, e em vez de sofrer os pais devem permitir. "Como? Os outros são mais interessantes que nós?", ao passo que é vivendo fora que ele vai tornar-se cidadão de valor.

O ESTRANHO: O filho pode dizer a certa altura: "Mesmo aqui estou sozinho, eu me sinto sozinho com vocês."

A PRATICANTE: Mas em geral é o que ele faz: vai para o quarto e fica sozinho. E os pais dizem: "Mas você se fecha. Venha conosco." Ele vai como um cachorrinho. Não é para lhes dizer que acha chato tudo o que lhe dizem. "Por quê? Afinal nós não somos assim tão desagradáveis. Você tem tudo o que precisa. O que está faltando?"

O ESTRANHO: É nessas alturas que surge a necessidade do grupo externo, a necessidade de conhecer outras famílias.

"Na puberdade, mesmo problema. Quem vai complementar seu sexo solitário?"

A PRATICANTE: Na puberdade é o desenvolvimento rápido, repentino. Sente um vigor de fantasias que o sobrepujam, fantasias rivais, fantasias amorosas que ele pode conseguir pôr numa língua inexistente que se chama poesia, que ele cria; às vezes cria música. Descobre o talento criativo através dos prazeres sensoriais que até então não existiam: língua, olhos, música, dança, grupo, falar ou defender idéias políticas. A idéia de modificar o mundo começa com a puberdade. Gerar um fruto da convivência que seja uma melhoria da vida conjugal e que fantasie uma vida a dois de amor... eterno.

O ESTRANHO: Nos casos positivos. Há púberes que recaem na masturbação.

A PRATICANTE: Sim, há púberes que recaem na masturbação inicialmente, porque acreditam que são os únicos a ter essa anomalia: a necessidade de se masturbar. Não sabem que isso é fisiológico, e que todos os pensamentos voyeuristas, sádicos e eróticos que eles têm e que os espantam são uma cilada. Deveriam pelo menos tentar vivenciar isso com alguém que pense no assunto, em vez de ficarem com o imaginário, sozinhos, e uma vez aliviados, acabou, ejacularam e não pensam mais nisso. Não! "Você está pensando nessa garota. Escreva-lhe palavras de amor, faça alguma coisa por ela. Vai ver que ela pode ser mais acessível do que você pensa. Se não for acessível, paciência, pelo menos você vai pensar em outra. Com certeza existem outras que podem gostar de você." Mas ele se acha um bofe. Principalmente os que idealizam o amor não conseguem entender como esse amor idealizado lhe dá imagens ao mesmo tempo em que se distraem com o corpo. Para os adolescentes é muito difícil entender isso.

O ESTRANHO: Na sátira e na caricatura o solitário muitas vezes é representado como um masturbador.

A PRATICANTE: Sim. Mas, de qualquer maneira, o solitário talvez seja um masturbador oral ou anal. Está fazendo alguma coisa. O solitário coleciona, trabalha com as mãos o dia inteiro. Trabalhar manualmente é masturbação. Tudo pode ser masturbatório.

Usa-se o termo masturbatório quando o sexo, em sua localização fisiológica, está em jogo na fantasia; é o objeto parcial necessário para representar uma atividade de prazer que ajuda a viver. É também a paixão pelas coleções. Mas justamente é outro substituto obsessivo, mais ou menos como os clones: ele clona os objetos que deseja.

O púbere é fascinado pelo seu próprio corpo e pelo prazer que ele pode proporcionar. Todavia, esse prazer é acompanhado por fantasias de encontros com outrem, pois há dificuldade em se deixar o conhecido, que é o familiar, e correr riscos, abordando pessoas novas, com vistas a um corpo-a-corpo que nunca se sabe se será aceito. Volta então tudo aquilo que a criança conheceu de riscos, e esses riscos levam a querer a reconciliação com o colo materno ou com a tutela paterna, confiando-lhes todos os sentimentos, o que cria ainda mais complicações. O incesto proibido está vigiando e provoca angústia diante dessa "recuperação" fantasiada que não pode ocorrer para o rapaz sem o risco de violação da mãe ou de violação de seus segredos pela mãe e do despertar de seu ciúme. Para a menina, isso não pode acontecer sem riscos de ser violada pelo pai ou então de despertar o ciúme do pai confidente. Donde as complicações e uma espécie de mito verbal e certamente sensitivo também para todos os adolescentes, que é a palavra "sair".

"Sair" é a palavra-mestra dos adolescentes. "Ela não quer que eu saia. Ele não me deixa sair." "Sair" quer dizer sair da segurança da casa para ir no sentido dos outros, para onde se está sem segurança; precisam supor a proibição para acalmar a angústia de arriscar-se.

O ESTRANHO: É uma cena que se repete, como quando o bebê saiu do colo da mãe para encontrar a agressão e procura voltar ao colo assim que depara com um problema, mas não quer ser impedido pela mãe de voltar ao risco.

A PRATICANTE: É uma repetição. Só que é difícil, pois os jogos libidinosos intersubjetivos fazem a mãe ter medo de que o filho, seu rapaz, se arrisque com uma mulher que não saiba iniciá-lo... O pai diz ou pensa: "Só eu saberia desvirginá-la. Não outro. Ele vai estragá-la para o resto da vida." E, sem que os filhos saibam, isso responde às suas próprias angústias: "É com minha mãe que eu deveria ficar, abrir-me com ela." "Meu pai é tudo para mim." Ou, ao contrário: "Meus pais não são mais nada para mim!", e às vezes acreditam nisso. É essa quitação dada à família que o jovem, em vez de ver como um dever seu de quitação, vê como culpa pelo desejo de ir embora. É algo inerente à adolescência.

É muito mais complicado nesta época da chamada civilização ocidental, porque os filhos não têm o direito legal de assumir-se fora do meio familiar, ou seja, de receber dinheiro legal por um trabalho, e por isso não podem compensar o sofrimento que a mãe (ou o pai) pode sentir, sofrimento pelo risco que ele corre, dizendo-lhes: "Estão vendo, sei fazer-me valer em sociedade. A prova: o dinheiro que trago. Não tenham medo. Estou começando a conhecer a vida." É uma coisa absolutamente indispensável nos jovens fazer-se valer pelo trabalho em sociedade, pelo sucesso conquistado pessoalmente. Mas, ora, eles só podem fazer-se valer por aquilo que os atormenta, ou seja, pela sedução e por seus fúteis triunfos, efêmeros como sua juventude.

O ESTRANHO: E nas sociedades onde nessa idade os jovens trabalham e ganham a vida, a coisa é diferente?

A PRATICANTE: É diferente. O problema existe, certamente, mas é diferente, no sentido de não terem a derrelição no fracasso amoroso no mesmo grau dos adolescentes de hoje, que não têm o consolo do não-fracasso valoroso do trabalho. Há os que estudam e podem ter satisfações, mas são satisfações imaginárias de luta com colegas que se interessam pelas mesmas coisas e, finalmente, isso provoca mais amizades de tipo homossexual pela mãe. São valores reconhecidos pelos mestres ou pelos orientadores de uma mesma disciplina, de cujo julgamento dependem as distinções distribuídas. A disciplina passou a ser uma mulher que é preciso conquistar! E eles são aliados em prol da mesma garota, deslocados para a mesma garota...

O ESTRANHO: A garota "ciência".

A PRATICANTE: A garota "ciência", a garota "esporte"... Ao mesmo tempo, são rivais em relação à sociedade que procura aquele que vai servir melhor essa disciplina depois dos mestres. Então, são atraídos para um meio que é cerebral ou físico, dedicado a tal ou qual disciplina, a tal ciência. Ganha-se uma bolsa de estudos ou uma ajuda de custo, na melhor das hipóteses, mas nada que dê para fixar moradia. Mesmo que haja garotas com eles, agora que há mistura de sexos, não se pode assumir compromisso, ou estão isso é feito à custa dos pais – moradia, orçamento doméstico. Com a mistura dos sexos tentou-se resolver um pouco esse atraso na vida social dos jovens, mas no fim das contas isso complica ainda mais as coisas, porque o sexo acaba se intrometendo, e com ele a rivalidade. É raríssimo conseguir sublimar o sexo onze horas em doze de estudo e ter apenas uma hora em doze para olhar-se nos olhos, amar-se e procurar penetrar-se de amor. É muito difícil para os jovens que estudam juntos, de tal modo que durante todo o tempo há rivalidades edipianas em ação. O rapaz olha para outra, a moça olha para outro, e isso desfaz a unidade de trabalho, a menos que eles sejam de uma castidade excepcional por natureza, que finalmente os deixará frustrados também por não se interessarem pela competição sexual. "Ah! É muita pretensão!" Se desse dinheiro, a coisa seria bem diferente, porque, com o dinheiro que ganhassem, eles poderiam mostrar à moça que ela os atrai.

Anoréxicos e tímidos

O ESTRANHO: Falávamos de adolescentes e de sair: esse "sair com ele" sempre me intrigou. Por que se diz isso?

A PRATICANTE: No campo dizia-se "freqüentar" porque todo o mundo estava o tempo todo fora. Nas cidades, é "sair". Não é bem "sair com alguém". "Com quem você vai?" "Sei lá!" Ir para uma danceteria, onde as luzes cintilam num espaço atraente, onde se perde o sentido da realidade no tempo.

"Ela sai com Fulano"; essa expressão geralmente significa um caso de amor, que está começando, que se está buscando.

O ESTRANHO: E a timidez nessa idade?

A PRATICANTE: A timidez, acho que é um estado depressivo latente, é risco demais, e isso pode justamente vir do tempo em que, em criança, a mamãe cuidava tanto do filho que tinha medo de tudo.

Com a puberdade recomeçam as mesmas provas do início da vida. E chega-se a revivê-las a tal ponto que, por exemplo, o adolescente que tiver passado três a quatro semanas com anorexia durante a infância, tendo exigido cuidados por essa razão, poderá entrar numa espécie de anorexia da adolescência, que ainda não é anorexia, mas na qual ele e a família poderiam enredar-se. É a retomada rápida de uma fase de anorexia que, ultrapassada na primeira infância, fora acompanhada por um período de crescimento sadio. Se os pais ou os médicos se angustiarem com isso, o jovem também poderá ficar angustiado. Se, ao contrário, conhecendo essa "revisão" dos momentos-chave da infância, os pais disserem: "Sabe, isso não me espanta porque você teve uma fase em que se recusava a comer, quando era pequeno, e certamente está revivendo aquilo agora. Não se preocupe." Se a mamãe diz isso, em vez de fazer guerra ao filho ou à filha adolescente que não quer comer, essa fase de "desvivência digestiva" logo é superada, como na infância.

O tubo digestivo faz parte da primeira "casa", lugar de segurança com a mãe, que também é preciso deixar. A anorexia das adolescentes vem disso.

É esse corpo de infância, seu modo de pensar e de amar que se deve deixar, a primeira casa, esse corpo onde deglutir e excretar eram funções de prazer para uma sexualidade de criança, e, como há uma mutação da sexualidade, é preciso perder essa primeira imagem do corpo dinâmico erotizado que é a absorção seguida do peristaltismo da boca ao ânus e da expulsão de tudo isso erotizado na criança, que não é mais compatível com o desejo, quando a genitalidade chega e predomina. Há incompatibilidade de erotismo. Trata-se da mesma pessoa, do mesmo corpo, e uma mutação está em curso. Não se pode ter dois lugares erógenos, a boca e a vagina, no caso da menina (são principalmente as meninas que sofrem anorexia, para impedir a erogeneidade); ora, como não se pode ter dois lugares erógenos, não se deve comer para não ter apetite demais no lado vaginal; ou então, por ser tamanho o desejo sexual de gerar uma criança, vive-se a culpa no apetite que desperta para o sexo.

Há culpa porque, se essa barriga que faz a adolescente ter medo de engordar produzisse fruto, ela não saberia de quem estaria grávida, a não ser que de uma cumplicidade original associada a uma entidade que se referiria aos arcaicos pais pré-edipianos. É um desejo mamífero, mas não é um desejo de sujeito humano, amante, por tal ou qual pessoa atual, da realidade social, e por isso é muito complicado. A anorexia pode ter origem consciente na proibição dos pais de que ela saia com tal ou qual colega. Esse freio em sua vida leva-a inicialmente a frear a nutrição. Essa frustração por parte dos pais, quando se depende deles, é dura demais de engolir. É interessante que isso freia a nutrição e a vitalidade ovariana e testicular, ao mesmo tempo em que torna superativas a motricidade e as funções mentais. As anoréxicas trabalham muito com a cabeça, são culturalmente superexcitadas e, ao mesmo tempo, percorrem a cidade inteira, fazem esporte. São esqueléticas, porém produtivas. Devoram livros, devoram quilômetros, mas não conseguem comer.

Isso se observa mais nas garotas porque nelas o surto pubertário superativa as pulsões passivas, na espreita de quem nelas possa fazer acontecer o aspecto genital do produzir fruto, sua libido que até então só se refere ao saber e ao fazer oral e anal.

O ESTRANHO: No entanto, isso às vezes também pode acontecer com os rapazes...

A PRATICANTE: Sim, isso acontece com os rapazes, mas sempre ligado à relação com a mãe verdadeira, mais que com a introjetada, no sentido da mãe em pessoa, frustrada em termos de dinheiro ou de amor por seu homem. Uma mãe frustrada sexualmente pode provocar isso no garoto, principalmente se o pai for indiferente para com ele.

Vi um caso num garoto. Tiveram de mandá-lo para Paris. Era um garoto da província, que me foi encaminhado pelo seu médico, preocupado por sua vida. A meu ver, por ser mulher, eu não era a pessoa mais indicada para assumir sua psicoterapia, admitindo-se que ele quisesse fazer alguma. Ele queria curar-se. Organizei então para ele a possibilidade de fazer um tratamento psicanalítico, encaminhando-o a um colega masculino. O menino era muito inteligente e estudioso; estava adiantado para seus treze anos. Os pais, muito católicos, queriam que ele estudasse com os jesuítas. Falei por telefone com o diretor do colégio, para que ele entendesse um pouco o caso. Ele aceitou sem restrições que o menino estudasse com eles e morasse em pensionato familiar. Ele faria as refeições no pensionato ou na cantina da escola, segundo escolhesse. Assim, ninguém nunca lhe pediria que comesse. E haveria dois lugares onde ele poderia fazer as refeições, segundo sua vontade. Era preciso dar-lhe essa liberdade, e principalmente a de sair do colégio, pois o menino sentia a necessidade de andar quilômetros e quilômetros. Não brincava com os outros, não gostava de esporte algum. Andava, andava; perambulava sem destino, e dizia que, andando, podia pensar. Gostava de matemática e, no conjunto, de todas as disciplinas escolares. E foi porque nunca ninguém mais se preocupou em saber se ele estava comendo ou não que ele pôde fazer uma psicoterapia psicanalítica.

A mãe veio me procurar para que eu a ajudasse a suportar as preocupações diante da relativa liberdade que davam a seu filho, e para resistir à tentação de telefonar o tempo todo ao diretor do colégio ou do pensionato. "Ele comeu aí? Mas como! Ele não almoçou nem aí nem lá?" Então, ela me procurava para conseguir se livrar da angústia. O marido, médico especialista, era uma personalidade importante na Ordem dos Médicos de seu departamento. Não dava um tostão à mulher. Tinham quatro filhos, e ela não ousava ir pegar dinheiro às escondidas, na escrivaninha do marido, onde todas as notas, dinheiro pago pelos pacientes, ficavam em desordem. Não sabia o que ele fazia com o dinheiro. Ele era muito calado. Tachava-a de esbanjadora... Notáveis, viviam de crédito na mercearia e no açougue. Às vezes ela precisava mudar de mercearia porque as dívidas eram demasiadas. Enfim, para ela era uma vida dramática. Sentia-se realmente frustrada. Além de tudo, ele não lhe dava a menor atenção como mulher. Vivia com suas ocupações administrativas e profissionais, em suas reuniões dos sindicatos de médicos. Parecia não se interessar pela família, nem mesmo por aquele filho intelectualmente brilhante. Não foi me procurar sequer uma vez, e no entanto vinha a Paris por assuntos de sua profissão, e o filho estava quase correndo perigo de morte!

Assim, a mãe me contou que no dia em que o garoto viajara para Paris, de manhã, depois de – pode-se dizer – almoçar (para comer, ele precisava ficar no escuro, debaixo de uma escada, pois só conseguia comer se percebesse que ninguém o estava vendo, nem vendo o que ele comia), então naquele mesmo dia foi a filha de nove anos que não conseguiu comer. E também começou a emagrecer, causando preocupação, e isso a partir daquela mesma noite, quando o outro deixou de estar presente no jantar. Parecia que a menina assumia o posto do irmão, para que a mãe tivesse alguém com quem se preocupar.

A mãe passou a me procurar regularmente durante certo tempo. Esse era um problema quase insolúvel para ela, que não tinha dinheiro para pegar o trem. O marido não queria que ela viesse a Paris, ou, se viesse, que se virasse: ele não lhe daria dinheiro para isso. Alguns amigos, que conheciam sua situação, a ajudaram.

Então ela me dizia: "Quando estou no trem estou viva, vejo gente, e junto com isso tudo que vejo, vejo uma boca. E penso: será que é a do meu filho? Será que é a da minha filha? Vejo uma boca. O que entra nela? O que não entra?" É interessante. Aquela mulher estava como alucinada pelo órgão boca do filho e da filha. Tinha comido ou não? Era obsessivo. Tudo se fixava nessa imagem parcial, a representação da função alimentar de absorção. Não consegui de jeito nenhum fazer análise com ela. Eu escutava. Já era muito para ela o fato de eu poder ouvi-la sem achar que era louca – porque ela achava que era louca. Estava descobrindo naquela relação de mãe para filhos uma dimensão de loucura, ao passo que, até então, achara que a questão era de má vontade do filho. Era um menino contestador, que só queria irritá-la, um malvado que ela vivia repreendendo. Era assim que tinha interpretado o início da anorexia do filho, por volta dos onze anos. Na realidade, ele só fazia eco à angústia dela, mãe administradora da casa a quem o chefe hierárquico não dava com o que viver quotidianamente. Faltava-lhe o dinheiro do marido, incapaz de entender que uma família precisa de dinheiro para viver.

O menino estava em análise com outra pessoa. Sobreviveu ao período da adolescência. Mas os pais moravam na província. Não vi mais a mãe depois de algumas semanas. Eu dera o endereço de uma psicanalista para a menina, na cidade deles.

O ESTRANHO: A propósito de anorexia, você se lembra daquela garota que escreveu sobre seu caso, Valérie Valère[50]?

A PRATICANTE: Li o livro dela. Está no primeiro grau. É alguém que nunca fez análise e que está ressentida com papai, está ressentida com mamãe. Foi o que construiu em si mesma na época oroanal. O que ela falava da mãe era bem virulento.

Havia, conscientemente, a recusa de identificar-se com a mãe e, na realidade, identificava-se muito mais profundamente com ela do que uma adolescente que tivesse vivido normalmente. Não saía de seu Édipo. Afinal, ela queria que os pais brigassem por causa dela.

Escrevendo aquele livro, ela com certeza fez um bem a si mesma. Estava numa casa de saúde para escrever.

É mais ou menos como Fritz Zorn[51], que escreveu *Mars* e morreu de câncer. Na verdade são fantasias e fantasias. O leitor pode acreditar que o autor tenha pais horrorosos, mas na verdade eles têm a mesma neurose, com efeitos diferentes, fusionais no filho. É outro aspecto da mesma dinâmica libidinal inconsciente dos pais, é mimetismo. É uma neurose familiar em que o sujeito está capturado num eu fusional com o eu assexuado dos pais. Sinto dó quando vejo as pessoas ficarem assim no primeiro nível comportamental, a debater-se na tentativa de separar-se umas das outras sem conseguir, tanta é a fusão entre elas. São como moscas em papel peganhento. Ao se defenderem, a única coisa que conseguem é ficar ainda mais prisioneiras. No caso de Valérie Valère, seria através da interpretação do sofrimento da mãe dela com a própria mãe, sua avó materna, transferido para o marido, pai da moça, que ela poderia livrar-se das seqüelas de sua primeira infância edipiana homossexual que sua anorexia, sua fixação na oralidade, estava traduzindo. Por que, nascida daquela mãe, ela se regozijou na sua relação infantil? Caíra na cilada do amor pela mãe pequena, mãe que continuou criança. Ela tentava sair de seu desejo tão forte de incesto abstendo-se da alimentação, como se comer fosse continuar no peito daquela mãe criança.

Ficou numa casa de saúde durante um ano e meio. Esse livro deu-lhe dinheiro, e foi graças ao livro, onde ela vomitava (vômito sobre os pais), que ganhou dinheiro suficiente para libertar-se da tutela econômica deles.

O ESTRANHO: E depois se suicidou.

A PRATICANTE: Isso não me espanta em absoluto. A sua culpa inconsciente era grande demais: tinha escrito aquilo no quarto, mas não conseguia viver o fato de aquelas coisas se tornarem públicas e de os pais passarem por gente horrorosa, pois eles a tinham construído. Era como se ela tivesse sido construída por merda.

Na puberdade, é preciso matar a infância, mas é preciso que o essencial do que foi construído na infância continue sendo a base do adolescente.

O ESTRANHO: Falávamos também da timidez.

A PRATICANTE: A timidez é a reversão da suposta agressão alheia sobre si mesmo, e é explicada pelo fato de que a pessoa, se do sexo feminino, gostaria de agredir sedutoramente ou atrair, e, se do sexo masculino, gostaria de fazer-se notar. O sentimento é de agressividade, pois supõe-se que o objetivo não será atingido e que há rejeição por parte da outra pessoa. Assim, existe toda uma timidez da adolescência. Se a criança é tímida e se pertence a uma família para a qual a timidez faz parte de uma ética – não se mostrar, não ser exibicionista etc. –, a coisa fica difícil. O adolescente precisa ter certo exibicionismo para poder se agüentar nessa crise.

Timidez é o sentimento de impotência diante do novo que deve ser assumido e da projeção da agressividade, agressividade defensiva contra quem poderia rejeitar. O medo de ser rejeitado é projetado sobre os outros, *a priori*, e não se ousa abordá-los. Assim, o adolescente fica acantoado em seu próprio corpo, em vez de procurar outra pessoa com quem possa trocar impressões novas, que ele tenha em relação à perscrutação de seu desejo, em todos os níveis, e não só o genital.

É uma idade em que os jovens elaboram associações para tudo o que possa interessá-los, que já os tenha interessado antes, na fase de latência ou antes, mas que é retomado em outro plano, fora da família, no conjunto da sociedade, "saindo", exprimindo-se, enquanto a timidez obriga a ficar no interior da própria família. E, como há perigo de incesto o tempo todo, o adolescente fecha-se em si mesmo, no interior de seu próprio corpo, em seu quarto (se tiver um cantinho seu), e deixa até de estar presente no aposento comum da família.

O ESTRANHO: Há pessoas que continuam tímidas para o resto da vida. Há também psicólogos que dão receitas contra a timidez.

A PRATICANTE: Sim, a gente vê disso em todos os jornais. Receitas que não tocam o fundo do mecanismo. Mas isso vem daquela espécie de colaboração entre as pessoas que sofrem do mesmo mal e dizem: "Você não está sozinho. Há outros que saíram dessa. Então, você pode sair dessa também." Na verdade, é a superação da história de cada um e da angústia da mutilação, ou seja, a angústia de castração que é uma angústia de mutilação porque não se tem confiança naquele que impõe o fracasso do imaginário, fracasso necessário para que haja sucesso na realidade. Para isso, é preciso contar com alguém que conheça, que também tenha sentido comoções da mesma ordem, que as tenha superado e possa ajudar alguém a superar essa angústia mortal, pois a timidez é uma angústia de morte ou de aniquilação em alguma coisa diante do encontro de outrem dentro de sua realidade.

O ESTRANHO: Portanto, seguindo-se esse ciclo, é grande o número de solitários que assim se determinam na puberdade, porque, novamente, é um nascimento para um mundo desconhecido, talvez hostil. Talvez mais na puberdade...

A PRATICANTE: Mais na puberdade, porque há pressões fortes, e não há mãe. As pulsões genitais impõem um encontro novo, que foi impedido ao longo da infância pelo fato de as pessoas próximas serem proibidas sexualmente. Ora, de repente, é a perscrutação desse sexo que está na base das pulsões mais importantes. Elas não podem ser encontradas no grupo dos próximos, mas fica-se preso à segurança oferecida pelas pessoas desse grupo, e tenta-se encontrar essa segurança no exterior. No exterior, você encontra pessoas que estão à sua procura, assim como você está à procura dos outros.

O ESTRANHO: E é nesse momento que, se todos os obstáculos não tiverem sido superados, a timidez se substancializa, torna-se modo de comportamento; nesse momento, a pessoa pode recorrer a seus próprios meios, eu diria tecnológicos, mecânicos, para encontrar-se com os outros.

A PRATICANTE: Certamente, pois de qualquer modo muita gente foi tímida nessa época e supera a timidez por meio da experiência do encontro com outro.

As pessoas realmente tímidas são as mais agressivas. Não conseguem ventilar sua agressividade; projetam-na no exterior, porque são incapazes de assumi-la para procurar o que desejam. É um retorno para si mesmo da agressão supostamente alheia. E essa agressão se une à compulsão masturbatória. Finalmente, há pessoas que se agridem fisiologicamente porque têm prazer na masturbação.

Isso foi muito bem descrito por Bergman em *Gritos e sussurros*, na mulher que se agride o sexo com um caco de garrafa. Isso ele viu na mulher, mas acontece o mesmo com os homens. Há rapazes que chegam a mutilar-se ou a arriscar-se à mutilação por gozo masturbatório. Na verdade é uma agressão terrível, que se volta contra eles mesmos, porque não conseguem atingir o objeto imaginário do desejo, no qual, na realidade, eles não têm confiança. Quanto mais ficam solitários, menos encontram alguém para exprimir essa falta, falar de seu desejo, mais se auto-agridem, porque a agressão sobe da tensão sexual genital que, não podendo exprimir-se onde deve, com outro objeto, volta-se contra o sujeito, no mesmo lugar onde ele tem as pulsões, para tentar eliminar a tensão.

O ESTRANHO: A propósito de mutilação, no fim do filme de Ferreri *Il futuro è donna*, o homem se corta o sexo com uma faca elétrica.

A PRATICANTE: Sim, mas será que esse é o fim de um tímido?

O ESTRANHO: Não, não mesmo.

A PRATICANTE: Talvez seja outra coisa. Talvez seja um revoltado, revoltado contra Deus, contra a força libidinal que está dentro do ser humano e que, de algum modo, é divina. Essa exigência gerou um fruto de que somos teatro, e não entendemos como chegar a humanizar numa relação de troca isso que sentimos como força. Seria mais nesse sentido. "Esta foi a última. Não quero saber de outra. Outra, nunca mais."

Com a cara no chão: dos gagos e dos mudos

O ESTRANHO: "Na puberdade, atração mórbida por pessoas proibidas."

A PRATICANTE: Foi o padre que escreveu isso, aquele que tomou notas sobre minha conferência. Nunca pensei em dizer as coisas como ele escreveu. Seria mais idealizá-las. Proibidas, sim. "Ela não é para ele. Ele não é para ela." Ouvem-se essas coisas, que provêm de um tabu social. Por exemplo, do tipo: "É porque mamãe é grande que eu não posso dormir com ela e ser marido dela (ou mulher do meu pai)." Muitas crianças dizem: "Mas quando eu for grande vou poder." A mãe pelo menos poderia dizer: "Não, não acho", ou: "Não acho, porque eu não vou querer." Então o filho vai ficar espantadíssimo se a mãe responder assim. Mas se a mãe responder: "Não, é porque você é pequeno e eu sou adulta", então a criança vai ter a idéia de que o incesto é permitido em outras condições. Aí, para que não seja permitido, é preciso que a situação de relacionamento filho-mãe seja idealizada: "A gente não dorme junto... Mas não fique chateado. A coisa se arranja."

Isso me lembra meu filho, Gricha, quando tinha dois anos e meio, três anos. Ele lastimava o coitado do Papai Noel, depois do Natal, porque: "O qu'é que ele vai fazer sozinho até o Natal que vem? Vai precisar esperar um ano, coitado do Papai Noel!" Gricha dizia isso à empregada, de quem gostava muito, e quase chorava ao pensar no destino do pobre Papai Noel. Então ela o consolou dizendo: "Mas, se preocupe não" (com o jeito de falar do Sul da França) "ele não se chateia! Ele dorme com uma Virgem Santa gorda, mas ninguém sabe." Era engraçado, porque a projeção daquela mulher correspondia às fantasias do menininho condoído. Esse tal de Papai Noel faz uma coisa maravilhosa, idealizada, e ninguém sabe. É bem no nível de Castañeda, essa coisa do bom senso nessa mulher. Para ela, não havia transgressão nenhuma, era... uma Virgem Santa gorda!

O ESTRANHO: "O fracasso do objeto de amor é visto como 'cair a cara', perder a fala que se começa a dar." O que você entende por "cair a cara"? Sentimento de honra?

A PRATICANTE: Da dignidade, sim. Porque a descoberta da cara para a criança, de sua cara, ocorre simultaneamente com a descoberta de seu próprio sexo, que não é como o dos outros, "embaixo". É dos meninos... é das meninas. Então é por aí que se é menina ou menino!

É uma coisa muito particular porque nos animais a criança não confunde o sexo com a cara: o sexo está debaixo do rabo, é horizontal, fica por baixo das patas, o que complica a compreensão para as crianças daqui. As vacas, na observação que fazem, têm quatro pênis. Elas demoram muito para entender que são tetas, o equivalente nas fêmeas dos mamíferos às mamas das mulheres. As vacas têm tetas entre as pernas.

O fato de estar em pé, de se ver na vertical, permitiu que a criança visse seu sexo ao mesmo tempo que sua cara, como em seus semelhantes e em seu pai. Fica-se com a cara no chão quando o sexo não é mais reconhecido como digno, valoroso, pois os dois foram descobertos ao mesmo tempo.

É isso o que cria as eritrofobias – medo de enrubescer. Entre nós, as pessoas enrubescem para que não "lhes caia a cara". É um acúmulo de sangue que chega para que a cara não fique no chão na hora em que ela cairia por timidez ou vergonha de seus sentimentos (de menina ou de menino).

Há também o medo da palavra. A gagueira, o perder a fala, não poder dizer o que se sente, porque o que se sente toca fundo demais no narcisismo sexuado. Mas há os gagos de outra coisa que não é a voz: são os gagos motores e esquelético-musculares que vão para trás, para a frente, para trás. A gente os vê de vez em quando na rua, diante das calçadas que precisam subir ou descer.

Não são tiques, manias: é gagueira de movimentos; não ousam avançar, têm medo. É como se alucinassem um muro que os impede de avançar.

A gagueira é um caso especial do sim-não. Há pessoas que urinam gaguejando. Vi crianças que urinam por jatinhos sofreados... São as mesmas, aliás. Gaguejam nas palavras. Nem todos os gagos urinam gaguejando, mas há gagos que também gaguejam para urinar. E isso é muito importante, pois prova que sua gagueira gira em torno do valor de seu sexo, pois se tornaram gagos por volta dos dois anos e meio, três anos, quando acharam que era ruim ter aquele sexo, o que acontece freqüentemente com o filho mais velho quando nasce o segundo. Os pais estão muito felizes com o sexo do filho mais velho, mas, nestes tempos em que se têm poucos filhos, eles gostariam que o segundo fosse do outro sexo. Por isso, desvalorizam no filho sua fantasia de ter filho e a fantasia de seu valor como sexuado menino (ou menina). Ouve frases como: "Ah, não! Não me diga que vai ser menina!" (se o filho mais velho é menina). "Já tenho uma menina. Quero menino." Ou o inverso: "Não me diga que é menino. Já tenho um menino. Quero menina. Vai ser menina. Garanto que vai ser menina." Para o mais velho, o fato de essa criança nascer menino, quando ele mesmo é menino, é ruim, e ele se sente com a cara no chão ao ouvir os visitantes de sua mãe e de seu pai consolando-os por não terem no segundo filho o sexo que desejariam.

Por outro lado, a seu ver, os pais também estão sem cara, pois para a criança pequena eles são o *deus ex machina*, os donos do universo.

A esse respeito, há o caso de uma criança que se imobilizou; deve ter sido publicado num artigo do *Nouvel Observateur*, a partir de um de meus livros. Essa criança caiu em estado de catalepsia aparente uma primeira vez, e, numa segunda vez, teve uma grave doença psíquica; foi internada num hospital psiquiátrico. Não conseguia mais progredir porque, quando o irmão nascera no mês de junho, a mãe dissera: "Se for menino, jogo no fogo." Afinal de contas, ela não o jogou no fogo. E ele ficou estupefato durante oito horas. Foi encontrado por acaso às quatro da tarde com os sapatos na mão: não tinha se mexido desde aquela manhã. A mesma coisa recomeçou depois que ele assistiu às relações sexuais dos pais, quando tinha três anos, num quarto de hotel. Nunca tinha visto os pais na cama. Viviam numa grande fazenda, e ele dormia em quarto separado. Na segunda noite o pai lhe disse: "Por que você não dorme?" "Estou esperando pra ver vocês brincando de bumbum."

Em alguns dias entrou num estado de imobilidade e mudez psicótica. Perdera completamente a fala. Porque tudo era saudável – se assim se pode dizer – naquela família, salvo, no fim, o pai, que disse à mulher: "Se não é ele que está louco, sou eu. Vou te deixar, vou me separar." O pai ficou louco num segundo, ao constatar a "cura" do filho depois de entender a cena do hotel; tinha achado que ele era pequeno demais para entender o ato que ocorria entre os pais, e que pode gerar uma criança. O pai disse então: "Não quero filho. Quando a gente vira pai, fica bobo. Meu pai e minha mãe sempre brigaram por minha causa. Com certeza, se eu não tivesse nascido, eles não teriam brigado. Então, não quero filho." É interessante, porque a criança ficou completamente muda, até da motricidade, diante daquilo que achava ser uma desvalorização do sexo masculino no absoluto, porque os pais queriam um segundo filho do sexo feminino. E o menorzinho não foi tão atingido quanto o irmão mais velho por essa fantasia de frustração, pois admirava o irmão mais velho! E a mãe dizia: "Como a gente pode ser besta quando está grávida! Estava convencida de que, se tivesse um menino, ia dá-lo imediatamente para outra pessoa criar. Não queria conhecê-lo. Depois, quando ele nasceu, fiquei tão feliz com o guri que me senti louca por ter pensado coisas daquele tipo quando estava grávida."

Em casos semelhantes é lamentável que o exame ultra-sonográfico mostre o sexo do feto às mulheres grávidas e ao pai. Essa mulher teria sabido qual era o sexo do feto no quarto mês de gravidez, e certamente teria abortado se fosse possível, ou então teria caído em forte depressão; talvez tivesse até um abortamento espontâneo, ao passo que ela confirmava: o filho trouxera consigo algo com que investi-lo positivamente.

A ultra-sonografia já não é boa para a mãe, em todo caso é inútil em termos de informações médicas. Além disso, há fetos que demoram um bom tempo para se refazer da ultra-sonografia; ficam como "encaramujados": não se mexem mais, ficam num canto do útero, não querem mexer-se porque foram agredidos. É um radar. Eles recebem ondas, e alguns são muito sensíveis a elas, e não se mexem mais. Então, a mãe fica preocupada. Nunca nenhuma criança morreu por causa de uma ultra-sonografia, mas é freqüente ficarem inibidos *in utero* durante algum tempo.

O ESTRANHO: De qualquer modo fica alguma coisa.

A PRATICANTE: Provavelmente ficará – quando essas crianças forem analisadas – uma falha, lá, diante da agressão – justamente a timidez. É uma timidez brusca do feto, que pensa: "O que está acontecendo? Não sei do que se trata. Não tenho mais o direito de me mexer porque, se me mexo, recebo ondas."

O ESTRANHO: Logo, uma timidez bem enraizada numa reação de proteção à agressão precoce, arcaica, pré-natal.

A PRATICANTE: Sim, com certeza. Não é diferente. É isso o que a distingue da haptonomia, em que a mão da mãe e do pai convida o feto ao encontro, linguagem de amor que já transmite segurança no útero, no que diz respeito à relação com os genitores. É Frans Veldman[52], um holandês, que a pratica. Foi ele que descobriu a haptonomia e a ensinou nos Países Baixos e agora na França.

O ESTRANHO: Voltemos à questão de saber o sexo do feto.

A PRATICANTE: Se a mãe temer ter um filho de um sexo e lhe disserem: "É desse sexo", ela ficará compungida porque a coisa é imaginária. E a criança que chega traz em si com o que se fazer amada. Não é uma coisinha qualquer. Ela própria ama os pais. Ela mesma mostra que precisa deles, e provoca neles o amor pela existência da realidade de sua presença.

O ESTRANHO: E na haptonomia tenta-se entrar em contato com o feto apenas pelo tato, deixando com ele o segredo de seu sexo.

A PRATICANTE: Unicamente o tato e a voz. Isso já prova que se pode detectar um laço real, e não imaginário, numa cumplicidade prazerosa, terna e segura entre o feto e os pais. Ele já é um interlocutor.

O ESTRANHO: Pede-se ao feto que mude de posição?

A PRATICANTE: Sim, pela comunicação com ele, enquanto antes era apertando a barriga: pressionar para conseguir à força fazê-lo mudar de posição. Era muito doloroso para as mulheres. Ao passo que aí é a mãe ou o pai que pousa a mão e diz: "Está vendo, se você quiser mesmo nascer precisa ficar de cabeça para baixo. Então, veja, agora vou pôr a mão aqui. Você vai pôr as costas aqui." E depois, sem apertar, nem um pouquinho, a criança sozinha faz o movimento. É preciso ser muito cuidadoso – quem diz isso é Veldman – pois há crianças que se enroscam no cordão umbilical.

Fazem isso também quando a apresentação é pelos pés, mas aí, se a criança sente alguma resistência, a gente percebe que ela procura mudar de lugar, mas não consegue. Foi por isso que Nicolas, meu neto, foi puxado pelas nádegas, porque, justamente, não conseguia mudar de lugar; queria mudar, mas não podia; estava encurralado. Mesmo nesse caso, se o bebê se enrosca por si mesmo, é menos perigoso. Porque ele pára a tempo. Se não consegue passar, não passa.

Enfim, esses conhecimentos são muito novos. O mais curioso é que eles faziam isso havia trinta anos, pois todos os médicos foram formados assim, e não se conhecia isso na França. Os franceses deviam achar essa coisa meio doida, como a medicina alternativa.

O ESTRANHO: Tínhamos partido da perda da cara e da perda da palavra e da gagueira. Você conhece casos de gagos que foram curados pela psicanálise?

A PRATICANTE: Tive nove gagos, de seis a nove anos, e dois jovens adultos, completamente curados. E – coisa espantosa – todos exerceram uma profissão em que a palavra era necessária: professor, oficial graduado, conferencista e até um advogado! Depois da cura, advogado. Era naquilo que mais os evidenciava, que lhes dava sentido na sociedade, seu órgão sexual (oral) vocal, que eles tinham sido marcados pelo interdito.

O ESTRANHO: Há casos interessantes de atores muito gagos, mas que não são gagos em cena.

A PRATICANTE: Sim. Conheci crianças gagas que não gaguejavam quando recitavam textos.

Lembro-me de um garoto que passou dois anos sem os pais, em Paris, para fazer exercícios orais! A mulher que o encaminhou para mim disse: "Ele não consegue. Eu, na verdade, sou contrária à psicanálise, mas não entendo." Eu lhe telefonei e disse: "Mas a senhora não sabe que, recitando fábulas de La Fontaine, ele não gagueja?"

Nesse caso, existe a segurança total do assunto, que está entregue a outra pessoa. Ao recitar uma poesia ou ao ler um texto, as palavras não eram suas. Ele era de uma timidez doentia aos vinte e dois anos, quando voltou a me procurar. Em criança, mal o vira, só o tempo de observar que não precisava de ginástica instrumental do aparelho fonador. De repente, foi mandado de volta para a família que vivia no Sul. Voltou com vinte e dois anos para fazer psicanálise em Paris. Quis me rever. Era um homem que parecia doente mental de tanta timidez. Estava fechado em si mesmo, fumava três maços de cigarros por dia. Não conseguia passar em exames por causa do oral. Bem aceito em todos os lugares na parte escrita, rodava na oral. E o que se descobriu em psicanálise, com vinte e dois anos, foi o dia em que sua gagueira se declarou. Foi na escola maternal – a mãe confirmou. Os alunos estão passeando pela rua, quando encontram a mãe desse menino parada junto ao meio-fio com um pneu vazio. A professora e as crianças olham. E a professora ajuda mamãe a trocar o pneu do carro. A mãe diz à professora que está indo buscar a filha, a mais nova (ele era o mais velho). Quando ele volta às quatro horas, havia um bebê, uma menininha que não andava, mas que já era um bebê grandinho, na lembrança dele. Eu disse: "Mas essa é uma lembrança encobridora. Não pode ser verdade." "Não, é verdade... etc. Aliás, voltei a falar disso com a minha mãe. Ela disse que era verdade." "Mas então sua irmã é adotiva. Sua mãe não deu à luz como parecia dizer, sem dizer de verdade." "Não! Não é possível!", disse-me ele. Ficou assim, pasmado com a minha reflexão. Não ousou escrever de novo para a mãe. Ela veio três ou quatro meses mais tarde para Paris. "Mas nós nunca lhe escondemos isso. Eu achava que ele sabia, porque me viu com aquele carro. Eu disse que ia até o hospital buscar a irmãzinha dele, é verdade."

Para ela, era evidente. Depois, houve mais duas crianças desse jeito, mas sobre nenhuma delas se falou na palavra adoção, nenhuma delas se sabia adotada, diz a mãe. Pois, "por que dizer?"... "E os outros filhos?" Quatro iam bem. Ele era o mais velho. Ficou gago naquele dia. Enfim, caíra-lhe a cara. De um pneu murcho faz-se uma irmãzinha!

Quanto a mim, tinha ouvido aquilo como uma lembrança encobridora. Era poético. Eis a interpretação de uma criança: "Mamãe, o pneu murcho (a barriga) é uma irmãzinha." "Nada disso." Como se diz, a realidade era mais forte que a ficção. Aí é o contrário.

O ESTRANHO: Você se lembra de algum outro caso de gago?

A PRATICANTE: De um caso de mutismo completo. Gêmeas de vinte e um, vinte e dois meses que falavam como papagaios; a mãe estava esperando outro filho. Era costureira. Puxa do celeiro o berço das meninas para com ele fazer um bercinho bem bonitinho para sua segunda gravidez, e pica-se um dedo. Tem um panarício, e assim, em vez de ficar com as meninas, deixa-as com sua mãe, pelo menos durante três semanas antes do nascimento do bebê. Quando elas voltam com a avó, o bebê tem três semanas, um mês. Elas perguntam onde ela estava, e a mãe diz: "Lembram? Eu estive no médico. Ele me pôs uma boneca, e o irmãozinho estava no dedo." Imediatamente as duas ficaram mudas, e assim continuaram até a época em que as vi, com mais ou menos sete anos, no hospital Trousseau.

Com certeza ficaram com a cara no chão diante de tal mentira. É muito interessante. Interrupção da identificação com ela numa idade em que essa identificação estava se organizando. De qualquer modo, foi graças à mãe que não ficaram retardadas, pois não falavam. Na escola, achavam que eram retardadas, principalmente porque também tinham certa anomalia de comportamento motor. Não só não falavam como também uma delas só usava os braços, nunca as pernas, enquanto a outra só usava as pernas, nunca os braços. Por exemplo, uma podia tocar a campainha da porta, a outra não; uma podia chutar a bola, a outra não. Eram duas em uma no que se refere ao esquema corporal.

Aceitaram fazer psicoterapia comigo. Pedi que ficassem em classes separadas. No começo as sessões eram separadas, mas no mesmo dia, e, como todas as crianças, elas faziam um desenho e uma modelagem, cada uma sozinha, para aquela sessão. No início, só desenhavam e modelavam berços e bebês. Uma fazia um bebê com as pernas, a outra fazia um bebê com os braços; uma fazia a cabeça com dois olhos, nariz; a outra fazia com boca e orelhas. Enfim, ter-se-ia a representação completa reunindo-se as duas produções. E elas nada diziam a respeito: era normal. Depois, pedi que viesse uma cada semana, com a mãe acompanhando. A mãe mandava-as fazer o dever escolar por escrito, para que não ficassem atrasadas. Na escrita, não havia atraso nenhum. Então, comecei a pedir que a professora parasse de interrogá-las só por escrito, e ela passou a dar nota zero quando não respondiam oralmente. Apesar de tudo, eram das primeiras da classe. Quando chegaram ao fim dos estudos primários, passaram no exame com sucesso.

O ESTRANHO: Escrito?

A PRATICANTE: Sim, escrito. As duas entre as três ou quatro primeiras.

Eu percebi que a coisa era histérica, porque a vigilante ouvira uma dizendo à outra, na saída da sessão comigo: "Tenho certeza de que você falou com ela, sua porca!" "Não, juro que não falei." Para mim ficou então provado que se tratava de mutismo histérico.

O ESTRANHO: E depois, ficaram caladas?

A PRATICANTE: Até então ninguém da família as ouvira falar, mas foi a vigilante que as ouviu dizendo isso, e me contou em segredo. "Pois muito bem. Isso mostra que elas falam, mas que não devem falar. A palavra para elas é uma aliança contra a sociedade."

Quando entraram no segundo grau, de acordo com as regras de organização por bairros, foram automaticamente inscritas no mesmo colégio. Suplicaram à mãe que as pusesse em duas escolas diferentes. Naquela época já não estavam mais em tratamento. Iam muito bem. De fato, já com cinco a seis meses de tratamento, começaram a conversar no quarto, escondidas da mãe. E a mãe disse: "Estão falando como falavam com dois anos e meio, idade em que pararam de falar." Embora escrevessem como meninas de sete anos, falavam como bebês entre si, diante do espelho, olhando-se pelo espelho. A mãe, abrindo a porta, viu aquilo. Viu que elas falavam como bebês para o espelho.

Depois, era no metrô; quando se sentavam, gostavam de ficar uma de frente para a outra, e, como o barulho do trem impedisse que fossem ouvidas, a mãe as via conversando, mas olhando-se pela janela, que funcionava como espelho.

O ESTRANHO: Elas não conseguiam conversar cara a cara?

A PRATICANTE: Não. Para começar, falavam-se pelo espelho. Então, a mãe ficou sossegada. Pensou: "Não são mudas, já que falam", e, comigo, entendeu que era melhor não insistir, não se intrometer nem lhes incutir culpa. Iam regularmente às sessões. Aos poucos, ao que parece, foram deixando de ser mudas em família, mas, mesmo no fim do tratamento, nunca em público.

Quando entraram no segundo grau, disseram à mãe: "Sabe, é melhor nós irmos para dois liceus diferentes, porque somos 'as gêmeas da classe'. Somos 'as gêmeas que não falam', e, se falarmos, vão deixar de gostar de nós. Na escola nova para onde formos, eles não devem saber que somos gêmeas." E foi o que a mãe fez. Com certeza elas fizeram um ótimo curso colegial.

A mãe era um caso muito particular; tinha sido criada numa casa onde viviam a mãe, a avó, uma tia e algumas primas. Ninguém tinha o mesmo nome patronímico que ela. A mãe tinha outro sobrenome, assim como as outras pessoas.

O que aconteceu foi o seguinte. Foi depois da guerra de 14 (estávamos em 46-47). A mãe dela era filha de um primeiro casamento com um homem que morrera logo depois na guerra. A mãe voltara a casar-se depois da guerra. Ela tinha irmãos e irmãs com outro sobrenome, que tinham o mesmo sobrenome da mãe. A mãe se divorciara do segundo casamento quando ela tinha sete, oito anos. Os irmãos e as irmãs tinham o sobrenome do segundo pai, e ela o do primeiro, e a mãe retomara o nome de solteira. Na caixa do correio havia uma grande quantidade de sobrenomes. Isso porque a avó materna, que vivia com eles, tinha o sobrenome de um segundo marido que não era o primeiro, do qual lhe saíra a filha, e a irmã da avó, que tinha ficado solteira (mais uma pessoa da casa), tinha ainda outro sobrenome, pois seu nome era de solteira, já que nunca se casara. Essa tia fazia todo o trabalho da casa.

Essa mulher, cuja particularidade era nunca ter tido ninguém com o mesmo nome patronímico, era a mãe das gêmeas.

Irène Roublev[53], outra psicanalista, estudou o caso dessa mãe; falou muito com ela. Para essa mãe, foi espantoso ter gêmeas tão parecidas que ela mesma as confundia com freqüência. Eu não as confundi por muito tempo, só uma vez ou duas.

O ESTRANHO: Você as distinguia pelo quê?

A PRATICANTE: Não sei. Por alguma coisa que se desprendia delas. E a mãe nem sempre as distinguia, e além disso as penteava e vestia do mesmo jeito.

O ESTRANHO: Isso também é ficar sem cara, sem fala?

A PRATICANTE: Nesse caso, será que não foi a mãe quem ficou sem cara, em vez das filhas? Acho que foi a mãe que perdeu a cabeça, endoidou, mas sua cara também deve ter caído no chão quando disse uma imbecilidade semelhante às filhas que lhe perguntavam sobre o lugar de onde teria saído o irmãozinho. Não era mais possível identificar-se com uma mulher tão burra. Eram crianças obviamente inteligentes.

Sozinhos, unidos contra a solidão

Se sua razão, aliada às suas possibilidades mediadoras – linguagem, trabalho e criatividade (todas funções simbólicas do desejo) –, lhe permitir triunfar, o/a adolescente conseguirá realizar seus desejos dentro da lei e comunicá-los para prazer próprio e dos eleitos seus, que – na qualidade de seduzido ou de sedutor – ele atrai; o interdito do incesto impele-o a procurar eleitos para o amor em lugares outros que não os do meio familiar.

É o que o torna participante da vida social com os camaradas da mesma faixa etária, em ardores passivos e ativos que ele empenha em atividades lúdicas, industriosas, mentais, artísticas e esportivas, nas quais seu desejo impele-o a competir. Sua ambição sustenta-lhe o narcisismo na obtenção daquilo que facilite seu acesso a objetos de seu desejo sexual, graças aos poderes que ele adquire e que podem servir a seus objetivos sedutores.

A organização social e política cativa os interesses dos jovens; eles descobrem que ela facilita ou dificulta as realizações de seu desejo de inserir-se em responsabilidades que lutam por assumir, mas a mudança de rumo do desejo genital, que causa medo, e o desejo de fugir ao lar paterno por uma causa nobre, e infelizmente também a formação profissional assídua ou os estudos que permitirão libertar-se da ajuda financeira dos pais, tudo isso lhe induz a motivação para engajar-se precocemente numa paixão política, na qual o jovem se lança qual neófito religioso, e que tantas vezes é uma cilada.

Quantos caímos na cilada das contestações e reivindicações confusas na época pré-genital, de crianças crescidas na absurda submissão a pais cujo exemplo não "dava" autoridade, mas impunha a "sua" lei, pais que, pela submissão temerosa, impediram os jovens submetidos à sua educação de desenvolver-se responsáveis por si mesmos e livres para escolher amigos, diversões, atividades.

Enfim, jovens adultos pela idade, é com necessidades e desejos de crianças gigantes que mergulham, sem terem exercitado a inteligência nos juízos pessoais, na discussão das leis e da organização social, prestes a unir-se a qualquer grupo que os acolha. Com medo das represálias dessa nova fraternidade, ficam dependentes delas, sem liberdade de inteligência. Bandos de mamíferos bípedes, e não de homens e mulheres, em nome da dita reivindicação de justiça alguns se embriagam com um modo de vida fantasístico que associa a delinqüência aos seus projetos. Outros, por sedução, entregam-se a líderes que impõem suas idéias por vontade de poder a esses crédulos que se transformam em objetos irresponsáveis por suas escolhas e que, à força de slogans de liberdade e justiça, entregam-se às fantasias ou aos atos, chegando às piores exações contra a pessoa humana.

Bem diferentes são os cidadãos trabalhadores e conscientes de seus deveres, responsáveis por si mesmos, que assumem pessoalmente seus atos e suas palavras, que vivem para promover um mundo com mais justiça para as gerações vindouras, e estão dispostos a dar a vida por melhores leis, pela evolução da sociedade. Essa opção exige maturidade pessoal e grande percepção das ciladas do desejo, sempre pronto à vanidade do narcisismo individual ou chauvinista de um pequeno grupo pseudofamiliar que é escolhido porque fala a mesma língua dos eleitos aproveitadores, não abertos à maior justiça para todos, no respeito por todos os seres vivos, na rejeição absoluta a qualquer crueldade física ou moral e a todo espírito de vingança.

Raros são os adolescentes e os jovens adultos que não desviam para os interesses e as paixões políticas, de maneira irresponsável e infantil, sua responsabilidade sexual e moral pessoal.

A paixão política, assim como a religiosa, servindo ao jovem "militante" para fugir da solidão todavia necessária, é uma cilada para o/a adolescente que perdura no recalque sexual tanto quanto o são a delinqüência juvenil e a droga, se nisso o jovem encontrar sua cota de satisfação – sádica, masoquista, nirvânica ou de poderio –, cilada que, em nome de uma "boa causa" pela qual ele milita e com a qual se identifica, o desvia daquilo que deveria ocupá-lo: aprender a viver sem ajuda material, mesmo que ganhando parcamente a vida, assumir no todo o seu sustento e abster-se das comunicações histéricas em que se deixa explorar e levar tanto quanto antes, em família.

É muito triste ver esses "jovens maravilhosos" se sentindo culpados pelo tempo que dedicam (se é que o fazem) à descoberta de amizades, ao amor, ao esporte, à dança, à música, às viagens e ao cultivo de um trabalho manual, em suma ao cultivo pessoal. Pois essa formação pessoal demanda uma disponibilidade diária de todo o tempo que sobra das obrigações escolares ou profissionais, disponibilidade para abrir novos olhos para o mundo, sem assumir cedo demais e às cegas compromissos duráveis dos quais está excluída a escolha por nada se conhecer de diferente.

Adquirir e conquistar a identidade não é identificar-se com uma causa, com um movimento que explore a juventude, muito menos deixar-se levar pelas tentações da vida fácil de filhinho da mamãe devotada ou do papai rico ou da vida de delinqüente. Nem explorador nem explorado. É a justa medida, a mais difícil de obter nessa idade da adolescência e de jovem adulto em que se quer brincar de responsável antes de saber sê-lo, mas merecendo nisso refletir. É mais cômodo e aparentemente menos arriscado do que se arriscar em amor e amizades, a aprender a conhecer pessoas do próprio sexo e do outro de um modo que não é o de objetos de prazer sexual, e, com esforço pessoal, a trabalhar em prol de sua cultura pessoal e desenvolver o juízo pessoal em todas as coisas. Cumprido o amplexo, o desejo deixa parceiros sexuais ou amantes, após o duo e o encontro passageiro, de novo à mercê de suas certezas ou de suas dúvidas, unidos contra a solidão, ou separados e por ela espreitados.

Entretanto, no invisível, essa palavra no amplexo invoca outro ser que às vezes responde. Três desejos então, conjungidos por um instante, se fazem carne, e um deles ganha corpo em devir, confirmando para os amantes a fecundidade que os transforma em pais, confrontando-os com a responsabilidade de um filho que os escolheu para nascer (talvez). Aí estão esses inconscientes postos diante da metamorfose que lhes cabe, por sua vez, assumir, eles que são tão pouco seguros de si mesmos e que, pela pequena criatura, carne de sua carne, menino ou menina, são promovidos a dispensadores daquilo que a vida reclama em sua aurora, e mais ainda a vida dos filhotes de homens, por tão longo tempo frágeis e impotentes: segurança, proteção, alimentação, calor para o corpo, presença de amor e palavras de saber, exemplos, educação, tudo isso encargos que devem ser assumidos, tudo isso restrições à liberdade dos genitores que, em as aceitando, comprometem-se em conjunto e separadamente, de modo irreversível, em palavras e atos, com a responsabilidade de sua descendência. Recebem como promessa alegrias infalíveis, mas também preocupações não menos infalíveis por um futuro incognoscível.

Desejar e amar o outro com corpo, inteligência e coração, e formar – mas só em chegando o tempo – um casal responsável por sua progênie, ser capaz de servir de exemplo autenticamente humano a crianças que não se sintam nem demais, nem de menos para atender ao narcisismo ferido dos pais, tal é o objetivo da vida a dois, na intimidade e na total comunicação entre homem e mulher, que a vida sexual propõe ao desejo humano num corpo que chegou à maturidade.

A maturidade moral é demorada de se adquirir, e isso não é feito sem transes de amor traído por desejos poderosos em fantasias e frustrantes em face da realidade, quando os parceiros não se convêm mais na modalidade do sensual, no ritmo de vida, nas opções culturais ou recreativas, na escolha de amigos, quando, na demasiada premência do prazer, esquecem de conhecer-se.

A maternidade e a paternidade humana exigem dos pais estabilidade de escolha do parceiro sexual, e que essa escolha seja viável tanto no plano da saúde quanto no plano da abertura para as relações sociais e para o desenvolvimento das potencialidades de cada um.

Isso implica que, antes de fazerem obra de carne (uma criança que poderia nascer-lhes do amplexo e torná-los responsáveis conjuntos por uma futura vida de homem ou mulher), ambos sejam completamente responsáveis por seu trabalho, ou seja, economicamente autônomos, financeiramente independentes de suas respectivas famílias.

O desejo de filhos não é necessidade do espécime anônimo da espécie, tampouco o preenchimento de uma falta, senão seria o filho objeto de prazer somente, e não o que deve ser: dom vivo para os cônjuges, recebido e dado mutuamente; e quanto à criança, iniciada no respeito, no amor e na confiança nas pessoas das duas linhagens reunidas pela mediação dos pais, é, no tempo e no espaço, a representação de seus genitores e ascendentes mortos. Mas só podemos amar pais e sogros com liberdade e por nos sentirmos seus iguais, porque lhes somos gratos por terem eles posto no mundo aquele ou aquela que temos a alegria de amar e por quem somos amados.

Diante dos métodos anticoncepcionais, podemos esperar não mais ver jovens casais dizendo que seu filho é fruto de uma besteira legalizada. Assim, não seria possível dizer inconscientemente: "por luxúria engravidei uma mulher; por dever, infelicitei-a e à criança, cônscio do que fazia (por medo de meus pais, dos pais de minha mulher, por recusar-me a assumir minha paternidade sem gozar dos direitos e dos poderes conjugais)". Não espanta que esse homem, incapaz de ser pai, indigno de sê-lo, em vez de impor-se pela autoridade, use de repressão ou pusilanimidade diante dos desejos dos filhos. Não espanta que tal mãe, vítima de sua educação, da sociedade, de seu homem e de sua femealidade, criança ela também, se apegue ao filho como a uma boneca consoladora, e, mãe por malogro de seu desejo, malogre também a iniciação à responsabilidade de seu filho, na alegria de libertar-se de sua tutela culpada e culpante.

Uma vez que o progresso da ciência permite hoje evitar as concepções que os adultos de corpo não se sentem capazes de assumir, sem falar do aborto que, do ponto de vista legal, não é mais crime, mas que nem por isso deixa de contrariar a natureza do corpo, podemos esperar que se ponha em marcha uma verdadeira revolução na educação e na formação sexual dos jovens, que os jovens possam exercer seu desejo sexual no amor, e não no medo, que eles também tenham aprendido a conhecer-se melhor mutuamente, quanto a correspondências físicas e emocionais, e que menos concepções rejeitadas por falta de maturidade social, psicológica ou moral (no sentido de ética adulta e responsável) façam as crianças carregar o pesado fardo de terem capturado o desejo inconsciente de pais infantis.

Mas essa descoberta do controle da natalidade – como é chamado politicamente – também expõe os parceiros sexuais ao risco de ficarem presos ao seu narcisismo somente, se a educação não desempenhar papel fundamental no cultivo do sentimento de responsabilidade dos jovens, tanto em relação a si mesmos e a seu corpo – higiene corporal e alimentar, higiene do habitat, *higiene esportiva, conformidade de palavras e ações, respeito por si mesmos nos compromissos contratuais a curto prazo, em suas opções de estudo ou em suas opções lúdicas ou criativas – quanto no respeito de uns pelos outros, na colaboração da vida grupal e na responsabilidade cívica.*

É só com essa condição que, confiantes em si mesmos, dentro da realidade de sua vida pessoal e da vida social bem antes da puberdade, eles poderão entrar para a vida sexual ativa.

É preciso saber assumir as provações, os erros de escolha que a paixão só tolda por certo tempo, e assumir livremente o amor que, no ser humano, é feito de renúncia consentida pela alegria de conhecer-se mais a cada dia, confiando cada um mais em si mesmo graças ao outro, sem temer desânimo e tédio. O desejo e o amor só têm que cumprir "obrigações legais", antes que o casal estável, fruto de uma primeira mutação em dois seres humanos, chegando cada um por si mesmo à maturidade, decida livremente associar-se para toda a vida na total confiança recíproca, aconteça o que acontecer.

Filhos da verdade: bebedeiras e dandismo

O ESTRANHO: A propósito de ficar de cara no chão e perder a fala, nas notas lemos: "Solidão que exige mais escuta que conselhos."

A PRATICANTE: Sim. Mas quem tomou notas punha-se no lugar do confessor, a quem as crianças vêm contar seus casinhos.

O ESTRANHO: Mas ninguém pode tirar o outro da solidão, da gagueira ou do mutismo dando-lhe conselhos.

A PRATICANTE: Absolutamente. É ouvindo. É fantástico, às vezes os gagos – como demoram tanto a acabar uma palavra –, achamos que os estamos ajudando quando terminamos a palavra para eles. Mas eles ficam furiosos! E recomeçam a gaguejar desde a primeira sílaba. Não se pode fazer nada.

O ESTRANHO: "Confusão entre o rosto e a genitália. Masturbação ou esconder-se o rosto."

A PRATICANTE: Depois de se masturbarem, escondem-se, não querem ser vistos. Isso para os jovens, os adolescentes.

O ESTRANHO: "As intenções que não conseguem tocar o objeto revertem em decepção e agressividade. A mãe de antes faz falta. Há uma mãe real com a qual é melhor confrontar-se, à qual é melhor opor-se."

A PRATICANTE: A mãe de antes, quando não se desconfiava ainda que ela era proibida sexualmente. A mãe de agora é uma puta, no sentido de tentar pela feminilidade. A vontade é de aninhar-se nela e, de novo, o corpo se entesaria como o de um cervo. Ou então a menina seria agressiva porque a mãe é uma rival, ocupa lugar junto ao pai, cuja interlocutora preferida gostaria de ser ainda.

A mãe de antes não tem mais encanto. O encanto da mãe de antes quebrou-se. Onde encontrar consolo? Ou encontrar alguém em quem o sexo não fale e onde seja possível reconciliar-se com a infância? Afinal, talvez Deus faça parte disso. Não só Deus, mas os deuses, Vênus, Afrodite, enfim esses deuses que são de dois sexos, hermafroditas ou especificamente sexuados na sedução de seu sexo. Então, não há perigo: os dois lados estão a fim de você. Por certo que esses deuses pagãos, e também os deuses lares, deuses da casa, os pequenos demônios, os lares e os penates, que guardavam o sentido das coisas cotidianas, por certo são como zonas erógenas personalizadas. Mais ou menos como, por brincadeira, conservamos em nossa família o anjo da guarda. O anjo que arruma os carros, que acha as chaves etc. Isso sempre existiu; as pessoas sentem necessidade de ser ajudadas em suas fraquezas, e com certeza essas divindades nobres ou banais servem para isso. Mais ou menos como a superstição segundo a qual Santo Antônio permite recuperar objetos perdidos.

Isso deve ter sempre existido, essa necessidade diante da impotência do ser humano de encontrar auxílio, auxiliares que são fragmentações fantasiadas do suposto poder da mãe provedora de quando éramos bebês. Com isso é possível suportar as dificuldades, pelo fato de falar, expressar, de chamá-los em nosso auxílio e mesmo de xingá-los.

Assim, o outro dia, a gentil zeladora do nosso prédio estava me contando que fazia uma novena para não sei o quê, e que ela disse a uma mulher: “Nunca vi fazer uma novena sem encontrar o que foi perdido” etc., e essa mulher foi também fazer uma novena. Isso sempre existiu. É uma coisa inerente ao ser humano, mas que vem da mãe perdida, da provedora perdida no período casto. Tudo é sexuado sem isso, e esses deuses não pertencem ao domínio espiritual, eles são funcionais, pensáveis como sexuados entre si, não sexuados em relação ao ser humano que os solicita, como mãe adulta em relação a pai adulto, ambos tutelares castos para o filho confiante.

Então, a solidão é menor. Também é um bálsamo para a solidão essa invenção; é uma fragmentação do poder hierarquizado que exime de culpa pela impotência e de responsabilidade pela imbecilidade, pelos atos falhos. À medida que somos responsáveis pelo que nos acontece de desagradável, isso nos exime de culpa pela responsabilidade que nos cabe, e à medida que não o somos, isso nos ajuda a suportar o quinhão comum da perda da segurança da infância e a aceitar as castrações entre o imaginário e a realidade.

O ESTRANHO: "Quando o pai ou a mãe os desiludiu..." Aqui se fala de atos heróicos.

A PRATICANTE: Atos exibicionistas de salvação, sim. É uma solução histérica porque não há mais retorno possível. São os mais tímidos que são heróicos. Sabe-se isso pela história. São sempre as pessoas mais tímidas que, em certas situações, se tornam heróis absolutamente assombrosos para quem os vê.

Quando eu tinha vinte ou vinte e dois anos falava-se nos jornais do seguinte caso: aconteceu um terrível acidente de trem na Inglaterra, e lá havia uma menina completamente fechada em si mesma, uma adolescente. As pessoas que a cercavam achavam que ela era doente mental, porque não ousava encarar ninguém, estava sempre sozinha; tinha até abandonado os estudos, e os pais preocupavam-se muito. E foi ela que salvou o maior número de pessoas nesse acidente de trem; alertou os grupos de resgate e, durante três dias seguidos, não parou de resgatar pessoas com uma eficácia extraordinária... E isso a curou. Dizia-se que foi muitíssimo homenageada depois do acidente, porque muitas mães deviam a vida de seus filhos à sua rapidez de ação e à sua eficiência.

Fiquei perplexa. Dizia-se que era tão tímida antes, e que depois se transformara com o acontecimento que sobreviera na vida daquela aldeola.

O ESTRANHO: O heroísmo em atos.

A PRATICANTE: Em atos e também, provavelmente, em todas as suas fantasias sádicas... Outra pessoa talvez estivesse perturbada demais para agir. O que teria freado sua atividade. Ao contrário, a atividade dela se decuplicava ao ver tantos horrores, tantas pessoas para cuidar. Não sei. Há alguma coisa no trágico e no sádico da situação que era familiar às fantasias dela. Familiar no sentido das representações imaginárias que a haviam imunizado, vacinado contra a paralisia pelo horror. Ela não foi derrubada pela emoção; não foi anulada por situações de mutilação, ela as experimentava a tal ponto que pôde encará-las. Com certeza é isso. Era uma menina *a priori* agredida por tudo.

Comportou-se como uma heroína, mas antes de um incidente de tal tipo ela mesma não se sabia capaz da potencialidade de heroísmo que a habitava despercebidamente.

O ESTRANHO: Pode-se fazer uma aproximação entre essa tentativa de heroísmo e o heroísmo simbólico?

A PRATICANTE: Dos camicases? Completamente.

O ESTRANHO: E também com o heroísmo na cultura, como o dandismo... Estava pensando no filme de ontem à noite, com Stewart Granger, *Brummel...*

A PRATICANTE: O dândi lança um estilo de vida. Aliás, uma das últimas réplicas é a do príncipe de Gales, depois que se tornou rei – é um homem que tinha princípios – que diz: "Nunca encontrei ninguém que vivesse segundo seus princípios, como ele." As pessoas têm princípios. São palavras. Mas ele não, vivia seus princípios, e exerceu influência considerável sobre o estilo de vida da Inglaterra.

O ESTRANHO: É por isso que você dizia que o dândi se vê como filho da verdade. Porque vive seus princípios.

A PRATICANTE: A respeito de "dândi"[54], eu disse algo um tanto poético: "É o sudário de Verônica que lhes serve de algibeira. Morrem num grito como uma flecha que se despede dos lábios do arco, flecha que vai plantar-se no coração de Deus, filhos abandonados de pai que são, para se fazerem reconhecer." Acho que toquei algo de muito veraz nessa história. Corresponde totalmente à história de Brummel.

O ESTRANHO: Certamente você está falando dos adolescentes que se acham perdidos nesse ponto da trajetória.

A PRATICANTE: Sim. É que fazem renunciações heróicas para se saírem dessa, justamente os camicases.

O ESTRANHO: E você acrescenta aqui: "Auxílio dos poetas que sabem descrever a solidão."

A PRATICANTE: Sim, é isso: Brummel, Baudelaire, Byron, Shelley, talvez Barbey d'Aurevilly. Ou mesmo revolucionários, como Nazim Hikmet, poeta turco que escreveu poesias magníficas durante vinte anos de prisão. Revolucionários como Lênin, Che Guevara, que inspirou os jovens muito mais que Fidel. Fidel era jurista...

O ESTRANHO: Que estranho, aqui, o padre que tomou notas diz que você disse: "As bebedeiras, no acotovelamento, também ajudam a passar essa etapa."

A PRATICANTE: É verdade. Beber juntos, isso cria um ambiente de contágio caloroso entre as pessoas, e é quando se bebe que se deixa de ser responsável pelo que se faz e pelo que se diz, e há uma extralucidez que vem da compreensão dos outros, uma espécie de amizade pré-genital. "Meu chapa" é a palavra associada ao beber. E o álcool produz um estado de impotência sexual. Então, tudo pode ser dito, tudo pode ser suposto porque se está num estado de castidade obrigatória por causa da intoxicação. As bebedeiras de estudantes permitem viver um clima de homossexualidade quando não se é homossexual. É um clima de castidade entre homens e entre mulheres (isso também existe). Acho mais que, para as mulheres, a bebedeira é solitária. Não acredito que as mulheres bebam em conjunto, mas talvez isso venha a mudar. A bebida é terrível para as mulheres. Conheço duas ou três que segredaram sem fazer análise. É dramático. Elas bebem sozinhas. Cuidam da casa, o marido não está, as crianças não estão, elas estão angustiadas. Bebem. Percebem que aquilo lhes permite passar o dia, e acaba sendo um vício.

O ESTRANHO: O mecanismo é completamente diferente.

A PRATICANTE: É a solidão; e está sempre associado a uma mãe que faltou súbita ou cronicamente. De qualquer modo é a falta de amigos íntimos. O marido é a única pessoa íntima, os filhos são seus interlocutores também, mas ninguém ali se complementa. O marido tem afazeres demais. Pede que a mulher o "complemente" quando volta à noite. Pede que ela seja boazinha com ele, que lhe dê o repouso do trabalho, e ela, nesse momento, bem que precisaria falar, ser outra coisa além de uma bichana amada. Os homens não entendem. São homens que gostam de suas mulheres, são mulheres que gostam de seus homens – é o que mais me impressionou nas mulheres que bebem –, não são em absoluto mulheres infelizes, porque os maridos as respeitam, não batem nelas nem as desprezam sexualmente. É um amor verdadeiro, mas no qual, aos poucos, foi-se instalando a impossibilidade de comunicar-se.

A NEGRA VERDE: Nos Estados Unidos fizeram estatísticas. É o país do mundo em que o alcoolismo feminino é mais disseminado...

A PRATICANTE: Sim. Provavelmente há pouco calor materno para as meninas, pois tudo é tão rapidamente levado para a sedução, a conquista sexual. Está na moda. As meninas logo precisam ter seus namorados. Não é uma coisa "verdadeira". É um tipo que se deve assumir para parecer igual às outras...

Sim, talvez as mães não façam pessoalmente a comida, as roupas. O falismo materno é pouco marcado em casa. A comida é comprada em latas, não se fica olhando muito tempo a mãe a fazer alguma coisa, a cantar, a falar com os filhos, como ainda acontece na França. Tudo é rápido e caótico, pelo menos é o que achamos, vendo daqui. Tudo está no exterior.

O ESTRANHO: A imagem típica da americana alcoólatra é a loira de quarenta e cinco anos...

A PRATICANTE: ... que não é mais sedutora, que vive sozinha em sua casa, o horror da casa com a grama bem aparada e o marido que vai trabalhar, volta à noite e, efetivamente, tudo está pronto nesse caso. Provavelmente é esse estilo de vida que as faz cair nessa, a falta da cumplicidade do fazer juntos, do projetar juntos. E agora, por todos os lugares se vê essa televisão a ocupar os olhos e banalizar tudo. Todo o mundo ouve a mesma coisa ao mesmo tempo. Ninguém mais se exprime.

O MAINÁ: Isso é apresentado como uma conquista, no sentido de que milhões de pessoas vêem a mesma coisa ao mesmo tempo. Como um dos sinais da grande comunidade.

A PRATICANTE: Sim, e é um sinal de totalitarismo bestificante. Aliás, nos países totalitários, televisão é a primeira coisa que se põe ao alcance de todos. É propaganda. Tudo é propaganda. Não há um pedacinho, uma fração de filme que não esteja sempre, sempre ligada à propaganda de alguma coisa. Falei sobre isso com alguém de lá, que me respondeu: "Mas como? Vocês se espantam com isso? Nós lá sabemos disso."

O ESTRANHO: Voltando à história das bebedeiras, não sinto prazer nenhum em beber com pessoas que encontro, seja lá quem for...

A PRATICANTE: Com quem você não tem amizade.

O necessário é que haja certa temperança. Beber é uma coisa que me faz mal fisicamente, apesar de eu sempre sentir necessidade de um pouco de vinho, mas nunca ultrapasso meio copo, três quartos de copo. Além disso, não misturo vinhos, mesmo que eles sejam excelentes. Não sinto a menor tentação por ir além das conveniências. Uma garrafa fica sempre naquilo que deve ficar. Uma vez, na Alemanha, bebi aquela espécie de ponche que eles fazem com frutas e vinho do Reno. Estava visitando uma família onde Jean[55] passava as férias. O dono da casa e meu irmão precisaram me carregar para o quarto. Não me lembro de nada. No dia seguinte, quando acordei, o colchão, de tipo alemão, estava em três partes no chão, e eu diretamente em cima do estrado; nem tinha percebido. Devo ter me debatido a noite inteira contra o *mescalito* do vinho, e nem percebi. Mas não foi por gosto. É que me pegaram de surpresa. Tinha acabado de chegar, e eles queriam me homenagear. Em dois minutos, estava bêbada. Nunca fiquei daquele jeito na minha vida.

O ESTRANHO: A respeito dessa idade, justamente, entre quinze e dezesseis anos... Falávamos há pouco da *Digue de la Salis*, em Antibes. Hoje em dia a gente vê a formação de bandos de adolescentes nos subúrbios.

A PRATICANTE: Eles buscam o acotovelamento, um outro tipo de família, a família que escolheram. Têm um estilo próprio no modo de falar, nas diversões, nas expressões, nos papéis que desempenham; é grande a clonagem, a identificação, o mimetismo de uns com os outros. Clonagem biológica: são todos iguais, penteiam-se do mesmo modo, os rapazes usam as mesmas T-shirts, o mesmo modo de prender as calças. É o estilo gangue. E com muita freqüência uma gangue se opõe à outra. Aqui não havia disso, só havia uma gangue, "*la Digue*", e não havia gangue inimiga, mas isso acontece. "*La Digue* acha isso", "Ah, não, *la Digue* não concordaria", diziam meus filhos nas conversas conosco, à mesa de jantar.

Nos subúrbios, agora, eles brigam, e fala-se muito disso. É como *West Side Story* – preconceitos. Nesse espaço de falsas cidades, não há lugares de convívio: isto acontece na rua. E mesmo quando existem lugares, como quando foram criadas as casas de cultura (a municipalidade queria criar um lugar de convívio e cultura), não fica muito claro se eles realmente são freqüentados pelos jovens.

Desejo de criança

O ESTRANHO: Chegamos ao adulto: "É o dia em que o encontro de um ser amado deixa entrever uma fecundidade possível ou, ao contrário, impossível, conforme a realidade." Suponhamos o rapaz. Ele está em busca dessa outra pessoa que não o ponha em perigo em relação à sua história pregressa.

A PRATICANTE: É isso aí. E ele encontra nessa outra pessoa – se for mulher...

O ESTRANHO: Por que, "se for mulher"?

A PRATICANTE: Em se tratando de um rapaz, ele não pode encontrar outro que deseje um filho. Tomo esse modelo banal de fecundidade (desejada ou não).

Se for mulher, encontrará o desejo pelo filho vivo. Na verdade, qualquer desejo suscita o projeto de uma "obra". Pode ser uma obra abstrata: uma realização política, uma idéia de projeto terrorista, é o "vamos agir", mas, no amor e no desejo heterossexual, é fatalmente a idéia do filho que paira, para um ou para outro. Rapaz ou moça, se as relações forem do tipo "bebedeira", "acotovelamento homossexual", não haverá desejo por um filho vivo. Mesmo que surja o desejo sexual quando as defesas do supereu diminuem, este é um ato parido pela libido do par de corpos com sexos complementares, mas não é um filho vivo que se refira, para esses indivíduos, rapazes ou moças, a seus próprios genitores.

O verdadeiro ingresso na idade adulta tem a ver com uma obra durável e com a responsabilidade pessoal num eventual destino novo. É o início, geralmente nada sólido, mas é assim que começam os flertes entre amantes. Eles topam com a vontade de ter filho, que na maioria das vezes vem da mulher e é o desejo e o amor por aquele homem na duração do tempo. No homem, também é a duração, o reter a mulher que lhe parece simbolizar seu êxito, para que ela não procure outro. Quer conservá-la. Na mulher, é ter um filho dele. O que, aliás, a engana muitas vezes, pois ela tem um filho, e ele, apesar disso, vai em direção a outra. E, no entanto, é tudo com o mesmo espírito. É uma idéia subjetiva de duração: "Ele estará em mim por toda a vida, pois porei no mundo o filho dele." Aí, mesmo que o adulto se inaugure como desejante, não é ainda a idade da fecundidade adulta, ainda é a idade das fantasias. A idade da fecundidade adulta é quando a mulher deseja um filho da linhagem de seu amante, filho que seria eventualmente – caso ela morresse – criado pela linhagem de seu homem. Quanto ao homem, deseja um filho que lhe cause orgulho por ser marcado pela hereditariedade de sua mulher e pela dos homens ou das mulheres de sua linhagem, bem como pela da linhagem de sua amante.

É nesse momento que o adulto atinge a maturidade. O desejo sexual ganha um sentido que está também ligado à necessidade que a sociedade tem de continuar. Nesse momento a subjetividade une-se ao social.

O ESTRANHO: É um sentimento de responsabilidade profunda em relação ao circuito vital.

A PRATICANTE: É isso. Com a idéia da própria morte, que está sempre inclusa no desejo de gerar.

A NEGRA VERDE: São sentimentos muito difusos. Ninguém sabe exprimi-los com precisão...

A PRATICANTE: Nitidamente assim, com certeza, mas é isso a evolução.

A NEGRA VERDE: Se você disser isso, a respeito do flerte, a jovens de hoje, por certo eles vão dar boas gargalhadas. A moça iria dizer: "Eu não quero ter filho. Tomo pílula desde os catorze anos. Não desejo ter filho." E o rapaz talvez dissesse simplesmente por bravata: "Eu, hem, estou pouco me lixando para a duração..." E aí eles te esfregam a Madonna na cara...

A PRATICANTE: É verdade. Aliás, dizem isso mesmo. Costumam dizer coisas assim sobre o casamento: "É preciso para a sociedade. Ele vai ter meu sobrenome, mas não faz mal se tiver o sobrenome da mãe."

O ESTRANHO: Nessas alturas pode-se dizer que, entre essa mecânica profunda e a vida cotidiana, interpuseram-se estratos de linguagens ideológicas.

A PRATICANTE: Com certeza. Mas será que podemos evitá-las?

O ESTRANHO: Não, não podemos. Mas não sei se são mais espessas hoje que antes...

A PRATICANTE: Meu irmão, que viveu na Albânia, me dizia: "Lá se vêem faixas por todos os lados com os dizeres: 'Simplesmente façam um filho. Nós cuidamos do resto.'" Parece assombroso que uma sociedade diga uma coisa dessas. É a ideologia do social que extrapola a pessoa. O objeto torna-se mais importante que o sujeito. O psicológico e o subjetivo não têm nenhuma importância.

A NEGRA VERDE: Voltando a nossos países ocidentais, é verdade que a moça pode responder: "Não quero ter filhos."

A PRATICANTE: Pode. Mas eu digo que quer. Ela é como as mulheres são. Está inativa durante muito tempo por causa da pílula. Artificialmente, tornou-se inativa essa fase de pré-fecundidade, que, na realidade, em noventa por cento das moças, é um momento fisiológico e psicológico homogêneo. Elas não podem gerar um filho sem angústia. Os primeiros frutos devem ser abortados, porque não são suficientemente sólidos. Aliás, quando vemos as árvores genealógicas das rainhas de França, que se casavam muito jovens, adolescentes, até pré-adolescentes às vezes, vemos que seus três ou quatro primeiros filhos morriam – e não estamos falando de abortamento espontâneo; falamos dos que nasceram e morreram logo depois, ou então com dois meses etc. O caso de São Luís é claro. A mulher dele teve quinze ou dezesseis filhos, e quatro deles morreram logo depois do nascimento por terem sido concebidos e gerados cedo demais.

A economia desse fato é traçada com o advento da ciência da fecundidade, a ciência genética, manipulação que traz uma nova ideologia e fortalece – por que não? – o conhecimento entre dois seres humanos antes da geração de um fruto, com a esperança de que, em se conhecendo, talvez eles se abandonem menos e haja menos infelicidade, pois saberão por que são feitos, com que tipo de homem, com que tipo de mulher têm mais probabilidade de entender-se por longo tempo na vida em comum, pois o companheirismo, conservando-se o sentimento de liberdade, é algo muito importante na vida de cada um dos integrantes do casal. Isso possibilitaria um período de maturação genética da mulher e do homem em situações que não oferecessem perigo de fecundidade.

O ESTRANHO: Então as moças, muitas vezes acima da adolescência, que continuaram pré-genitais de coração e maturidade mental simplesmente querem um filho.

A PRATICANTE: Querem um filho como querem uma boneca, um vestido; querem um poder como seu corpo, que parece adulto, pode dar-lhes.

São essas as que fazem – agora que é "legal" – três abortos por ano. É um problema para os responsáveis pelo planejamento familiar, porque essas neuróticas recorrem à chamada "interrupção voluntária da gravidez" como se fosse um anticoncepcional. Querem ter certeza de sua maturidade física. Parece um pouco com a piada do cara que acende todos os fósforos para provar que eles funcionam. É mais ou menos isso. São moças que se queimam no desejo pelo filho para terem certeza de que são mulheres, e não se tornam mulheres porque confundem a potencialidade de estar grávidas fisicamente com o estado adulto do desenvolvimento, ao passo que a maturidade é o senso de responsabilidade pela criança. E estragam-se o corpo, pois todo aborto, por mais anti-séptico que seja, é uma mutilação para o útero grávido, e principalmente uma ferida psíquica para a gestante. Elas não têm consciência disso. Talvez não lhe digam o suficiente. Pois como não morrerão disso, não sabem que se lançar numa gravidez traumaticamente interrompida é coisa que arruína suas vias genitais.

Todas as mulheres que analisei, que tinham recorrido voluntariamente ao aborto (tanto quanto as que tinham sofrido um abortamento involuntário), viviam o mesmo transe inconsciente. Na época em que a criança nasceria, seus sonhos giram em torno de um bebê, do mesmo modo e de maneira totalmente inconsciente; seus olhares são atraídos por vitrines que mostram enxovais de bebê, elas percorrem os jardins públicos para ver bebês em bercinhos e carrinhos. É espantoso, e isso dura de três semanas a um mês a partir da fase anterior ao nascimento até a fase do pós-parto, com sonhos, mesmo que o aborto tenha sido necessário e desejado, seja por decisão racional, seja com aparente indiferença emocional, seja com pesar, seja ainda com ódio por estar grávida – isso nas mulheres que foram violentadas. O processo desenrola-se inconscientemente. Foi-lhes frustrada a conclusão que, sem a interrupção, teria sido um filho vivo por amar. Cumpre chorar uma separação. Por isso, a chamada "interrupção voluntária da gravidez" não é coisa de pouca importância para o psiquismo inconsciente da mulher. Nestas alturas, segundo a ideologia em voga, ela não é nada, é totalmente inofensiva e sem conseqüências para as mulheres.

A NEGRA VERDE: "Somos donas do nosso corpo e fazemos com ele o que quisermos."

A PRATICANTE: É isso: "Meu corpo é meu e faço com ele o que quero." Por que não? Mas por que fazer imbecilidades? Por que pô-lo em perigo para o futuro?

O MAINÁ: É a ideologia do "eu, eu".

A PRATICANTE: Sim, absolutamente. Mas, por enquanto, elas não querem ouvir mais nada.

A NEGRA VERDE: Há desses casos, mas também há moças que querem ter um filho só para não ficarem sozinhas.

A PRATICANTE: Sim, assim como gostariam de ter um cachorro ou um gato. Fazem alguém fazer um filho nelas, sem ter idéia de que será um homem ou uma mulher em devir. Tomam a decisão de ter um filho como se toma a decisão de ter um cachorro ou um gato, para terem companhia, para terem alguém a quem farão alguma coisa. "Isso vai dar sentido à minha vida." O que é isso?! O sentido-espelho não é sentido.

O ESTRANHO: "Sentido-espelho"?

A PRATICANTE: O sentido do filho para si, prova de que sua existência é válida. Mirar-se num filho é malsão para o crescimento e a educação dele. É preciso haver uma situação triangular. Haver essa criança em meio a outras, essa criança que se transforma em homem, em mulher, criada para tornar-se autônoma e deixar seus pais de origem. "Se eu soubesse que é tão difícil criar filhos, que eles são tão ingratos, eu não teria filhos." Sim, elas sabem que vai custar dinheiro. A maioria acha no filho, precisamente, sentido para trabalhar: vão ocupar-se, terão o que fazer à noite; depois de um trabalho insípido, terão a alegria de ir buscá-lo na creche. Mas não é um projeto de vida para esse ser nascido de duas origens cruzadas que, homem ou mulher, terão o encargo de orientar seu desenvolvimento em direção à sua escolha de vida, informada pelo parentesco de que ele ou ela saiu.

Esse é um modo de construir para si um objeto transicional.

O ESTRANHO: E quanto mais ele cresce, mais ele fica chato.

A PRATICANTE: Porque é vivo, não é uma coisa, o "bonzinho". Foi desejado para suportar a solidão ou para ganhar poder sobre o companheiro de cama.

Felizmente, a muitas delas o filho faz evoluir, mudar, é verdade. Muitas dessas mães tornam-se mulheres com o primogênito. A maternidade amadurece a mulher, embora eu não possa afirmar de jeito nenhum que a paternidade amadurece o homem, pois essa não é uma iniciação carnalizada como a gravidez, a geração fisiológica. É através do amor que ele tem pela mulher, que está grávida e é amada, que o filho lhe diz respeito desde o início. Se não, a criança só desperta o interesse do homem quando já é um interlocutor de verdade, companheiro de vida que questiona e adula, que preocupa e sensibiliza segundo sua natureza e também segundo a revivescência de sua própria infância.

Acredito que a maturidade de muitos homens venha através da mulher. Não é a mesma coisa para as mulheres. Para o homem, o filho faz parte de sua experiência de casal a partir de certo momento, desde que a mulher seja capaz de amar esse filho sem preferi-lo ao homem – se ele não for o genitor – ou de amá-lo como filho desse homem – se ele for o genitor. Mas se a mulher ficar grávida só porque o homem descarregou sêmen nela, isso não tem muito sentido para ele. Então, se o homem aceita o filho (não digo apenas tolera o filho), isso sem dúvida tem a ver com sua falta de família, com seu desejo de filho-companhia. Volta-se ao substituto animal de suposta companhia.

Muitos filhos únicos têm "necessidade" de ter filhos porque sofreram isolamento familiar. Acontece um pouco disso em nossa sociedade, em nossa civilização. Não sei como são essas coisas em outras.

O que mudou também é que antigamente os filhos eram uma riqueza, braços para trabalhar, e agora são um empobrecimento.

Custa mais do que rende, e custa por muito tempo! Na ideologia geral de todo o mundo: "Ai, eles têm quatro filhos! Coitados!", ao passo que antes ter quatro filhos despertava inveja: "Eles têm muitos braços."

A NEGRA VERDE: Por exemplo, no campo era mais força de trabalho.

A PRATICANTE: Sim. E mesmo para os operários, na cidade; operários artesãos, artesãos distribuidores, reparadores, e para comerciantes como açougueiros, merceeiros. Filho faz dinheiro. Portanto, a família terá mais dinheiro se for mais numerosa, e se a gente se unir. Haverá tios, tias, sobrinhos. Fazendo uma família na qual uns apóiam os outros. Nessa família há pessoas que se reconhecem o tempo todo e que se prestam serviços mútuos, cada qual segundo sua capacidade. "Seu tio está em boa posição para ajudá-lo..."; ainda é assim, mas essa ideologia da colaboração familiar está desaparecendo. Pelo menos entre nós. Talvez não em outras etnias. Entre os muçulmanos, não sei. Diante do número de desempregados daqui, ter filhos é problema. Em Sahel, nessa terra de fome, de seca, com todos os filhos que não dá para alimentar, a ideologia da fecundidade deve mudar bastante.

Atualmente, o que faz mudar a ideologia da fecundidade é – acho eu – o fato de que, socialmente, o empobrecimento familiar procede da presença dos filhos, ao passo que, subjetivamente, eles são uma alegria. Podem ser uma alegria para o coração e assim continuar, mas são um empobrecimento e uma complicação em sociedade. Ter filhos é arriscar-se mais à pobreza e, para eles, a perspectiva é o desemprego. Quanto maior o número de pessoas, maior o desemprego, mas, ao mesmo tempo, de modo contraditório, ouvimos dizer: "Se não houver mais jovens, não teremos ninguém para pagar nossa aposentadoria." De fato é complexo. Não sabemos qual vai ser a resultante disso aí.

Houve um tempo em que se invadiam territórios onde houvesse o que pilhar – eram as guerras, o colonialismo. Agora todos estão na mesma situação: defender seu solo, ficar com ele ou vendê-lo. E se o subsolo ou os produtos do solo forem mantidos ali onde estão, ou não haverá com o que viver em cima dele, ou não se achará como vender o que foi produzido, ou não se terá com o que comprar o que os outros têm como excedente.

O ESTRANHO: Mas voltemos às moças que, em última análise, recusam-se a formar casal. Elas querem encontrar um homem para ter um filho e depois livrar-se dele.

A PRATICANTE: Sim, isso parece contradizer o que havia antes, pois antigamente o homem era o único capaz de dizer: "Não, não quero dar-lhe um filho." Atualmente, é a mulher que pode dizer: "Não, não lhe darei filhos. Quero um filho, mas sem você, sem a ajuda de ninguém. O seu corpo eu quero. E mais ainda: se não for o seu corpo, será a proveta de esperma de outro. Mas não lhe dou a alegria de ser pai, de ter 'direitos' sobre meu filho, de ter uma relação eletiva e responsável com ele."

O ESTRANHO: É toda a ciência da fecundidade que mudou.

A PRATICANTE: Com certeza. Essa tecnologia da genitura mudou a maneira de pensar o filho como obrigatoriamente associado a uma conjugalidade de genitura. Foi também a tecnologia do trabalho, que modificou o mercado de trabalho, e não só libertou homens e mulheres de certas tarefas penosas.

O ESTRANHO: A mulher que começa com essas idéias pode voltar à dinâmica "normal"? Isso depende do convívio?

A PRATICANTE: Sim. Isso depende da criança que nasce também. Das experiências da realidade que esse filho a leva a conhecer. A realidade não é como imaginamos, e é isso que faz as pessoas evoluírem.

O ESTRANHO: Hoje se fala muito de concubinato. O que isso mudou na relação simbólica?

A PRATICANTE: Segundo se diz, é o desejo de continuar livre, de não estragar com o hábito a relação de amor ou apenas de desejo. "Não quero ser dependente." E também no sentido: "Como não posso ficar sossegado, já que minha mulher não está legalmente presa a mim, fico o tempo todo em estado de alerta", e isso – dizem – mantém a potência sexual e principalmente, de ambas as partes, o interesse por continuar sedutor. A sedução e o desassossego, para não dizer o ciúme, também fazem parte da vida a dois.

O ESTRANHO: É animada.

A PRATICANTE: Sim, é animada. Caso contrário, são as chinelas, e no dizer das boas famílias de outrora: "Minha filha está casada. Meu filho (ou minha filha) fez um belo casamento." Era uma tranqüilidade! Vivia-se obsessivamente com pequenos hábitos. É isso o que pensam os jovens sobre o casamento, que recusam, preferindo o concubinato, a união livre; mas, quando têm um filho, dizem os juízes e os advogados que nada mudou; ficam disputando a criança, disputando os bens, embora o casal não tenha sido formado por contratos nem testemunhas legais. No começo, tudo parece fácil: "Oh! Cada um traz o que quiser; ninguém está contando com isso." Depois, quando se separam: "Isto é meu. Fui eu que paguei." Ou então a mulher ou o homem, enquanto o outro está trabalhando, vai esvaziar o apartamento ou raptar o filho na saída da escola.

Na verdade, por falta de um regulamento do divórcio, eles vão surripiar os bens do outro, porque: "É meu. Ela nunca teria o armário de cozinha se eu não tivesse pago." E não há nada escrito, porque não havia contrato. Então, é ver quem pega mais.

Isso pode chegar até ao rapto do filho. É nesse sentido que se pode ver claro que essas uniões livres foram vividas numa dependência consciente bem maior que o casamento. Os seres humanos não são capazes de continuar respeitando a pessoa que desejaram ou amaram depois que não a desejam nem amam mais. É como se: "Comi uma coisa boa que se estragou com o tempo. Não quero mais." É como se o consumo genital fosse vivido como um consumo de objeto parcial de ingestão oral-anal. Velha roupa que se joga fora, alimento tentador que não se quer mais. "Me empanturrei. Estou cheio. Vou vomitar." Mas a questão é que dessa convivência às vezes nasceram filhos, e eles têm aquele homem como pai, aquela mulher como mãe.

Homossexuais: fecundidade cultural

O ESTRANHO: Você começou falando de fecundidade, de vontade de ter filho. No caso da homossexualidade, dois homens?

A PRATICANTE: Justamente, a homossexualidade do rapaz. Seu desejo de gerar frutos está no cultural, no companheirismo e na construção de um casal. Eles têm desejo de construir o casal.

O ESTRANHO: Que não terá um filho vivo.

A PRATICANTE: Não. Mas é só o filho vivo que traz surpresa, um belo dia, surpresa que, em face dessa intrusão do real no ramerrão programado sem filhos, obriga os dois, provoca homem e mulher a resolver a questão do desejo. O filho anunciado por um atraso na menstruação; isso nada tem a ver com o desejo questionado por um prêmio inesperado na loteria ou um sucesso nos negócios. Fica no nível não presumível, porquanto não estava biologicamente ali.

O ESTRANHO: Sou tentado a dizer que não é preciso ser homossexual para se ter um negócio juntos.

A PRATICANTE: Não, mas de qualquer modo ter um negócio juntos pertence à ordem sexual indiferenciada, obra cultural entre dois parceiros. É a parte não genital vivida numa idade genital, porque ninguém faz isso antes de atingir inconscientemente na libido o nível da genitalidade.

É o papel que pode ser desempenhado em sociedade e que não é uma subjetividade, um homem, uma mulher, que não reproduz a vida, mas que está a serviço da vida – ou a serviço da morte, porque as associações de terroristas, como o grupo Baader, estão a serviço da morte, sendo uma expressão libidinal de idéias pelas quais os parceiros associados estão prontos a arriscar a vida. Acreditam na coisa!

O ESTRANHO: Que também passam para atos heróicos.

A PRATICANTE: Para atos de abnegação. Nem sempre heróicos. Não acredito que se possa chamar de "heróico" algo que seja nocivo à sociedade.

O ESTRANHO: Você tem razão. São atos de abnegação, de suicídio. Pensei em "heróicos" porque certamente eles são heróicos para os companheiros...

A PRATICANTE: Atos suicidas sacrificiais. Como as mulheres libanesas que faziam parte dos comandos suicidas e davam entrevistas à televisão antes de agir, antes de matar-se com um engenho explosivo sobre um objetivo militar.

Aquilo era feito em nome de uma religião. Acho que o que impele mais os seres humanos é a ideologia.

O ESTRANHO: Mas, voltando aos homossexuais, a jovem homossexual, como ela vive esse mecanismo?

A PRATICANTE: Eu sempre procuro uma mãe num homem ou numa mulher. Muitas mulheres são homossexuais apesar de serem casadas com homens. Acredito que a homossexualidade feminina seja vivida na vida heterossexual. O cônjuge, marido ou concubino, muitas vezes assume o lugar da mãe da mulher, na relação de amor e dependência. É muito mais difícil para o homem viver sua homossexualidade com as mulheres, ao passo que as mulheres podem viver sua homossexualidade passiva com pessoas dos dois sexos; se elas são fálicas, homossexuais ativas, ou seja, frígidas com os homens, podem tolerar a sua companhia na cama, que para elas não tem encantos, em troca da autoridade, que o homem não disputa com elas, no lar e em relação aos filhos.

As que bancam o macho fazem-no na relação mimética com o pai de sua infância, como conseqüência da idealização do pai, que estava tão pronto a desejar a filha que ela prudentemente renunciou à sua sensualidade de mulher, desempenhando um papel neutro, como se fosse filho do seu pai, que continuou ligado a ele, e não a filha atraída pelos rapazes.

A NEGRA VERDE: Conheci muitos casais homossexuais de mulheres, e, como você estava dizendo sobre concubinos, com todas as atrocidades que se pode ver na comédia do casal normal, multiplicadas por cinco, por dez.

A PRATICANTE: Mais porém entre as mulheres que entre os homens? Eu achava que fosse entre os homens, entre aqueles que são chamados de "loucas". Por que, entre si, chamam-se de "loucas"? Isso não se diz entre as mulheres homossexuais.

A NEGRA VERDE: Talvez por se tratar de feminilidade louca, exagerada.

A PRATICANTE: Mas entre os homossexuais há os que são bem viris. O macho, o que desempenha papel ativo.

O ESTRANHO: Exatamente. No tempo em que eu estava mergulhado nesse meio, vi um filme sobre os homossexuais em Nova York. As relações sexuais dos homens, no cinema, eram bem mais impressionantes que num filme pornográfico heterossexual. A virilidade dos machos era tão exagerada que ia até a introdução do antebraço...

A PRATICANTE: No ânus, sim.

O ESTRANHO: Talvez por isso sejam chamados de "loucas". Vão além dos limites. Nos dois sentidos. É como uma droga.

A NEGRA VERDE: Os machos são machos até o ridículo, porque precisam de qualquer jeito criar bíceps.

A PRATICANTE: Sim, bíceps e músculos peitorais, que, aliás, parecem tetas enormes.

A NEGRA VERDE: É mesmo. São uns moleirões que não agüentam dor. Só têm estampa, desmontam com o sofrimento. Os que desempenham o papel de mulher são mulheres em exagero.

Conheci um travesti célebre, Marie-France. No Alcazar, ela fazia Marilyn. Uma feminilidade imediata, um sucesso. Que parecia autêntica. E "mais" que autêntica: o calor da mão, um quê especial, quase me deixei levar.

A PRATICANTE: Talvez fosse alguém extremamente estruturado, um feminino valoroso desde a infância.

O ESTRANHO: Com certeza. Era impressionante, era demais, além da conta. Uma mulher "de verdade" não seria tão forte...

A PRATICANTE: Mas, apesar de tudo, falta-lhes o parto, faltalhes a descendência.

A NEGRA VERDE: Eles falam disso. Gostariam de adotar um filho. Falam de adoção. Houve até uma espécie de concurso, lançado no meio homossexual internacional, um prêmio enorme ao primeiro que parisse um filho...

A PRATICANTE: Jean Rostand[56] recebia montanhas de cartas perguntando se não seria possível pôr um feto para desenvolver-se até o termo no peritônio de um homem.

O ESTRANHO: Foi em que época?

A PRATICANTE: Antes da morte de Jean Rostand, faz dez anos. Ele, que era cientista, não queria considerar essa questão no plano moral, mas científico. Respondia a essas cartas dizendo que ainda não enxergava a época em que se pudesse prescindir dos hormônios femininos. Quanto à nidação de um feto no peritônio, até o termo, mesmo que de uma mulher, não via nenhuma possibilidade, muito menos de um homem. Dizia que atualmente não se podia prescindir do útero para o desenvolvimento do feto. Respondia a esses homens e a essas mulheres com muita seriedade.

O ESTRANHO: A propósito da solidão dos seres, entre os homossexuais encontrei provavelmente as pessoas mais solitárias, não por gosto. É um tipo de relação que os mergulha cada um em seu canto. O convívio entre eles freqüentemente é efêmero e frio. Não falo dos casais. Muito efêmeros, como uma gota de água e uma de óleo que passam lado a lado, tocam-se e não produzem nada. Tenho até um amigo de quem gosto muito, que escreve muito bem...

A PRATICANTE: De qualquer modo ele tem a literatura.

O ESTRANHO: É infeliz com sua solidão! Não consegue. E não é que faltem lugares de convívio homossexual...

A PRATICANTE: Sim, para o corpo, não para o coração. É no coração que ele é solitário. Encontra gozos físicos no corpo-a-corpo, mas não encontra o companheirismo de coração-a-coração.

O ESTRANHO: Isso me faz pensar naquilo que você estava dizendo: essa dinâmica da vida profunda, o desejo de interpenetrar a vida, que não é reconhecida na linguagem, principalmente na linguagem marcada pela ideologia da morte. Provavelmente, no fundo, deve faltar-lhes essa dinâmica da vida, o objetivo onipresente da vida. É o que cria o vazio, talvez, em suas relações.

A PRATICANTE: Não acredito que a coisa melhorasse se a sociedade os aceitasse de todo, o que provavelmente vai acontecer cada vez mais, pois é melhor que os casais não façam filhos. Portanto, a ideologia do não-parto pode levar a não se ver mais a homossexualidade como algo depreciativo. Pode-se até pensar: eles têm sorte. Ao contrário, eles têm sorte por não correrem o risco de desejar filhos. Portanto, seriam vistos como pessoas que têm vantagens em relação aos heterossexuais. E, no entanto, acho que os homossexuais são sempre mais angustiados que os outros.

Na Inglaterra, a Igreja (certos grupos protestantes) abençoam esses casais. Mas não a lei. Na França, parece que há um padre que abençoa os casais homossexuais, testemunhando que eles prometem confiança um ao outro e que querem continuar como casais por toda a vida. É a mesma coisa que a bênção nupcial, exceto porque, no caso dos homossexuais, não se fala de sacramento do matrimônio. Mas sabe-se lá! Não é na bênção que consiste o casamento religioso? O casamento, do ponto de vista do sacramento, como se diz na Igreja, ninguém sabe quem recebeu, quem deu, pois é cada um dos cônjuges que dá esse sacramento ao outro, se é sincero com esse outro, que sinceramente o recebe e que, por seu próprio desejo, o dá ao outro diante de Deus.

Em suma, é um sacramento se ocorre na plena liberdade e na sinceridade da doação de si ao outro. De tal modo que muitas das pessoas que se uniram sexualmente diante de Deus no Vercors, por exemplo, durante a Resistência, entre 41 e 44, que tiveram ou não filhos, ou que se casaram legalmente apenas, que tiveram um filho e que eram cristãs, foram inscritas depois da guerra nos registros de sua igreja: "Fulano e Fulana se casaram em 1942 diante de tal ou qual testemunha." Isso foi consignado em 1946 na igreja de seu domicílio conjugal. Para a Igreja, o sacramento nem sempre coincide com a bênção nupcial e com a inscrição nos registros. Basta que uma ou duas testemunhas afirmem que o casal foi formado tal dia e em tal lugar, onde os dois cônjuges trocaram juras publicamente. "Sim, comprometo-me pelo resto da vida com tal pessoa, para com ela viver nas alegrias e nas tristezas e criar os filhos que porventura de nós nascerem."

Mas, como não há filhos nos casais homossexuais, filhos vivos, não acredito que o Estado possa constituir oficialmente uma célula familiar com homossexuais, homens ou mulheres; a Igreja sim, pois igreja é mais para a alma que para o corpo.

Contudo, dão crianças para criar, em adoção, mesmo a casais de mulheres homossexuais. Dão crianças em adoção mesmo a mulheres solteiras que sabidamente vivem com outra mulher, formando um casal. Não sei se dão a homens que vivam juntos, sem mulheres.

Mas o homem solteiro deve poder adotar. Cocteau era solteiro e adotou um filho. O filho que ele adotou, que conhecemos, foi reconhecido por ele como herdeiro. E não tem nada a ver com ele, do ponto de vista genético. Não sei por que ele adotou esse homem. Certamente há alguma razão que outras pessoas conhecem.

Mas, finalmente, há casais homossexuais que têm um sentido de obra em comum, que se mantiveram e mostraram fiéis e férteis culturalmente, senão fecundos do ponto de vista físico.

O ESTRANHO: Que se mantiveram por muitas coisas, por comunhão de ideais, de pensamento, de trabalho. E de interesses também. Quanto a esse sistema de colaboração, há no meio intelectual – talvez menos hoje em dia – uma fortíssima rede de colaboração entre homossexuais.

A PRATICANTE: Mas não especialmente aqui. Acredito que isso tenha acontecido em todas as civilizações, em todas as sociedades, pois a cultura certamente se baseia em pulsões homossexuais.

O valor da Igreja, por exemplo, vem da homossexualidade. Não há dúvida de que Madre Tereza não seria Madre Tereza se não tivesse vivido num meio homossexual, sem nenhum contato carnal com homens. É uma sublimação, para quem é capaz disso e não cria idéias obsessivas e alucinações. É realmente a doação de si à obra dos homens, à vida, por parte de quem não gerou pessoalmente seres vivos. É uma grande renúncia, uma castração simbólica, para falar no jargão psicanalítico.

E acredito que todos os homossexuais tenham renunciado, consciente ou inconscientemente, às alegrias da heterossexualidade, que eles não conhecerão, que não querem conhecer talvez, mas, sejam quais forem as razões, vejo-os como sacrificados.

O ESTRANHO: Partimos da idéia do encontro da fecundidade. Portanto, voltamos completamente à mecânica "normal", se podemos dizer: "Aí também, ou seja, o encontro de uma fecundidade possível, prova terrível devido ao desejo por um ser de carne de quem não gostaria de ter um filho à sua semelhança misturada com a sua própria."

A PRATICANTE: Não entendi.

O ESTRANHO: Nem eu. "Uma prova terrível"... devido ao desejo. Por exemplo, o homem pode desejar um ser de carne e ter dúvidas, não saber se gostaria de ter um filho daquela carne?

A PRATICANTE: Acho que ele não sabe. A mulher quer um filho, e "eu", diz o homem, "não, não tenho vontade de ter filho. Gosto de você, e uma criança a tiraria de mim". Para o homem que ama uma mulher, muitas vezes o filho é *a priori* um intruso entre os dois, e para a mulher que ama um homem o filho é um presente, não um intruso: é uma representação mais duradoura do homem, ao passo que, para o homem, em geral e *a priori*, ele não é uma representação mais duradoura da mulher; é um terceiro que pode excluí-lo, que subtrai da mulher potencialidades até então orientadas para ele.

O ESTRANHO: Você dizia que o que conta para o homem é a duração.

A PRATICANTE: ... enquanto a mulher, é a duração do seu amor por ele para ela mesma.

O ESTRANHO: Portanto, é nisso que se poderia dizer que os homens são egoístas de um outro modo.

A PRATICANTE: Sim, é por isso que as mulheres dizem: "Os homens são egoístas." Dizem isso, mas são egoístas de outro modo. As mulheres têm doze óvulos por ano. Suponhamos quinze a vinte. Os homens, por sua vez, têm milhares de espermatozóides por descarga. Está vendo a diferença! Então, na verdade, para a mulher, se há algo que merece cuidados é sua potencial fertilidade. Não tem tanto assim. O homem, porém, esbanja. É egoísta no sentido de agir para si mesmo. Para ele a fecundidade não tem o valor que tem para a mulher.

Toda vez que vejo (mesmo nos *westerns*, sabendo que não é verdade) um homem matando outro, penso: "Deu tanto trabalho para uma mulher fazer um homem chegar a essa idade... E no entanto! Um tiro, não fica nada, e os homens têm tanto orgulho de si mesmos. É assim que eles fazem desperdício de vidas, mas de vidas feitas, não de vidas potenciais, como no sêmen." Quando vejo todos esses assassinatos, acho abominável. A vida exige tantos cuidados, tanto amor para chegar aos vinte anos, e depois, pronto, morreu "por nada" ou quase, por motivos fúteis. Os homens são isso aí. As mulheres, se sádicas – e podem sê-lo –, são por algum motivo; elas não matam sem razão alguma.

Um homem mata sem pensar em questões metafísicas – enfim, que pareçam metafísicas ao homem –, mas para a mulher são suas tripas que se vêem diante de uma questão insuportável; e isso não é metafísica. Quando uma mulher mata, é preciso que o motivo seja realmente passional e vital para ela, ou então uma ideologia de poder extraordinário.

Para o homem, a tal "interrupção voluntária da gravidez" é nada. Para uma mulher, é importantíssimo. O homem que diz à sua mulher: "Escute, não, você vai fazer a 'i.v.g.' ", está dizendo sem nem discutir, e acabou. Nem pensa mais no assunto. O drama que representa para a mulher o fato de não se ter falado mais no assunto nem duas noites em seguida! "Eu disse aquilo e acabou. E aí o quê? Você ainda não fez? Veja se anda logo. Marque um horário. Só dá até a sexta semana. Qual é a sua?" Ele não quer nem saber. "Eu disse não, e é não!" E aí, acabou. O filho é visto como embaraço, complicação financeira. É econômico, é nada. Era um ato que só tinha importância quando a lei complicava as conseqüências. Mas agora! É uma ejaculação anulada, que ele não teria feito na mulher. Acho que muitas vezes não tem mais valor que isso para ele. E não quer dizer que ele não ame a mulher. É que ele não entende mesmo. Não entende que, mesmo sabendo racionalmente que é preciso chegar a decidir-se pela "i.v.g." em vista de sua vida, dos filhos que eles já têm, de seus encargos, ela ainda precisa de tempo para resolver. É necessário que discutam e que ele entenda que esse é um sofrimento que ela aceita pelos dois, como a resposta menos ruim ao pedido de vida desse novo ser humano. Para ela é a resposta necessária e infeliz exigida pela gestão racional, responsável e consciente da família, do orçamento doméstico, das energias disponíveis de sua libido e do dinheiro. Mas não pode ser feito sem mais nem menos. Isso não é possível para a mulher. E as que o fazem são bobinhas que pensam estar brincando de mulher liberada. São peruinhas, não são mulheres ainda.

Mulher é um ser metafísico.

A NEGRA VERDE: O homem não?

A PRATICANTE: Não. O homem é metafísico por ascese, por educação, raras vezes espontaneamente.

O MAINÁ: O homem precisa de muito mais trabalho. Fizemos a seguinte pergunta ao nosso grande mestre de caratê: "Por que, com o tempo, as mulheres não foram admitidas nas artes marciais no Japão?" Ele olhou para nós e começou a rir. "Mas é óbvio. Porque as mulheres são fortes demais. Os homens não querem que as mulheres passem pelas artes marciais!" O homem precisa das artes marciais para chegar a uma sensibilidade que a mulher já tem. E isso os japoneses entenderam bem. Donde essa atitude dos japoneses em relação à mulher, que parece...

A PRATICANTE: ... que parece machista...

O MAINÁ: ... na realidade é medo que o homem tem da mulher.

A PRATICANTE: Acho que em todo lugar é assim.

A NEGRA VERDE: Mas entre os japoneses é codificado. A mulher deve ficar em seu lugar, e principalmente não passar por essa educação das artes marciais, que é uma educação metafísica do corpo.

Vi um filme japonês, há mais ou menos quinze ou vinte anos, que se chamava *Mulher de areia*. Passa-se numa ilha, no Japão, numa praia. Alguém, um cidadão, está à procura de insetos. Cai uma tempestade. Ele está perdido e não tem onde se abrigar. Então um camponês lhe diz: "Venha, vou levá-lo à minha aldeia." E o leva à sua aldeia, no meio de um deserto varrido pelos ventos. Eram dolinas de areia, e cada casa ficava numa dolina. Só se podia sair de lá com uma escada comprida. O camponês manda-o descer durante a noite para uma dolina, onde havia uma mulher. Sozinha. Era uma cilada, porque essa mulher era viúva, e na aldeia queriam dar-lhe um homem. Não vou contar o resto. Você pode imaginar. É a luta daquele homem para escapar da armadilha.

A PRATICANTE: Do desejo da mulher.

A NEGRA VERDE: Desejo que é insuperável, areias movediças organizadas em dolinas. Fisicamente, é preciso ter escadas. Ele não pode sair de lá. É lá que ele encontra o amor, e a coisa termina numa cena de um erotismo forte, desesperado.

Estava pensando isso a propósito do poder, da força da mulher.

Ciências e técnicas do homem: elogio do imaginário

A medicina, que nasceu da observação empírica dos efeitos dos venenos e dos princípios naturais que, presentes nos minerais, nas plantas e nas águas, são capazes de provocar perturbações da saúde, melhorá-la ou curar, com o método experimental tornou-se determinista, ao descobrir que o corpo do homem é como o corpo de um mamífero de uma espécie particular.

As ciências fundamentais e a biologia, para as quais os animais pagam tamanho tributo de sofrimento, levaram o orgulho do homem a perder aquilo que ele acreditava derivar de um espírito divino a habitar seu corpo: emoções, vontade, inteligência.

A modificação total dos processos ideatórios, emocionais, motores ou comportamentais do animal por insultos experimentais a seus nervos, a seu encéfalo e ao funcionamento de suas glândulas endócrinas abriu as portas à terapêutica moderna e ao estudo físico-químico experimental dos modificadores do "humor", roubando ainda mais terreno aos que viam na moralidade, no caráter e na saúde uma questão de alma, distinta de um organismo dito animal.

A cirurgia, antes terapêutica, contundente, agressiva e tópica, após acidentes e ferimentos, com a assepsia, a anti-sepsia, os antibióticos e a ajuda dos processos de reparação natural das amputações esquelético-musculares, tornou-se quotidianamente mutiladora, com sucesso para a sobrevida do indivíduo; depois, com a ortopedia e as próteses, passou a suplementar as disfunções e recuperar as funções perceptivas e mecânicas do homem. Com os enxertos de pele, de ossos, de músculos, de vasos, ela está, com os rins e depois com o coração artificial, pronta para fazer transplantes de órgãos de um homem para outro.

Quando o flagelo das doenças epidêmico-contagiosas dizimava regularmente as populações e as precipitava nas igrejas para orar, a originalidade dos trabalhos de Pasteur e os progressos alcançados pela óptica com o microscópio permitiram a descoberta dos infinitamente pequenos responsáveis pelas doenças e a fabricação, depois dos soros, de vacinas nascidas da descoberta de processos espontâneos de luta do organismo contra os microorganismos. As descobertas da biologia, com os antibióticos, e da química, com as sulfamidas e derivados, aumentaram ainda mais as possibilidades de o homem moderno sustentar a luta de seu corpo contra a doença e manter a vida para além daquilo que, sem tudo isso, teria provocado sua morte. Agora, com o aumento da idade média de vida, a gerontologia, que não possibilita às pessoas idosas deixar de morrer, mas viver válidas e prolongar o bem-estar, o prazer e a atividade do corpo, certamente não é coisa de pouca monta.

A etnologia abriu as vias da compreensão dos processos ideatórios e emocionais do indivíduo como tal e de sua inserção coesiva no grupo, o que é impossível de dissociar da interpretação que ele dá à existência de sua espécie no conjunto da criação.

Não houve como negar a relatividade da realidade.

A simbolização, processo de comunicação pela linguagem, mostrou ser função de coesão civilizadora, mas também processo de babelização e de discórdia entre os indivíduos e entre os grupos étnicos e lingüísticos diferentes.

A imaginação, processo de luta contra todas as impotências da idade tecnológica, aparece na origem de todas as formas de criatividade – sendo portanto estruturante e coesora das criatividades –, de desejos que contradizem as leis da realidade conhecida, que os tornam, ainda que irrealizáveis, representáveis e comunicáveis, sustentando a justificação do desejo de transgredir o possível e provocando, pela comunicação dos imaginários, satisfação, estimulação e excitação do desejo por outras formas de inteligência, até tornar tecnologicamente realizável – graças às des-

cobertas do domínio da realidade – o que antes não passava de afabulação.

A psicanálise – estudo do papel provocador da tão-somente presença de outro não interveniente – permitiu compreender o processo da linguagem que atua funcionalmente nesse ser de desejo inconsciente que é o homem. A descoberta da transferência e seu estudo analítico à distância da interpretação dos desejos também permitiu entender o papel estruturante, indelével, mudo e linguageiro dos primeiros anos de vida, das articulações significantes responsáveis pela adaptação fixa ou aberta na adaptabilidade à relatividade da realidade, ao livre consentimento dado ao imaginário ou à sua inibição, à mobilidade vitalizante ou à fixidez mortífera da função simbólica.

Atualmente, é com o mistério das palavras, com a ambigüidade do sentido que elas medeiam para cada um de nós ao pensar, falar, ouvir ou ler, com o poder de ressonância vitalizante ou mortífero dessas energias desejantes que são as palavras, é com isso que a ciência lingüística se confronta.

A psicologia descobriu atrações utilitárias ou sexuais. Depois da sociologia, com o estudo da formação dos grupos por associação redibitória, confrontam-se interações emocionais individuais. Elas remetem para além aquilo que, na estrutura individual, aparenta desejo arcaico. Este provoca, entre indivíduos, afinidades que estão em ressonância com as primeiras fixações do desejo ou atrações inesperadas em torno do semblante corpóreo, facial e vocal de nossas primeiras relações linguageiras na primeira infância, que nos marcaram a priori *como afins ou não em todo o convívio social e constituíram um embasamento para as motivações razoadas, que são motivações inconscientes nas quais o poder do desejo inconsciente decuplica ou obsta a livre ação do desejo consciente, estando este a serviço da sobrevivência dos grupos e muitas vezes a contradizer o desejo de sobrevivência individual.*

Aqui também, solidão e comunicação, processo de individuação e processo de convivência entre o indivíduo e o meio, processo de comunicação emocional e linguageira, processo de sobrevivência, tudo isso mostra a complexidade das contradições internas que constituem a resultante comportamental das massas e dos indiví-

duos, em que o desejo coexistente com o ser no homem leva-o – acha ele – aonde ele sabe, na realidade aonde não sabe...

Não é louco, não é neurótico, não é doente, não é delinqüente, não é débil mental, não é genial, não é criminoso quem queira sê-lo... E no entanto quem consente por preferir isso a ficar só, a morrer, é. E em nome de que julgaríamos o outro por sua escolha, no dia em que ele o fez, e quem se julgaria a si mesmo?

Freud descobriu e denominou psicanálise o estudo da dinâmica do desejo sexual inconsciente, em ação no ser humano, do oral ao genital, e de suas transmutações, mutações dos interditos em simbolizações linguageiras.

Essa dinâmica do desejo inconsciente está em ação durante toda a vida no ser humano, desde o instante em que ela inaugura, ainda invisível na realidade, um ser de linguagem que entra na dimensão tempo, em simbiose com outro, e realiza as energias potenciais das células reprodutoras daqueles que ele escolheu por pais. As falhas da simbolização do desejo não realizado criam no ser humano, na vida racional, mal-entendidos da comunicação e o fazem voltar à solidão, provação para o desejo que ele sente como fantasia de impotência acrescida à sua impotência real.

Durante seu tempo de vida fetal, em simbiose com sua genitriz, desenvolve as promessas de um corpo ainda não individualizável que, encaminhando-se para um devir masculino ou feminino, carnaliza essa dinâmica no dia-a-dia, entrado que está na dimensão tempo por seu metabolismo: adjunção, disjunção, absorção, eliminação dos elementos constitutivos de sua carne.

Simultaneamente, as comoções de sua mãe, em suas variâncias, informam de maneira sutil e pré-linguageira o modo de sensibilidade desse corpo, destinado a crescer e depois a reproduzir-se. O termo de sua vida fetal quebra o elo de convivência simbiótica. O nascimento que o introduz no espaço separa-o daquela que ele torna mãe e torna-o dependente de quem lhe garante meios de sobrevivência individuada. Segue-se uma longa convivência assistida, tanto na materialidade substancial dos intercâmbios corporais quanto na sutileza dos intercâmbios sensoriais, que o iniciam nas linguagens da vida de relação no mundo.

A vida de relação do indivíduo com o mundo desenvolve as potencialidades genéticas de seu corpo submetido à constante da espécie por seu esquema corporal. Seu funcionamento orgânico é mantido pelos intercâmbios substanciais a cujas necessidades seu crescimento impõe evolução e mutações, da infância à maturidade, desaparecendo certas características funcionais para dar lugar ao aparecimento de comportamentos específicos da espécie. Terminado o crescimento, ele garante a perenidade da espécie pela atração sexual dos indivíduos para o encontro de seus órgãos reprodutores.

Simultaneamente, a função simbólica, em conjunto com a memória inconsciente, elabora em linguagem as variações dos intercâmbios sutis. Estas franjam de comoções afetivas as percepções sensoriais de comunicação e de ruptura de comunicação do indivíduo com os outros na realidade do convívio, que a linguagem simboliza em alegrias e dores inter-relacionais, em que as variâncias prazer e desprazer do corpo cruzam as características do sujeito com as sensações do indivíduo. Assim se constitui uma rede de seu corpo no mundo, uma rede articulada de encontros sincrônicos e diacrônicos no espaço tangencial que metaforiza em linguagem as variantes dessas percepções e informa a dinâmica de seu desejo de sujeito do prazer e desprazer sentido.

Lembranças e expectativas de encontros distantes ou proximais aos limites de seu corpo nos intercâmbios vitalizantes constituem-se em imagens olfativas, gustativas, visuais, interligadas ou não, que constituem um campo de realidade – aquele onde todos os indivíduos estão em consonância quanto a percepções e linguagem – e um campo do imaginário, no mesmo tempo e no mesmo espaço, onde cada um difere segundo seu cabedal genético solitário. Discrimina-se assim um sujeito de linguagem conjungido às experiências do indivíduo separado dos outros – solidão – ou em situação de encontro e comunicação substancial ou sutil com os outros. Cria-se e programa-se um sistema simbólico na memória de cada um, como código significante, ao mesmo tempo bem-estar e mal-estar de seu organismo, e prazer e desprazer, ao qual a dinâmica de seu desejo está submetida, nos encontros e desencontros de comunicações substanciais e sutis. Permanecendo em sua memória como fantasias, elas organizam e criam o sujeito simbólico de sua história relacional. Sobre essa rede co-carnal imaginária, a memória antecipadora guia a dinâmica do desejo para a procura de uma repetição conforme ao funcionamento das necessidades do corpo do indivíduo da espécie. A satisfação repetitiva dessas necessidades não dá satisfação ao sujeito do desejo, a percepção do prazer não pode fixar-se se uma variante nova de percepção não lhe acrescentar um elemento surpresa, significado para seus sentidos pela realidade, diferindo em algo de suas fantasias, o que estimula sua função simbólica a ligar essa descoberta no tempo do sentir-se de seu corpo a uma percepção sutil no espaço, simultaneamente percebida. Esse encontro sincrônico constitui um significado que dá significância ao desejo, dando-lhe um referencial de confiabilidade para esse novo sentido que orienta o sujeito a conservar sua lembrança como fantasia e a tender de novo ao seu reencontro na realidade. Assim, de fantasia de encontro a realidade nova em cada encontro, a rede de significantes simboliza para o sujeito ao mesmo tempo o sentir-se de seu corpo individualizado, cujas potencialidades ignoradas ele descobre, e os outros com quem ele desenvolve uma rede de linguagem.

Retomemos o filhote humano dependente da mãe no momento em que, alimentado e bem cuidado, incluído na vida familiar, cheia de segurança para ele, ainda está sem falar, sem mover-se com autonomia, desejoso acima de tudo de relacionar-se, adorando adormecer e acordar em companhia, com o corpo em bom estado de saúde.

O indivíduo confortado sente a segurança existencial de seu corpo – como continuum *substancializado em sua massa e em seus limites formais – pela satisfação repetitiva das necessidades funcionais de seu organismo.*

Simultaneamente, o sujeito do desejo, já incluído na linguagem por sua significância para outro que ele conhece e reconhece em algo pela semelhança de sua percepção sutil, guardada como lembrança, de seus encontros nos instantes de sua ruptura, está à espera de um reencontro na realidade, conforme às fantasias que mobiliam sua solidão de indivíduo separado.

Reconhecido novamente como presente o objeto de seu desejo, ele descobre uma experiência sensorial nova que matiza de modo diferente seu prazer no encontro e na modalidade dos inter-

câmbios. O que difere informa o sujeito da realidade do impacto sensorial do outro sobre sua sensibilidade, em comparação com as fantasias que ele conservara dele no imaginário solitário que sustentava a continuidade da dinâmica de seu desejo. O acordo ou o desacordo de seu desejo com o desejo do outro, assim encontrado na realidade, associado às percepções do corpo e ao percebido sutil dos sentidos, cria um novo significado que desenvolve, co-carnalizada, a linguagem inter-relacional dos sujeitos desejantes e constitui o campo do simbólico entre eles.

Essa linguagem, em todas as suas modalidades, organiza um espaço humanizado de desejantes, à busca uns dos outros, que, em suas realizações, encontram-se ou desencontram-se. Esses sucessos ou esses malogros são experiências em que os valores de alegrias e de dores, pela função simbólica constantemente mantida no ser humano pela palavra, envolvem o campo do imaginário e o da realidade. A realidade organiza o campo dos encontros tanto de indivíduos de necessidades quanto de sujeitos de desejos e muitos outros encontros com o mundo existencial, animado e inanimado, vivo ou inerte, cósmico e terrestre. Um código de valor simbólico do possível e do impossível articula a realidade ao tempo e ao espaço dos vivos, nos limites da concepção que seu nascimento anuncia a esse campo e da deterioração que confirma sua morte para esse mesmo campo, e, entre esses dois limites, o articulado de suas formas e das funções de individuação viável.

Ah, o desejo de ficar com um corpo inteiro, íntegro! Impossível pretensão que obriga o homem a assumir a perda dessa ilusão e a contentar-se quanto a seu corpo, entre os dois limites do começo e do fim, sabendo ser de carne, coisa na realidade, e gozar daquilo que, por falta de melhor, chamamos de saúde – comer, digerir, movimento do articulado de nossas formas e funções autônomas de nossa individuação viável. Em suma, contentar-nos nesse corpo com sua realidade e com seu possível prazimento, porque sempre precário.

Mas o que faríamos sem o campo do imaginário? Pois ele organiza, para o tempo desejante, o campo das fantasias libertado dos limites do possível e do impossível, do campo conhecido da realidade para a satisfação de seu corpo. O imaginário sustenta a dinâmica coesiva dos viventes com necessidades, sustenta a dinâ-

mica do sujeito no conhecimento de seu corpo, objeto necessário à sua conservação na relação com o mundo, e sustenta também a dinâmica de seu desejo na relação de linguagem que articula seu presente a seu passado, em devir de lembranças fantasiadas, e a seu futuro em projetos fantasiados.

O imaginário refere o sujeito, pelo tempo, ao espaço, e, pelas fantasias, às imagens do corpo do sujeito de desejo e ao esquema corporal do indivíduo da espécie, para o fabular no conhecido e no desconhecido de seus prazeres.

O imaginário sustenta o sujeito para fantasiar seu passado em recordações conformes ou não à realidade, para fantasiar em seu presente percepções que a realidade não permite sentir, para fantasiar por antecipação projetos conformes ou não às leis conhecidas da realidade, que valem para ele e para os outros.

O imaginário, obediente à dinâmica do desejo e não só à da necessidade, acarreta no sujeito comoções que produzem efeitos modificadores em seu corpo, que alimentam a ilusão de uma realidade objetivável ausente, mas trazem prazer-desprazer, dores e alegrias que se referem à relação simbólica que o sujeito mantém com seu próprio corpo, único objeto presente de sua realidade na solidão.

A simbolização dessa linguagem interior fantasística visa a exprimir-se para os outros para levá-los a compartilhar as comoções.

A realidade, feita de experiências, de encontros, constrói-se dos efeitos produzidos por esses encontros sobre a viabilidade, a integridade conhecida do corpo na sua totalidade ou em suas partes diferentemente informadas de sensibilidade e de experiências que a linguagem com os outros codifica em prudência e em interditos concernentes ao impossível e ao possível da realização do desejo.

O imaginário que não margeia essas categorias objetivas sustenta a dinâmica do desejo do sujeito na transgressão das leis ditas objetivas, e este, arriscando sua individualidade em experiências que seu desejo o faz fantasiar, descobre, no êxito ou no fracasso em confirmar ou infirmar, em seu proveito, como prazer ou em detrimento de sua integridade formal ou funcional, os limi-

tes que a realidade impõe ou não a seu desejo, segundo o que dele dizem os outros.

É o imaginário que incita o indivíduo à transgressão das leis da realidade, até então conhecidas e simbolizadas na linguagem entre os sujeitos desejantes.

É sempre o desejo que torna audacioso o homem que por vezes descobre como ampliar os limites do possível, pelos próprios meios dessa realidade, e não pela magia. Assim nasceram a tecnologia e a ciência, em que o homem, agindo por meios fantasísticos, só modifica as fantasias dos homens. Em outras palavras, a tecnologia e a ciência modificam as condições da realidade.

É esse desejo que, ao longo de nossa vida com os outros, se regenera na troca, na partilha, no dar reciprocamente ajuda e esperança às nossas impotências, tão grandes e duradouras na infância e também durante toda a vida. É na infância, tão longa, que se faz nosso aprendizado dessas coisas. Essas impotências da condição humana na realidade, humilhantes para nosso narcisismo, dolorosas porque as sentimos como faltas (quem nos privou delas?), castração (nós não éramos inteiros?), e porque, em nossa infância, tínhamos a ilusão da onipotência de nossos pais e interpretávamos as provações como efeitos de seu desejo em relação a nós – ciumentos, rejeitadores, devoradores (o que nosso desejo contaminado por fantasia das funções de nosso corpo para seu prazer nos fazia crer ser deles em relação a nós) –, desejando em nosso imaginário o leite que secou no peito. Que sofrimento! Mas a garganta pode chamar, a boca falar! Que poder foi encontrado!

Ao desejarmos, sem nosso imaginário, agir, ordenar à nossa mãe que se desvele na higiene de nossa genitália, ai de nós, as fezes são raras! Mas nossas mãos descobrem-se a substituir as dela em nossa genitália, fazendo, manipulando, dividindo, reunindo e produzindo. Que poder foi encontrado!

Ao descobrirmos nosso sexo masculino ou feminino, não os dois, por quê? Quem cortou alguns de nós e poderia nos cortar? Não, é a realidade. Crescendo, uns serão homens, outros mulheres! Ah! Ficar como eles, esse é então nosso desejo imaginário. Surge o como nasci, quem me "fez"? Quero ser homem como esse homem que "faz filhos em você", diz o filho, quero pegá-la e guardá-la, minha mãe! Quero ser mulher que "faz e alimenta filhos", quero que você me pegue e me guarde como essa mulher, meu pai, diz a filha.

Desejo atual impossível na realidade. Que não continue desejando depois! Não, nunca! Desejo abafado na fonte! Castração? Evisceração? Convém salvar a pele. Conservar o corpo na falta do sexo, proibido pela lei dos pais. Submeter-se a esses mestres. Quem sabe eles nos entregam seus segredos de poder. Ou então revoltar-nos. Eles ficam angustiados! Têm medo? É que somos mais fortes que eles. Eles não são onipotentes. Difícil mesmo. Trabalham. Gostam de nós. Nos protegem. Estão submetidos à mesma lei que nós. Convém amá-los.

O mundo está aí, aberto a nossos desejos, a nossas ambições. Vamos aprender como eles fizeram.

Por ocasião dos encontros inter-relacionais dos seres humanos, concordes em sua linguagem, transparece às vezes, sem que saibam, o que, subjacente ao saber, ao pensar, ao trabalhar, àquilo que está subjugado no dizer, no fazer, exprime o que cada um de nós ignora e que se dá um ao outro, graças à disponibilidade da comunicação provocada pelo encontro em cada um de desejos até então inconscientes.

Estes, não obstante a inadequação da linguagem que exprime o consciente para quem fala, tentam significar-se. Se os sujeitos, estimulados uns pelos outros nesses desejos inconscientes, se encontram nas realizações cujo gozo experimentam em conjunto, conhecem-se juntos e renovados, terão descoberto juntos potencialidades que não sabiam possuir, de tal modo que criam um laço de convivência tal que um novo significante, inventado por um, faz o outro entrar em consonância. Acrescenta-se uma criação. A linguagem anterior é testemunho da experiência deles, de que é metáfora, o que lhes permite reviver essa experiência ao evocar esse significante. Este, doravante, para cada um sozinho, para cada um pelo outro e pelos outros, é testemunho daquela aliança emocional que teve como referencial o desejo que, antes inconsciente, tornando-se novo pelo encontro e por seu significante, testemunha não mais uma fantasia de desejo, mas uma realidade doravante desvendada e consciente, que eles podem comunicar por linguagem àqueles que ainda não experimentaram essa realidade da alegria. Esse significante excita neles o desejo de conhecer-lhe o sentido, de provar-lhe os efeitos, pois aqueles que os experimentaram parecem ter deles um conhecimento que eles não têm, mas cuja convicção é produzida pela confiabilidade de várias testemunhas, no tratar o experimentado por um mesmo significante que o simboliza. É assim que uma verdade, descoberta no campo da realidade e revelada por alguns através da linguagem, só é admitida por aqueles que dela apenas sabem por ouvir dizer – significante verbal – ou por imagem desenhada, fotografia – significantes visuais – desde que o sujeito que a reporta seja crível, isto é, que seu dizer e seu agir se correspondam. Disso decorre que dizer "Que o céu caia sobre minha cabeça" ou "Juro pelo que há de mais sagrado" não produz nos outros a convicção de sua verdade na realidade.

É também por isso que uma fantasia, que, pelas comoções de que vem acompanhada, ponha em risco o corpo no todo ou em parte, assume para quem a elabora em seu imaginário valor de verdade, o que o faz confundir o campo do imaginário com o da realidade, origem das neuroses fóbicas. É assim que um acontecimento ocorrido na realidade e que pareça a materialização no tempo e no espaço de uma fantasia imaginária, de um desejo proibido, traumatiza o sujeito pela confusão súbita entre o campo do desejo e o da realidade, o que conturba seus referenciais. Como se diz: "Ele não acredita nos próprios olhos"; quando essa confusão traz prazer, ele acredita estar sonhando, pois o impossível tornou-se magicamente possível; o desprazer, ele gostaria que fosse um sonho, ou seja, um experimentar solitário que não implique o significante verdade. Se implicar, ele responsabilizará seu corpo no todo ou em parte. Édipo fura-se os olhos. Narciso, desiludido por só encontrar Eco, quando procurava resposta a seu apelo, busca complemento para a sua falta...

Bebês paranóicos

O ESTRANHO: Então, o tal homem, de que falávamos, encontra uma mulher e não sabe se quer um filho dela.

A PRATICANTE: É. Luta contra ela, que quer um filho dele.

O ESTRANHO: E se a criança nasce você diz que não poderá ser amada, não poderá receber a palavra dada.

A PRATICANTE: Sim! Saberá que não nasceu de duas palavras cruzadas. Nasceu de um pedido da mãe ao corpo do pai; esse corpo deu-lhe a oportunidade de nascer, o corpo disse sim, mas a consciência e o coração do pai não falaram.

O ESTRANHO: Logo, a criança, o bebê, o lactente é o sujeito que precisou assumir-se numa falta de desejo paterno.

A PRATICANTE: Foi ele que quis nascer, e sente-se culpado por se ter imposto à mulher, porquanto o pai só deixou que as coisas acontecessem. Deve logo sentir solidão em relação aos pais. Nasce com a solidão na alma.

O ESTRANHO: "Quando há verdadeiro amor, o problema logo se resolve. Se não, idéia de ter sido conseqüência de um momento renegado."

A PRATICANTE: Lembro-me do caso estranho de uma criança que foi dada, enfim, que foi fruto voluntário de um homem à sua mulher, que não queria filhos[57]. Estavam juntos, mas ela não queria filhos. Talvez temesse pela vida? Como ela não queria filhos, apenas moravam juntos, ela não queria casar-se porque ele dizia querer filhos. As duas famílias estavam a par de que o casal vivia junto havia quatro anos, e de que a mulher estava apaixonada pelo homem e vice-versa. O "acidente" aconteceu! E ela começou a odiá-lo assim que ficou grávida. Foi um inferno entre os dois. Vi a criança com seis anos, quando ela acabava de ter um segundo filho. Essa mulher me contou que durante toda a gravidez seu ódio era de um nível fantástico. A seu ver, aquele homem a havia enganado; ela dizia mesmo "violado"! Tinha prometido que não faria um filho nela, e fez. Tinham relações sexuais muito freqüentes. Ela tinha orgasmos, não era frígida, mas não queria filhos. Quando ficou grávida, viveu a gestação (foi antes da descriminação do aborto) com ódio do marido e do feto. O pai, porém, estava felicíssimo com o acontecimento, e as duas famílias também. Ela era obrigada a casar-se com ele! E de fato casou-se, dizendo: "No dia em que ele nascer vou deixá-lo no hospital, não volto para a 'sua' casa" (apesar de viverem juntos havia vários anos), "vou me divorciar no dia do nascimento. Deixo a criança com você." Antes de dar à luz, ela repetiu essas palavras. Mas depois do parto passou a sentir um grande júbilo, um sentimento de amor fortíssimo, e nunca tinha sentido antes tal apego e reconhecimento por aquele homem, amante que se tornara marido, pela alegria de ser mãe daquela criança.

Mas o que acontecia? O filho chorava toda vez que a mãe o pegava; acalmava-se enquanto estava sendo alimentado – ela o amamentou ao peito, mas nunca pôde abraçá-lo e beijá-lo: ele berrava quando ela fazia isso. É muito interessante. Acabei conhecendo-o porque, quando tinha cinco anos e meio, a professora chamou a mãe porque estava espantadíssima com os desenhos que o menino fazia, e ficou mais ainda quando soube pela mãe que ele nunca tinha aceitado os seus beijos e que nunca a beijava, que ele nunca tinha momentos de carícias, de afagos, como todas as crianças têm. A professora disse que o menino era superdotado em termos de inteligência e maturidade. Socialmente, era um líder.

Gostava do pai, mas nem com ele havia o corpo-a-corpo, afagos. Olhos ardentes, amado pelos colegas. A professora disse também que ele era precocemente viril para a idade e o tamanho; nenhum conflito por disciplina em casa nem em classe.

Os pais acabavam de ter um segundo filho, do qual ele não demonstrava nenhum ciúme. Gostava até dele, que era menino. E esse segundo filho era terno, gostava de ser amimado, beijado.

A professora estava encaminhando o menino ao psicólogo do hospital para saber se devia fazê-lo saltar um ano. Os desenhos dele me impressionaram muito também, porque eram como negativos de fotos; só usava preto e branco: o sol era preto, os olhos brancos. Enfim, tudo estava invertido. E bem constituído. As paisagens eram negativos de fotos. Será que ele tinha visto aquilo? Não. Sempre tinha desenhado daquele jeito.

Não fez psicoterapia; não havia por quê. Estava feliz por viver, mas não entendia quando lhe diziam: "Você não gosta da mamãe?!" Ele dizia: "O que quer dizer 'gosta'?" E respondia: "Gosto. Gosto do papai, da mamãe, do meu irmãozinho."

Era uma criança que não tinha eleitos. E acho que foi por ter sido gerado assim. Sua solidão *in utero* foi sua defesa. Graças a ela, sobreviveu até o termo, desejado por aquela que o carregava. Inconscientemente, ela era boa mãe gestante; conscientemente, não.

A professora dizia: "Ele não tem amigos íntimos. Toda a classe gosta dele, e ele gosta de estar na classe, gosta de todas as crianças, de nenhuma em especial. Nunca vi criança como ele, sem ciúme, sem paixão." É interessante. Protegia-se de uma mãe que não ousou abortar porque temia pela saúde. Embora ela não tenha dito, acho que tinha medo era do parto. Depois, uma vez transposto o obstáculo, vendo que não tinha morrido, tudo mudou.

Não estudei essa mãe. Isso foi em 47-48; essa possibilidade não foi pensada. Ela queria saber se ele era normal, visto que não era como os outros, se mais tarde poderia ser uma criança normal. A professora estava espantada com aquele mutante, aquela aberração. Aliás, eu gostaria muito de saber no que deu aquele menino que me parecia particularmente dotado para a idade e privado dos freios habituais dos sentimentos de culpa.

O pai foi me procurar, confirmando o inferno que tinha sido a gravidez da mulher e o medo de que ela o largasse no dia em que a criança nascesse. Estava convencido de que ela ia fazer aquilo. Donde o pasmo e a alegria ao ver a transformação súbita daquela mulher depois do parto!

A NEGRA VERDE: Nessa hipótese do não-desejo de ter filho sentido por ele, pode haver autismo?

A PRATICANTE: Acredito que sim. Autismo ou paranóia. Ódio do mundo, de si mesmo, claro, mas manifestado por ódio pelos outros ou por apreensão de qualquer ser humano que queira algo dele.

A NEGRA VERDE: Existem bebês paranóicos!

A PRATICANTE: Existem. Manifestam-se pelo fazer-se detestar, rejeitar, por ser repugnantes. É muito difícil "ir com a cara deles". Chegam a incomodar profundamente as pessoas que cuidam deles pois sentem-se envergonhadas, tal é a repugnância que sentem pelo bebê radicalmente "ingrato". Todas as mulheres dizem depois de certo tempo: "Cuide dele porque sinto repulsa por ele." "Eu também."

Conheci um, abandonado na D.D.A.S.S. com três semanas. Recusava alimentação, chorava, gemia o tempo todo, sempre sujo, ranhento, vomitando, sujando as fraldas assim que eram trocadas, com um olhar que parecia desvairado. Com dois anos, parecia que tinha nove ou dez meses, e tinha aspecto de louco. Ficou retardado. Agora tem quatro anos e meio ou cinco. Tentou-se um tratamento psicanalítico. Aceitou o contato comigo, berrando de angústia e me olhando. Expliquei-lhe sua situação especial: seus três nomes, o sentido que isso tinha. Só ele sabe por que sobreviveu.

Foi uma das raras crianças abandonadas com o pedido específico da mãe de que ele nunca deveria saber quem ela era, o que é raríssimo. Muitas vezes a D.D.A.S.S. responde aos filhos que procuram pistas dos pais depois da maioridade: "Não temos o direito de dizer; sua mãe pediu segredo." Soube por um juiz que na maioria das vezes isso não é verdade. A mulher faz esse pedido uma vez em mil. Comprova isso dando três nomes à criança. E a mãe lhe dera três nomes, o que significava que nunca mais ele poderia encontrar pistas dela.

O ESTRANHO: A mãe tem o direito de pedir isso?

A PRATICANTE: Sim, a mãe pode pedir. São mães que "dão à luz com nome X". Aliás, é muito corajoso e até bom para o bebê, que se torna adotável em seguida. Mas, na prática, infelizmente deve ser cumprido um prazo antes da possibilidade de adoção. A isso se chama "parturiente X". Essas parturientes anônimas são muito malvistas pelas outras mulheres do setor obstétrico. "Ah! Essa aí é Madame X!" Elas acham odioso que uma mulher possa livrar-se do filho sem lhe deixar vestígios de sua maternidade. Mas, apesar de tudo, ela o gerou até o fim. Quais são as razões? Talvez seja uma mulher muito inteligente, que ame muito o filho – sabe-se lá – e que se sabia incapaz de criá-lo, de arcar com ele. Talvez queira protegê-lo da possessividade de uma família, da possessividade de seu macho ou mesmo de si mesma? Não sei. Talvez essa mulher tenha sido violentada, e não tenha querido ou ousado abortar, mas não quer saber do filho.

Não se pode saber o que essa recusa *a priori* de deixar vestígios do laço matricial simbólico com o filho significa para a mãe.

Ele só começou a mudar quando supus como hipótese de interpretação que ele, por amor à mãe que o pusera no mundo e que o gerara sabendo que o rejeitaria no dia do nascimento, queria recriar com todo o mundo aquele mundo de relações: ser rejeitável por todo o mundo para que todo o mundo fosse como mamãe. Houve um reflexo impressionante em seu olhar quando lhe disse isso com as seguintes palavras: "A mamãe, que te rejeitou, fez isso para que sem ela você seja menos infeliz que com ela." Aí senti que tinha tocado alguma coisa, e a partir desse momento ele não vomitou mais, não mijou nem cagou mais em todos os lugares. Sempre com otites, rinofaringites, sempre com as duas velas escorrendo do nariz. Ele era nojento: um lixo passivo! Naquele berçário, até ele chegar, ninguém tinha visto coisa igual. Normalmente, quando uma criança retardada, doente, vomita, borra-se, as pessoas sentem compaixão. Daquele, nunca. Todos o odiavam.

A NEGRA VERDE: E depois ele parou?

A PRATICANTE: Mudou completamente, a tal ponto que todos no berçário ficaram muito felizes. Quando cuidei do caso, ele já tinha dois anos e meio. Passaram a gostar muito dele como "bebê", pois tinha tamanho e peso de bebê. Começou a olhar para as coisas, a sorrir, tagarelar, ganhar peso, andar limpo. Elas não o estimularam a desenvolver-se. Finalmente, como é preciso deixar o berçário com três anos e meio ou quatro, em todo caso ele foi colocado em "famílias de acolhimento", prontas a acolher deficientes de diversos tipos. Essas famílias recebem um pouco mais do que as que acolhem crianças sem problemas, mas não é só isso que as leva a essa preferência. É também por compaixão pelas crianças menos favorecidas.

Sobre ele não se sabia muito bem: era deficiente, retardado. Com quatro anos, andava, mas só tinha começado com três. Sua dentição era ainda de bebê de dois anos e meio, quando já tinha quatro. Era impressionante até que ponto havia freado a vida durante esses primeiros anos, antes da psicoterapia.

O ESTRANHO: Que poder!

A PRATICANTE: Que poder, sim, tem razão. A libido posta a serviço do desejo, do desejo positivo – quero dizer desejo de amar e ser amado. O ranho, a baba, o cocô, o xixi, ele não conseguia tocar nada sem ser nojento. Punham-lhe uma camisetinha como em todas as crianças. Dois minutos depois, estava asqueroso. Ninguém sabia como ele conseguia.

O MAINÁ: Uma coisa mágica.

A PRATICANTE: Absolutamente. Era uma criança que carregava uma magia, uma magia maléfica.

G.F.R.: Fui a única a chamá-lo pelos três nomes marcados no registro civil a pedido da mãe, e escolhidos por ela. As maternantes só o chamavam de Gilles, simplesmente, embora ele fosse filho de sua mãe. Foi adotado, e hoje tem outro nome, mais o sobrenome da família de acolhimento que se transformou em sua família legal. É irmão adotivo de cinco outras crianças com diversos tipos de deficiência. Parece que é muito feliz...

Pois bem, esse menino estava constantemente fora do berçário, no hospital, porque assim se livravam dele: só tinha otites, mastoidites, distúrbios digestivos. Além disso, vivia coberto de eczemas. E ninguém sabia por que tinha tudo aquilo, pois aquilo não parava, desde que nasceu. Nos relatórios do setor médico era a mesma coisa: "Ah! Esse aí! Se vocês pudessem livrar a gente dessa!"

Devoração mútua

O ESTRANHO: "O adulto não se sente adulto." "É sempre preciso tornar-se adulto pela busca do objeto de desejo e pela impossibilidade de atingi-lo."

A PRATICANTE: Ele não se sente terminado, embora o crescimento tenha terminado. Visto pelos outros, é um adulto. Na realidade, ele se sente sempre em devir. Sabe ser adulto, mas subjetivamente há sempre a sensação de uma falta por suprir.

O ESTRANHO: Isso está ligado à busca do par!

A PRATICANTE: Sim. A busca do objeto do desejo.

O ESTRANHO: "Pode haver introjeção narcísica parcial desse objeto."

A PRATICANTE: É isso. A identificação com o objeto que é o filho. É a cilada da maternidade ou da paternidade; é a identificação de cada pessoa da família, que se burrifica em torno de uma criança. Não são mais adultos que se amam; são crianças que brincam de boneca e que falam como a criança quando ela começa a falar, deformando as palavras. Simplificando a sintaxe. A criança tenta falar como eles, e eles começam a falar com uma linguagem aproximativa, como a criança.

É outra cilada, a da maternidade, que consiste em identificar-se com o objeto amado, em vez de continuar sendo um sujeito à procura do sujeito complementar que ajude a criar esse novo sujeito, pois ele também deve estar à procura de um objeto que não pode ficar nos pais. Os pais servem-lhe de engodo de objeto, mas é transitório.

O ESTRANHO: "O ciúme é feito de nossa homossexualidade remanescente."

A PRATICANTE: Por sua existência e pelo seu modo de querença possessiva, a criança prende novamente os adultos na cilada do sistema de ciúme do objeto dual. Ora, são três, cada um jogando seu jogo narcísico, o pai, a mãe e o filho. É aos três anos do filho que os casais começam a não ir bem, e, quando o filho mais velho (ou único) tem sete anos, há o risco de se dissociarem. Aliás, quem fez pesquisas com casais sabe disso. É com três anos que o filho do sexo masculino ou feminino provoca tensões entre os pais. Aos sete anos, maquiavelicamente, provoca o ciúme dos dois e divide para reinar. E muitas vezes os adultos se separam por ciúme. A mãe com ciúme do filho que gosta mais do pai, ou o pai com ciúme do filho que gosta mais da mãe. O homem tem ciúme da mãe que o filho ouve mais e com quem se abre mais que com ele. Ouve, por exemplo, a filha ou o filho dizer: "Ei! O papai está chegando. Psiu!" Se o pai se zanga, aí é a mãe que fica brava.

A NEGRA VERDE: A chegada de um filho nunca é inofensiva.

A PRATICANTE: Nunca. É sempre um risco que se corre, e justamente graças a esse risco é que as pessoas evoluem – se forem capazes de evoluir. Se não, percebem que o único sentido do casal era ter aquele filho que queria nascer, mas que os dois ainda não estão prontos para o companheirismo duradouro, para evoluir juntos e provocar a evolução um do outro. Era uma etapa.

Mas o encontro de um terceiro, um psicólogo, que fale desse problema banal, permitindo que o pai faça aquilo que chamamos de castração simbólica do filho, permitindo que o casal se reencontre... e se ame sem riscos de dramas. Não é mais o desejo imaginário de ter um filho que dita as leis. Os pais se deixam dominar por uma libido muito mais forte, e o filho que só tem isso para pensar acaba triunfando do/da rival.

Os pais pervertem o filho e infundem-lhe culpa para o futuro quando se separam em vez de lhe dizerem: "Não, você não vai nos separar. Não vou permitir que ninguém aporrinhe meu marido como você aporrinha. A mulher aqui não é você, sou eu." E se o pai disser ao filho ou à filha: "Não vou permitir que ninguém envenene a vida em minha casa, seja você ou alguém de fora. Você não precisa mais de sua mãe nem de mim. Se continuar assim, pago uma pensão pelo tempo que for preciso. Vai custar caro, mas nós teremos paz!", garanto que em quinze dias acaba a crise desse trio familiar. O filho começa a procurar amigos com quem exercitar rivalidades, Jules e Jim, essas coisas.

O ESTRANHO: E se os pais cedem a essa libido poderosa que perturba o filho, a esse momento de crise, qual é o retorno para ele?

A PRATICANTE: Pois bem, com grande freqüência, felizmente, o filho fica doente. Digo "felizmente" porque, graças a isso, ele vai para o hospital. Portanto, separa-se dos pais; percebe que os pais gostam muito dele porque vão visitá-lo no hospital; fica espantadíssimo. Faz uma salutar regressão passageira. Encontra enfermeiras pagas que lhe dispensam os cuidados físicos, e isso o impressiona, pois até então só a mãe fizera aquilo, e seus cuidados eram sempre aureolados de desejo, de ternuras coniventes, ao passo que ali se faz apenas assistir a criança em suas necessidades. As enfermeiras também precisam cuidar de outras crianças. Descobre que é possível viver sem os pais mesmo na infância, que o sofrimento e a morte atingem crianças, e não só velhos. Enfim, tudo isso é formação. Essas doenças passageiras da infância às vezes são iniciáticas e maturativas.

É uma iniciação rápida que se dá graças a uma debilitação psicossomática da saúde, decorrente da raiva de não ser rei: se ele for ouvido demais, poderá contrair otites; se for acariciado demais, poderá ter doenças da pele; se for mimado a ponto de só comer o que quer, poderá ter distúrbios digestivos.

Durante essas doenças da crise edipiana, a vida continua, a mãe continua trabalhando, o pai também. Vão vê-lo no hospital, e nada mais. Todo o mundo faz o que tem para fazer. A criança percebe que também precisa assumir-se, integrar-se na sociedade dos seres humanos como associado reconhecido por si mesmo, e não reduzir a si apenas os seus interesses na família. Exasperar mãe, pai, irmãzinha é coisa que já não o satisfaz.

O ESTRANHO: Há crianças que numa dessas doenças passa desta para melhor.

A PRATICANTE: Sim, por causa de distúrbios inicialmente de origem psicossomática, que podem provocar verdadeiras doenças. Você sabe que esse já foi assunto de minha tese de medicina em 1939, *Psychanalyse et pédiatrie*[58]. Agora, sabe-se mais sobre esse delicado período que vai dos cinco aos sete anos, em que a estrutura psicossocial do caráter se organiza graças à libido (desejo inconsciente) confrontada com a angústia da relação triangular, Pai-Mãe-Filho, que deve abrir-se para a relação do indivíduo com os outros de sua faixa etária em vista da sociedade da qual, independentemente de seus pais, ele é membro ativo e, tanto quanto eles e todos os outros, submetido à lei e a seus interditos maiores.

O ESTRANHO: "A luta para tomar, guardar, impedir a liberdade do ser amado, rápido desejo pelo ser amado." Isto é um pensamento filosófico?

A PRATICANTE: Sim, com certeza. Pensamento filosófico que reconheço. São realmente os dramas e as comédias. Não haveria teatros nem cinemas sem isso.

O ESTRANHO: "Talvez estejamos historicamente no momento em que esse drama deve ser vivido." Por que "historicamente"? Porque você acha que antes teria havido alguma outra coisa?

A PRATICANTE: Sim, acho que é em nossa civilização que o sujeito pode pensar-se sujeito. Isso poderia acontecer a pessoas muitíssimo favorecidas pela sorte, enquanto outras, esmagadas pelas necessidades do trabalho, pelas necessidades da vida cotidiana a ponto de embrutecer-se de cansaço, como diz o slogan, condução/ganha-pão/colchão, não podem permitir-se um distanciamento suficiente para pensar nesse jogo constante das relações e em seu sentido.

Essas coisas são vividas, mas não se tem o tempo, não se tem o distanciamento para pensar. Fica-se preso em conflitos interpessoais que são tratados no teatro sob forma de comédias ou de dramas... Nossa época, graças à tecnologia, produziu uma modificação incrível na vida do campo; a ciência agrícola possibilita bons períodos de repouso às pessoas. É só ver agora, por exemplo, os fazendeiros que só plantam trigo. Não são mais retidos pelos animais, podem ir passear, têm tempo para pensar suas relações com outra pessoa, o que não tinham no começo do século. Estavam presos, não tinham um só dia de repouso. Um pouquinho no inverno, mas de qualquer jeito era preciso cuidar dos animais todos os dias. Havia as crianças, havia os animais. Agora, você vê que as pessoas podem planejar tudo. Não têm filhos durante cinco ou seis anos. Criança cansa.

Lembro que só depois que minha filha fez seis anos pude, pela primeira vez, dormir mais de seis, sete horas por noite, dormir uma manhã, se tivesse vontade. Nunca tinha conseguido isso desde o nascimento do meu primeiro filho até os seis anos de minha filha, a terceira. Para continuar em bom estado de saúde física e para ficar tranqüila ela precisava absolutamente tomar um desjejum. Então, nem aos domingos eu podia dormir. Depois ela acabou entendendo. Com seis anos começou a fazer as coisas, para não me perturbar: fazia o desjejum para ela e para os irmãos. Os irmãos eram capazes de fazer para si mesmos, mas não fariam para ela, porque: "Nada disso, vire-se, minha cara!" Para mim, não era nada; minha saúde é sólida. Mas eu pensava: "Como outras mulheres agüentam?" É absolutamente necessário generalizar os albergues maternos para as mulheres. Os que havia eram poucos. É preciso que as mães possam ir com os filhos para um lugar aonde os maridos possam ir dormir com elas, um lugar onde elas possam encontrar descanso para si e ajuda para desafogar-se das crianças quando estão cansadas.

Então penso que havia ao mesmo tempo o trabalho artesanal, o trabalho de casa, os filhos, as guerras – porque havia guerras também, o tempo todo –, e que as pessoas não tinham tempo para refletir, tomar um pequeno distanciamento e pensar-se em suas relações com outrem.

A NEGRA VERDE: Será que não era uma vida bem mais perigosa?

A PRATICANTE: Era, mas ninguém sabia disso.

A NEGRA VERDE: Perigosa no sentido de poder ser interrompida para todo o mundo.

A PRATICANTE: Que ainda deve ser a que se vive na África, com a possibilidade de fome, com as guerrilhas entre tribos que assolam tudo.

O ESTRANHO: "Atualmente, devoração mútua e intersexo permanente."

A PRATICANTE: Sim. O grande come o pequeno, a grande loja mata a pequena loja.

O ESTRANHO: Você está falando do capitalismo?

A PRATICANTE: Sim, mas também da escola. É o condicionamento precoce. Não é só econômico. Não é só o poder do dinheiro.

O ESTRANHO: E o "intersexo permanente"?

A PRATICANTE: Intersexo permanente é seduzir o outro para atingir seus objetivos de poder.

A história desse homem nesse filme de que falávamos, que desce para um buraco onde há uma mulher: ele precisa passar pelo erotismo da mulher que ao mesmo tempo pede prazer para si; e há a espécie através dela, que fala e quer um descendente. Porque é isso: a mulher é o lugar – bem mais que o homem – onde a espécie fala, onde a espécie submete o desejo do homem a servi-la.

"Intersexo permanente": entendo jogo dos sexos. Não quero dizer "sexo", quero dizer jogo dos sexos. Jogo sexual permanente de dominação, dominado-dominante. Dominado-dominante para mim é sexual, seja qual for o domínio de inter-relações em causa. É o sexual anal, mas é sexual no sentido de libido, desejo inconsciente que provoca ações. Devorar é oral canibal. Anal é sexual forte sobre o fraco, o grande que esmaga o pequeno, as armas etc.

O MAINÁ: No entanto, há algo mais que o homem introduziu, é...

A PRATICANTE: ... a cultura.

O MAINÁ: Sim..., mas no mal, quero dizer: a decomposição dos elementos, até o não-degradável. Quem introduziu do modo mais inteligente o termo "ecologia" foi Gregory Benson, erudito inglês que viveu na América.

Falou de ecologia, mas não no sentido militante e político, falou do desaparecimento dos dinossauros. Propunha uma pergunta; ninguém pode saber como eles desapareceram. Dizem que foram os ratos. Então, fez a seguinte pergunta: "Será que os dinossauros não fizeram alguma coisa que poderia ser comparada ao que o homem faz neste momento à natureza, e que os engoliu?" E o que o homem faz é a destruição de um circuito. Há um circuito, e além disso há tangentes, e essas tangentes podem chamar-se dioxina, podem chamar-se lixo nuclear etc.

Portanto, a devoração do homem não produz apenas cocô, que é integrante da natureza, mas produz também coisas monstruosas. Não é exatamente a mesma coisa que a selva....

A PRATICANTE: Há uma perversão da inteligência humana.

O ESTRANHO: O homem chega a produtos que são venenos para o ambiente. A produtos inertes. O que os ecologistas chamaram de "não-biodegradáveis".

A PRATICANTE: Sim... Chegam a um produto além do qual não há mais nada. Produtos mortos.

O ESTRANHO: Produtos a partir dos quais não há nada mais para fazer; nem é resto – resto vivo, quero dizer – mas alguma coisa que está além do resto. Chegam a produzir morte, simplesmente.

A PRATICANTE: Intransformáveis. Não são mais fonte de vida. Não são mais associáveis a outros ou destrutíveis por outros para que a vida possa continuar.

O ESTRANHO: O mecanismo da família. Então, voltemos a essa devoração mútua e à inter-relação sexuada.

A seqüência da idéia é: “donde pais que continuam juvenis”. Por que continuariam juvenis nesse mundo de devoração mútua e de intersexo permanente?

A PRATICANTE: Porque, para viver, é preciso continuar na liça da sexualidade, da devoração, da analidade. Não se pode viver vegetativamente. Os seres humanos, em nossa sociedade, precisam engalfinhar-se. Sem isso, caem na mendicidade. Aliás, é por isso que existem tantas crianças psicóticas e cada vez mais asilos de velhos, completamente reduzidos a não serem mais nada no mundo. Acredito que seja porque não estão mais na liça. Se quiserem continuar vivos, os seres humanos são obrigados a defender-se e a continuar na competição, porque atualmente não há outro valor senão o de estar na competição. O valor do ser, como ser que ama e pensa, não existe em nossa sociedade.

O ESTRANHO: “Tristeza que vem de os seres estarem realmente sozinhos e de a solidão apenas permitir superar o estágio patológico do sentimento de solidão.”

Solidão e sentimento de solidão: são duas coisas diferentes?

A PRATICANTE: O sentimento de solidão é um empobrecimento das potencialidades relacionais, enquanto a solidão é um fato que pode ser acompanhado por um enriquecimento de possibilidades relacionais.

O sentimento de solidão é patológico. A solidão pode ser eugênica: não patológica; pode ser revivificante. O sentimento de solidão é uma provação, e dessa provação pode-se sair negativa ou positivamente no que diz respeito ao desenvolvimento humanizante do sujeito. Só a solidão permite ultrapassar o estágio do sentimento de solidão. Solidão sentida como fato, reconhecida como valor. O sentimento de solidão não é patológico, mas patogênico. Porque remete à frustração, à famelicidade pela presença do outro, toca às necessidades frustradas, e não somente aos desejos superexcitados.

Como chegar a zero?

O ESTRANHO: "Esse sentimento de solidão é feito de angústia de castração, de medo de perder um objeto transicional, que é feito de azedume e amargura. Ser tomado em si mesmo como sinal de valor, e é um narcisismo que não leva a nada."

A PRATICANTE: "Ser tomado em si mesmo", como encerrado em sua solidão, acaba em hipertímido paranóico, meio Céline. Céline era revoltado contra todo o mundo; vivia com trinta gatos, mas não tinha seres humanos consigo. De qualquer modo tinha companheiros, mas eram animais.

Vejo a diferença entre o que Nazim Hikmet fez de sua solidão e o que pode fazer dela um prisioneiro que está isolado e amargurado por ter sido rejeitado pela sociedade, ele que nada fez por ela, mas não sabe disso. Ele encontrava uma recuperação normal mesmo estando contra as leis.

O ESTRANHO: Mas você diz aqui: "Esse sentimento de solidão tomado em si mesmo como sinal de valor é um narcisismo que não leva a nada." É o solitário na marra?

A PRATICANTE: Por exemplo, o eremita. Vamos tomar o exemplo daquele que se chamou Santo Antônio. Cá entre nós seria melhor que ele tivesse ido procurar as donzelas de carne e osso, em vez de ser assaltado por todas as imagens eróticas sugeridas por sua imaginação excitada por um desejo recalcado. É o que conta a lenda. Deve ser isso o que acontecia com as pessoas que se punham a viver em eremitérios para tornar-se homens de Deus. Era incrível. "Vou ser um solitário de Deus." E acabavam sendo pobres diabos submetidos a fantasias sensoriais de todos os tipos, alucinados de desejo sem nada mais além de angústia.

Essa é a diferença entre a solidão para si e a solidão oferecida aos outros. Acredito que haja pessoas que se entreguem à solidão para estarem mais ainda com os outros, porém nesse caso é pelo poder psíquico da prece. São vigilantes a serviço dos que dormem.

O pensamento é a maior das armas. Ao dar-se, o pensamento dá armas a todos. O pensamento é fortíssimo. Ao dar-se, não é para si. O pensamento pode ser um meio de fecundidade.

O MAINÁ: O pensamento vivo?

A PRATICANTE: O pensamento vivo, sim. Não o pensamento abstrato. Pensamento vivo, pensamento de amor. A atividade do espírito pode ser como uma chuva fecunda para os outros seres humanos. Mas não é a solidão pela solidão. Ocorre que, se alguém chega a essa concentração, a solidão com certeza lhe é necessária. Enfim, há pessoas feitas para isso e outras que simplesmente ficam doidas ou viram bicho vivendo sozinhas.

A NEGRA VERDE: Outro dia estávamos vendo o farol do cabo girar e você falou dos guardas de farol de antigamente.

A PRATICANTE: Eram pessoas muito interessantes, que viviam sozinhas seis meses seguidos; eram substituídos só a cada seis meses. Era gente que gostava daquilo. Mas todos tinham animais por companhia.

O ESTRANHO: Aí, de repente, pergunta: "A mulher pode descobrir a solidão criadora? Por que você faz essa pergunta?"

A PRATICANTE: Pois é, não sei. Acho que a mulher não pensa como o homem. A mulher pensa por imagens. O homem pode pensar abstratamente. Acho que as mulheres podem chegar ao pensamento abstrato, mas não de chofre, precisam ultrapassar um estágio de imagens. Enfim, eu mesma não conheço bem o pensamento abstrato. Penso sempre por analogia, por imagens, por aproximação de sentimentos, de afetos, de formas, de sons, de percepções, de cores. Ou seja, é sempre por imagens: sonoras, visuais, táteis, biológicas, formais. Acredito que os homens, sim, possam pensar, podem abstrair.

Muitas vezes tive essa impressão ao ouvir homens falando, nem que fosse sobre matemática, uma fórmula algébrica. Eles não precisam pôr nada debaixo de A ou B para entender que se fala de A e B. Falam de A e B. Isso existe para eles, abstratamente. Depois, o fato de no fim aquilo formar uma equação, chegar a zero, para eles é absolutamente normal, mas para uma mulher é completamente idiota. No entanto, é graças a essa abstração que podem ser feitas muitas outras coisas depois, utilizando-se esses substitutos de entidades que se poderiam representar. Corresponde a certo número de situações que se resolvem da mesma maneira. Mas os homens chegaram a isso fazendo raciocínios em relação a igualdades que vão levar a zero. É tão absurdo que não acredito que uma mulher pudesse ter inventado a matemática. Igualdade é para levar ao um!

Então, é nesse sentido que não acredito que uma mulher possa bastar-se narcisicamente a si mesma. Um homem pode, porque teve a mãe; foi heterossexual na partida *in utero*, desde que era bebê. Pode ser alimentado artificialmente pela mamadeira dada por um homem, mas terá sido sempre alimentado no seio, depois junto ao seio ou "como" junto ao seio de uma mulher. Quem faz o leite subir na mãe é o bebê. É leite da mãe ou dele? Ao passo que a menina faz subir um leite que era seu na mulher, mas era leite de mulher com corpo de mulher. Muito cedo a futura mãe que há nela toma o lugar da mãe de origem como estimuladora de desenvolvimento. O menino nunca se "desfunde" totalmente da mãe arcaica. Isso deve exercer influência sobre o pensamento dos homens. Não sei bem como.

Acredito que haja uma diferença no condicionamento relacional da menina e do menino na gestação, algo que faça a menina não poder criar sozinha: como não há o sexo masculino, nela não há os dois sexos. Ao passo que, durante os meses de gestação e da primeira infância, o homem conhece a relação com o outro *in utero*, depois a relação de fusão, e depois a de dependência em relação ao outro sexo.

O ESTRANHO: Aqui se diz: "Talvez seja próprio do homem descobrir a verdadeira solidão que produz frutos", no sentido de "frutos abstratos". A solidão só pode produzir frutos abstratos?

A PRATICANTE: Não vejo que outra coisa ela poderia produzir. Um fruto abstrato... Por exemplo, o pensamento de amor por um ser que não se conhece, que pode atingir esse ser onde ele está – sabe-se lá –, quem pensa não pode saber.

O ESTRANHO: "Na condição sexual da mulher fica a ilusão de fecundidade permanente e de uma mãe interior a ela."

A PRATICANTE: Sim, mas não interior no sentido de interior duplo. Pois a própria mulher tomou todo o seu lugar. A mãe introjetada é eliminada, ultrapassada. Ela é ao mesmo tempo mulher e mãe em potência.

O ESTRANHO: "Seu destino é ser atraente para o homem." Muitas mulheres de hoje dariam um pulo se a ouvissem dizer isso.

A PRATICANTE: No fundo mesmo é isso! É seu papel de homem no feminino, de ser humano no feminino.

O ESTRANHO: "E daí, na solidão, perigo de identificação narcísica com a mãe."

A PRATICANTE: Claro. Ou uma identificação narcísica com o filho. Enquanto o homem pode o quê? Pode ter uma identificação narcísica com Deus. Sim, pois ele cria do nada; cria para dar em zero, em nada. A alegria de dar em zero!

O ESTRANHO: Schreber tinha esse tipo de individuação?

A PRATICANTE: Ele gostaria de ser mulher.

O ESTRANHO: Mas e sua relação direta com Deus?

A PRATICANTE: Sim, os raios. Eu pessoalmente acho que é porque ele teve um pai que o reduziu a objeto de seu sadismo. Ele precisava de um pai que estivesse além daquilo e que o fecundasse em vez de o martirizar.

O ESTRANHO: "O menino que viveu completamente seu complexo de Édipo vive melhor sua solidão. A solidão, uma vez aceita, torna-se realmente fértil."

A PRATICANTE: Sua meditação é sua companheira, abstrata, invisível, informal. A meditação, mais que uma mulher, é uma companheira fecunda, contínua e silenciosa.

O ESTRANHO: Ele não dá em zero?

A PRATICANTE: Ah, não! Falo do zero em matemática. Não acredito que uma mulher pudesse inventar o zero. Muitas das descobertas da tecnologia foram feitas por homens, enquanto as mulheres as executavam e melhoravam; as descobertas, porém – por exemplo o ofício de tecer –, couberam aos homens; não às mulheres.

Ele pensa, e seu pensamento pode produzir. Ele é engenheiro. O pensamento produz fecundidade para ele. Será que é porque trabalha com pulsões exteriorizáveis, enquanto a mulher trabalha com pulsões de interiorização? Não sei.

O ESTRANHO: "A solidão criadora encontra-se no fundo da solidão aceita e não buscada (como o sentimento de solidão, que não passa de fantochada em torno de um Édipo mal resolvido)."

A PRATICANTE: Sim, é ficar dando voltas em torno do próprio umbigo. "Como sou infeliz sozinho! Minha mãe me engana. As mulheres são umas putas", ou "Os homens são egoístas... roubam tudo o que eu tenho."

Isso é ter resolvido mal a relação em que a imaginação queria comandar tudo; acho que é esse o sentimento patogênico de solidão.

O ESTRANHO: "No fundo da solidão, na humildade de todas as nossas reações, na aceitação de nós mesmos, encontramos essa liberdade a que aspiramos."

A PRATICANTE: Estamos na condição humana, e todos são nossos irmãos ou irmãs num corpo que está no masculino ou no feminino. A condição do ser humano é a perpétua busca do sentido da vida, que um outro, no encontro, nos dá. Sem o encontro do outro, estamos perdidos. Podemos encontrar-nos pelo fato de termos encontrado os outros, mas se não encontramos os outros, tornamo-nos estranhos a nós mesmos, ou inimigos de nós mesmos; portanto, não somos mais fecundos.

A NEGRA VERDE: Tenho a impressão de que o sujeito passa por tamanhos perigos para chegar a alguma coisa válida... e, ao longo desse percurso, sempre que há algo essencial, autêntico, algo que potencialmente seja fonte de desenvolvimento, ele depara com o perigo do desaparecimento. Inicialmente, perigo de solidão, que o faz reagir. Ele conhece a solidão desde o estágio fetal, vive-a toda vez que há experiências cruciais. E, por trás disso, está o perigo de desaparecer, o perigo de morte. A solidão como humildade de nosso ser.

A PRATICANTE: Sim, como característica potencialmente fecunda do ser humano, desde que ele aceite esse prova permanente. É uma prova constante, subjacente que, nos momentos mais importantes da vida, se torna perceptível.

O ESTRANHO: É o momento em que ele pode ser encaminhado ao encontro com o outro.

A PRATICANTE: Pois é. É isso. É sempre o momento em que ele é encaminhado para o perigo do encontro com o outro, perigo a que se deve expor. Ou perigo ou sobrevivência. E talvez a surpresa, a surpresa do Real[59], que ele ignora e que se lhe desvenda aos poucos, através das ilusões da realidade.

No texto que escrevi sobre a solidão, que nunca mais reli, certamente eu estava vivendo um momento muito difícil. Momento dificílimo, em que alguma outra coisa devia surgir. Verão de 75... Boris já se tinha aposentado. Não dizia, mas sentia que estava envelhecendo rapidamente. E também, em 75, Jean tinha trinta e dois anos; Gricha, trinta e um e meio, e Catherine vinte e nove. O que aconteceu em 75?

A NEGRA VERDE: Talvez fosse simplesmente um pressentimento do que ia acontecer.

A PRATICANTE: Eu sentia que Boris também sofria por sua solidão; sofria; tinha muitas reminiscências da infância. Envelhecendo, elas eram cada vez mais freqüentes. Eu sofria por não lhe dar aquilo que o acalmaria. Ele era um ansioso.

Acho que o maior sofrimento que conheci foi o de não poder fazê-lo sentir que o amava, fazê-lo sentir em si a segurança de minha presença. Não adiantava eu estar lá; sentia que ele sofria como se eu não estivesse. É doloroso.

Ele tinha de sofrer o que tinha que sofrer. Era seu destino. E eu, por mais positiva que fosse, impotente para ajudar. Tudo isso me rodeava de solidão.

E em 75 fazia doze anos que eu começara a pensar no assunto, em 63[60]; doze anos, evidentemente era a grande provação familiar, a primeira provação depois da morte de minha irmã, quando minha vida praticamente parou, para ajudar minha mãe a sobreviver.

Eu tinha doze anos quando ela morreu, em 1920; foram muito duros para meus pais os dois anos que se seguiram. Depois, meu irmão Jacques nasceu. Em 23. Sim, eu tinha quinze anos. Portanto, foi realmente quando eu tinha treze anos a época mais sombria para mim; precisava apoiar minha mãe, que estava fora de órbita e se agarrava a mim para agüentar, às vezes com necessidade de falar sobre os meios de comunicar-se com os mortos. Aquilo me preocupava, me angustiava. Angustiavam-me aquelas mesas giradoras, aqueles espíritos, tudo aquilo de que ela falava, e eu pensava: "Mas não é por aí! Não é por aí!" E ela me ouvia como se eu fosse adulta, tinha necessidade de se dependurar em mim.

Ela me vestia como se vestia. Tinha se tornado minha gêmea para poder sobreviver. Mas isso não a ajudava. Felizmente, havia a música; ela dedicava-se ainda mais à música para poder agüentar.

Então, foi também a época em que Boris se aposentou. Sentiu que estava no fim da vida, por tudo o que eliminava de sua atividade. Mas não me dizia, e percebi depois. Foi a partir daí que começou a sofrer muito com as histórias do sócio, que queria transformar a escola fundada por Boris numa fábrica de diplomas. Foi Boris quem criou a cinesioterapia na França; formava as pessoas. Não era um homem de dinheiro. Esse sócio queria tomar o lugar dele. Aquele homem teria passado por cima do pai e da mãe; era sem dúvida um administrador, mas não tinha alma, não tinha sentimentos por seu mestre. Foi o que ficou, e o que deformou completamente o espírito da escola. Ela prepara exames, cria gente que passa, mas que não ensina o que Boris ensinava, ou seja, entender cada ser humano em sua relação com seu corpo.

É mais ou menos o que dizíamos sobre o adolescente que cai na timidez e no fechamento em si mesmo. A surpresa pode ser agradável se ele for ao encontro de alguém, mas também pode ser uma rejeição, e ele fica lá a sonhar, na impossibilidade de mexer-se. Sobra a tensão no corpo e, solitário, ele faz a tensão cair. Com a subida da tensão, todas as potencialidades de ir em direção ao outro desmoronam.

É mais ou menos a mesma coisa no bebê, no adulto e em alguém que envelhece, com certeza.

Pode-se entender por que eu não conseguia entrar em contato com Boris; sentia que ele precisava disso, que eu também, mas não conseguíamos.

O outro é diferente demais, vive alguma coisa "diferente demais"... no meu caso pessoal, é que o outro sentia-se diferente demais para entrar em contato comigo. Fiquei sabendo depois. Ele me dizia com freqüência: "Você vai saber disso quando envelhecer, mas, neste momento, não pode entender." Mais ou menos como em Castañeda: "Não responda à pergunta, porque não pode. Você saberá, quando passar pela experiência que tenho." E então, de repente, não havia mais nada. Não era hostil, era: "Não é possível." Havia aquilo que ele estava sofrendo, mas havia aquilo a que eu, por minha vez, tentava dar forma.

Desejo, solitário

Solidão, tu que ao longo deste viver és tantas vezes a cilada que faz reduplicarem-se os laços que nos acorrentam à escuta amplificada do que foi sentido, variante na carne, neste corpo, essa coisa que nos possui em seu pesadume e que, na terra, ocupando o espaço dela a ela vinculado, acreditamos ser nós mesmos, e asperamente amamos, defendemos, reabsorvendo na recordação de suas necessidades atendidas, de seus prazeres buscados, o desejo que o muda, desejo que, por sua vez, não é do corpo e não encontra coisa alguma que possa satisfazê-lo.

Solidão do viver para as criaturas humanas, seres de linguagem, que, além do indivíduo deles, coisa-corpo de necessidade, fá-los existir de modo não gregário, pela troca, pelo atrativo de uns sobre os outros, pelo sofrimento e pela alegria dos reencontros, criadora do sentido para o desejo deles, para além de suas provações de separação; solidão, da infância à velhice, és cilada para o desejo deles, quando, reduplicando-se sobre o sentir-se do corpo deles satisfeito em seu imaginário e fugindo dos fracassos, eles se deixam apanhar por tua sedução deletéria até recusarem esses outros com quem, para quem e por quem sua nativa fraqueza pode se transfigurar em poder criador.

Criança, sedenta do que lhe falta ao corpo, atiças-lhe a boca à procura da satisfação de sua carne naquilo que, para sua sede, um outro em seu corpo detém. Impotente para mover-se, são braços e pernas suas imaginadas que a iniciam no espaço domestica-

do. Seu ser em seu corpo impotente apela para esse outro tutelar, à imagem de quem seu lento crescimento permite-lhe advir logrando-se de uma conjunção cuja negação no corpo-a-corpo é para ela partição imaginária, mutiladora de um prazer que ela reivindica como devido, e que a lei dos homens, pela linguagem, marca de interdito ao realizar-se do desejo incestuoso. É o amor na comunicação encontrada além do tempo e do espaço que separa seu corpo do corpo dos outros.

Situação do menino de cinco a sete anos (resolução do Édipo), que admitiu, em detrimento de seu prazer, que o pai lhe impeça o gozo sensual e sexual da mãe, e à menina, o do pai. A criança entende a coisa assim, na maioria das vezes, pois nem os pais nem a escola verbalizam o interdito do incesto. Nem mesmo hoje, quando está na moda verbalizar tudo para as crianças sobre o coito e a biologia sexual.

A criança tem que descobrir a contradição entre o que os adultos dizem e o que fazem, a diferença irredutível entre os seres humanos, tanto em juízos quanto em interesses e sentimentos, e, diante de cada um dos pais, que ostentam opiniões contraditórias, não é obrigada a achar que eles têm razão ou não, ou a acreditar-se culpada se os pais brigam por causa dela.

É que, na realidade, a criança tem que descobrir e reconhecer – ignorando, ou melhor, tendo recalcado o desejo edipiano – que na maior parte do tempo os adultos são levados apenas por seus sentimentos e por seus desejos de poder, uns sobre os outros.

A criança, sim, pensa em valor "absoluto" e se formula constantemente o problema da credibilidade do dizer e do fazer, da confiabilidade alheia, sobretudo a dos adultos.

Poderes materiais ou poderes imaginários, uns em relação aos outros, poderes de sedução ou de intimidação, poderes psíquicos, saúde, intrigas e cálculos são preocupações de adulto; as crianças não desconfiam que os adultos têm a cabeça cheia dessas coisas. Não lhes vivem martelando no ouvido que o que mais preocupa os adultos é o seu esfalfante "trabalho", sobre o qual, se do pai, tudo ignoram no mais das vezes na vida urbana, a não ser a canseira que a mãe lhes encarece não aumentar com barulho ou perguntas? Quanto ao trabalho da mãe, é a mesma coisa se fora de casa, é em nome de seu trabalho que o tempo passado em casa é feito de solavancos tensos; e, se todo o trabalho for em casa, pouco entendem por que ela faz daquilo tanta preocupação quanta diz ser.

A criança sofre no relacionamento com um dos pais que diga palavras contraditórias com as que tenha dito antes, ou que lhe dispense um tratamento de "adulto" diferente segundo haja testemunhos presentes ou não.

De qualquer modo isso a deixa pasmada e, principalmente – se houver com o que sofrer –, decepcionada e infeliz. Se não pode exprimir o que sente, foge para seu mundo imaginário e arrisca-se a viver à margem da comunicação.

As crianças exprimem-se em termos de certo ou errado, de censuras ou de denegação total da pessoa adulta de que lhes venha tanto sofrer; perdem confiança nela. Se essa pessoa for um dos pais, a criança será apanhada num conflito de perda de confiança em si mesma, a não ser que possa exprimir-se e ser ouvida, sendo-lhe concedido por esse adulto não só o direito mas também o dever de fazer seu próprio juízo sobre ele, juízo que em cada um de nós – adulto ou criança – sempre se relaciona com nosso desejo que prevalece sobre os outros. É a superação dos conflitos num agir cuja responsabilidade cada um deve assumir, no amor que se faz tolerante para com os que amamos, mas com quem nem por isso nos identificamos, que realiza em cada um a difícil conquista da identidade.

As crianças às vezes são motivadas por um salutar desejo de promoção em iniciativas que, por não terem elas experiência ainda, podem ser-lhes nocivas ou nocivas a outras pessoas. Repreender a criança pelo resultado que já a vexa ou magoa pode levá-la a crer que sua intenção fosse má e fazê-la perder totalmente a confiança em si mesma. Sente-se então culpada por seu desejo, quando foi apenas desajeitada ou desobediente, pelo desejo de tomar uma iniciativa ao presumir suas capacidades. O adulto, julgando a criança apenas com base em atos, em vez de provocar a comunicação do desejo prévio ao ato, pode levar a criança a achar-se "ruim", sem ajudar a refletir sobre a experiência da inadequação da realidade ao projeto que a motivara.

Quanto à agressividade do adulto (decorrente de sua angústia, que a criança ignora), como a criança está em sua dependên-

cia, é obrigada a suportá-la, mas será muito danoso para a sua inteligência se ela chegar a pensar que o adulto tem "razão", quando na verdade ele tem "suas razões", raramente explicitadas à criança, ainda que esta seja totalmente capaz de entendê-las.

Solidão (às vezes desamparo de um ser humano criança) e comunicação (parança às vezes impossível de próximos encontros, que respondem às recordações dos antigos, guardados na memória), são elas que humanizam o espaço que rodeia a criança e que a separa dos outros, onde seu agir, manual ou intelectual, produtivo ou inventivo, ordenado pelo pensamento que tem dos outros, anima antecipadamente o seu fazer com o prazer de próximos encontros de trocas e comunicação.

Solidão, insípida companhia, neutra e sem rosto, tu que inicias nossas mãos em seu próprio vazio, nossos atos em sua própria e cansativa repetição, às vezes, pelo tédio que destilas, crias a inatividade, o sofrimento indizível, um perigo. É graças a ti talvez que afastamos de nós a atenção à mais ínfima ilusão de desejo nosso que se ignora apelo a outros, invisíveis para nós, dos quais teu amplexo nos isola.

Oh! Surpresa! Outros às vezes acorrem a nossos gritos amedrontados, repovoando nosso deserto contigo, que te tornaste nosso presente, outros às vezes respondem, reorientando nossos passos que se embrenhavam em ti. Outros, encontrados – minerais, vegetais, animais –, nos questionam; outros também, dos quais precisamos nos defender. Outros falantes, semelhantes ou dessemelhantes, com que brincar, com que comerciar, com que trabalhar juntos, juntos devir; outros que, todos, cada um a seu modo, nos livram de ti, lastimável solidão, e ao mesmo tempo de nós mesmos, contigo miseráveis.

És tu também, Solidão, quando as casas dos homens estão cheias de seu haver conquistado, seus espaços preenchidos com seu fazer produzido, és tu que lhes revelas o absurdo de seus prazeres, no melhor do seu cotidiano transformado em monotonia.

Tu, misturada a todas as coisas às quais o homem se apega quando elas não comportam mais para ele senão elas mesmas, gêmeas de seus sentidos, para ele que, transformado em coisa, está sob o domínio delas, és tu que te tornas, misturada a elas, aguilhão de que cabe fugir. És tu que o fazes, por essas coisas para o corpo conquistadas, pelo corpo arrebanhadas, utilizá-las como trampolim, arriscar seu desejo fora do ter, do fazer, repetidos, num salto para aquilo que ele crê impossível porque para ele – e talvez para os outros – esse alhures, estranho, é desconhecido.

Esses outros, apinhando-se então, protegidos atrás de prudentes leis implícitas ou explícitas que para seus desejos são barreiras que só em fantasias imaginam comprazer-se em transpor, sem aventurar-se, esses outros o entregam a si mesmo; mas mesmo que seu desejo o conduza solitariamente, solidão coisificante, seu ardor, todo empenhado em seu projeto, priva-o do teu domínio.

Estimulado pela necessidade de fugir de ti, aliada à de viver, ele se arrisca no cumprimento de seu desígnio, por sua inventividade criadora, liberado dos apegos anteriores. Observa, descobre, vai e transgride os limites do saber que o pensamento, detendo-se no conhecido, não ousando nem contestá-lo nem excedê-lo, imobiliza. Às vezes ele é objeto de escândalo para os que, sem nada arriscar, guardam a segurança do fazer sempre repetido, do dizer em palavras conservadoras bem pensantes.

Ele, no agir novo que seu desejo o faz inaugurar, descobre-se outro após a transgressão, advindo a um saber novo, exemplo quando logra.

Para fugir de ti também, pautando seu desejo pelo dele, outros então, a imitá-lo, arriscam-se nas pegadas dele, no caminho assim por um só aberto, e – punhado de audaciosos para seu tempo – encontram-se juntos, além do aquém possível, além do aquém conhecido, cujos limites se expandiram. Tornam-se os agentes de novos progressos, de novas alianças e de novas linguagens.

Assim, à ciência, à arte, à técnica os homens se dedicam para fugir de ti, solidão descriante, arrancando sua vida a esse triste ramerrão, leitmotiv dos prudentes com seus chavões acatados pelos que os toleram e, passivos, cultivam no agir a repetição em que o desejo se embrenha num mimetismo da necessidade e as palavras no eco do passado, ou na repetição de palavras ouvidas.

Para esses, é tentador fugir da solidão no apinhamento que os põe ao abrigo do vazio de seu pensamento, do tédio do seu agir, da angústia de seu desejo, esses que no amor não conseguem transcender as diferenças e preferem ignorá-las, tanto para a própria tranqüilidade quanto para evitar as responsabilidades.

São vistos a balir em eco slogans de boca em boca, retomados sem reflexão, e aglutinar-se em grupos chauvinistas que se desejariam o todo, enquanto se denominam com toda a justiça "partido", com referência a um todo que do todo difere. O sentimento de pertencer a uma massa possibilita a cada um a ilusão da segurança, como na infância, quando se era carregado pela mãe e submetido a ela por fatal dependência.

Plúmbeos são os períodos da humanidade em que o pensamento e a imaginação sofrem assim a asfixia do desejo por submissão às necessidades do corpo que o fazem com elas confundir-se ou ser seu cúmplice prudente, quando não se dá liberdade ao pensamento e ao agir para comunicar testemunho das diferenças que, em cada ser humano, constituem o valor de sua irredutível identidade consigo mesmo.

Plúmbeas são as sociedades que confundem sabedoria e virtude com semi-sonolência, onde é pecado orar, pecado desejar despertar o homem, e onde, para evitar esse despertar, tudo se faz para preservá-lo de sofrer a solidão em que poderia regenerar seu desejo; mas tudo também é feito para que ele não possa achar nem encontro nem comunicação, coletivamente arregimentado no embrutecimento tórpido do trabalho ganha-pão e de slogans barulhentos que substituem o pensamento, com ritmos impostos a seu agir totalmente alienado a serviço de uma coletividade tão cega e sonolenta quanto ele, e que se transformou em seu abrigo mortífero fisicamente tranqüilizador.

Coitados dos marginais que, expondo-se ao risco de errar, querem manter autonomia e responsabilidade pessoal de agir refletindo, amando e trabalhando, por um objetivo que a massa despreza.

Os que detêm o poder sobre essa massa, para a qual assumem valor de pai arcaico onisciente, lançam anátema sobre esses marginais – cujo desejo solitariamente assumido honra a humanidade mais que qualquer dos carneiros do rebanho –, freando os jovens que eles poderiam arrastar em seu seguimento, com discursos sedutores ou ardis punitivos, atribuindo o brilho do valor de virtude ao instinto gregário que engoda o ser humano com a segurança animal. Pois o homem, desde o dia do nascimento e de seu grito de lealdade ao mundo, num corpo pela primeira vez só e desarmado, recebeu de outro corpo, para seu corpo reconfortado, prova de existência.

Mas é resposta a seus apelos, seu apelo por essa presença a nenhuma outra igual, sua mãe que, com aquele, o ama, porque ele é ele, o que faz dele um ser com nenhum outro confundível, tanto quanto eles para ele que, através de seu nome pronunciado com ternura, tornou-se sujeito de desejo, e não mais objeto de necessidades e de corpos-a-corpos anônimos.

Criado no dia-a-dia, por linguagem significante de amor por sua pessoa, diferente de todas as outras para os que o amam, ele pode, por intimidação e desamparo, perder essa significância de sujeito e, mesmo respondendo aos fonemas de seu nome quando este é pronunciado sem respeito nem amor, perder essa identidade de amor se, para sobreviver, a isso for obrigado.

Seu corpo tem medo de sofrer, tem medo de faltar. O que resta nele do instinto gregário, semelhante na espécie humana ao dos animais, pode fazê-lo temer a solidão à qual seria relegado se a massa dominante, ganhando força de lei, pervertesse seu desejo até confundir-se com a única defesa que se chama legítima, a de seu corpo ameaçado em sua existência física.

Assim rebaixado ao nível de animal adestrado, temerosamente submetido a seu dono, ele se satisfaz de prazeres quando pode encontrá-los, mas ignora a alegria que não existe sem liberdade de pensar, de agir e de comunicar-se. Abandonou-o a honra de homem para quem fé e esperança num alhures, num outro tipo de viver, devem deixar abertas as questões para as quais ninguém pode gabar-se de ter respostas – e jamais resposta unívoca –, visto ninguém ter o direito de proibir ninguém de dedicar seu desejo a isso ou de encontrar outras pessoas para comunicar o que, em seus pensamentos, em seu agir criativo, é a expressão de sua busca.

Que o respeito pelo filho que os pais humanos introduziram no mundo linguageiro dos valores (os seus) impeça de, pela possessividade e pelo abusivo exercício repressivo, coibir as iniciativas que o desejo do jovem chama a assumir livremente em seus pensamentos e atos; quanto mais se diga em sociedade, em que esse respeito por todos deve ser a preocupação dos mandatários que toda sociedade deve escolher para si, para que a partir da nubilidade todo cidadão tenha direito e mesmo dever (se não pre-

judicar fisicamente ninguém) de exprimir tudo o que constitui a originalidade irredutível de cada ser humano, que é semelhante aos outros enquanto espécime fisiológico da espécie, mas diferente de todos os outros em sua inserção na linguagem, na qualidade de sujeito de sua história e conflito vivo de desejos que só ele pode decidir resolver em suas palavras, atos e obras, numa liberdade de expressão que a lei deve reconhecer a todos, só lançando mão de seu poder para defender o exercício dessa liberdade e conceder a cada um tempo e instrumentos (equipamentos sociais, espaços livres e oficinas abertas a todos nas horas de liberdade que o trabalho ganha-pão deve deixar), para que esse "contrato social" possa ser outra coisa além de palavras sobre papel, ou ainda para que essa "liberdade" não seja concedida apenas aos "passivos", como acontece quando a televisão ou o rádio são os únicos passatempos propostos a todos, e os "ativos", aqueles que querem encontrar-se com outros, só tenham as ruas ou os bares.

Quando ele malogra, a solidão é grande; é a sofrê-la que ele ocupa seu isolamento imaginando-se em companhia e rememorando seus hábitos de linguagem familiar, e que o seu desejo se exercita na imitação deles, desenvolvendo assim todas as suas potencialidades nos moldes dos poderosos que o cercam.

A prova do espelho mostrou-nos, pela primeira vez, reduzidos às dimensões de criança, com rosto estranho, presença no mundo que, até então, acreditávamos semelhante à dos valorosos mais velhos que admirávamos.

Depois, quando chega a consciência clara do sexo, e a criança se sente atraída por seus primeiros eleitos, pais e irmãos, detentores daquilo que ela não tem e deseja conhecer, com quem seu desejo a incita ao corpo-a-corpo, é a solidão que urde o drama de sua castração. Para sempre separada de quem a iniciou no desejo, ela está invisivelmente marcada, no sexo, pelo interdito de seu justo direito incestuoso sobre a mãe ou o pai, sobre irmãos e irmãs, onde se enraíza sua individuação licitamente desejante.

Seu desejo vilipendiado marca-lhe então o sexo com a lei que separa para sempre o imaginário da realidade, que lhe proíbe o corpo-a-corpo fora da lei, a mesma lei à qual esses adultos desejados – que ela acha que fazem a lei – estão submetidos, tanto quanto ela, no que diz respeito ao desejo na sua realização incestuosa.

A identificação com os genitores permanece, mas inicia na lei. "Papai não é pai de mamãe, e mamãe não é mãe de papai. Papai não se casou com a mãe nem com a irmã dele, e mamãe também não com o pai nem com o irmão dela."

Na época da castração edipiana, entre cinco e sete anos, a criança sofre a queda da primeira dentição, também um transe, transformação transitoriamente mutiladora que confirma seu status de criança semelhante, no curso do desenvolvimento físico, a todas as outras de sua idade, assim como o foram seus pais na mesma idade.

É também a época em que as proporções dos órgãos genitais se reduzem em relação às do corpo, ficando assim até a puberdade, o que facilita, na espécie humana, a renúncia ao desejo sexual durante esse período da segunda infância, que precede a nubilidade, e em que a maioria das aquisições culturais, a habilidade corporal e manual, a inteligência podem desenvolver suas potencialidades segundo o prazer que a criança nisso encontre.

Assim, o agir da criança é marcado na época de seu desejo genital pela lei que impõe a renúncia ao corpo-a corpo entre genitores e engendrados, e entre engendrados de mesmos genitores, pondo fora da lei o prazer que, em suas fantasias masturbatórias solitárias, a criança esperava obter de seu sucesso sedutor.

A psicanálise demonstrou que o desejo, por ser posto fora da lei na realidade, sofre um recalque que torna inconsciente, mas não inativo – sobretudo no imaginário –, aquilo que ao longo do desenvolvimento da criança já sofrera "catástrofes" – ou seja, repressões do desejo imaginário na época neonatal, oral e anal, envolvendo pulsões passivas e ativas – e já ameaçara a criança com a solidão decorrente das separações da mãe (parte imaginária em seu corpo do corpo da criança), representadas pelo desmame, pela continência esfincteriana e pela negação da ajuda motora por parte do adulto tutelar. Todas essas pulsões arcaicas, das quais algumas haviam encontrado comunicação e realização no prazer partilhado (inconscientemente incestuoso) com os adultos tutelares e fizeram a criança ingressar na via das aquisições simbólicas, são novamente postas em movimento na época da castração edipiana, ou seja, genital, e do interdito do corpo-a-corpo incestuoso.

Imaginariamente e às vezes na realidade, em comportamentos para com os próximos, ela regride para os prazeres eróticos passivos e ativos, masoquistas e sádicos, que são as ciladas de seu narcisismo, tanto na solidão de suas fantasias quanto na comunicação compulsiva, obsessiva, fóbica e histérica com outrem.

O amestramento desse desesperado, que defende a legitimidade de seu justo direito de permanecer num mundo pueril, submisso ou revoltado contra o que acredita ser uma mutilação injusta de todos os seus desejos, é tarefa da educação nessa idade, quando o pai e a mãe lhe fazem a revelação de sua submissão comum à lei que o magoa, ao mesmo tempo que o introduzem na freqüentação da sociedade onde deverá encontrar, sem incesto, o prazer de seus desejos no lúdico, nos relacionamentos, nas amizades e em todas as atividades instrucionais, musculares e culturais, que, nos moldes dos outros, lhe sejam possibilitadas por seus meios.

A crise edipiana não é coisa fácil, e o modo como a criança a resolve marca toda a vida psíquica e física e todo o caráter dos indivíduos humanos, que podem ficar marcados para toda a vida por uma dialética de culpa pelo desejo imaginário, permanecendo na rivalidade ciumenta e na reivindicação revoltada, complicada por sentimentos de inferioridade neurótica, em vez de adquirirem um sentimento de liberdade e de responsabilidade por si mesmos na comunicação e nas aquisições de poderes culturais e educacionais, que são sublimações do desejo devorador, assassino ou incestuoso.

Tudo o que de desejo anime no dia-a-dia esse menino ou essa menina de sete anos, por causa do recalque que proíbe o desejo e o prazer naquilo que lhe é vedado pela lei – a mesma para todos –, provoca uma tensão psíquica que estimula a criança e a encoraja a realizar seu desejo pela via simbólica – linguagem, jogo, trabalho –, cujos sucessos abrem para sua avidez de saber e de criatividade uma comunicação cada vez mais rica com os outros, na cooperação e na combatividade dentro da vida social e recreativa.

Mas a criança ainda é inexperiente em sociedade, e sua fragilidade diante dos desgostos narcísicos decorrentes de sua inferioridade verdadeira, fonte de fracassos, exige que os adultos tutelares saibam respaldar a confiança da criança em si mesma. A atri-

buição de culpa pelos fracassos por parte dos pais, mais desejosos que a própria criança, bem como sua superproteção, pode reduplicar o desejo edipiano, se o "dar prazer" aos pais puser a criança em situação de erotizar sua relação com eles, assim como de lhes causar sofrimento.

A crise edipiana de cada criança é uma cilada para o desejo incestuoso inconsciente e não castrado dos genitores em face de seus engendrados. Os filhos percebem a aflição emocional de seus pais, que querem continuar possuindo-os como objetos de prazer (ou de dor) narcísico, ou seja, como objetos eróticos.

A crise edipiana da criança resolve-se melhor quando seus adultos tutelares parentais, exemplos de valor em sociedade, estão ligados no lar e na vida afetiva por amor recíproco e por um entendimento indubitável, que não possa ser perturbado pelas palavras nem pelos comportamentos do filho.

O filho de pais desunidos ou insatisfeitos sexualmente é descriativo, fica reduzido à solidão ou ao status de consolador do abandonado (pai ou mãe), e isso perverte seu desejo com um retorno à ambigüidade do amor incestuoso infantil, passivo ou agressivo.

Todas as aquisições e todos os sucessos da criança em período pós-edipiano só são sublimações de desejos se, exercendo-os em lugares outros que não o meio familiar, com outras pessoas que para suas fantasias sexuais imaginárias não sejam proibidas por incestuosas, seu sucesso não apresentar o risco de levá-la de volta para a cilada incestuosa por dar-lhe prazer ou por dar prazer aos outros.

Resolvido o Édipo, como se diz em psicanálise, a vida de camaradagem e de amizades da criança – sobretudo com outras do mesmo sexo – é rica, não isenta de emoções sexuais e amorosas com camaradas do outro sexo, em geral de mais idade.

Para seu prazer, não desenvolve mais a identificação com os pais, mas a conquista de sua identidade, entregando-se a ocupações industriosas e lúdicas livremente escolhidas, em que sua tenacidade, seu entusiasmo na busca do sucesso são melhor sinal de saúde geral que seu interesse pela escolaridade ou pela leitura. Estas, muitas vezes, são refúgio de solitários pouco livres para buscar um prazer formador autêntico, tanto na solidão assumida e rica de reflexões, investigação e inventividade quanto na comunicação entusiasmada e na excitação de obter vitórias e dar vitórias ao clã a que a criança se tenha associado por afinidade espontânea. Isso tudo não é possível se ela não se sentir desvinculada dos problemas familiares e dos apelos à razão, aos deveres e às lições que prefere atamancar, das injunções dos horários, cuja importância os pais – distraidamente ouvidos – querem inculcar, bem como da higiene rigorosa, do asseio das roupas ou da ordem: "hábitos" estes que como tais são insípidos, mas que aos poucos se consolidam na época da pré-puberdade, por simples dedução de comodidade ou por concessão aos educadores ou aos pais – se exigentes –, porque assim é possível livrar-se mais facilmente deles – pois são amados e assim desmancham menos os prazeres escolhidos. Talvez também porque o ambiente criado pelos adultos em casa faça parte da natureza das coisas que, com o tempo, impregnam um modus vivendi *suficientemente tolerante para ser aceito.*

Assim, a criança que resolveu a crise edipiana tem um sentimento tranqüilo do valor de sua pessoa e o espírito aberto para o prazer que encontra e que estrutura no dia-a-dia sua identidade e sua personalidade em sociedade. Seu viver cotidiano associa seu saber à sua produtividade e à sua criatividade em projetos que sustentam seus esforços na realidade, enquanto a aventura e a imaginação ocupam seus pensamentos ao sabor dos acontecimentos do dia que o questionem, das histórias que leia, dos filmes que veja, nos quais, por preço baixo, vê-se desempenhando um papel mais ou menos valoroso segundo seu temperamento.

Tudo se passa sem complicações comportamentais desde que o meio tutelar, confiando nela, mas controlando-a, demonstre verdadeira afeição, ajudando-a a desenvolver suas qualidades de fundo, sem repisar seus defeitos, incentivando-a nos momentos em que ela duvida um pouco de si diante de seus fracassos ou das provações com amigos e feitos, deixando-a tomar cada vez mais iniciativas promovedoras tanto em casa quanto em sociedade.

Menino ou menina, espera com confiança na vida e em si que se cumpram as promessas do crescimento, faz projetos para o futuro, vagos ou precisos, ao sabor dos modelos encontrados nos mais velhos valorosos. Mas continua sempre sensível a tudo o que pos-

sa afetar a imagem dos pais nos ditos que sobre eles ouve em sociedade, sentindo-se pessoalmente ferida quando são criticados, sofrendo quando suas ações não lhe pareçam exemplares. Confiante, gosta deles como são, ignorando outro amor que não o casto, e perturba-se até à estupefação com o que perturbe sua ignorância real – devida ao recalque – sobre o desejo sexual, ainda que seus jogos, que ela não sabe "sexuais", lhe pareçam segredos de crianças em suas excitantes intimidades divertidas, que desmentem seu pudor ofendido em outras circunstâncias.

Desconhece o papel do desejo e das paixões no comportamento dos adultos que ele se esmera em acreditar movidos pela razão. Desconhece o papel do sexo como tal em suas próprias atrações e hostilidades. Se pensa no futuro, se ama, sonha em termos de vida a dois, falando de casamentos e de filhos que terá ou não terá, menino ou menina, a seu bel-prazer, em que o suposto cônjuge desempenha o papel de comparsa dócil, prazer imaginário que não tolda nenhuma das realidades circundantes.

Dos direitos e dos deveres

O ESTRANHO: "O ser humano arrisca-se à cilada da solidão descriativa." O que você entende por "solidão descriativa"?

A PRATICANTE: Há uma solidão criativa de forças, de tensões utilizáveis nas descobertas do progresso ou na mutação de si mesmo para um nível superior.

Há outra, descriativa no sentido de "demolidora", como se fosse uma força de agressão que, não tendo meio exterior para ir, incidisse sobre o que estruturou o sujeito antes; descriativa do desejo. Ou se não for do desejo, das modalidades potenciais do desejo. O desejo talvez não seja "descriável", mas fecha-se.

O descriativo da relação interpsíquica demole-a para reduzi-la ao nível das funções de troca entre as partes do corpo.

Pode-se até voltar à sensação de peristaltismo esofágico-anal. O eixo, a direção que me ajudou a abordar a solidão, foi entender como um ser humano cai na psicose infantil. Mas é exatamente o mesmo processo, mais tarde. Em momentos de mutação é exatamente a mesma coisa. A adolescência é como um novo nascimento, em que falta o ser no qual o novo vai poder prender suas amarras. Então, é o retorno justamente ao impossível reencontro da mãe para o lactente.

É também o que acontece com o adulto que perde o ser amado, que se afasta ou com o qual a comunicação é impossível, sejam quais forem as razões.

Há pessoas que parecem loucas aos que as cercam, com as quais não têm mais relações. Falamos de um caso típico, por ocasião de um grave acidente ferroviário. Acontece um acidente ferroviário ou um cataclismo, e esses “loucos” são provocados pela necessidade de ajudar o próximo, próximos que não têm desejo, que estão num estado de necessidade, e isso lhes alivia as tensões de desejo que respondem a esse apelo mudo das vítimas, esse apelo de necessidade. Como neles há uma acumulação de tensões inconscientes de desejo, é no corpo dos outros que se encontra seu desejo, nos corpos que devem ser socorridos. Há choques sociais que podem curar psicóticos.

O ESTRANHO: Desejo pela ação?

A PRATICANTE: Pela ação provocada, correspondente ao apelo de necessidade dos outros, e não do desejo. É ele, sujeito, que encontra esses outros com o corpo destruído, desprovido demais para saber até mesmo quem está socorrendo. É qualquer um, é um socorro, mas não é uma pessoa que socorre. E essa pessoa não é reconhecida como pessoa agindo como pessoa, mas “redime-se” por dentro; escapou de sua cilada, que é sempre, inconscientemente, um sentimento de culpa que a retém solitária a seu corpo. Seu corpo, ela o viu nos outros, desmembrado. Acredito que tenha visto isso, porque havia sadismo bastante, contido nela mesma, para destruir-se. São pessoas que estão em estado paranóico e que, graças a uma situação absolutamente insólita, sentem-se capazes de compaixão por outras. Evidentemente, é difícil entender. As pessoas diziam: “Como? Como essa moça que era louca ficou assim tão normal?” Pois bem, não! Ela está numa situação anormal. Ela conseguiu encontrar aquilo que, sem tantas tensões interiores, as outras pessoas não podiam fazer. Pois ela encontrou a desopressão de suas tensões na realização daquele trabalho que para ela era um alívio, ao passo que para as pessoas normais conseguirem é preciso todo um tempo, toda uma sociedade organizada. Ela era a primeira a socorrer os outros, e era “a louca” que não tinha contato com ninguém havia já um ou dois anos.

É uma coisa impressionante. O que significaria que nenhum ser humano está fora da comunicação, a não ser que esteja preso na sua própria armadilha. De qualquer maneira, ele é recuperável na comunicação; continua sendo logos, continua sendo sentido – mas não sabe – sentido de comunicação. Pode deixar de saber disso e ficar preso na armadilha do próprio corpo.

O ESTRANHO: "Efêmero, dizem os indiferentes. Ilusão de um encontro possível."

A PRATICANTE: Sim. São as pessoas que observam o encontro de dois seres.

São observadores. Dizem: "É efêmero, não dura." Mas como é vivido pelos que se encontram? Se for vivido unicamente no Narciso de cada um, sim, é efêmero, mas se, ainda que narcísico, houver a alegria que o outro também sente simultaneamente, é de fato uma nova partida para a comunicação.

Não é o observador que pode dizer alguma coisa; é só o participante.

O observador só vê gestos em que a outra pessoa talvez pareça se comprazer, mas não sente que, para essa outra pessoa, fazer tais gestos é uma comunicação verdadeira, e não apenas um prazer compulsivo.

O MAINÁ: Pode-se dizer que o único caminho da verdade passa pelo sujeito. A observação não pode fornecer informações sobre o que acontece efetivamente. O comportamento não pode servir para outra coisa senão para mascarar, revelando ao mesmo tempo que está acontecendo alguma coisa, mas que não se pode saber nada do que está acontecendo.

Nesse caso, será que não se pode também questionar o tipo de conhecimento ocidental, que parte da observação?

A PRATICANTE: Com certeza! Abordamos assim as filosofias orientais. O perigo da filosofia oriental, sem a correção ocidental, é o antropomorfismo, já que a natureza não é feita de criaturas que, em seus ritos e em seu estilo de conhecimento, sejam humanas.

O MAINÁ: O conhecimento ocidental contribui com essa correção?

A PRATICANTE: Contribui com a correção de estudar todo sujeito de uma forma em que ele é também objeto. A ciência descobre que nada podemos observar se não nos considerarmos naquilo que observamos, donde o papel perturbador do observador, também descoberto pela ciência.

O MAINÁ: É verdade. Que foi descoberto pela ciência, mas pela ciência que se questionava.

O ESTRANHO: "Alternância de solidão e comunicação, de repouso e atividade de nosso desejo." Aí não se encontra um elemento novo de *nossa* atividade de desejo, alternância de solidão e comunicação, mas sim o ritmo.

A PRATICANTE: Encontra-se o ritmo respiratório, o ritmo pulsional, o ritmo cardíaco, diástole-sístole.

E essa alternância, numa mecânica "normal", saudável, eugênica (o contrário de patogênica), é o único ritmo que pode tornar suportável essa passagem da solidão à comunicação e vice-versa. Ritmo e música de nosso ser no mundo criativo de vida, recriativo e procriativo, quando palavras e atos se impõem na vida de relação.

O ESTRANHO: O que, na sua opinião, seria mais necessário que a instrução?

A PRATICANTE: O que chamo de educação: estimular o domínio das paixões, estimular o domínio da imaginação, estimular a curiosidade pelos códigos diversos de expressões doentias ou sãs da vida, não só no ser humano, mas também nos animais, nos vegetais. Isso vai além da informação instrucional e é acompanhado por certa filosofia de vida. É o que falta às crianças, pois, se não lhe dão isso em família, a escola não preenche essa lacuna, o que eu deploro. É dado pelas pessoas que fizeram esse trabalho por si mesmas, mas muitos pais não o fizeram e não respeitam na criança sua liberdade de evolução. Querem que ela se torne uma cópia fiel de seu desejo atual. É a mesma coisa com os professores. Os professores querem uma cópia fiel, um aluno que se conforme ao que eles pensam de um aluno naquele nível. Não pensam que seu papel é sustentar o desejo de informar-se, desejo pelo mundo, desejo que existe em todo ser humano; é a pulsão fundamental, é a pulsão epistemofílica. Ela existe, vivaz, em toda criança. Deveria ser respeitada, apoiada, em vez de ser dirigida imediatamente para o que o professor quer. É reduzir a informação e a instrução aos "currículos", em vez de responder à demanda da criança estimulando seu esforço pessoal na direção da busca e de apoiar sua energia no sentido de ela mesma fazer, depois que lhe são indicados os meios. É difícil, pois é o domínio da própria fraqueza à qual a criança chega, mas um domínio da sua fraqueza para si mesma, e não para o prazer do professor.

Essa é uma educação à qual, acredito, os professores religiosos poderiam chegar se fossem autênticos, ou seja, se dessem ao ser humano ainda criança, sementeira do futuro da sociedade, um valor pelo menos tão grande quanto o que dão a si mesmos. Deixar a criança livre para desenvolver-se como a natureza deve fazer. E acho que as filosofias antigas faziam isso. Na forma de alma e corpo associados por Deus. Não sei. Mas talvez eu me engane, e as crianças sempre tenham sido pasto de colonização para os professores. É possível.

Com isso quero dizer o ser onde sua violência podia expressar-se para impedir a nova surpresa que poderia nascer de uma criança, o desconhecido por recalcar, como recalcaram o desconhecido que há neles.

O ESTRANHO: Pulando para a atualidade, hoje na escola põem-se computadores em todos os lugares, brinquedos eletrônicos etc. Portanto, em última análise, poderíamos dizer que essa instrução está ficando cada vez mais abstrata. Pergunto-me se as meninas reagem do mesmo modo que os meninos às novas máquinas, à inteligência artificial.

A PRATICANTE: Não sei em absoluto. Não tenho contato com as crianças que são fãs de computadores, não as conheço.

Parece-me que, no computador, falta o talvez. Se você o comparar a uma semente que está germinando, será que ela é um, será que ela é zero? Será que isso se diz no computador, que há uma potencialidade de planta? É um ou zero, mas nada em devir. O computador não fala do que está em devir.

O ESTRANHO: Não, o computador só pode reproduzir as combinações e complicá-las.

A PRATICANTE: É isso. Enquanto o essencial para a menina – e para o menino também, enfim, para o ser humano, mas principalmente na forma feminina – é o eventualmente possível.

O ESTRANHO: E o computador agrupa apenas a linguagem binária.

A PRATICANTE: Apenas binária, enquanto a vida é no mínimo trinitária.

O ESTRANHO: E mesmo na dialética de Hegel, onde se fala de três termos, na realidade o que faz o trabalho é o quarto.

A PRATICANTE: É o quarto, é o piramidal.

O ESTRANHO: Passa-se a outro ponto que deveria ser esclarecido aqui. É ainda a respeito das crianças e de sua dependência cega em relação ao casal parental, muitas vezes imaturo. Para muitas crianças, essa dependência decorre da lei.

A PRATICANTE: Sim, elas acham que os pais têm todos os direitos sobre elas. Se a mãe diz: “Ponho você na rua e não quero mais saber de você”, ela acha que é verdade, ao passo que a mãe está submetida a instituições e não pode fazer isso. Mas ela vê que fazem isso com os cães. Abrem a porta e os põem para fora. Numa família onde fazem isso, a criança acha que os pais podem fazer o mesmo com ela. É a observação de todos os direitos dos adultos sobre ela. Se os adultos não entendem o que ela quer dizer, podem rejeitá-la quando houver uma tensão decorrente dessa incompreensão. Ela se sente rejeitável. O fato de ter desejado nascer nessa família, de seu desejo fazer parte dela, e de os pais serem definitivamente devedores da vida por causa de seu nascimento, ela não conhece. E isso eu acho que a escola deveria dizer.

A NEGRA VERDE: “Devedores.” Portanto, os pais são devedores no sentido de ter sido o sujeito, a criança, que desejou vir ao mundo...

A PRATICANTE: Que desejou nascer e que encontrou criaturas que aceitaram possibilitar-lhe vir à vida. Mesmo que não se entendam com o filho, que este veja o mundo de outro jeito, já será muito se lhe disserem: “Mas isso não é nem bom nem ruim. É desse jeito. Você encarnou com pessoas que sabia que não iam entendê-lo, e é preciso conviver com elas. Não significa que eles tenham razão ou que você tenha razão. Ninguém está certo nem errado. Só que é difícil viver.” É isso, quando se tem algo para dizer. “E de nada adianta você imaginar que eles têm todos os direitos sobre você, e não o dever de entendê-lo! Não é verdade. Ou então ficar escorado na incompreensão deles e pensar: ‘Preciso me mutilar para conseguir ficar, pois sem isso perco a vida.’ Não, você não vai perder a vida. A sociedade vai recolhê-lo. Seus pais não podem rejeitá-lo, mesmo que queiram (como certas mães ou certos pais ameaçam). Ela (ou ele) pode ir embora, mas não o rejeitou. Você não será rejeitado completamente. Haverá alguém. A sociedade é feita de tal modo que alguém cuidará de você. Você é um cidadão integral, não um animal doméstico."

O MAINÁ: Você sempre disse isso, mas estou convencido de que todos os que a ouviram tomaram essa afirmação como um truque. Um truque psicológico para libertar a criança de alguma coisa...

A PRATICANTE: Nada disso! Não é truque de jeito nenhum! É fundamental. De nada adiantaria usar truques para dar sentido ao sofrimento da criança, quando ele existia, ou ao sofrimento dos pais, se ela sentisse que eles sofriam por causa dela.

O ESTRANHO: Como corolário disso que você disse, parece que o fechamento – porque muitas vezes se censurou a psicanálise pelo fechamento no triângulo –, o fechamento não existe.

A PRATICANTE: De jeito nenhum. É um condicionamento temporário, que é preciso levar em conta porque se reduplicará mais tarde. Faz parte do trabalho, pode-se dizer, de emancipação do sujeito. É aí que ele é obrigado a voltar como parcela do desconhecido de que é representante. Então, pode-se chamar esse desconhecido de Deus, se se quiser, de incognoscível, mas que ele assumiu como outra referência que não é seu desejo, com os riscos que acompanham esse desejo.

O MAINÁ: Se olharmos as coisas desse jeito, podemos dizer que, potencialmente, todo sujeito que nasce é um dândi, é um filho da verdade.

A PRATICANTE: Sim, sem dúvida. Mas só que há os que não conseguem.

O ESTRANHO: Falemos do dever pela lei.

A PRATICANTE: Da lei social, da lei do grupo?

As crianças ignoram os deveres. Aliás, mesmo em caso de divórcio em que elas ouvem falar de direito de guarda de um dos pais, direito de visitar etc., só ouvem falar dos pais em termos de direitos. A mãe diz: "Sou eu que tenho o direito de guarda." O pai tem "o direito de visitar", ao passo que é um dever de guarda principal durante a idade escolar, bem como o dever de visitar o filho Por que se diz "direito"?

O ESTRANHO: A terminologia é essa.

A PRATICANTE: A terminologia é perversa. A criança ouve que o pai tem direitos sobre sua pessoa, quando na verdade só tem deveres. A criança tem direitos; os pais só têm deveres. Ela também chegará a ter só deveres quando seus filhos só tiverem direitos. E é progressivamente, aos sete ou oito anos, que ela descobre a alegria de partilhar os deveres com os pais, em relação a ela e aos outros.

É isso o que a escola não faz; ela instrui, informa sobre o mundo exterior, mas não informa, não educa a criança no que diz respeito a suas próprias pulsões, a seus deveres em sociedade, a seus deveres em relação à escola, aos amigos e também a si mesma. Isso significa que nem mesmo a não-nocividade para com seu próprio corpo é ensinada. O interdito do incesto, fundamental para a vida em sociedade, não é ensinado.

O ESTRANHO: A "não-nocividade para com seu corpo". Como assim?

A PRATICANTE: A não-nocividade para com seu corpo, tanto quanto a nocividade para com o corpo de outra pessoa. Porque ela é um objeto da sociedade, é um cidadão, não tem o direito de fazer mal a um cidadão, mesmo que esse cidadão seja ela mesma.

Nos Estados Unidos há uma lei para a automutilação. O suicídio é punido com dois a cinco anos de cadeia quando malogrado, mesmo que se trate de um francês em solo americano.

O ESTRANHO: Portanto, o indivíduo tem interesse em não falhar.

A PRATICANTE: Tem interesse em não malograr quando quer se suicidar, caso contrário, se falhar, significa que está querendo um momento de recolhimento assistido pela sociedade, o que em geral acontece. O suicídio geralmente é um apelo à microssociedade que cerca o indivíduo e não o entende. E acho que, inteligentemente, eles entenderam esse fato.

Boris conheceu uma mulher – professora universitária agregada – que tentou o suicídio por amor a um americano. Não foi bem-sucedida e seccionou o quiasma óptico, nervo central que vai para os dois olhos, com uma bala de revólver. Ficou cega. Foi presa e, ao cabo de dois anos, a embaixada francesa em Washington conseguiu libertá-la. Boris a conheceu porque ela aprendia massagem, já que não podia ler. Não conseguia ler em braile. Massagem ela conseguia bem, mas braile, para estudar e passar no exame, ela dizia a Boris que era muito difícil. Disse que tinha estado presa. Não prisão como se imagina aqui. Lá existem educadores, psicólogos, o que é formidável, porque a pessoa se volta para si mesma, para seu passado. Não é um tratamento psicanalítico, mas possibilita livrar-se do patos da família e dos amigos que censuram aquele ato ou o lastimam. Fica-se com gente que viu um fato. "Como você pode ter atentado contra a própria vida, você, um ser que representa uma fortuna para seu país, para os seres humanos? O suicídio é o assassinato da sua pessoa. Você não tem o direito de atentar contra um ser humano (inclusive você mesmo)."

Ora, esse desejar causar dano, a meu ver, faz parte do tabu anal. Com o desmame, o tabu oral é não tomar nem sangue nem leite nem carne de outro ser humano para alimentar-se. É preciso passar pela mediação do trabalho e da ingestão de uma criatura não humana, animal, vegetal ou mesmo mineral da terra. O trabalho (o fazer) é o prazer anal, mas ele não deve ser prejudicial nem a outro nem ao próprio corpo. Não se deve utilizar a própria força para prejudicar o bom funcionamento e a integridade do corpo de outrem, tampouco do seu. Isso faz parte do interdito do estágio anal.

Os pais fazem isso sem saber, muitas vezes desastradamente, mas não sabem. Cocô é veneno, e tudo o que não se deve fazer nem tocar "é caca", tudo o que chateia "é uma merda". Isso é algo que faço conscientemente e que tento tornar inteligente. É evidente que "caca" e "merda" não esclarecem muito a inteligência das crianças. A escola poderia fazer isso. O papel das fezes não tem nada a ver com servir de modelo moral de valor negativo.

Esse tabu da não-nocividade a si mesmo e a outrem ocorre quando a mãe toma cuidado para que o filho não se exponha a riscos demasiados. O Estado também cuida disso, pondo barreiras, semáforos nos cruzamentos que dizem: "perigo de vida", em certas ocasiões. À criança também se diz: "Não transgrida, não suba no muro." Não querem que ela exponha o corpo ao perigo, mas ninguém explica por quê, que se trata da proibição de prejudicar o próprio corpo quando se sabe pela experiência alheia que alguma coisa é prejudicial. "Você é tão importante quanto outra pessoa. Faça o favor de não fazer mal a essa criança!" Mas ela mesma se morde, se destrói, às vezes é induzida a limitar-se, de tão inibida que fica. Ela se abstém de todo prazer de tocar, de fazer, por um prazer que não é nocivo a outrem ou a si mesma, e nem sempre por utilidade. A educação pelo "deve-se", "não se deve", é patogênica.

Essa é a educação que resulta das informações recebidas da escola. É um erro, e faz parte da falta de educação atual.

É uma educação para o domínio das pulsões homicidas até sobre si mesmo – destruidoras ou disfuncionantes. Sempre que houver um desejo de transgressão, transgredir com prudência. A prudência faz parte do respeito que se tem pelos outros ou por si mesmo como objeto da sociedade – não somente sujeito, mas objeto da sociedade. O objeto da sociedade tem deveres e direitos. E aos poucos os deveres da criança, mas, antes, saber que ela tem direitos de ser... "Estou em falta com você" é o que deveriam saber dizer os professores e os pais.

A NEGRA VERDE: Voltando à linguagem, é espantoso que a linguagem jurídica, em caso de divórcio, só tenha conservado a terminologia "direito de guarda".

A PRATICANTE: Um juiz me disse que, no texto, há "deveres e direitos dos pais", mas que, falando, deixou-se de lado a palavra "deveres". Parece que o texto da lei fala de "deveres e direitos dos pais, direito de visita".

Dever de assistir é dar dinheiro. O dever: pai e mãe devem dar uma parte de seu dinheiro para criar os filhos que se separaram deles. Os direitos de visita são simplesmente o dever de visitar e o dever de guarda principal e de guarda parcial.

A NEGRA VERDE: A relação com o professor até que melhorou hoje em dia. Não se está mais na Inglaterra de Dickens, por exemplo.

A PRATICANTE: De fato! Mas, em alguns casos... Ontem mesmo, no jornal, contava-se o martírio de uma criança deficiente. Agora os deficientes são integrados na classe. É de um sadismo terrível porque, se o professor não contiver a rejeição pela classe, ocorre realmente uma rejeição como a um enxerto, pois de fato, na realidade do grupo, ele não é integrável. É expulso. É expulso como um órgão que não pode integrar-se. E, se o professor for impotente ou concordar com isso, será um martírio para a criança deficiente.

A NEGRA VERDE: Mas em nome de quê os deficientes foram integrados?

A PRATICANTE: Foi uma decisão de cúpula, com certeza por questões de economia.

O ESTRANHO: Em nome da igualdade de direitos?

A PRATICANTE: Sim, também, mas nesse caso é preciso preparar tanto as crianças quanto os professores. Na Itália, não há escolas especializadas. Todas as crianças vão à mesma escola. Até as portadoras de doenças motoras cerebrais, as retardadas, vão, pelo menos por meio período. Em cada região há outra entidade educacional para o outro meio período. No interior, procura-se uma pessoa que possa levar essas crianças deficientes depois do almoço e à tarde para professores especializados. Nas cidades, existem centros médico-psicopedagógico, onde há professores, reeducadores e psicoterapeutas. Pode ser tanto um deficiente físico recente, por acidente, que precise de cinesioterapia, quanto uma criança que tenha faltado por doença e precise compensar o atraso escolar. Há professores que dão aulas particulares a algumas, fazendo-as alcançar as outras, ou pessoas que são psicoterapeutas para as crianças retardadas, ou então alienistas para os casos de demência. As crianças são transportadas para lá à tarde, mas, todos os dias estão na escola para todos, em contato com qualquer um, de tal modo que, à medida que progridem, podem integrar-se ou reintegrar-se na classe das crianças de sua idade, porque estão em contato com crianças normais. E todos na escola acham isso normal, porque nunca se fez de outra maneira, elas nunca ficaram de fora. Os professores que conheci diziam: "Por exemplo a criança que está entrevada no carrinho: pois bem, entre as mais ou menos trinta crianças da classe, sempre há três ou quatro que vão falar com ela, que cuidam dela." "Está vendo? Olha o que eu desenhei. Se você pudesse desenhar. Quando você desenhar..." Mesmo com um caso completamente perdido, sempre há um contato que aos poucos se estabelece com outra criança, mesmo que isso seja impossível para nós, adultos.

Como sempre, essas crianças alienadas muitas vezes são criadas de maneira alienante pelos pais, e a escola as tira de sua solidão. Graças a essa dupla inserção, social e educacional individualizada, fazem progressos. A idéia de acolher todas as crianças na escola é boa, contanto que outra coisa também seja feita durante meio período e que se modifique o espírito de rivalidade competitiva da escola primária. Se os deficientes forem postos com deficientes e com professores especializados, não há razão para que nada mude, pois, em mudando, o lugar perde os deficientes e, portanto, o dinheiro. Então, eles são mantidos como deficientes. É a segregação institucional. Quando um deficiente melhora, as pessoas se interessam mais por ele, mas não o põem com as outras crianças na escola comum, com outras crianças sadias, dando-lhes apoio para que se adaptem.

Antigamente, na Itália, as crianças retardadas, deficientes, não freqüentavam a escola; os pais achavam que não deviam pô-las na escola. Agora, elas são ajudadas a freqüentar a escola, e isso pode ser feito porque há centros que se responsabilizam por elas durante meio período. Antes, não havia nem centros onde ficassem à tarde, mas eram admitidas na escola se os pais assim desejassem. Os professores tinham certa atitude positiva, talvez por ser um país profundamente católico: é possível aceitar essa alma adormecida ou essa criança insuportável. Então, eram mandadas de um lugar para outro, para não incomodarem demais, mas principalmente com bom humor. E as outras crianças não se deixavam distrair. Isso é que é interessante. Ao passo aqui, diz-se: "Ah! Você atrapalha! Você incomoda!" As crianças, que já achavam isso, falam como o adulto.

O ESTRANHO: Humilhação.

A PRATICANTE: É a humilhação para a criança deficiente.

O ESTRANHO: Apesar dos progressos alcançados no comportamento físico, a humilhação pode ser violenta, mesmo que verbal.

A PRATICANTE: Sim, comprova-se isso o tempo todo. Passeando pela praça pública, é preciso explicar sobre a grama: "Se todo o mundo pisar na grama, ela estraga. O jardim vai ficar sem graça, pois não terá grama nem flores. É por isso que a gente não arranca as flores." Mas não se diz isso à criança. Diz-se: "Se o guarda te pegar, vai te prender!"

Recalca-se a pessoa em vez de lhe explicar a repressão de um desejo que, por se estar em sociedade, é prejudicial. Nem todos podem realizar esse desejo; é preciso conter certos desejos por se estar em sociedade. A vontade de colher flores deve ser contida, mas não porque quem colhe vai preso.

Filiação simbólica

O ESTRANHO: Vamos falar da simbolização das pulsões sexuais dos adultos, dos pais, para estabelecer a relação com o mecanismo desenvolvido.

A PRATICANTE: A primeira simbolização é a palavra. Certos pais, em vez de simbolizarem o amor que sentem pelo filho através de palavras, mostram suas pulsões por beijos e carinhos impostos ou pela violência imposta verbalmente, deixando-os à mercê de seu destino. São simbolizações perversas. Não é a simbolização do amor que os genitores sentem por seus filhos, por sua prole...

O que forma é a relação parental simbólica, que é vista pela criança como amor de pais responsáveis por ela, para que ela chegue a prescindir deles e também se torne, como eles, responsável e afeiçoada por aqueles que puser no mundo, que educar.

O ESTRANHO: Falávamos de gregarismo e de imitação.

A PRATICANTE: Que atualmente é o meio de educação habitual: "Faça como seu vizinho. Imitai-vos uns aos outros."

O ESTRANHO: Para fazer cópias fiéis. Por que você diz que isso é próprio dos indivíduos das sociedades animais?

A PRATICANTE: Os macacos que vivem em hordas ou os animais que vivem em sociedade – formigas, cupins, abelhas – são dessexualizados em relação àquele que servem, que é o chefe. Então, se quisermos comparar, poderíamos dizer que cada ser humano deveria ser como uma sociedade animal, todas as suas pulsões seriam como formigas ou como macacos dominados pelo chefe, sendo o chefe o mental a serviço da evolução do sujeito, e não simplesmente do prazer de seu corpo, sem levar em conta a vida dos outros que lhe estão em volta (ou seja, num ser humano, a saúde dos órgãos ou a evolução das faculdades), nem mesmo de seu porvir humanizado. A razão do mais forte, que faz a lei, é a sociedade animal. Num ser humano, é uma pulsão que esmaga todas as outras – bebida, droga, trabalho, cólera... A sociedade humana é outra formação. É a responsabilidade pelos próprios atos em relação a si mesmo, em relação aos outros, e não somente no imediato, mas também em relação a um devir controlado, um domínio e um conhecimento do mundo que se está sempre por descobrir. Isso é o ser humano.

Os adultos não só devem exercer sua libido genital em seu papel responsável, mas também prover a simbolização do domínio dos desejos em todos os níveis da lei que os rege. Trata-se, por exemplo, da simbolização de sua libido oral recalcada. É a música, o canto, tudo o que é comunicação através das pulsões sutis da visão, da audição, na cultura, na literatura, nos contos.

O recalcado que não pode agir na realidade pode servir ao prazer de certas disciplinas culturais. É também o que acontece com a libido anal, com o fazer, corporal, gestual, manual, intelectual. Os desejos que seriam nocivos são simbolizados em esportes, artes etc. O caratê, as artes marciais são a sublimação de forças anais perniciosas que não estão a serviço da violência, mas da ética e da beleza, do consenso social sobre o que é beleza para os seres humanos: a beleza do gesto, a beleza do domínio do corpo.

O ESTRANHO: O que você entende por "posições regressivas"?

A PRATICANTE: São aquelas em que, por exemplo, a mãe – o que se vê em certas formas de educação – proíbe a criança de comer alguma coisa. "Eu *proibi* você de comer isso." "Mas por quê?" "Vai fazer mal." "Fazer mal pra quê?" Vê-se isso o tempo todo. E ela castiga o filho porque ele comeu o bombom que ela não queria, o pirulito... Por coisas completamente idiotas nas quais ela põe seu interesse: "Fui eu que disse. Obedeça. Se eu disse, você não deve fazer." Ao passo que, se ele desobedecer e de fato ficar doente, ela deveria dizer: "Pois você está vendo? Foi por isso que proibi, porque você podia ficar doente. Agora você já sabe."

O mesmo acontece se o filho morde outra criança, e a mãe o morde para mostrar como é ser mordido. O resultado é que há alguém que morde melhor ainda que ele. Portanto: "Quanto mais eu crescer, mais forte ficarei para morder meu vizinho." E você vê isso o tempo todo!

A mãe que dá umas palmadas ou bate no filho porque ele bateu em outra criança está demonstrando pulsões temporariamente recalcadas, prontas para sair. Essa criança, de repente, desencadeou no adulto a vontade que ele havia recalcado e não dominara totalmente, em nome de seu interesse pelo ser humano. Esse adulto não superou sua violência. Recalcou-a, e aproveita-se de seu poder sobre uma criança fisicamente mais fraca, violentando-a com a alegação de que a criança foi a primeira a demonstrar violência.

A educação deveria ser um arraigar-se numa filiação simbólica dada pelo exemplo de adultos que dominam suas pulsões sem agredir, humilhar ou usar de sua força física sobre a criança, que tem pulsões – orais (morder) ou anais físicas – ainda não dominadas. É muito importante. Os educadores devem dar a castração pela palavra, dizendo: "Não, não é possível fazer isso", demonstrando eles mesmos, por suas ações, que sentem prazer em viver de outra maneira. *A priori*, toda criança acha que ser adulto é: quanto mais se é forte, mais se destrói, mais se despreza o outro, mais significa que se é grande e forte. Isso, em vista de sua pequena massa corpórea em relação à do adulto. O que o adulto deve significar é que ser adulto não é ter sempre razão nem ser o mais forte, é ser mestre de suas pulsões. E se ele nem sempre consegue isso, mostrar então que nisso ele não é modelo, e que a criança não deve imitá-lo em seus defeitos, que ela percebe e tem o direito de criticar.

O ESTRANHO: É um segundo parto.

A PRATICANTE: Sim, com certeza. É o nascimento para uma filiação simbólica da criança que ela escolhe, que é um fato criativo e que ela sente como criativo.

A NEGRA VERDE: A maioria dos pais acha que o filho veio ao mundo, foi reconhecido legalmente e tem um sobrenome. E então acabou, está tudo aí: "É meu filho."

A PRATICANTE: "É meu filho. Tenho direitos sobre ele." Fala-se o tempo todo de direito dos pais.

O ESTRANHO: Voltemos à ternura, quanto à palavra "casto".

A PRATICANTE: Sem busca erótica.

O ESTRANHO: Isso pode acontecer justamente após a superação de...

A PRATICANTE: ...do Édipo. Uma ternura que pode ser dita, que pode também manifestar-se, mas sem despertar o erotismo.

O ESTRANHO: Vamos falar um pouco disso. Na linguagem corrente, quando se pronuncia a palavra "casto", pensa-se logo numa espécie de injunção, de interdição.

A PRATICANTE: Não apaixonada, caberia dizer, não sensual erótica.

Chegamos às provações da realidade, quando se recorre aos pais. Em vez de dizer: "Foi Deus que castigou", imbecilidades de pais sádicos, quando uma criança fez uma experiência infeliz – desobedeceu a uma proibição, por exemplo, ou mesmo sem isso: "Você não deve fazer coisas que ninguém mandou fazer; não tenha iniciativas." Em outros casos, é alguma proibição a que a criança desobedeceu. Mas isso é que é útil. Em vez de punir por ter desobedecido, porque justamente a realidade lhe mostrou o fracasso na sua tentativa de transgressão, o papel do pai é dizer: "Por isso era proibido; porque na verdade você ainda não é capaz. Mas nada na vida é proibido se formos suficientemente fortes para assumir. Prova disso é que até ir à Lua agora é permitido aos seres humanos, mas antigamente se dizia: 'Deixe de besteiras!' quando uma criança dizia: 'Eu gostaria de ir à Lua.' Mas, com o trabalho de todos e com os riscos bem medidos, pode-se conseguir tudo."

Então, se a criança encontrar consolo em face de um fracasso, um logro, um sofrimento, mesmo um machucado por causa de uma iniciativa ou da transgressão de uma proibição, no comentário de sua experiência, de como ela aconteceu, passará a ter grande confiança no adulto que não a pune por ter desobedecido, mas lhe diz: "É normal que você tenha sentido vontade de desobedecer, mas aquilo era proibido porque podia produzir um efeito como esse. É uma experiência. Infeliz desta vez. Certamente um dia você vai ser suficientemente forte para conseguir."

É principalmente nesses momentos que se vê o modo como uma criança foi educada, se é com respeito pela força que há nela e por sua libido, por seu desejo, ou se, ao contrário, é com o uso da violência repressiva que cria culpas e desencoraja as iniciativas, solapando as bases da conquista da responsabilidade por seus próprios atos.

Desejantes desaparecidos, estreitados pela solidão...

A solidão, sofrimento nascido das separações inevitáveis que fazem do indivíduo, por seu corpo, no espaço e no tempo – "seus limites táteis" –, uma criatura única, também é o sentimento que permite aos indivíduos humanos estabelecer, pela linguagem, laços sutis além do espaço e além do tempo. Nela, a função simbólica do ser humano haure o aguilhão de sua inventividade criativa, todo de necessidades e desejos em laços de linguagem cuja comunicação se transmite além dos limites sensoriais destes.

O sentimento agudo da solidão, nascido do desejo vedado, imediatamente impossível, excita a criatura humana a comunicar esse desejo temporizando seu ardor, sua superabundância de viver e, assim, de criar, por falta de procriar. É esse desejo, quando proibido de expressar-se no circuito curto do corpo diretamente ao corpo de outro, que dá ao homem a capacidade de expressar-se no trabalho em prol da cooperação e da divisão de seus frutos com os outros, da troca interessada de haveres e poderes, mas também da pura doação de amor.

É o desejo que dá vigor às artes e às ciências, essas artes e essas ciências que constituem a honra e o prestígio das civilizações, testemunho e dádiva muda de amor, além do tempo que as engoliu na morte, a dos indivíduos dos tempos idos e a das civilizações passadas. Desses desejantes desaparecidos, mensageiros do real (inconscientes disso em seu tempo), que souberam criar obra de amor na linguagem que nos transmitiram, no material que marcaram com sua vontade de sobreviver até nós, recebemos as criações de seu desejo ao encontro do nosso, incitando-nos, por nossa vez, a transmitir por nosso trabalho os frutos do nosso desejo, estreitados pela solidão que somos todos. Esse desejo nos incita a associar-nos àqueles de que estamos separados no espaço e a deixar atrás de nós o testemunho de nossas obras para as gerações que seguirão.

Mas a solidão também pode vedar obras de carne ao desejo e incapacitá-lo para criações, fazendo-o expressar-se em azedume sem satisfazer-se, sem encontrar como transmudar-se em trabalho recriador. Mas, lamentavelmente, ela faz isso também entre os povos, entre os indivíduos, provoca neuroses e loucuras, e, tolerado por todas as civilizações, o desejo de criar e de procriar, contrariado, adorna-se de panóplia de dentes, garras, rejeição, destruição, terror semeado, morte infligida que, como eco das neuroses e loucuras de indivíduos, dos ódios de famílias, criam os ódios de grupos étnicos, as lutas fratricidas no interior da espécie humana envergonhada e culpada desde Caim, mas sempre forte e justificada em seu desejo quando um número excessivo de indivíduos sofre pelo desejo que sentem vilipendiado. Então, unidos em massa, essa massa humana uivante procura vingar-se da horrenda solidão, tributo pesado demais para seres humanos demais, apanhados pelo ventre, pela garganta, pelo sexo, incapacitados para expressar seu desejo em linguagem, através do trabalho artístico ou científico, na doação de amor, na provação unidos fraternalmente. Solidão que os obriga a ser desejo recalcado quando poderiam expressar-se em descobertas de prazeres, testemunho da aliança reencontrada. Na verdade é o sentimento de separação que torna culpado pela necessidade (canibal) de mutilar, de matar. Pecado original ou mal-estar civilizacional, não será esse desejo que não se cura de sua violência prematura contra a mãe canibalizada que nos desmamou; violência contra o outro que deve ser surrado e despedaçado, rejeitado ou morto, violência para acabar com o sofrimento de desigualdade do outro sexo perigoso que nos despreza, furtando-se, ou nos seduz para nos fazer sucumbir à ação ilícita?

Desejo exacerbado quando uma mãe e um pai não suportam libertar os filhos de sua dependência preocupada, em luta com o medo da solidão e mascarando sua possessividade sobre os frutos de sua carne com a ambígua palavra amor, quando na verdade é por angústia pela própria privação da posse dos filhos e do poder sobre eles que não lhes dão direito à descoberta dos prazeres e dos riscos de sua idade

Não será essa dependência legal, que se prolonga além da descoberta por parte da criança dos dois sexos do interdito do incesto, o que obsta, nas crianças de nossa civilização, o arroubo do desejo, o exercício da liberdade no conjunto da sociedade, na busca dos companheiros e das atividades de sua escolha?

Colonização da juventude

A PRATICANTE: A criança descobre o mundo do dinheiro através dos pais. Vê os pais. Todas as crianças dizem: "Você vai comprar dinheiro." Quando vêem a mãe ir ao banco ela foi comprar dinheiro. É preciso explicar-lhes, na medida do possível. É coisa muito misteriosa o dinheiro.

Hoje em dia é muito mais difícil explicar à criança em família a função do dinheiro. Quando meus filhos eram jovens, dinheiro representava trabalho, ou seja, a profissão do pai. As pessoas que iam solicitar-lhe serviços pagavam. Nós, todos os cidadãos, pagamos impostos, e no dia em que pagávamos impostos nós lhes explicávamos por quê: "É preciso pagar as pessoas, a polícia, o pessoal que faz as estradas, o pessoal que faz os trens etc." Podíamos dizer: "Trabalho significa dinheiro." Mas hoje, com os salários-família, as pensões, o seguro-desemprego etc., ganha-se dinheiro simplesmente por estar vivo. A sociedade dá dinheiro às pessoas que vivem para que continuem vivendo e não morram de fome ou doença. Quer dizer que se dá à vida, ao não-trabalho também, um sentido de valor monetário.

Naquele tempo, era mais claro, quando era o pai que trabalhava. Hoje não, não fica claro, por exemplo, por que a mãe grávida recebe dinheiro simplesmente por estar grávida.

O ESTRANHO: A criança está a par de tudo isso?

A PRATICANTE: Não pode deixar de estar. Recebe seu salário-família. Ouve falar de seguro-desemprego pelo rádio. Aí também se trata de direitos: "Façam valer seus direitos."

O ESTRANHO: Naquele tempo pode-se dizer que era o que acontecia com as pessoas muito idosas que recebiam pensão: as avós.

A PRATICANTE: Sim, mas aquelas pensões tinham sido preparadas por elas mesmas. Não era o Estado. Era uma aposentadoria constituída por descontos que haviam sido feitos em seus salários, paga por uma vida de trabalho, o que consistia na pensão da velhice quando se deixava de trabalhar... Mas agora não é mais assim. Logo que engravida, o filho representa dinheiro para a mãe. Não tanto quanto ele vai custar, por certo, mas de qualquer modo...

O ESTRANHO: E essa história de adoção de crianças deficientes? São os deficientes os mais bem pagos?

A PRATICANTE: Sim, a família que as acolhe ganha mais se a criança é deficiente.

Há uma coisa muito interessante. Quando os pais – gente daqui, bem como não-franceses e não-brancos, negros, árabes, chineses (há muito pouco entre os chineses, mas entre os árabes há muito e entre os negros também) – não criam os filhos, nada pagam por eles, mas os deixam com a Assistência Pública e vão visitá-los todos os domingos; essas crianças ficam inteiramente a cargo da coletividade. Os pais ficam com os filhos de sábado para domingo. Não pagam nada. As crianças são completamente criadas pela Assistência Pública. A única coisa é que o salário-família que os pais ganhariam se ficassem com a criança vai para a creche ou para a família de acolhimento. A cuidadeira que cria seus filhos é paga, mas isso não se diz à criança, que não fica sabendo.

Acho isso "imoral" no sentido da formação psicossocial. Parece que os pais estão sendo "ajudados". Na verdade, desumaniza-se a maternidade e a paternidade. Os pais podem deixar a criação dos filhos por conta da sociedade até os oito anos. Com oito anos, têm todos os direitos sobre os filhos, sem nunca terem pago nada por eles. Acho que isso é nocivo para a educação cívica. Qual será o resultado nos jovens dessa irresponsabilidade institucionalizada dos indivíduos, reconhecidos incapazes? Se pagassem à mãe tanto quanto se paga à pessoa que cuida da criança, o casal ou apenas a mãe ficaria a maior parte do tempo com o filho. E isso mesmo que lhe pagassem bem menos do que se paga aos "trabalhadores sociais". É um estilo de paternalismo desmotivador, colonizador da sociedade sobre os indivíduos irresponsabilizados e justificados como tal. A criança é criada por pessoas pagas para isso, que ganham dinheiro da Assistência Pública quando a mãe não é considerada apta!

A D.D.A.S.S. paga muito mais para a pessoa que cuida profissionalmente da criança do que representaria o salário-família dado às mães. Por que esse sistema? "Mas são pessoas que não criariam os filhos como se deve!" Será mesmo? Elas não têm dinheiro e não recebem apoio para cuidar criteriosamente dos bebês. Poderia haver um sistema de acolhida precoce, bebês com mães, e não bebês sem mães. Seriam visitados por assistentes sociais, do mesmo modo como estas visitam as famílias de acolhimento para verificar se tudo está indo bem entre a criança e a família, e se a criança está se desenvolvendo corretamente. Mas que nada. "Pense bem! Hoje em dia ser guardião de crianças é profissão. Essas mulheres estariam todas desempregadas se as mães fossem pagas durante dois anos para cada criança que ficaria em casa, criando-se lugares de convívio para esse segmento da população em cada comunidade, cada bairro." Vivemos num mundo louco.

O ESTRANHO: Uma perversão global. E a D.D.A.S.S.?

A PRATICANTE: É o Estado; é como a S.N.C.F.*. A D.D.A.S.S. baseia-se na idéia, no princípio de que é preciso permitir que a criança viva. "Os pais não podem. Coitados, trabalham." Ou: "A mãe trabalha, não pode cuidar do filho." Logo... "Mas, se vocês lhe pagassem o que o trabalho dela rende, ela poderia cuidar do filho." "Ah, é? Que nada! São as pessoas encarregadas de acolher crianças que serão pagas para que a mãe possa trabalhar." É uma questão de "redistribuição".

O ESTRANHO: A D.D.A.S.S. parece ser uma autoridade inatingível. Uma espécie de inquisição da família.

A PRATICANTE: Uma colonização da sociedade pela D.D.A.S.S. O pessoal que trabalha lá é bem-intencionado; administradores, e o conjunto constitui uma administração pesadíssima.

Pode-se ganhar a vida aos dezesseis anos, tem-se o direito legal de ganhar a vida; aos dezoito anos, atinge-se a maioridade, ou

....

* Société Nationale des Chemins de Fer Français [Sociedade Nacional das Ferrovias Francesas]. (N. do T.)

seja, não se é mais dependente dos pais; você pode deixá-los sem que a lei o chame de delinqüente.

O ESTRANHO: Mas você diz que há crianças que chegam bem mais cedo à maturidade normal.

A PRATICANTE: Bem mais cedo; freqüentemente já na puberdade são superiores aos pais em termos de raciocínio e de autodomínio, porque estes – indiferentes, desiludidos, desmotivados – regrediram. Talvez na puberdade eles estivessem no nível em que se encontra agora o filho, mas regrediram por medo da novidade, dos riscos e também da cilada da possessividade em relação ao filho. Se o filho os deixa, eles se sentem velhos, abandonados, temem por ele, devido à audácia de suas iniciativas. O colonizador não tem mais autoridade sobre o colonizado.

É o que acontece quando não tratam o filho como igual em valor humano, mesmo que ele seja menos experiente que os pais. "Depois, você vai ver por si mesmo, vai fazer essa experiência. Enquanto estiver sob minha tutela, proíbo-o de fazer isso. Guarde suas idéias para depois, se quiser."

Pode-se criar um filho exercendo uma autoridade que se sabe temporária porque legal. Se for educadora, essa autoridade lhe possibilitará adquirir experiência suficiente para tomar suas próprias iniciativas, sem perigos demais para ele e para os outros, nos limites da lei. Infelizmente, a lei hoje em dia não permite mais que as crianças, que sejam capazes, possam exercer a liberdade, assumindo-se pelo trabalho. É preciso esperar os dezesseis anos, e o que é mais: nessa idade não se tem nada de proveitoso para fazer que não seja manual, e hoje em dia não há mais ofícios manuais! Não há alojamentos possíveis, não há hotéis para os jovens – ou os há pouquíssimos –, e sim "lares" de estilo paternalista, semipatrocinados, não hotéis onde se possa simplesmente dormir e comer. Isso inexiste totalmente na sociedade; uma criança, um adolescente não tem para onde ir se não estiver satisfeito com os pais, sejam quais forem as razões. Isso não é justo nem saudável. Portanto, continua-se vivendo os efeitos de uma idéia fundamental que rege nossas sociedades, a idéia de que os jovens são perigosos, de que é preciso enquadrá-los, seduzi-los, responsabilizar-se por eles. Dou a isso o nome de colonização da juventude – quando não opressão.

O ESTRANHO: Só lhes permitindo sair quando estão bem dobrados e vergados para não expressarem nada que não lhes tenha sido ensinado.

A PRATICANTE: É isso. Cabe-lhe então ser vítima das mesmas coisas que atingiram seus pais na mesma idade. A idéia de pessoas como Dom Hélder Câmara é suprimir a instituição escolar tal como está.

O ESTRANHO: Por outro lado, ouvem-se clamores de lamentação e piedade quando os jornalistas fazem reportagens nos países onde as crianças podem trabalhar. Também há outro aspecto: há a exploração.

A PRATICANTE: Há o aspecto da exploração. Sim, isso existe em nome do dinheiro, do erotismo, do trabalho, é verdade, mas cuidado com os bons sentimentos.

Nos Estados Unidos, por exemplo, as crianças talvez sejam exploradas, mas sentem-se felicíssimas com a liberdade de trabalhar para ganhar um salário.

O ESTRANHO: A lei permite?

A PRATICANTE: A lei permite que trabalhem parte do período, e os seguros as protegem em caso de acidente. Aqui, pode-se dizer que isso não é possível: o perigo dos seguros. Nos Estados Unidos, os seguros funcionam para qualquer criança que trabalhe, lavando pratos, vendendo jornais. Elas são pagas pelo trabalho que executam e são seguradas durante todo o tempo em que trabalhem. Não é um compromisso para toda a vida. Continuam livres.

Algumas pessoas me contaram conversas com crianças nos Estados Unidos, que trabalham como jardineiros nas praças, espécie de empregados municipais. Eram dois irmãos. Ganhavam dinheiro durante o verão, para pagar a universidade do pai. Eram eles que ganhavam a soma necessária para que o pai pudesse freqüentar a universidade e ser promovido no emprego. "Nosso pai quer ser engenheiro. Vai se formar em cinco ou seis anos fazendo cursos de verão, e nós trabalhamos para ele. É ótimo. Só nós dois levamos para nossa mãe o suficiente para nós quatro. Somos quatro filhos!"

O ESTRANHO: Isso valoriza muito a criança. Ao passo que, segundo uma moral tola e rasteira, poderiam dizer: "São obrigados a sustentar o pai."

A PRATICANTE: "São obrigados a sustentar o pai", sim. É uma relação de amor mediada pelo fato de que os filhos trabalham para que o pai possa estudar durante as férias escolares deles.

O ESTRANHO: Há leis que não levam em conta a realidade de cada indivíduo. O que você estava dizendo há pouco, sobre os estudos prolongados...

A PRATICANTE: Sim, que poderiam ser estudos de toda a vida e trabalho desde cedo. Assim que um indivíduo quisesse trabalhar, poderia, mas também poderia continuar estudando, mesmo que temporariamente no ano, com alternância de trabalho e estudos remunerados, e isso desde jovem, em vez de ser submetido ao estudo obrigatório até os dezesseis anos, ou seja, também na dependência financeira e sob a autoridade dos pais. Há rapazes e moças que, já aos doze, catorze anos, não têm mais interesse pelos estudos e pela vida escolar. Fracassam, perdem a autoconfiança. No entanto, seriam capazes de fazer um trabalho artesanal, manual ou industrial, arte ou esporte, ou qualquer outra atividade formadora e amadurecedora. Quando eu era moça, as pessoas trabalhavam aos catorze anos, e isso não as tornou menos inteligentes do que as que continuavam os estudos, muito pelo contrário. Na época, quem desejasse ardentemente estudar obtinha bolsas e pagava essa promoção intelectual com a dependência pecuniária imaturante. Outros estudavam por correspondência, enquanto trabalhavam. Acho que já chegou o tempo em que todos os cidadãos deveriam poder fazer estudos por livre escolha em todos os estabelecimentos de ensino. Os exames poderiam ser feitos não em datas precisas, mas a pedido dos candidatos que se sentissem prontos para apresentar-se. Também haveria graus de conhecimentos, sancionados pelos exames correspondentes em todas as disciplinas. Estou convencida de que isso seria possível sem ter o sistema que temos atualmente, o sistema escolar que enfia todo o mundo no mesmo saco, todos ao mesmo tempo, na mesma classe, que não corresponde à curiosidade de cada um e, principalmente, ao desenvolvimento psicológico, social e político (não no sentido de "política") de cada um. Todos conseguem tirar carta de motorista quando se sentem prontos para enfrentar o exame. Todas as promoções em todos os conhecimentos e em todos os domínios poderiam ser conquistadas em condições semelhantes.

Foi isso que tentei e que, na realidade, experimentalmente continua hoje a produzir frutos no sistema da Maison Verte[61]: a recepção de crianças de zero a três anos com seus pais.

O princípio é que a criança se inicie na sociedade convivendo ali com crianças de sua idade e com adultos na segurança da presença de adultos que ela conhece e que para ela são garantias de sua identidade. Esses adultos parentais também convivem em sua presença com adultos de sua própria idade e com outras crianças. É um lugar de onde pais não saem, nem por um segundo. A criança sabe disso. É um lugar intermediário entre o lar e os lugares institucionais, como as creches e os jardins-de-infância, a escola maternal, esses lugares de socialização que ficam com a criança desde que ela se separe da sua segurança no espaço e no tempo, daquilo que, em sua existência, corresponde à sua origem, à sua história. E isso até que a criança conheça sua identidade e o sentido das relações com sua pessoa, de que estão encarregados – por meio de seus pais – os adultos que cuidam dela na ausência destes. A criança é separada de quem constitui sua segurança antes que ela tenha atingido essa segurança, ao passo que na Maison Verte ela entra em contato com a sociedade na presença dos pais, de tal modo que todas as provações encontradas lhe são verbalizadas pelas pessoas que a atendem, que somos nós, e, ao mesmo tempo, quando ocorre a dificuldade, ela encontra os pais, em cujos braços recupera sua integridade de ser social, eclipsada por um momento. Antes de dominar a linguagem falada, a criança se expressa por mímica relacional com os outros, brincando perto dos outros ou com os outros. Adquire assim a compreensão de si mesma e o conhecimento dos direitos limitados que os adultos não parentais, as pessoas que a atendem, têm sobre sua pessoa, aprendendo ao mesmo tempo, pela experiência, a afeição, o prazer ou o desprazer que ela provoca ou que outra lhe causa, o valor afetivo diferente de cada convívio, o jogo dos poderes recíprocos. Tudo isso, esse trabalho de educação feito antes dos três anos, a abertura para a comunicação que tentamos provocar na Maison Verte, realmente produz frutos. A criança experimenta sua liberdade de ação, suas iniciativas em jogos solitários ou compartilhados, e nunca dirigidos. Sua liberdade no respeito pela liberdade dos outros e seu autodomínio são conquistas diárias, feitas à medida que a criança se desenvolve.

Então, vemos que os pais também mudam, ficam menos ansiosos pelas dificuldades e pelos fracassos nas amizades das crianças entre si. Verificam que a criança fica mais equilibrada, deixa de ter pequenos distúrbios do sono ou do apetite. Às vezes um retardo motor aparente desaparece em algumas tardes de convívio livre com outras crianças. Ela aprende a viver no meio das outras e descobre a segurança em sociedade tanto quanto com a mãe. No início, está sempre na barra de sua saia, mas aos poucos vai deixando de preocupar-se com ela e só volta para degustar ou descansar de uma disputa meio dura como outra criança. Mais tarde, pede que a ponham no jardim-de-infância. A mãe diz: "Mas lá não vou estar com você." E a criança pode dar a entender ou dizer: "Não preciso mais de você", e é verdade. Às vezes ela fica pronta mais depressa que o pai e a mãe para desmamar-se da presença deles, com segurança de sua filiação e dos direitos limitados que os empregados das instituições têm sobre sua pessoa.

A criança pode automaternar-se, assumir sozinha suas necessidades, depois autopaternar-se, ou seja, comportar-se no lugar social ao qual foi temporariamente confiada segundo os regulamentos implícitos ou explícitos em vigor naquele lugar. É isso a educação no período pré-Édipo; é durante o início da fase edipiana que chega a idade escolar e se faz sentir o desejo pelas aquisições dirigidas.

Como isso não acontece na maioria das famílias, deveria ser assumido pela educação lateral, ou seja, por educadores pagos para serem educadores. Ora, isso não se faz em absoluto na escola, pois seria educar os jovens antes da idade da puberdade em tudo o que lhes será necessário, seja qual for seu sexo, para assumir suas responsabilidades nas relações sexuadas e afetivas, tornar-se pai e mãe de família, responsáveis um pelo outro, que foi seu eleito, e co-responsáveis pelos encargos do casal. Ensinar os direitos do homem, seja qual for a idade e o sexo, sim, é indispensável, tanto quanto ensinar os deveres em relação ao grupo. Esse ensino referente à sua vida na reciprocidade da colaboração, em particular quando chega a época da atração sexual genital e emocional, essa formação para a responsabilidade masculina e feminina específica deveria ser ensinada aos rapazes e às moças, a meu ver, entre seis e catorze, quinze anos. O treinamento nos cuidados dispensados às crianças pequenas e na prática da cozinha – tanto para os garotos quanto para as garotas –, higiene e organização da casa também são indispensáveis, pois eles terão, em dia próximo, que resolver esses problemas. Se isso não for feito em família, esses jovens ficarão totalmente inermes, fontes de dissabores e fracassos psicossociais. Vemos jovens carregados de diplomas que são totalmente incapazes de assumir-se na prática, ou crianças criadas em instituições a quem ninguém nunca ensinou fazer nada. É preciso tornar-se costureira para usar uma agulha ou uma máquina de costura. É preciso tornar-se marceneiro para usar um martelo. Na casa onde vivem, lar deserto de pai ou mãe, ou então na escola, não fazem nenhum desses trabalhos que um pai ou uma mãe deve fazer em casa, para mantê-la. Eles não sabem manter uma casa. Como poderão ser pai e mãe de família?

O mesmo se diga sobre a manutenção do próprio corpo. Quando falei disso uma vez – sempre falei disso – às mulheres responsáveis, mulheres dos grupos comunistas, por exemplo, com quem numa época tentei pensar a educação, eu preconizava tardes de estágios em creches e escolas maternais. Foi um deus-nos-acuda. "Como? Deixar que as meninas das escolas levem seus micróbios para as creches!" Eu disse: "Então, quando elas viviam em casa, no tempo das famílias numerosas, passavam micróbios para os irmãozinhos? Aprendiam seu futuro ofício com as mães. Por que nas escolas e nos colégios os cuidados com as criancinhas não são dispensados por alunos monitorados por práticos locais?" Quc escândalo! A escola é feita para instruir, para criar cérebros, não tetas. Ótimo, se tudo isso for ensinado em família. Mas não é mais. O que se cria é gente desajeitada.

É angustiante. O que não se faz em casa não existe.

Entre oito e treze anos mais ou menos, dez, catorze anos, tudo o que é manual deve ser aprendido – pelo menos as bases –, antes da puberdade. Isso é educação, não é instrução. Poderia ser feito nas escolas. Os grandes, depois dos treze, catorze anos, cuidariam dos pequenos, ajudariam em todos os níveis: cozinha, recreação, oficinas, ajudariam o pessoal administrativo segundo o nível de seus conhecimentos. Antes dessa idade de verdadeira ajuda aos adultos, entre nove e catorze anos, todas as crianças poderiam dividir os encargos de manutenção tanto da casa quanto da escola: limpeza, cozinha, cuidar dos pequenos. Tudo isso, como na família, pode ser feito nesses grupos, que são famílias artificiais. Às vezes, quando um adulto educador toma esse tipo de iniciativa, há crianças que participam. Felizmente, isso existe em certas colônias de férias, mas é raríssimo. Os educadores são pagos para isso; não querem que as crianças tornem seu trabalho mais pesado. É bem mais rápido fazer sozinho, sem lhes mostrar como fazer. Acho lamentável que isso aconteça e que nenhuma reforma se interesse por esse problema de incúria prática.

O ESTRANHO: Há os escoteiros.

A PRATICANTE: Mas entre os escoteiros tudo acontece na mesma faixa etária. Eles não cuidam dos menores. Chefes adolescentes cuidam de jovens, o que não é incomum. Cuidam de crianças que já estão em fase pós-edipiana e já sabem se virar, mas isso em atividades ao ar livre, não é cuidar da casa, de sua casa, preparar-se para a habilidade necessária, resolver os problemas práticos do dia-a-dia. Em todas as pensões, chamam técnicos para pôr cortinas, consertar a eletricidade etc. Tudo isso deveria ser feito pelas crianças dirigidas e ensinadas por monitores, que seriam profissionais qualificados. Por que as crianças não aprendem isso? Não a tecnologia do verdadeiro ofício, mas tudo o que é necessário à manutenção e aos trabalhos cotidianos numa casa!

Há pais e mães que ensinam essas coisas. Ensinam a cozinhar, o pai ensina a manter a casa, a pintar, a consertar e, se têm jardim, a cuidar dele. É verdade, mas cada vez menos, agora que as famílias são nucleares, e que os casais se separam por dá cá aquela palha, que nem mesmo se tem um bem conjunto. Mas, na escola, essas coisas não estão em pauta. Acho gravíssimo.

A inteligência das mãos, a habilidade artesanal, é a primeira forma de inteligência humana, primeira não infantil, primeira criativa. A educação dos sentidos deveria tomar todo o tempo de vida escolar. O aprendizado de uma profissão no fim da escolaridade não substitui esse ensino de todas as crianças, para que sejam hábeis e eficientes em atividades utilitárias e criativas.

Fazer alguma coisa com as próprias mãos é o mínimo para o ser humano. Inteligência é, antes de mais nada, ter mãos. Depois, manipula-se com o mental. Há gente que elimina a etapa das mãos, mas são poucas as pessoas que podem fazer isso, que continuam sendo inteligentes sem ter mãos. Parecem delfins. São assim, não fazem nada em casa, enfiam as pernas debaixo da mesa, esperam que os sirvam, têm repugnância pela atividade prática, não pensam ou não sabem fazer nada. Na verdade são inválidos, e se privam de muito prazer.

O ESTRANHO: Mais tarde, depois dessa idade, você diz que é tarde demais para aprender essas coisas?

A PRATICANTE: Pois bem, digo é que tarde demais porque isso é fato, porque essa é a idade em que a criança está interessada pelo domínio das coisas, é nesse momento que ela deve ser incentivada a exercitar-se nas tarefas úteis e agradáveis, sentir-se igual aos adultos na manutenção dos lugares e nas iniciativas organizadoras dos lugares onde vivem.

Que dirá?

Que dirá a solidão dos amantes amuralhados na incomunicabilidade de seus corpos opacos após o abraço que os acalma e lhes dá a efêmera certeza de estarem totalmente harmonizados entre si e com o mundo!

Que dirá a solidão de uma mãe diante do sono do filho cujo jovem destino cala seu desconhecido, diante do corpo, do olhar, do falar, do brincar, do mistério de um pensar que se encarna e continua impenetrável; a solidão do pai diante da confiança cega do filho no ventre da mulher, dos pais que olham seus filhos, promessas de antes que no dia-a-dia dão lugar a realidades imprevistas, e diante da resposta sempre diferente da esperada às perguntas que os genitores fazem – para encontrar respostas que lhes dêem segurança – à progênie distraída, confiante no futuro ou não pensando nele, ignorando o que é feito dos pais que envelhecem, da solidão dos dias sem notícias daqueles que deixaram o lar!

Que dirá, nas alegríssimas festas, a solidão dos que amam sem ser amados, das que são desejadas por quem não desejam!

Que dirá a solidão dos companheiros de todos os dias no trabalho, nas cidades, desconhecidos dos vizinhos, onde nada da dor secreta sentida no lar pode ser contado, a solidão do rico, do possuidor sempre invejado, a solidão do pobre que se envergonha por desejar sem nada ter para oferecer, a solidão da criança que é tida por joguete, daquela cujos pais não se desejam, não se amam ou se odeiam, a solidão do aleijado, a solidão do doente em guerra impotente com seu corpo que o trai, a solidão dos velhos de quem ninguém mais precisa, a solidão em que o homem perde confiança em si mesmo e em todos os outros, que suprime até a esperança, até o próprio sentimento de solidão: o demente!

Mães portadoras e animais de companhia

O ESTRANHO: "Todo ser vivo origina-se num co-ser que tem um organismo portador." Isso me lembra o seu convívio com Jean Rostand[62].

A PRATICANTE: Queria dizer portado pelo próprio organismo que o elaborara, que o pusera (no sentido de ovo). Mas agora há úteros portadores* que não são o útero da fêmea que doou o ovócito.

O ESTRANHO: O que isso implica?

A PRATICANTE: Implica que os seres humanos já conseguem traficar a natureza de tal maneira que o ovócito de um mamífero pode desenvolver-se no útero de outro da mesma espécie, mas que ainda não pode desenvolver-se no peritônio de um macho dessa espécie. É realmente necessário um útero de fêmea da mesma espécie daquela de onde vem o ovócito.

A NEGRA VERDE: Fala-se muito hoje em dia dessa história de "mães substitutas", principalmente em termos jurídicos.

....

* Aqui se passa a falar da "mãe substituta", cujo óvulo é fecundado pelo espermatozóide de um doador, com a intenção de entregar a criança ao casal cujo parceiro masculino contribuiu com o espermatozóide. Em francês, o termo escolhido por Dolto para o conceito explicitado acima coincide com o termo usado pelos médicos para designar esse tipo de concepção: *mère porteuse*. Dolto, porém, usa o adjetivo (*porteuse*) não só com o sentido de "portador" como também com o de "produtor, gerador", que são duas acepções comuns ao verbo *porter*. (N. do T.)

A PRATICANTE: Sim, temem-se problemas jurídicos, pois a mãe substituta pode estar decidida a dar o recém-nascido depois do parto, mas depois, quando ele está ali, ela pode não querer dar.

Isso tem a ver com a história daquela mulher que tinha decidido dar o fora no marido no dia em que nascesse o filho (que ela não queria); mas com o nascimento do filho ela mudou completamente de humor e opção em relação ao marido e à criança[63]. Assim que o filho saiu dela, ela começou a amar seu homem e a não conseguir separar-se da criança. Foi o filho, porém, que conservou atitude de distância em relação à mãe, a mesma que ela tivera enquanto o "portava". Ela realmente o carregou no ventre como mãe substituta, e, quando ele nasceu, passou a encará-lo como filho querido, para grande surpresa dela mesma.

Há mães substitutas que serão assim. Donde os problemas jurídicos dos pais e das mães legais. O pai é fecundador, pois foi com o esperma do homem que quer ser pai legal que aquele útero foi fecundado, e a mãe substituta vai recusar-se, quando a criança nascer, a dá-la a ele e à sua legítima esposa estéril; pode recusar-se. A lei não pode obrigá-la a dar a criança ao casal formado pelo pai fecundador, pois parece que o contrato escrito não tem valor diante do contrato implícito de vida entre a mãe nidante, que deseja aleitar o filho, e uma mulher que, biologicamente, nada é para aquela criança, senão alguém que deseja adotá-la.

Com a possibilidade tecnológica de haver mães substitutas, são esses os problemas humanos e jurídicos que podem apresentar-se. Problema jurídico de maternidade em dois níveis – carnal sem desejo emocional, por um lado, e sem laço carnal por outro –, níveis de desejos de maternidade separáveis entre si, mas que podem ser conjugados.

A NEGRA VERDE: Do ponto de vista do feto, se ele sobrevive é porque lhe convém. É só isso o que se pode dizer. Porque, depois do período fetal, o fato de mudar de mãe no momento...

A PRATICANTE: ... poderia traumatizá-lo gravemente do ponto de vista de sua evolução. Isso se saberá mais tarde, ainda não temos observações suficientes para tirar conclusões.

Se sobreviver, será porque em alguma coisa isso lhe convém, nem que seja do ponto de vista da sobrevivência fisiológica. Mas talvez do ponto de vista psicológico isso o tenha marcado.

O filho daquela mulher furiosa contra o homem que a fecundara, marcado por uma gestação de rejeição, tornou-se um ser sadio, brilhante, sociável, mas nem um pouco afetivo, nem negativo nem positivo em relação à mãe, recusando beijos e abraços dela e de qualquer um, desde tenra idade, mas, desde que começou a andar, capaz de conviver socialmente com outras crianças.

O ESTRANHO: Na França houve o caso das duas irmãs, das quais uma carregou no útero o filho do cunhado, para dá-lo à irmã estéril.

A PRATICANTE: É, mas não sei o que aconteceu depois. Não sei nada do que ocorreu. Os jornais não falaram mais no assunto quando a criança nasceu. Algumas fotos, só isso.

Ouvi falar de um adolescente em psicoterapia, que foi concebido por mãe substituta. O pai foi para os Estados Unidos procurar uma mãe substituta que aceitasse doar o recém-nascido ao casal. Tudo correu bem. Mas o casal se separou quando a criança tinha três ou quatro anos. Não sei por quem foi criada. A pessoa que me falou do assunto, que conhece o psicoterapeuta, disse que esse adolescente é muito obcecado: gostaria de saber o nome da mãe substituta, não de conhecê-la no sentido de entrar em contato com ela, mas gostaria de vê-la; gostaria de ver, com seus próprios olhos, de que mulher saiu. E é muito complicado, não é possível porque o pai não sabe quem é ela. Esse garoto não tem sentimentos filiais para com a mãe legal, de quem o pai se separou, e pouquíssimos sentimentos filiais em relação ao pai. Justamente, ele não teve sentimentos positivos nem tampouco agressivos, mas sabe desde pequeno que nasceu de uma mãe substituta e do esperma de seu pai. Não lhe esconderam isso.

Não há nenhuma particularidade em relação aos outros, à parte esse desejo obcecante de ver a mulher que o carregou no ventre até o termo da gravidez. Talvez ele não consiga se livrar desse desejo fantasiado porque ele é impossível de realizar. Ele diz: "Não é que eu goste dela, mas queria vê-la."

Será por se tratar de uma castração que ele gostaria de transgredir que as pulsões epistemológicas do ser humano assumem essa forma nele? É possível.

O ESTRANHO: Bom. Agora, essas histórias de animais...

A PRATICANTE: É porque o ser humano também tem algo dos mamíferos. Por isso me parece necessário falar de coisas que dizem respeito ao esquema corporal, não a imagem do corpo, mas sim uma espécie de pré-linguagem de relações. Diz respeito ao domínio do homem sobre os animais. E sobre as plantas também, quando ele faz um enxerto. Os animais de companhia são objetos transicionais, não entre o sujeito humano e uma pessoa exterior, mas entre o sujeito humano e uma parte de si mesmo, a parte não verbalizável de seus afetos. É dentro dele, e o animal desempenha o papel dele em pequeno com um adulto, adulto que o protegia... ou que o explorava. E ele é assim com seu animal de estimação, que ele educa e cujas pulsões recalca, como as suas foram recalcadas. O animal que ele educa e adestra para ser animal exibicionista é como ele mesmo o foi, guardadas as devidas proporções, pela educação que recebeu. Acredito que quem adestra cães, quem adestra animais é gente que faz com o animal o que sentiu que lhe fizeram.

O ESTRANHO: Há animais, cães por exemplo, que se parecem espantosamente com o dono.

A PRATICANTE: Sim! Há um mimetismo. Até o jeito de andar. Tudo se parece. Uma espécie de fusão.

Ele se transforma num objeto parcial do corpo desse ser humano. Aliás, a prova é que, quando o ser humano morre, eles vão ao seu túmulo, não querem ser alimentados e são atraídos pela massa corpórea que está debaixo do túmulo. Contam-se, e são verdadeiras, histórias de animais tão melancólicos que vão para o lugar onde o dono foi enterrado e lá morrem de tristeza. De depressão.

Por um lado há essa fusão e também uma interferência no esquema corporal, o que explica que, além do mutismo e da dor da separação da comunicação de ternura, a imagem do corpo que sofre perde suas funções fisiológicas.

O ESTRANHO: Por outro lado, há os seres humanos que se comportam com os animais como se eles fossem objetos, digamos, temporários. Eles os abandonam friamente.

A PRATICANTE: Como se precisassem deles; são objetos utilitários, durante o tempo em que são úteis. E, quando não são mais, custam muito caro ou complicam a vida; então, livram-se do animal, justamente porque não o amam. Durante certo tempo precisam daquela presença, de seu calor, mas em julho incomodam. No mês de outubro, quando voltam das férias, vão pegar outro cachorro, mas não têm, não elaboram uma relação de sujeito para sujeito. Precisam de uma companhia que não seja personalizada para eles. Acredito que sejam seres humanos que não se sentem sujeitos; desempenham papéis funcionais no casal que formam, papéis na família, no trabalho, um papel, mas não têm estrutura de sujeito.

É um ser humano, mas não tem coração. Há muitos pais e mães que são desse jeito com os filhos. Porque já são desse jeito consigo mesmos! Rejeitam-se quando não se satisfazem. Portanto, não é um comportamento particular em relação aos animais; é uma estrutura de dependência fisiológica em relação a alguém, mas não de relação personalizada com outro ser vivo, que é respeitado por ser amado. Esse ser é como uma roupa usada, que se substitui por outra. Não é uma criatura em especial, insubstituível, excepcional. A vaca não dá mais leite? Vende-se e compra-se outra. Mas não é um animal de companhia. É tratada como um animal de valor monetário, de serviço utilitário. Um cão é utilitário pela companhia; não como a vaca que tem a utilidade alimentar. O mesmo se diga do cavalo de corrida, que é criado para ganhar corridas, mas é morto assim que se machuca.

Kaspar Hauser, criança seqüestrada, continuou vivendo segundo sua genética. Nesse sentido, estava nas condições de um mamífero comum. Mas é por ter sido privado da relação educacional que uma criança desse tipo deveria ter recebido que ele demonstrou, primeiro, grande resistência e, depois, extraordinária adaptabilidade tardia.

Acho que um ser pode aprender enquanto ainda é jovem. E, nesse caso, ele só pôde aprender quando já era adulto de corpo. Soube montar a cavalo como se tivesse recebido instrução para isso, sem precisar fazer os treinamentos físicos que a equitação implica. Ele sabia. Uma pessoa como ele pode demonstrar que há potencialidades genéticas inatas, que são desenvolvidas ou não.

Eu, por exemplo, estou convencida de que há músicos que, por não terem aprendido na infância o código das sonoridades musicais, não puderam desenvolver seu talento de compositor ou instrumentista, mas que vão transmitir isso aos filhos – alguns –, sem saber que eles próprios são músicos. Mas essas são coisas que não se podem adivinhar. Talvez um dia se consiga saber.

Uma história como a de Kaspar Hauser nos faz refletir. Pela educação que recebeu, a ética desse homem é surpreendente. Parece decorrer de uma seleção genética devida à sua origem familiar.

Solidão e comunicação

Aceitar deixar passar sem pegar, sem rejeitar, ver, ouvir, olhando, escutando até sem entender, é aceitar a solidão, misturado aos outros. É reconhecer-se humano, desejo manado na carne, desejo que, na cabeça, no coração, fala às entranhas, ao sexo, clama, desejo que ouve o dos outros, desejo encarnado sempre, que se conhece para sempre separado, no espaço, dos objetos que o suscitam no tempo, dos frutos de suas realizações, das conseqüências incognoscíveis de seus atos, posto que os mais materializados, que dirá os sutis cujos fins nos escapam e que nosso desejo quereria dominar.

É aceitar testemunho, exemplo, ilustração individuada e efêmera de uma espécie cujo desejo jamais pode encontrar em nosso corpo caduco e dorminhoco justificação para o que em nossos devaneios e sonhos contradiz os limites de nosso poder, sentido de uma verdade que somos impotentes para apreender e assumir em nossos atos e que escapa às nossas palavras conquanto para elas resvale sem nosso conhecimento.

É aceitar o condicionamento sexuado porque nossa razão tem amarras na realidade, realidade do nosso corpo; é aceitar domar os ímpetos de carne que o amor não sustente; é aceitar – por meio do que, em nosso espírito, guarda memória de nossas percepções e mediações corpóreas – conhecer o insensato de que se origina a palavra "amor". É aceitar a desrazão como certeza de uma razão mais lúcida que a inteligência.

É reconhecer no ódio o amor que assim se mascara por pudor ou prudência, e saber que, degradados, amor e desejo realizam-se sob a máscara do trabalho e da virtude.

É aceitar ignorar o começo e o fim dessa aparente unidade de indivíduo que sou, com este corpo cujo nascimento foi por outros declarado, cuja morte por outros ainda o será, nascimento e morte, com tudo o que os franja, assim por outros assumidos, a história de mim por outros determinada, por outros contada, esquecida, por mim sempre fabulada. E no entanto por meus atos sentir-me responsável, ao passo que, falando, não sou mais que halo irisado impotente para conhecer-me, nem no espaço, onde minha aparência me desconcerta, nem no tempo, onde minhas lembranças e meus projetos não têm os outros como referentes.

Dessa vivência de trajetória que em minha solidão apreendo como minha história, sou objeto ou sou sujeito? Sem a comunicação, eu sem os outros, sem lugar nem tempo, serei? Sou? (Pois aos outros devo os dois.) Como disse Merleau-Ponty, nessa "trajetória do vivido", quando ela é aceita, "a solidão e a comunicação não devem ser os dois termos de uma alternativa, mas dois momentos de um só fenômeno". Sim, esse fenômeno que é o Homem transparece para os outros, que dele são testemunhos gratificados, quando uma criança, um adolescente, um homem, uma mulher, inconscientes da necessidade que são, numa perfeita coincidência de idade, aparência, expressão no espaço – onde não passam de relevo e sombras para sua superfície que devolve a luz –, tornam-se prismas efêmeros de sua espécie que, sem que o saibam, se exemplifica neles tal qual são, quando se doam numa presença que se ignora, ricos da vida que os habita e os anima numa radiante simplicidade que deles mesmos dimana. Ali estão, presentes, com e para os outros, naturalmente doados numa comunicação viva que se exprime em ofuscante realidade. Comovente fenômeno humano.

Isolamento sensorial: surdos e cegos

O ESTRANHO: De tanto ficar escutando o que você diz, meu ouvido está zumbindo. Talvez seja por isso que tenho vontade de falar um pouco da solidão sensorial. Você trabalhou muito com os surdos e os deficientes auditivos.

A PRATICANTE: Sim. Os surdos e os deficientes auditivos estão à procura da comunicação, sem compreender o movimento dos lábios e as mímicas dos pais com quem entram em contato. Entre eles há uma espécie de intuição, um ambiente de intercomunicação, mas não com um código de comunicação que seja simbólico e compreensível por outras pessoas e não somente pelos mais próximos.

O ESTRANHO: O que a levou a trabalhar com os deficientes auditivos? Será porque você foi a primeira a fazer psicanálise de crianças?

A PRATICANTE: Sim. Talvez também porque as janelas do nosso apartamento da rua Saint-Jacques, onde moramos a partir de 1942, dessem para o pátio do instituto dos jovens surdos da região parisiense, que era vizinho do nosso prédio. E também porque, ao meu seminário de prática psicanalítica da Escola Freudiana, compareceram dois professores daquele instituto – psicanalisados sem serem terapeutas com encontros contratados com uma criança –, a mulher dos pequenos e o homem, seu marido, dos adolescentes em formação profissional.

Qual seria a diferença entre a criança demente, que ouve mas não fala, e uma criança surda que se torna demente por não entender a família nem ser entendida por ela, e, principalmente, a que se torna demente por ser separada dos pais para entrar num pensionato que pode cuidar de sua instrução especializada?

Essa escolarização, longe do domicílio familiar, é necessariamente a primeira separação da mãe e da família para muitas crianças. Isoladas por causa da surdez, ficaram com os pais, sobretudo a mãe e os irmãos, até seis anos, idade da obrigatoriedade escolar. Depois, do dia para a noite, são separadas da família que, através da mãe e do pai (este com menos freqüência), ou de um irmão ou uma irmã mais próxima, servia-lhe de mediação com o mundo. Para algumas dessas crianças são necessários dois anos de recuperação emocional antes que adquiram autoconfiança e possam tirar proveito do ensino especializado de um código de comunicação, seja ele gestual ou por leitura dos lábios.

Eu quis participar das pesquisas daqueles dois professores sobre a comunicação entre surdos e não-surdos. Estudamos o comportamento de uma criança de seis anos que não se sabia se era demente ou autista, e de outra que não se sabia se era desajustada ou se estava sob o impacto de um traumatismo familiar. Acreditava-se que as duas não ouvissem, e essa era a razão da orientação escolar especializada. Verificou-se que uma delas ouvia; esta se curou convivendo com os surdos. Só consegue falar a linguagem dos surdos, mesmo ouvindo, mas só responde em linguagem de surdos; não responde com a voz. Sua evolução permitiu então ter acesso à comunicação. Agora está falando.

Portanto, com essa professora encarregada da primeira classe desse instituto, responsável por essas crianças, surdas ou não, todas em estado de trauma familiar ou social, tentamos entender como psicanalistas a recusa ao contato ou à comunicação. Segundo a relação dessa criança com ela, a recusa podia ser afetivamente positiva no comportamento negativo. Ela, sendo analisada, sentia compaixão e desejo sincero de entrar em comunicação com aquelas crianças que lhe eram confiadas.

Essas foram as várias razões que levaram a interessar-me pelos surdos. Conhecendo essas pessoas no meu seminário, constituímos um subgrupo com gente que estava sendo analisada e cuidava de surdos por várias razões: em contato profissional com adultos, com pré-adultos no ensino profissionalizante, com escolares adolescentes dos dois sexos; esses subgrupos foram formados com essa professora que cuidava dos novatos para torná-los escolarizáveis e com médicos que dirigiam serviços especializados no atendimento a surdos e deficientes auditivos. Eu, por meu lado, no trabalho psicoterapêutico de consulta atendia crianças e adolescentes neuróticos e surdos.

Assim constituídos em grupo, fazíamos reuniões regulares em que cada um expunha sua experiência e esclarecia reflexões mútuas. As reuniões ocorriam duas vezes por mês. Assim, tivemos cinco anos de trabalho nesse subgrupo de seminário. Acaba de sair um trabalho feito por uma das participantes, muito interessante, sobre o que ficou esclarecido entre nós a respeito de um aluno que fora diagnosticado como surdo e que era psicótico[64]. Agora é um menino inteligente, que ouve, mas está sendo escolarizado com surdos e não quer viver com crianças que ouvem. Se voltar a conviver com crianças que ouvem volta a ser psicótico. Sente-se muito bem adaptado e aceito entre os surdos, principalmente porque os pais querem acreditar que ele é surdo. Não conseguem admitir que sua surdez até os seis anos fosse um sintoma. Em idade tenra, foi reconhecido pela mãe como surdo, como filho que devia ser amado e criado de modo diferente dos outros. O problema com esse menino é que em classe ele é bom aluno, gosta dos colegas, fala com a professora e com os adultos, e usa a linguagem gestual como os colegas, mas o estabelecimento não é feito para um caso assim excepcional! Será que não se tem o direito de estudar com surdos, mesmo não o sendo? Muitas crianças que têm pendor para a música e não sabem disso só o descobrem depois, mas se adaptam a classes de crianças que não têm ouvido musical! O mesmo se diga das crianças pintoras ou dotadas de talentos excepcionais.

O ESTRANHO: Você se lembra da história dessa criança?

A PRATICANTE: Não, foi estudada no dia-a-dia entre nós, e era graças ao grande interesse por esses casos clínicos que nosso trabalho psicanalítico conjunto se afinava no grupo. Não são os detalhes desse caso que importam aqui.

Com essas pessoas psicanalisadas que trabalhavam com crianças surdas e suas famílias, fundamos uma pequena associação que se chama "L'Arc-en-ciel"[65] (Association Enfance et Communication), que tem três objetivos e aplicações. Primeiramente, ajudar os pais que tomam conhecimento da doença do filho. No dia em que se fica sabendo que o filho, bebê ou criancinha, é surdo, é enorme o trauma para a família. De um minuto para outro essa criança que era repreendida, xingada, sacudida para ouvir, que se acreditava sem afeição ou inteligência, passa a ser vista com compaixão; não se diz mais nada a ela, passa-se a tratá-la como marciano, vira-se uma espécie de racista em relação a ela. Tudo isso porque se acaba de descobrir o diagnóstico médico, segundo o qual ela é uma criança surda, o que, portanto, anula tudo o que se ensinava a ela... Dizia-se: "Ele não quer ouvir. É ruim. Só quer ficar agarrado em mim" etc. Aí tudo adquire outro sentido: "É doente! O que será de nós? Depressa, uma prótese..." E o aparelho que falta passa a ser obsessão para os pais, enquanto o sujeito, o sujeito da linguagem e do amor que procura exprimir-se, passa a ser considerado mais como objeto que se deve "consertar".

Percebemos que nas semanas que se seguem à revelação, o otorrinolaringologista, o neurologista e o foniatra dizem: "Seu filho é surdo, não ouve." E acabou. Também dizem aos pais: "Existem muitas crianças como ele. É quase certo que vai poder usar aparelho. Cuidem disso. Além do mais, na região existe uma escola especializada para surdos. Matriculem seu filho ali. Não precisam ficar chateados." Palavras amigas, que visam a mitigar a angústia da revelação. E pronto. As pessoas ficam com seu problema, e a criança fica com o drama vivido pelos pais e com o seu, o de ser de repente apanhada num diagnóstico cujo sentido não entende, e que muda o estilo de comportamento dos pais e – sobretudo – aviva-lhes o sofrimento de pais angustiados.

Acreditamos que seja indispensável ter conversas livres com esses pais e com seu filho, desde que o espírito "médico" seja excluído. Um trabalho de convívio humano entre ouvintes e não-ouvintes, manutenção e desenvolvimento do laço simbólico; em outras palavras, nem sua ruptura, nem sua substituição pela compaixão por um deficiente. Que haja problemas médicos depois, é outra história.

Choque acontece até para quem não é neurótico, mas o choque pode ser a abertura para uma relação neurótica. Acreditamos ser possível impedir essa evolução dolorosa se a criança for "ouvida" junto com os pais nessas conversas que se seguem ao choque de se conhecer o distúrbio auditivo.

Segundo objetivo de nossa associação: ensinar a linguagem gestual aos pais e aos irmãos capazes de ouvir, para que a criança possa comunicar-se à distância através dos sinais de uma língua que os adultos surdos falem em seu país. Assim, a criança, único surdo da família, poderá comunicar-se tanto em família quanto em sociedade, fora de casa.

E o terceiro objetivo de nossa associação de ouvintes-não-ouvintes é promover a feitura de filmes para ensinar, por fitas de vídeo, a linguagem gestual às crianças capazes de ouvir (entre oito, dez e doze anos). Acredito que muitas se interessariam. Poderíamos organizar concursos entre esses jovens, entre os que conhecessem bem essa linguagem de sinais. Assim, poderíamos informar os pais que morassem em regiões distantes das grandes cidades, que têm equipamentos para a educação precoce; estes, em fins de semana ou durante as férias, poderiam convidar uma criança que conhecesse a língua dos sinais para ensiná-la a seu filho surdo e a eles mesmo, em casa. "Tal menina ou tal menino, que sabe a língua dos sinais, pode ir passar algum tempo com vocês, para ensiná-los a falar com seu filho."

Essa idéia me ocorreu quando observei que os iugoslavos, os portugueses, os espanhóis aprendem facilmente francês quando trabalham com famílias onde há crianças, mas não aprendem quando trabalham com patrões que, apesar de lhes falarem em francês, são adultos. Vivem na França há anos, trabalham com adultos, e não falam francês. Alguns meses numa família onde haja crianças de seis a dez anos, e em três semanas todos esses estrangeiros começam a falar francês, fazendo rápidos progressos. São as crianças que ensinam melhor. E foi dessa constatação que partiu nossa idéia de fazer videocassetes que ensinem a língua dos sinais, o vocabulário essencial à comunicação com uma criança pequena

A língua dos sinais poderia tornar-se a primeira língua para o surdo e a segunda para muitas crianças que o desejassem. É a língua que Kaspar Hauser falava. É mais ou menos assim: "cavaleiro como pai". Não eram verdadeiras frases, mas articulados muito impressionantes. Como, por exemplo, a palavra "mãe"; não se pode dizer "minha mãe" ou "a sua". É toda uma perífrase em língua de sinais para dizer "a minha de mãe". Do mesmo modo, quando se quer falar da mãe no passado, faz-se o sinal da palavra "mãe" e em seguida o gesto da mão por cima do ombro que indica "atrás, passado". Enfim, há muitos significados diferentes dos da língua verbal, o que faz da língua dos sinais uma língua de verdade.

Mais uma coisa interessante: uma professora do grupo, que dava aulas para surdos em classes de adolescentes, percebeu que os garotos e as garotas de dezesseis ou dezessete anos, que não ouviam, não conheciam o interdito do incesto. Um dia, fizeram-lhe a seguinte pergunta (simultaneamente em língua de sinais e em francês falado): "Não é verdade que a gente pode se casar com a irmã se por acaso ela for 'legal'? As irmãs são sempre chatíssimas. Por isso se diz que com irmã não se casa. Mas e se ela for 'legal'?" Aquilo era motivo de perplexidade para todos os adolescentes da classe, e ela ficou muito espantada. Como tinha passado por análise, conseguiu fazer face à questão e levá-los a exprimir-se. Nenhum dos jovens daquela classe tinha noção do interdito do incesto. Ela lhes falou da lei. Percebeu que dois dos garotos ficaram completamente deprimidos depois dessa revelação. Ficou até com medo que um deles chegasse a se suicidar por lhe terem assim proibido pensar na legalização de um casamento incestuoso com a irmã.

O ESTRANHO: Por ter tomado conhecimento.

A PRATICANTE: Sim, por ter tomado conhecimento de que nunca poderia casar-se com a irmã, que lhe servira de mediadora com o mundo. Para ele, em bebê e criança, a verdadeira mediadora não fora a mãe, mas a irmã mais velha, por estar mais próxima dele. Por isso é importante fazer consultas depois da revelação da surdez, tanto para os interessados, o bebê e os pais, quanto para irmãos e irmãs. Pois é sempre algum irmão ou irmã que funciona como pessoa mais próxima à qual a criança se agarra para poder comunicar-se com o mundo, pessoa que traduz para os outros o que ela quer etc. Mas, na maioria das vezes, traduz-se quase tudo como necessidade e quase nunca como desejo, de tal modo que essas crianças ignoram o que significa desejo obstado. O pranto do bebê é sempre interpretado como necessidade, quando muitas vezes se trata do desejo de comunicar emoções ou dúvidas.

E foi assim que muitas coisas se misturaram e me levaram ao interesse pelo problema da comunicação dos surdos. No hospital

Trousseau, onde dei consultas psicanalíticas durante aproximadamente quarenta anos[66], acompanhei três crianças surdas que logo de início não foram reconhecidas como surdas. Foram encaminhadas para lá como psicóticas ou retardadas, rejeitadas pelas escolas maternais ou primárias, ou por serem motivo de desespero para os pais. Descobriu-se que eram surdas. Também recebi crianças autistas que todos acreditavam ser surdas e não eram. Por todos esses motivos o problema me instigou.

Além disso, curei uma surda[67] – isto é, curei no sentido de que, graças ao trabalho feito comigo, ela pôde sair do hospital e voltar para a família, trabalhando numa oficina patroneada, ao passo que estava num hospital psiquiátrico desde os catorze anos de idade. Menina quase totalmente cega e surda por causa de uma doença *in utero*, decorrente de rubéola contraída pela mãe nas primeiras semanas depois da concepção.

Tudo isso me interessou porque, quando falta um parâmetro sensorial, compreende-se bem melhor o que é um ser comunicante que deseja sê-lo, embora para tanto lhe faltem os meios mediadores codificáveis que os outros possuem. Se a visão e a audição são nulas ou quase, por onde e como perceber e emitir os sinais necessários à comunicação linguageira?

Por exemplo, para essa menina, a transferência teve como núcleo a olfação. Eu achava que nunca iria conseguir. Tinham acabado de sentá-la na minha frente. Ela não me via. Não parava de balançar a perna que estava cruzada sobre a outra, e fumou meio maço de cigarros durante o tempo que ficou comigo, cerca de meia hora.

O ESTRANHO: Que idade?

A PRATICANTE: Dezoito anos. Estava num hospital psiquiátrico, e o médico – psiquiatra psicanalista – a encaminhara para mim dizendo que era preciso fazer alguma coisa. De fato, essa moça, depois de entrar no hospital com catorze anos – esse médico não estava lá naquela época, mas ficou sabendo pelo prontuário –, não fazia ainda três semanas que estava internada quando correu como uma flecha para morder a bochecha, arrancar um pedaço da bochecha de alguém, uma pessoa que estava vestida de azul, com um veuzinho azul, como as assistentes sociais usavam antigamente. Quatro anos depois, com dezoito anos, quando esse médico já era responsável pelo setor, a mesma história. Alguém entra no hospital psiquiátrico, alguém que não tem nada a ver com ela, uma pessoa que está vestida de azul, com véu e sapatos baixos, e ela parte como flecha, ninguém sabe por quê. E vai morder-lhe a bochecha. Esse psiquiatra, que me conhecia, perguntou-me: "Será que a senhora trataria de uma jovem de dezenove anos, internada aqui, desocupada e que não é retardada? Não enxerga, não ouve, mas é capaz de fazer uma coisa inteligente, como esse ato repetido duas vezes em quatro anos, que demonstra um desejo, mas unicamente no sentido da maldade. Ela não faz nada, não se ocupa com nada, não quer nem passear. Tenho certeza de que não é burra, mas trancada e deprimida."

Consegui permissão da direção para abrir uma exceção para a idade – pois ela tinha dezoito anos completos, e só eram recebidas crianças até quinze anos para consulta. Cuidei então dessa moça no hospital Trousseau, e ela pôde reencontrar o desejo de comunicar-se e de trabalhar – aliás, com uma habilidade excepcional – numa oficina patroneada onde se inseriu perfeitamente, com jovens de quinze a trinta anos, todos afetados por deficiências diversas. Sua única deficiência era sensorial – visual e auditiva, grave – mas era inteligente e também muito voluntariosa...

No que se refere à transferência e à maneira como ela aconteceu nesse caso particular, deu-se o seguinte. Na terceira vez em que foi trazida pela mãe, depois de estar em minha presença durante meia hora, eu estava atentando para ela do outro lado da mesa; ela estava no clima de minha presença. Eu tentara falar. Ela não pareceu ter ouvido. Na terceira vez, portanto, ainda não houvera contato nenhum, além do contato que eu tinha com a mãe, diante dela, no início da sessão, durante alguns instantes. Esta dizia que a filha concordava em ir até o hospital, mas que concordaria com qualquer coisa. Naquela terceira vez, portanto, eu havia passado nas mãos – pois era inverno – um creme com cheiro de citronela. Percebi que ela procurava farejar o ar, em vez de ficar impassível, fumando e balançando a perna. Aproximei minha mão, e vi que ela farejava na direção de onde eu punha a mão. Estava procurando. Depois, pegou minha mão e aproximou-a do nariz para cheirar. Falei do cheiro e do creme contra as rachaduras do frio. Será que ouviu? Na vez seguinte, levei um tubo daquele creme para as mãos, e o pus nas mãos dela. Ficou alegre, e para demonstrar isso, beijou-me as mãos. A transferência nucleou-se dessa maneira.

Desenhava com a cabeça virada, olhando pelo canto do olho direito; desenhava homenzinhos: triângulos para as meninas e as mulheres (a mãe, ela e eu), retângulos para os meninos (o irmão). Escrevia os nomes em maiúsculas, desenho e grafismo, como os das crianças novinhas. E desenhava: ela, papai, mamãe e "Madame". Com tudo isso, chegava-se a ter alguma linguagem. Não vou contar a trajetória desse tratamento. Em todo caso, ela se saiu bem. Conseguiu retomar a vida familiar e social. Essa foi uma surda que me interessou, e isso aconteceu bem antes da formação do subgrupo do meu seminário.

Houve um menino que me encaminharam ao hospital Trousseau, a fim de que encontrássemos um hospital psiquiátrico para ele. Os pais e o médico achavam que ele deveria ser separado do meio familiar, onde era intolerável. Nenhuma escola podia aceitá-lo.

Era um menino de sete anos, de família judia; o pai era policial, e a mãe usava uma peruca preta. O menino era tão insuportável que o tempo todo arrancava a peruca da mãe; esta, embora ainda jovem, tinha cabelos totalmente brancos. O marido não a aceitava com cabelos brancos nem queria que os tingisse; preferia que usasse peruca.

Aquele era o terceiro menino, que chegara depois de dois irmãos inteligentíssimos. Achavam que ele era louco e retardado. "Nunca vamos poder pô-lo na escola porque ele é louco." Ninguém desconfiava que ele fosse surdo. Fui eu que percebi.

Na verdade, aquele menino tinha dúvidas, queria constantemente comunicar-se, fazia sem parar mímicas que obrigavam a olhá-lo a vinte centímetros do rosto; traçava sinais no papel, mostrava-os etc. Difícil de entender, mas visivelmente ansioso por comunicar-se. E a mãe o azucrinava: pegava no pé dele por qualquer coisa, como se ele fosse um bebê de dez meses. O pai, homem muito simples, era um colérico. Depois da inserção do filho num contexto de surdos, ele fez psicanálise. Aliás, é inaudita a capacidade de reeducação daquele homem, que no começo era um rústico, muito simplista.

Quando os recebi, o menino tinha feito alguma coisa de espetacular e muito inteligente. Mas aquilo o tornara ainda mais insuportável que antes, porque, em vez de reconhecerem a inteligência de seu ato, as reações do grupo levaram-no a ficar mais insuportável ainda.

Acontece que um dia, como o pai estivesse furioso com a mãe – que com freqüência o tirava do sério por ninharias, porque estava sempre se queixando –, chegou a agarrar um machado que servia para cortar lenha, e esboçou o gesto de desferi-lo, tanta era a bronca. Será que ele tinha mesmo a intenção de fazer aquilo, dominado que estava pela cólera? Por via das dúvidas, o menino fugiu. Eram mais ou menos dez, onze horas da noite, pleno inverno. Ele de pijama. Desvairado, atravessou o canal a nado, e foi direto procurar os policiais, que o conheciam como filho do colega. Era o posto policial da aldeia. Em vez de dar a volta pela ponte que passa por cima do canal, como fazia freqüentemente com a mãe, naquela noite ele atravessou o canal a nado. Os policiais, com aquele frio, viram um menino chegar de pijama, ensopado; e depois de atravessar o canal ele teve de escalar um terreno acidentado. Ficou sacudindo um deles, puxando, puxando. Eles sabiam que o colega tinha um filho louco. Ele puxava, dando a entender que deveria ir; mostrava-lhe o carro e o caminho pela ponte, para ir a sua casa. Eles o puseram no carro e o levaram para casa. Chegaram no meio do drama. Ela tinha posto todos os móveis entre o marido e ela, e ele, o pai, estava feito louco com o machado na mão. Quando viu o capitão, acalmou-se imediatamente. "Era brincadeira. Só para assustar. Ela estava me enchendo o saco", disse. Em suma, acalmou-se logo. Nenhum dos dois tinha notado a saída da criança.

O menino resolvera a situação, situação de tensão dramática, talvez apenas histérica, mas que ele percebeu do modo como aparecia: realmente perigosa para a mãe. Foi por causa disso que os policiais disseram: "Vocês precisam fazer alguma coisa. Seu filho é inteligente. É inteligente, e vocês precisam pô-lo num hospital psiquiátrico em vez de ficar com ele em casa, pois agora ele pode fugir, aprontar alguma coisa." A mãe achava que ele precisava só dela, o que também era verdade: ele não podia fazer nada sem ela, mas aquilo, aquela façanha, ele tinha feito sem ela, e para salvá-la. E ninguém sabia que ele nadava, nem que conhecia o caminho de casa. Até então, só tinha saído de mãos dadas com o pai ou com a mãe.

Um dia, seis ou sete anos depois de acompanhá-lo no hospital Trousseau, encontrei-o com os pais, numa vez em que fui a Saint-Jacques. O tratamento terminara havia dois ou três anos. Ele estava na escola e ia muito bem. Ficou contente por me ver. Era um garoto lindo de catorze anos, de aparência bem social no grupo onde estava. O pai me disse que ele estava fazendo um curso profissionalizante, depois de ter aprendido a ler e a escrever. Falava por sinais, mas era difícil entendê-lo. Falava também em verbo-tonal, mal também. Isso acontece com muitos que aprendem tarde demais. Estava aprendendo um ofício manual, não sei mais qual. Interessava-se por informática, dizia o pai. Infelizmente – acrescentava – achamos que ele não vai poder seguir essa carreira por causa da surdez. Atualmente estão sendo construídos aparelhos de informática para surdos, mas na época em que os encontrei isso ainda não existia. Ele me disse: "Fique sabendo que nunca a esqueceremos porque a senhora salvou nosso filho."

Os outros dois filhos mais velhos também eram muito inteligentes. Está aí outro surdo que me ensinou muita coisa.

Há outro caso que me ocorre agora. Foi mais ou menos em 1943 ou 44. Era um menino de dois anos, lindo, inteligente, que tinha um rosto tão móvel para fazer mímicas e era tão inteligente que todo o mundo o entendia. Mas acontece que ele não falava, e de sua laringe não saía nenhum som variado. Foi por isso que eu fui obrigada a concluir: "Não é possível. Ele é surdo!" Chamei a enfermeira, que, entrando por trás dele e sem que ele visse, fez barulho bem perto da sua cabeça. E ele não ouvia. Fazia-se entender tão bem, era impressionante. Então, eu disse à mãe o que achava que tinha descoberto. E ela, atrás dele, se pôs a chamá-lo. Ele não reagiu, ocupado que estava, brincando comigo. Foi dramático, tanto para mim quanto para ela. Quando eu lhe disse: "O pessoal da creche está enganado. Seu filho é muitíssimo inteligente, só que é surdo", a pobre mãe começou a chorar inconsolavelmente. "Eu preferia que a senhora me dissesse que ele tem uma doença mortal. É terrível, um filho surdo. Seria melhor que ele morresse!" Então o menino consolava a mãe: pegava-lhe o rosto, acariciava-a, olhava para mim, apreensivo. Tinha entendido que eu havia explicado à mãe alguma coisa que a deixara transtornada. Mas o quê? Não sei como ela se saiu daquela, porque fugiu da consulta; procurou uma consulta com o otorrino do hospital. Eu lhe disse: "Mas seu filho é perfeitamente educável." Ele só tinha dois anos. Chegava a ser precoce: desenhava, brincava, fazia mímicas com tanta perfeição que todos o entendiam. É raríssimo ver uma coisa dessas. Tinha irmãos e irmãs mais velhos e ainda era bem pequeno. Não tinha sido deformado. Provavelmente, ainda não esperavam que ele falasse. Era possível que ele não falasse ainda, sem que isso fosse motivo de espanto. Muitas crianças não falam ainda aos dois anos, mas quando sonorizam, fazem mímica, estão numa atividade inteligente. No caso dele, a única coisa que causara espanto era a ausência de vocalizações e de "papai-mamãe", em suma dos sinais sonoros emitidos por todas as crianças que ouvem.

Pois é. Esses são os motivos pelos quais me interessei pelos surdos, pelos surdos fechados em si mesmos, que pareciam anormais, pelos surdos tão inteligentes que pareciam comunicantes; parecem ouvir o que se diz, mas não é verdade, não ouvem mas intuem; se isso continua, tornam-se desajustados clásticos ou, ao contrário, deprimidos e desanimados por se sentirem marginais, a tal ponto que não entram mais em contato com seres humanos. Interessei-me pelos surdos por causa do seu problema de solidão.

O ESTRANHO: Como é possível que os pais percebam tão tarde, que se perceba tão tarde que uma criança não ouve?

A PRATICANTE: De fato, é espantoso, muito espantoso, porque atribuem ao filho o que imaginam.

Os pais que têm um filho retardado nunca percebem isso. "Sabe, ele entende tudo." Às vezes se vê uma criança entrevada, depois de uma lesão encefálica. Evidentemente, ela tem um contato especial, emocional, com a mãe, mas não "entende"; é um contato. E os pais fabulam qualquer coisa. E por que não? Isso não é melhor do que a total falta de interesse? É por essa razão que, depois de recebermos pais que falam de um filho, é preciso ver esse filho. Porque às vezes ele não se parece em nada com o quadro apresentado pelos pais. O filho imaginário é muito importante para os pais em relação ao filho real. Seja ele sadio ou doente, a descrição que os pais fazem do filho e de suas dificuldades é completamente desproporcional, e às vezes não tem relação nenhuma com os fatos e com a real observação da criança.

O ESTRANHO: Você me disse que descobriu que nas escolas de surdos havia crianças misturadas.

A PRATICANTE: Não fui eu que descobri. É um fato. Não só eu percebi, mas também os professores analisados, que são mais objetivos que os outros adultos em seu contato com as crianças.

Assim, pela dependência prolongada em relação à mãe, a criança surda está num estado de neurose fusional. Não é a mesma coisa que o autista – isolamento psicogênico por ruptura da relação emocional e de corpo-a-corpo com a mãe, numa criança cujas percepções continuam excelentes do ponto de vista fisiológico –, que tem uma anomalia de linguagem, mas não de instrumentação.

O ESTRANHO: Os autistas ouvem, fisiologicamente?

A PRATICANTE: Sim, fisiologicamente, mas não desejam mais ouvir.

O ESTRANHO: E nos projetos de que você estava falando há pouco, vocês propunham criar linguagens de substituição?

A PRATICANTE: Não, não criar. Essa linguagem existe. A língua de sinais existe em todos os países. Queríamos promover meios de ensiná-la durante a infância à população que ouve, através dos meios de comunicação de massa, para que as pessoas que ouvem pudessem comunicar-se com os surdos, e para que as crianças – surdas e não-surdas – possam comunicar-se em sociedade. Para isso, além das relações de mímica familiar, é preciso comunicar-se por meios codificados admitidos em sociedades de surdos. Atualmente, sem o conhecimento da língua de sinais, antes da verdadeira escolarização com a língua oficial, gramatical, escrita e lida nos lábios, todas as comunicações são feitas através do tato e do corpo-a-corpo. A língua dos sinais tem uma versão para cada país, mas também é uma língua quase internacional.

Eu conhecia o médico que foi otorrinolaringologista do Instituto de Surdos durante muitos anos. Durante o primeiro congresso internacional dos deficientes auditivos, ele acompanhou a delegação francesa. Contou-me que quem se sentia realmente surdo (com problemas para entender-se) eram os que ouviam! Os professores, os médicos de cada país foram com os surdos de seu país, mas os surdos alemães, suecos, franceses, ingleses entendiam-se muitíssimo bem entre si. Ninguém – dizia-me ele – sabe muito bem como. Inventavam, em suas assembléias animadíssimas, grande quantidade de mímicas, gestos que não tinham sido previamente codificados, pois a língua dos sinais é diferente em cada língua, mas eram meios simbólicos para eles "se ouvirem", se entenderem. Ele fez uma excursão de ônibus, e, a seu lado, havia surdos que tentaram entrar em contato com ele. E, como havia muito barulho no ônibus, ele não entendia as palavras que esses surdos diziam, alguns dos quais falavam francês. Por exemplo, ingleses surdos falavam verbalmente o francês que escreviam perfeitamente. Ele não entendia nada. Mas os surdos, internacionais, entendiam-se entre si. O barulho do ônibus não os atrapalhava. Agora existe uma associação internacional de deficientes auditivos – pois eles não querem ser chamados de "surdos": são "deficientes auditivos". Eles se enquadram plenamente na linguagem e na comunicação, apesar de faltar mediação sensorial.

Há pessoas que são "videntes" no sentido de conhecerem o passado, o presente ou o futuro através de um sentido que as outras pessoas não têm. A maioria de nós não tem essa capacidade, mas nem por isso nos sentimos deficientes, não nos sentimos cegos por não sermos videntes do passado, do invisível para os olhos e do futuro. Há crianças "videntes", o que, aliás, não deve ser cômodo para quem tem pais que não o são. Talvez alguns psicóticos tenham começado a ser psicóticos por causa do não-dito sobre o que eles compreendem. Mas muitas crianças ouvem o que as pessoas pensam e não dizem. Felizmente, não são coisas dramáticas. Não dão grande importância e, como todo o mundo, começam a ouvir apenas o que circula verbalmente.

Para as pessoas que ouvem no sentido que se poderia chamar de extralúcido, os que não ouvem assim são pobres infelizes (ou felizes!). Em todo caso, esses marginais que vêem além, que ouvem além, sentem-se e sabem-se marginais. Alguns ganham a vida com isso. Outros escondem esse "poder" inconsciente, às vezes incômodo. Mas ninguém se sente inválido por não ser vidente, pois a maioria das pessoas não tem esse dom ou esse poder.

O ESTRANHO: Essa moça de quem você falava há pouco, você dizia que era praticamente cega.

A PRATICANTE: Era. Tinha um décimo de visão em cada olho, e um décimo de audição num dos ouvidos.

O ESTRANHO: Qual a explicação que você deu para aqueles dois acontecimentos?

A PRATICANTE: A pessoa que a levara ao hospital psiquiátrico com catorze anos de idade era uma assistente social que, com a ajuda do enfermeiro motorista, a tirara da mãe.

O ESTRANHO: E com um décimo de visão ela conseguiu identificar uma pessoa vestida daquele modo?

A PRATICANTE: Sim. Como? Será que viu ou ouviu alguém falar, ou será que sentiu? Seu olfato era agudíssimo à distância. Devia ser o olfato, pois eu, que ficava a dois metros de distância, percebi que ela entrava em contato comigo pelo faro, que me questionava. E talvez até antes já tivesse identificado algum odor meu pessoal, mas não demonstrava. Foi a modificação do meu cheiro com aquele creme para mãos que a fez reagir; foi só aí que eu, que a enxergava, pude observar o fato. Foi daí que veio a transferência: pelo modo como respondi àquele reconhecimento, que ela demonstrava, de uma variação no meu cheiro, trazendo-lhe o mesmo tubo perfumado de creme que pusera nas minhas mãos. Permiti que ela se identificasse parcialmente comigo. A partir daí, eu era sua amiga.

O ESTRANHO: Pode acontecer que haja crianças que não enxergam simplesmente por neurose?

A PRATICANTE: Sim. Recebi crianças assim. Que não enxergavam, cegas histéricas. Recebi duas, duas crianças que se curaram, mas não sei exatamente como se curaram nem em que momento da psicoterapia.

O primeiro garoto me disse: "Me cure da minha 'paxão'. Se eu curar minha 'paxão', vou poder ver." E a "paxão" dele era um amor, uma paixão que ele escreveu mal porque quase não enxergava. Não adiantava procurar óculos para ele. Não havia óculos que pudessem ajudá-lo. Aliás, foi por uma consulta com o oftalmologista do hospital Trousseau que ele foi encaminhado para a psiquiatria, pois não havia lente que correspondesse à acomodação impossível daquele garoto perturbado. E tinha ficado daquele jeito desde a volta do irmão, que havia sido mandado para a Alemanha em serviço militar e fora repatriado por motivo de saúde. Esse irmão mais velho tinha ficado noivo antes de partir. Na ausência do irmão noivo, esse menino de onze, doze anos, tinha visto muitas vezes a futura cunhada, que ia visitar a família. O noivo voltou porque tinha sofrido um acidente que afetara fisicamente seu olho, no serviço na Alemanha. Quando voltou, estava cego, não conseguiu "enxergar" a noiva! A família cuidou dele, pondo-o aos cuidados de um oftalmologista, ao mesmo tempo em que se descobria que o acidente sofrido não explicava a cegueira. Era uma cegueira psicogênica, secundária, de natureza histérica num rapaz de vinte e quatro, vinte e cinco anos. E o irmão, que tinha doze ou treze anos, ficou cego também, para identificar-se com o mais velho. Isso foi aos poucos, e não em conseqüência de algum acidente que lhe afetasse os olhos; sua visão começou a perturbar-se, e ele ficou cego. Dizia-me que era por causa de sua "paxão" (paixão que sentia pela cunhada). Sentia-se culpado. O irmão não podia mais vê-la, e ele, para identificar-se com o irmão, também não podia vê-la. E criava todo um Édipo em cima daquela cunhada, daquela futura cunhada.

Outro menino, que eu acreditava ser cego de verdade – como me disse o médico que o encaminhou para que eu o preparasse para a vida de cego –, não era cego também. Não faço a menor idéia de como a coisa desapareceu: na transferência, assim. Não saberia dizer depois de que sonho ou depois de que revivescência na transferência. Portanto, era também uma perturbação neurótica que não se desvendara como tal.

Também recebi verdadeiros cegos, que me eram encaminhados porque eram insuportáveis nas classes para cegos, no internato, e, como só havia um para a região parisiense, não se sabia onde dar continuidade à escolaridade dessas crianças que eram consideradas dignas de expulsão. Só havia o hospital psiquiátrico para cegos problemáticos demais para ficar em internato.

Num desses casos, era um conflito edipiano. Ele não parava de dizer: "Ver, ver, ver. Ah! Estou vendo muito bem!" "... A puta da professora flerta o professor do lado!" Eu lhe disse: "Por que você diz 'estou vendo', se é cego?" "Ah, digo 'ver' porque todo o mundo diz 'ver'. Você entende, eu vejo vermelho quando..." Falava desse jeito. "O que quer dizer 'ver vermelho'? O que é 'vermelho' para você?" "Ah, sim, eu vejo 'raiva', eu sinto 'raiva'. Por causa das palavras. É o que dizem. Usam palavras assim." Desenhava gravando numa placa de massa para modelar que alisava bem antes e gravava com a ponta do lápis; depois palpava seu "desenho" e me falava dele. "Ela não cuida de nós", "Ela flerta com o professor do lado", "Estou vendo muito bem." Ela comprava cerejas para o colega, em suma, comiam juntos cerejas do quitandeiro que ficava ao lado do internato. Ele sabia disso porque ouvia o barulho do saco de papel da quitanda. As cerejas, ele bem que estava "vendo"... (na verdade ouvia): a professora e o professor da classe ao lado cuspiam as sementes. "Visivelmente", o professor e a professora cuspiam sementes. "Visivelmente", o professor e a professora cuspiam de propósito as sementes ao lado dele, do menino, para humilhá-lo e envergonhá-lo. Etc. etc. Todas essas fantasias edipianas transferidas para a professora e o professor do in ternato.

Associei isso às vivências da sua primeira infância com os pais. Até os quatro anos, ele tinha esperanças de vir a enxergar. Era o que os pais lhe diziam, a conselho dos médicos da região onde moravam. E depois sofreu muito com operações, sendo separado da família várias vezes, muito pequeno ainda, para ficar num hospital da província, pois os pais moravam no campo. Depois de sofrer tanto, continuava sem enxergar nada. Assim, com seis anos foi enviado para a região de Paris, passando a estudar num internato especial para cegos. Parentes afastados podiam sair com ele aos domingos.

Foi desse internato para cegos que o encaminharam ao hospital Trousseau na tentativa de, através de uma psicoterapia, continuar com ele. Tinha ficado detestável. Não se sabe o que fazer com uma criança detestável quando para ela só existe uma escola no mundo, e ela faz de tudo para ser expulsa. A coisa se ajeitou muito bem. Era seu sentimento de culpa edipiano que o fazia procurar motivos para ser expulso, muito consciente – pois era muito inteligente – de que, se fosse expulso, não poderia mais estudar.

Foi assim que, graças a essa dita consulta psiquiátrica num hospital para crianças, eu tive oportunidade de entrar em contato com deficientes sensoriais e de verificar que o trabalho com eles poderia ser feito, claro que com dificuldades, mas que eles viviam os mesmos conflitos dinâmicos inconscientes que os outros viviam, e que podiam, assim como os outros, estabelecer uma transferência que se descodificava de modo um pouco diferente, mas revelando os conflitos libidinais de todas as crianças da mesma idade.

Além do mais, minhas janelas dão para essa instituição para surdos desde 1942, antes do nascimento de meus filhos. Pude observar aquelas crianças convivendo no pátio com outras crianças e com seus professores, o que me interessava muito. Tudo aquilo me sensibilizou para essa população portadora de deficiência auditiva.

O ESTRANHO: Há em algum lugar um centro, no Canadá ou nos Estados Unidos, onde elas aprendem a falar.

A PRATICANTE: Sim. Mas aqui também. Só que aqui não querem que elas aprendam a linguagem de sinais antes de aprender a língua falada, e por isso impõem a certos pais que não falem por sinais nem por mímicas com os filhos surdos. A criança não se insere na comunicação com os pais antes da época em que será separada deles para, digamos, ser instruída em classe. Chega aos seis anos privada de qualquer comunicação. Isso é estúpido e perigoso, pois ela terá vivido em simbiose prolongada com a mãe, o pai, a avó, sem contatos sociais e sempre em corpo-a-corpo, como para o atendimento das necessidades de bebezinho.

Ainda atualmente há uma luta, uma guerra que dura desde os tempos de Jules Ferry. Foi Jules Ferry quem decidiu que os pais, tão logo fiquem sabendo que o filho é surdo, não lhe devem fazer o menor sinal, e assim ele fique tão privado de comunicação que, no dia em que lhe ensinarem a leitura da língua falada nos lábios, ele se lance com vontade sobre esse modelo de comunicação.

Isso talvez fosse possível quando as pessoas viviam no campo. Havia tantas comunicações: no quintal, com os animais, com a natureza etc. Havia muitas outras comunicações além das que os seres humanos têm hoje, só entre si. Mas hoje isso não é mais possível. As crianças ficam loucas porque precisam esperar até os seis anos com pais que têm medo do médico, pois este lhes disse: "Seu filho não deve entender de jeito nenhum o que vocês querem fazer ou dizer. Não devem fazê-lo entender nada previamente."

O ESTRANHO: É como se eles tentassem deixá-lo com fome de comunicação.

A PRATICANTE: Sim, exatamente. Mesmo na ideologia deles é isso aí. E isso não é mais viável para as crianças da cidade. Cria-se uma gravíssima neurose fusional com a mãe.

O ESTRANHO: Elas já estão isoladas.

A PRATICANTE: Sim. As que não vivem numa família numerosa e que não têm animais de estimação ficam totalmente sem relacionamentos nem comunicação, a não ser no que se refere às suas necessidades. Antes, tudo se aprendia: ia-se ao poço, ia-se procurar tudo; tudo era feito em casa... agora, com dinheiro, manda-se buscar tudo. As pessoas estão sozinhas. Giram um botão, e a luz se faz. Existe gente na televisão. E tudo o que se vê na tela não se pode entender. As pessoas se engalfinham. Não se sabe o que estão dizendo nem por quê. E a mãe não lhe diz que está preparando uma sopa e se a sopa é para você ou não. Não há meios de mediação, nem para exprimir as necessidades – só é possível mostrar as zonas funcionais para dizer quais são as necessidades, comer, xixi, cocô –, muito menos os desejos. Então, só resta engalfinhar-se com os outros, ficar com raiva, sonhar, ter ocupações compulsivas. Só isso.

Solidão-refúgio

Contudo, a solidão se faz atraente nas horas de fracasso do prazer, de dor ou de decepção na comunicação malograda. Deixa então o ser humano entregue à experiência da magia do devaneio apenas, em que o desejo borda suas fantasias apaziguando suas tensões num prazer que adormece a provação da solidão. Mas o sujeito cujo desejo não se exerce mais dentro da realidade não realiza mais nenhuma renovação na sua individualidade conhecida, que, afora o corpo e a monotonia de seu viver de necessidades, está entregue ao campo do imaginário. Nele, o desejo se reduplica com o narcisismo.

Quando no ser humano, da infância à idade adulta, o desejo perde a coragem de recorrer a outrem (na criança, a noção do outro está se esboçando, e o dano é mais rápido), outrem que no contato e na troca de comunicação detém a eventualidade do renovamento, da surpresa talvez agradável, mas cuja inacessibilidade ou mesmo rejeição se teme, ou quando esse outro não está ao alcance da voz nem ao alcance do olhar, ou quando é tão diferente que a separação que se introduz na realidade não pode transmudar-se em linguagem pelo outro entendida, nem encontrar um sucedâneo para iludir sua espera, então o ser humano arrisca-se a cair na cilada da solidão descriativa.

Por lhe faltar a atenção de um olhar, a ternura de uma voz, a doçura de uma carícia, o calor de um gesto, o desejante sem rosto amado que lhe devolva o seu, perdido, torna-se no próprio corpo massa de carne, ao anonimato entregue, no devir parado, levado de volta ao diálogo com seu corpo.

Se nada nem ninguém o vier tirar dessa cilada, seu desejo se iludirá com fantasias cada vez menos diferenciadas em sua nostálgica impotência ambígua, que o torna, ainda que desejante, ignorante de seu desejo, ainda que ser comunicante, inexpressivo e mudo: tônus relaxado, rosto embotado; a menos que seu corpo em suas funções se desarranje ao receber o impacto desse desejo sem saída de realização no alhures exterior ao indivíduo, quando se fala de distúrbios "psicossomáticos" – na verdade linguagem de angústia –, visto que a saúde do corpo, sempre psicossomática, é efeito do desejo em relação à realização comunicativa com o mundo exterior, onde a economia libidinal é mantida por encontros numa tensão suportável para a homeostase e o silêncio funcional dos órgãos do corpo.

Como essa solidão patológica se torna patogênica, o indivíduo humano precisa fugir dela antes que ela se lhe torne refúgio cuja saída para o mundo exterior poderia fechar-se. Ainda que sofra, cumpre-lhe suportar e assumir o renovo vicejante da mágoa masculina ou feminina, tender para um alhures que não está em si mesmo, onde talvez outros seres também estejam à procura, seres outros que saberão sentir compaixão de sua mágoa, para a sua carência partejar palavras, gestos de tranqüilização.

Nesse alhures, outros como ele têm para dizer, têm para chorar o seu desejo impotente, a sua falta por preencher, e buscam talvez também quem ou o que os contente, pois, separados, sem outros encontros em que se reconhecerem, todos os seres humanos sofrem.

É entrebuscando-se, entreconjugando-se, que se dá sentido de linguagem às suas necessidades no prazer partilhado de juntos satisfazê-las, que se dá às suas comoções sentido de amor a exprimir-se em conjunto na dor ou na alegria comunicada, e que se oferece ao seu desejo a satisfação conjunta, à vista de um receber e de um doar reencontrados que libertam o desejo no gozo enfim encontrado em conjunto.

Efêmero, dizem os insensíveis, engodo de um encontro impossível. Efêmero com certeza se, em permanecendo narciso, só com seu próprio prazer e com seu próprio gozo cada um se contentar, e engodo talvez, mas engodo que devolve sentido ao desejo. E se, não contente com seus quases, contudo não negligenciados, o desejante continuar buscando, em vez de voltar à sua solidão-refúgio, um outro entre os outros um dia lhe revelará, dentro da realidade cujo campo é imenso e cheio de imprevistos, um outro lhe trará o recobro de esperança, a ressonância de amor conjunto no desejo renovado cujos verdadeiros encontros humanos são ocasião de surpresa, de achado de fruir, ou melhor, de alegria ainda desconhecida.

Assim caminha o desejo de todos os seres humanos individuados, masculinos ou femininos, na alternância de solidão e comunicação, de repouso e atividade de desejo – ritmo e música de nosso ser no mundo, criativo, recriativo e procriativo de vida, quando palavras e atos se afinam na vida de relações.

Mas para que, com oito anos, meninas e meninos possam estar aptos à educação em sociedade e ao desejo de instruir-se (a instrução atualmente é o único serviço que as instituições sociais consideram necessário prestar à criança), é preciso que no lar paterno tenham sido preparados por pai e mãe para a consciência de sua pessoa, para os deveres consigo mesmos, para os direitos que lhes cabem por lei, lei diante da qual são cidadãos iguais em valor, se não ainda em idade, a seus pais. A dependência cega em relação ao casal parental, tantas vezes imaturo e por isso narcísico, se não perverso, em relação à sua progênie, é para muitas crianças um fato ditado por lei. Ninguém lhes diz que isso é falso: as crianças de idade escolar ignoram que seus pais têm por lei deveres para com elas, deveres que elas terão, por sua vez, para com seus filhos. As crianças ignoram que seus professores não têm o direito de humilhá-las, violentá-las, e que, se o fazem, talvez tenham escusas pessoais, mas nem por isso seu exemplo deverá ser seguido, pois não se comportam como adultos dignos desse nome, sejam quais forem suas razões. As crianças não sabem que a escola, os hospitais, a polícia são pagos por seus pais, e que essas instituições estão a seu serviço, tanto quanto a serviço dos adultos.

A sociedade, tal qual se apresenta aos cidadãos que saíram da infância – sete, oito anos –, tem, para a maioria deles, a imagem que pai e mãe lhe deram, ou seja, é formada por adultos que sobre eles têm plenos poderes. Esse estado de coisas provém da carência educacional dos primeiros anos, ligada à ausência de simbolização das pulsões sexuais desses adultos transformados em pais.

Pois não é nem a parentalidade natural nem a civil que forma uma criança, menino ou menina, para sua consciência pessoal e sua vida de cidadania. Submeter-se à autoridade, venha esta donde vier, desenvolver o gregarismo e a imitação recíproca numa inter-relação de dominados e dominadores, é próprio dos indivíduos das sociedades animais.

A individuação de cada um segundo seus gostos, seus desejos, suas capacidades, o respeito pelas diferenças que, só elas, permitem que cada ser humano desenvolva o melhor de si mesmo, desenvolvendo cada um suas características pessoais segundo seus desejos e os prazeres criativos e comunicativos que deles extrai, tal deveria ser a educação de cada criança, não só em família mas durante todo o tempo de sua formação.

Isso exige dos adultos não só o exercício de sua libido genital e das pulsões pré-genitais sublimadas a serviço da libido, mas também a simbolização de tudo o que não se satisfaz com pulsões genitais nas relações entre adultos e que, ao contrário, recalcado com base em posições regressivas de ética anal e oral, sem que a opção social domine o narcisismo individual, põe-se a serviço da autoridade possessiva ansiosa por sua progênie que, em idade de escapar a esse clima desvitalizante, vê seus desejos de autonomia e iniciações pessoais obstados ou culpabilizados. Seus desejos sexuais, que os chamam para fora da família, à procura de parceiros de amor, seus desejos de assumir-se economicamente, são reprimidos em nome de estudos prolongados, que, sem a abertura para os outros, retardam e comprometem gravemente sua evolução moral e social por falta, em tempo devido, da experiência afetiva e sexual que só se pode adquirir ao sabor do desejo exercitado fora do lar familiar e longe do controle paterno e materno.

A psicanálise nos ensinou que nem a parentalidade natural nem a legal – uma que dá corpo individual e outra nome social à criança – formam por si sós a coesão pessoal que permite o acesso à autonomia, à linguagem de comunicação e de expressão individual, tampouco a integração desse indivíduo na qualidade de cooperante em sociedade com os outros.

Na qualidade de pais, é doando o melhor de si mesmos, de sua presença atenciosa, amante e previdente para com seus filhos pequeninos, é conhecendo as necessidades deles, compreendendo seus desejos, que devem iniciar na linguagem das palavras e dos gestos, por meio de palavras verazes de adultos, conformes com seus atos, através do exemplo, e não de condutas repressivas e discursos moralistas escandidos de repressão. É isso que forma os filhotes de homens para a confiança em si mesmos e nos outros, que forma o indivíduo para a autonomia conservadora e criadora de sua pessoa integrada em seu grupo social e nele cooperante.

É a maternidade e a paternidade simbólicas, efeito do desejo genital que chegou à maturidade da procriação, que suscita a filiação simbólica nas crianças. Não são o desenvolvimento físico e o saber manter e conservar o corpo em boa saúde que constituem a totalidade do criar seres humanos.

É antes de mais nada dar segurança à criança através da confiança que ela pode ter em seu corpo e do conhecimento de suas sensações e de suas atividades em contato casto, terno, e não passional, com o corpo dos pais; pais tolerantes para com suas manifestações desajeitadas e iniciadores de sua coordenação motora e linguageira. Em seguida, com o desenvolvimento neuromuscular e a descoberta do caminhar, o distanciamento progressivo do corpo da criança em relação à assistência física do corpo dos adultos, o acesso, em segurança, à vigilância atenciosa dos adultos sobre a sua descoberta e domínio do espaço, são sustentados pelo respeito que pai e mãe têm pela criança, pela ternura e pela castidade das relações corpo-a-corpo auxiliares. Relações ainda necessárias para sustentar o desejo da criança de conquistar seu autogoverno, de conhecer e satisfazer livremente suas necessidades, de assumir seus desejos, de distingui-los dos prazeres, das dores e das dificuldades possíveis e impossíveis que ainda precisam ser superadas por ela, de descobrir a alegria de agir e de comunicar-se com os outros, que estende seu mundo para além da célula familiar, para a sociedade avizinhante e para o encontro dos coetâneos.

É a comunicação de todas as experiências que se estabelece com os pais, cada um segundo as sublimações femininas e masculinas cujos exemplos dão com seus comportamentos, em cujos moldes os filhos desejam iniciar-se. É a inventividade das brincadei-

ras, são os achados industriosos e lúdicos em que pai e mãe colaboram, atentos em contribuir com seus conselhos técnicos, é a criatividade partilhada com camaradas, são as rivalidades e a cooperação nas quais, encorajadas e despertadas para a prudência, as crianças gostam de arriscar seus poderes crescentes, seguras de que, em caso de fracasso, encontrarão junto aos pais consolo e meios de tirar proveito das experiências malogradas, pois a imaginação das crianças muitas vezes desdenha a realidade, o que cria para a sua impotência obstáculos formadores por vezes penosos.

É também, no dia-a-dia, observar os adultos, os outros, auto-observar-se, descobrir a sexualidade, seus prazeres e seu papel na formação dos casais, a vinda ao mundo de filhos, e também descobrir o fenômeno da morte, das leis às quais os pais – que pareciam ser onipotentes – estão sujeitos tanto quanto os filhos: a lei do interdito do incesto e as leis da sociedade, a função do dinheiro, ou seja, direitos e responsabilidades, deveres, que limitam para os adultos o reino do prazer.

Tudo isso implica colóquios abertos, palavras justas, sentimentos do próprio valor e orgulho pelo próprio sexo, concedidos no dia-a-dia a toda criança que se sinta integrada pelas leis que regem os desejos em suas expressões, em que cada um tem prazer sem prejudicar o dos outros.

São os pais que, por suas palavras e seu comportamento, levam os filhos a entender como a vida de adulto pode ser atraente e que é na escola, nas atividades de lazer em amizade com os outros da mesma idade, que, assim como os pais naquela idade, eles podem aprender e talvez encontrar respostas para tudo o que os intriga. Pai e mãe, subtraindo-se então à dependência do filho, dão-lhe o exemplo de adquirir liberdade. O reencontro é em família, aonde cada um leva, dia após dia de ocupações, de prazeres, de dificuldades, de reflexões, de relações sociais, a vida de comunicação que faz o clima do lar. Os encargos familiares são divididos, são feitos projetos para os dias de folga. Cada um, segundo sua capacidade e seus talentos, ajuda em casa, coopera, e as crianças, assim como os adultos, não usurpam a liberdade dos outros. É o clima da vida em família no sentido simbólico do termo, em que cada um tem seu lugar e, após as separações às quais são incitados pela idade e pelos interesses, todos têm o prazer de reencontrar-se e ficar juntos até que chegue o momento de escapar à tutela parental para escolher o próprio caminho, assumindo os riscos disso.

Tarefa pessoal atualmente difícil para os adolescentes, aos quais a sociedade só concede o direito de ganhar a vida depois de completados dezesseis anos, de escapar à dependência dos pais depois dos dezoito anos, ao passo que muitos deles, com doze, treze anos, deveriam – se as instituições sociais entendessem – escapar por livre e espontânea vontade à regressão imposta à sua libido pelos pais reais, carentes do ponto de vista simbólico, que os retêm na dependência infantil.

O que, no dia-a-dia, o filho deve sentir que os pais lhe estão dando é a condição de sujeito, em vez de o conservarem como objeto de seu prazer e de mantê-lo, por angústia ou autoritarismo, numa dependência que o retarda e perverte, subtraindo-o aos contatos formadores das experiências pessoais nas iniciativas e no convívio precoce com outras crianças e com a sociedade, de tal modo que, em nome de sua neurose, inculcam-lhe a falta de confiança em si mesmo e nos outros.

Pai e mãe, natural ou civil, todo adulto deseja ser cedo ou tarde. Isso comprometerá a mulher de alguns instantes a alguns meses no que se refere a seu corpo, pode comprometer sua vida econômica, pelo menos é o que dita a lei, para aliviar os encargos da coletividade. Mas tanto a maternidade quanto a paternidade humana comprometem a vida afetiva até a idade da puberdade dos filhos.

Mas o que é feito com o fim de educar os rapazes para sua responsabilidade afetiva, de prepará-los para sua responsabilidade paterna simbólica, de preparar as moças para sua responsabilidade materna, conjugal, afetiva e simbólica? Nada. E seria dos oito aos treze anos que a sociedade deveria cuidar dessa formação. Na idade dos amores e da formação profissional, é tarde demais...

Castrações[68]

A PRATICANTE: Para proteger-se da castração, às vezes a pessoa se refugia atrás dum muro de egoísmo, para defender-se sem mais comunicar, por medo de que a castração provoque efeitos castradores ou mutiladores. A castração não é agradável, mas necessária. A partir do momento em que se toma consciência da castração, começa a tentativa de evitá-la, o que é estúpido, mas humano! A estupidez humana. Evita-se o tempo todo a castração, mesmo sabendo que não se pode passar sem ela. Mas ela é fantasiada como uma mutilação perigosa para o indivíduo.

O ESTRANHO: Quem tem mais consciência da castração?

A PRATICANTE: A mulher. As mulheres a aceitam mais facilmente que os homens, acredito que devido ao condicionamento – historicamente inevitável – que, por um lado, é constituído pela menstruação, pelo sangramento cíclico, e, por outro, pelo papel procriador da mulher, que lhe impõe a gestação seguida do parto. O filho é obra de carne que lhe custa uma mutação de corpo, sempre sentida como desconfortos – no mínimo como desconfortos –, além da mutação do parto, que pode ser mais doloroso ou menos, às vezes parcialmente mutilador, deixando na mulher cicatrizes de provações indeléveis. De qualquer modo, a gestação, para a mulher, é uma mutação de corpo, que depois é confirmada pelo aleitamento, pela restrição de sua liberdade em vista das necessidades vitais do bebê. Portanto, a privação daquilo que até então era conhecido sobre o funcionamento do corpo é vivida pela mulher como uma imposição da lei pela vida. A menstruação, que a submete de alguma forma aos ritmos cósmicos, é aceita pela mulher como parte do equilíbrio de sua saúde. No entanto, constitui uma partição de si mesma. Sangrar é uma partição de si, uma escarificação vitalizante, preço da potência genitriz, força indubitável da humanidade, mas força haurida da fraqueza cíclica, e a liberdade é posta em xeque a cada gestação. Assim, as mulheres são iniciadas por natureza na castração de que depende a vida simbólica.

O único caminho para a humanização é o sentido transfigurado que a vida assume depois da aceitação da castração, essa lei cultural de todos os seres humanos. É continuação da vida através da temida prova com perigo de morte parcial, suposta, morte eventualmente total. Perder a cara ou perder a vida. E isso é necessário, é preciso passar por aí para sentir a liberdade do amor.

É difícil explicar essas coisas à criança, mas já é muito quando alguém lhe diz: "Isso existe. Você vai conseguir." Ter confiança nela diante de qualquer prova, em vez de recriminá-la, mesmo que tenha transgredido propositadamente alguma proibição. "Você assumiu o risco. Não deveria. Estava sabendo disso? Escolheu fazer isso, apesar do perigo que estava correndo. Escapou. É porque foi feito para viver. Eu fiquei com muito medo, mas, quanto a você, não fique aí lamentando o preço que tem que pagar por essa tentativa infeliz." A criança vive suficientemente a experiência de seu fracasso. Convém ajudá-la a aproveitá-la, a descobrir sozinha a importância que dá à sua própria vida. Não vale a pena ficar pregando moral: "Não faça isso de novo" etc. É melhor, ao contrário, dar sentido à sua inteligência inconsciente (aquilo que se chama de instinto de conservação), dizendo: "Você passou por uma prova e saiu-se bem. Poderia ter custado bem mais caro. Parabéns. A vida é isso mesmo."

O ESTRANHO: Pode-se falar do amor?

A PRATICANTE: Sim. É preciso falar-lhe do amor. Mesmo que ela não entenda, a coisa a intriga, porque tem a intuição de que o amor existe; tem uma intuição da durabilidade em meio ao efêmero de tudo o que é paixão. Suas paixões são sentidas como efêmeras; a criança sabe disso. Quer absolutamente alguma coisa; consegue, e acabou. As crianças têm essa experiência. Sabem que é porque não têm o que desejam que desejam. Tão logo tenham, é um minuto de prazer, para depois serem atraídas por outra coisa. Têm essa experiência do efêmero do desejo. E isso as intriga. Temos a prova pelo que dizem: "Você vai gostar sempre de mim." Estão à procura de um "sempre", porque o Real[69] é um sempre, um sempre surpreendente que é como um receptáculo de surpresas imprevisíveis. É o inesperado que surge e torna nunca seguro o "sempre ter", "sempre guardar", "sempre amar". O Real é o receptáculo do inesperado, ao passo que cogitamos e raciocinamos em cima daquilo que chamamos Realidade, o repetitivo esperado.

E gostamos do inesperado. Vivemos num esperado que nos torna, digamos, senhores das coisas e inteligentes. Nossa inteligência, nós a medimos pelo saber o que é previsto, o que pode voltar etc. No entanto, sabemos que aquilo que às vezes nos alegra e também o que nos desgosta freqüentemente é o inesperado, portanto é a existência do Real que é o inesperado, que é o surgimento do verdadeiramente vivo na vida de um ser humano, da verdadeira regeneração da vida. Isso é o inesperado, e é Real.

De onde vem? De que absoluto vem para que permaneça, por que razão quanto mais entendemos o repetitivo, mais existem não-repetitivos surpreendentes que sobrevêm de repente naquilo que conhecemos por saber científico, conhecimento pela inteligência, observação, lógica, intuição mesmo, sempre sutil indução e dedução de percepções sensíveis inconscientes.

O ESTRANHO: Três coisas me vêm à mente a propósito disso. A primeira é que um filósofo alemão, Nicolai Hartmann, no fim do século dezenove, fez um esquema muito simples para representar o paradoxo do conhecimento: no centro de um círculo está o sujeito. Depois, traça-se uma circunferência, e, no interior dessa circunferência, está o campo dos objetos conhecidos. O homem está sempre ampliando esse campo. O que acontece? Ele desenha um círculo maior. Portanto, quanto mais ele amplia o círculo, mais a circunferência se amplia, mais seus contatos com o desconhecido se ampliam, a progressão do conhecimento é também uma ampliação do...

A PRATICANTE: Do desconhecido cognoscível.

O ESTRANHO: Quanto mais o conhecimento avança, mais a fronteira com o desconhecido se amplia. Fronteira com o desconhecido que é fonte de surpresas.

A segunda coisa a respeito do Real, sempre falando de homens e mulheres: a figura da mulher que brinca com o homem, mulher forte, que pode desempenhar, para o homem apaixonado, o papel desse Real cheio de surpresas.

A PRATICANTE: Sim, mas isso também vale para a mulher em relação ao homem, de tal maneira que o homem pode desempenhar um papel que parece de mulher e vice-versa. Nenhuma mulher é "a mulher"; nenhum homem é "o homem". Num casal homossexual, por exemplo, é o ser amado que conduz o jogo ao qual o ser que ama se submete. Acredito que isso seja criado pelo amor. Pelo amor, porque ele cria, cria justamente a atração pelo que ainda resta de desconhecido e de incognoscível, e que se gostaria de conhecer no ser amado.

E o que acontece com a amizade? Na amizade, há segurança. Não há a tensão do conhecimento do incognoscível no outro (o meu em si mesmo). Deixa-se uma parte do incognoscível que pode assim ficar e, no conhecido, há o bastante para assentar uma relação que será duradoura, mesmo que no desconhecido ou no incognoscível desse amigo surjam coisas inesperadas. Mas isso não faz parte daquilo que vai suscitar o amor. Continua suscitando fidelidade. A amizade é uma coisa muito interessante, pois é como se o amigo fizesse parte da estrutura sexuada e ao mesmo tempo somática da pessoa, ao passo que o amor não faz parte da estrutura naquilo que ela tem de adquirido. O desconhecido sempre intrigante do ser amado é necessário para que a estrutura do ser que ama continue viva e desperta em desejo. Não é coisa igual à amizade.

O ESTRANHO: A terceira coisa era a respeito da psicanálise. Tive a impressão de que durante longo tempo Paris estava repleta não só de psicanalistas mas também de analisandos. Estavam por toda parte. Esvaziavam o amor de todo o seu sentido. Era muito negativo. Por causa disso, na vida social parisiense, a abertura para o entendimento do Inconsciente, que é a psicanálise, me parecia muito negativa, esterilizante.

A PRATICANTE: Porque era ideologia, ou pelo menos muitos tomavam a psicanálise por ideologia. "Não acredito", dizia-se. Como quem estivesse se recusando a acreditar que vapor também é água, H_2O, fórmula da água, também é fórmula do vapor: a física demonstra. Pode-se não "acreditar", mas isso nada muda o fato.

É a mesma coisa com o inconsciente do desejo. A ideologia marxista apareceu ao mesmo tempo, e o materialismo queria esvaziar a vida humana de tudo o que fosse incognoscível pela ciência, pela inteligência e pela razão. Tudo deve ser conhecido, tudo deve ser regulamentado, tudo deve ser dominado. Tudo deve ser dito, e o que não é dito não existe. O que não é dizível não existe. Acho que é isso.

Mas, voltando aos primórdios da psicanálise, é preciso dizer que os analisandos estavam num engodo de amor com seu analista, e acreditavam-se ao abrigo da paixão, quando na verdade estavam dentro dela sob a forma transferencial, paixão pela psicanálise misturada às franjas sedutoras e ocultadas da transferência para o analista da relação com o pai e com a mãe, que cada criança viveu.

Isso porque, para vivenciar a psicanálise é preciso aceitar submeter-se à técnica – o divã, as associações livres – com um psicanalista que, atrás, fica escutando. É preciso, portanto, viver a experiência de um engodo, a transferência, ou seja, projetar sobre quem escuta, o analista – ao qual são dedicados os sonhos e as associações de idéias no desconhecido de si mesmo que o analisando coloca entre si e o outro, nessa relação analítica que, por definição, é narcísica –, uma relação imaginária, remanescente das relações passadas que demarcaram a história do analisando, principalmente as que foram insuficientemente satisfatórias ou traumatizantes.

O ESTRANHO: "Cada indivíduo da espécie, procurando sua perenidade além de si mesmo, sente em seu sexo a necessidade que leva todos os mamíferos à cópula."

A PRATICANTE: Necessidade não é desejo. O instinto genésico pode levar homem e mulher ao ato sexual, mas sem a maturidade feminina e masculina que se expressa em comportamento materno e paterno. Com os seres humanos não é como com os animais; o comportamento nunca é apenas instintivo. É linguagem. Isso faz parte de um código simbólico. Não vem com a maternidade fisiológica nem com a paternidade fisiológica, associada à copulação com a mulher, como entre os animais; aludo aos que continuam conjugados durante o tempo do desvelo ou da juventude dos pequenos.

O ESTRANHO: "Engodados por seu desejo excitado em fantasia."

A PRATICANTE: Sim, é uma fantasia e é dar desejo, ao passo que a necessidade é um fato biológico ao qual a criatura está submetida sem ter como julgar se é bom ou ruim, agradável ou desagradável: é, simplesmente.

A castração é atribuída, sexual e afetivamente, ao adulto castrador, o outro adulto, o consorte. Ninguém é induzido em erro. Há um acordo quanto à castração dada à criança.

Quando não existe esse acordo entre os genitores ou entre os educadores de uma criança, esta fica obstada ou freada na aquisição de sua estrutura pós-edipiana, para entrar na comunicação e na responsabilidade de seu desejo em todos os níveis. A esse modelo, vago ou contraditório quanto ao sentido de sua sexualidade humana nas fases pré-genitais, corresponde mais tarde, em nível genital, uma perplexidade semelhante quanto ao seu sexo, cujo desejo é vago ou, ao contrário, sempre pueril, inadaptado ao contato satisfatório com parceiros. Aqui, caímos em cheio na competição pelo objeto do desejo. É a idade da puberdade ou a adulta.

O ESTRANHO: Quando ocorre o encontro real. Mas, justamente, você dizia que ele nunca é o que se esperava.

A PRATICANTE: Pois é. E o fato de não ser o que se esperava, se imaginava, informa sobre a diferença entre o imaginário e a realidade. Mas o prazer desse encontro, ainda que não previsto assim, suscita a descoberta de si mesmo à procura dos outros.

O ESTRANHO: Forçosamente, pois há uma confrontação entre fantasias antecipatórias e a realidade. E no caso da decepção?

A PRATICANTE: No caso da decepção, quando ela é realmente aceita, vem juntar-se às outras decepções da realidade em relação ao desejo. E nas pessoas que foram criadas com um narcisismo suficiente, sem sentimento de culpa diante dos fracassos, é um encorajamento a não ruminar a decepção, o que fica bem entendido na frase: "Quem perde um encontra dez." Em outras palavras: "Da próxima vez você consegue." Exatamente como a criança que malogra em alguma coisa, que sofreu por isso e que, em vez de ser repreendida por ter fracassado ("Você é um idiota! Não deveria ter feito assim"), ouve: "Falhou (ou: não está tão ruim); da próxima vez, ficará melhor." Se a decepção não é total, esse narcisismo é consolador. Há coisa melhor, mas isso já dá...

É que o esquema da autoconfiança diante do fracasso – que foi construído ao longo da infância, antes dos nove anos – é muito importante na vida, na vida adulta por construir. A cada fracasso, há o risco de revivificar as cicatrizes das feridas do desejo não satisfeito ou fracassado, risco de ampliar a fenda narcísica que "fissurou" a autoconfiança e a confiança no próprio narcisismo, que se pode avaliar como valor para ser amado ou para amar.

O ESTRANHO: A cada nova provação, revive-se toda a série de fracassos.

A PRATICANTE: Sim, é isso. É como uma nota que desperta os harmônicos no espaço em que é emitida.

O ESTRANHO: E é essa ressonância que pode fazer romper a ponte?

A PRATICANTE: Que pode fazer romper a ponte da autoconfiança, fazer entrar na depressão-derrelição, e mesmo levar a pessoa a desembaraçar-se de si mesma, pois ela fica convencida de que não consegue mais fazer nada de válido. Assim como se joga uma ferramenta que não presta para mais nada. Sendo-se instrumento, isso é o suicídio.

O ESTRANHO: Suicídio por amor.

A PRATICANTE: Mas não só amor por outra pessoa; na maioria das vezes, amor por si mesmo, devido a um fracasso. Por exemplo, em negócios, alguém que não logrou o que pretendia fazer. Evidentemente, isso pode ser associado, pelo menos em fantasia, ao sucesso no amor, mas pode tratar-se também de um fracasso apenas, sem nenhum efeito sobre o objeto do amor. Como diz a expressão francesa "Jogar o cabo depois do machado". O machado faz falta. E de repente a pessoa não quer saber nem do cabo, em vez de ficar com ele, consertar a ligação entre o cabo e o machado e dizer: "Preciso agir de outro modo. Vou conseguir, depois de aprender com esta experiência."

Penso em *Werther*, de Goethe. Dizem que essa obra desencadeou uma onda de suicícios. Na realidade, estava no ar. Goethe tornou esse herói simpático a ponto de as pessoas se identificarem com ele. Era completamente edipiano: Werther apaixonado por uma Carlota muito maternal, que dá a cada um segundo suas necessidades, segundo sua fome, compartilhando a fome entre os irmãos e as irmãs menores, todos órfãos de mãe. E ela, pelo que me lembro, casada com um homem de estilo paternal, criava irmãos e irmãs.

O ESTRANHO: "O acordo ou o desacordo de seu desejo com o desejo do outro encontrado cria um novo significado que modula uma linguagem." É a descoberta da realidade que a imaginação havia enfeitado com promessas ilusórias. A realidade é coisa diferente do que as ilusões fazem parecer.

A PRATICANTE: Por exemplo, melhor que dizer: "Você se enganou; era aquela ou nada", é dizer: "Desta você não gosta. Enganou-se. Mas em que se enganou? Onde está a experiência? Pois bem, você vai ter mais sucesso da próxima vez. Se escolheu mal sua companheira (ou companheiro), admita isso, e vá procurar em outro lugar."

O ESTRANHO: Essa história de nos enganarmos na escolha do parceiro deve levar-nos a entender alguma coisa sobre nós mesmos.

A PRATICANTE: Sim, é uma experiência que permite entender nossa sensibilidade e também para que tipo de mulher (ou de homem) somos feitos. E acho que isso é o que há de positivo no concubinato, quase generalizado e bastante precoce hoje em dia. Às vezes, já na adolescência, rapazes e moças vivem como casais. As pessoas dizem: "Vão perder o interesse. Não há amor." Por que não? Acredito que em vez de agirem como antes, quando cada pessoa chegava ao casal constituído cheia de fantasias de amor e com pouca experiência, às vezes sem ter nem tempo de conhecer-se mutuamente antes de gerar um filho, estes jovens saberão que é difícil encontrar o parceiro. Pela experiência de ruptura, depois de períodos de felicidade temporária, saberão para quem não são feitos, pelo menos para um amor duradouro. Sabem que são facilmente seduzidos, mas suas ligações efêmeras lhes ensinaram que, para que haja algo duradouro, é melhor não seguir nesse sentido. Isso quer dizer que eles fazem a distinção entre quem provoca desejo fogo de palha e a pessoa com quem não só o desejo mas também a felicidade do companheirismo tem sentido. Acredito que esse pode ser o aspecto positivo desses concubinatos juvenis que chocam tanta gente dos outros tempos. "Esses jovens vão perder o interesse. Não haverá mais amor. Não há mais poesia." Acho que isso não é verdade. O ser humano sempre terá seu mundo poético, mas não necessariamente em oposição à sua vida cotidiana.

Vai ser diferente, menos fantasias e mais alegrias e dores compartilhadas em afetos talvez tardios, porém duradouros.

A dificuldade fica com as crianças que nascem desses concubinatos temporários. Dificuldade também para os pais! Mas isso também existia para os casais constituídos que se toleravam a duras penas ou para os que se divorciavam. Antigamente, as crianças acreditavam ser indispensável que os pais vivessem juntos. É possível que hoje se chegue a criá-las com uma estrutura sólida, sem a segurança, dentro da realidade, da convivência durável entre seus pais. A indissolúvel unidade de ser com os genitores, que é indispensável para a individuação psíquica de cada um, pode ser construída através da linguagem, tanto com pais vivos quanto com pais desaparecidos, que, através dos educadores, servem de referência para a criança, são amados por ela. Às vezes, os pais, ausentes na realidade mas presentes na vida simbólica, são melhores fiadores da identidade psíquica de um filho do que com sua presença efetiva.

Fico muito impressionada quando percebo que é possível estruturar solidamente crianças abandonadas ou que ficaram sem pais, e que muitas vezes isso é bem mais difícil com crianças que têm pais. Só dentro de algumas décadas veremos isso.

Na verdade é uma provação para as crianças, é como se o espaço de seu corpo fosse rompido quando os pais se separam, pais que estavam juntos no começo de sua vida, sobretudo se o divórcio ocorre entre dois e oito anos[70]. De qualquer modo, é um drama, seja qual for a idade, mas um drama que as impede de estruturar-se se acontece antes dos três, quatro anos, e principalmente quando a pessoa com quem ficam (pai ou mãe) nega o valor da outra. Seja essa pessoa o homem ou a mulher, ou mesmo que a criança seja criada por terceiros, é a mesma coisa.

O ESTRANHO: É a mesma coisa quando há separação ou divórcio?

A PRATICANTE: O fato de os pais serem legalmente casados ou viverem em concubinato não muda nada para a criança quanto à sua primeira estrutura emocional, digamos pré-social.

Assim, a gravidez para uma mulher não casada é um fato imprevisto. "Estou enrascada. Por essa eu não esperava." Quer dizer que um ser humano quer nascer. Mas ela não pensa nisso. "Estou enrascada. Você fez um filho em mim", e nunca: "Como pode acontecer que um filho queira nascer de mim, de nós?" Mistério. O Real surgiu. "De nossa união, um ser humano quer fazer-se car-ne. Não é possível. Não estamos prontos."

O ESTRANHO: Há sempre esse desvio da linguagem, que diz as coisas ao inverso.

A PRATICANTE: Sim. E isso se percebe quando acaba de acontecer: no segundo que se segue à concepção! Muitas mulheres sentiram isso. Houve um momento divino.

Há momentos divinos desse tipo em contato com a natureza e na solidão; isso acontece a muitas pessoas, mas é sempre sentido de modo solitário. Pode ser dito depois, mas talvez seja sentido ao mesmo tempo pelos dois cônjuges durante a união que tenha sido acompanhada pela fecundidade.

Aliás, é isso o que Kaspar Hauser diz muito bem. Ele chorou no dia em que se apercebeu sobre aquele que o havia aprisionado: "Ele me privou da beleza da natureza." Pois bem, é isso mesmo. É o momento em que, de repente, a beleza da natureza nos estreita a tal ponto que há o divino, há o Real. E só é percebido depois que passou. Isso no que se refere à beleza, mas muitas vezes acontece a mesma coisa no mistério de uma concepção. "Por que neste ato sexual e não em outro?" As pessoas ficam espantadas. Não há resposta.

O ESTRANHO: "A supressão parcial de um co-ser ou de um co-agir."

A PRATICANTE: A supressão de um co-ser é, por exemplo, a criança prematura. A mãe dá à luz cedo demais. É preciso pôr o recém-nascido numa incubadora, que substitua o calor da mãe. Enfiam-lhe cateteres, ele é alimentado por cânulas porque ainda não consegue deglutir. Ainda está no condicionamento fetal, como *in utero*, onde se alimentou da placenta através do cordão umbilical. Precisa ser aquecido e coberto, para substituir o calor que a mãe não pode dar através da nidação maternante de seu colo. Caso contrário, morre.

A manutenção da vida de um bebê exige condições de co-ser e condições de co-agir. Assim, é preciso dar-lhe de comer, ele precisa receber comida das mãos da mãe, porque ainda não sabe comer sozinho. Se a mãe desaparece, é preciso que outra pessoa tome conta dele.

Racismo e incesto

A PRATICANTE: O racismo está articulado com o incesto.

O ESTRANHO: Em que sentido?

A PRATICANTE: No sentido de que com aquela pessoa, da outra raça, é certeza que não há união incestuosa. Então, perde-se o gosto do desejo, pois o gosto do desejo formou-se em relação a genitores e co-gerados, irmãos. O racismo pode estar articulado com um desejo perigoso, porque não contém a fantasia do incesto. Um ser de outra raça com certeza não pode estar associado a parente consangüíneo, irmã ou irmão. Sendo de outra raça, não está articulado ao incesto.

Ora, o desejo precisa da fantasia do incesto mas também da impossibilidade de realização. E quando não há fantasia de incesto, quando não há mais desejo no sentido genital, o que sobra? Sobra o desejo de rivalidade. Pois aquele que não é de minha família, que nada tem a ver com ela, não venha a meter-se com a minha irmã, a minha mãe, os meus bens. Só aceito as pessoas que, como eu, são barrados pelo interdito do incesto.

O ESTRANHO: Certo político muito conhecido por suas idéias racistas, em criança, era fascinado pelo ordenança negro de seu pai.

A PRATICANTE: É como nos Estados Unidos. A maioria das crianças teve empregados, babás da raça negra; e, quando ficam grandes, não conseguem suportar a idéia de miscigenação, de "*intercourse*", como dizem, ou seja, de vida sexual com negros. Tiveram vida sensual de bebê com negros, negros amorosos e ternos com eles, e vice-versa. Mas na realidade, pelo inconsciente sexual arcaico, essa vida sensual os fez assimilar esses negros aos pais e aos irmãos.

O ESTRANHO: Perguntinha boba...

A PRATICANTE: Por quanto?

O ESTRANHO: Por... dez mil dólares. Como se pode lutar contra o racismo?

A PRATICANTE: Passa pela educação da criancinha, pela palavra que dá sentido verdadeiro àquilo que a criança está vivendo, sem deixá-la entregue apenas à imaginação. Em todo caso, não creio que se possa lutar com rapidez, pois com certeza isso vem de uma ideologia arraigada nas pessoas.

É como os Direitos do Homem que se começa a incutir assim. Mas é demorado, porque, no que diz respeito à outra raça – tanto os negros quanto os brancos uns em relação aos outros –, usa-se o seguinte argumento racista: "Tudo bem com os Direitos do Homem, mas esses aí não são homens!"

Surgimento do Real[71]

Descobrimos as alegrias da comunicação e a superação fecunda graças a nossas impotências conjugadas.

Mas o Real – e não a realidade –, nem a solidão nem a comunicação nos podem dar a conhecer. E no entanto é dele que temos sede, Real além de nossas contradições, de nossas separatividades, de nossas imagens, de nossos simbolismos, de nossos prazeres buscados e encontrados.

O estudo das ciências nos dá saber, conhecimento das leis, tudo o que nos possibilita o domínio técnico das coisas do nosso planeta – e agora, até além dele. Associando nosso trabalho ao dos outros, a tecnologia nos torna capazes de modificar nossas condições naturais de vida, mas também de morte.

Desde a descoberta do fogo, quantas transformações a espécie humana operou no planeta! – mas sempre levada pela alternância entre a necessidade do desejo imaginário, apoio para as condições da realidade, e a necessidade de consumar e proteger-se, entre a vontade de construir e ajudar-se mutuamente a viver entre eleitos e aliados e a vontade de destruir e dissociar as alianças dos inimigos.

Nossas investigações sobre o infinitamente pequeno, as descobertas da energia que ele comporta, as investigações sobre o infinitamente grande, tudo isso, que com a ajuda da imaginação nos torna inventivos de técnicas e de domínio da realidade, nada nos ensina sobre o Real. A arte nos aproxima dele mais que todas as nossas outras atividades, mas os problemas de tecnologia limitam a expressão de nossas intuições sobre ele.

Nossas investigações sobre o homem em si avançam mais com o crescimento do saber sobre a formação dos grupos, sobre as energias afetivas atuantes que os fazem e desfazem?

A psicanálise, a medicina, a cirurgia, a biologia chocam-se com esse fenômeno humano sempre imprevisível. As leis que nos parecem cada vez mais seguras estão sempre a chocar-se com o excepcional, que surge diante de nossos olhos, efeito do Real que ignoramos.

O determinismo das coisas só nos permite entender a posteriori *num homem aquilo que em outro provocou outros efeitos. O homem comporta para o homem uma liberdade que escapa às nossas previsões.*

O Real que, todavia, nos constitui, ao qual nos chocamos sem o conhecer, para o qual só temos uma palavra opaca, sempre singular, como pode ser abordado? Como abordar o que se esconde sob esse conceito? Não será já um mistério lhe termos dado um nome sem nada sabermos dele?

Desse Real que nos escapa em nossas avenidas codificadas do possível e do impossível, cujas leis passamos a vida para entender, na expectativa ou no temor de seu impacto em nossa realidade, o surgimento desse Real às vezes se faz como puntiforme presença: nas entranhas da mulher, através daquilo que, entregues totalmente a seu prazer, homem e mulher ignoravam portar ou emitir. Cumprida a união, depois do duo do gozo passageiro, o desejo deixa os parceiros ou os amantes de novo entregues às suas dúvidas ou a suas certezas, unidos pelo amor ou separados. Contudo, no invisível, essa palavra chama outra, que às vezes responde. Três desejos, conjungidos por um instante, fazem-se carne em devir.

O inesperado

O ESTRANHO: O que você pode dizer do Real, tal como ele aparece?

A PRATICANTE: Justamente, é uma instância de cuja existência temos intuição, mas que não está sob a ação dos sentidos nem é engastável na vida simbólica. Fala-se dele, pois se fala do Real. Mas, para dar uma imagem, tomemos como exemplo uma criatura submetida à mutação, como a borboleta. Vemos uma forma de ovo, forma de verme, forma de crisálida e forma de inseto voador, mas o Real da borboleta não sabemos o que é. Pode-se conhecer a história de alguém, pode-se saber algo sobre essa pessoa como sujeito quando ela fala, mas não se sabe quem é essa pessoa no Real. Todo ser humano, como sujeito real, é um enigma.

Geralmente nos contentamos com realidades sucessivas, acreditando que isso é o Real. Ficamos contentes em dizer: "Ah, sim, Fulano, conheço bem. Nasceu em tal data de tais pais, em tal lugar." É isso a nossa identidade. Ficamos satisfeitos com identidades discerníveis no tempo e no espaço pelas palavras da realidade comprovada por outras testemunhas. Mas e o que pertence à ordem do Real? Temos noção de que existe. Assim como a Verdade, temos noção de que existe. Caso contrário, não a procuraríamos. Descobrimos verdades, assim como damos testemunho de elementos da realidade, mas não sabemos o que é. Essa realidade exprime e, ao mesmo tempo, esconde o Real, sua verdade. É isso o que eu queria dizer.

O ESTRANHO: E as condições naturais – reais – de morte?

A PRATICANTE: Por exemplo, as condições naturais de morte sob a água, nós as modificamos com um escafandro, com tubos de oxigênio, observando os vários patamares porque analisamos certos elementos da realidade que podem provocar a morte, como por exemplo as bolhas que se formam no sangue do mergulhador que sobe depressa demais. Impede-se que esse fenômeno ocorra. Portanto, a morte não surge. Pela análise dos fenômenos fisiológicos que precedem a morte, pode-se retardar as condições naturais que às vezes produzem morte. Mas, de qualquer modo, não se impede que a morte um dia sobrevenha para todas as criaturas vivas. É isso o estranho no ser humano, pois ele espera poder dominar toda a realidade. Algumas pessoas dizem: "Com a ciência, as pessoas não vão mais morrer." Mas e aí, o que seria de nós! Onde arranjar lugar na Terra!? Seria preciso ir para a estratosfera, enviar satélites onde seriam postas as pessoas com as quais não se soubesse mais o que fazer no chão.

O MAINÁ: É o tipo de besteira extrapolada da ciência, porque, além do mais, o ser humano perderia a noção de estar vivo. O ser humano só pode saber que está vivo porque existe a morte a espreitar seu organismo.

O ESTRANHO: A vida eterna não tem sentido algum!

A PRATICANTE: Agora chegamos ao ponto de dizer: o melhor é conseguir viver com saúde até o momento da morte, sem a decrepitude da velhice. As pessoas têm razão.

Pense-se no tempo que foi necessário para chegar à técnica do bronze, para saber preparar cores que resistissem à luz e ao tempo, produzir o material para fazer uma arquitetura que resistisse ao tempo. E ainda hoje as barragens desmoronam porque a técnica não permite fazer barragens que não sofram infiltrações da natureza. A arte, como a tecnologia, está sujeita aos materiais com os quais a idéia do artista, que se aparenta ao Real, se concretiza pela mediação da realidade.

Podemos entender o que se repete, seja no mesmo ser, seja nos seres aparentemente semelhantes, as analogias, mas o Real é a surpresa da vida, que não podemos prever nem entender. O Real é o imprevisível. Parece que nele não progredimos.

Para que haja leis inteligíveis no ser humano é preciso que essas leis correspondam a uma repetitividade analisável. É a isso que dou o nome de ciência. Os psicanalistas, na chamada linguagem lacaniana, algaraviam sobre o Real. Mas do que estão falando? Só do testemunho de realidades diversas, mas nunca do Real.

Em particular, o Real da solidão: não sabemos o que é. É uma meditação minha tentar elucidar um pouco o que entendemos pela palavra "Real". Acaba-se dizendo: "Mas como foi que chegamos sequer a pensar em dizer essa palavra? Será que conhecemos alguma coisa sobre isso?"

O MAINÁ: Justamente, porque temos necessidade de uma palavra para abranger todas essas situações-limite que surgem e que nos projetam para além das conjecturas...

A PRATICANTE: Para além do conceitualizável.

O capacete dos mortos

O ESTRANHO: A chegada ao mundo também é a descoberta do fenômeno da morte. Falamos pouco sobre isso, no que diz respeito à criança.

A PRATICANTE: É verdade, porque para a criança é uma descoberta objetiva. Como quando pressente o amor, não sabe o que é.

Quanto à descoberta da morte, isso acontece por ocasião da parada total dos movimentos de um animal, para a alimentação humana: a morte de um frango, de um coelho, de um peixe.

Lembro-me de meu filho Gricha, que, mais ou menos com dezoito meses, só falava assim: "Hoje nós vamos jantar coelho morto. Amanhã, frango morto. Ah! É boi morto." Só falava da comida dando o nome do tal animal morto. Provavelmente para ter certeza de que eles não eram comidos vivos. Foi justamente na fase de superação do canibalismo, tabu ligado ao desmame. Aliás, a irmãzinha dele ainda estava mamando e, portanto, "comendo a mamãe viva". É a primeira expressão que ele tivera do assunto. Quer dizer que a gente precisa comer, mas comer animal morto. Ele estava defendendo esse tabu. Assim, a morte é o que nos permite comer animais sem crueldade, e a criança não pode deixar de ver a morte nessa fase. Não se pensa nisso, mas certas crianças que falam com mais facilidade – por terem sido criadas com mais liberdade – falam dessas coisas.

O MAINÁ: Mas por certo os pais são tentados a esconder a morte aos filhos.

A PRATICANTE: Ah, sim, sempre. Esconder porque eles mesmos sofreram com a morte de pessoas amadas, e gostariam de retardar na criança o conhecimento da morte, a experiência dolorosa que conheceram. Mas quando acontece de a própria criança passar por essa experiência, e falar a respeito, os pais estão errados se procuram impedir, por exemplo não respondendo. Querem recalcar o fruto que o saber a inevitabilidade da morte produziria na inteligência da criança.

Por exemplo, uma pessoa da família morreu, pessoa de quem a criança não gostava de modo especial. Os pais estão sofrendo, mas a criança está cantando, sua alegria de vida continua. "Mas essa criança não tem coração! Então, é melhor não falar com ela a respeito; é melhor não contar." De repente, os pais se vestem de luto sem avisar o filho – como se fosse um gatinho ou um cachorro – sobre a morte de uma pessoa pela qual, todavia, eles estão sofrendo muito. É desumano.

Isso com o pretexto de que a criança não entende. Eles dizem: "Mas ele não entenderia o que isso significa." Porque não viu aquela pessoa morta. Mas, justamente, a criança pode ver o cadáver de alguém que não signifique muito para ela. Por que não, se isso lhe permitiria entender que a morte existe, tanto no homem quanto no animal, pela parada de todas as funções fisiológicas e de comunicação? O que a criança não entende é a noção de cadáver e de decomposição. É por isso que ela brinca de matar. É simplesmente porque a vida é um poder por ser dominado. Mas, para ela, "vou te matar" é uma brincadeira. "Vou te matar. Fui mais forte. Você está morto"; mas o outro continua falando.

Para ela, é coisa de imaginário. Para que a morte se torne realidade, é preciso que ela a tenha observado em algum ser humano e que, ademais, tenha sentido a provação da falta do reencontro com alguém que ela ame, e cuja impossibilidade ela sinta, porque essa pessoa nunca mais estará estabelecendo trocas sensoriais com ela.

Talvez as dificuldades dessa experiência desencorajem os pais, que preferem não falar sobre o assunto com o filho.

A NEGRA VERDE: Tudo indica que os pais têm medo de provocar um trauma na criança.

A PRATICANTE: Sim, têm medo de provocar um trauma ou também de que a criança queira morrer.

O ESTRANHO: Seria um mau exemplo?

A PRATICANTE: É, como se fosse um mau exemplo. Ao passo que, à pergunta da criança "Quando a gente morre?", a resposta "Morremos quando terminamos de viver" é o que há de mais tranqüilizador. Porque é a verdade. "E como a gente fica sabendo?" "Só quem morre fica sabendo. Uma pessoa não fica sabendo do mesmo jeito que a outra. Sabemos sobre o animal, porque nós o matamos. Mas a morte natural, inclusive a do animal ou do vegetal, ninguém sabe." É desse jeito que se deve falar à criança. Muitas vezes as pessoas lhe dizem: "Morremos quando ficamos velhos", e aí ela fica sabendo da morte de uma criança, e não entende mais nada. "Morremos porque terminamos de viver." "Por que a gente termina de viver?" "Ninguém sabe."

O ESTRANHO: Você quer dizer que o adulto, mesmo em suas explicações, deve aceitar sua impotência, deve ser humilde...

A PRATICANTE: Humilde diante da situação. Em relação à morte, a criança está exatamente na mesma situação que o adulto. Em relação a Deus é a mesma coisa, ao passo que, pelo que os adultos dizem, Deus parece estar a serviço deles. "Você vai ver. Deus vai te castigar. Deus está vendo."

O MAINÁ: Isso é conversa de padre.

A PRATICANTE: Sim, mas também de pais que querem usar o medo, tanto do guarda quanto do "bom" Deus. Hoje em dia os pais preferem invocar autoridades, mas também: "A polícia vem vindo. Vou chamar o guarda." Vê-se isso o tempo todo na educação das crianças.

Isso é quando os pais procuram apelar para uma força que esteja acima deles, em vez de dizerem: "Desisto. Não tenho mais força que você. Você precisa se superar porque assim não poderemos mais viver."

A criança percebe muito cedo mesmo quando chega a uma situação-limite dessas, porque a conheceu para nascer. Vemos isso, por exemplo, na criança que impede os pais de dormir, a ponto de os deixar loucos, quase suicidas mesmo! Nesse caso, que se fale realmente com a criança, com esse pequeno ser de nove, dez, catorze meses, explicando: "Talvez você queira ajudar a mamãe e segurá-la no colo, mas você é pequeno, é ela que pega você no colo, e fica cansada. Então, se você quiser mesmo ajudar a mamãe, porque você percebe que ela está cansada, hoje à noite, depois da papinha, depois do leitinho, você vai dormir para que a mamãe também possa dormir."

E a mãe me diz depois (estou pensando num caso específico): "Não sei o que a senhora disse a ele, mas logo depois da papinha só precisei deitá-lo, e ele dormiu até de manhã. Finalmente uma noite dormida!" Aquela era uma criança que sentia a mãe deprimida (o pai tinha partido para o serviço militar), e queria consolá-la. Alguém poderia pensar: "Está exigindo a mãe para si. Toma o lugar do homem." Não, porque ainda não estava na idade de Édipo; estava ainda na fase de fusão tranqüilizadora. Queria ajudar a mãe que estava sozinha, evidentemente, sem o marido. A mãe precisava dormir, e não conseguia. O filho começava a berrar assim que ela se ausentava, e se a mãe o levasse para a cama ficava com medo de asfixiá-lo, porque era muito pequeno, e aí também não dormia. O filho não percebe: está nos braços da mãe, acha que ela está nos seus. Para a criança, há paridade.

Outras vezes, a partir de dezoito meses, dois anos, a criança acorda à noite e vai para a cama dos pais. "Mesmo que você quisesse voltar a ser o bebezinho da mamãe ou a mulher do papai, não iria conseguir. É impossível. Não só para você. Isso acontecia com o papai (ou a mamãe) quando eles eram pequenos. Por isso, você precisa aceitar. As coisas são assim. O papai aceitou quando era pequeno. Ele não podia ser o marido da mãe dele. A mamãe aceitou isso do vovô, que era o papai dela. É desse jeito; é duro, para todo o mundo. Mas logo você vai ter uma namoradinha, uma noiva, um noivo." Em dois dias a criança aceita a situação, desde que os pais falem sobre o assunto. Mas na verdade os pais começam consolando e acabam dando bronca. É a única coisa que fazem. Querem dominar a situação, em vez de ajudar a criança a entender sua angústia e a superar aquele conflito, dizendo-lhe que é um sofrimento que precisa ser reconhecido. Ou seja, justificar a criança por sofrer e ajudá-la a assumir o sofrimento.

A mesma coisa com a morte. É a iniciação no conhecimento daquilo que não conhecemos completamente. É também por isso que os pais não podem falar sobre o assunto, porque é misterioso demais para eles.

O MAINÁ: A fobia do desconhecido.

A PRATICANTE: E a criança, acredito, sabe mais que nós. Em todo caso, diz coisas interessantes.

Lembro-me da reação de meus três filhos diante da morte de meu pai[72]. Jean tinha três anos; Gricha, vinte e quatro, vinte e cinco meses; Catherine, seis meses. Para eles, o avô era um adulto completamente vivo, que ia jantar em casa todas as quintas-feiras; estava ainda bem vivo. Aí, ficam sabendo da morte do avô, vêem meu sofrimento, e no dia em que tínhamos de ir ao velório visitar minha mãe, Jean disse: "Quero ir com vocês." Boris, meu marido, olha para mim. Nós hesitamos, depois dizemos à Sra. Verger, que era a babá: "Então venha também, porque não queremos que ele fique o tempo todo conosco." E Jean: "Quero ver Moune." (Esse era o nome que os outros primos tinham dado à minha mãe.) "Quero ver Moune!" Então vamos. No carro, Jean diz ao pai: "É bom parar na floricultura." E nós que não tínhamos pensado naquilo; teríamos mandado uma coroa para as exéquias. Então, a conversa com o pai foi assim: "Tá bom, venha comigo." "Quero levar uma flor para Moune." "Venha comigo." Ele desce com o pai. Fico no carro. O pai lhe diz (Jean tinha três anos): "O que você quer?" "Quero três rosas: uma de mim, uma de Gricha, uma de Catherine." Eu nunca teria pensado nisso. E Boris diz à florista, que conhecíamos: "É para a avó dele, pois acabamos de saber que meu sogro morreu." A florista, que nos conhecia, dá as três rosas. Jean as pega e não as larga até a chegada. É o primeiro a postar-se diante da porta, para surpresa de minha mãe, quando abre: "Ai, vocês trouxeram o menino!", com um jeito meio espantado, reprovando talvez. E Jean diz: "Olha, Moune. Essas três rosas são para tentar consolar você: uma de mim, uma de Gricha, uma de Catherine." "Ah! Que gentileza", responde minha mãe. E ele acrescenta: "Sinto muito pela morte do vovô." E a partir daí ficou sentado na sala. Lá estavam todos os meus irmãos, com suas mulheres, todos aqueles adultos que ali tinham ido. Ele não se mexeu. Ficou sentado, fazendo sinal à Sra. Verger para ficar ao lado dele. A certa altura meu marido falou em russo com ela. Como ela tivesse pedido para fazer uma prece diante do corpo de meu pai, Boris fez-lhe sinal para aproximar-se. Depois, no carro, voltando, Jean, que não dissera nada, repreendeu a Sra. Verger: "Não fica bem ir lá rezar. Não fica bem! A gente não deve incomodar os mortos. Eles têm que ficar sossegados. A mamãe, sim, podia, porque é filha dele. Papai também, porque é marido dela. Mas você não." Então, na morte do avô dele aconteceu isso.

Depois há também a história do Zangado, um dos anões da Branca de Neve, feito de borracha, que ele tinha. Foi no dia seguinte. Zangado era um objeto transicional que ele pegava de vez em quando, e disse: "Parece o vovô quando ficava com raiva." Não sabíamos que ele tinha identificado o Zangado com o avô. Fiquei sabendo assim.

Jean ia sair para passear no jardim do Luxemburgo com a Sra. Verger, e disse, como fazia de vez em quando pegando um carrinho, um brinquedinho ou qualquer coisa: "Hoje vamos levar o Zangado." Tudo bem. E põe o Zangado na bolsa da Sra. Verger. Chegando ao Luxemburgo, pergunta: "O Zangado está com você?" "Está." Então ele pega o Zangado e o joga no tanque. A Sra. Verger não entende. Contou-me depois, enquanto Jean fazia a sesta, e me disse: "Vi que ele estava preocupado porque o Zangado ficava boiando." Aí foram dar uma volta, mas Jean não se conformava: "Por que fica boiando? Por que fica boiando?" Acontece que um dos guardas do jardim, que tinha visto de que criança era, foi pescar o precioso Zangado e levá-lo de volta para a Sra. Verger: "O menino jogou o brinquedinho no tanque. Eu peguei de volta." Jean não disse uma palavra. Ficou furioso. A Sra. Verger estava embasbacada. "E aí, o que faço com ele?" "Ponha na bolsa!" Ela pôs de volta na bolsa. Voltando do jardim, Jean disse à Sra. Verger: "Amanhã precisamos levar o Zangado outra vez, mas ele precisa ficar debaixo d'água." Ela não estava entendendo por quê.

Aliás, escrevi tudo isso naquela época, porque ele desenhou a história do avô debaixo d'água no quartel dos mortos.

O ESTRANHO: No quartel dos mortos?

A PRATICANTE: Sim, debaixo d'água. Foi assim que ele fantasiou. No dia seguinte, enquanto ele faz a sesta, a Sra. Verger me conta a história, e pergunta: "O que vamos fazer? Ele quer de qualquer jeito que o Zangado afunde, mas ele só fica boiando. Não vamos poder fazer nada. Para ele, o Zangado é o avô, e quer colocá-lo na água." Estávamos nessa... Aquela era uma mulher maravilhosa. Não tinha idéias preconcebidas. Nunca tinha tratado com crianças na vida. Era uma artista. Foi ela que pintou todos os cartazes de Joséphine Baker. Na época em que a conheci, estava velha, aposentada. Era uma santa mulher da igreja russa, e foi assim que a conheci. Estava à procura de uma senhora para levar Jean para passear e para falar com ele em russo (a língua do pai dele). "Aquela mulher é muito simpática", disseram-me. E o mais importante é que ela conhecia todos os contos russos, os desenhos russos. Foi perfeita para nossos filhos. Então, voltando ao Zangado, estávamos pensando juntas, sem entender. Eu disse: "Há uma coisa que podemos fazer. Vamos dar um corte no tal Zangado com uma navalha, e assim ele afunda. Contanto que Jean não perceba que nós estragamos o Zangado dele."

No dia seguinte, tudo se repete à mesma hora. Os dois vão passear. Naquela época, Gricha, o irmãozinho, não saía, ou seja, Gricha estava fora de questão, pois ainda andava de carrinho. Na realidade foi só Jean que vivenciou a morte do avô. Como ia dizendo, no dia seguinte ele só verificou se o Zangado estava na bolsa da Sra. Verger, e não tocou mais no assunto a caminho do jardim. Chegando ao jardim, ele diz à Sra. Verger: "Vou pegar o Zangado." Ela abre a bolsa, pensando: "Espero que ele não perceba que está fendido de ponta a ponta!" Ele pega e joga imediatamente. E fica prestando atenção, vendo se o guarda não vem. E diz: "Ah! Que bom! Que bom." Estava contente, em paz, porque o Zangado tinha afundado. Ainda dava para ver, mas não fazia mal: tinha afundado. E foi aí que disse: "Pronto! Agora, vovô, você pode ir para o quartel dos mortos."

Voltaram para casa. Não sei o que aconteceu, se o guarda viu. No dia seguinte, não estava lá. É só o que podemos saber. Quando ela voltou lá, disse: "Meu Deus, o Zangado não está mais. Ainda bem."

Aí então Jean desenhou a morte do avô. Representou-o com um capacete que ele nunca usou. Foi aquilo que mais me impressionou: o capacete dos mortos. O avô estava com o capacete dos mortos na barca dos mortos. Era levado naquela barca com um capacete que lhe cobria os olhos, e estava descendo para o quartel dos mortos, onde era acolhido com prazer pelos outros. Essa história de estar com os olhos tapados me interessou, pois, no interior, costuma-se cobrir todos os espelhos. Também tinha visto o filme de uma macaquinha, Youdi, criada numa reserva. Toda vez que levavam um animal morto da reserva – leão, búfalo, para fazer a dissecção, saber a causa da morte etc. –, ela fazia o gesto de cobrir os olhos para não ver o caminhão que levava o animal. O comentário do filme era: "Para não olhar o rosto da morte."

Por outros casos, sei como é grave quando não se conta uma morte à criança. Salvei crianças que caíam em estado depressivo lento e que – principalmente – desaprendiam o que tinham aprendido na escola depois da morte de uma avó, morte que não lhes havia sido revelada porque – diziam – tinha ocorrido durante as férias, e não se devia estragar as férias. Os pais viajaram e depois voltaram mais ou menos de luto. Os filhos – dizem – não prestaram atenção. Quando voltaram: "Vamos visitar a vovó?" "Ah, não, ela está no hospital." E eles perguntam algum tempo depois: "Vamos visitar a vovó?" "Não" (sem mais comentários), considerando-se que eles viam a avó todos os domingos. Chegou o Natal e, no Natal, ninguém viu a avó, e aquela costumava ser a festa com a avó.

Ela tinha morrido no verão, no mês de agosto, mas não diziam isso ao filho. Tinham talvez dito aos mais velhos, não sei mais, porém não ao irmãozinho, que tinha sete anos naquela época. Ele ficou completamente destruído. Aparece-me uma criança pálida como cera, doentia. O médico dizia: "Não encontro nada. Ele não vai bem, mas não sei o que tem." Além de tudo, não conseguia estudar. "Talvez seja preciso mandá-lo para um sanatório em climas mais saudáveis." De repente, acrescentou: "Vocês também poderiam, talvez, procurar um psicólogo, ver se não é um bloqueio escolar de origem psicológica."

Foi aí que descobri a situação. Indiquei aos pais que lhe explicassem a morte da avó, dissessem que o achavam pequeno demais para saber, que aquilo poderia deixá-lo muito triste. Eram católicos. "Vão à igreja ver exéquias com ele, para mostrar como foi a cerimônia para a avó." Em quinze dias aquele menino já estava corado de novo, estava vivo de novo, e simplesmente tinha voltado a interessar-se pela escola.

Em outras palavras, quando se dão a conhecer as mediações culturais, simbólicas – palavra, rito, ritual, fantasias culturais, sociais etc. –, o sofrimento pelo abandono de um ser amado é humanizado. O luto é sentido como abandono, perda de uma parte de si, rejeição que acarreta o desamparo. "É porque ele não gosta de mim. Por que não me disse?" etc. A morte é um fato inelutável, um conhecimento brutalmente novo para o sujeito, mas que é humanizada quando verbalizada, e a provação pode ser superada. Caso contrário, a provação será vivida fisicamente de maneira mortífera (parcial) para o indivíduo que amava quem morreu. Aliás, o luto é mais ou menos isso. Então por quê? Que imagem do corpo? No caso daquele menino, foi a dinâmica que o abandonou.

Todos os seres que amamos fazem parte de nossa própria vida, e, quando morrem, precisamos humanizar o fato através da simbolização por ritos do luto ou por palavras, mesmo absurdas, mas palavras.

O ESTRANHO: Palavras que se reconhecem impotentes.

A PRATICANTE: Sim. Estamos todos no mesmo transe. A criança também está na análise, dá explicações. A história da barca dos mortos: ele se deu uma explicação, deu-se segurança com a história de ir para debaixo d'água, nas águas amnióticas. O arcaico masculino dele ficou nas águas amnióticas minhas, pois eu era a filha daquele homem que morreu. A Sra. Verger não devia ir lá perturbá-lo. "Mamãe pode porque é filha dele." Ele mesmo não pediu para ver o avô morto. Bem que disse: "Quero ir lá ver Moune", e as flores eram para ela, simbolizando o amor, a dor de Moune por consolar. O espantoso é que ele vai cair exatamente no mito dos egípcios, da barca dos mortos.

Admirei muito o modo como Boris se portou naquele momento. Não se opôs, em absoluto. Jean quis ir. Ficamos espantados. Olhando um para a cara do outro. Eu não tinha explicação. Nem ele. "Por que não? Sra. Verger, venha conosco." Só isso. E depois, quando ele disse: "Quero comprar flores", outro homem poderia ter dito: "Não me enche! Vamos fazer o que precisa ser feito." De jeito nenhum. Disse: "Tudo bem, vamos parar."

Havia coisas muito profundas que uniam Boris ao filho. Aliás, foi por isso que na adolescência, no começo da idade adulta, as coisas ficaram tão tensas entre eles.

O ESTRANHO: Isso no caso da morte de um adulto, mas, por exemplo, no caso da morte de um irmão ou de uma irmã mais velha?

A PRATICANTE: Bom, é sentido como culpa porque, por se tratar de um rival que se queria suplantar, de repente acontecem duas coisas: primeiro, fica-se desnorteado por não se ter mais objetivo, o objetivo de suplantá-lo. É como a fantasia que se torna realidade. Portanto, não há mais a sustentação do desejo: a fantasia. Depois, além disso, era um modelo; era um rival, mas também um modelo. Mais ainda, há o sofrimento dos pais. É muito complexo.

A ação mais importante é dizer à criança que ela continua sendo o segundo filho, mesmo que o mais velho tenha morrido, que ela continua sendo o terceiro, mesmo que o segundo tenha morrido. "Agora você é meu segundo filho." Não, não é verdade. "Você vai ser sempre o terceiro. Nenhum irmão morto é substituível por outro irmão."

O ESTRANHO: Não há promoção.

A PRATICANTE: O lugar continua o mesmo, porque, simbolicamente, alguém que morreu continua na família, em seu lugar. É assim que o outro pode integrar sua ausência como uma presença contínua.

O ESTRANHO: E no caso do caçula...?

A PRATICANTE: Quando é o segundo que morre? Bom, é a mesma coisa. Foi o rival. É um pouco edipiano.

O ESTRANHO: Mas não há essa representação de modelo.

A PRATICANTE: Às vezes sim. Ele precisa substituí-lo para a mãe; fica burro, regride "porque você é sempre o mais velho".

O importante é cada um ficar no corpo que é o seu, e não, por mimetismo, identificar-se com o outro no corpo dele. Identificar-se é agir na própria vida do mesmo modo como a pessoa-modelo age no lugar que é dela. "Por que morreu? Como é que ele sabia que devia morrer? Quem o matou?"

As crianças acham – dada a convicção da onipotência dos pais – que esses pais não souberam evitar, que poderiam ter impedido aquela morte. Pelo menos impedir, se é que não foram eles. "Por que você o matou? Por não querer que ele vivesse?" Projetam no pai ou na mãe sentimentos que elas mesmas tiveram, por certo tempo, em relação ao irmão ou à irmã.

Em suma, é tudo aquilo que se precisa verbalizar e dizer: "Sim, são coisas que a gente pensa, mas não são de verdade."

Depois da morte do avô, Gricha, o segundo – que tinha vinte e dois ou vinte e quatro meses, quando o irmão já tinha três anos e meio –, não dizia uma palavra a respeito. Um dia, à mesa, diante das crianças, eu estava falando com Boris sobre meu pai. Gricha, sem parar de comer, disse: "Não pode falar do vovô. É proibido falar de morto. Não pode falar." Jean não abriu a boca. Parecia concordar com Gricha. Eu e Boris nos olhamos e mudamos de conversa. Respeitamos, sem entender por quê. E Gricha não falou mesmo sobre o assunto até, no mínimo, seis ou sete anos. Ele nada fizera de simbólico. Tinha agüentado. Será que com aquilo se igualava um pouco ao irmão? Quanto a Catherine, só tinha seis meses.

O ESTRANHO: Compreensão profunda da morte?

A PRATICANTE: Sim, tão profunda ou mais profunda do que poderíamos ter.

Solidão feliz

Esses momentos de graça do fenômeno humano – que somos também para nós mesmos –, todos conhecemos desde a infância, quando a solidão não é sentida como amarga rejeição de nosso desejo pelo desejo dos outros, mas quando, cansados de nos exercitarmos até que seja dada a nossa melhor expressão, na vigília, num trabalho, ou em nossos contatos com os outros, até o limite de nosso desejo e de nosso poder, mergulhamos deliciosamente no sono reparador. Pois o homem, depois dos jogos do desejo, deve voltar para seu corpo numa solidão recuperadora de seu ser no mundo, no ritmo de sua respiração, no esquecimento de seus pensamentos, de seus gestos, de seus sentimentos, de si mesmo e dos seres que lhe sejam caros ou inimigos, no mergulho em seu anonimato reassumido.

Nele se regenera, em seu dormir, com forças que, nas orlas de seu inconsciente, reanimam a fé arcaica em um viver que se ignora criatura individuada, no eclipse ritmado de seu "eu" que sempre deseja, confiando-o ao repouso que o faz ignorar-se até o despertar. Aí, surpreendido às vezes pela estranheza que em sonhos o visitou, a levar seus pensamentos por caminhos que sua vigília ignora, reencontra suas necessidades de comunicação e de consumação que o devolvem então a seu corpo atento e, pela retomada de seus desejos, aprestam-no de novo a perseguir seus desígnios.

Existem também lugares da natureza onde – desta vez despertos – os homens saboreiam todos os seus sentidos receptivos, a graça de uma solidão feliz. Lugares de beleza, de serenidade, de doçura, de maternância impalpável, lugares de paz e de alegria tênue para o coração, de repouso para o corpo que ali, em atividade, se sente leve; lugares onde, ainda que solitários, os homens podem encontrar por certo tempo o olvido de seu destino apartado, num silêncio de palavras humanas povoado pelo murmurinho tranqüilizador e vibrante de uma natureza que com a sua se afina, onde tudo é linguagem de presença espiritual, onde, sem código aprendido, sem gramática conhecida, toda a natureza parece dar ao homem fé em si mesmo e falar-lhe de amor.

Benditos sejam esses lugares e benditos sejam os céus, o ar, a terra e as águas que neles há. Benditas as criaturas vegetais, árvores, flores, frutos, sítios amigos, no sopro do vento que nos traz, leves e familiares, os odores da vida e os sons distantes ou próximos que, sem nos alertarem os ouvidos, nos confirmam em nosso ser pela existência amada dos outros. Nesses lugares nossas angústias perdem agudeza, devolvidas a proporções que nossa imaginação não enfuna mais, encontramos a comunhão com o mundo e com a alacridade de nosso coração. Esses lugares de ordenação natural e perfeita, afinados com nossos sentidos, são lugares onde o tempo parece parar num instante de graça.

Cada ser humano – criança, adulto ou velho – encontrou lugares assim, onde o eco de uma arcaica paz de seu ser ressoou em si, paz de antes do tempo das aparências, conivência com o sangue e com o respiro nos limites da pele, diante do espelho, ó Narciso, sorriso de todo o ser de antes de existir rosto, solidão que, longe de pesar no coração e no espírito, embriaga-o de serenidade.

Cada um de nós, quando estreitado pelo sentimento de não ser compreendido, de ter um sentimento impossível de comunicar, sentimento doloroso que faz o corpo estar mal em meio aos outros, em família, em sociedade, num grupo, na multidão, cada um de nós sente a solidão amarga que traduzimos por tédio, angústia, tristeza, melancolia, desespero, ou por palavras populares ainda inadequadas porém mais próximas do mal-estar: "fossa", "chateação". Fugindo do estado obsessivo que nos torna prisioneiros, aspiramos então ao retorno, se não na realidade pelo menos em imaginação, a um desses lugares onde a solidão é paz, a um desses lugares do planeta onde a natureza um dia nos soube devolver vida confiante, esperança em nossa dor de mal-amado mal-amante, lugares de felicidade encontrada.

Então a solidão se nos mostra doce, apesar da impossível comunicação com os seres queridos, com os companheiros de trabalho, apesar dos rostos encontrados sem troca de olhares, das bocas falantes sem palavras que nos toquem, dos corpos móveis e estranhos, com gestos de fantoche, sem braços fraternos sobre nossos ombros e sem mão tranqüilizante.

Benditos sejam esses lugares terrestres de regeneração, onde a natureza sabe ser-nos fraternalmente gêmea, a nós, solitários e sedentos de amizade; lugares que só de sonhar, de encontrar uma foto, um desenho evocador, devolvem-nos um sorriso, uma alegria humanizada. De abatidos que estávamos, sentimo-nos de novo com coragem, desamarrotados pela natureza, desafogados daquilo que de incomunicável havia em nossa provação e devolvidos à linguagem do dia que retoma seu curso.

Benditos sejam os animais cuja espécie, amiga dos homens há milênios, é presença tranqüilizadora, auxiliares nossos tanto no fardo do trabalho quanto nas coisas mais sutis que tornam pesada a solidão humana.

Quantos sofrimentos solitários do corpo e do coração eles ajudaram e ajudam ainda a suportar todos os dias, quantas penas e angústias secretas deixam que digam a seus ouvidos discretos donos e donas, jovens e velhos sem amigos outros, mendigos e milionários. Quantas vezes esses animais, que chamamos de domésticos, domaram a selvageria despertada no coração dos homens, abandonados pelo companheiro traidor ou pelo amigo desaparecido. Esses viventes de outra espécie, que não humana, fiéis, afetuosos, pacientes, que sabem ouvir, entender e dividir no dia-a-dia as tristezas e as mágoas dos homens.

Benditos sejam, consolo do nosso tédio, aceitação de nossa ingratidão, nossas bestas de carga, nossas bestas de tiro, nossos animais domésticos, humildes presenças mudas e companhia asserenante em nosso monótono e frustrante cotidiano nas horas de cansaço, insônia, preocupação e solidão.

Poeiras

Todo desejo é sempre discutível por outrem, mas quando se une ao amor, torna o ser humano que assume inteiramente sua opção não um ser de razão e prudência, mas um ser responsável por todas as resultantes dessas contradições.

Desejo que luta por realizar-se, fingindo ignorar-se, que para isso recorre aos modos sexuais não fecundos que precederam a descoberta do desejo genital. É o modo agressivo, raptor ou destruidor, ou o ciúme terebrante, antinômico de vida simbolicamente radiante, a que transcende o verdadeiro amor e só se encontra na liberdade de todos os seus riscos enfrentados.

Esse desejo incestuoso obstado, degradado do modo genital para o modo anal e oral (como se diz em psicanálise), provoca nas famílias – e por transferência para os indivíduos das famílias aliadas, entre irmãos e irmãs humanos, de raças diferentes, envergonhados por não poderem amar-se diferentes e por não poderem possuir-se mutuamente – o desejo, agora odiento, de excluir e despossuir quem não seja semelhante, quem a nosso prazer não possamos submeter.

E como o desejo nunca se interrompe a partir do momento em que se tenha conjungido com os elementos separados, originários da primeira manifestação da vida humana – que apareceu através de aportes e deportes, já que a própria multiplicação celular se organiza em vida pela adjunção e pela eliminação simultânea, individuando-se aos poucos pelo jogo de partições e mutações –

quando, fechado em si mesmo, o desejante se encerra, é entre muralhas que sua energia psíquica de desejo frustrado constrói...

E se o amor ressurge com a esperança de outrem, na multidão encontrado, a vestir o corpo de esplendor reavivado e o coração de alegria transbordante, não é por muito tempo que o mestre de obras se sacia. A solidão o espreita, separação última quando chega a morte do corpo que aparta os que se amam antes que tenha soado o fim do tempo que os conjunge.

São essas contradições inerentes à nossa condição humana que constituem a honra dos seres humanos – quando as assumem – e liberam os poderes da comunicação criadora. Se a criança entender que, segundo a razão, todo desejo é discutível e que o que cria as tensões do desejo é desejar de modos outros que não os autorizados pela lei, será levada a superar no amor contradições que sem amor são irredutíveis. No amor e nas obras que só o amor suscita.

Mas, em cada indivíduo humano, a espécie, que através dele procura perenidade, faz que em seu sexo seja sentida a necessidade que leva todos os mamíferos à cópula reprodutora. Raros são os que, bastante delinqüentes ou irresponsáveis, a isso se entregam como os animais, mas numerosos são os que se entregam a essa necessidade engodados pelo desejo excitado por fantasias e que a realizam sem empenhar a responsabilidade por seus atos além do instante de prazer que ela oferece.

A ação é marcada exemplarmente pela lei que impõe ao desejo fora da lei – quanto ao prazer do corpo incestuoso – a castração. O recalque desse desejo irrealizável estimula-o a só se realizar por vias simbólicas, trabalho e linguagem através dos quais a criança entra de pleno direito na comunicação e na cooperação social, principalmente porque a enunciação do interdito edipiano é competência do adulto tutelar do mesmo sexo da criança – portador a seus olhos de valor social – concedida pelo adulto tutelar do sexo oposto a seu adulto consorte.

Quando em seu sexo – chegada a maturidade – os do outro sexo o atraem, por efeito da natureza que, através dos indivíduos de todas as espécies, cuida-lhes da conservação pelo gênio reprodutor que nos seres humanos é procriador, o desejo informado pela necessidade aureola de atrativos o outro que detém aquilo que ele não tem. O temor do fracasso sentido nos primeiros projetos incestuosos reativa o desejo de conquistar o objeto que, a seu ver, quando dos encontros, está ornado de seduções, objeto que ele tem em mira conhecer, seduzir e reter. Quantas dificuldades reais e imaginárias precisa afrontar e resolver para atingir seus fins, que são tanto mais desejáveis quanto mais o objeto for por outros disputado ou por outros atraído, e quanto mais intransponíveis parecerem os obstáculos.

O desejo dos filhotes de homem, de início associado às necessidades, delas se tornou dissociável e devotado à comunicação para além das separações. E isso graças às vocalizações codificadas criadoras de sentido, para prazer dos ouvidos, graças às manipulações modificadoras de materiais e criadoras de formas, à inventividade sem limites oriunda da observação das leis repetitivas que o jogo gostaria de imitar, contrariar, reordenar, ao sabor do prazer de todos os sentidos, que se descobriam meio de união e de intercompreensão com semelhantes.

O indivíduo reconfortado sente a segurança existencial necessária à sua sobrevivência num continuum *substancializado representado por seu corpo, para ele satisfeito em suas necessidades. Mas o sujeito que está à espreita – na realidade do contato com o outro, objeto de seu desejo – descobre uma experiência sensorial nova, que matiza seu prazer de encontrar e a modalidade dos intercâmbios. Esta difere em alguma coisa de suas fantasias antecipatórias que, no imaginário solitário, sustentavam a tensão da dinâmica de seu desejo. O acordo ou o desacordo de seu desejo com o desejo do outro encontrado cria um novo significado que modula em linguagem para o sujeito a sua significância com, por e para o outro.*

Sofrer para viver

Até a morte do corpo o desejo jamais se interrompe no ser humano desde quando este entra na manifestação, desde quando, como sujeito de palavra, ele é reunião das células reprodutivas daqueles que ele escolheu por pais de sua encarnação. O desejo continua seu caminho que se desenrola em espiral de movimento dinâmico expansivo através daquilo que, no corpo do homem, é crescimento e multiplicação, por adjunção-desjunção-eliminação, que a vida de relação simboliza em linguagem expressiva em sua contínua mutância, fruto de suas partições.

Esse desejo, quando sua dinâmica se empareda no isolamento em vez de continuar seu destino expansivo, vê a espiral inflectir o movimento, enrolar-se sobre si mesma e, depois de consumações fantasísticas das estruturas anteriores do eu transformadas em ersatz *de elementos exteriores, enquistar a linguagem e a função simbólica inerente ao desejo humano, fazer cindir suas próprias potencialidades tomadas por um alhures e ficar convertendo, sem cessar – se nada vier do exterior até esse indivíduo para quebrar o círculo vicioso –, o crescimento e a multiplicação em simbólica de morte e de divisão.*

O campo da realidade é invadido pelo campo do imaginário, alucinado por não ser mais detido, por perda de contato alheio, e o campo simbólico vê que sua rede anteriormente constituída pela linguagem, através do jogo das relações inter-humanas que a criam, está deixando de ser expansiva ou mesmo de sustentar-se, e que se está desestruturando. É como se a função simbólica do desejo, que, em linguagem, se faz metáfora da imagem do corpo – esta também metáfora, em sua origem, da dialética do esquema corporal em relação com o mundo das formas que o desejo torna vivas –, se desviasse de seu destino sexuado por recusar-se a admitir seus riscos e suas provações.

É o que a psicanálise possibilitou conhecer das neuroses e agora das psicoses, nas quais, em níveis diversos, o desejo é refreado em seus intercâmbios simbólicos; é também o que os psicanalistas entendem como uma espécie de infelicidade pela qual os adultos não culpados são inconscientemente responsáveis no tocante às crianças. Não estou falando apenas dos pais, mas da própria organização das relações humanas, e das relações do homem com as criaturas vivas de seu ambiente.

Todas as separações são dolorosas. O sofrimento é inevitável, mas é também por menos infelicidade e por menos sofrimento inúteis que os seres humanos trabalham quando se dá que o desejo deles tenha tomado seu sentido desejante, por mais impotente que cada um seja em sua individuação, sofrimento contido no conjunto dos outros desejantes.

É o sofrimento nascido das separações primeiras – nascimento, desmame, desenvolvimento neuromuscular e locomoção no espaço – que constitui a individuação progressivamente adquirida do corpo da criança que, em seus limites táteis, se descobre criatura única e separada.

Tanto o isolamento quanto a separabilidade do corpo revelam o filhote de homem – tão moroso em atingir o pleno crescimento –, estimulam a criança – durante tanto tempo tributária de uma tutela parental – a sobreviver fisicamente. É a ausência desse auxiliar que a estimula a criar para si meios sutis, à distância do corpo-a-corpo: a linguagem – sucedânea dos olhares, das vocalizações sonoras, dos gestos que expressam suas necessidades e seus desejos.

A função simbólica e a memória específica da espécie humana propiciam à criança um sistema de signos que cria um lugar simbólico de reconhecimento entre os indivíduos. Graças a que se cria um lugar-módulo de percepções à distância pelo qual as necessidades de seus corpos – sem cuja satisfação deixariam de vi-

ver – e seu desejo de reencontro – capaz de adiar-se – se expressam utilizando a energia haurida em elementos eleitos, internos e externos a seu corpo, para exprimir seus desejos e comunicar-se, além do isolamento individuado, em prol de uma conjunção sutil entre indivíduos.

Atiçado pela solidão, o desejo inventa mediações de comunicação.

É bem a solidão sentida pelo filhote de homem que estimula sua memória e sua função simbólica a exercitar-se e a criar substitutos de presença tutelar, a imaginar o outro presente, a falar-lhe, como se ali estivesse, a imitar os gestos do outro em sua ausência, a trabalhar com as mãos à espera de seu retorno, a descobrir seu poder sobre o meio ambiente, que ele diligencia por modificar para o prazer de todos os seus sentidos, prazer que ele se dá, e dá aos outros.

Bem-aventurada provação, essa solidão progressivamente domada, bem-aventurado sofrimento estimulador da linguagem para chamar o outro em socorro e para responder a seu apelo, é ela estimuladora de atividade motora e industriosa para a satisfação das necessidades do corpo e do desejo de comunicação à distância, estimuladora de colaboração, de aliança entre os homens para lutar contra sua impotência em face da natureza, aliança dos homens com os elementos e com as criaturas que sua imaginação criadora consegue submeter à sua vontade depois que seu saber observador, reciprocamente comunicado, lhes permite ajudar-se mutuamente a descobrir as leis de todas as coisas da natureza e a submetê-las a si.

Bem-aventurada provação, essa solidão que, desde a aliança entre famílias até a aliança entre grupos étnicos, procura descobrir suas diferenças, os códigos de linguagem que de início os separam e depois os aproximam para um reconhecimento comum de suas necessidades e de seus desejos na colaboração.

És tu também, Solidão, que impeles homens e mulheres, curiosos uns dos outros, para a espreita de suas diferenças, de suas faltas dissimilantes, cada um deles para o prazer que os intriga, contigo encerrada no corpo, para seu sexo, no prazer sem outro, abscon-so e monótono, cada um cravado em ti, que os tornas impotentes.

É para fugir de ti também que descobrem atear-se, num pelo outro, um ardor que se ignorava, com seu desejo transfigurado na alegria de dar ao outro o que nenhum deles jamais possuiu. No além desse encontro, além de suas palavras de amor, além do júbilo do desejo realizado, opera-se às vezes o surgimento do Real[73]. *Real visível no acontecimento, Real que escapa, e que tentamos encerrar nas avenidas codificadas do possível e do impossível, cujas leis passamos a vida para entender, a fim de dominar seu impacto sobre nossa realidade, na expectativa ou no temor do Real que, sem se anunciar, assume o papel de senhor indubitável. Esse surgimento do Real é a vida em sua punctiforme presença que deita raízes nas entranhas da mulher. A verdadeira palavra partejada que os vocábulos nunca podem dizer, mas que nossos atos comportam, toma então às vezes sentido de verdade, dessa verdade cujos mediadores são nossos corpos, porém nunca possuidores, e nossos dizeres mudos nos silêncios que os escandem, silêncios de nosso prazer recebido ou dado.*

O que toda vida – e a vida dos filhotes de homem, por tanto tempo frágil e impotente – reclama em seu albor é segurança, proteção, alimentação, educação, tudo isso ônus e restrição à sua liberdade, que, se aceitos, a todos comprometem, em conjunto ou separadamente, de modo irreversível.

Sem ti, Solidão do viver humano que, da infância à idade adulta, és cilada ou aguilhão para o desejo humano, este, espreitado por ti em cada uma das manifestações do corpo, do sexo, sempre atraído por outrem que possui o que ele não tem e deseja conhecer, sem ti a ameaçá-lo, atraí-lo, envenená-lo, sem ti de quem ele precisa fugir, só haveria na espécie humana pensamentos-monólogos, bulhas de palavras tagarelas de necessidades singulares ou plurais, mas nada de obras, de civilização, de risos de crianças, nada de alegria, festas, poesia, arte, ciências, invenção, nada de vivo mistério trinitário, esse mistério cotidiano que tem o nome banal de amor paterno, materno e filial, nada de armas, de artesanato, de domínio das coisas, de artes, de ciências, nada de perguntas ao céu estrelado, às forças dos rios, à fertilidade da terra, nada de trocas, de intercâmbios.

Só haveria na espécie humana cabeças com pensamentos-monólogos, bocas com rezingas barulhentas, necessidades de ventres e reivindicações singulares ou plurais em ecos, só absorções.

Haveria em nosso planeta a natureza por certo, em seu estado primeiro, violentada apenas pelos elementos, praias nuas, rios lentos ou devastadores, montanhas de cumes nevados, picos inviolados, grutas de paredes sem imagens, ossuários sem objetos de cumplicidade; não haveria caça, animais domesticados, abrigos familiares, nenhuma pergunta às forças do fogo, as forças dos rios e dos mares; à terra, nenhuma pergunta à sua fertilidade; entre os homens, nenhum trabalho produtivo, nenhum repouso na alegria da bebida que faz rir e dançar, nenhuma obra, testemunho das civilizações, nem conquistas, que fazem a glória caduca de nossa espécie, nada de invenções nem de saber guardado e em ciência ensinado, nenhum borbotar da arte em meio ao habitual cotidiano, nenhum relatar de sonhos e aventuras que nas noites em claro fazem os olhos maravilhar-se, os olhos rir e chorar, não haveria Deuses feito à imagem dos homens, socorredores e temíveis.

Haveria sofrimentos e prazeres por certo, mas não a dor e a alegria de amar, não a colaboração, não o ardor em prejudicar, não leis para reunir famílias e regulamentar alianças, não grupos amigos.

Não haveria racismo talvez, mas nem sequer cantos de guerra, de luto e de triunfo, nem dança e poesia, nem números e escrita, nem jogos de astúcia e azar, nem crianças travessas e irreverentes, nem colares, anéis, braceletes, nem penhores de amor, nem poções que sabem forçar comoções, acalmar as dores.

Haveria sem dúvida a espécie humana, mamíferos nus ao sabor dos lugares e dos climas reunidos em bandos motivados pela fome, agarrando-se no frio, aterrando-se no sono, uivando para os cataclismos, alimentando e partejando filhotes, mas não haveria sábios para interpretar os sinais, nem mistério trinitário nas entranhas de cada espécime dessa espécie humana, nem sequer esse mistério que faz a aspereza da necessidade ignorar-se, que torna estranhos a inveja, o ciúme, a rivalidade do desejo no sexo, esse mistério cotidiano que tem por nome amizade.

Além da solidão, a meditação

Quando nossa vida se despoja da busca, segura de Quem vigia enquanto dormimos, e nosso espírito sabe com o sono conjungir-se sem a ele ceder;

Quando nosso fazer não é instado por lucros;

Quando nossos ditos, brotados da superabundância de nosso amor vivo, se extinguem em nossos lábios, deixando-nos sem palavras;

Quando o tempo dos outros – e o nosso, esquecido – não conduz nosso ritmo nem nossa sazão em seu dia, presente incomparável em som que agora respira;

Quando nenhum lugar nos parece mais adequado que nosso corpo em sua incognoscível realidade, aceito tal qual em seu instante que passa;

Quando nossos olhos não buscam mais nenhum olhar e, não estando mais abertos nem fechados, estão prontos para o enxergar misterioso sem forma apreensível, e nossos ouvidos estão vigilantes à escuta do silêncio, na inefável expectativa de uma música ainda inaudita;

Quando nosso coração, todo acolhida, está preparado para conhecer a verdade além dos engodos sensoriais e psíquicos cujas dores e alegrias escandiram nosso tempo de encontros humanos, de encontros que – tornando-nos a verdadeira comunicação confiáveis uns para os outros – produziram frutos que deixamos entregues a seu destino;

Então, homem ou mulher, no segredo de nossa vegetativa existência, no dia-a-dia aliada ao mundo, porque nossa carne é mescla dos mesmos elementos que o constituem, numa ordem conforme à nossa espécie;

Então, sem mais nada pedir, homem ou mulher que sois, mulher que sou; então, mas só então, às vezes, talvez, temos acesso, durante o tempo de um relâmpago, às delícias inefáveis do Absoluto Encontro.

Ignorada enfim a falta-de-ser, a palavra desconhecida que combinou nossa primeira célula no corpo nosso convertido em carne falante ou eloqüente, que combinou nossos pensamentos sobrecarregados em vocábulos, nossos desejos em atos, cuja mira é conjungir-nos uns aos outros além das separações, essa palavra que, em seu contínuo fluir e em seu descontínuo solavanco, faz nosso viver, nosso indo-advindo, essa palavra invoca o VERBO, e a ele aspira.

A morte: clamores e sussurros

Solidão, para nós, viventes cheios de seiva, és provação insólita de ser sem saber, que nos faz ansiar por um rosto em quem nos conhecer, em quem nos reconhecer e em quem descobrir, além das dessemelhanças e das diferenças, além das separações no tempo e no espaço, a alegria da comunicação, o ardor de um viver que, em cada um de nossos corpos, reduzido às suas necessidades e a seus limites, está em seu desamparo confinado.

O que acontecerá, solidão inimiga, quando, sem podermos fugir de ti, esmorecida a nossa seiva, prestes a imobilizar-se, esgotado o viver com este corpo, chegar a hora da nossa morte? Serás tu o sorvedouro, o nada que, vivos, nos espreitava, e que nos engolirá?

Solidão e Comunicação, que vos alternais em todo o perdurar da presença do fenômeno humano sobre a terra, o que será de vós quando terminar a nossa pertença ao tempo, quando em nós desejo renovado nenhum estiver à cata de haveres, trocas, fazeres, pensares, dizeres possíveis, quando estivermos sendo assistidos, talvez, por nossos próximos – que não mais ouvimos nem vemos –, confrontados estes através de nós com o mistério de um destino que se arremata, de um olhar que se extingue?

Solidão da agonia, chegado o momento da separação derradeira deste corpo sempre conhecido e reconhecido como meu no emergir do sono, quando eu tiver tudo quitado com esse cadáver, quem de mim (eu ou ele) será coisa tua?

Assim como, na hora do nascimento, nas entranhas de nossa mãe parturiente deixamos nossas derradeiras ao lançarmos nosso primeiro vagido para alegria dela e de nosso pai – os primeiros para quem tinha significado de comunicação nosso primeiro vagido –, não saberemos também ser um envoltório esse corpo, quando o deixarmos, na hora da nossa morte, com o derradeiro suspiro, entregue aos últimos batimentos de sua víscera coração? Coração esse – justiça lhe seja feita – incansável e corajoso, nosso aliado até o fim, que, liberto de sua carga, não mais será nosso.

A terra, plena de vida estrepitosa, dará lugar a esse corpo deixado em sepultura, à qual os outros o terão confiado. Terra na qual o precederam nossa placenta e todas as coisas que, da terra tomadas, fomos ao longo de nossa vida lhe devolvendo. Coisas – feitas dos elementos dela – que acreditamos nossas, coisas que com nossas mãos modelamos, guardamos, trocamos ou demos, coisas que das mãos dos outros recebemos, utilizamos, amamos, todas essas coisas ficarão depois de nós para a indiferença, o uso ou o prazer dos outros, até a destruição de cada uma delas, em chegando seu tempo.

*Será em vão, Solidão, que te empenharás em guardar para ti a coisa para ti deixada, esse cadáver que há pouco, corpo ainda vivo, nos protegia de ti, mim [*moi*] intrincado a este eu [*je*] que ainda não ousava pretender o sopro apenas do espírito; mas na paz dos cemitérios ele te será arrebatado. A vida de outras criaturas, daquelas que não te temem, entregues à sua lida, vida em sua multiforme manducância, nas entranhas da terra, dissolverá até a aparência de corpo nesse cadáver, e será em pó que terminarão seus ossos, escapando de ser coisa.*

Solidão e Comunicação, críveis e falaciosas magias em vossa alternância nos nossos corpos mortais, sereis assim para nossa derrisão ou para que nos iniciemos em vos suplantar as duas?

Solidão insólita, sedutora e temível segundo os dias, és desvitalizante ou estimulante para nosso desejo que ia descobrindo seu gênio, sucessivamente em seu passivo e em seu ardente ativo, em seu feminino ou em seu masculino. Desejo que assim era incentivado a descobrir suas aptidões para além das separações, das dores da perda e do abandono dos outros, seja refugiando-se no benfazejo sono (este também, repouso ou comunicação com o invisí-

vel), seja descobrindo a comunicação com a natureza inteira na paz do coração ou na meditação, ou então com os seres humanos presentes ou ausentes, desaparecidos e por vir, através da compreensão do sentido de suas linguagens e além do tempo e do espaço das obras que transmitem sua mensagem.

Solidão – às vezes cilada para nossas vísceras e nossa carne –, comunicação – cilada para nosso desejo impingido ao seu contrário –, ambas fontes de alegrias e dores, será que vossas máscaras cairão, dando à luz – passada nossa agonia – o sentido verdadeiro de nossa existência sobre a terra, no momento em que deixarmos o que conjungia espaço e tempo à alternante claridade de nosso sol, ao nosso ambíguo pertencer às aparências?

Esse sentido... é ele que procuramos na solidão e na comunicação, espionando-o ao longo de todo o mais ou menos longo e mais ou menos difícil caminho que o viver de cada um de nós faz traçar. Esse sentido incognoscível da humilde necessidade que somos em meio às criaturas animadas ou inanimadas (talvez antes de nós, acidentais manifestações), esse sentido às vezes nós o pressentimos em nossos instantes de graça, quando, tudo no lugar e em ordem, nós o percebemos súbita e indubitavelmente pelo instante de um relâmpago, numa sabe-se lá que lucidez.

Se, viventes participantes dessa ordem, às vezes somos claramente para os outros – e os outros para nós – em nossa pertença carnal preciosa ou odiosa, mas crível presença, ainda que em nós nada seja certo, e tudo seja efêmero; se, sombras opacas mas reflexivas, somos às vezes, uns para os outros, testemunhos de luz;

Se, à procura do verdadeiro sentido de nossa vida, às vezes somos, uns para os outros, engodos deliciosos de nosso desejo pela mediação de nossos corpos vivos, pelo amor humano, originado nesse desejo que o torna fidedigno;

Se, eleitos uns pelos outros, pudermos conhecer juntos, amando-nos mutuamente, uma alegria que supera o entendimento;

Se, apesar das desditas, das decepções, das tristezas de que somos causa uns para os outros, se, apesar disso, além dos corpos, nosso desejo, que é verdadeira comunicação e contato sem limites, permitir que nos sustentemos uns aos outros em sua esperança;

Então acredito que, em nossa morte, máscaras furta-cor de verdade que sois para nossa expectativa no dia-a-dia trazida de volta, solidão e comunicação, cessando vossa alternância, deixareis cair vossas máscaras, e conheceremos o verdadeiro sentido de nosso desejo único.

Acredito que aquilo que denominamos morte realiza a incognoscível metamorfose tanto quanto o faz no feto o cataclismo do nascimento, que realiza a transformação mutante introduzindo-o no mundo. Mundo que, não mais nos lembrando de nossa existência fetal e não conhecendo outro além do terrestre, assim denominamos, conquanto ele não passe de um de seus modos – o mundo dos vivos, o da carne que respira.

O que diria a lagarta – se falasse – de sua futura borboleta, ao se imobilizar tornando-se crisálida, quando a vemos abandonar tudo o que de seu rastejar se conhece, tudo perder de seu ter e fazer, e desaparecer do mundo de seus congêneres?

Acredito que nossa total perplexidade, nosso total desnudamento, o de quem morre, sem apelação possível, liberta nosso desejo único e vivo. Vivo, mal o conhecemos, e quem pode saber, nesse instante tão próximo, o mistério do desejo, e a morte a operar sua problemática? Esse desejo, nós os vivos o declinamos em linguagem que adquire imagem a partir das impressões do corpo naquilo que lhe falta. E, do corpo em suas múltiplas percepções e sensações, das imagens de suas faltas – que, em fonemas de apelos inicialmente jaculatórios, reunimos em vocábulos –, tecemos a linguagem, trama e cadeia dentro do tempo, no ritmo pulsátil de nossas vísceras e na massa articulada de nosso corpo por nossa pele limitado no espaço, entre invocantes e respondentes constituímos os signos, os significantes e os símbolos de nossos encontros. Nesses encontros feitos de nossas presenças racionáveis, o Real sobrevém às vezes, sempre imprevisível, surpresa sobre um fundo contínuo, conhecido e reconhecido, que chamamos de realidade e cujas leis repetitivas nossa inteligência descodifica, leis sobre as quais nosso saber e nossa razão em segurança concordam.

Esse tecido de linguagem é colorido por nossa memória com lembranças, por nossas emoções com magia, por nossa vitalidade com projetos antecipatórios que sustentam nossos esforços de dominar o possível, distinguindo-o do impossível, de valorizar nossas aquisições e nossos fazeres como poder do desejo, como aquilo que aprendemos a comunicar, a partilhar, a roubar, considerando sempre como laços seguros com a terra, nossa única segurança comum.

Acredito também que, chegado o momento em que nada mais no mundo das aparências e dos significantes da linguagem engode esse desejo, ele estará pronto para soltar suas últimas amarras com o relativo das semelhanças e dessemelhanças, com o número e as diferenças. Em relação a esse momento que receio, decerto momento de solidão derradeira, sei todos os que por certo são qualitativa e quantitativamente menos atrozes. Mas as experiências passadas de sofrimentos reais e imaginários, por mais definitivamente desesperadoras que as tenha sentido, nunca se revelaram como tais, mas ao contrário transformadoras e transfiguradoras de um indo-advindo que jamais fez deter-se o devir meu. Acredito que o momento de minha morte será também aquele em que aquilo que conheço de mais essencial de meu desejo – o que é a vida, e não somente o que é uma vida, nem que seja a minha – revelará o sentido.

Que o Filho do Homem, que na cruz viveu exemplarmente todos os passos desse caminho temido, que Jesus me assista e com ele todos quantos, conhecidos ou não, me precederam nessa insólita passagem. Assistam-me todos quantos, chegados ao além, ali nos esperam, assim como, para nos receber em nosso nascimento, nos esperavam amigos respirantes e falantes.

Quanto a cada um de nós, morrendo criança, adulto ou idoso, seja qual for o sexo, absurdo deverá tornar-se quem, perdido o rosto da mãe – a mais arcaica imagem, a do reconforto da sede saciada –, buscando reencontrar seu sabor no corpo de necessidade, não conhecer mais sua doçura.

Nem ninguém, nenhum socorro para nossa coesão, que irá se dissolvendo. Mudo deve tornar-se o mediador inicial de nossa celular e vivente encarnação, aquele mesmo que tinha por nome pai e que deve adquirir o rosto desumano de quem abandona o filho que o chama e que sempre nele acreditava encontrar socorro.

Então a respiração, primeira e imperiosa necessidade, será devolvida ao ar, essa placenta substitutiva comum a todas as criaturas animadas. Só então chegará a morte dessa testemunha visível em corpo humano de uma palavra saída do verbo, antes que pai e mãe, em nossa concepção, tenham esse Verbo apesentado de carnal, e que, de gerações em gerações, clamores e sussurros tenham despertado nos homens a intuição de que sua própria existência só é significante porque a ele pertencem, unidos pela linguagem uns aos outros no tempo, uns aos outros no espaço.

Acredito que então esse desejo desvendará sua inefável VERDADE de pertencer à invisível e total PRESENÇA.

No momento de suas vibrações últimas na carne, conjungindo esse desejo ao VERBO que, dia após dia, estação após estação, manifestou-se em nosso passivo ou ativo agir fecundo, no decurso de nossos encontros, de nossas comunicações, acredito que o Real enfim será reconhecível.

De nosso caminhar terrestre ser-nos-á dado o sentido de verdade daquilo que acreditamos terminado e denominamos nossa vida, não passando este corpo de uma de suas modalidades.

No além do pensável encerrado em nossos conceitos, além do amor mais puro que, em nosso viver com corpo, nos ensinou sobre a terra alegria e esperança, acredito ser "ressurreição da carne", expressão aqui embaixo surrealista, a verdade do Real, e acredito já estarmos participando na terra, por linguagem, de maneira misteriosa, do incorruptível e da infinitude. Atingiremos a alegria em Deus, Desejo de nosso desejo, e, tendo enfim alcançado o inefável e eterno júbilo da vida de nossa carne em sua verdade conjungida ao Verbo e transfigurada, conheceremos o que só tínhamos conseguido entrever em nossos mais puros encontros e na poesia criativa de nossas mais excelentes comunicações de perturbantes ternuras entre seres humanos.

ADÁGIO[74]

FRANZ SCHUBERT

QUINTETT

FUR 2 VIOLINEN, VIOLA UND 2 VIOLONCELLI

OPUS 163

C-DUR

Anexos

Anexo 1
Texto lido como introdução à conferência[1]

Aceitar deixar passar sem pegar, sem rejeitar, aceitar não entender, é aceitar estar sozinho;

é reconhecer-se humano em si, com seu desejo de ser encarnado que se conhece para sempre separado, no espaço, do objeto de seu desejo; no tempo, do fruto de sua realização;

é aceitar-se exemplo e ilustração atualizada da espécie humana, e sem julgamento para essa unidade que ganhou nome no dia do nascimento;

é aceitar o seu condicionamento sexuado;

é aceitar o sustentáculo de uma história que prescreveu, aparente unidade introduzida pelo nascimento e destruída pela morte, ambos declarados por outrem, indizíveis e insensatos, incompreensíveis porquanto ligados à origem e à ausência do sopro dominado, condição, para o ser humano, de sua encarnação e de sua palavra inteligível para si mesmo.

Nessa "trajetória do vivido", como diz Merleau-Ponty, em sendo esta aceita, "solidão e comunicação não devem ser os dois termos de uma alternativa, mas dois momentos de um único fenômeno". Sim, esse fenômeno que é o homem transparece nas horas de graça, num homem ou numa mulher, prismas efêmeros da espécie:

quando o viver deles se despoja de qualquer comportamento de que estejam conscientes;

quando o fazer deles não é pressionado por nenhum lucro;

quando as palavras deles, vindas da superabundância do amor doado, se extinguem em seus lábios por terem todas sido ditas;

quando o tempo dos outros não conduz o ritmo deles, nem o atual clima interior deles;

quando lugar algum lhes parece mais seguro que o seu próprio corpo, totalmente assumido, calmamente vestido em seu estado do dia, aqui e agora disponível e totalmente esquecido;

quando os olhos deles bem abertos estão puros de olhar buscado e não têm secreta visão alguma que persiga ou esteja à espera de seu próprio reflexo;

quando os ouvidos deles estão mergulhados na atenta escuta do silêncio interior que nenhuma freqüência audível pode perturbar;

e o coração deles, todo de amor doado, está preparado para reconhecer a verdade pelo afinamento conferido pelo conhecimento superado dos engodos sensoriais e psíquicos que demarcaram de dores e alegrias consumadas seus fecundos encontros inter-humanos, que são efêmeros e verdadeira comunicação,

então, amadurecidos, esse homem ou essa mulher, de cuja vegetativa existência o segredo é e sempre foi concedido ao mundo, porquanto a carne está amoldada há milênios pelos mesmos elementos que o constituem numa ordem conforme à espécie deles,

então, por nada pedirem, esse homem, essa mulher, que os outros acreditam sós; esse homem que sois, essa mulher que sois, que sou, então talvez, talvez tenhamos acesso a essas delícias inefáveis do absoluto encontro em que não há trocas, e em que nosso desnudamento terá suscitado a presença d'Ele.

Anexo 2
Uma noite com Françoise Dolto falando da solidão[1]

FRANÇOISE DOLTO: Neste momento, como lhes disse o Sr. Pérennès, estou muito doente. Tive uma descompensação. Estou melhor, mas ainda não acabou. Não tenho muito fôlego, e o fato de me fazerem perguntas poderá me ajudar; além disso, acho que é bem mais animado trocar idéias. Não vou descrever meu livro *Solidão*, que foi extraído de notas pessoais e que os senhores poderão ler.

A curiosidade de um editor

Não há ser humano que não tenha passado pela experiência da solidão. Eu mesma fiquei surpresa por ter escrito tantas páginas sobre essa experiência, páginas de que nem mesmo me lembrava mais.

Foi uma descoberta do meu editor, quando foi à minha casa para corrigir meu livro *Sexualidade feminina*[2], na minha *villa* Soledad, lugar onde passo as férias. Ele ficou em meu escritório, enquanto eu trabalhava no jardim. Perguntou-me: "O que é todo aquele montão de papéis no seu escritório, há muitos manuscritos." Eu respondi: "Não sei, não me lembro que exista algum montão de papéis." Então ele chegou com uma pasta cheia de papéis virados para todos os lados. Acrescentei: "Ah! São para jogar fora!"

De fato, quando estou escrevendo um livro às vezes me acontece ser parasitada de repente por alguma outra coisa que me impede de retomar o fio condutor de minha frase. Então escrevo o que está me parasitando, para livrar-me, e à noite jogo fora, porque não há nenhum nexo entre meu trabalho de escrita em andamento. No que se refere à solidão, precisei escrever notas para lavar-me a imaginação, que estava encurralada e não podia mais executar seu trabalho. Acontecia-me também deixá-las de lado, acreditando que poderiam servir um dia para rechear um artigo. Foi assim que, durante quinze anos, principalmente durante o período de férias, fui acumulando todo tipo de notas.

Meu editor me perguntou: "Permite que eu leia essas notas?" Respondi: "Por que não, mas isso poderia ir perfeitamente para o lixo." Um pouco depois ele voltou exclamando: "Há coisas lindas aí dentro!" Pedi então que as mostrasse, mas ele recusou, dizendo: "Primeiro vou mandar datilografar." Então mandou datilografar, e chegou a me fazer acreditar que tinha imprimido tudo. Mostrou-me páginas impressas, dizendo: "Está vendo? Não precisa mudar nada." Mas eu disse: "Não." Então, fizemos cortes. Entretanto, eu ainda não tinha me decidido a publicar; aquilo quase me chocava, porque eram notas que não tinham sido escritas para outra pessoa, e sim para mim. Refleti mais, reli tudo. Depois pensei que, afinal, na minha idade, pode-se perfeitamente mostrar textos que não foram escritos diretamente para um público, mas por necessidade de formular coisas pensadas. Percebi que escrever daquele jeito tinha me ajudado muito a passar os dois anos que se seguiram à morte de meu marido, em julho de 1981 em Soledad, mas não me lembrava em absoluto de ter escrito tantas coisas sobre esse sentimento de solidão muito particular que cerca o luto.

Desde a publicação de meu livro, recebo um número enorme de cartas e fico espantadíssima com isso: para mim, não era um texto importante, mas uma meditação. O editor me disse: "Mostrei suas notas a dois amigos que afirmaram: 'Claro que você pode publicar esses textos, não é psicanálise, mas por que não?' " Todos os dias recebo no mínimo uma ou duas cartas. Mas, por outro lado, acho-o imperfeito, porque não foi bem corrigido. Quando vi todos aqueles erros de tipografia, fiquei desolada. Preparei correções, mas o editor continuou divulgando o texto original. Agora estamos pensando em nova edição, depois do verão, na qual planejo reinserir notas que tinha retirado na primeira edição, o que equivale a um capítulo; aliás, pode-se começar o livro por qualquer página: não é uma narrativa contínua do começo ao fim. É claro que, por uma questão de coesão, minhas notas foram agrupadas em diversos capítulos, mas na verdade não são capítulos. É um documento, um testamento da vida quando estamos sós, ao passo que em outras circunstâncias somos psicanalistas, recebemos pessoas, ouvimos pessoas.

A solidão é um momento de experiência que cada um vive de modo diferente segundo a profissão, a idade, a educação. Ele também é habitado pelas reflexões que esboçamos quando há gente conosco. Coisa que medita em nós sem que a procuremos. Por isso, os momentos de solidão são preciosos.

Solidão estruturante desde a infância

Entendi há muito tempo até que ponto deixar as crianças na solidão (não no isolamento), respeitar sua solidão aparentemente desocupada é indispensável para que elas não se tornem robôs dos outros. É muito importante. Não se percebe isso muito bem.

A solidão aparentemente acompanhada por passividade física pode constituir um enriquecimento para a criança. Não é necessariamente bom dizer-lhe: "Faça alguma coisa, não se deve ficar na ociosidade." Por que não a deixar viver essa impressão de solidão que sente no meio da atividade dos outros, no silêncio interior, pois ela não comunica? Olha, escuta mais ou menos, parece estar na lua. Que está fazendo? Às vezes se agarra a alguma coisa, um carrinho, sempre o mesmo, a algo que desmonta, reconstrói, alguma coisa aparentemente absurda, que as mãos ocupam para fazer alguma coisa. Não se deve dizer: "Pare, está me irritando!" Esses momentos de concentração são muito importantes para a criança. Digo-lhes isso porque os educadores geralmente impedem as crianças de ficar desocupadas, acreditando que a solidão é ruim. Portanto, a solidão das crianças não deve ser malvista pelas pessoas de quem elas gostam, que elas tomam por mestres de vida e que têm tendência a dizer que não é bom ficar sozinho, que é preciso ficar com as outras pessoas. A solidão pode ser muito enriquecedora quando não é sentida como isolamento, com sentimento de rejeição e de não ser digno de estar no meio dos outros. É uma solidão interior em que aparentemente não se dá nada aos outros, e em que se vive levado pelo movimento alheio e respeitado nesse recolhimento interior.

Em psicanálise é aquilo que se chama de revalorização das pulsões passivas, e é muito importante. Podemos levar uma criança a estados depressivos se não a deixamos na vacuidade. As pessoas dizem: "Está vadiando" (essa é uma palavra que às vezes se emprega em educação), "está perdendo tempo". Nada disso. Será muito positivo se o adulto lhe disser: "Isso lhe faz bem. Se ficar chateado, venha para o meio dos outros, mas não se sinta obrigado a falar e a misturar-se com eles. Pode muito bem ficar aí olhando, sem fazer nada, sendo levado pelos outros." As pulsões passivas são muito enriquecedoras. Mas são pouquíssimo conhecidas hoje, quando o menor momento da vida de uma criança precisa ser um momento de produtividade, de animação. Não se fala de "animadores"? É preciso que as crianças façam alguma coisa; então os animadores se agitam, mandam-nas fazer "coisas". Muitas vezes é totalmente inútil. Seria preciso inventar "passivadores".

Lembro-me das longas horas no meu tempo de infância, quando, felizmente, só tínhamos um lampião: não havia eletricidade em casa, e por isso as pessoas ficavam em volta do lampião ocupadas com alguma atividade: uma remendava, outra bordava, outra fazia os deveres; e quem não era obrigado a ficar perto da luz para trabalhar ficava fora do círculo luminoso. Para mim, era maravilhoso viver olhando quem tricotava ou remendava, olhando o papel ser arranhado e riscado quando meu irmão fazia a lição de casa. Ali vivi momentos de verdadeira vida, completamente passiva, a olhar os outros, e aquilo não era ócio. Acho que isso ensina a viver; é cheio de poesia. Quando me lembro do encanto daquele círculo de luz com as pessoas em volta, ocupadas, e me lembro de mim, menininha, sem nada para fazer, contente, ali, passando uma hora, duas horas... Aprendi muito. Depois, sabia tricotar, costurar, remendar, só de ver. Tinha visto as mãos trabalhando, observava, não fazia nada. Lembro-me que de vez em quando me diziam: "Por que não vem aqui perto do lampião?" Eu respondia: "Não, estou bem assim." Então me deixavam sossegada. Era de noite. Foi nessas horas que comecei a bordar, gostava muito de bordar, era ativa. Mas, durante o dia, na praia, ficavam nos espicaçando: "Andem, crianças, ninguém está aqui para brincar, façam buracos!" Era preciso fazer buracos, mas eu gostava de ficar sentada olhando o mar. Então me chamavam: "Françoise, você está vadiando, está vadiando", e eu pensava: "Será que não se pode viver?" Por isso lhes digo: deixe-as viver, e viver é vadiar, é não fazer nada, pois não somos obrigados a estar fazendo o tempo todo alguma coisa. Isso é solidão positiva.

A solidão dos bebês existe. Eles têm necessidade de que lhes falem, sem que sejam manipulados (recebendo comida, sendo embalados), que lhes falem, cantem uma melodia, mesmo que de longe. Ouvem a voz, não estão completamente sozinhos. O ser humano sempre precisa de companhia. No começo da vida, precisa de companhia manifestada no ar pela voz, não na motricidade do corpo-a-corpo. Precisa de uma presença através da qual sinta que é interlocutor para alguém, que a voz, a canção se destina a ele e povoa seu espaço. O espaço de um ser humano, desde o nascimento, precisa ser povoado pela presença psíquica de outro ser para o qual ele existe. É muito importante. Por exemplo, o tempo de ausência da pessoa que o bebê conhece não pode ser longo demais, caso contrário ele perderá a noção de existir. Estará em perigo. Se não tiver palavras às quais se agarrar, seqüências de variações auditivas, irá agarrar-se a seqüências de variações táteis sentidas em zonas de seu corpo que são repetitivamente lugares de ocupação ou de trânsito (boca, região perineal), o que o fixa em sua relação interpsíquica a sensações de necessidades (alimentação e defecação) e não desenvolve os lugares de percepção da alegria, do desejo compartilhado (olhos, ouvidos, olfação, balbucios[3]). O que retorna com grande freqüência durante todo o dia do bebê, e a mãe nunca deixa faltar, é a alimentação (boca) e a troca de fraldas (região perineal). Mas ela não percebe que o bebê tem a mesma necessidade, ou mais, de conversa, canções, palavras a ele dirigidas, de ter seu nome cantado em todos os tons, numa pequena canção inventada e ritmada com seu nome etc. Isso é muito mais importante para povoar, depois, a solidão de sua fase de despertar. A criança precisa de solidão, mas de solidão habitada pela lembrança das relações vividas fora das horas de satisfação de suas necessidades. Estrutura-se com lembranças de seqüências sensoriais que acompanharam uma presença compartilhada por um prazer que alguma outra pessoa reconhece como emanação dela, e que não é um trabalho penoso relacionado com uma necessidade, mas relacionado com um desejo. Estrutura-se também com as alegrias relacionadas ao desejo de comunicar-se com uma pessoa, e não simplesmente com alegrias pelo fato de ela o empanturrar de papa e desembaraçá-lo de suas fezes irritando seu bumbum.

Existe uma solidão que é enriquecedora e estruturante para um ser humano durante toda a sua vida. É aquela na qual ele se lembra de momentos eleitos de relações interpsíquicas verdadeiras, à distância das necessidades, não simplesmente acompanhados por sensações das necessidades que se têm. Por exemplo, se as pessoas só se reúnem para as refeições, terão momentos deprimentes de solidão, mas se houver refeições em que as pessoas se encontram em família e momentos de boas risadas em família, histórias, lembranças contadas por papai e mamãe, isso ficará nas lembranças da criança. No dia em que estiver só e se entediar, vai se lembrar desses momentos, e não ficará deprimida, ao contrário da criança que só teve com os adultos relações de alimentação e dever. De fato, se as únicas relações da criança com os adultos estão associadas aos momentos de refeição ou de trabalho obrigatório ("Faça a lição!"), se o pai e a mãe estão com ela unicamente para alimentá-la e, depois, mandá-la fazer os deveres, o que fica é a solidão indubitável da depressão, porque comer e fazer deveres não alimentam a sensibilidade com intercâmbios. É necessário, mas não suficiente. Quando só houve isso com os pais, a criança não tem elementos para alimentar sua solidão, está sozinha. Ao contrário, o que a estrutura é agir em comunidade, quando, por exemplo, faz serviços de casa com o pai ou a mãe, ou quando faz trabalhos manuais com o pai. Para o pai é um dever, uma necessidade; para a criança é um prazer, porque não é obrigatório e ela está fazendo com o pai, enquanto observa muitas coisas. Observa a habilidade do corpo do pai, de suas mãos enquanto estão trabalhando juntos, mesmo que não fiquem conversando sem parar. São momentos que permanecerão, para habitar de maneira viva a sua solidão, numa relação estruturante em que o filho admirava o pai em seu trabalho e em que o pai o sentia autônomo, com iniciativas, permitindo-lhe estar presente, ajudá-lo ou olhá-lo em certos momentos, sem por isso obrigá-lo a fazer alguma coisa.

Mas percebo que estou falando dos meios de estruturar reservas de elementos preventivos da solidão depressiva.

H. PÉRENNÈS: *A seu ver, o que constitui a diferença entre a solidão que permite ao ser humano estruturar-se e a solidão que o impede de estruturar-se?*

F. D.: É justamente o que eu estava explicando. Tanto a solidão que impede de estruturar-se quanto a que estrutura devem ser buscadas lá atrás, e não no momento em que estão sendo vividas. É lá atrás, nos anos que passaram. Um ser humano não pode viver sem sentir solidão; não pode estar constantemente com alguém. O estruturante é estar habitado, desde pequeno, por uma solidão povoada de intercâmbios em palavras com os próximos, e não somente de intercâmbios de corpo-a-corpo ou de presença apenas visível.

A criança que só ouve a mãe remexer panelas fica completamente sozinha. Conheci dois bebês que a mãe alimentava como se alimentasse os cachorros. Cuidava muito bem deles, dando-lhes a papinha nas horas certas, mas, afora esses momentos, estava sempre entregue às suas panelas, lustrando a casa, cuidando das galinhas e dos coelhos etc. As crianças, como seres humanos, não existiam. É verdade que estavam muito bem cuidadas, tanto quanto os cachorros, até um pouco melhor, porque ninguém põe cueiros em cachorros. Satisfazia as necessidades dos filhos, mas nunca falava com eles, de tal maneira que, para eles, pensar "mamãe" significava "barulho de panela", e não comunicação verbal. Foi na época de entrarem na escola obrigatória que a coisa ficou impossível. A mãe não percebia nem um pouco o estado dos filhos, pois para ela eles iam muito bem: “Não vale a pena colocá-los na escola maternal; aqui nós temos terreno grande, e eles se divertem bastante.” Eram como coelhos e cachorrinhos em liberdade. O único prazer deles era passear com latas de conserva vazias nas quais enfiavam pedaços de bichos de pelúcia, pedaços de bonecas... Nunca se separariam daqueles objetos, latas para um, vidros para o outro. A mãe fazia conservas, era seu passatempo predileto; gostava de dar às vizinhas, ou talvez vendesse, não sei. Assim, estava claro que os filhos se identificavam com uma mãe ocupada em fazer conservas, tendo pedaços de crianças que ela satisfazia e que estavam com ela.

Viviam sem outra relação, senão a alimentar, com uma mãe atarefada, que gostava deles. Mas – coisa curiosa – quando lhe perguntei quem compunha a sua família, ela me respondeu com o nome do marido, depois com o nome dela, para em seguida acrescentar: “Somos sete.” Achei que tinha outros filhos. Ela me repetiu o nome do marido, o dela, os dos dois filhos que trazia consigo, e acrescentou: “E os outros três.” Quando perguntei quem eram os outros três, ela respondeu: “Os cachorros.” Fiz a seguinte observação: “Mas os cachorros não são da família”; e ela exclamou: “Claro que sim, tão sagrados quanto!” Os cachorros eram tão sagrados quanto os filhos, ou seja, as crianças eram criadas como cachorros bem escovados, bem alimentados, só isso.

Aquelas crianças tinham entrado em estado de solidão porque nelas não havia elementos de desejo, mas apenas de necessidades. O que ouviam do “desejo” da mãe não passava de conservas e barulho de panelas. Então, faziam barulho. Quando encontravam um objeto de metal, guardavam para ficar batendo. Ela me contou como era sua vida em casa: barulho de panelas, barulho de fazer conservas, só isso. Os filhos eram superdotados, mais inteligentes que a média. A mãe também era inteligente. Mas quando era jovem, durante a guerra, tinha vivido no interior, em local muito afastado, com terror da resistência e dos alemães. Tinha sido muito traumatizada. É uma história muito particular.

Uma solidão povoada "a montante"

Todo ser humano precisa de uma solidão que tenha sido povoada em tempos idos, e não no momento em que está sozinho aos vinte anos. Desde o nascimento, a solidão do ser humano é povoada pelas cantigas da mãe, cantadas para o filho, não para seu próprio deleite ou para ocupar-se, mas para estar cantando uma canção para o pequenino, outra para outro filho, para ocupar o ar com uma presença conivente, muitas vezes ocupada em outras coisas. As crianças não precisam de alguém o tempo todo em cima delas; precisam, como eu dizia há pouco, viver pulsões passivas povoadas por uma afetividade positiva em relação a elas. Percebem que não são esquecidas, mesmo que só haja relações monossensoriais. Entendo com isso simplesmente o ouvido: alguém canta para seus ouvidos, mas não está presente. Assim também, quando alguém está com a criança, mas fazendo alguma coisa, ela tem o direito de ficar olhando, sem que lhes digam: "Não fique aí olhando, faça alguma coisa"; a criança se sente feliz olhando o adulto trabalhar. Muitas vezes é uma deformação da educação dizer à criança: "Faça alguma coisa; está vendo que estou ocupado; então faça alguma coisa, me deixe sossegado." Mas, digam-me, em que uma criança atrapalha quando está olhando alguém?

Esse ser humano, quando estiver sozinho depois, terá a imaginação cheia de lembranças que voltam por qualquer motivo: uma mosca passando lembra de repente uma seqüência de férias; ouvir um cão latir lembra certa atmosfera numa fazenda; voltam as recordações de uma festa etc. Tudo está carregado de relações humanas, reminiscências de momentos felizes, comunicação entre espíritos de pessoas amadas, que se amam mutuamente sendo como são, tanto nas horas de tristeza quanto nas de alegria. É preciso deixar que os seres humanos sejam como são. Por exemplo, não é desejável, em si, dizer à criança: "Que é isso, não pode chorar desse jeito"; por que não? "Está chorando, pois bem! Vai passar, estou cuidando de você."

Na verdade, a solidão é viável quando as pessoas que conhecemos nos investiram suficientemente de amor, mesmo nos momentos de depressão que podemos ter vivido durante a infância ou nas horas em que alguma coisa nos incomoda.

Culpados!

Muitas crianças, quando estão doentes, precisam de solidão, mas não podem desfrutá-la porque a mamãe fica ansiosa com a doença, de tal maneira que o filho só guarda a lembrança de uma mãe ansiosa. Quando uma criança está doente, o importante é que a mãe lhe diga, por exemplo: "Sabe, as mamães sempre ficam enlouquecidas com os problemas de saúde dos filhos, mas não se preocupe; sei que sou boba por estar ansiosa, porque você vai ficar bom; amanhã sua saúde estará melhor." É desejável que a mamãe possa tomar essa distância, ela ou alguém da família que a veja nesse estado e que sinta a criança tremendamente culpada por estar doente. É terrível como uma criança pode sentir-se culpada por estar doente, porque isso alarma a mãe. Por isso, é desejável que outra pessoa, também ao lado da criança, possa dizer-lhe: "Sua mãe está nesse estado porque você está doente, mas não ligue, isso não quer dizer que você está muito doente; quer dizer que ela está sempre enlouquecida; não se preocupe com ela; fique bom, devagarinho; ela vai melhorar." É ótimo falar assim com uma criança, para tranqüilizá-la; caso contrário, ela vai guardar a lembrança de que é péssimo ficar doente: "O que ela vai dizer? Vou levar uma bronca quando ela voltar e disser: 'Ainda tem febre! Essa não, meu Deus!' " Se a mãe se mostrar agitada diante do filho doente, ou, ao contrário, mostrar pesar como se ele já tivesse morrido, ele mais tarde, quando for adulto, ficará angustiado por qualquer ninharia; se tiver dor de barriga, vai logo querer ir ao médico. Terá uma solidão angustiada, uma solidão fóbica aos menores mal-estares.

Ocorre que certas pessoas acreditam estar na pior porque não têm vontade de fazer nada. Acham que estão muito deprimidas, mas não estão. Acham que estão deprimidas por terem vontade de ficar sem fazer nada, mas isso é ótimo para elas: fazem tantas coisas em outras horas! "Bolas, descanse!" Que nada! Não conseguem descansar; há culpa em não fazer nada; não se pode ficar sem fazer nada. Aí está uma educação que lhes incutiu culpa por suas pulsões passivas. Ora, um ser humano precisa de pulsões passivas. Certas pessoas chegam a ter insônia porque o adormecimento, para elas, é um momento de aceitação da passividade. Há pessoas que se sentem culpadas por aceitarem a passividade. Vão inventar alguma coisa que aconteceu durante o dia, para poder ruminar. Não conseguem adormecer. Muitas vezes se trata de uma solidão mal integrada desde a primeira infância, sem comunicação interpsíquica, ao passo que em outras pessoas a solidão pode ser um grande enriquecimento de comunicação, em reminiscências, com os momentos felizes do passado.

Variações emocionais

R. Plusse: *A senhora fala com freqüência de comunicação interpsíquica e de comunicação dos inconscientes. Há toda uma parte das relações humanas que acontecem no inconsciente.*

F. D.: Sim, mas como é inconsciente, nada sabemos a respeito. O inconsciente é sempre inconsciente.

Enquanto canta na cozinha, ocupada com alguma coisa, a mãe vem, passa, diz bom-dia ao filho. Nem desconfia que está havendo comunicação de inconscientes. Tem prazer em ir dizer bom-dia ao seu bebê. Há mães que têm medo de ir falar com o bebê, com receio de fazê-lo chorar: "Ah, não, se vou falar com ele, sei que vai chorar; então, não vou." É idiota. Ao contrário, se ele chora, é bom sinal; significa que gostaria que isso continuasse. Então a mãe lhe diz: "Não tenho mais tempo, mas volto logo." Ele chora um pouco e depois se cala. Em seguida, ela volta, e depois ele chora porque gostaria que ela ficasse. Toda essa comédia é melhor que deixar a criança sozinha, sem ir falar com ela.

É como no hospital, onde às vezes os pais são proibidos de ir visitar os filhos: "Se vocês vierem, ele vai chorar; se vocês não vierem, ele não vai pensar em vocês e não vai chorar." É terrível depois, no futuro. Na verdade é preferível que a criança chore duas vezes por dia, quando os pais chegam e quando vão embora, e que assim viva uma animação de sua vida em torno dos pais, em vez de viver como se não tivesse mais pais, numa espécie de *no man's land*, e de só os reencontrar depois de dez dias de internação, quando voltar para casa.

O fato de ter variações emocionais em torno dos pais prepara uma presença rica para o futuro da criança. Ao contrário, deixar os pequenos no *no man's land* da ausência fará que, chegando à adolescência, ao serem abondonados pela pessoa que amam, eles acabem naufragando, porque não estão habituados a expressar sua dor. Esta habita o corpo deles de maneira muito mais profunda, e eles não têm mediação fantasística, imaginária, tal como as poesias que certos adolescentes escrevem quando perdem o primeiro amor. De repente estão no buraco negro da ausência. Isso remonta à infância, com três meses de hospital, durante os quais ninguém foi visitá-los para que eles não chorassem. É péssimo. Os médicos começam a perceber isso, mas as enfermeiras nem tanto: "Ah! Olha a mãe chegando; ele vai começar a chorar; seria melhor que ela não viesse; a gente fica mais sossegada; isso atrapalha o serviço." Mas é nefasto para o futuro das crianças, que se habituam a viver uma solidão-ausência vazia de relações.

Quando a mãe vai ao hospital e depois vai embora, o filho também sofre com a separação. De qualquer modo, vai dormir, e quando acordar se lembrará do olhar da mãe, de seu sorriso, dos gestos de despedida etc., e ela habitará sua solidão. Seu inconsciente é nutrido pela presença ritmada da mãe com a dor de perdê-la e, depois, com seu retorno alegre, ou às vezes nem mesmo alegre, se ele não puder estar com ela; de qualquer modo ela estará ali, do outro lado do vidro, e isso é melhor que nada: ela não foi tocada, não foi possível sentir seu cheiro, mas foi vista, houve uma troca de sinais. O filho está ao mesmo tempo contente e descontente. É variação emocional, algo que habita seus desejos e que será depois revivível, em vez de ficar na ausência total, quando estiver sozinho.

Acabo de falar da ausência no hospital. Mas também é importante que a criança passe pela experiência do luto dentro da realidade, quando é pequena, mesmo com seis meses ou um ano. É preciso falar desse luto, permitir que ela participe do ritual do luto para o adulto que morreu: a avó, o avô... É preciso. Isso fica na memória e sustenta a simbolização da ausência. A simbolização da ausência é o que nos permite suportar a angústia da solidão. Como sempre digo, é preciso remontar aos tempos idos. O adulto está na solidão que destrói quando não tem vida simbólica suficiente para si. O pior é a solidão na vida familiar.

Uma solidão povoada "a jusante"!

H. PÉRENNÈS: *Estou recebendo uma pergunta sobre o movimento "a jusante": "Existirá uma solução para a solidão quando ela não foi povoada "a montante", ou isso é irremediável?"*

F. D.: Há sempre gente sofrendo mais que nós, é preciso cuidar delas. É triste estar sozinho, mas há pessoas ainda mais sozinhas. Penso, por exemplo, no desamparo dos inválidos nos hospitais, onde alguns apodrecem durante longos anos, sem nenhuma visita! Portanto, que quem sofre de solidão saiba que existem pessoas mais solitárias ainda, e vá ajudá-las! Nesse momento não estarão mais sozinhas. Prospectivamente, há sempre alguma coisa para fazer, ao invés de se queixar da própria sorte ou de se suicidar. O suicídio é o que existe de mais idiota quando se pensa que há tanta necessidade de voluntários para cuidar de seres humanos que não têm ninguém para pensar neles. No Evangelho está dito que, no menor dos seres, no mais enfermo, no prisioneiro em sua cela, encontra-se Jesus[4]. É a dinâmica divina em cada um de nós, uma dinâmica nociva quando não se encontra alguém para um intercâmbio psíquico. O ser humano tem necessidade de outro, não pode viver na ausência.

A solidão pode conduzir à morte psíquica, ou seja, à impossibilidade de encetar uma relação com outrem, com alguém dinâmico, por se estar deprimido demais. Então, é preciso pensar que sempre há alguém mais deprimido, mais abandonado, e tentar fazer alguma coisa pelos mais deprimidos, pelos mais abandonados.

H. P.: *Uma pessoa que está ouvindo diz o seguinte: "Quando estamos sós e deprimidos, não conseguimos ir em direção aos outros. Nós mesmos precisamos ser reconfortados."*

F. D.: Não é verdade. Se a pessoa que disse isso passou pela experiência da depressão, que da próxima vez em que ficar deprimida estabeleça previamente um programinha: "No dia em que eu ficar deprimido, sei que posso ir a tal instituição onde sempre precisam de pessoas de boa vontade." Então ela precisa levantar-se e ir até lá. Vai constatar que nunca mais cairá numa crise de depressão.

Também é preciso dizer que as crises de depressão são cíclicas. É uma espécie de encontro marcado consigo mesmo. Há pessoas que são ritmadas assim. É nesses casos, em particular, que a psicanálise pode ser muito útil. Num momento de depressão desse tipo, não se deve hesitar em procurar um psicanalista. Nem por isso se estará começando uma psicanálise de dez anos. Nos momentos em que não estamos deprimidos, anotamos endereços aonde poderíamos ir conversar. E no dia em que estivermos deprimidos, depois de trocarmos três ou quatro palavras com alguém, já estaremos menos deprimidos. O fato de dar a alguém o que não temos permite sobreviver; damos sempre o que não sabemos ter, o que acreditamos não ter. Em cada um de nós existe alguém que quer conversar com outra pessoa. Não se sabe quem. Se conversarmos com outra pessoa, reencontraremos essa pessoa em nós.

H. P.: *Para mim seria mais ou menos o seguinte, não sei se a entendi bem: para que a solidão seja estruturante, é importante que tenha havido comunicação retroativa, mas para sair de uma solidão um tanto depressiva é preciso que haja comunicação prospectiva!*

F. D.: Sim, no dia-a-dia, na hora, talvez textos escritos para isso, bem curtos. Deve haver desses textos justamente em meu livro *Solidão*, sem que eu mesma saiba; eles servem para restituir deprimidos à comunicação, pois tantas pessoas me escrevem. Esse livro, quando o releio, me entedia, não me dá nada, mas dá aos outros. De qualquer maneira, me traz a lembrança de que o escrevi, e penso: "Ah, sim! É verdade, não está assim tão mal escrito!", e me faço um pequeno elogio: "É maravilhoso que eu tenha podido escrever isso! Não me lembrava"; e, quando verifico que é útil a outras pessoas, digo: "Ótimo." Escrevi sobre a solidão durante momentos que me angustiavam. Quando não estamos angustiados, não escrevemos, não temos necessidade disso; cantarolamos; estamos felizes. Mas é uma angústia não anulante, pois obriga a escrever para formulá-la. Saindo desse estado, nós mesmos não temos mais necessidade disso, mas vemos que pode servir para outras pessoas, mesmo quando escrevemos em lugares solitários. Então, que os deprimidos escrevam sua angústia, por que não? Talvez também seja uma solução.

Também existe a solução de fazer alguma coisa com as mãos, o que, infelizmente, a escola não ensina mais a todos. As pessoas musicais, que tocam um instrumento para seu próprio deleite, raríssimamente ficam deprimidas, aliás é raríssimo ver músicos delinqüentes. A julgar por uma pesquisa feita, praticamente não há adolescentes musicistas que sejam delinqüentes. É interessante, visto que a adolescência é a idade da delinqüência de menores, durante a modificação dos valores, e sempre há um pouco de delinqüência, não reconhecida como tal se a criança não for surpreendida no ato. As pessoas que tocam um instrumento contam com um meio artístico que lhes permite superar a angústia, permanecer num círculo de relações, pois solidão é sentir-se fora do círculo de relações com outras pessoas, seja qual for a razão.

Quando nos sentimos fora do círculo de relações com outras pessoas, é bom povoar a solidão com a lembrança de uma relação passada, retroativamente rica. Quanto ao momento presente, é bom que as pessoas pratiquem uma arte, façam alguma coisa artística com as mãos. É pena que a escola não valorize as pulsões passivas, por exemplo ver alguém trabalhar com as mãos. Na escola, as crianças adorariam ficar olhando outras pessoas, sem nada fazerem. Adorariam se o professor fizesse modelagem, tecesse, praticasse todos os trabalhos manuais que não fazem parte da própria escola, enquanto elas, simplesmente por olhar, estariam construindo em si alguma coisa para habitar sua solidão. É justamente nas suas fases de depressão que certas mulheres saem da pior tricotando como máquinas. Quem as vê pensa: "Que trabalheira! Se pelo menos pudessem respirar e olhar um pouco para o céu!" Mas fazer alguma coisa alivia muito.

O mais terrível nas nossas cidades é não haver nada para fazer, exceto sentar-se diante da televisão, quando os telespectadores ficam ocupados de certa maneira pelos feixes luminosos. Numa cidade, não há como passear pela natureza durante uma hora. Então, faz-se *cooper*. Coitados, como são corajosos... as ruas, o cimento, os carros. Se pudessem estar em contato com a natureza não teriam necessidade de correr como desembestados; teriam como passear, olhar uma árvore, contemplar um pôr-do-sol, e logo estariam cheios novamente da vida simbólica que a natureza transmite em sua beleza. Há gente que precisa expressar alguma agressividade, o que muitas vezes acontece com os deprimidos. A depressão freqüentemente consiste em não saber o que fazer com a própria agressividade. Antigamente, pelo menos era possível dedicar-se aos trabalhos do campo, cortar lenha, ir buscar capim para os coelhos... mas, numa cidade, o que fazer senão correr?

H. P.: *Mais uma observação: "A senhora fala de solidão no desamparo. O que pensa da solidão no amor, da impossibilidade de comunicar o amor simplesmente porque o coração não tem palavras para exprimi-lo?"*

F. D.: É verdade que ele pode não ter palavras para exprimi-lo, mas pode haver outros modos de expressão: escrita, música, dança mesmo quando se está sozinho, para exprimir o amor pelos seres humanos, a alegria de existir, a alegria de viver, que é contagiosa. Conheci uma pessoa que uma vez viu, nas montanhas, um pastor que não sabia estar sendo observado: dançava sozinho. Quando ele passava pelas aldeias diziam: "Está sempre alegre." Em geral, os pastores são de pouco falar. Aquele ocupava a solidão dançando; depois, sentado no meio de suas cabras, tocava flauta; quando dançava, não tocava flauta; dançava por prazer, ao ar livre, e era gracioso. Portanto, existem outras maneiras, além das palavras, para exprimir a solidão. Os criadores de balés trabalham na solidão, e depois dão suas obras aos outros, para executá-las; assim como a música.

Conheci pessoas que participaram da resistência na guerra. Contaram-me que só agüentaram o tranco graças a trechos de poesias. Ficavam espantadas por atinarem com poesias aprendidas na escola, quando eram pequenos, e que lhes voltavam à memória na grande necessidade de povoar a solidão. Hoje, na escola, as crianças não enchem mais a memória com poesias. As pessoas aprendiam essas poesias e, quando estavam sozinhas, lembravam-se delas. Em lugar de palavras para serem ditas nas horas de grande sofrimento, tínhamos a felicidade de reencontrar essas poesias do passado, que habitaram nossas primeiras solidões. Portanto, pode-se falar de prevenção retroativa da solidão; mesmo que, na infância, isso não tivesse sido feito com essa finalidade, serviu.

Os trapistas

H. P.: *Outra pergunta diz respeito aos trapistas: "A senhora não acha que o luxo de ser trapista é, hoje em dia, um símbolo necessário, indispensável, para dar testemunho de que a solidão pode ser vivida com alegria, que ela pode ser habitada, que pode nos ajudar a olhar a solidão como o lugar de uma presença?"*

F. D.: O trapista é uma espécie de atleta da vida espiritual, uma fonte viva do Espírito Santo que podemos sempre sorver, pois fazemos parte do mesmo corpo. Certamente ele nem sempre é feliz, mas o essencial é que seja bem orientado. Alguém que seja realmente bem orientado para ser trapista, ou seja, homem consagrado à solidão, à prece, para mim é de ouro. Quando dizia há pouco: "é luxo", é verdade, mas útil à nossa sociedade. Quanto a ser feliz, ele é feliz tanto quanto alguém que se sinta bem em seu lugar, nem mais nem menos. Fala-se da felicidade dos trapistas, por que não? Mas o que importa é que eles façam jorrar sobre nós uma torrente de vida espiritual, a riqueza de suas preces nos momentos em que estamos em depressão. É isso que cumpre dizer às pessoas, em vez de dizer: "Vejam os trapistas; eles são felizes assim; estão contentes atrás de seus muros." Nem todos são feitos para ser trapistas: se tentassem, muitos fracassariam completamente; não passariam de parasitas passivos.

Retornos à primeira infância

H. P.: *Aqui está uma pergunta sobre o problema da solidão: "O que a senhora acha da solidão que leva da depressão ao alcoolismo?"*

F. D.: Tem relação com a primeira infância. Não é alcoólatra quem quer. Há pessoas que gostariam muito de ser alcoólatras, mas não conseguem, não está em sua natureza. É algo que se constrói com a mãe, em bebê. A potencialidade para tornar-se alcoólatra está ligada a uma grande felicidade de comunhão com a mãe durante o aleitamento, que não foi substituída depois do desmame por um intercâmbio verbal ainda mais enriquecedor com ela. Volta-se então à necessidade de sentir uma corrente a fluir entre a boca e o esôfago, pois, enquanto essa corrente estava passando, havia mamãe, e o bebê não estava sozinho. Com a ardência do álcool, reproduz-se o calor que passava em lugar da fala habitada pela presença de outra pessoa. E por causa disso não se fala. Vocês sabem por certo que a intoxicação pelo álcool produz uma voz fanhosa, que seria a voz do lactente, se ele pudesse falar logo depois de nascer. As pessoas intoxicadas pelo álcool têm voz muito aguda. É realmente uma comunicação com a primeira pessoa que representou um rosto para eles, ou seja, a mãe. Os alcoólatras são pessoas carentes de mãe, pois ela foi incrivelmente maravilhosa para o lactente e não foi mãe para a criança na fase motora. Na idade motora da criança, ela se tornou ansiosa, mas durante o aleitamento ao peito foi quase sempre uma mãe maravilhosa.

H. P.: *Outra pergunta: "O que a senhora acha da criança prematura em incubadora durante quinze dias, sem o corpo-a-corpo com a mãe, alimentada pelo leite materno tirado por máquina? Isso aconteceu há trinta anos, e esse homem hoje não suporta a solidão."*

F. D.: Falei há pouco da criança hospitalizada que não via a mãe. Isso pode realmente acontecer muito cedo, quando ela não sabe falar para conversar com as pessoas. Quando uma criança fala e é capaz de dizer aos outros que está sofrendo, cada pessoa é bem ou mal um pouco de sua mãe. Logo, ela não está sem a mãe; no mínimo está com alguém que a representa. Mas, antes de falar, a presença da mãe a falar com seu filho é um alimento mais importante ainda que o leite que ela lhe dá ao peito.

O que acontece numa incubadora com um bebê prematuro? Sabe-se hoje que é bom – se a mãe quiser e se tiver apoio para isso – que ela fique perto do filho. Embora ele não ouça a voz dela, não sinta o seu cheiro, pelo menos há o leite dela (tirado por meios mecânicos ou não, pouco importa), ela o está olhando, ele está sentindo sua presença, e assim, voltando para casa, o reencontro será muito melhor do que se tivesse sido alimentado com leite artificial. O bebê alimentado com o leite da mãe e com a presença dela sofrerá menos que o bebê cuja mãe não tenha sido habilitada a visitá-lo: "*Deixe-o sossegado, nós cuidaremos dele muito bem.*" Desaconselhava-se assim à mãe que fosse visitar o bebê, porque a pobre mulher sofria por não poder tocá-lo, por não poder cuidar dele.

Sim, é no passado que a comunicação deve ter sido cuidada, se não quisermos estar no futuro impossibilitados de suportar a solidão de maneira criativa.

H. P.: *Voltamos outra vez ao problema da primeira infância com a seguinte pergunta: "A solidão ruim, vivida por um bebê de dezenove dias que ficou separado da mãe durante três semanas, pode ser reparada?"*

F. D.: Depende da criança e também da mãe, em função de sua ansiedade. É assim que nasce o autismo nas crianças mais dotadas quando ocorreu fratura na relação com a mãe, devido a uma ausência longa demais. A mãe, ao voltar, estará modificada demais para que o filho possa dirigir-se a ela, e ela sofre porque ele não a reconheceu. Esse sofrimento é diferente para cada um deles; às vezes cria tal distância que não pode ser nunca mais preenchida. É como uma rachadura, num vaso, que se estende e acaba sendo uma verdadeira quebra. Isso é o autismo. A criança é como um astronauta que saiu da cabine é está no vácuo, e que pode ficar girando eternamente em volta da nave sem conseguir voltar. Cai na antigravidade, e acabou. A mãe está dentro da nave, a criança fora, e não conseguem mais se reencontrar. Dezenove dias de separação já é muito para um bebê entre quatro e dez meses. Quando a separação acontece bem mais tarde já é diferente; não há autismo, mas provação. Entre quatro e dez meses, o autismo vem pela separação prolongada entre mãe e filho, com a não-compreensão da criança, que, com a volta da mãe, não a reconhece. A mãe, em vez de ficar ansiosa, deve ter paciência.

Consegui salvar uma dúzia de crianças do autismo sem a intervenção de ninguém mais além da mãe, simplesmente por telefone. Dizia à mãe que tentasse encontrar um momento do passado em que o filho lhe tivesse sorrido, em que estivesse feliz com ela, e ela com ele: "Nesse dia terá acontecido alguma coisa, tente lembrar-se." Tratava-se de crianças de dois, três, quatro anos no máximo. Além dos quatro anos, é preciso a intervenção de alguma outra pessoa; antes dos quatro anos a mãe pode tentar fazer isso, e reencontrar o contato com o filho. Era a época em que eu falava no *France-Inter*[5]. Mulheres do interior me escreviam: "Fui ao enterro de minha mãe; precisei ficar ausente três dias, mas meu pai ficou doente, e eu fiquei quinze. Quando voltei, meu filho não me reconheceu." Nesses casos há toda uma atmosfera de angústia: a criança fica sem chão, não olha mais para a mãe, não sorri mais para ninguém. A mãe acrescenta: "Apesar disso, ele não é difícil. Come qualquer coisa." Não são crianças gulosas, são lindas, mamíferos humanos eretos lindos, esplêndidos, mas que não estão mais em desejo. O desejo acabou. Para elas, o desejo está numa vida simbólica imaginária, numa felicidade indizível. A criança sorri beatamente porque um passarinho atravessou o céu. Para ela, aquilo significa muitas coisas, mas não se sabe mais o quê. Vive numa vida simbólica constantemente imaginária, e as pessoas que a rodeiam não fazem mais parte de seu mundo. Aliás, a família diz isso: "É um marciano; vive entre nós como um marciano."

Se a criança autista não estiver sofrendo, não se pode fazer nada. Ela não é nem um pouco infeliz. Poder-se-ia quase dizer que é um ser espiritual sem espiritualidade conhecida por nós. Vive num mundo de espiritualidade que não é mais de intercâmbios de meios codificados. Não está interessada nos prazeres dos sentidos humanos. Conheci alguns autistas que ficam muito satisfeitos por terem encontros regulares com o psicanalista quando estão ansiosos. Mas, a partir do momento em que não estão mais ansiosos, porque as experiências de ansiedade foram revividas sem que o psicanalista ficasse ansioso, eles retornam ao momento em que estavam antes da separação da mãe, sem contudo reencontrar a mãe. Estão felizes com um modo de vida só deles. Se pudessem falar, diriam: "Não me amolem, vou indo muito bem, o que vocês vêm fazer no meu espaço?" Seu espaço e seu tempo não são mais os nossos. E eles são felizes.

Pais invasores!

H. P.: *Depois das perguntas sobre o "insuficiente", aqui está uma pergunta sobre o "demais": "Uma mãe invasora demais não será um obstáculo tão incômodo quanto sua ausência, ou até mais, para a estruturação do filho?"*

F. D.: Esse "demais" não existe se a mãe também é "demais" para o marido, a não ser que o filho invada sua vida afetiva em situação dual, mãe-filho, em vez de uma situação triangular, pai-mãe-filho. Se são três, se a mãe está cheia de libido por todos, se a criança não ocupar, portanto, todo o lugar para a mãe, não haverá "demais". A criança precisa principalmente de uma situação triangular, e nunca de ser o espelho nem o preferido de um adulto.

H. P.: *No mesmo eixo: "Pode-se viver uma infância muito cheia afetivamente, com relações familiares privilegiadas, cercado de pessoas afetuosas e atentas, e mesmo assim sofrer de um sentimento de grande solidão. Relações particularmente fortes entre pais e filhos não poderão ser um entrave à comunicação com outros?"*

F. D.: Acabei de falar nisso. Aí também se trata de pais que, pretextando amar muito o filho, são tão exclusivistas da vida familiar que o repreendem ou desvalorizam quando ele tenta ter amigos fora da família. A partir de quatro ou cinco anos, sempre deve ocorrer a situação triangular com a criança, que estará certa de que é amada em sua família mas saberá que é amada também quando está em outro lugar, com amigos, fora do círculo familiar. A situação triangular torna-se então: eu, mamãe, papai e um ou uns amigos de quem os pais não têm ciúmes. Pois há pais e mães ciumentos das amizades acaloradas de seus filhos, amizades cheias de brigas: "O que é que você vê nesse aí? Por que é melhor do que ficar em casa?" Há mães que não suportam ver crianças brigando. No entanto, para as crianças entre dois e cinco anos é "maravilhoso" estarem todo o tempo brigando. Certos pais não aceitam isso; acham que essas crianças não se gostam: "Esse aí vive brigando!"

Mas é essa a felicidade dele. Prova: ele vem berrando porque foi mordido, mas nem bem se refez já está voltando para o agressor. Isso prova que ele precisa daquilo.

São mães que muitas vezes impedem o estabelecimento da situação triangular fora da família. Também nesse caso tudo teve início lá atrás, quando a criança começou a ser atraída para o mundo exterior. Infelizmente, certos pais desvalorizam isso e zombam do filho que tem problemas com outras crianças, embora se saiba que isso não vai durar a vida inteira. Nunca se deve dizer à criança que se defenda. Quando ela se queixa de que os outros a agridem, é preciso dizer: "Quando você entender como os outros agridem, vai aprender a fazer a mesma coisa, e eles não o agredirão mais." Repito que ter amigos fora da família é importantíssimo. A pessoa que fez essa pergunta sobre as relações familiares provavelmente vivenciou sua família como uma jaula.

A solidão dos adultos

H. P.: *Há duas ou três perguntas sobre o problema da solidão dos adultos. Também a pergunta seguinte: "O que é viver a solidão criativamente?"*

F. D.: Da solidão dos adultos falei há pouco. Disse que a solidão criativa pode consistir em exprimir o que se sente, aliás foi isso que aconteceu com meu livro *Solidão*, que se tornou criativo sem que eu sequer percebesse enquanto escrevia nas minhas horas de solidão. Serviu para que outras pessoas nele se reconhecessem, se sentissem menos sozinhas, e me escrevessem.

Portanto, há vantagem em escrever os sentimentos de solidão, de musicá-los como fazem os músicos, de pintá-los como fazem os pintores, de modelá-los como fazem os ceramistas... Todos os artistas são criativos em seus momentos de solidão. A criatividade de alguém, sua criação ainda mais, são o fruto de uma solidão. Em definitivo, nunca estamos totalmente sós. Estamos com aqueles que contataremos sem saber quando. Quando se descobriu Mozart, havia muito tempo ninguém mais pensava nele, bem como Vivaldi. No entanto, Deus sabe que alegria, que reconforto para a solidão eles dão hoje a tantas pessoas.

Somos feitos para nos comunicarmos uns com os outros. Há solidão quando não há contato com alguém com quem estabelecer trocas, por estar longe demais no espaço ou no tempo. Mas se, na solidão, exprimirmos o que temos para exprimir, um dia haverá o encontro, que dará sentido ao fato de, na nossa solidão, termos sabido expressá-la. É isso o que quero dizer quando falo de solidão criativa.

Papel da psicanálise

H. P.: *Uma pergunta sobre o papel da psicanálise: "A senhora mostra o aspecto inteligente da psicanálise e suas contribuições. No entanto, seria interessante mostrar seu uso burro pelos discípulos incondicionais do deus Freud, que, ao lado de intuições geniais, às vezes soltou incríveis asneiras hoje consolidadas num catecismo obrigatoriamente ateu (...) Perversão freudiana na idéia de mercantilizar os relacionamentos, o calor humano e a ternura. Amor igual a dinheiro, igual a horror e símbolo de nossa sociedade em decomposição. Perigo do psiquiatra, do psicanalista que se acha Deus e desempenha um papel destruidor."*

F. D.: A pessoa que se declara contrária à psicanálise tem razão. De fato, houve muita inépcia nessa jovem ciência. Mas essa pessoa não pode pretender que a psicanálise dê calor humano. Quem faz um tratamento psicanalítico está falando consigo mesmo por meio de alguém que lhe empresta seu ouvido, que lhe dedica tempo, que é o camaleão de suas relações passadas.

O psicanalista não tem nenhuma relação que não seja profissional com quem lhe vem falar de sua angústia. Ele não se acha Deus, mas desempenha um papel destruidor das falsas ilusões da vida, desde a nossa infância. As impressões de traição, desamparo, tudo o que faz a infelicidade de alguém ele ouve como outras pessoas deveriam ter ouvido: o educador quando essa pessoa tinha treze anos, a namoradinha que o deixou na mão aos dezoito anos, o amigo íntimo por quem ele se sentiu traído, o irmãozinho ou a irmãzinha que o inculpavam pelo que faziam quando ele tinha cinco anos, o pai ou a mãe durante a adolescência...

O psicanalista é o camaleão de plantão. Sua vida pessoal está em outro lugar completamente diferente. É uma profissão, é preciso saber disso. As pessoas que esperam afeição dele estão enganadas. Sem dúvida quem está em tratamento desenvolve afeição ou ódio, que não se pode evitar no trabalho psicanalítico quando a gente se confunde com alguém, mas é preciso saber que o psicanalista não é um ingênuo. Ele não está lá para amar nem para dar calor humano. Está lá, ao contrário, para que os outros falem aos próprios ouvidos por meio daquela pessoa presente para escutar durante um tempo determinado e muito bem medido.

A psicanálise destrói as falsas ilusões. Mas depois que se destruiu tudo, sobra a verdadeira vida, que não se disfarça de coisas que acreditamos verdadeiras e não foram. Prova o fato de que, se foram embora, é porque não eram verdadeiras. O psicanalista demole as falsas ilusões que lamentamos, mas nem por isso é Deus, ao contrário. Se uma análise corre bem, as pessoas voltam a ter confiança em si mesmas, amor por si mesmas, o que permite viver no dia-a-dia sem ficarem fixadas no passado, nem nos pais vivos ou mortos. Esses pais fizeram o que puderam, tendo em vista sua própria educação e os acontecimentos vividos enquanto estavam encarregados da educação dos filhos.

Procurar um psicanalista não é tomar alguém por Deus, e ser psicanalista não é achar-se Deus. Quem faz uma psicanálise depois pode esquecê-la completamente: aquilo não tem interesse algum. Calor humano e ternura? A ternura nada tem a ver com o tratamento, mesmo que a pessoa em tratamento sinta arroubos de ternura por seu ou sua psicanalista, por que não? Isso pode ser dito, pode-se dizer tudo, não se pode fazer nada. O psicanalista está ouvindo, mas está pouco se importando, modo de dizer, pois ele se importa sim em curar uma pessoa, mas aquilo não lhe diz respeito pessoalmente, de jeito nenhum. O psicanalista é alguém que representa a razão para uma pessoa que esteja tão apaixonada que não tenha mais raciocínio em relação à vida que levou ou de que foi vítima, ou em relação aos sofrimentos que suportou.

A vida monástica

Há pouco foi feita a seguinte pergunta: "*Autismo e vida monástica*", e todo o mundo achou graça. É engraçado, porque eu nunca achei que a vida monástica pudesse de alguma maneira ser comparada ao autismo. Para mim – talvez seja uma idéia totalmente falsa – a vida monástica é a vida mais dada que um ser humano possa ter, a mais de relação com o mundo, mesmo não conhecendo quase ninguém em particular. Os monges são os maiores oradores mudos, oradores de suporte da população. Toda população precisa de ascetas no espírito próprio de suas crenças: numa etnia cristã, são monges cristãos; numa outra etnia, serão monges hindus etc. Não acredito que a vida monástica cristã seja muito diferente da vida monástica islâmica ou budista, por exemplo.

Todos os harmônicos do desejo que levam para a religião são as etapas mais refinadas do articulado do pensamento e da afetividade humana, e são espiritualidade. Espiritualidade existe desde que existe civilização, mas difere segundo as imagens que dela temos. O folclore cristão, ou seja, as imagens que nos são propostas pelo dogma cristão para a representação da vida espiritual, é o mais próximo daquilo que vivemos em nossa etnia. Em todas as religiões, encontram-se exatamente as mesmas características de sublimações que a psicanálise descreve como sublimações do desejo numa relação que vai até o impessoal que abarca todas as personalidades, e não no autismo de abandonar a personalidade. É uma extensão do amor para todos os seres humanos graças às imagens do folclore cristão ou do folclore islâmico ou do folclore hinduísta para outros.

Ouvindo-os rir, pode-se pensar que, em sua opinião, os monges vivem fechados em si mesmos, indiferentes ao próximo, como parecem ser os autistas, mas isso não é verdade. Os monges não precisam de psicanalistas. Eles têm uma técnica de ventilação da angústia que lhes possibilita não produzir efeitos egoístas sobre as pessoas, mas um efeito de generosidade. Em todas as etnias, há necessidade de pessoas dedicadas a essa vida.

Uma situação triangular

H. P.: *Aqui há outra pergunta: "A mãe é a única pessoa que pode compreender e retomar a comunicação com a criança autista? Qual é a posição e o papel do pai na solidão depressiva do adulto? Quais são as conseqüências de uma ausência da mãe durante seis meses quando o filho tem entre dois e quatro anos?"*

F. D.: É evidente que a Trindade é mesmo uma invenção extraordinária. E pensar que há dois mil anos ninguém estava preparado para isso, nunca se tinha ouvido falar. No entanto, é um segundo nascimento anunciado. A psicanálise também é um segundo nascimento. É justamente assumir-se, ter desejado nascer, ainda que a maioria das pessoas diga: "Não pedi para nascer, foram meus pais que me fizeram nascer." Não é verdade. É que havia por que viver. Nada de lamúrias. Cada um tem seu papel, um papelão, aliás, para alguns, e a psicanálise nos ajuda a trilhar de volta a história do nosso desejo e a nos livrar de todas essas ilusões: "A culpa é dele; a culpa é dela!" Sim, aquilo nos fez sofrer, mas nada faríamos sem sofrimentos. É preciso livrar-se disso, e livramo-nos jogando sobre essa pessoa, o psicanalista, que é decepcionante, que é maravilhoso, que merece ser lançado aos cães, como papai e mamãe, quando éramos pequenos; depois acabou, tchau e bênção, pagamos nosso dízimo, só isso. Cada um cuida de si dia após dia, e amanhã será melhor que hoje. Viver é isso.

O fato de remontar à Trindade, ou seja, aos três desejos divinos circulantes, é extraordinário, pois foi assim que fomos concebidos. Dois desejos inconscientes se encontram, pai e mãe. Há um que está consciente de seu ato, é o pai, pois sem isso ele não conseguiria. O pai é sinal verde, está de acordo. A mãe é sinal amarelo pelo menos, mas o carro quer passar, e passa: é quem nasce. É a trindade humana para nascer, um ser chamado a falar um dia. Acho maravilhoso encontrar em Deus a Trindade, essa relação de amor a três. É algo que encontramos justamente no desejo de viver de cada um de nós. Assumimos nisso nosso papel numa situação triangular: pai, mãe, filho.

Como dizia há pouco, o drama surge, com maior ou menor solidão, quando a situação triangular não é mantida por toda a vida. Estamos todo o tempo em conivência nesse tipo de jogo porque gostaríamos de possuir o outro, e não de dividir a posse com outro. Queremos sempre para nós apenas, "só meu", como diz o bebê, o que é normal nessa idade. Ele pergunta à mãe: "Só eu que sou teu filho?", mesmo que ela tenha sete. E a mãe inteligente deve responder: "É, só você é meu filho." E se o outro filho perguntar: "E eu? E eu?" "Você também, só você é meu filho." É preciso dizer isso a todos os filhos: eles são "o filho meu exclusivo" porque a mãe não é a mesma para cada filho. Mesmo para os gêmeos, ela não é a mesma mãe para cada um deles. Portanto, cada filho é o filho exclusivo do papai, o filho exclusivo da mamãe. É nesse sentido que não somos "deuses" na Trindade. Nunca há na Trindade um "só eu", pois são sempre três. E nunca se chateiam. Ao passo que a criança, sim, se chateia. É bonita essa coisa de Trindade; a conversa entre eles é boa e serena, ao passo que quando são três seres humanos, a coisa nunca é serena: sempre há um que quer ter os outros dois, ou um que é contrário aos outros dois. Mas é isso que faz a dinâmica: não haveria dinâmica se não houvesse esse movimento. Acho extraordinário esse Deus que é uma dinâmica na origem, naquilo que é dado como imagem básica da divindade criadora. É algo que não é contraditório de modo algum, porque tomando à distância, de modo alegórico, é o que encontramos na vida de cada ser humano.

A mãe é a única que tem o poder de entender e retomar a comunicação com o filho? Sim, mas o pai também, na qualidade de associado da mãe. É graças à mãe que a criança tem um pai, não do ponto de vista genético, mas do ponto de vista das relações. O que conta para o filho não é o pai genético, é o pai companheiro da mãe. O pai é, pois, importante como ser correspondente à mãe, que é importante para ele. Por isso o pai é importante para a criança autista, mas sozinho não pode fazer a criança autista se reencontrar, pois ela precisa ser reencontrada como estava no momento do nascimento, ou mesmo antes do nascimento, na relação íntima com a mãe. Ninguém pode saber o que é a comunicação entre mãe e filho, nem mesmo a mãe. A mãe não sabe que comunicação inconsciente e vivificante tem com o filho, mas é a única que lhe pode dar o sentimento de existir.

O livro que escrevi sobre a imagem inconsciente do corpo[6], livro difícil de ler porque psicanalítico, despertou muitas pessoas para a compreensão do que é a dinâmica do inconsciente entre o filho e sua mãe. Não há dúvida de que a mãe é uma parte do corpo do filho. Ele perde uma parte da mãe quando esta deixa de estar presente durante certo tempo, e ele vive num corpo que está mutilado. É pela fala, pelo cheiro, pelos ritmos de vida e pela serenidade da mãe diante de seu estado de "ausência" que tudo se reata entre os dois: o filho a reconhece de repente, e se joga em seus braços.

Alguém disse há pouco: "*Mas a senhora não curou criancinhas autistas!*" Ninguém cura o autista; ele se cura no sentido de reencontrar a mãe, e a partir daí retoma a marcha da vida. O autismo desapareceu, e isso significa que a criança está de novo inteira por se ter reencontrado e por ter articulado isso a uma percepção que existe no corpo dessa mulher, pois não sabia mais onde ela estava, e a reencontrou. Às vezes isso exige seis, oito meses, mas com as mães que pude ajudar demorou oito, quinze dias...

À noite, quando põe o filho para dormir, nessa hora em que ele tem mais condições de ouvir suas palavras, a mãe diz: "Aconteceu quando você tinha seis meses; eu precisei sair de casa. Eu não sabia que você tinha percebido. Achava que você era pequeno demais para explicar; fiquei fora por muito tempo, e quando voltei você não me reconheceu. Espero que você sonhe, e me reencontre; sou eu mesma, aqui perto de você, tua mamãe que...", e ela pode mostrar-lhe coisas características de sua vida de criança antes da separação. É por volta de quatro ou cinco anos que a mãe pode resgatar o filho desse modo; com oito anos já pode ser tarde demais. Na hora de dormir, mesmo que ele tenha sido desmamado aos quatro anos, ela lhe dá a mamadeira enquanto vai falando, e lhe dá também a mamadeira da manhã, quando for falar com ele de novo. Às vezes, depois de alguns dias, ele a olha com intensidade e grita: "Papai, a mamãe está aqui!" Acabou, ele reencontrou a mãe, e se reencontrou, refez a relação triangular. Quando a mãe pode agir assim, é melhor do que apelar para uma terceira pessoa. Foi assim que algumas mães me descreveram: "A senhora não pode imaginar que emoção."

Se o melhor em caso de autismo é que a mãe faça o tratamento para restabelecer a comunicação, o pai é o mais indicado para resolver o sentimento de culpa de uma criança que se sinta culpada. Ninguém imagina até que ponto as crianças podem sentir-se culpadas! Por exemplo: o pai está desempregado; o filho acha que é por culpa dele. O pai, deprimido por estar desempregado, fica encolerizado; o filho também acha que é por causa dele: se o papai está triste, se foi mandado embora do serviço, se não tem poder, nada disso faz parte da lei criada por papai. Isso prova que o filho fez alguma coisa ruim, e que o pai fez alguma coisa ruim.

Vi isso durante a guerra. De um dia para o outro, com o anúncio de que os pais tinham sido aprisionados, os consultórios ficaram cheios de crianças de oito a doze anos que faziam xixi na cama, crianças que não faziam mais isso desde os três anos: "Meu pai é prisioneiro; sou um porco, um nada, porque papai está preso, porque papai é um porco." Os filhos achavam que os pais estavam mortos, mortos pela pátria, o que era formidável, como nas histórias de guerra, de ficção científica, e eles teriam orgulho se os pais tivessem morrido. Mas, de repente, ficavam sabendo que não tinham sido mortos, mas aprisionados, e as mães estavam felicíssimas: "Como? Essa vagabunda fica contente porque meu pai está preso!", enquanto, para ele, motivo de orgulho seria o pai estar morto, e não prisioneiro, que era uma vergonha, uma decadência: "Não passo de um mijão, na cama." As crianças eram curadas quando entendiam o sentido da palavra prisioneiro e por que as mamães estavam felizes pelos papais não estarem mortos, mas prisioneiros.

A compreensão da maneira como a criança está em relação e a compreensão de seus valores são objeto de estudo da psicanálise; não é um estudo moral. Se as ilusões fazem a criança partir torto pela vida, se a fazem cair num sentimento de culpa tenebroso, isso só poderá ser resolvido pelo pai. Se o filho se sente culpado, não é a mãe que pode perdoar; é o pai, ou quem ocupe a posição de pai. Mãe perdoa sempre. Aliás, os filhos não se sentem nem um pouco consolados quando as mães perdoam: "Ela me mima." Mas um pai que pune, que perdoa também, é um pai de verdade para a criança.

O sentimento de culpa não tem nada a ver com religião; é um sentimento leigo (até os cachorros têm sentimento de culpa), que tem a ver com experiências que a criança perceba como desvalorizadoras. Exemplo: uma criança não consegue cumprimentar educadamente um velho; para ela, é deprimente; então a criança dá as costas ao velho ou lhe pergunta: "Você vai morrer logo?" Leva uma bronca, porque não é educada, mas o velho poderia responder: "Vou, logo; quer dizer, espero que não muito cedo, mas bem antes de você..." Se lhe incutem culpa por isso, como querem que se livre da culpa? Ela foi sincera; dizem-lhe que deve dizer a verdade, e de repente isso é ruim! Passamos uma educação que deforma a criança. Repito: sentimento de culpa de filho desfeito pela mãe não tem valor. O que conta é que o sentimento de culpa seja desfeito pelo pai, que está marcado para ser mais severo. Mas se ele perdoa, isso prova que a coisa está realmente apagada, e que o filho pode perdoar-se. O papel do pai e o papel da mãe não são os mesmos em relação ao sentimento de culpa.

Na idade adulta, a infância não acabou

H. P.: *Há um acúmulo de perguntas do tipo: "Nossa infância ficou para trás. Poderíamos deixar de lado aquela solidão, e falar de nossa solidão desenvolvendo o tema solidão-sofrimento, solidão-regeneração?"*

F. D.: Suas perguntas me desconcertam, porque parece que falei da solidão do adulto, mas a partir da infância. O adulto que não é mais criança não existe. Solidão de adulto é solidão remanescente de criança. Não posso dizer que o adulto exista sem a criança nele. É como se vocês quisessem que eu falasse dos galhos de uma árvore sem falar das raízes. Quando a coisa não vai bem no adulto, é preciso remontar às raízes da infância. O adulto não sofre de solidão se não tiver sofrido de solidão na infância.

UMA PARTICIPANTE: *Sim, mas a infância acabou!*

F. D.: Nada disso, não acabou. A prova é a solidão atual do adulto, como uma criança que não tem papai, não tem mamãe por dentro. É porque não tem papai e mamãe que se sente sozinho. Mas, se desempenhar o papel de papai ou de mamãe para outra pessoa, deixará de estar sozinho, mesmo que seja útil apenas a animais domésticos, como o cachorro...

Solidão é o esquecimento da situação triangular. A pessoa fica dando voltas em torno do próprio umbigo e dizendo: "Que chato, não tenho mais cordão umbilical!" É, de fato, não tem mais; não vai ter nunca mais; não procure nesse lugar. Há pessoas em torno de você, que precisam de alguém para cuidar delas com palavras, gestos, qualquer coisa; e, na falta de gente, há pombos. Fique olhando o que acontece nas praças públicas: alguém que sofra de solidão e dê comida aos pombos já está menos sozinho, principalmente se fizer isso com vizinhos. Eu já disse que a solidão só pode ser curada quando expressa criativamente (um texto, um material, um instrumento...) e pela ação de ajudar alguma outra pessoa, para criar uma situação triangular. Somos dois, conversamos; o terceiro é a palavra. A palavra que vem sempre de outro prova que somos três. Nunca é sozinho quem fala com alguém, mesmo que seja com seu cachorro. O cachorro nos dá a satisfação de falarmos para nós mesmos em nossa parte "infans" ("não falante"), e as palavras provam que vieram de outro lugar, e que esse animal serve em qualquer idade.

É terrível a solidão das cidades, onde a pessoa realmente precisa cuidar de outros seres humanos, embora ache que os outros é que deveriam cuidar dela. É um erro de interpretação. As pessoas não precisam ser amadas, a não ser quando são pequenas. Mas, passada essa idade, o que elas precisam é amar outros seres humanos, e, na falta destes, amar um cachorro, um gato, um peixinho vermelho, uma planta, para, a partir daí, criar relações com as outras pessoas.

Expressar a solidão já é sair dela

H. P.: *Acredito que a esse movimento em direção ao outro, a amar o outro, certas pessoas aqui presentes manifestam certa resistência. Vou ler duas perguntas: "Quando estamos em estado de depressão, falta-nos justamente energia para ir em direção aos outros a fim de combatê-la; que fazer então?" "Quanto às pessoas que reco-*

nhecem a causa de sua solidão, de sua depressão, que a vivem como um estar 'descartado', rejeitado, onde podem encontrar coragem para dar a outros o que não tiveram e reivindicam antes de poderem dar? É possível sair desse círculo vicioso? Quais podem ser os lugares de encorajamento, de reconciliação com o passado?"

F. D.: Quem escreveu esse papel está falando de si mesmo ou de outra pessoa? Se de si mesmo, o fato de ter escrito prova que saiu da solidão porque conseguiu falar dela, e vai sair sempre, mesmo quando tiver tocado o fundo do poço. Por essa razão, as pessoas que se queixam de estar sozinhas não devem ser impedidas de tocar o fundo de sua solidão. É inútil dizer: "Mas que nada, mas isto, mas aquilo...", e sim dizer: "É, você tem razão, é insuportável; teve motivos para me telefonar." Não se deve tentar ir mais longe; elas ouviram: "Você pode me telefonar"; não façam mais que isso. Quem tentar fazer mais por alguém que só consegue dizer: "Sou infeliz" etc. vai afogar-se com essa pessoa; por isso já é muito dizer: "Fez bem em me telefonar; não posso fazer nada por você, mas pode me chamar", o que equivale a: "O que você está dizendo não me angustia, não estou procurando soluções, mas escutei, e a solução chegará sozinha." Isso evita a perversão de quem se queixa sem parar para monopolizar o outro. Acho que quem escreveu este papel só por isso já saiu da solidão. Já saiu, caso contrário não falaria dela assim.

A pessoa chega a falar de círculo vicioso; já escapou, está saindo. Existe nele algo de centrífugo; sai-se em certo momento e escreve-se do jeito como ela acabou de escrever: faz-se uma pergunta mas já se encontrou a solução uma vez. Agora essa pessoa corre o risco de angustiar-se com as pessoas que se queixam e se angustiam, em vez de lhes dar apoio dizendo: "Fez bem em me dizer; eu ouvi", sem acrescentar mais nada e sem se culpar por isso.

Encontrar lugares de vida

UMA PARTICIPANTE: *Tenho vontade de tomar a palavra; fui eu que escrevi aquele papel. Não estou pensando em outras pessoas, mas, para mim, a questão profunda é sobre aqueles que sentem, como eu já senti, uma solidão difícil. É verdade que minha solidão me levou a procurar. Mas não basta dizer que há quem procure e encontre. Para mim, quem me ajudou a não ficar mais fechada na solidão foi alguém que ousou falar de sua alegria de viver. Quando a senhora dizia há pouco: "Felicidade de trapista, que nada", eu diria que o que falta hoje é gente feliz, à porta de quem pudéssemos bater e perguntar: "Qual é afinal o segredo da sua felicidade?", para que pudéssemos saber onde há pessoas que ainda conseguem ser solidárias.*

F. D.: Mas, está vendo? Você não encontrou.

PARTICIPANTE: *Mas o problema não sou eu!*

F. D.: Claro que é.

PARTICIPANTE: *Para mim o problema está em poder dizer, explicar todas as razões que nos fizeram ficar sozinhos; mas, hoje, onde estão os lugares onde podemos dizer a essas pessoas solitárias: "Escutem, quando queremos ser solidários, se temos tal ou tal atitude de timidez, olhe aqui, existem coisas hoje em dia" e mostrar um pouco do que existe?*

F. D.: É, tem toda a razão.

PARTICIPANTE: *Acho que falamos pouco dos lugares de solidariedade, que talvez dêem respostas a certo tipo de solidão. Pomos todo o nosso peso sobre a árvore que está caindo, fazemos muito barulho, mas não falamos de toda a floresta que está brotando e não ouvimos. Acho que seria importante dar mais espaço a essa floresta que está brotando, a esses lugares de vida na sociedade de hoje.*

F. D.: Tem toda razão, e vá em frente.

PARTICIPANTE: *Certo.*

F. D.: Tem toda razão; e veja que, se não tivesse sentido essa angústia da solidão, você não teria encontrado essa solução e teria perdido a oportunidade de apegar-se a alguém que, justamente, substituiu a mamãe sempre socorredora.

PARTICIPANTE: *É verdade que a solidão dos adultos é a solidão das crianças, mas também acho – e essa é minha fé – que, quanto à solidão dos adultos, há a oportunidade dada pelo Espírito Santo através do perdão e da reconciliação com nosso passado, pela nova escolha de uma vida e de um amor que nos faltaram.*

F. D.: Tem toda razão, muito bem.

PARTICIPANTE: *Quando a senhora fala do papel da canção que a mãe canta para o bebê, acho que a prece que antigamente ensinavam às crianças tem um papel essencial, porque as preces, as palavras aprendidas para rezar na infância são as que voltam em qualquer momento da vida, um dia ou outro.*

F. D.: Aliás, na criança, uma canção ou uma prece tem o mesmo valor para o começo de vida. Só depois ela percebe que a prece se destinava a Outro, a um terceiro, fora do tempo, um espírito que não está no corpo do espaço e do tempo dos corpos. No início, para a criança, a canção é uma prova do amor da mãe; o mesmo acontece com a prece.

H. P.: *Outra pergunta: "Não entendi por que, falando de solidão, a senhora evocou os momentos em que ficava 'desocupada', olhando os outros tricotar etc., enquanto o grupo familiar se reunia em torno do lampião. O fato de ficar olhando os outros agir enquanto não se faz nada é mais útil para viver bem os momentos posteriores de solidão do que ter uma ocupação com o grupo familiar reunido?"*

F. D.: Mais útil? Menos útil? Não há um momento que deva ser mais valorizado que o outro, embora se tenha tendência a valorizar mais os momentos de expressão da criança e menos os seus momentos receptivos. É o que eu queria dizer: nem mais nem menos. Temos tendência a só prestar atenção à expressão de uma atividade, ao passo que também é preciso valorizar a passividade venturosa.

Perguntas sobre Solidão

H. P.: *Há também perguntas sobre seu livro* Solidão. *Primeira pergunta: significado da capa: cor, retângulo no centro, passos sobre a areia, mar?*

F. D.: Situação triangular de ausência de pessoa. Há passos: alguém passou.

H. P.: *Nesse mesmo livro, há personagens. O que significam, por exemplo, Mainá, Negra Verde?*

F. D.: O mainá é um bicho muito engraçado. Parece um corvo atarracado. Tem duas peninhas brancas. Parece estar com as mãos cruzadas nas costas, e anda assim pelo jardim, no meio dos outros, que o ficam olhando porque ele briga com todos. Parece estar sempre meditando, e anda a passos largos. O mainá existe mesmo em Antibes, em minha casa Soledad, mas é misógino: não suporta mulheres. Quando há mulher por perto, ele chia, mas quando é homem se aproxima e fica olhando. É totalmente solitário. Não dorme sobre as patas, mas deitado, como os seres humanos. É muito esquisito. Quando eu ficava sozinha em casa, fazia-lhe discursos, mas ele não queria me ver; não ficava contente; me xingava cada vez que me via. Eu lhe dizia: "Está vendo, meu homem não está; azar, vai ter que se ajeitar comigo mesmo!"

Quanto à "Negra Verde", é uma estátua de gesso que meus filhos, em pequenos, chamavam de "Negra Verde"; faz parte do folclore da família. É uma lembrança da infância deles. Aliás, está toda escorchada, a pintura verde está partida. Tem a altura de uma criança de cinco anos. É uma ninfa de Despiau, feita de gesso, muito bonita, que meu marido ganhou de presente. Quando conheci meu marido, já existia essa estátua; quando as crianças nasceram, ela ficava na entrada, no chão. Eles lhe deram o nome de "Negra Verde" porque era muito escura. Naquela época, havia um livro de Paul Morand chamado *La négresse verte*, então, por que não? É negra, é verde, então foi chamada de "Negra Verde".

No meu livro também há o "Canguru das Paredes". Era uma mancha de mofo na parede, que formava um desenho. Quando a gente se aborrece, pede conselho a tudo o que está em volta. É assim, quando se está sozinho: " 'Tá aí, canguru, e você, o que pensa a respeito?" Eu ficava pensando; ele vivendo comigo. É meio idiota esse livro. As pessoas acham que tudo aquilo é muito inteligente, mas na verdade é para ocupar a solidão. Foi encontrado entre meus papéis por meu editor. Quando reli, disse: "Não é para pôr isso aí."

Também há o "Estranho", que é meu editor. Ele me fazia as perguntas a partir de um velho manuscrito, um resto de conferência que queria entender melhor, e ia retomando as páginas, para que eu explicasse, eu, a "Praticante". Quando o mainá passava diante de nós, eu dizia: "Hem! O que eu escrevi aí é completamente idiota; qual é sua opinião a respeito?" Então o Estranho (o editor) ria por me ouvir falar com o mainá.

Receber e dar

Volto a uma pergunta que me foi feita: "*A criança recebe do adulto, o adulto deve dar: o que passa?*"

O filho só recebe da mãe porque a mãe recebeu do filho. Todos esquecem que uma criança confere uma força fantástica ao adulto. Acham que a mãe dá como se desse a uma boneca que ganhou vida; nada disso; a própria vida que a habitou deu-lhe essa força moral fantástica que se metaboliza em sentimentos maternos. É o filho que cria a mãe. A mãe dá nascimento ao filho que seu homem lhe permitiu pôr no mundo; situação triangular; a criança dá à mãe uma força que ela lhe devolve em forma de amor.

Atualmente o mais terrível é que os pais pensam: "Ter um filho, nunca vamos poder; a vida é difícil demais; não temos dinheiro, casa, trabalho... o que fazer?" Não pensam que a criança traz consigo uma grande força. Alguns recorrem à "interrupção voluntária da gravidez". Acho terrível essa história da legalização da chamada "interrupção voluntária da gravidez". Há grande diferença entre *descriminar* a ajuda para que uma mulher não deixe o feto chegar ao termo e *legalizar* o aborto. Descriminar era indispensável, pois só as ricas podiam fazer aborto sem risco de ficarem doentes e estéreis para o resto da vida. Mas legalizar o aborto é uma loucura decadente para a sociedade: é estúpido, isso significa que ela está muito doente[7].

É uma loucura a força que um filho confere aos pais. É algo que nunca é demais dizer. Todas as pessoas que tiveram filhos em meio a dificuldades consideráveis, econômicas ou outras, dirão que o filho lhes dá força para atravessar muitas provações. Antes de terem o filho, dizem: "Não vamos ter mais liberdade!", mas, quando o filho está ali, eles não têm mais vontade de ter liberdade, de tal modo a criança lhes preenche a existência de alegria de viver, de estar com ela; claro, desde que sejam suficientemente adultos para se disporem a viver essa experiência única do primeiro filho, que se repete nos filhos seguintes.

"O adulto deve dar", dizem os senhores; nada disso: acontece que o adulto dá porque a criança deu.

A fantasia de suicídio

Gostaria de voltar a uma pergunta sobre o suicídio: "*A senhora falou do suicídio como de uma idiotice de pessoas deprimidas que poderiam sair e ajudar os outros. Está falando de gente com saúde, não de doentes, não é?*"

Quando falei do suicídio como idiotice, foi para ser sucinta. Disse "idiotice" por ser realmente uma pena, quando há tantas coisas por fazer. As pessoas que, como eu, amam a vida acham que é idiota suicidar-se. Não nos demos a vida, e não vejo por que a retiraríamos. Anuímos à vida: vamos dar-lhe nossa anuência até o fim. É minha opinião. Sou alguém que pensa assim. Mas até consigo entender que, afinal, quem se suicida talvez tenha razão. Sem dúvida é uma doença suicidar-se, ainda que se pareça saudável. Foi um apelo não ouvido, uma *overdose* de angústia; pode-se morrer de angústia.

A fantasia de suicídio é indispensável. Nenhum ser humano pode prescindir dela, sobretudo na adolescência e naqueles que conservaram as qualidades da adolescência por toda a vida. Mas o fato de passar ao ato do suicídio é coisa completamente diferente, algo de neurótico, uma doença aguda e repentina, um pedido de socorro não atendido. Isso é o suicídio. É verdade que, se eu não tivesse tido idéias suicidas, não estaria plenamente viva. Todo o mundo, num momento ou noutro, tem idéias suicidas; quem não as teve ainda não passou a adolescência; mas terão, fiquem tranqüilos... talvez com cinqüenta anos! É necessário passar por isso; é um modo de entender os outros, que também passam por isso; um modo de não passar ao largo daqueles que clamam por socorro.

É importante que os jovens que tiveram idéias suicidas possam contar aos outros. Não se deve dizer: "Faça o favor de não falar desse jeito, que está dizendo asneiras!", mas sim: "É mesmo? Conte essa." Felizmente há avós (eles se angustiam menos que os pais) capazes de dizer: "É mesmo! Conte essa! Sabe, isso me lembra..." Há mesmo os que se lembram de romances em que alguém acaba se suicidando. Há transferência, ou seja, uma relação muito rica com uma avó, por exemplo, que nos faça ler um bom texto sobre o suicídio de Werther ou de outro, por que não? O suicídio faz parte dos condicionamentos do pensamento humano por causa de nosso orgulho em nos dar vida, em nos dar morte. Somos feitos assim, queremos dominar tudo. Enfrentar a fantasia de suicídio e sobreviver é fazer o luto da onipotência.

Às vezes um filho, descontente com os pais, diz só para contrariá-los: "Pois bem, vou me matar!" Os pais ficam desvairados, em vez de dizerem ao filho: "Desse jeito você não vai ter ninguém mais para reclamar!" Cabe à mãe responder: "Conte-me, o que vai acontecer quando você morrer?" O filho: "Você vai ficar bem chateada." A mãe: "Vou ficar triste." Há mães que acham que é esperteza responder: "Que bom! Vou ficar livre." Elas estão erradas por não levarem a sério. Nem é sério nem deixa de ser. É uma fantasia tentadora no ser humano, que a criança pode expressar sem se sentir culpada. Vai ver que essa fantasia existe em todo o mundo. Ajuda-se uma pessoa mostrando-lhe que não é um pária por pensar nisso. Ela achava que isso era ruim, mas vê que faz parte da cultura, que é exprimível, é o drama humano de todos.

A solidão não é evitável, a angústia não é evitável, as fantasias de suicídio não são evitáveis. Todos temos de passar por isso. Não é nem bom nem mau. É a condição humana. Então, podemos colaborar uns com os outros. É viver. Que nem sempre se consegue, é verdade.

É isso aí, mas não posso responder a todas as perguntas.

Não se pode responder de modo genérico

H. P.: *Quem sabe a senhora poderia nos dizer em poucas palavras o que percebe dessas perguntas às quais não pode responder!*

F. D.: Percebo que todo o mundo está decepcionado. Ou seja, muitas pessoas estão decepcionadas, e com toda a razão. Vocês esperavam muito mais respostas a perguntas às quais não se pode responder de modo genérico, porque a resposta depende de cada um, através de sua própria história, em sua relação exclusiva com dada pessoa que não sou eu atualmente.

Discorremos sobre solidão com alguém que tem uma formação psicanalítica, que sou eu, que tem uma natureza que lhe é própria, muito dinâmica por tipologia, por genética. Entretanto, conheci momentos de solidão, talvez não tantos mas por certo tão intensos quanto outras pessoas, e isso me permitiu falar do assunto; e oxalá isso ajude as pessoas.

Ao mesmo tempo, peço desculpas por não oferecer coisa melhor, por não ajudar mais através da experiência analítica que tenho, pois sempre se trata de perguntas personalizadas. É muito difícil falar de modo genérico a pessoas que têm histórias diferentes.

A solidão nas mulheres

UMA PARTICIPANTE: *E quanto às mulheres?*

F. D.: Como nunca fui homem, não sei a diferença! As pessoas que vêm até mim, para análise, são homens e mulheres. Entre as mulheres, encontrei coisas em que eram como eu, mas nos homens também. Por isso, não acredito que haja muita diferença entre uns e outras no sentir a solidão, porque isso não é algo genital, mas sexual, ou seja, falta para o desejo em todos os níveis da sexualidade, desde a sexualidade neonatal até a sexualidade genital do adulto, a maturidade total das gônadas. A sexualidade evolui. Ora, só se é realmente homem ou mulher quando é possível procriar. Até esse momento, a pessoa já terá sentido solidão tantas vezes que a solidão encontrada mais tarde será da mesma ordem. A solidão está mais no desamparo de não ter linguagem, muito mais do que no fato de não ter complemento físico para produzir frutos. Talvez um psicanalista homem lhes falasse de outro modo da solidão que ele tivesse percebido nos homens e nas mulheres. Não posso responder a essa pergunta, não sei.

Quando amamos um homem, o companheiro, o mais difícil é não poder ajudá-lo no que sentimos da solidão dele. Se fosse a mesma solidão que sentimos, teríamos palavras para comunicarnos. Mas só podemos ter compaixão muda. Quem sofre diz: "Você não pode entender", e é verdade. Só podemos dizer: "É verdade mesmo que não consigo entender, apesar dos meus esforços para tentar entender." A maior dor, quando amamos alguém, é não podermos impedir que ele sofra de solidão. Sofrer de solidão faz parte da existência humana. Pessoas que se amam não podem impedir que o outro sofra de solidão. Não é uma questão de amor de uma pessoa pela outra, mas da qualidade da falta, que a outra não pode suprir.

Talvez a mulher sofra mais, dada a sua componente "nidificante" e maternante! Ela acha que, amando de maneira "nidificante", irá suprir o outro, mas não é nada disso. Nós, mulheres, talvez tenhamos a ilusão de podermos consolar mais a solidão dos homens. Pela minha experiência psicanalítica e pela minha experiência de esposa e mãe de meninos e meninas, acredito que não é grande nosso poder sobre a solidão sentida por alguém do outro sexo. Temos mais poderes com aqueles que se nos assemelham, que sentem que se parecem conosco e aos quais nos sentimos semelhantes, explicando nossa experiência de solidão e o modo como a superamos. Sobre o livro *Solidão*, recebi muito mais cartas de mulheres que de homens, um homem para cada cem mulheres. Talvez tenha recebido umas mil cartas sobre *Solidão*, quase todas de mulheres. Isso prova, portanto, que há uma diferença na maneira de sofrer de solidão e de exprimi-la quando se é homem ou mulher. Com certeza eu a exprimi de maneira muito mais reconhecível pelas mulheres. É assim que posso responder à sua pergunta.

H. P.: *Ela esteve doente, a poder de antibióticos e, como vêem, poderíamos prosseguir por horas. Agradeço a Sra. Dolto por nos ter confiado suas reflexões sobre a solidão. Estamos sempre aprendendo com ela.* (Aplausos calorosos.)

Quando vinha com ela de carro para cá, aprendi uma coisa: "La Soledad", "Solidão" em espanhol, "La Soledad" é sua residência de verão perto de Antibes. "Soledad" significa "Solidão" e significa "ensolarada"; acho que a Sra. Dolto nos falou da solidão com muito sol, e agradeço-a por isso. (Aplausos...)

Anexo 3
Kaspar Hauser, o seqüestrado de coração puro[1]

Um crime contra a infância. Um menino que foi obrigado a viver e crescer sem ar, sem espaço, sem relacionamentos, sem comunicação com outras crianças de sua idade e com a sociedade. Quando foi libertado de sua jaula, era incapaz de andar, enxergar, chegava a ter a anatomia modificada, devido à posição angular, pois ficava sentado sobre uma pedra, com as pernas completamente esticadas. Como pode ter suportado tanto tempo, pois saiu com a idade de dezessete anos?

Talvez graças à ótima relação afetiva que tinha com seu aprisionador: "o-homem-que-sempre-esteve-comigo" foi para ele uma "mãe suficientemente boa" – como diria Winnicott –, para fazê-lo aceitar tantas restrições ao prazer e à variação das sensações.

Esse homem misterioso permitiu-lhe mesmo acesso a alguns prazeres limitados: cavalinhos de madeira e fitas coloridas. Brinquedos de que ele gostava muito e com os quais chegou a brincar, usando-os como enfeites. Não se sabe como vivia sua imaginação nesse aspecto, mas, miraculosamente, ele conseguiu não viver sob tensão psíquica intensa. Esse é um fato muito curioso.

Sempre gostou do "homem", e não saiu amargurado da longa detenção. Mais tarde, à medida que vai descobrindo o mundo, principalmente a beleza da natureza, seu único desespero é perceber que o "homem" de quem gostava o havia privado da felicidade de conhecer a natureza, as coisas. "Já sou tão grande e só agora estou aprendendo o que as crianças sabem desde muito tempo. Gostaria de nunca ter saído de minha gaiola." Soluça durante horas quando descobre a beleza das estrelas...

Por outro lado, o "homem" – que não passava da parte visível de um complô para afastar a criança da vida social – enchera-o de papéis de religiosidade idiota, que o menino nunca assimilou. Ninguém lhe dera noções de espiritualidade, nem mesmo de superstição. Ele estava sempre com aqueles papéis, sabia ler, sabia escrever, mas nada daquilo constituía imagens: ele não fazia representações daquilo que os papéis diziam.

Um seqüestro, um crime contra a infância... Mas certamente um crime menor que o de matá-lo. Kaspar sempre disse que não deviam fazer mal ao "homem", pois este nunca fora ruim com ele. Só o privava de descobrir o mundo, de todas as formas de liberdades. De espaço, de andar... Mas nada disso fora suficiente para fazer nascer o ódio no coração do menino.

Altas personalidades tinham interesse em fazê-lo desaparecer da cena social. História que pode nos levar a pensar no "Máscara de Ferro", cujo enigma nunca foi elucidado, mas que certamente era um herdeiro legítimo que precisava ser camuflado.

Por que não o mataram? Provavelmente ele deve a vida ao prestígio de que goza uma família fidalga em relação a tudo o que é civilizado num país: não se pode aceitar facilmente matar um príncipe. É um pouco como a história de Édipo. Filho de rei, o pai não queria que ele crescesse a seu lado, apavorado pela profecia que pesava sobre aquela criança. Deu-o a alguém para que o matasse na floresta.

Dois grupos se revezaram na sua guarda, sabendo que ele era de linhagem real; não conseguiram atentar contra sua vida porque nele havia algo de sagrado.

É um tabu atentar contra a vida de alguém quando não se está em guerra, quando se trata de um inocente, de uma criança sem defesa. Ainda mais se for príncipe. Aí se encontra a fraqueza absoluta com a grandeza imaginariamente absoluta (um príncipe), algo que, narcisicamente, é impossível realizar a sangue-frio.

O homem que ficou com Kaspar e que, por sua vez, tinha dez filhos, era pobre. Só o alimentou com pão e água, pão preto que ele tornava menos monótono com o acréscimo de grãos – cominho, erva-doce, coentro – que, como se sabe, têm vitaminas. Ministrou-lhe regularmente cuidados materiais: sua roupa era branca, bem cuidada, passada – o que faz supor a presença de uma mulher. Toda vez que lhe dispensava cuidados materiais ou de asseio do corpo, entorpecia-o com ópio, para que não pudesse ver quem fazia aquilo. Depois, o menino via que estava limpo, com as unhas e os cabelos cortados. Assim, conservou o gosto pelo asseio natural.

Elemento esclarecedor em sua história é o sonho – só um é citado – de um menino num castelo onde não encontra ninguém. Ele descreve os lugares, descreve o tanque do jardim, e nunca descreve a pessoa que o carregava. Pois, por ser bem pequeno, era carregado. Descreve o berço no qual ficava, onde aquela pessoa ia vê-lo, e descreve o *Quadro*. Percebe-se, em seguida, que ele não reconhece a diferença entre um quadro de duas dimensões e o volume, as pessoas no espaço. Esse Quadro de seu sonho é tão detalhado, tão importante, que faz pensar num representante do pai que ele estruturara em imaginação. Pai que era um cavaleiro, cavaleiro vestido de roupas principescas.

Kaspar ficou preso durante cerca de dezessete anos. Quando saiu, mais ou menos com dezesseis, dezessete anos, ainda não tinha os dentes do siso, que nasceram depois. Além disso, ele cresceu duas polegadas depois que passou a viver com a família que cuidou dele em Nuremberg: família de médicos.

Apesar de seu longo encarceramento, Kaspar não é um menino autista, graças ao relacionamento privilegiado com o "homem". Ignorava todo o resto do mundo, mas com todos os que conhecia – o homem, os cavalos de madeira, as fitas coloridas – tinha relações vivas e satisfações bastantes para gostar de *viver*. Seu mundo "rarefeito", em vez de atrofiar seus sentidos, aguçou-os. Tem hiperacusia, reconhece qualidades sutilíssimas e enxerga no escuro, apesar de ser sensível à luz.

Não gosta do verde, que descobre como agressão. Diante de belas paisagens: "Pavoroso, pavoroso." Diante das paredes brancas de seu quarto: "Aqui, não pavoroso." Quando descobre a neve manifesta grande alegria diante das ruas, dos telhados, das árvores cobertas de branco. Corre à busca da cor branca. Volta chorando: "A cor branca me mordeu as mãos." Vive num universo animista. Diante da janela, sente-se como encerrado por trás de um portal transparente onde tudo vem agredir-lhe violentamente o olhar. Principalmente o verde das árvores.

Gosta do vermelho, e por isso, ainda que detestando vinho – como todas as bebidas alcoólicas –, gostaria de bebê-lo, "porque é uma coisa tão bonita"... Gostaria de ser vestido de púrpura e escarlate. Nisso nada há de estranho, pois a experiência nos mostra que o vermelho é a cor preferida de todos os meninos. Quanto às meninas, é o azul. As crianças dos dois sexos preferem em primeiro lugar o violeta, cor composta pelos dois. Mas se lhes pedirem que escolham, os meninos ficam com o vermelho, as meninas com o azul.

Púrpura e escarlate são as cores que ele deve ter visto e amado no castelo com que sonhava, onde deve ter vivido antes dos seis ou oito meses. Tudo está em torno desse sonho, em torno daquilo que ele descobrira como prazer de viver naquela época, antes dos seis meses.

Saindo da jaula, não consegue tocar em carne. Mas a alimentação faz parte de sua educação, e ele é obrigado a comer carne. Depois disso, todas as suas aptidões, a acuidade de seus sentidos enfraquecem. Tudo enfraquece: a vivacidade de suas paixões, de seus interesses, sua memória. Ele atribui isso à mudança na alimentação.

Seu primeiro encontro com o mundo foi muito violento: animal curioso estimulado sem cessar, sem repouso compensador, pelas pessoas que o viam como coisa estranha, não como alguém com quem se tem um relacionamento.

Ele, porém, estava sempre em relação, mesmo que os outros não. As pessoas lhe diziam seus nomes. Ele as olhava intensamente e, a partir daí, nunca mais esquecia o nome nem o que sabia sobre a pessoa. Entrava diretamente em contato com o ser profundo da pessoa e com seu nome. Tinha imediatamente a função simbólica.

Tinha o sentimento do Real, que estava ali, que lhe era benéfico ou maléfico. Enfim, *sabia das coisas* e, ao mesmo tempo, tinha uma memória intensa, espantosa. Diz que perdeu essa capacidade depois que o obrigaram a comer carne. O que demorou muito.

Apesar do enfraquecimento de suas capacidades, conserva um senso de humor notável. Quando lhe dizem que devia estudar latim para falar melhor o alemão, responde: "Então os romanos deveriam ter vindo até a Alemanha para aprender a língua deles." Apesar da pressão exercida sobre ele para "normalizá-lo", conservou grande inteligência para ser capaz de raciocinar ainda desse modo, rememorando coisas históricas.

Tem uma paixão obsessiva pelo asseio. Nota a menor poeirinha nas roupas, um fiapo de tabaco numa gola. A atenção pelo pequeno se encontra em todos os bebês: quando vêem uma formiga numa mesa ficam preocupados até que consigam mandá-la embora ou que ela desapareça de seu campo de visão. Formiga é coisa que apaixona os bebês de seis meses. Ele teria conservado essa acuidade de interesse por todas as pequenas coisas que deixam vestígio. Isso também marca o fato de ele ter sido muito bem cuidado em pequeno.

Isso traz de novo à tona o problema de seu seqüestro misterioso, do embrutecimento ao qual foi submetido em pequeno. Com certeza foi drogado, quando bebê, para não chorar, para não fazer barulho, para que ninguém soubesse que aquela criança existia. Destinado à morte, foi salvo por ser simpático a todo o mundo pelas qualidades de seu ser, por todas as coisas excepcionais e inexplicáveis que o marcaram: memória espantosa, delicadeza de sentimentos, gama de sensibilidade, conhecimento imediato. Bastou que lhe dissessem uma palavra sobre as estrelas e ele as conhecia todas. Conhecia as constelações...

Tem uma sensibilidade extraordinária aos metais, ao magnetismo. O pólo norte do ímã "puxa", enquanto o pólo sul emite um fluxo que "sopra em cima de mim". Será que todos nós temos essa sensibilidade, que se atrofia pelo fato de sermos atraídos demais pelo que é visível e tátil, grosseiramente tátil, nos volumes?

Para Kaspar é impossível entender o valor do dinheiro, quando tentam explicar-lhe por meio de números. Aquilo não lhe interessava. A cintilação de uma moedinha a brilhar tem mais importância para ele. O brilhante, "como estrela", desperta mais seu interesse do que uma moeda que tenha valor de compra. Ele nunca entendeu o valor da permuta abstrata.

Está convencido de que cada coisa, cada ser, é feito por alguém. Como essa pergunta pode ter nascido em seu espírito, uma vez que ele ficou encerrado num espaço limitado em que não podia ver nenhuma elaboração material? Pergunta sobre tudo o que descobre: "Quem fez? Quem fez?" O "homem" já devia ter respondido a esse tipo de pergunta. "Quem fez o pão?" Devem ter-lhe dito que tinha sido alguém. Ou então o "homem" teria dito: "Fui eu." Talvez, para ele, o "homem" fosse a mãe onipotente, aquele homem que o fazia dormir, que magicamente trocava suas roupas, limpava-o, que lhe levara aqueles brinquedos e aquelas fitas coloridas...

É surpreendente que ninguém lhe tenha jamais dito: "Foi Deus." Os padres o haviam maçado com suas beatices, mas nunca lhe deram o essencial da fé. De qualquer modo, ele devia estar em comunicação inconsciente, parapsicológica, com o homem que cuidava dele, assim como estivera com a pessoa que o pegara em seu berço. Os poucos nexos humanos que teve desempenharam papel identificador importante para ele.

O que parece tê-los chocado na época era o fato de que ele atribuía intenções a todas as coisas. Isso, porém, não me parece estranho, pois todas as crianças são assim. Os poetas também, e mesmo nós todos, na vida cotidiana. Desajeitados, às vezes nos surpreendemos a dizer: "Xi, o prato caiu. Mas por que não quer ficar no lugar?", a respeito de um objeto, como se ele tivesse vontade própria. Em todos os seres humanos existe a idéia de que cada objeto tem certa malícia, certa inteligência de ser; uma vez criado, manufaturado por alguém, nele projetamos um empenho em frustrar nossas habilidades...

Para Kaspar, rolando, as bolas se machucavam: uma batia na outra, e esta sofria... Um gato cinzento deveria lavar-se para ficar branco...

Na verdade, ele se identificava com qualquer objeto, com qualquer animal. A pergunta que fazia sobre cada coisa era a sua própria: "Quem me fez nascer?" Por trás de todas as perguntas sobre a fabricação dos objetos, estava fazendo a *pergunta sobre si mesmo*. E se nunca ninguém lhe respondeu: "Deus", foi porque não ousavam ou não queriam dizer-lhe quem eram sua mãe e seu pai.

Ao chegar a Nuremberg, no papel que levava consigo estava escrito: "Cavaleiro quero, como pai era." Portanto, havia uma referência à idéia de pai. Provavelmente foi graças a isto que aquele menino não se desequilibrou: a referência ao pai e sua relação com o “homem-que-sempre-esteve-comigo” – mãe onipotente, ser humano que nunca foi bom nem mau. Ele o sentiu como alguém que o alimentava e que lhe dava satisfações sensoriais mínimas. Viu aquele homem, conheceu seu rosto. Por isso, quando os jornais anunciam que ele vai escrever sua vida, tentam assassiná-lo. Sua família temia que descobrissem o “homem” e que, através deste, chegassem à origem de tudo...

“Cavaleiro quero, como pai era.” Ele sabe montar imediatamente, não precisa aprender. Já sabe perfeitamente. E, com o humor que lhe era próprio, fala da solidez de seu traseiro: “Se todo o resto fosse tão sólido quanto meu traseiro, tudo iria bem comigo.”

De saída já sabe montar, sabe até adestrar os cavalos mais difíceis. Seria isso uma hereditariedade genética que, ao longo do tempo, criara uma aptidão pelo fato de os homens da família serem cavaleiros? Como acontece com os músicos. Quando numa família de músicos nasce uma criança musicista – nem todas o são –, se a família não reconhecer sua aptidão, ela poderá até ficar aparentemente retardada, porque sua inteligência está orientada para os sons, e ninguém utilizou aquilo que é seu principal interesse na vida. É um músico não reconhecido.

Kaspar fora um cavaleiro não reconhecido. Um cavaleiro nato. Poderia ter sido criador, adestrador de cavalos, pois pedia os animais mais fogosos, mais difíceis, e os adestrava imediatamente. Tinha um carisma particular; os animais lhe obedeciam. Cercado de cavalos de madeira, que limpava e enfeitava, quando sai de sua prisão chama todos os animais (gatos, cachorros) de “cavalo”, animal que ele acha belíssimo.

Espantosa também a delicadeza de seus sentimentos nas famílias diversas em que conviveu com crianças, filhos do médico, do vigia. Delicadeza de sentimentos para com os animais, as coisas... Razão pela qual despertava amor. Era um ser de amor. Raramente se encontra alguém que não seja nem um pouco ambivalente, que seja tão positivo em seus sentimentos.

Distingue os homens das mulheres apenas pelas roupas. Gosta muito mais das roupas femininas, que são mais coloridas. Gostaria até de ser mulher para poder usá-las. No entanto, não se pode discernir sua orientação sexual. Ele permanece como alguém que parece estar acima, ou fora, ou então resguardado da atração sexual. Ainda não entende isso. Fechado em sua jaula, deve ter sido drogado a partir do momento em que foi apanhado pelo "homem". Deve ter vivido numa espécie de nuvem de ópio, de embrutecimento. Conheceria seu próprio sexo? Ninguém pode saber.

Não é muito visto em contato com cães, gatos, galinhas, coelhos, como se não lhe interessassem. Tem pavores, sobretudo provocados por cores, por sensações estranhas: uma galinha preta que passa provoca-lhe um choque, por causa da cor. Se toca o rabo de um gato, sente uma espécie de buraco na barriga, sente como um fluxo esquisito de eletricidade. Quando toca um cavalo, sente frio nos braços. E quando monta tem a sensação perfeita do animal. Como se fizesse parte de um centauro...

Feuerbach diz: "Parecia um ser de outro planeta." Isso lembra as frases ditas sobre crianças autistas. Os pais dizem: "Todos os nossos filhos têm seu próprio caráter. São assim, são assado, mas aquele, não sei o que dizer. É um marciano." É um modo de falar que significa que não há intercâmbio. Não se entende a lógica deles. Percebe-se que são seres que têm uma vida interior, mas não se pode encontrar a chave para entrar em contato com eles. Dizem que os autistas são mutantes. Mas todo ser humano não poderia ser um mutante se fosse posto em condições tais que não tivesse contato algum com sua etnia, com sua cultura?

Kaspar Hauser nada tem de criança autista. Foi separado do mundo, privado de contatos por seu cativeiro. Depois, saindo da jaula, foi estressado por violenta agressão externa, que por duas vezes quase o matou. Foi superexcitado do ponto de vista neurológico, mais ou menos como uma planta sensitiva que se encarquilha quando tocada, planta que fatigamos, para vermos essa reação. Mas Kaspar não era psicótico no sentido em que entendemos essa palavra hoje. Nos psicóticos, há uma parte que parece ser uma recusa de contato. Ele não, era ávido de contatos, mas não tivera a possibilidade de tê-los e não estava afeito a não os ter, ao passo que os autistas se defendem do contato. Tenta-se entrar em contato com eles, e eles recusam.

Ele, por sua vez, recusava a comida. Era o tubo digestivo dele que era autista, não sua pessoa.

Seu olfato, como o de todos os bebês, era extraordinário. Reconhece os odores de todas as pessoas. Sente-os de longe. Não suporta os odores artificiais, por certo grosseiros demais para sua acuidade sensorial: "Gosto mais do cheiro do esterco do que dos perfumes e dos sabonetes dos senhores."

Também tem a capacidade de enxergar no escuro. Um médico que estudou os habitantes da ilha de Páscoa contou-me que os partos são feitos na escuridão, no fundo do último aposento da casa. Durante um mês, as crianças não vêem a luz do dia. A mãe fica com o bebê, e entra-se no aposento com uma lamparina pequeníssima, para estar em contato com a mãe e a criança, até que esta complete um mês. Com um mês, ela é levada para fora na madrugada de uma noite sem lua.

Hoje, os partos na ilha de Páscoa são feitos por parteiras que estudaram no Chile, pois a ilha é dependência administrativa do Chile. Os antigos têm uma acuidade visual absolutamente extraordinária; acredita-se que isso provenha do fato de não terem visto a luz durante o primeiro mês de vida, e de que a luz foi revelada progressivamente, com o alvorecer, simultaneamente com o nome. Depois disso, os bebês não voltam mais para o aposento escuro. A mãe os protege do sol, de toda espécie de luz, caso contrário contrairiam facilmente uma oftalmia.

Esse médico que estudou os habitantes da ilha de Páscoa conheceu pessoas com mais de oitenta anos que tinham uma acuidade visual espantosa, como todos os que tinham nascido segundo esses ritos. As novas gerações, que nascem no hospital, nas maternidades oficiais, não têm mais essa acuidade visual, e mais tarde precisam de óculos...

Também é surpreendente que Kaspar Hauser tenha sido preservado de verminoses numa época em que todos as tinham, em maior ou menor grau. Piolhos, camundongos, ratos, aranhas eram bichos que não conhecia. Ficara encerrado numa prisão excepcionalmente limpa; o "homem" deve ter sido de uma vigilância extraordinária no que se referia ao asseio de sua masmorra. O que só serve para amplificar a contradição do estado obsessivo desse homem: parece que seu cargo era de guardar um cibório. Aquele menino era sagrado para ele. Não se deixa poeira em tabernáculos!

Com a educação para a vida social, com a mudança da alimentação, Kaspar perde sua acuidade visual, auditiva, a intensidade da memória, perde o interesse pelas coisas, a vivacidade de seu interesse pelas pessoas. Diz isso. Sente isso. Há mesmo um momento em que tem idéias suicidas, pois estava muito deprimido com aquilo. Com a educação, torna-se um ser completamente inodoro e insípido, banal, mas assim mesmo com capacidades de julgamento pessoal. Como a história de lhe inculcarem na cabeça o aprendizado do latim. A coisa não pega, mas ele faz porque é dócil. O "homem" o ensinara que se deve sempre obedecer. Então ele obedece, mas conserva senso crítico.

O momento forte de sua vida "em liberdade" parece-me ser o desespero de descobrir que o "homem-que-sempre-esteve-comigo" o privara de tantas alegrias. Desespero, seu único sentimento negativo. Mas não chega a querer-lhe mal, não quer que o punam, se for encontrado. Mas sofre, e não sofre apenas pela privação de que se apercebe. Sofre por ter sido enganado por alguém que amava. Pois o "homem", no que diz respeito ao seu pai – "cavaleiro quero, como pai era" –, permitira-lhe desejar, dera-lhe cavalos de madeira, fitas coloridas. "Estou dizendo que não devem procurá-lo, porque a mim ele só fez bem."

Depois, há a tentativa de assassinato. Urdem um complô contra ele. O médico em cuja casa mora dá-lhe uma noz envenenada de que só come um quarto, e logo se sente mal: "Gostaria de começar a escrever, mas fui impedido por dores de barriga, e uma necessidade natural me obrigava a ir à latrina." No quintal, alguém se esgueira até ele – sabia onde encontrá-lo –, e Kaspar toma essa pessoa por um limpador de chaminés, de que tem medo; encontrou alguns deles, sujos e pretos como a galinha que se atravessou em seu caminho... Levando uma pancada na cabeça, no pescoço, ele se arrasta até a cava para pôr-se a salvo. E é lá que pensa em morrer: "Pois é, agora você está totalmente abandonado aqui. Ninguém o encontrará, e vai morrer." Antes nunca se sentira abandonado.

Não há nenhuma maldade em sua alma, nem mesmo a possibilidade de projetar coisas ruins. Na latrina, defendeu-se como pôde, abaixou a cabeça. Mas, em nenhum momento, mesmo se sentindo próximo da morte, teve idéias de vingança. Em seu delírio de convalescente, pronunciava palavras em voz baixa: "Gosto de todos. Nada fiz a ninguém... Homem, de ti também eu gosto. Me matar não. Por que me matar? Não te fiz nada. Até pedi que não te prendam."

Sua bondade natural estende-se a tudo que o cerca, aos animais, às coisas. Quando vê um crucifixo, quer por todos os meios que desprendam aquele homem crucificado, que deve estar sofrendo.

No entanto, detestava médicos e padres. Saindo um dia da igreja, diz que o canto dos fiéis lhe parecia um grito desagradável. "No começo, as pessoas gritam, e quando se calam é o padre que começa a gritar."

Médicos e padres por certo conheciam sua história. E nunca haviam respondido à *sua pergunta*: "Quem me fez nascer?"

Filho de família notória, foi declarado morto em tenra idade, com seis ou oito meses. Uma criança morta, ou moribunda, foi posta em seu lugar. Foi declarado morto e depois enterrado. O "homem" que guardou Kaspar numa prisão era seu benfeitor, seu salvador: seqüestrara-o para subtraí-lo àqueles a quem a sua vida molestava. A impostura, beneficiando-se de cumplicidades múltiplas, teve sucesso, diz Feuerbach. No entanto, padres e médicos conheciam a verdade: Kaspar Hauser era herdeiro da casa de Baden.

A criança que, provavelmente, foi enterrada no lugar de Luís XVII aparentava fisicamente treze anos, ao passo que Luís XVII só tinha oito. Um tal Naundorff afirmou mais tarde que essa criança foi dada a uma família da Alemanha... Anastásia, uma das quatro filhas do tzar, escapando ferida ao massacre de sua família, foi salva durante a madrugada. Foi declarada morta. Incógnita, levou vida miserável e morreu na mendicância... Histórias de posse e poder.

Kaspar Hauser, despojado de tudo, posto na maior privação possível pelos seres humanos, não tem nenhum espírito de vingança, nenhum ódio: "Gosto de todos. Homem, de ti também gosto!" Como podem ter dito que nunca entendeu nada do cristianismo? Ele é o próprio Cristo, sacrificado ao vício de poderio dos seres humanos.

Homem que honra a humanidade.

Ao mesmo tempo, mistério para si mesmo e mistério para nós outros. Sua história não se explica pelo que conhecemos da psicologia experimental, tampouco pelo que conhecemos do inconsciente. Ela simplesmente não se explica...

Notas

1. Trata-se das conferências de 22 e 23 de fevereiro de 1962, na École des sciences philosophiques et religieuses Saint-Louis de Bruxelas. O erro na data ficou para que se entendam as associações de Françoise Dolto.

2. "Solidão." A casa já tinha esse nome quando a família Dolto a comprou.

3. Hermann, 1967; prefácio de Françoise Dolto.

4. Maloine, 1982.

5. Cf. Carlos Castañeda. *Uma estranha realidade.*

6. *Ibid.*, p. 34.

7. *Ibid.*, p. 15.

8. Trata-se daquilo que Françoise Dolto designa castração umbilical. Cf., por exemplo, *L'image inconsciente du corps*, Le Seuil, 1984, pp. 90-98.

9. Essa experiência também é mencionada em *Au jeu du désir*, Le Seuil, 1981, p. 277, e em *Séminaire de psychanalyse d'enfants*, t. 1, cap. 2, Le Seuil, 1982.

10. Cf. "Premières attractions hétérosexuelles", p. 55, in *Sexualité féminine*, Scarabée and Co., 1982.

11. Cf. o caso de Agnès e os desdobramentos teóricos em *L'image inconsciente du corps*, pp. 66-67, e "Personnologie et image du corps" in *Au jeu du désir*, Le Seuil, 1981.

12. Aqui aparece uma das grandes dualidades conceituais de Françoise Dolto. Essa distinção procede do ensino de Lacan, que apresenta sua teorização circunstanciada, sobretudo no seminário "Le désir et son interprétation". Françoise Dolto retoma de modo bem pessoal essa dife-

renciação fundamental, estudando como o desejo acaba por diferenciar-se concretamente da necessidade. Cf. a conferência "Au jeu du désir les dés sont pipés et les cartes truquées", pronunciada em 1972 na Société française de philosophie, e publicada em *Au jeu du désir*, pp. 268-328.

13. Françoise Dolto define os objetos "mamãezados" como "objetos que fazem surgir na criança, através de associações de fantasias, a presença tranqüilizadora memorizada da mãe". Cf. *L'image inconsciente du corps*, p. 70, e *infra*, p. 58.

14. Esse duplo aspecto do sentido e do figurável é essencial para a noção da imagem do corpo. Cf. "Personnologie et image du corps" in *Au jeu du désir,* pp. 60-95.

15. Gallimard, 1949.

16. Françoise Dolto introduz aqui uma noção inabitual em suas formulações. Ela costuma falar principalmente de imagem de base e, com respeito a isso, de narcisismo primordial ou fundamental. Cf. por exemplo *L'image inconsciente du corps*, pp. 50, 156 e 200.

17. Na edição original, fazia-se menção à síndrome de Korsakov. Trata-se aqui, indiscutivelmente, da síndrome de Cotard, ou delírio de negação, em que o doente pode expressar idéias que vão desde a transformação dos órgãos até a sua negação, ou mesmo à negação do corpo inteiro. Cf. Antoine Porot, *Manuel alphabétique de psychiatrie*, PUF, 1952.

18. Nome artístico de Jean, filho mais velho de Françoise Dolto.

19. Cf. o caso citado *infra*, p.184.

20. Em Françoise Dolto essa noção é distinta da noção de imagem inconsciente do corpo. O esquema corporal especifica o indivíduo como representante da espécie. Em princípio, é o mesmo para todos, ao passo que a imagem do corpo é própria de cada um, está ligada ao indivíduo e à sua história, e é específica de uma libido em situação. Cf. *L'image inconsciente du corps,* cap. 1, e *infra*, p. 350.

21. Cf. Anexo 3.

22. Estabelecimento de amparo e socialização fundado por iniciativa de Françoise Dolto em 1979, no XV distrito de Paris. Cf. principalmente *La cause des enfants*, Laffont, 1985, pp. 395-438, *La difficulté de vivre*, Inter Éditions, 1981, pp. 351-370, e "Françoise Dolto, la Maison verte", *Esquisses psychanalytiques*, nº 5, 1986.

23. O que Françoise Dolto chama em outro local de "mamãezado". Cf. nota 13.

24. Aqui se faz referência à castração primária, que não é primeira em Françoise Dolto, mas remete ao fato de ser apenas de um único sexo.

25. Cf. a noção freudiana de angústia de castração desenvolvida na tese de Françoise Dolto de 1939, *Psychanalyse et pédiatrie*, Le Seuil,

1971, pp. 78-81, e "Lutte contre l'angoisse de castration", no mesmo volume, pp. 80-124.

26. Cf. a descoberta da possibilidade de andar por Jean, *supra*, pp. 54-55.

27. Cf. nota 22.

28. Cf. Anexo 3.

29. Sobre a evolução da designação dessa relação em Françoise Dolto, ver, entre outras coisas, a noção de díade em "Personnologie et image du corps" in *Au jeu du désir*, pp. 82-88, *L'image inconsciente du corps*, p. 66, e neste volume o capítulo seguinte, "Eu-minha mãe lhes dou bom-dia!".

30. A segurança de base é constitutiva da imagem de base, que por sua vez é constitutiva do narcisismo primordial. Cf. *supra*, nota 16.

31. Designada na maioria das vezes imagem funcional. Aqui se encontra a ternariedade da imagem inconsciente do corpo: básica, funcional e erógena. Cf. *L'image inconsciente du corps*, cap. 1.

32. Ver Anexo 3.

33. Castañeda, *Viagem a Ixtlan*.

34. Cf. "Pathologie des images du corps et clinique analytique avec les premiers risques d'altération de l'image du corps" in *L'image inconsciente du corps*, pp. 42-43 e 209-230.

35. Cf. o caso clínico "Pega com a tua boca de mão" in *L'image inconsciente du corps*, p. 36.

36. Caso citado em *Dialogue québécois*, pp. 200-201.

37. Sobre a importância do que Françoise Dolto teorizou com o nome de pagamento simbólico, ver entre outras coisas *Séminaire de psychanalyse d'enfants*, t. 2, cap. 7, pp. 107-124, Le Seuil, 1985.

38. Conceito de D.W. Winnicott, apresentado numa exposição à Sociedade Psicanalítica Britânica em 30 de maio de 1951. Cf. *De la pédiatrie à la psychanalyse*, Payot, 1969, pp. 109-125. Françoise Dolto assume posição crítica em relação a essa noção. Ver entre outras coisas *Dialogues québécois,* p. 195, Le Seuil, 1987, e *L'image inconsciente du corps,* pp. 64-65 e 220.

39. "Atividade mental mal controlada pela vontade, próxima do devaneio diurno [...] muitas vezes provocada pela ansiedade e pela dificuldade de adormecer." Cf. Jacques Postel in *Grand dictionnaire de la psychologie,* Larousse, 1991, p. 465.

40. Em sua tese *Psychanalyse et pédiatrie*, Françoise Dolto retomara a distinção freudiana entre angústia de castração e complexo. Cf. nota 25.

41. Pode-se ler *Manuel à l'usage des enfants qui ont des parents difficiles*, de Jeanne Van den Brouke, com um prefácio de Françoise Dolto, Le Seuil, col. Points Virgule, 1979.

42. Foi grande a proximidade entre Édouard Pichon (1890-1940) e René Laforgue, psicanalista de Françoise Dolto. Ambos figuram entre os fundadores da Évolution psychiatrique (1925) e da Société psychanalytique de Paris (1926). Da diversificada obra de Édouard Pichon – cujos cursos Françoise Dolto freqüentou – pode-se citar *Développement psychique de l'enfant et de l'adolescent* (1936) e *Bégaiement, sa nature, son traitement* (1937). Na França, esteve entre os pioneiros na introdução e na defesa da psicanálise (cf. *Nouvelle histoire de la psychiatrie,* sob direção de Jacques Postel e Claude Quétel, Privat, 1983).

43. Para complementar a reflexão sobre essa questão, cf. *Quand les parents se séparent*, Le Seuil, 1988.

44. Cf. Jenny Aubry, "Les formes graves de carences de soins maternels", conferência à *Évolution psychiatrique* em 23 de janeiro de 1953.

45. Jenny Aubry (1903-1987). Médica hospitalar (neurologia em 1939), voltou-se para a psicanálise na época em que tratava de crianças psicóticas. Analista em formação na Société psychanalytique de Paris, pediu demissão para unir-se a Lacan, Dolto e Lagache na Société française de psychanalyse; e, em 1964, tornou-se um dos membros importantes da Escola Freudiana de París.

46. Cf. Françoise Dolto, *Sexualité féminine*, Scarabée and Co., 1982.

47. Cf. Anexo 3.

48. "A linguagem é um filho que as crianças geram com os pais [...]; portanto, a linguagem é um filho incestuoso", *Séminaire de psychanalyse d'enfants*, t. 1, cap. 8, p. 97.

49. Sobre a questão do bilingüismo em seu possível entrelaçamento com o incesto, cf. *Séminaire de psychanalyse d'enfants*, t. 1, cap. 8.

50. Valérie Valère, *Le pavillon des enfants fous*, Stock, 1978.

51. Fritz Zorn, *Mars*, Gallimard, 1979.

52. Frans Veldman, *Bien porté, bien portant (Essai d'haptonomie)*, Vertige, 1986.

53. Irène Roublev (1912-1993). Médica de origem russa, psicanalista na Société française de psychanalyse, foi, ao lado de Lacan, um dos membros ativos da Escola Freudiana de Paris. Muito próxima de Dolto, interessou-se principalmente pela psicanálise de crianças e pela questão da feminilidade.

54. Note-se que se destaca da bibliografia de Françoise Dolto (revista *Le Coq héron*, n.os 111/112, 1989) um artigo sobre "The Dandy solitary and singularly" in *United States Paris review*, setembro de 1962.

55. Trata-se de seu irmão Jean, dois anos e meio mais velho.

56. Jean Rostand (1894-1977). O biólogo, depois de demonstrar grande interesse pessoal pela tese de Françoise Dolto (de 1939), conti-

nuou seu amigo durante muito tempo. Cf. *Autoportrait*, *op. cit.*, p. 136 (a carta de Jean Rostand está na nota 65, p. 267).

57. Esse caso também é citado em dois artigos de *La difficulté de vivre*: "Dépendance de l'enfant" e "Acquisition de l'autonomie". Encontra-se também neste livro, p. 348.

58. A tese de Françoise Dolto fora publicada às expensas da autora em 1940; surgiu uma segunda edição em 1961, por publicação de La Parole; depois, em 1965, uma terceira edição foi difundida pela Librairie Bonnier-Lespiaut, antes que a obra fosse publicada pela editora Le Seuil em 1971.

59. Esse tema do Real é tomado da doutrina de Jacques Lacan. Françoise Dolto, porém, o elabora aqui de uma maneira bem peculiar. Cf. também *La foi au risque de la psychanalyse*, Le Seuil, col. Points-Essais, 1983.

60. Cf. nota 1.

61. Cf. nota 22.

62. Cf. nota 55.

63. Cf. *supra*, p. 275 e nota 57.

64. Trata-se de "Faits et gestes d'où sourd la parole", publicado na revista *La pédagogie institutionnelle en question*, nº 2-3, de junho de 1985, da associação M.P.I. (Maintenant la pédagogie institutionnelle).

65. A criação da A.E.C. (Association Enfance et Communication) data de 12 de setembro de 1985. Seus estatutos afirmam: "Esta associação tem por objetivo estabelecer e favorecer a scomunicação precoce entre indivíduos com audição normal e deficientes auditivos, com o prosseguimento dessa comunicação depois da primeira infância." Foi então criada uma casa Arc-en-ciel segundo o modelo da Maison Verte, para acolher as crianças surdas e suas famílias.

66. Françoise Dolto atuou no hospital Trousseau onde foi consultora de 1940 a 1978. Quanto a esse aspecto de sua atividade, pode-se consultar *Lettres de l'école freudienne*, nº 25, vol. 1, 2, *Congrès sur la transmission*.

67. Cf. o caso de Corinne em *Séminaire de psychanalyse d'enfants*, t. 2, pp. 72-80.

68. A noção de castração é um tema importante da teoria clínica de Françoise Dolto, desde sua tese de 1939 que foi essencialmente dedicada a esse assunto. Para avaliar a grande amplitude que ela atribuiu a esse termo, cf. entre outras coisas *L'image inconsciente du corps*, cap. 2, "Les images du corps et leur destin: les castrations".

69. Cf. nota 59.

70. Françoise Dolto abordou essa questão da separação no livro-colóquio com Inès Angelino, *Lorsque les parents se séparent*, Le Seuil, 1988.

71. Cf. nota 59.
72. 21 de maio de 1947.
73. Cf. nota 59.
74. Direitos reservados para a reprodução da partitura.

Anexo 1. Texto lido como introdução à conferência

1. Esse texto foi lido por Françoise Dolto em 22 de fevereiro de 1962 para introduzir sua conferência "Solidão e vida familiar".

A Sra. Ackerman, das Facultés universitaires Saint-Louis, assistiu a essas duas conferências e escreveu a respeito: "Essa leitura foi seguida pelo silêncio de um auditório impressionado com o tom do texto. Dolto em seguida deu início à sua palestra [...], e só no fim de sua exposição chegou ao conteúdo da leitura."

Somos-lhe gratos por nos ter possibilitado acesso a essa introdução e às notas utilizadas pelo Estranho nos diálogos, bem como por seu testemunho sobre o desenrolar da conferência.

Em março de 1962, depois dessas conferências sobre a solidão, Françoise Dolto estudou muito esse tema, chegando a uma elaboração teórica conseqüente.

Anexo 2: Uma noite com Françoise Dolto falando da solidão

1. Françoise Dolto começou a colaborar nos trabalhos do Centre Documentation Recherche (C.D.R., 108 bis, rue de Vaugirard, 75006, Paris) em 1974. Participou de várias noites de debates organizados pelo "Forum 108." Escreveu depois na revista do C.D.R., *Approches,* "Questions sur l'homme. Questions sur Dieu". Algum tempo depois da publicação de *Solitude*, em 14 de maio de 1987, foi convidada, no âmbito do "Forum 108", a fazer uma palestra sobre esse mesmo tema. Num primeiro momento, ela lembrou os diferentes aspectos, estruturantes e desestruturantes, da solidão apoiando-se tanto em reflexões teóricas como na sua própria prática psicanalítica. Depois, respondeu às perguntas do auditório, que reunia mais de duzentas pessoas de todas as tendências. O resumo dos trabalhos dessa noite foi publicado em *Approches*, nº 54, segundo trimestre de 1987. Aqui reproduzimos a exposição de Françoise Dolto e a maior parte de seus intercâmbios com o público.

2. *Sexualité féminine (Libido, érotisme, frigidité),* Scarabée, 1982.

3. Cf. Françoise Dolto, *Séminaire de psychanalyse d'enfants*, t. 1, cap. 12.

4. Mateus 25, 31-46.

5. Cf. Françoise Dolto, *Séminaire de psychanalyse d'enfants*, t. 1, cap. 11.

6. *L'image inconsciente du corps*, Le Seuil, 1984.

7. Para uma reflexão mais completa, cf. *Sexualité féminine,* cap. "À propos de l'avortement" [A propósito do aborto], pp. 307-346.

Anexo 3: Kaspar Hauser, o seqüestrado de coração puro

1. Kaspar Hauser esteve em todos os jornais alemães de 1828 a 1833.

O mundo tomou conhecimento de sua existência quando ele tinha cerca de dezessete anos de idade, depois de ficar encerrado secretamente numa masmorra, no escuro, sendo alimentado apenas a pão e água, e drogado com ópio regularmente para as operações de asseio e troca de roupas, para não poder reconhecer o rosto do "homem" que o manteve nesse estado.

Certa noite esse homem o solta, na cidade de Nuremberg, onde alguns habitantes o encontram atônito e perdido ao alvorecer.

Será exposto à curiosidade pública e depois adotado por uma família. Anselm von Feuerbach, jurista alemão, redige a observação do caso. Morre em 1833, alguns dias antes do assassinato de Kaspar Hauser: o homem que o aprisionou talvez o tenha salvo assim de morte ainda mais precoce.

Foi encontrada uma tradução francesa anônima das observações de Anselm von Feuerbach, publicada com o título de *Kaspar Hauser* pelo editor de Françoise Dolto em 1985, para as edições Vertiges, no ano mesmo das palestras sobre *Solitude*, que foram permeadas de referências a Kaspar Hauser.

Françoise Dolto redigiu seu prefácio, aqui reproduzido: "O seqüestrado de coração puro".

Índice remissivo

Este índice não pretende ser exaustivo. Para cada menção, só menciona as ocorrências mais desenvolvidas ou mais específicas.

Índice onomástico

Índice dos casos e dos exemplos citados

Impressão e acabamento
Cromosete
GRÁFICA E EDITORA LTDA.
Rua Uhland, 307 - Vila Ema
Cep: 03283-000 - São Paulo - SP
Tel/Fax: 011 6104-1176